DAS
VERSCHWUNDENE
MÄDCHEN

WEITERE TITEL VON CAROL WYER

DI Robyn Carter serie

Das verschwundene Mädchen

Die Geheimnisse der Toten

In Englischer Sprache

DI Robyn Carter serie

Little Girl Lost

Secrets of the Dead

The Missing Girls

The Silent Children

The Chosen Ones

DI Natalie Ward serie

The Birthday

Last Lullaby

The Dare

The Sleepover

The Blossom Twins

The Secret Admirer

Somebody's Daughter

Andere titel

Life Swap

Take a Chance on Me

DAS VERSCHWUNDENE MÄDCHEN

DETECTIVE ROBYN CARTER 1

CAROL WYER

Übersetzt von Laura Orden

bookouture

Herausgegeben von Bookouture, 2021

Ein Imprint von Storyfire Ltd.
Carmelite House
50 Victoria Embankment
London EC4Y 0DZ

www.bookouture.com

ISBN: 978-1-80314-193-0
eBook ISBN: 978-1-80314-134-3

PROLOG

Alice konnte das ungute Gefühl, das sie schon den ganzen Abend verfolgte, nicht abschütteln, so sehr sie es auch versuchte. Es würde wieder passieren – obwohl er nicht da war. Sie wusste es einfach. Sie war so angespannt, dass sie Mr. Riesenohr so fest an sich drückte, dass er knurrte. Auf dem Fernsehbildschirm schoss ein Zeichentrickvogel vorbei, während ein Kojote mit Überschallskiern an den Füßen eine Klippe hinunterstürzte. Heute konnte die Serie ihr kein Grinsen entlocken.

Ihre Mutter betrat das Zimmer und in ihrem langen Kleid sah sie aus wie eine Prinzessin. »Wir sehen uns morgen, meine Süße. Schlaf gut.«

Sie beugte sich herunter, um ihrer Tochter einen sanften Kuss auf die Wange zu geben. Dann strich sie ihr zärtlich die Haare aus dem Gesicht. Während sie das tat, wandte sie den Blick nicht von den großen blauen Augen ab, die von unendlich langen, dunklen Wimpern eingerahmt wurden. Jede ihrer Berührungen steckte voller warmer Zuneigung.

Zuletzt streichelte sie Alice liebevoll über den Kopf und flüsterte: »Gute Nacht, Liebes.« Dann richtete sie sich wieder auf. Ihr vertrauter Duft nach Zitrone, Bergamotte und Orange blieb noch lange im Zimmer zurück und normalerweise hätte er sie beruhigt.

Aber heute konnte nichts Alice Trost spenden. Sie wollte nicht in dem großen, dreistöckigen Haus mit dem vierzehnjährigen Goth-Mädchen alleine bleiben. Mit dem dicken, dunklen Eyeliner auf dem fahlen Gesicht sah sie aus wie ein Zombie. Alice sank, einen Arm eng um ihren Stoffhasen, Mr. Riesenohr, geschlungen, auf dem Sessel noch mehr in sich zusammen.

Leise wimmerte sie: »Musst du wirklich gehen?«

Sofort schlug die Stimmung ihrer Mutter um. »Aber natürlich. Paul ist für den Preis als bester Schauspieler nominiert. Das weißt du doch.« Sie wurde ein wenig lauter, wie immer, wenn sie verärgert war. Aber so war ihre Mutter. In einem Moment konnte sie glücklich und liebevoll sein, im nächsten eiskalt und launisch. »Wir haben doch darüber gesprochen, als du gebadet hast. Ich weiß, dass seit dem Umzug alles neu und ein wenig unheimlich ist. Aber du gewöhnst dich schon noch daran. Du wirst dich daran gewöhnen müssen. Es sind erst drei Wochen, so schnell geht das nicht. Aber jetzt stell dich nicht so an und gib dir ein wenig Mühe. Wir wohnen jetzt nun einmal hier, ob es dir gefällt oder nicht. Und Natasha sieht vielleicht ein wenig finster aus, aber sie mag dich wirklich sehr. Sie zeigt es nur nicht immer. Paul hat mir gesagt, wie gern sie dich hat. Außerdem wird sie deine große Schwester werden, wenn Paul und ich heiraten.«

Alice hasste es, dass jemand versuchte, Daddy zu ersetzen. Denn sie wusste, dass er genau das tun würde. Sie hatte geschmollt und geweint, aber Mommy hatte nur eingeschnappt reagiert und ihr gesagt, sie würde sich wie ein verwöhntes Balg verhalten. Die Hochzeit würde bald stattfinden.

»Liebe auf den ersten Blick«, hatte ihre Mutter gesagt. Es machte Alice rasend. Wie konnte Daddy nur so schnell vergessen sein? Ihre Mutter hatte Paul kennengelernt und sich sofort Hals über Kopf in ihn verliebt – nur einen Tag nachdem Daddy getötet worden war. Und Paul hatte wohl auch Gefallen an Mommy gefunden, denn er hatte sie mit teuren Geschenken überhäuft, wie das wunderschöne Edelsteinarmband, das sie trug. Nur drei Monate später hatte er ihr schon angeboten, in seinem Landhaus einzuziehen, wo er mit seinen zwei Teenagern wohnte. Natasha und Lucas.

»Ich will nicht weg!«, hatte sie ihre Mutter während dem Umzug angefleht. »Wir sind hier zu Hause! Hier haben wir mit Daddy gewohnt!«

Ihre Mutter hatte ihre Hände festgehalten und ihr in die Augen gesehen.

»Ich weiß, dass dir das schwerfällt. Aber es war auch für mich nicht leicht. Ich vermisse deinen Vater. Ich vermisse ihn so sehr, dass ich es nicht mehr ertrage, hier alleine zu leben, immer bemüht, über die Runden zu kommen. Paul ist ein guter Mann. Er ist lieb und wird sich um uns kümmern. Er verdient gut und hat ein schönes Haus, mit einem See und einem Wald in der Nähe. Er hat sogar eine Koppel mit Ponys. Was könnte für ein kleines Mädchen schöner sein, als in einem so schönen Haus in einem großen Kinderzimmer zu wohnen – und auch noch eigene Ponys zum Reiten zu haben?«

In Wirklichkeit war es ihr egal, wo sie wohnten, solange sie bei Mommy sein konnte. Aber seit sie Paul kennengelernt hatte, verbrachte Mommy viel weniger Zeit mit ihr.

Sie scheuchte sie immer aus dem Zimmer, wenn Paul zu Besuch war. Und anstatt darüber zu reden, was sie und Mommy den Tag über unternehmen konnten, ging es nur noch darum, was Mommy und Paul machen wollten. Sie entfernten sich jeden Tag weiter voneinander. Sie wollte so gerne wieder mit ihrer Mommy und ihrem Daddy zusammen sein. Aber das war unmöglich. Sie konnte noch so oft für ein Wunder beten, es würde doch keines passieren.

Ein kleines Wunder war geschehen, als Mr. Riesenohr angefangen hatte, mit ihr zu sprechen. Er hatte sein erstes Wort gesagt, kurz nachdem Paul zum ersten Mal zu Besuch gekommen war. Er konnte Paul auch nicht ausstehen. Sie war sich sicher, dass es ihr Daddy war, der einen Weg gefunden hatte, zu ihr zurückzukehren. Wenn es ihm nur auch gelingen würde, wieder mit Mommy zusammenzukommen. Das Leben war viel trauriger ohne ihn.

Mommy weinte nur noch und kümmerte sich nicht mehr um den Haushalt. Die Wohnung versank im Chaos und sie versank in Selbstmitleid.

Sie wusste, wie sehr Mommy Paul mochte. Zu sehr. Er hatte ein freundliches Lächeln und war sehr groß. Er sprach auch nicht mit Alice, als wäre sie ein kleines Kind, und behauptete, er würde nie versuchen, ihren Vater zu ersetzen. Trotzdem wollte er immer für sie da sein und wenn sie irgendetwas brauchte, sollte sie nur fragen. Mr. Riesenohr glaubte ihm kein Wort. Und sie auch nicht.

Sie sah ihrer Mutter ins Gesicht, das schon wieder vor Vorfreude auf die Filmfeier leuchtete. Als sie Mr. Riesenohr fester an sich drückte, hatte sie das Gefühl, er würde die Umarmung erwidern. Daddy hatte ihr diesen Hasen geschenkt und sie liebte ihn über alles. Und seit er durch ein Wunder Sprechen gelernt hatte, begleitete er sie überall hin. Mr. Riesenohr war ihr Freund und Vertrauter. Er tröstete sie, wenn sie traurig oder besorgt war. Sie sprach die ganze Zeit mit ihm und lauschte gespannt der Stimme ihres toten Vaters, die aus Mr. Riesenohrs Mund kam. Im Moment war er in seinen eigenen Gedanken versunken und starrte stumm in die Ferne, ohne sich für das Gespräch zu interessieren.

Ihre Mutter wandte sich ab, nahm ihre Handtasche mit der langen, goldenen Kette von der Küchenanrichte und warf einen letzten, flüchtigen Blick in die Sitzecke. »Also, sei ein braves Mädchen gegenüber Natasha, in Ordnung? Sie ist im Wohnzimmer und sieht sich einen Film an, wenn du sie brauchst.«

Alice nickte. »Lucas?«, fragte sie leise.

»Lucas übernachtet bei seinem Freund Dan in der Stadt. Möchtest du ihn lieber hier haben?«

Sie schüttelte hastig den Kopf. Das war das Letzte, was sie wollte. Nicht nach dem, was letztes Mal passiert war.

»Geh noch nicht, Mommy!«, platzte es aus ihr heraus, als die Panik sie überkam.

Ihre Mutter stand zögernd in der Küchentür. »Sei nicht albern. Du bist schon ein großes Mädchen, du musst dich daran gewöhnen, dass ich dich hin und wieder alleine lasse. Ich bin zurück, wenn du aufwachst. Und jetzt genug von dem Unsinn. Geh gleich ins Bett, wenn deine Serie vorbei ist und mach Natasha keine Schwierigkeiten. Zeig ihr was für ein braves Mädchen du sein kannst.«

Sie wollte noch einmal nach ihrer Mutter rufen, aber diese eilte schon aus der Tür und ließ sie allein. Sie saß eng zusammengerollt auf dem großen Sessel und starrte abwesend auf den Bildschirm. Sie konnte entfernte Gesprächsfetzen ausmachen. Paul sagte zu Natasha, sie solle anrufen, wenn etwas war. Natasha murmelte irgendeine Antwort. Die Haustür flog mit einem Knall zu und das einzige Geräusch, das im Raum zurückblieb, war das triumphale Tröten des Roadrunners, während er vor Wile E. Coyote davonlief. Wie sehr sie sich wünschte, auch so schnell rennen zu können. Dann würde Lucas sie nie mehr erwischen. Aber sie wollte nicht an Lucas denken. Er war heute Nacht nicht hier. Sie musste sich keine Sorgen machen.

Die Sitzecke war der gemütlichste Raum im ganzen Haus. Sie war ein Anbau zur Küche, vollgestellt mit weichen, grünen Sofas und einem großen Fernseher an der Wand. Sie hielt sich viel lieber hier auf, als im großen Wohnzimmer, wo sich nur zwei lange Couchen neben dem Kamin gegenüberstanden und blasse Porzellanfrauen leer vor sich hinstarrten. Den viktorianischen Wintergarten mit dem dunklen Parkett mochte sie auch nicht. Die großen Glaswände gaben ihr das Gefühl, in einem riesigen Goldfischglas zu sitzen. Sie interessierte sich nicht für das Musikzimmer, obwohl sie ein paar Mal versucht hatte, auf dem Klavier zu spielen. Ihre Mutter verbrachte viel Zeit in der Küche und Alice blieb gerne in ihrer Nähe. Auch, wenn sie nur im Hintergrund fernsah, während ihre Mutter mit Paul Wein trank.

Natasha war vierzehn und schmollte meistens in ihrem Zimmer. In ihren dunkel geschminkten Augen standen nur die Ablehnung und der Frust eines Teenagers. Lucas kam selten an der Sitzecke vorbei. Er blieb auch lieber in seinem eigenen Zimmer, wo er die Rockmusik so laut aufdrehte, dass man den Bass im ganzen Haus spüren konnte. Sie waren beide die meiste Zeit des Jahres im Internat, aber gerade waren Ferien und deswegen waren sie zu Hause.

Sie war sich nicht sicher, wie freundlich Natasha wirklich war. Sie lächelte so gut wie nie und ignorierte meistens alles um sich herum. Ganz besonders sie und Mommy, obwohl sie ihnen manchmal einen wehmütigen Blick zuzuwerfen schien. Ein wenig so wie ein Hundewelpe, der sich Freunde wünschte, aber nicht so ganz wusste, wie er den ersten Schritt machen sollte. Aber bevor irgendjemand an ihrer Stelle den ersten Schritt machen konnte, war der Moment auch schon wieder vorbei und Natasha versteckte sich wieder hinter ihrer weißen, ausdruckslosen Maske. Sie hatte wahrscheinlich auch keine Lust darauf, bald eine kleine Schwester zu bekommen.

Und dann war da Lucas. Sie fröstelte unwillkürlich. Zuerst hatte er nett gewirkt. Er war schmächtig für sein Alter von fast sechzehn Jahren, mit Aknenarben auf der Haut. Er hatte Augen so dunkel wie Kohlen und wenn er sie betrachtete, kräuselte er grässlich die Lippen. Als sie sich zum ersten Mal gesehen hatten, hatte er sie von oben bis unten gemustert, den Kopf schräg gelegt und dann gesagt, es wäre cool, eine kleine Schwester zu haben. Damals hatte sie noch geglaubt, er wäre nett. Aber das war lange her. Bevor er ihr eines Abends diese Dinge angetan hatte.

Die Zeichentrickserie war vorbei und sie schaltete den Fernseher aus. Der Ofen in der Küche war eingeheizt und erfüllte das Zimmer mit einer warmen Gemütlichkeit. Das Haus war ganz anders als das, wo sie mit Mommy gewohnt hatte, bevor Paul in ihr Leben getreten war. Es war nicht so groß gewesen wie Pauls Haus, aber trotzdem hatte ihr die alte Wohnung mit den abgenutzten Möbeln viel besser gefallen. Jetzt vermisste sie ihr altes Zuhause, wo sie, Mommy und Daddy vor dem Unfall gelebt hatten. Ihren Hasen fest an sich gepresst machte sie sich auf den Weg in ihr Zimmer im zweiten Obergeschoss, weit weg von den anderen. Das war gut so. Dort oben konnte sie sich vor dem Leben in den unteren Stockwerken verstecken und sich in Ruhe mit Mr. Riesenohr unterhalten.

Ihr Zimmer war in Pinktönen und Prinzessinnendekoration eingerichtet. Für das Zimmer eines jungen Mädchens war es erstaunlich aufgeräumt. Aber sie mochte es ordentlich, deswegen waren im Regal an der hinteren Wand, gleich neben ihrem eigenen Badezimmer, alle ihre Spielsachen und Puppen sorgfältig aufgereiht. An der anderen Wand standen hohe Kleiderschränke, dann hatte sie natürlich ein Bett, eine Frisierkommode, auf der einige Porzellantiere in einer ordentlichen Reihe standen, und einen Nachttisch.

Auf ihrem Bett lagen noch ein Malbuch und einige Buntstifte, die sie früher am Tag benutzt hatte. Sie sortierte die Stifte auf ihrem Nachttisch nach Größe, legte das Malbuch beiseite und schlug die Bettdecke zurück. Sie legte erst Mr. Riesenohr ins Bett und deckte ihn fürsorglich zu, bevor sie aus den Hausschuhen schlüpfte und sich zu ihm kuschelte. Ihr Nachtlicht ließ sie brennen und betrachtete nachdenklich die Schatten an den Wänden.

Die Dunkelheit war immer ihr Freund gewesen. Zumindest vor dieser einen Nacht. Sie hatte es immer genossen, so in ihr Bett eingekuschelt zu sein und den Geschichten ihres Stoffhasen zu lauschen, bis sie schließlich in einen tiefen Schlaf fiel. Aber seit dieser Nacht war sie immer angespannt. Sie ließ das Nachtlicht in Form einer Eule eingeschaltet und wickelte sich eng in die schwere Daunendecke mit dem pinken Blumenmuster ein.

Heute würde nichts passieren. Lucas war nicht zu Hause. Sie war sicher. Sie drückte Mr. Riesenohr noch einmal an sich. Er flüsterte ihr zu, dass Mommy seiner Meinung nach wunderschön ausgesehen hatte. Und sie, Alice, würde eines Tages ein ebenso schönes Kleid auf einem Ball tragen und wie eine echte Prinzessin aussehen. Sie umarmte ihn noch einmal. Sie war sicher, er hatte sich auch gewünscht, dass Mommy zu Hause bleiben würde.

Sie war kurz davor einzuschlafen, als ein Knarzen von der Treppe sie aufschrecken ließ. Mr. Riesenohr saß wie vor Entsetzen erstarrt neben ihr, sie versteckte ihn hastig am Fußende des Bettes. Blut schoss ihren in den Kopf und pochte so laut hinter ihren Ohren, dass es jedes andere Geräusch übertönte. Ihre Gedanken überschlugen sich. Jemand näherte sich ihrem Zimmer. Die fünfte Stufe auf der Treppe ins Obergeschoss knarzte leise, wenn man darauf trat. Das musste das Geräusch gewesen sein, dass sie gehört hatte. Sie spürte plötzlich den Drang, zur Toilette zu laufen. Sie durfte nicht ins Bett machen. Sie war schon ein großes Mädchen. In drei Monaten war schon ihr neunter Geburtstag. Sie bemühte sich, ihre Blase unter Kontrolle zu halten, als sie hörte, wie die Tür zu ihrem Zimmer geöffnet wurde. Dann hörte sie ein Flüstern:

»Ich komme zum Spielen. Bist du bereit?«

Sie begann am ganzen Körper zu zittern. Es war so weit. Es passierte wieder. Sie versuchte, sich zu verstecken, doch dann entfuhr ihr ein stummer Aufschrei, als jemand die Decke davonriss. Sie schloss die Augen ganz fest und rollte sich zu einem kleinen Ball zusammen. Kalte Hände packten sie an den Schultern. Sie kauerte sich noch enger zusammen.

»Komm schon, kleine Schwester. Es ist Zeit für unser geheimes Spiel. Wach auf. Es macht dir doch so viel Spaß.«

Dieselben Hände zogen an ihrem Nachthemd und hoben es weit über ihre Hüften, sie spürte die kühle Luft um den Unterkörper. Ihr stiegen Tränen in die Augen, während sie versuchte, sich davon zu winden. Er gab ihr einen heftigen Klaps auf den Po.

»Ruhe! Niemand kann dich hören.«

Er packte sie und zerrte an ihren Beinen, bis sie flach auf dem Rücken lag und ihm in die seelenlosen Augen starrte.

»So ist es besser. Und jetzt spiel brav mit«, sagte Lucas. Er streichelte ihr mit einem Finger über das Gesicht. Sie konnte den Alkohol in seinem Atem riechen. Mommy roch auch manchmal danach. Dann wurde sie immer besonders liebevoll und anhänglich und wenn sie an einem Abend viel Wein getrunken hatte, sah sie immer nach ihrer Tochter und gab ihr einen flüchtigen Kuss auf die Stirn, bevor sie selbst ins Bett ging. Was jetzt passierte hatte damit jedoch gar nichts zu tun.

Lucas' Atem roch sauer und sie wandte angewidert das Gesicht ab. Es war ihm egal. Er beugte sich näher zu ihr herunter und mit einem leicht unkonzentrierten Blick murmelte er: »Du bist so hübsch. Du bist perfekt. Ich freue mich darauf, bald so eine hübsche kleine Schwester zu haben.«

Sie versuchte, den Atem anzuhalten, während er sprach. Ihr Herz raste. Sie spürte, wie sein Gewicht sie in das Bett drückte und wusste, was gleich passieren würde. Es war genau wie letztes Mal, als Mommy mit Paul zum Essen gegangen war. Damals hatte Lucas aufhören müssen, weil sie unerwartet zurückgekommen waren. Er hatte sie eingeschüchtert und bedroht, bevor er gegangen war und sie hatte nie ein Wort über diese Nacht verloren. Vieles davon hatte sie verdrängt, immer in der Hoffnung, dass es nie wieder passieren würde. Aber als sie jetzt seine Körperwärme durch ihr dünnes Nachthemd fühlte, wusste sie, dass sie diesmal nicht so viel Glück haben würde.

»Du weißt, was du zu tun hast, oder? Sonst reiße ich deinem dummen Hasen den Kopf ab und lasse dich dabei zusehen, wie ich seine Füllung über den ganzen Fußboden verteile. Du willst doch nicht, dass deinem Hasen irgendetwas zustößt, nicht wahr?« Ein grausames Grinsen erschien auf seinem Gesicht.

Dasselbe hatte er ihr auch angedroht, als er das letzte Mal in ihr Zimmer gekommen war. Er würde Mr. Riesenohr in seine Einzelteile zerlegen, wenn sie sein Spiel nicht mitspielte. Sie hatte große Angst davor, ihren Hasen zu verlieren. Er war alles, was ihr von ihrem Daddy geblieben war. Sie versuchte verzweifelt, gegen die Tränen anzukämpfen.

»Bereit, kleine Schwester?« Ohne den Blick von ihr abzuwenden, ließ er eine Hand an den Bund seiner Trainingshose gleiten und streifte sie in einer einzigen Bewegung zusammen mit seiner Unterhose ab. Mit seinem entblößten Glied kniete er sich wieder über sie.

»Na los. Fass ihn an.« Er griff nach ihrem Handgelenk und zog sie näher zu sich. »Halt ihn«, zischte er. Sie öffnete die Hand und schloss die Finger um ihn. Lucas stöhnte auf.

»Genau so. Massiere ihn, wie ich es dir letztes Mal gezeigt habe.«

Wieder gehorchte sie.

»Nein, so geht das nicht«, platzte er heraus, als seine Erektion nachließ. »Du machst es nicht richtig!« Er packte sie mit beiden Händen an der Taille und während er sich auf den Rücken rollte, zog er sie über sich und setzte sie auf seinen Schoß, wo er sie festhielt. Als er ihre nackte Haut an seiner eigenen spürte, kam ihm ein neuer Gedanke und ein finsteres Lächeln erschien auf seinem Gesicht.

»Es wird nicht wehtun. Wir haben eine besondere Verbindung. Ein gemeinsames Geheimnis als Bruder und Schwester«, flüsterte er.

Er schob einen Finger in sie hinein, immer tiefer, als würde er nach etwas suchen. Sie war gelähmt vor Angst und konnte sich nicht dagegen wehren, als auch ein zweiter Finger in sie eindrang und sie weiter dehnte. Große Tränen kullerten über ihre Wangen. Sie wollte, dass Lucas aufhörte. Aber er war wie weggetreten und murmelte nur zusammenhangslose Wortfetzen vor sich hin.

Sie wand sich verzweifelt in seinem Griff, aber er war zu stark für sie. Er tat ihr weh. Sie wollte ihn anschreien, damit er aufhörte, als sie plötzlich die Stimme ihres Vaters hörte. Er war sehr sauer auf Lucas. Lucas sollte das nicht tun. Mr. Riesenohr hatte sich bewegt und saß jetzt neben ihrem Bein. Er sah mit einem ernsten Blick zu ihr auf. Er hatte ihr etwas Wichtiges über ihren Nachttisch zu sagen. Sie lauschte gespannt. Die Tränen versiegten schlagartig und ein fremdartiges Gefühl schwemmte die Panik davon. Es war so überwältigend, dass sie es kaum kontrollieren konnte. Sie würde nicht zulassen, dass Lucas ihr das antat.

Lucas stöhnte mit geschlossenen Augen lustvoll vor sich hin. Sie erkannte ihre Gelegenheit und als Mr. Riesenohr »Jetzt!« rief, sprang sie nach vorne. Lucas war für einen Moment verwirrt, als er ihre Berührung nicht mehr spürte. Er schlug die Augen auf und schrie erschrocken auf, als sie den spitzen, roten Buntstift in die Luft hob und mit aller Kraft in sein linkes Auge rammte.

1

Robyn Carter saß in ihrem fünf Jahre alten, silbernen VW Polo und wartete darauf, dass die Haustür geöffnet wurde. Sie konnte sich die Zeit nicht mit einem Buch oder einem Kreuzworträtsel vertreiben, denn sie musste sofort handlungsbereit sein. Auf dem Beifahrersitz, zusammen mit der leeren Verpackung eines Fruchtnussriegels lag ihre Videokamera.

Ihre Zielperson, Terence Smith, hielt sich dort drüben auf, in der Rosewood Avenue 52, und sie lauerte ihm auf. Terence wollte Versicherungsansprüche wegen seinem Rücken geltend machen. Angeblich hatte er sich beim Transport von Fässern im Pub verletzt. Die Versicherung hatte jedoch so ihre Zweifel an der Geschichte und hatte deswegen die R.&J. Partnerdetektei beauftragt, in dem Fall zu ermitteln.

Sie saß seit sieben Uhr morgens in ihrem Auto und starrte nur auf die Tür. Ein Großteil ihrer Arbeit bestand darin, auf der Straße vor Wohnhäusern oder Büros herumzuhängen, und die meiste Zeit war es einfach nur todlangweilig. Aber für Robyn war das kein Grund, sich zu beschweren. Die Zeit war ihre Verbündete und sie war endlos geduldig – eine Fähigkeit, die sie während ihrer Arbeit bei der Polizei perfektioniert hatte.

Sie warf einen Blick auf die Uhr – ein Geschenk ihrer Eltern zu ihrem sechzehnten Geburtstag. Damals waren sie am grauenvoll schlechten Zeitmanagement ihrer Tochter fast verzweifelt. Die Uhr war schlicht, mit einem weißen Ziffernblatt und feinen, goldenen Zeigern. Sie ging auf die Sekunde genau, darauf konnte sie sich immer verlassen.

Deswegen wusste Robyn auch die exakte Uhrzeit, zu der ihre Eltern von einem betrunkenen LKW-Fahrer erfasst und getötet worden waren, als sie mit ihrem Labrador, Rufus, einen Spaziergang gemacht hatten. Sie kannte die genaue Uhrzeit, zu der Dr. Mahmoud ihr mitgeteilt hatte, dass sie schwanger war, und um welche Zeit sie das Hotelzimmer in Marrakesch betreten hatte und es kaum erwarten konnte, mit ihrem Verlobten Davies darüber zu sprechen. Er arbeitete für den Geheimdienst des Militärs und hatte sich mit einem Informanten getroffen, der die Position mehrerer militanten Splitterzellen kennen sollte. Sie erwartete seine Rückkehr mit nervenaufreibender Spannung, wollte sein Gesicht sehen, wenn sie ihm von dem Baby erzählte. Sie wusste auch, um wie viel Uhr das Telefon geläutet hatte und eine leise Stimme am anderen Ende der Leitung ihr mitteilte, dass Davies in einem Hinterhalt vor der Stadt getötet worden war. Und sie kannte die Uhrzeit, zu der sie die Fehlgeburt gehabt hatte. All das war schon so lange her und es kam ihr vor, als wäre es in einem anderen Leben passiert. Sie hatte sich seitdem sehr verändert. Gedankenverloren fuhren ihre Finger über das lederne Armband, als sie die Uhrzeit überprüfte. Es war exakt neun Uhr dreißig, als der Mann das Haus verließ.

Robyn hatte ihren Wagen in etwa dreißig Metern Entfernung am Straßenrand geparkt. Ihr Partner, Ross, stand auf der anderen Straßenseite, damit sie sofort die Verfolgung aufnehmen konnten, egal in welche Richtung ihre Zielperson hinter der Ausfahrt abbog.

Robyn schnappte sich ihre Videokamera vom Beifahrersitz und drückte den Aufnahmeknopf. Terence Smith war in seinen Fünfzigern, stämmig und wurde langsam kahl. Er pfiff vergnügt vor sich hin, während er selbstsicher zu seinem Ford Mondeo schlenderte. Dort angekommen fielen ihm die Autoschlüssel aus der Hand und landeten klirrend auf dem Boden. Er bückte sich, um sie aufzuheben, öffnete schwungvoll die Autotür und schlüpfte hinein.

»Hab ich dich!«, murmelte Robyn. Sie hatte den Videobeweis, dass er problemlos in sein Auto steigen konnte, ohne irgendeinen Hinweis auf Rückenschmerzen oder eingeschränkte Bewegungsfreiheit. Sie hatte ihn die ganze Woche lang beschattet und dabei gefilmt, wie er in den Supermarkt gegangen und mit zwei vollen Einkaufstüten zurückgekommen war. Auch diese hatte er ohne Schwierigkeiten in den Kofferraum gehoben.

Sie legte die Kamera wieder weg. Jetzt war es an der Zeit, ihn zu verfolgen. Sie vermutete, dass er wieder zur Mucky Duck fahren würde, einer heruntergekommenen Kneipe im Nachbardorf, wo er halbtags als Barkeeper arbeitete. Wenn sie Glück hatte, würde sie ihn sogar auf frischer Tat erwischen, wenn er dort ein Fass austauschen müsste. Kurz darauf fuhr er auch schon an ihr vorbei und sie warf den Motor ihres Polos an, um ihm in sicherer Entfernung zu folgen.

Anders als bei einem untreuen Ehemann, konnte es sich über Wochen und Monate hinziehen, Beweise für Versicherungsbetrug zu finden. Robyn nahm die unzähligen Stunden der eintönigen und ergebnislosen Beschattung solcher Fälle einfach hin. Sie konzentrierte sich lieber auf die Erfolge. Sie war eine erfolgsorientierte Frau. Und sie würde auch diesen Kerl überführen, egal wie lange es dauerte, die nötigen Beweise zusammen zu sammeln.

Sie überholte einen Toyota Prius, der im Schneckentempo dahinschlich, und reihte sich hinter dem Ford Mondeo ein. Sie machte sich keine Sorgen, dass sie jemand erkennen könnte. Sie war wie ein Chamäleon. Weder sie selbst, noch ihr farbloses Auto zogen irgendwelche Aufmerksamkeit auf sich. Ihr Armaturenbrett leuchtete auf, als ein Anruf einging.

»Hey, Ross.«

Seine Stimme war tief und rau vom jahrzehntelangen Kettenrauchen: »Du gewinnst mal wieder. Ich fahre zurück ins Büro und lass dich das machen.«

»Kein Problem, ich melde mich später wieder bei dir.«

»Das wird wohl nichts. Ich kümmere mich heute Abend um Robert Brannigan. Seine Frau hat vorhin im Büro angerufen und gesagt, er will ausgehen. Er behauptet, sich mit Freunden zu treffen, aber sie vermutet, dass er zu seiner neuen Affäre fährt. Sie meinte, sie hätte eindeutige Anzeichen dafür gesehen, sowas wie neue Jeans und Rasierwasser. Es ist wohl schon mal vorgekommen und sie ist misstrauisch.«

»Viel Glück damit. Nicht gerade mein Lieblingsjob.« Sie hasste es, ihren Klienten mitteilen zu müssen, dass sie mit ihrem Verdacht die ganze Zeit richtiggelegen hatten; oder ihnen E-Mails mit Fotografien von geliebten Menschen in verhängnisvollen Situationen schicken zu müssen, mit dem Wissen, dass sie sich daraufhin trennen würden.

»Ein Job ist ein Job. Irgendwann stumpft man einfach ab. Obwohl ich sagen muss, dass es mich schon sehr überraschen würde, wenn Robert Brannigan eine Affäre hätte. Er dürfte zu den hässlichsten Kerlen der Welt gehören. Wer will mit so einem flirten?«

»Manche Frauen sollen ja auf einflussreiche Männer stehen. Vielleich ist es das. Denk nur mal an die ganzen hässlichen Popstars und Politiker mit ihren jungen, hübschen Freundinnen. Robert sitzt im Stadtrat. Irgendeine fährt bestimmt darauf ab, dass er die ganzen wichtigen Entscheidungen über Bremsschwellen und Recyclingvorschriften treffen darf und kann es gar nicht erwarten, mit ihm ins Bett zu steigen.«

Ross erkannte den zynischen Ton in ihrer Stimme und schnaubte verächtlich. »Das wird es sein. Oder so eine alte Jungfer will ihm einen Behindertenausweis abringen, damit sie näher am Supermarkt parken kann.« Bei dem Gedanken lachte er auf. »Okay, dann sehen wir uns morgen. Mach kein zu großes Fass auf.«

Er legte auf und Robyn konnte über seinen schrecklichen Wortwitz nur den Kopf schütteln. Ross war nie der Gesprächigste gewesen. Er war ihr Cousin und mit seinen fast fünfzig Jahren war er ein ganzes Jahrzehnt älter als sie. Er hatte ein freundliches Gesicht, vor allem, wenn er amüsiert mit den buschigen Brauen über den grünen Augen wackelte. Abgesehen davon war er eher durchschnittlich. Seine dunklen Haare waren inzwischen mit grauen Strähnen durchsetzt und unmöglich zu bändigen. Er konnte sich noch so viel Mühe mit dem Kamm geben, sie standen immer in alle Richtungen ab, was ihn aussehen ließ, wie grade aufgestanden. Aber sein Äußeres täuschte, denn in Wirklichkeit war er intelligent und aufmerksam. Und niemand legte sich so schnell mit ihm an.

Robyn empfand großen Respekt für ihren Cousin. Er war für sie dagewesen, als sie, ein Schatten ihrer selbst, aus Marokko nach Großbritannien zurückgekommen war. Mit ihrem Verlobten und ihrem ungeborenen Kind hatte sie zwei geliebte Menschen in so kurzer Zeit verloren, dass sie daran zerbrochen war. Es hatte lange gedauert, bis sie sich von dem Verlust erholt hatte. Sie hatte sich genötigt gesehen, ihre Stelle bei der Polizei aufzugeben, obwohl sie den Job geliebt hatte. Ross und seine Frau Jeanette hatten sich um sie gekümmert und sie schließlich wieder ins Leben zurücklocken können. Es war Ross gewesen, der ihr vorgeschlagen hatte, ihn in seiner Privatdetektei zu unterstützen, bis sie sich erholt genug fühlte, um zur Polizei zurückzukehren. Es war genau der richtige Weg gewesen. Die Arbeit mit Ross war abwechslungsreich, aber nicht zu anstrengend. Die Arbeitszeiten waren absolut unmenschlich, wodurch ihr keine Zeit für soziale Kontakte blieb, und sie musste so gut wie nie mit jemandem sprechen. Kurz gesagt, es war der perfekte Job für sie.

Sie warf einen Blick in den Rückspiegel. Der Prius war nicht mehr zu sehen und hielt woanders den Verkehr auf. Als sie sich dem Mucky Duck näherten, ließ sie sich zurückfallen und wartete ab, bis Terence Smith auf den Parkplatz abbog. Dann fuhr sie an der Einfahrt vorbei und parkte in einiger Entfernung. Robyn überprüfte noch einmal, ob ihr Handy im Aufnahmemodus war, und wartete weitere fünf Minuten ab, bevor sie sich ihren Notizblock und einen Kugelschreiber schnappte und die Kneipe betrat.

Terence stand hinter der Bar und unterhielt sich mit einem Mädchen Anfang zwanzig. Sie war stark geschminkt und Robyns Mutter hätte wohl gesagt, dass sie einen Gürtel als Rock trug. Für einen Augenblick schweiften ihre Gedanken ab und sie erinnerte sich an ihre Eltern. Sie konnte immer noch das temperamentvolle Lachen ihrer Mutter hören, wenn sie daran dachte, wie sehr die beiden das Leben genossen hatten. Die Stimmung in ihrem Zuhause war immer fröhlich – Robyns Kindheit war fröhlich gewesen. Aber jetzt war nicht die Zeit, in Erinnerungen zu schwelgen. Sie schüttelte die Gedanken ab und setzte sich an die Bar, woraufhin Terence ihr einen flüchtigen Blick zuwarf.

»Was kann ich dir bringen, Liebes?«, fragte er.

»Orangensaft«, antwortete sie. Er nickte und wandte sich ab. Er beachtete sie kaum, denn er steckte gerade mitten in einer Unterhaltung über eine junge Kollegin, die wohl von einem Gast belästigt worden war.

»So ein Dreckssack. Ich wette, er hat auch noch eine Frau zu Hause«, vermutete er gerade, als er den Orangensaft einschenkte, dann stellte er das Glas vor ihr auf den Tisch.

»Macht zwei fünfzig, Liebes«, sagte er, steckte die Münzen ein, die sie ihm hinschob, und wandte seine Aufmerksamkeit zwei neuen Gästen zu, die ihn ausschweifend begrüßten.

»Wie steht's, Smithy? Bist du am Sonntag beim Spiel noch dabei?«

»Klar doch«, erwiderte Terence. »Das wird ein richtiger Spaß! Die Kerle aus Sandtown nehmen keine Rücksicht auf Verluste. Die rammen uns ungespitzt in den Boden, anstatt brav und friedlich Fußball spielen. Aber ich hab trainiert.« Mit einem stolzen Grinsen präsentierte er seinen Bizeps. »Ich hab heute dreißig Kilo gestemmt. Wenn dieser aufmüpfige Trottel von Mittelfeldspieler mir blöd kommt, gebe ich ihm einfach eine mit. Der wird sich erst fragen können, was passiert ist, wenn er im Krankenhaus wieder aufwacht. Er hat Gazza letztes Mal absichtlich mit einer Blutgrätsche erwischt, wird Zeit, dass es ihm einer heimzahlt.«

Niemand verschwendete auch nur einen Blick auf Robyn. Ihr

Handy lag auf der Bar und sie kritzelte einige Zeilen in ihr Notizbuch. Wenn jemand sie beobachtete, würde er nur Begriffe wie »Präsentation« und »Ideenpool« lesen und vermuten, dass sie sich auf ein Meeting vorbereitete. Obwohl sie mit ihren 1,77 Metern recht groß war, war sie unauffällig gekleidet. Die Flachen Stiefel unter der dunklen Jeans, zusammen mit dem grauen Kapuzenpullover, zogen keinerlei Aufmerksamkeit auf sich. Ihr mausbraunes Haar hing ihr vor das ungeschminkte Gesicht und ihre große, dick umrandete Brille kaschierte den suchenden Blick ihrer dunkelblauen Augen.

Robyn war geschickt darin, sich nach Belieben jeder Aufmerksamkeit zu entziehen. Über die Jahre hatte sie diese Fähigkeit immer weiter perfektioniert und sie hatte ihr gute Dienste geleistet. Sogar nachdem sie sie getroffen hatten, fiel es den Leuten ungewöhnlich schwer, ihr Aussehen zu beschreiben. Sie war »gewöhnlich« und ihrer Meinung nach war das die vorstellbar beste Tarnung für einen Privatdetektiv – oder aber einen verdeckten Ermittler in der Polizei von Staffordshire.

Die Gäste fuhren damit fort, Beleidigungen und Fußballbegriffe aneinanderzureihen, während Terence durch die Hintertür verschwand. Zusammen mit den Fotografien vom Nachmittag hatte Robyn für den Moment genug Beweise gesammelt. Das Fußballspiel am kommenden Wochenende würde den krönenden Abschluss ihrer Ermittlungen darstellen, danach konnte sie alles der Versicherung übergeben und die würden weitere Schritte einleiten. Sie trank ihren Orangensaft aus und verließ unbemerkt die Kneipe.

Zurück in ihrem Polo hörte sie sich die Aufnahmen an. Terences Stimme war deutlich zu verstehen, das würde als Beweis ausreichen. Sie sah in den Rückspiegel und schenkte ihrem Spiegelbild ein lustloses Lächeln. Die schlichte Frau mit der großen Adlernase und dem blassen Gesicht, die ihr dort entgegensah, konnte zwischen dreißig und fünfzig jedes Alter haben.

In wenigen Handbewegungen hatte sie Brille und Perücke abgenommen und band ihre haselnussbraunen Haare zu einem

Pferdeschwanz zusammen. Sie legte den ersten Gang ein und fuhr gemütlich davon. Ein lautes Magenknurren erinnerte sie daran, dass sie den ganzen Tag noch nichts gegessen hatte. Aber Robyn hörte nicht darauf, was ihr Magen zu sagen hatte. Sie hatte kein Interesse an einem Abendessen. Was sie jetzt brauchte, war ein ordentlicher Endorphinrausch.

———

Bis auf die üblichen Verdächtigen war das Fitnessstudio vollkommen ausgestorben. Egal zu welcher Uhrzeit sie herkam, ob es nun sechs Uhr morgens war, oder neun Uhr abends, ihr begegneten immer dieselben drei Leute, die sich an den Stemmeisen oder auf dem Laufband abmühten. Mit gesenktem Blick und den Kopfhörern in den Ohren, waren sie vollkommen in ihre eigene Welt vertieft. Manchmal fragte Robyn sich, ob sie das Studio jemals verließen oder schon hier wohnten. Auch ihr selbst war das Training wichtig, aber immerhin hatte sie draußen auch noch eine Arbeit und ein Leben. Diese Typen sahen aus, als würde es das Ende ihrer Welt bedeuten, wenn man ihnen sagte, dass sie einmal nicht trainieren konnten.

Sie hängte ihr Handtuch über das Laufband und führte ein paar Dehnübungen aus, um warm zu werden. Sie hatte zu lange in ihrem engen Polo gesessen und ihr Nacken knirschte, als sie sich streckte.

Robyn stieg auf das Laufband und startete in einer niedrigen Geschwindigkeit. Sie hielt nichts davon, zu schnell anzufangen. Wie alle Aspekte in ihrem Leben war auch ihr Training maßvoll, langsam aber stetig. Sie konnte immer noch die Geschwindigkeit erhöhen, wenn ihr Körper bereit war. Ihre Schritte fielen schnell in einen gleichmäßigen Rhythmus und sie ignorierte dabei ihr Spiegelbild. Bei Übungen mit Gewichten oder anderen Geräten war es sinnvoll, zwischendurch die Körperhaltung mithilfe des Spiegels zu überprüfen und notfalls zu korrigieren. Aber sie sah sich nicht gerne selbst beim Laufen zu. Stattdessen beobachtete sie lieber die anderen Leute im Studio.

In einer Ecke machte eine Frau in ihren Vierzigern Crunches auf einem großen, blauen Gymnastikball. Das war Tricia, die nach ihrer Scheidung alles daransetzte, so viele Männer wie möglich auf sich aufmerksam zu machen. Sie hatte einen Großteil der Scheidungsvereinbarung in Fettabsaugungen und Brustvergrößerungen investiert und kam jetzt seit sechs Monaten jeden Tag ins Fitnessstudio. Sie trug am liebsten freizügige Oberteile und hauteng anliegende Lycra-Shorts. Sie nickte Robyn kurz zu, sprach aber ausschließlich mit den männlichen Besuchern des Studios. Robyn erhöhte die Geschwindigkeit des Laufbands. Anders als die meisten hörte sie keine Musik beim Training. Sie war es gewohnt, immer auf der Hut zu sein.

Tricia beendete ihre Übungen und bewunderte ihr Spiegelbild, bevor sie in Richtung des Ausgangs ging, wo sie Dean, einen der Trainer, ins Gespräch verwickelte. Er gab Kickboxkurse und einige der intensiveren Aerobickurse. Robyn blieb lieber bei Spinning, wo sie in Ruhe auf ihrem stationären Fahrrad ihre Ausdauer trainieren konnte. Das ermunterte weniger zu Plaudereien oder Geselligkeit – zumindest nicht bei Robyns Herangehensweise. Sie drehte den Widerstand aufs Maximum und strampelte so schnell sie konnte dagegen an, angetrieben durch die rhythmische Musik und die Motivationsrufe des Trainers.

Sie hatte schon an mehreren Triathlons teilgenommen und wenn sie dafür trainierte, dann kombinierte sie Spinningkurse mit Krafttraining und Laufen, und legte außerdem unzählige Kilometer auf ihrem Rennrad zurück. Es war ein italienisches Modell mit einem Karbonrahmen. Im Moment gab es aber keinen Anlass, so intensiv zu trainieren, also ließ sie es ein wenig ruhiger angehen.

Robyn mochte ihren Körper. Er hatte ihr durch die eine oder andere schwierige Situation geholfen und im Gegenzug kümmerte sie sich um ihn, so gut sie konnte. Sie hatte sich den Körperbau eines durchtrainierten Athleten erarbeitet: Muskulös, straff und auf alle Eventualitäten vorbereitet.

Eine leise Stimme in ihrem Kopf fragte sie, was nur aus ihr geworden war. War sie nicht mehr, als ein Roboter, der trainierte, auftankte und so viele Wochenstunden wie möglich arbeitete? Sie versuchte, die Stimme zum Schweigen zu bringen, indem sie die Geschwindigkeit auf dem Laufband noch einmal erhöhte und alle Gedanken auf ihren Fall mit Terence Smith konzentrierte. Ob sie wohl schon genug Beweise hatte? Wenn ja, würde sie bald einen neuen Fall brauchen. Irgendeine Beschäftigung, die ihre Zeit und Gedanken einnahm und sie von den Stimmen in ihrem Kopf ablenkte, von dem Schmerz, der sie zu überwältigen drohte.

Hochkonzentriert lauschte sie dem beruhigenden Rauschen der Maschine, während sie lief. Ihr Körper begann, Endorphine auszuschütten, und das wohlige Gefühl überkam sie, nach dem sie so süchtig war. Der Moment der Anspannung zog vorüber. Sie würde die Kontrolle über die Stimmen behalten und den Schmerz in ihrem Inneren verschließen. Sie hoffte inständig, dass sie nie die Beherrschung verlieren würde.

2

Abigail Thorne wischte das Gesicht ihrer Tochter mit einem feuchten Tuch sauber und bewunderte ihr Werk. Izzy schenkte ihr ein zahnloses Lächeln, bis auf die beiden unteren Schneidezähne, die ihr über die vergangenen Wochen das Leben schwergemacht hatten. Jetzt deutete auch nichts mehr darauf hin, dass ihre Wangen mit den niedlichen Grübchen bis gerade eben noch voller Apfelkompott gewesen waren.

»So ist es besser, du kleines Äffchen«, scherzte sie und kitzelte Izzy an den Zehen. »Das muss als Frühstück reichen, junge Dame. Zumindest bis alle gesehen haben, wie hübsch du in deinem neuen Kleid aussiehst.«

Zwei Arme schlangen sich von hinten um ihre Taille und sie spürte den warmen Atem ihres Ehemannes Jackson, als dieser ihr einen sanften Kuss auf den Nacken drückte. Ein wohliger Schauer überkam sie für den Bruchteil eines Augenblicks. Sie versuchte, das Gefühl festzuhalten, aber es verschwand so schnell wie es gekommen war.

»Wie geht es unserem kleinen Engel heute?«

»Wunderbar. Ich glaube, der zweite Zahn stört sie nicht mehr. Sie hat ihr Frühstück ganz aufgegessen.«

Widerstrebend löste Abigail sich von ihm, um den Waschlappen auszuspülen. Izzy quietschte vor Aufregung, als sie ihren Vater sah und streckte die Arme in die Luft.

»Hallo, kleines Monster«, sagte er, woraufhin sie anfing, fröhlich zu plappern. »Bist du ein Flugzeug?« Sie gluckste und versuchte, sich aus ihrem Hochstuhl zu winden.

»Huch! Warte auf Daddy«, sagte er, öffnete den Haltegurt und nahm das Kind auf die Arme. Izzy riss begeistert die Augen auf, als er sie hoch über seinen Kopf hob und sich mit ihr im Kreis drehte, während er die ganze Zeit ein Geräusch machte, wie das Brummen eines Motors.

Abigail warnte ihn: »Wirble sie nicht zu sehr herum. Sie hat gerade erst gegessen.«

»Ach was, es geht ihr gut. Sie kommt ganz nach ihrem alten Herren: Robust wie ein Ochse!«, antwortete er und ließ Izzy hoch und runter fliegen, genoss voll und ganz das herzliche Kichern das über die Lippen des Kindes kam. Abigail musste unwillkürlich über die Spielereien der beiden lächeln und für einen Moment vergaß sie sogar, warum sie sich so bedrückt gefühlt hatte.

Jackson hörte auf und hielt Izzy mit einer Armlänge Abstand fest. »Das reicht, kleines Monster. Ich will kein Überraschungskompott im Gesicht haben.« Er setzte das Mädchen in den Laufstall in einer Ecke der Küche, wo sie sich auf die Seite fallen ließ, einen kleinen Stoffhund packte und ihn sich in den Mund steckte. Die ganze Zeit über wandte sie den Blick ihrer großen, blauen Augen aber nicht von ihren Eltern ab.

»Und wie geht es meinem großen Engel?«, fragte Jackson, während er eine Tasse unter die Kaffeemaschine stellte.

»Gut«, antwortete sie.

»Sicher? Du bist seit einigen Wochen so ruhig«, sagte er, wobei er sich um einen verständnisvollen Ton bemühte. »Ich weiß, ich war in letzter Zeit selten zu Hause, das war bestimmt auch keine große Hilfe.«

»Das ist es nicht«, erwiderte sie. Ihre Probleme hatten nichts mit Jackson zu tun. »Ich bin einfach nicht ganz auf der Höhe. Izzy hat sehr unruhig geschlafen seit sie zahnt und ich hab kaum ein

Auge zugemacht. Und tagsüber läuft sie immer auf Hochtouren, sie will nicht mal ein Nickerchen machen – im Gegensatz zu ihrer Mutter. Ich brauche nur etwas mehr Energie, das ist alles.«

Sie wusste schon, was er ihr zwischen den Zeilen eigentlich sagen wollte. Als Jackson am vergangenen Abend ins Bett gekommen war, hatte er Annäherungsversuche gemacht, aber sie hatte sich schlafend gestellt. Er hatte alle Register gezogen, aber sie hatte nicht reagiert und stillgelegen, bis er aufgegeben hatte. Mit einem enttäuschten Seufzen hatte er sich auf die andere Seite gerollt und sie hatte wie versteinert abgewartet, bis seine Atemzüge tiefer wurden. Erst dann hatte sie gewagt, sich zu bewegen. Sie hatte sich auf den Rücken gedreht, in die Dunkelheit gestarrt und sich zum unzähligsten Mal gefragt, was sie gegen ihre sexuelle Unlust tun konnte.

Jackson hätte an diesem Morgen in der Arbeit sein sollen. Es fühlte sich seltsam an, ihn zu Hause zu haben. Sie hatten ihre Routine und es machte Abigail nervös, wenn diese gestört wurde. Normalerweise ging er früh aus dem Haus und wenn er erst später am Tag fliegen musste, stand Abigail früh auf, um sich um Izzy zu kümmern. Er nutzte die Zeit dann, um einige Stunden Schlaf aufzuholen, bevor er unter die Dusche sprang und sich dann auf den Weg zum Flughafen machte.

Izzy war das Zentrum ihrer Aufmerksamkeit. Jeder Tag war sorgfältig darauf ausgerichtet, um ihren Bedürfnissen und Wünschen nachzukommen. Wenn sie ausgehen wollten, musste alles gut geplant sein, damit Abigail auch genug Windeln, Lätzchen, Wechselkleidung, Fläschchen und die üblichen Utensilien dabeihatte, die man als Eltern eines kleinen Kindes eben brauchte. Und wenn sie zu Hause blieben, war sie immer wieder überrascht, wie schnell der Tag vorbei war, wenn man versuchte, Hausarbeit, Einkäufe und Izzys Betreuung unter einen Hut zu bringen.

Abigail liebte es, Mutter zu sein. Sie hatte es auch genossen schwanger zu sein und sich genau informiert, welche Entwicklungsstufen die kleine Izzy in ihrem Bauch durchmachte. Während der Schwangerschaft war sie aufgeblüht. Sie hatte

Gefallen an ihrer körperlichen Reife und der Fülle ihrer Brüste gefunden. Sie war voller Vorfreude auf die Geburt gewesen und darauf, das Kind kennenzulernen. Sie hatte ihre neue Rolle als Mutter sofort angenommen und wollte ihr geliebtes Baby nicht eine Sekunde lang aus den Augen lassen. Sie war bereit und willig, ihrem Kind jeden Funken ihrer Aufmerksamkeit zu schenken.

Aber das war auch ein Teil des Problems. Während Abigail so darauf konzentriert war, die perfekte Mutter zu sein, hatte sie verlernt, auch Ehefrau zu sein.

Dann war da noch Jacksons Job.

Er arbeitete zu unregelmäßigen Zeiten als Privatpilot für BizzyAir Business Aviation, eine Fluggesellschaft, die er mit seinem eigenen kleinen Flugzeug gegründet hatte, nur zwei Jahre bevor er Abigail kennengelernt hatte. Inzwischen bediente er zwei Maschinen. Eine davon war ein Gulfstream 550 Jet, der bis zu sechzehn Passagiere befördern und über zwölf Stunden ohne Tankstopp fliegen konnte. Er war besonders für transatlantische Flüge geeignet. Das zweite Flugzeug war ein Citation Jet III, der Platz für bis zu sieben Passagiere bot und fast fünf Stunden ohne Zwischentanken in der Luft blieb. Diesen nutzte er meistens für Flüge innerhalb Europas.

Er hatte mehrere Piloten eingestellt, die seine beiden Flugzeuge um die ganze Welt flogen, aber auch er selbst stieg noch regelmäßig ins Cockpit. Es war nicht ungewöhnlich für ihn, zu den unchristlichsten Uhrzeiten zur Arbeit gerufen zu werden, um einen Jet nach Amsterdam oder Südspanien zu fliegen. Seine Kunden nahmen dann an Geschäftstreffen teil und flogen oft noch am selben Tag zurück, um rechtzeitig zum Abendessen oder Frühstück mit der Familie wieder zu Hause zu sein.

Die unberechenbaren Arbeitszeiten bedeuteten auch, dass er wenig Zeit für seine eigene Familie hatte. Aber für Abigail war das kein Problem. Sie war froh, dass sie die Zeit seiner Abwesenheit in Ruhe mit ihrer Tochter verbringen konnte.

»Also, was machen wir heute?«, wollte er wissen und nahm die volle Tasse aus der Kaffeemaschine. »Was hältst du davon, wenn wir Izzy die Tiere im Streichelzoo zeigen?«

Sie fühlte sich schuldig, als sie antwortete: »Ich treffe mich heute mit den Mädels zum Kaffeetrinken. Wir haben uns schon ewig nicht mehr gesehen. Izzy ging es ja so schlecht wegen ihren Zähnen und sie haben alle so volle Terminkalender. Ich hab auch nicht damit gerechnet, dass du einen freien Tag hast«, fügte sie hinzu, als sie die Enttäuschung auf seinem Gesicht aufflackern sah. Er hob die Tasse an die Lippen.

»Du könntest absagen«, schlug er vor. »Sag ihnen, dass ich zu Hause bin.« Er grinste sie an – es war ein sexy Lächeln, das ihr immer ein sehnsüchtiges Kribbeln durch die Adern gejagt hatte. Aber heute verfehlte es seinen Effekt. Sie schüttelte den Kopf.

»Tut mir leid, es ist zu spät, um abzusagen. Zoe hat sich extra einen Urlaubstag genommen. Es ist jetzt viel schwerer für sie, seit sie in London arbeitet«, erklärte sie, auch wenn sie genau wusste, dass es nur eine schlechte Ausrede war. Jackson holte schon Luft um zu antworten, aber in diesem Moment entfuhr Izzy ein lauter Rülpser, begleitet von einem Teil ihres Frühstücks. Abigail seufzte und ging zum Laufstall zu ihrer Tochter, deren Kinn jetzt mit gelbgrünlicher Masse verschmiert war.

Jackson hob entschuldigend die Augenbrauen. »Vielleicht ist sie doch nicht so robust wie ihr Vater«, sagte er. »Entschuldige, Schatz.« Als sie an ihm vorbeikam, streckte er die Hand aus, berührte Abigail am Arm und sah ihr in die Augen.

Sie blieb kurz stehen. »Schon gut.«

»Sicher?«, fragte er mit Nachdruck.

»Natürlich. Ich mache die kleine Dame lieber sauber.«

Sie hob das Kind aus dem Laufstall, zusammen mit dem Stoffhund in ihren kleinen Händen. Izzy betrachtete sie mit einem unschuldigen Blick und einem Ausdruck von Erstaunen, dann gurrte sie fröhlich – ein warmes, rollendes Geräusch, das Abigail jedes Mal ein Lächeln entlockte.

»Lass mich das machen«, sagte Jackson. »Es ist ja meine Schuld.«

Abigail schüttelte den Kopf. »Schon gut. Ich schaffe das schon.«

Wie er sich so gegen die Küchenanrichte lehnte, wirkte er ein wenig verloren und sie zögerte. Sie wollte irgendetwas sagen, um alles wiedergutzumachen, aber sie konnte nicht. Sie hatte ihm zu viele Dinge verheimlicht und sie konnte ihm den wahren Grund nicht sagen, warum sie in letzter Zeit so angespannt und durcheinander war. Die Notiz, die jemand nur eine Woche zuvor in ihren Briefkasten geworfen hatte, hatte sie völlig aus der Bahn geworfen.

Jemand kannte ihre Vergangenheit und es machte sie nervös. Sie hatte Izzys Zahnschmerzen als Entschuldigung für ihr Verhalten vorgeschoben. Aber die Wahrheit konnte sie mit niemandem teilen, nicht einmal mit Jackson. Und als wäre all das noch nicht genug, erinnerte sie das Gefühl ihres Handys in der hinteren Tasche ihrer Jeans ständig an die geheimnisvolle Nachricht, die alles zu verändern drohte.

Während sie dem zappelnden Baby das Gesicht putzte, reflektierte sie über ihr Zusammenleben mit Jackson. Er hatte ihr nie einen Grund gegeben, ihm zu misstrauen. Sie hatte alles, was sie sich wünschen könnte: Einen liebevollen, gutaussehenden Ehemann, der sie und ihre Tochter verehrte. Der Ausdruck in seinen Augen, wenn er seine Tochter zusammengerollt, eine winzige Faust in den Mund gesteckt, im Bett betrachtete, konnte nicht gespielt sein. Oder die Art, wie er Abigail nachts festhielt, einen Arm schützend um ihre Schulter gelegt und ihren Körper eng an seine Brust gepresst, sodass sie seinen Herzschlag spüren konnte.

Die Nachricht auf ihrem Handy war sicher nicht mehr als ein dummer Streich. Oder jemand hatte sich in der Nummer geirrt. Sie musste sich zusammenreißen.

Andererseits hatte sich vieles verändert, seit Izzy geboren worden war. Angefangen mit den vielen Nächten, in denen sie einfach nur geweint hatte. Nichts, was sie oder Jackson versucht hatten, konnte das Baby beruhigen. Abigail hatte es auf sich genommen, aufzubleiben und sie zu trösten, sie im Arm zu wiegen, ihr etwas vorzusingen und bis spät in die Nacht im Kinderzimmer auf und ab zu gehen.

Nach und nach raubte der Schlafmangel ihr die Kraft und sie verlor das Vertrauen in sich selbst. Obwohl Jackson ihr nie einen Grund gab, an ihrer Attraktivität zu zweifeln, war sie selbst nicht mehr so überzeugt davon. Sie sah doch ihren herabhängenden Bauch und die schlaffen Brüste, die nie genug Milch für Izzy gehabt hatten und jetzt leer und nutzlos waren. Ihr Inneres fühlte sich ausgeleiert an und der Riss, den sie erlitten hatte, als sie Izzys Kopf herausgepresst hatte, tat manchmal immer noch weh, obwohl die Nähte längst verheilt waren.

Sie musste sich irgendwie an ihr früheres Ich erinnern. Bevor die kleine Izzy den Mittelpunkt ihrer Welt erobert hatte. Sie musste mehr aus sich machen. Jackson hatte sich in eine dynamische Frau verliebt, die voller Energie gewesen war, Gesellschaft geliebt hatte und mit einem Lachen durchs Leben gegangen war.

Heute lachte er weniger. Wann hatte sie verlernt, ihn zum Lachen zu bringen?

Sie dachte an ihre dunklen Augenringe und den herauswachsenden Haaransatz. Darum sollte sie sich kümmern. Sie hätte viel eher einen Termin beim Frisör machen sollen, aber irgendwie war es nicht wichtig gewesen. Und dann war da auch immer Izzy, mit der sie spielen, oder um die sie sich kümmern musste. Für sie selbst blieb keine Zeit mehr übrig. Abigail war zu einer Vogelscheuche im Trainingsanzug verkommen. Wenn sie nicht aufpasste, würde Jackson bestimmt bald genug von seiner langweiligen Frau haben und nach einer Neuen Ausschau halten.

Izzy sah zu ihr hoch, ihr aufmerksamer Blick sprühte vor Neugier. Abigails Herz machte einen Sprung, ganz so wie damals, als sie Jackson zum ersten Mal gesehen hatte, und eine Welle der Wärme überschwemmte ihren ganzen Körper. Die Liebe war so eine mächtige, kraftgebende Verbündete. In diesem Moment traf sie eine Entscheidung. Die drohende Nachricht war der Weckruf, den sie gebraucht hatte.

Sie ging ins Schlafzimmer und setzte die gewaschene Izzy auf den Teppich. Das Baby beobachtete sie eingehend mit der Faust im Mund. Abigail stürzte sich kopfüber in ihren Kleiderschrank. Sie schlüpfte in eine körperbetonte, schwarze Hose und kombinierte sie mit einem reizenden Armani T-Shirt, das ihre Vorzüge hervorhob. Sie wusste, dass Jackson es an ihr mochte. Sie nahm etwas Mascara, pinselte sich einen Hauch Bronzer auf die Wangen und trug dann einen dunklen, roten Lippenstift auf, der mit den kastanienbraunen Strähnen in ihren Haaren harmonierte. Izzy gluckste zustimmend.

Sie nahm ihr Handy in die Hand und las sich die Nachricht ein letztes Mal durch: »Du bist nicht die einzige mit Geheimnissen. Frag Jackson, was er verheimlicht.«

Es war ganz sicher ein schlechter Scherz. Die Nachricht stammte von einer unterdrückten Nummer. Ihre Finger schwebten über den Tasten. Sie dachte darüber nach, zu antworten, aber dann wollte sie sich nicht auf eine Diskussion mit einem Fremden einlassen und heutzutage gab es ja alle möglichen merkwürdigen Betrugsmaschen.

Letztendlich antwortete sie: »Geh jemand anderem auf die Nerven« und löschte die beschuldigende Nachricht ein für alle Mal. Sie hob Izzy auf, die in ihren Armen vor Freude auf und ab hüpfte, und ging wieder nach unten zu Jackson.

»Na komm, kleiner Racker. Zeigen wir deinem Daddy, wie hübsch wir beide sind.«

3

Paul Matthews schnürte seine Sketchers Go Run Turnschuhe, die er in einer Rabattaktion für weniger als fünfundzwanzig Pfund bekommen hatte. Dennoch hatten sie in einem Test besser abgeschnitten, als die Laufschuhe teurer Top-Marken. Auch er selbst war zu dem Schluss gekommen, dass sie bequem waren und nicht an seinen schwieligen, vernachlässigten Füßen scheuerten. Im selben Artikel wurde davon berichtet, dass ein anonymer Bieter die Schuhe ergattert hatte, in denen Robert Bannister die berühmte Vier-Minuten-Meile gelaufen war. Sie waren bei einer Auktion von Christie's in London versteigert worden und hatten das Siebenfache ihres geschätzten Wertes erzielt. Er lächelte trocken und warf einen Blick auf seine blauen Turnschuhe. Er konnte von Glück reden, wenn er in einem Second-Hand Laden dafür noch ein paar Pfund bekam.

Ihm fuhr ein stechender Schmerz in den Rücken, als er seine 1,90 Meter Körpergröße vollständig aufrichtete. Eine Erinnerung daran, dass er sich für solche Dinge lieber setzen sollte. Er war immerhin kein junger Mann mehr. Auch wenn er mit seinen sechzig Jahren immer noch die Konstitution eines höchstens Vierzigjährigen besaß, holte das Alter in letzter Zeit mit großen Schritten auf. Zum Teil hatte das bestimmt mit seinem Sohn Lucas zu tun, aber vor allem mit den erdrückenden Schuldgefühlen, die mit jedem Tag schwerer auf seinen Schultern lasteten. In Gedanken verfluchte er Lucas, der seine Probleme auf seiner Türschwelle abgeladen und damit eine Vergangenheit ausgegraben hatte, mit der Paul nichts mehr zu tun haben wollte.

Er nahm den Hausschlüssel aus dem Holzkästchen neben der Tür, das man leicht für eine einfache Dekoration halten konnte. Er war vorsichtig geworden. Er hatte sich Dokumentationen über häusliche Sicherheit angesehen und kannte den einen oder anderen Trick, mit denen Diebe an leichtsinnig vergessene Schlüssel in Hausfluren oder Türschlössern kamen. Und seit kurzem war auch noch eine neue Bedrohung hinzugekommen.

Er schloss die Hintertür ab und drückte zum Test noch einmal die Klinke herunter. Er musste jetzt nur umso vorsichtiger sein. Er ließ den Schlüssel in seiner Jackentasche verschwinden, zog den Reißverschluss zu und klopfe noch einmal von außen dagegen. Den Schlüssel durch den Stoff zu spüren, beruhigte ihn, während er den Gartenpfad entlang joggte und dann auf den Trampelpfad im großen Maisfeld abbog. Ganz so, wie jeden Nachmittag.

Die trübe Sonne am verschleierten Himmel spendete kaum Wärme. Kurz zuvor hatte es geregnet und die Luft roch schwer und feucht. Paul war tief in seinen Gedanken versunken, während er den Weg entlanglief, sodass er kaum wahrnahm, wie die regennassen Blätter seine Beine streiften. Das Feld zog sich über den ganzen Hügel, bis hin zum Reservoir, das schon von hier oben aus zu sehen war und wie ein großer, grauer Diamant in der Ferne funkelte.

Paul zog es vor, am Nachmittag joggen zu gehen. Um diese Tageszeit lief er am wenigsten Gefahr, Hundehaltern zu begegnen, Wanderern oder Vogelbeobachtern. Sie alle hatten meist schon ihre sieben Sachen gepackt und waren nach Hause gegangen. Oder gleich in eines der kleinen Pubs in Abbots Bromley, wo sie ihr wohlverdientes Feierabendbier genossen.

Er lief mit leichten, federnden Schritten die Wege entlang, die mit den Nadeln der umstehenden Kiefern bedeckt waren. Die

Baumkronen ragten so hoch in den Himmel, dass kaum Licht den Boden erreichte. Er kam an uralten Eichen vorbei, duckte sich unter tiefhängenden Zweigen hindurch, oder sprang über abgebrochene Äste, die verdreht und verdorrt auf dem Boden verstreut lagen wie dunkelbraune Knochen. Immer wieder hatte er den unverkennbaren Geruch verrottender Vegetation in der Nase, während die frische Luft die Schweißperlen in seinem Nacken abkühlte.

Auf seiner Route wuchs viel Ufer-Ampfer und Fuchsschwanzgras, unscheinbare und doch schöne Pflanzen, die in sumpfigen, saisonal überschwemmten Gebieten heimisch waren. Der Wald nahe dem Reservoir war perfekt für sie. Wenig später wurde Pauls Weg von Ulmen, Eichen, Birken und Bergahorn gesäumt. Ihre Stämme waren hellgrau oder sogar weiß, Paul gefielen sie von allen Bäumen hier am besten. Und im Herbst sahen sie besonders schön aus.

Er lief weiter, kam langsam außer Atem und seine Muskeln begannen von der Anstrengung zu brennen. Dennoch behielt er dieselbe schonungslose Geschwindigkeit bei.

Für eine Weile konnte er sogar Lucas vergessen und dachte stattdessen über einen Artikel nach, den er vor kurzem über die ägyptische Göttin Hathor gelesen hatte. Sie war eine heilige Kuh, die sich eines Abends im Sonnenuntergang in die Krone eines Ahornbaumes gesetzt und dort die Welt erschaffen hatte. In seinen Ahornbäumen saß keine Göttin. Nur eine unheimliche Stille spendete ihm Gesellschaft, während das trockene Laub unter seinen Sohlen raschelte.

Paul liebte den Herbst, wenn der Wald die sattesten Farben annahm: rostbraun, grüngelb und kardinalrot, die er am liebsten auf einer Leinwand festgehalten hätte; und die Ahornsamen segelten mit ihren kleinen Flügeln zu Boden wie winzige Helikopter. Er wünschte sich, er hätte früher mehr Zeit mit Lucas verbracht, um ihm die Schönheit der Natur näherzubringen. Vielleicht wäre aus seinem Sohn dann ein anderer Mensch geworden.

Schlechter Vater.

Man konnte so viel von der Natur lernen. Ahornbäume konnten selbst im Schatten ihrer Eltern gedeihen. Was für eine Schande, dass Lucas nicht im Schatten seines Vaters gedeihen konnte. Vieles hätte ganz anders kommen können.

Aus dem Augenwinkel nahm Paul eine Bewegung wahr, konnte aber nicht genau erkennen, was es war. In dem Wald lebte viel Rotwild und erst vor ein paar Wochen hatte er ein Reh gesehen, mit seinem rotbraunen Rumpf und dem weißen Spiegel, der im Halbschatten aufblitzte, als es zwischen die Bäume geflüchtet war.

Er kniff die Augen zusammen, als einzelne Lichtstrahlen durch das Blätterdach fielen und ihn blendeten. Dann war ihm plötzlich, als würden die Bäume über ihm zusammenfallen. Sein Verstand konnte nicht schnell genug verstehen, was passierte, aber sein Instinkt ließ ihn die Arme ausstrecken, um den Sturz abzufangen. Schwer atmend blieb er einen Moment liegen. Er hatte sich die Hände aufgeschürft und spürte einen stechenden Schmerz im rechten Knöchel. Langsam und mit schmerzverzerrtem Gesicht zog er sich an dem knorrigen Baumstamm hoch, neben dem er gestürzt war. Ein hauchdünnes Stück Rinde blätterte davon ab und der hölzerne Staub blieb an seinen blutigen Fingern kleben. Er berührte sein Gesicht, das bereits geschwollen war, und spürte auch dort das Blut, das ihm über die Wange rann. Als er den Knöchel belasten wollte, zuckte er vor dem Schmerz zurück.

Er war noch nie beim Laufen gestürzt. Wahrscheinlich wurde er wirklich langsam alt. Er sollte sich wohl ein ungefährlicheres Hobby suchen.

Dann hörte er ein Knacken. Jemand oder etwas versteckte sich zwischen den Bäumen. Ein Spaziergänger vielleicht, oder ein Vogelbeobachter. Er suchte den Wald nach Lebenszeichen ab, konnte aber niemanden entdecken.

»Hallo? Ist da jemand? Könnten Sie mir helfen? Ich hatte einen kleinen Unfall«, rief er. »Bitte!« Niemand antwortete.

Er warf einen Blick auf seine billigen Turnschuhe, während er sich fragte, ob sie vielleicht schuld an der Misere waren – und dann entdeckte er den Grund für seinen Sturz. Ein dickes Kunststoffseil, eine Art Wäscheleine vielleicht, war um den Baum gebunden. Jemand hatte ihm eine Falle gestellt.

Weiter kam er mit seinen Gedanken nicht, denn eine Gestalt trat in sein Blickfeld und blieb zwischen den Bäumen stehen. Paul hatte das Gefühl, eine unsichtbare Hand würde sein rasendes Herz zusammendrücken. Sein Verstand drängte ihn zum Davonlaufen, aber der pochende Schmerz in seinem Fuß würde ihm nicht mehr als ein langsames Humpeln erlauben.

Die Gestalt näherte sich. Schatten fielen auf das Gesicht und ließen es maskenhaft reglos aussehen.

Paul holte tief Luft. »Ich glaube, wir müssen reden. Langsam gerät alles außer Kontrolle, wir können das doch bestimmt klären.«

Die Gestalt kam noch näher und halb verdeckt von den Bäumen wirkte sie unwirklich, wie ein Geist oder ein Engel, der auf ihn zu schwebte.

»Zu spät«, entgegnete die Gestalt. »Du hattest deine Chance.«

Bevor er reagieren konnte, stürzte die Person sich auf ihn. Er wollte schreien, kam aber nicht mehr dazu. Lautlos sackte er zu Boden, als sein Vorhang das letzte Mal fiel.

4

Als sie jemanden husten hörte, wusste Robyn, dass Ross angekommen war.

»Ich hasse diese E-Zigaretten«, murmelte er. »Ich sehe damit aus wie ein Volltrottel. Die sind dermaßen uncool.«

»Ganz im Gegensatz zu normalen Zigaretten – damit siehst du besonders cool aus, während du dir deine Lungen kaputt rauchst. Mal ganz abgesehen von den ganzen anderen lebensbedrohlichen Krankheiten, die du dir damit einhandeln kannst. Komm damit klar. Du weißt, dass wir dich nur zu diesen E-Zigaretten überredet haben, weil wir uns Sorgen um deine Gesundheit machen und du dich geweigert hast, ganz aufzuhören. Du wirst bald merken, wie viel besser du dich fühlst, wenn du nicht mehr ständig den ganzen Teer in dich reinpumpst.«

»Ich sollte wissen, dass ich von dir kein Verständnis erwarten kann. Du bist ja auch einer von diesen Gesundheitsfanatikern. Meine Güte, du isst Müsli zum Frühstück!« Er sagte das in einem angewiderten Ton. »Schon klar, dass du nicht nachvollziehen kannst, wie es mir geht. Ich rauche seit ich zwölf bin. Da kann man nicht mehr einfach so aufhören.« Er zog an der E-Zigarette und runzelte die Stirn. »Und schweineteuer sind die auch noch.«

»Habe ich gehört. Und dann kannst du sie dir nicht einmal selbst drehen. Das Leben ist schon grausam.«

Er stieß ein kurzes, bellendes Lachen aus. Das war eines der Dinge, die sie an Ross so mochte. Er ließ sich von nichts lange die gute Laune verderben. Er ließ das metallene Gerät in seiner Hosentasche verschwinden und lehnte sich gegen seinen Schreibtisch. Seine blauen Jeans rutschen hoch und enthüllten zwei ungleiche Socken. Er hatte sich noch nie viel aus Moderegeln gemacht.

»Hast du den Terence-Smith-Fall abgelegt?«, wollte er wissen, als er Aktenstapel neben ihrem Computer bemerkte.

Robyn drehte ihren Bürostuhl in seine Richtung. »Es war ja nur eine Frage der Zeit. Nachdem er von seinem Fußballspiel geprahlt hat, brauchte ich eigentlich keine weiteren Beweise mehr. Ich hab schon das Protokoll geschrieben«, sagte sie. »Du kannst alles der Versicherung schicken, ich will nur noch am Wochenende ein paar Fotos von ihm machen, wenn er auf dem Platz ist. Was hast du gestern Abend noch so getrieben?«

Er kratzte sich hinter dem Ohr. »Ich habe nur Zeit verschwendet. Ich bin Robert in eine Bar gefolgt, weil ich dachte, er will da seine Affäre treffen. Aber er hat nur mit ein paar Kumpels Karten gespielt und zwar bis nach der Sperrstunde. Ich habe vor der Tür gewartet, in der Hoffnung, dass er danach vielleicht zu seiner Freundin fährt. Aber wieder Pech gehabt. Er ist einfach direkt von der Bar nach Hause gefahren wie ein braver Ehemann. Ich bin nicht vor zwei Uhr nachts ins Bett gekommen und habe auch noch Jeanette geweckt. Kannst dir ja vorstellen, dass sie nicht gerade erfreut war. Sie hat heute ein wichtiges Meeting.«

Jeanette Cunningham war eine klassische Dame. Sie war in ihren späten Dreißigern, schlank und trug meistens einen Rock mit einem Blazer oder Cardigan. Ihre Haare kämmte sie meist zu einer sauberen Tolle und das, obwohl sie nicht einmal eine feste Anstellung hatte. Sie war das genaue Gegenteil zu ihrem Ehemann: Sie war aktives Mitglied des örtlichen Fraueninstituts, saß im Vorstand mehrerer wohltätiger Organisationen und genoss hohes Ansehen in der Gemeinde. Für viele schien es ein kleines Wunder, dass sie Ross seit zwanzig Jahren als ihren Ehemann duldete, wo er doch zu den unchristlichsten Zeiten arbeitete und ihm jegliches Modeverständnis fehlte. Wer die beiden aber näher kannte, wusste wie sehr sie auch nach der ganzen Zeit noch durch Liebe und Loyalität miteinander verbunden waren.

»Ich glaube nicht, dass Jeanette dir wirklich böse war. Es ist nicht ihre Art, sich wegen der Arbeit mit dir zu streiten. Wahrscheinlich war sie eher verärgert, weil du während der Beschattung immer tütenweise Chips in dich reinstopfst, ich kenne dich doch. Du solltest dir wirklich ein wenig mehr Mühe geben, deine Lebensgewohnheiten ihren Ratschlägen anzupassen. Wenn du so weitermachst, wirst du keine sechzig mehr.«

Ross machte ein missbilligendes Geräusch, um zu verdeutlichen, dass das Thema für ihn beendet war.

»Ich werde am Samstag zu dem Fußballspiel gehen und die Fotos von Smith machen. Es ist ein neuer Fall reingekommen, um den du dich solange kümmern kannst«, sagte er. »Ich weiß, du wolltest eigentlich bald zur Polizei von Staffordshire zurück, aber ich werde wohl eine Weile mit Robert Brannigan zu tun haben. Ich habe nicht wirklich Zeit dafür und es ist wohl dringend. Robert zu beschatten ist totlangweilig, vor allem wenn er wirklich keine Affäre hat. Ich muss ihm nur von einem Pub zum nächsten nachfahren. Es ist allerdings immer noch interessanter, als ein Buchhalter zu sein. Oder ein Fensterputzer, oder Zugführer ...«

Robyn hob die Hand und unterbrach damit seine Ausschweifungen. »Schon kapiert. Was ist das für ein Fall? Kann ich ihn abschließen, bevor ich zur Polizei zurückgehe?«

Er legte ihr ein Blatt Papier auf den Tisch. »Wahrscheinlich nicht. Es geht um einen vermissten Ehemann. Lucas Matthews. Seine Frau sagt, er ist seit fast zwei Wochen verschwunden. Sie will damit nicht wirklich zur Polizei gehen, was schon ein wenig merkwürdig ist. Ich habe ihr erklärt, dass du eigentlich Detective bist und nur vorübergehend für mich arbeitest, und nach kurzem Zögern sagte sie, sie will dich erst kennenlernen. Sie will ihn nicht offiziell für vermisst erklären, bevor sie mit dir gesprochen hat. Er verschwindet wohl immer wieder für eine Weile, aber diesmal stimmt irgendwas nicht. Er hat sich nicht gemeldet und sie erreicht ihn auch nicht. Es wäre mal was Neues für dich und hoffentlich aufregender als einem Versicherungsbetrüger hinterher zu schnüffeln. Vielleicht kannst du ja wenigstens den Anfang machen, während ich noch mit Bob beschäftigt bin, dann übernehme ich den Rest. Du hast ja noch ein paar Tage, bevor du wieder in den Streifenwagen steigst, und die Frau klang wirklich verzweifelt.«

»Du wusstest doch schon längst, dass ich zusage, oder nicht?«

Ross grinste sie verschmitzt an. »Ach, ich dachte nur, es könnte dich neugierig machen.«

Robyn lehnte sich in ihrem Stuhl zurück und betrachtete ihren Cousin. Er räusperte sich auffällig, so wie er es immer tat, wenn er kurz davor war, etwas auszusprechen, was er eigentlich nicht wirklich sagen wollte. Dann rieb er sich kurz über das Gesicht, während er versuchte, sich zu überwinden.

»Eins noch. Jeanette macht sich Sorgen um dich. Wir beide«, platzte es aus ihm heraus und er zog entschuldigend die Augenbrauen zusammen.

»Ihr müsst euch keine Sorgen machen.«

»Sie findet, du hast stark abgenommen, und hat Angst, dass du nicht richtig isst. Sie gibt mir die Schuld, weil ich dir diese langen Arbeitstage aufbrumme. Sicher, dass du schon wieder bereit für die Polizeiarbeit bist?«

Robyn betrachtete nachdenklich ihre Fingernägel, bevor sie antwortete: »Ich bin bereit. Es hat großen Spaß gemacht, mit dir zusammenzuarbeiten, aber ich brauche dann doch etwas aufregendere Fälle. Größere Herausforderungen – nichts für Ungut. Du verstehst das doch, oder? Es geht mir wirklich gut, ich habe nur etwas härter trainiert als sonst. Es hilft gegen den Schmerz.«

Ross nickte verständnisvoll. »Das hab ich ihr auch gesagt. Ich weiß ja, dass du nach der Arbeit ins Fitnessstudio gehst, ich dachte schon, dass es daran liegt. Du weißt, dass ich kein schlechter Detektiv bin. Ich war auch lange genug selbst bei der Staffordshire Polizei und habe so den einen oder anderen Kniff gelernt. Ich habe immer noch eine Nase für Probleme und finde alle Indizien. Auch wenn ich zugeben muss, dass es keine allzu große Herausforderung war zu erkennen, dass du dich nicht ganz wohl fühlst. Jeanette hat gefragt, ob du am Wochenende vielleicht mal zum Abendessen vorbeikommen willst. Sie macht eines ihrer Lasagne-Spezialrezepte. Die eine, mit herzinfarktverursachender Béchamelsauce und dem saftigsten Hackfleisch der Welt.«

»Solltest du nicht gesünder essen?«

»Es ist eine Belohnung, weil ich so brav meine E-Zigaretten rauche. Hin und wieder braucht es das. Also, kommst du?«

»Sehr gerne, danke!«

Sie wusste, dass Jeanette sich bei dem Abendessen mehr gedacht hatte, als nur ihrem Ehemann eine Freude zu machen. Am Wochenende war der Todestag ihrer ungeborenen Tochter. Es machte keinen Unterschied, dass sie nur neun Wochen alt und wahrscheinlich nicht schwerer als drei Gramm gewesen war. Sie war ein kleiner Mensch gewesen, bereit, geliebt zu werden.

Robyn schluckte die finsteren Erinnerungen herunter und drehte ihren Stuhl schwungvoll zurück. Sie stand auf, schnappte sich die Autoschlüssel und den Zettel von ihrem Tisch, dann sagte sie: »Alles klar, ich mache mich dann sofort an den neuen Fall. Ich rufe die Klientin vom Auto aus an.« Sie warf die Smith-Akte auf seinen Tisch, drückte Ross einen flüchtigen Schmatzer auf die Wange und murmelte ihm einen leisen Dank zu, bevor sie aus der Tür huschte.

Ross nahm seine E-Zigarette in die Hand und zog ein paar Mal gedankenverloren daran, bevor er in eine Schublade seines Schreibtisches griff und die offene Kekspackung herausholte.

Mulwood Avenue war eine breite Straße, gesäumt von weißen Gehsteigen und einer Allee von Maulbeerbäumen. Es war eine gehobene Nachbarschaft und bestand hauptsächlich aus großen

Eigenheimen, die sich hinter hohen Backsteinmauern und kunstvollen Eisentoren versteckten. Robyn hielt vor der Hausnummer dreiunddreißig, drückte auf den Knopf der Gegensprechanlage und sah in die Kamera, die genau auf ihr Auto zeigte. Ein Summen ertönte und das große Tor öffnete sich automatisch mit einem leisen Quietschen der Scharniere. Dahinter erhob sich ein charakterloses, modernes Wohnhaus. Jemand hatte wohl versucht, dem Gebäude ein wenig mehr Leben einzuhauchen und ein großes Buntglasfenster neben der Haustür eingebaut.

Robyn parkte neben dem neuen BMW Cabrio, das in der Einfahrt stand und ging über den knirschenden Kiesweg zur Tür, wo sie von einem wilden Bellen begrüßt wurde.

Eine Frauenstimme rief: »Einen Moment bitte! Ich muss den Hund in die Küche bringen!« Einige Kommandos folgten, die das kleine Tier aber offenbar ignorierte. Es gefiel ihm wohl nicht sonderlich, dass man es wegbringen wollte. Endlich öffnete sich die Tür und eine etwas mollige Frau in ihren Fünfzigern stand vor ihr. Ihre blonden Haare waren zu einem strengen Bob geschnitten, der ihr gerade einmal bis zu den Ohren reichte. Sie trug ein gelbes Oberteil und zu enge Leggins, die ihre stämmigen Beine nicht gerade vorteilhaft hervorhoben.

Sie begrüßte Robyn und brachte sie in ein Wohnzimmer, das voller blumenbemusterter Poltermöbel stand und für Robyns Geschmack etwas zu aufwändig dekoriert war. Die Wände waren dicht behangen mit Gemälden von spanischen Tänzerinnen, die wild dreinblickten. In einem Schrank standen aufgefaltete Fächer und ein Paar Kastagnetten. In einer Ecke stand eine Gitarre in einem Ständer, um die eine bunte Schleife gebunden war. Der Hund hörte nicht auf, wild zu bellen und sprang immer wieder gegen die Küchentür.

»Ignorieren Sie Archie einfach. Er hört gleich auf, dann kann ich ihn rauslassen. Er ist ein toller Wachhund, aber manchmal übertreibt er es ein wenig.«

Robyn reichte ihr ihre Visitenkarte. »Ich komme wegen Ihrem

vermissten Ehemann. Sie haben mit meinem Partner, Ross, gesprochen.«

Die Frau fuhr sich langsam durch ihr dichtes Haar, um sich zu sammeln. »Das stimmt. Er ist verschwunden.« Sie suchte ein Foto heraus und reichte es Robyn. »Das ist er«, sagte sie und deutete auf den Mann auf dem Bild. Er lächelte, aber in seinen Augen, so schwarz wie Kohle, war keine Spur von Emotionen zu erkennen. »Sie finden wahrscheinlich, dass ich zur Polizei gehen sollte. Ich würde es ja auch gerne tun, aber es ist kompliziert ... Ihr Partner hat schon gesagt, dass Sie Polizist sind, sie verstehen bestimmt gleich, was mein Problem ist.« Sie brach ab, als ihr die Worte fehlten. »Ich weiß nicht ganz, wo ich anfangen soll.« Sie machte eine zweite kurze Pause, dann fragte sie: »Darf ich Ihnen eine Tasse Tee anbieten, Officer?«

Robyn erwähnte nicht, dass sie eigentlich Detective Inspector war. Sie wollte nicht angeberisch wirken. »Danke, sehr gerne. Ich bin heute aber nur als Privatdetektivin hier, ich kehre erst in einer Woche wieder zur Polizei zurück. Nennen Sie mich also einfach Robyn.«

Mary wirkte erleichtert. Sie bot Robyn einen Sitzplatz an und zog sich dann in Richtung des bellenden Hundes zurück. Robyn setzte sich in einen weich gepolsterten Sessel und betrachtete ein Foto des Paares. Sie versuchte, erste Hinweise daraus zu ziehen, während Mrs. Matthews in der Küche beschäftigt war. Als sie zurückkam, brachte sie nicht nur eine Teekanne samt Stövchen mit, sondern auch den kleinen, weißen Terrier, der sich mittlerweile beruhigt hatte.

»Ich hoffe, Archie stört Sie nicht«, sagte Mary, als der Hund sofort zu Robyn lief. Sie begrüßte ihn kurz, streichelte ihn einmal und ignorierte ihn von da an. Diese Taktik funktionierte fast immer. Und auch Archie schnupperte für ein paar Sekunden an ihren Füßen, bevor er das Interesse an ihr verlor und stattdessen auf das Sofa sprang und sein Frauchen beobachtete.

»Wie lange sind Sie verheiratet?«, fragte Robyn, während die Frau ihr den Tee einschenkte. Ihrer Erfahrung nach konnten solche Fragen helfen, das Eis zu brechen, auch wenn die Antworten vollkommen irrelevant ausfielen. Jetzt war es erst einmal wichtiger, das Vertrauen von Mary Matthews zu gewinnen und eine Beziehung zu ihr aufzubauen.

Mary antwortete nicht sofort, sondern stellte Robyn eine volle Teetasse mit elegantem Blumenmuster hin. Sie bot ihr Zucker an, aber Robyn lehnte dankend ab. Wortlos nahm Mary die Zuckerdose wieder an sich, während sie mit sich selbst rang. Dann sah sie Robyn direkt in die Augen.

»Ihnen wird aufgefallen sein, dass ich etwas älter bin als mein Mann.« Sie lachte lustlos auf. »Tatsächlich bin ich gerade fünfzig geworden und damit zwanzig Jahre älter als er. Fürs Protokoll, er ist mein zweiter Ehemann und in zwei Wochen ist unser zweiter Jahrestag.« Sie brach ab, um über ihre nächsten Worte nachzudenken, trank einen Schluck von ihrem Tee, nahm sich noch einen Zuckerwürfel, rührte sorgfältig um und fuhr dann fort: »Ich habe Lucas bei einer Schulveranstaltung getroffen. Mein Neffe war im Schulorchester und Lucas war sein Musiklehrer. Nach dem Konzert sind wir ins Gespräch gekommen und haben gemerkt, dass wir uns beide für klassische Musik begeistern. Er hat mir eine CD von John Williams geliehen, auf der er einen Titel spielt, den ich besonders liebe: Rodrigos Concierto de Aranjuez. Danach führte eins zum anderen. Wir haben zusammen einige Konzerte besucht, ich habe ihn gebeten, mir Gitarrespielen beizubringen – das wollte ich schon immer lernen und Lucas ist professioneller klassischer Gitarrist. Er hat mir Privatunterricht angeboten. Es hat etwas sehr intimes, so ein Instrument zu lernen. Man sitzt sehr nah zusammen, man spürt die Körperwärme des anderen und seine Hände, die einen die Saiten entlang führen ...« Sie verstummte und seufzte, als sie in Erinnerungen versank. »Ich sollte wohl erwähnen, dass Lucas nicht ist wie andere Männer. Das heißt, er ist ruhig. Er ist eher introvertiert. Er geht nicht gerne in die Kneipe oder zu Fußballspielen. Er interessiert sich überhaupt nicht für Sport. Er zieht die Kunst vor und die Musik. An diesen Abenden, während er mir das Gitarrespielen beigebracht hat, habe ich viel über ihn gelernt. Er ist nach dem Unterricht oft dageblieben und wir haben geredet und geredet – und bald darauf auch mehr als nur das. Er ist hin und wieder über Nacht geblieben. Ich fand ihn wirklich reizend und einfühlsam und habe seine Gesellschaft genossen. Kurz gesagt, ich habe mich in ihn verliebt und wollte nicht mehr ohne ihn sein. Als die letzte Unterrichtsstunde immer näherkam, habe ich es einfach selbst in die Hand genommen und ihn gefragt, ob er mich heiraten will. Mutig, nicht wahr?« Sie lachte auf. »Ich werde immerhin nicht jünger und fragen kostet ja nichts. Ich dachte, er würde sowieso ablehnen, aber dann hat er doch Ja gesagt!«

Sie nahm einen weiteren Schluck von ihrem Tee, warf einen Blick auf die Gitarre in der Ecke, dann fuhr sie fort:

»Meine Freunde haben gesagt, er würde mich nur wegen dem Geld heiraten. Sie haben sich wirklich Sorgen um mich gemacht und befürchtet, er würde mich heiraten und dann mit meinen Ersparnissen verschwinden. Ich wusste, dass das nicht passieren würde. Geld bedeutet Lucas nicht wirklich etwas. Er braucht keine reiche Frau. Er braucht aber jemanden, der ihn versteht, weil er – man könnte sagen traumatisiert ist. Ich glaube, er hat sich eher nach einer Mutterfigur gesehnt als nach einer Ehefrau. Er hat seine Mutter verloren, als er noch sehr jung war, es war wirklich tragisch. Die arme Frau hatte Brustkrebs, aber als dieser diagnostiziert wurde, war es schon zu spät, um ihr noch zu helfen. Es war auch noch eine sehr aggressive Variante und sie ist nur Monate später gestorben. Es war ein grauenvolles Erlebnis für Lucas, er war gerade einmal elf Jahre jung, als er sie verloren hat. Sie standen sich sehr nah und er hat den Tod seiner Mutter nicht gut verkraftet. Er war ein richtiges Muttersöhnchen.« Wieder machte sie eine Pause und suchte nach den passenden Worten, um ihren Ehemann ins richtige Licht zu setzen. Robyn wartete geduldig ab und nippte an ihrem Tee.

»Das erklärt vielleicht, warum er sich nie so gut mit seinem Vater verstanden hat. Nach dem Tod der Mutter hat sich sein Vater noch mehr von ihm distanziert. Ich weiß, dass er Schwierigkeiten mit der Trauerbewältigung hatte, immerhin hat er ja auch seine Ehefrau verloren und war plötzlich alleinerziehender Vater. Vielleicht wusste er sich nicht anders zu helfen, aber er hat Lucas auf ein Internat geschickt. Da ging es ihm auch schrecklich. Er weigert sich, über diese Zeit zu sprechen. Er hat viele schmerzhafte Geheimnisse und ich dränge ihn nicht, sie mir zu verraten. Er öffnet sich, wenn er bereit ist.« Sie warf einen Blick auf das Foto von ihnen beiden. »Ich habe den Schmerz in seinen Augen gesehen, als er über den Verlust seiner Mutter gesprochen hat. Er war wieder ganz der kleine Junge, immer noch auf der Suche nach Geborgenheit. Vielleicht habe ich mich auch deswegen in ihn verliebt. Ich wollte mich um ihn kümmern. Ihm helfen zu heilen. Gewissermaßen habe ich wirklich den Platz eingenommen, den seine Mutter hinterlassen hat.«

Robyn nickte, um zu zeigen, dass sie aufmerksam zuhörte. Mary Matthews stand auf, durchquerte den Raum und kam mit einem weiteren Foto zurück, das sie Robyn in die Hand drückte. Darauf war das Paar in Abendkleidung zu sehen. Die beiden waren ziemlich unterschiedlich. Sie war klein, unauffällig und lächelte sanft. Er hingegen war groß, wirkte nachdenklich und mit seinem dunklen Haar fast attraktiv.

»Ich habe etwas zugenommen, seit dieses Foto gemacht wurde. Ich habe mich wohl ein wenig gehen lassen. Aber ich liebe es zu backen und was soll man schon machen, wenn da ein Blech mit Kirschtaschen liegt, frisch aus dem Ofen? Da kann man doch nicht widerstehen.« Sie zuckte mit den Schultern. »Lucas hat sich nicht verändert. Er war schon immer recht mager.« Sie betrachtete das Foto und seufzte leise. »Manchmal fährt er über die Ferien weg. Manche seiner Kollegen von der Schule leben jetzt in Thailand und um ehrlich zu sein bin ich nicht ganz froh darüber, dass er dort so viel Zeit verbringt. Ich habe Flugangst und ich könnte so einen langen Flug nie über mich bringen, selbst wenn man mich stundenlang ausknocken würde. Deswegen fliegt er ohne mich.« Sie hob die Tasse, stellte sie dann aber auf ihrem Knie ab.

»Er wollte letzten Montag abreisen. Das war am 25. Juli«,

fügte sie hinzu, als ob das genaue Datum irgendeine besondere Rolle spielte. »Ich hatte nicht wirklich Grund zur Sorge, er hätte irgendetwas anderes als üblich vor. Er hat seinen Koffer gepackt, mir gesagt, dass er mich liebt, und ist dann mit seinem Auto zum Flughafen gefahren. Ich habe mir nichts dabei gedacht, ich wusste ja, dass er sich auf den Urlaub vorbereitet hat. Aber er versteht es sehr gut, seine Gefühle zu verbergen. Er kam mir in der letzten Zeit ein wenig schlecht gelaunt vor, aber er wollte nicht darüber reden, was ihm fehlt. Ich hatte die Hoffnung, dass eine Auszeit in Thailand genau das richtige für ihn wäre, um sich wieder besser zu fühlen.«

Robyn hörte zu, ohne sie zu unterbrechen.

»Aber er hat nicht nach seiner Ankunft angerufen. Es ist schon einmal vorgekommen, dass er drüben nicht sofort ein Netz gefunden hat, deshalb habe ich mir keine zu großen Sorgen gemacht. Aber etwas verunsichert hat es mich schon. Ich habe keine Telefonnummer von den Leuten, bei denen er übernachtet – die Devlins, die Eltern von einem Jungen, dem er früher in Blinkley Manor Unterricht gegeben hat. Ich weiß, ich hätte ihn nach der Nummer fragen sollen, aber ich rufe Lucas immer auf seinem Handy an, oder über Skype. Ich wollte Nick Pearson-Firth danach fragen – das ist Lucas' Vorgesetzter – bis ich sein Arbeitszimmer aufgeräumt habe. Ich habe die Schubladen von seinem Schreibtisch aussortiert und dabei seinen Reisepass gefunden. Da wurde mir klar, dass er unmöglich nach Thailand geflogen sein kann.«

Einen Moment kaute sie nervös auf ihrer Unterlippe.

»Seinen Reisepass dort zu sehen, hat mir den Rest gegeben. Ich bin wirklich eine geduldige Frau. Ich habe nichts dagegen, wenn er mir manche Dinge seiner Vergangenheit verheimlicht. Aber ich will nicht angelogen werden. Ich hasse es, belogen zu werden.« Sie wurde vor Entrüstung unwillkürlich lauter. »Ich war rasend. Ich hatte ja keine Ahnung, was er macht und ich konnte mir einfach nicht erklären, warum er nicht mit mir darüber gesprochen oder mich angerufen hat. Ich habe noch einmal versucht, ihn auf dem Handy zu erreichen, aber wieder ist nur die Mailbox rangegangen. Also habe ich ihm noch eine Nachricht hinterlassen. Und noch weitere danach. Am Abend war ich richtig wütend auf ihn. Ich habe versucht, nachzuvollziehen, was passiert sein konnte. Ich bin alle Möglichkeiten durchgegangen: Vielleicht hat er mich für eine andere verlassen? Aber das ergab keinen Sinn. Wir haben uns nie wirklich gestritten oder waren uns uneinig über wichtige Dinge. Es gab keine Anzeichen dafür, dass er genug von mir hätte, wenn Sie wissen, was ich meine.« Sie wurde rot.

Robyn glaubte zu wissen, was sie meinte und lächelte zustimmend. Mary fuhr fort:

»Irgendwelche Anzeichen hätte es doch geben müssen, wenn er vorgehabt hätte, mich zu verlassen. Dann habe ich mich gefragt, ob er vielleicht Geldsorgen hatte, von denen er mir nicht erzählen wollte. Ich habe sogar mit dem Gedanken gespielt, er könnte vielleicht dem Online-Glücksspiel verfallen sein. Ich habe mal von einem Mann gelesen, der süchtig nach Online-Poker war. Ich habe also seinen Computer nach irgendwas durchsucht, das mir sagen konnte, wo er war oder warum er verschwunden ist – und dann ist mir klar geworden, dass er in größeren Schwierigkeiten steckt, als ich dachte.«

Sie befeuchtete nervös ihre Lippen.

»Sein Browserverlauf war nicht wirklich interessant, aber ich habe eine Datei mit dem Titel ›Süß und scharf‹ gefunden und ich habe draufgeklickt.« Sie senkte den Blick und schüttelte den Kopf. »Ich wünschte, ich hätte es nicht getan«, sagte sie dann leise zu sich selbst. Sie atmete tief durch und sah wieder auf. Robyn bemerkte den Anflug von Verzweiflung in ihrem Blick und ahnte, was sie gleich sagen würde.

Mit leiser Stimme bestätigte Mary ihren Verdacht: »Es waren Bilder von Kindern in unterschiedlichen Posen und teilweise unbekleidet. Wie es aussieht, hat mein Mann noch ein weiteres Geheimnis, von dem ich keine Ahnung hatte. Er hat eine Vorliebe für junge Mädchen. Sehr junge Mädchen.«

5

DAMALS

Ich sitze oben auf der Treppe. Ich habe meine liebste gepunktete Leggins und ein pinkes Top an. Ich muss mich anstrengen, um alles zu hören. Mr. Riesenohr unter meinem Arm wirkt beunruhigt. Es läuft gar nicht gut und er scheint sich Sorgen zu machen, wie alles ausgeht.

Grandma Jane streitet sich in der Küche laut mit Mommy. Mommy ist später als sonst gekommen, um mich abzuholen. Normalerweise bleibt sie nur kurz, weil wir uns beeilen müssen, um den Zug zu erwischen. Aber heute hat Grandma sie rein gebeten und sie haben sich unterhalten. Mommy sah nicht aus, also wollte sie reden. Grandpa Clifford hat oben eine DVD für mich angemacht, damit ich mir einen Film anschauen kann, während sie unten reden. Er hat gesagt, es wäre am besten, wenn ich warte bis sie mich wieder runter rufen.

Grandpa hat nicht viele DVDs, die mich interessieren, und den Tom und Jerry Film habe ich schon ganz oft gesehen, darum habe ich mich auf den Treppenabsatz geschlichen, weil ich wissen wollte, worüber die Erwachsenen reden. Ich kann sie ganz gut hören, obwohl die Küchentür zu ist. Grandma Jane sagt gerade etwas. Sie klingt besorgt. So hat sie auch geklungen, als ich auf dem Spielplatz von der Schaukel gefallen bin und mich am Kinn verletzt habe.

»Ich weiß, dass ihr viel durchgemacht habt. Wir alle haben viel durchgemacht. Josh zu verlieren war schrecklich. Es hat uns alle getroffen. Du hattest kaum Zeit, es zu verarbeiten ... und dann auch noch die Sache mit Paul und seinem Sohn.«

Die Wörter fließen so dahin, ich kann dem Verlauf des Gesprächs nicht ganz folgen. Mommy murmelt etwas, aber ich verstehe es nicht. Grandma Jane redet weiter: »Sie ist ein Kind! Sie hatte bestimmt Angst, oder hat noch halb geschlafen, oder was weiß ich. Aber du musst endlich aufhören, mehr in diesen schrecklichen Unfall hineinzuinterpretieren, als es war.«

Die Stimmen reden weiter, bis Mommy plötzlich schreit: »Es hat meine Beziehung mit Paul ruiniert! Dem Mann, der sich um mich kümmern sollte, der mir helfen sollte, wieder zu leben! Du verstehst das nicht. Ich habe ihn gebraucht. Ich hatte eine zweite Chance, glücklich zu werden und alles wurde mir entrissen, bevor es wirklich angefangen hat. Du redest immer nur von Josh! Du hast doch keine Ahnung, wie schwer es für mich war, ohne ihn mit allem klar zu kommen. Ihr habt euch beide. Ich hatte niemanden. Paul war für mich da – und plötzlich war ich wieder ganz allein.«

Ich spüre, wie mein Herz schneller schlägt. Sie streiten sich über mich. Sie reden darüber, was in Pauls Haus passiert ist, in ›jener Nacht‹. Niemand hat mir geglaubt, was passiert ist. Nachdem Lucas so geschrien hat, ist Natasha hochgerannt. Sie war in Panik, konnte aber den Krankenwagen rufen und hat dann sofort ihren Vater angerufen. Sie hat Lucas ein Handtuch auf das blutende Auge gedrückt und ihm die Hose wieder hochgezogen. Dann hat sie ihm gut zugeredet, während sie ihn die Treppe runtergebracht hat. Sie hat mich einfach wortlos stehen lassen und mich sogar in meinem Zimmer eingesperrt.

Danach war Paul furchtbar wütend auf mich und ich habe Mommy noch nie so sauer gesehen. Sie hat mich so fest geschüttelt, dass ich schon dachte, mein Kopf fliegt davon.

»Warum hast du das getan?«, schrie sie mich immer wieder an.

Ich habe versucht, es ihr zu erklären, aber sie hat nicht zugehört. Es war ihr viel wichtiger, was Paul von mir denkt, als was wirklich passiert ist. Sie hat mich beschuldigt, ich würde darüber lügen, was wirklich passiert ist. Sie sagte, ich wäre ein bösartiges Kind. Es hat wehgetan. Ihre Worte haben mich tief getroffen.

Ich habe die Arme um sie geschlungen und sie angefleht mir zuzuhören. Aber sie hat mich weggestoßen. Einfach so. Sie hat meine Hände genommen, mich eine Armlänge von sich weggehalten und mir gesagt, ich solle auf mein Zimmer gehen. Warum wollte sie mir nicht glauben? Ich bin doch ihre Tochter! Ich brauche sie doch ... Lucas hat sie davon überzeugt, dass er früher zurückgekommen war, weil er Kopfschmerzen gehabt hatte. Er hat ihnen gesagt, er hatte ins Bett gehen wollen und mich weinen gehört. Er wollte nur nachsehen, ob es mir gut geht. Aber als er ins Zimmer kam, hätte ich mich ohne Vorwarnung mit dem Stift in der Hand auf ihn gestürzt und hätte geschrien, dass ich ihn hasse und seine ganze Familie auch.

Mommy und Paul haben böse Wörter ausgetauscht. Es gab Tränen, Streit und Stille. Paul hat mich danach nicht einmal mehr angeschaut.

Mommy hat gesagt, ich wäre ein furchtbares kleines Mädchen und undankbar für alles was ich habe. Sie hat immer wieder gefragt, warum ich das getan habe, aber immer, wenn ich es ihr erklären wollte, hat sie mich mit einem scharfen Blick zum Schweigen gebracht und gesagt, ich sollte ihr nicht immer dieselbe alte Lügengeschichte erzählen. Sie hat von mir verlangt, mich bei Paul und Lucas zu entschuldigen, aber ich wollte nicht und das hat sie nur noch wütender gemacht. Warum sollte ich auch? Lucas sollte sagen, dass es ihm leidtut.

Irgendwann kam Lucas aus dem Krankenhaus zurück. Er hatte einen weißen Verband um den Kopf und das Auge, und sah gar nicht mehr so bedrohlich aus. Einen Tag später hat Paul Mommy und mich rausgeworfen. Ihm sei nicht mehr wohl dabei, mich im Haus zu haben. Meine Mutter hat tagelang nicht mehr mit mir gesprochen. Ich habe jeden Augenblick dieser Zeit gehasst. Wenn ich Mr. Riesenohr nicht gehabt hätte, wäre ich verrückt geworden.

———

Ich sitze immer noch auf dem Treppenabsatz und hoffe, dass die Erwachsenen nicht wieder wissen wollen, was in der Nacht passiert ist. Ich will nie mehr darüber reden müssen.

Mr. Riesenohr umarmt mich und flüstert mir zu, dass alles gut wird. Grandpa Clifford sagt etwas, seine Stimme ist ruhig und rau. Sie erinnert mich an Daddys Stimme und die Erinnerung tut weh. Daddy ist nicht mehr da. Mr. Riesenohr drückt meine Hand mit seiner weichen Pfote.

»Natürlich verstehen wir dich. Deswegen sind wir ja auch so froh, wenn wir dir aushelfen können. Du kannst sie herbringen, wann immer du willst. Du musst ein neues Leben anfangen. Nur – und das sage ich mit aller Liebe – wir glauben, du solltest dir professionelle Hilfe suchen. Wir wollen nur helfen und du kannst nicht so weitermachen wie jetzt. Alices Schuhe sind viel zu eng, sie braucht neue. Und wann warst du zum letzten Mal mit ihr beim Frisör?«

»Was fällt dir eigentlich ein! Was fällt dir ein, so herablassend mit mir zu sprechen? Glaub bloß nicht, ich hätte die Blicke nicht bemerkt, die du mit Jane austauschst, wenn ich sie herbringe! Ihr haltet mich für eine Rabenmutter! Das habt ihr immer gedacht. Ihr habt mir nie das Gefühl gegeben, dass ich hier willkommen bin. Es war immer nur ›Josh dies‹ und ›Josh das‹. Ihr wolltet mich nie wirklich kennenlernen, ihr habt mich doch nur hingenommen. In Wirklichkeit war ich euch doch nie gut genug für euren geliebten Sohn!«

Grandpa Clifford antwortet: »Ganz und gar nicht. Wir wollen nur nicht mit ansehen müssen, wie du dich abkämpfst. Alice ist immerhin unsere Enkelin und du hast doch keine andere Familie. Wir können dir Geld leihen, wenn dir das lieber ist.«

»Ich habe vielleicht keine Familie mehr – danke, dass du mich daran erinnerst – aber ich komme sehr gut alleine klar. Ich habe vielleicht keinen tollen Bürojob, aber Bier auszuschenken bringt auch Geld in die Tasche. Es fehlt ihr an nichts. Sie trägt vielleicht nicht die neueste Mode oder hat einen riesen Haufen Spielzeug, aber es geht ihr gut. Ich gebe ihr zu essen und passe auf sie auf.«

»Darum geht es nicht«, sagt Grandma Jane. »Wie wissen, wie schwer du es hast, nachdem du erst deine Eltern und dann auch noch Josh verloren hast. Du hast vieles zu verarbeiten und das verstehen wir. Es macht uns nur Sorgen, dass Alice immer zurückhaltender wird. Sie spricht nie über ihre Freunde, sie hat abgenommen und hat immer diese dunklen Augenringe, mit denen sie aussieht wie ein Geist. Sie legt auch nie den Hasen zur Seite, den sie von Josh bekommen hat. Vielleicht kannst du es dir ja leisten, etwas näher zu uns zu ziehen.«

Den Rest kann ich nicht verstehen. Es wäre toll, näher bei Grandma und Grandpa zu wohnen. Sie sind die Eltern von Daddy und wenn ich hier bin, ist es fast, als wäre er noch am Leben. Im Haus sind überall Fotos von ihm und Mommy und mir verteilt: An den Wänden, im Wohnzimmer und im Hausflur hängt ein großes eingerahmtes.

Ich besuche Grandma und Grandpa gerne. Sie sind nett zu mir. Sie gehen mit mir auf den Spielplatz oder ins Café im Ort und ich darf einen großen Milkshake oder ein Eis haben. Manchmal kaufen sie mir neue Klamotten oder schenken mir Kleinigkeiten. Aber Mommy wird dann immer böse, wenn sie das machen. Deswegen machen sie es jetzt seltener als früher.

Mommy und ich wohnen jetzt in einem Hochhaus in Nottingham. Die Wohnung ist kleiner als unsere alte. Sie hat ein Wohnzimmer, eine winzige Küche und man hört den Fernseher der Nachbarn durch die Wand. Aber Mommy hat einen Job in einem Nachtclub gefunden und sagt, wenn sie genug Geld verdient, dann ziehen wir wieder aus. Ich hoffe, das passiert bald. Ich mag das Haus nicht und in dem Aufzug riecht es immer nach Pipi.

Grandma Jane fängt urplötzlich an zu weinen. »Wir machen uns nur Sorgen, verdammt! Du solltest Alice nachts nicht allein lassen, sie ist viel zu jung dafür! Was, wenn ein Feuer ausbricht oder so?«

Immer noch auf der Treppe werfe ich Mr. Riesenohr einen beunruhigten Blick zu. Mommy wird böse auf mich sein, weil ich meinen Großeltern verraten habe, dass ich alleine zu Hause bin, wenn sie nachts arbeiten geht. Ich wollte eigentlich gar nichts sagen, aber Grandma Jane hat mir so viele Fragen über alle möglichen Dinge gestellt, dass ich nicht nachdenken konnte, bevor ich ihr geantwortet habe.

Ich war viel zu sehr auf meinen Erdbeersmoothie und das Sandwich konzentriert, das sie mir im Café gekauft haben, und es ist mir einfach rausgerutscht. Mommy hat gesagt, es wäre ein Geheimnis zwischen uns. Ich wollte keinen Babysitter, nicht nach letztem Mal. Ich habe geweint und geweint, als Mommy vorgeschlagen hat, einen für mich zu suchen. Ich habe darauf bestanden, dass ich mich um mich selbst kümmern kann. Ich gehe einfach gleich ins Bett, wenn Mommy in die Arbeit geht und lese dann ein Buch, bis es Schlafenszeit ist.

Ich will nie wieder einen Babysitter haben. Ich habe Mr. Riesenohr. Ich brauche niemanden sonst. Am Ende hat Mommy nachgegeben und gesagt, dass Babysitter sowieso zu teuer sind. Ich musste ihr aber versprechen, dass ich niemandem davon erzähle.

»Das ist illegal«, sagt Grandma Jane in ernstem Ton, nachdem die Stimmen sich eine Weile gedämpft unterhalten haben. »Und es ist einfach falsch. Sie ist gerade erst zehn geworden! Wir könnten dich anzeigen, weißt du? Wir könnten das Jugendamt einschalten!«

Jetzt schreien sie alle auf einmal und mir wird alles zu viel. Es ist meine Schuld, dass in der Küche alle böse aufeinander sind. Ich hätte das Geheimnis nicht ausplappern dürfen. Ich höre Mommys Stimme brüllen, dass ihr niemand vorzuschreiben hat, wie sie ihr Kind erzieht. Dann sagt Grandpa irgendetwas und alle werden wieder ruhiger. Ich kann Wortschnipsel ausmachen, die mit strenger Stimme ausgesprochen werden.

»Was sagst du dazu, Mr. Riesenohr?«, frage ich. Er starrt nur wortlos die Treppe hinunter, er sieht verloren aus.

Dann fliegt plötzlich die Küchentür auf und knallt polternd gegen die Wand. Mommy ruft mir zu, ich solle mich beeilen, weil wir den Zug erwischen müssen. Ich gehe brav nach unten, will das Haus aber nicht verlassen, in dem ich mich sicher und geliebt fühle. Mommy steht am Fuß der Treppe, die Hände in die Seiten gestemmt und mit einem steinernen Ausdruck im Gesicht. Als ich näherkomme, kann ich aber regelrecht spüren, wie verärgert sie ist.

Grandma Jane weint und sieht mich nicht an, Grandpa Clifford hat einen runzeligen Arm um ihre Schultern gelegt und sieht auch sehr, sehr traurig aus.

»Bitte«, ruft Grandpa Clifford, als Mommy meine Hand nimmt und mich aus dem Haus zieht. »Muss das wirklich sein? Geh nicht.«

Mommy ignoriert ihn und geht mit immer noch eiskaltem Gesicht den Weg entlang. Ich werfe einen Blick über die Schulter zurück zu meinen Großeltern in der Tür. Beide sehen alt und zerbrechlich aus. Ich will ihnen winken, aber in einer Hand habe ich Mr. Riesenohr und an der anderen hält Mommy mich fest, während sie die Straße entlangeilt.

»Wann sehe ich sie wieder?«, frage ich nach einer Weile. Meine Brust fühlt sich ganz eng an.

Mommy antwortet mir nicht, sondern geht noch schneller. Ihr Schweigen sagt alles. Ich werde meine Großeltern nie wiedersehen.

6

Die bleigraue Wolkendecke, die schon den ganzen Morgen den Himmel verschleierte, brach auf und schwere Regentropfen prasselten gegen Robyns Windschutzscheibe, sodass sie kaum noch die Straße erkennen konnte. Sie steuerte ihr Auto ein wenig vom Straßenrand weg und starrte angestrengt in das Halbdunkel. Riesige Regenpfützen tauchten wie aus dem Nichts auf.

Mary Matthews war zu Recht besorgt, ihr Mann könnte in eine größere Sache verwickelt sein, als ihm vielleicht selbst bewusst war. Robyn musste mehr über seine Freunde in Thailand herausfinden, für den Fall, dass Lucas einen zweiten Reisepass besaß, mit dem er sich ins Ausland abgesetzt hatte. Sie hatte zu Nick Pearson-Firth Kontakt aufgenommen, dem Fachvorsitz für Musik an der Schule, wo Lucas arbeitete. Er hatte einem Treffen zugestimmt. Dunkle Felder zogen an den Fenstern des Polos vorbei. Blinkley Manor lag mitten auf dem Land in Derbyshire abseits von Städten oder Dörfern. Robyn fragte sich unwillkürlich, was Lucas dazu gebracht hatte, an einem Internat zu unterrichten, wenn er es doch so verabscheut hatte, selbst auf eines zu gehen.

Sie kam an einigen reizenden Landhäusern aus dunklem Stein vorbei und an einem Pub, das auf einer einladenden Holztafel

Rabatte auf Mahlzeiten anbot. Auf dessen Parkplatz hielt sie an, um Ross anzurufen. Seine Stimme klang abgehackt.

»Ich hoffe, du hattest mehr Glück als ich«, sagte er. »Ich habe nichts.«

»Ich bin nicht sicher, ob ich es Glück nennen würde. Aber ich habe die eine oder andere Spur, was den verschwundenen Ehemann angeht. Seine Frau macht sich Sorgen, Lucas könnte Schwierigkeiten bekommen, weil er Bilder von kleinen Mädchen auf seinem Computer hat. Ganz abwegig ist das nicht, denn wenn die Polizei die Festplatte durchsucht und vielleicht noch Schlimmeres findet als das, was ich gesehen habe, dann könnte ihn eine Anzeige erwarten. Es waren hauptsächlich Fotos von Mädchen in Schuluniform, aber das ist schon seltsam genug. Mary besteht darauf, dass alles nur ein großes Missverständnis ist. Sie will nicht so recht glauben, dass ihr Mann auf derartige Dinge steht.

Sie hat sogar spekuliert, dass er vielleicht selbst den Detektiv spielt, weil einer seiner Arbeitskollegen oder Schüler die Bilder heruntergeladen hat – und jetzt ist er in Schwierigkeiten geraten, als er der Sache auf den Grund gehen wollte. Ich habe die Nummer des Fachvorsitzenden für Musik der Schule, wo Lucas arbeitet. Mit dem treffe ich mich jetzt gleich. Vielleicht kann er ja etwas Licht in die Sache bringen und mir sagen, wo Lucas ist. Er hat wohl nicht viele Freunde, aber er und Nick Pearson-Firth kennen sich schon lange und sind wohl auch mehrfach zusammen nach Thailand gereist.«

»Okay, gib Bescheid, wenn ich dir irgendwie helfen kann. Ich sterbe hier noch vor Langeweile.«

Die Auffahrt zur Blinkley Manor Privatschule für drei- bis dreizehnjährige Mädchen und Jungen war gut versteckt. Einzig ein kleines, hölzernes Schild, das jemand an einen Baum geschraubt hatte, deutete auf eine Abzweigung hin. Hätte Robyn weniger scharfe Augen, wäre sie womöglich daran vorbeigefahren.

Auf dem Schulgelände angekommen, fuhr sie eine glatte Asphaltstraße entlang, die sich durch einen lichten Eichenwald schlängelte. Weiches Moos bedeckte den Boden wie ein Teppich, große Fingerhutpflanzen standen am Waldrand, ihre pinken und violetten Blüten stellten eine fröhliche Abwechslung zur finsteren Kulisse dar. Der Wald öffnete sich zu einem weitläufigen Gelände mit umfangreichen Sportplätzen, makellos gemähtem Rasen, einem großen See und natürlich der Schule selbst. Robyn stieß einen bewundernden Pfiff aus. Was sie sah, hatte gar nichts mit der kleinen Dorfschule zu tun, die sie als Kind besucht hatte. Sie stellte den Wagen auf dem Parkplatz vor der Schule ab, stieg aus und atmete tief die frische, vom vergangenen Regen gereinigte Luft ein.

Das Schulgebäude war beeindruckend. Steinerne Rundsäulen stützten einen großen Säulenhof und eine doppelt geschlungene Treppe führte zum Eingang hinauf. Robyn folgte der Wegbeschreibung zum Musikflügel und stieg die Treppe hinauf. Sie betrat die Eingangshalle, die in früheren Zeiten wohl als Wohnraum gedient hatte. Jetzt standen hier überall Trophäenschränke und ein großer Eichentisch. Was ihren Blick aber besonders auf sich zog, waren die beiden imposanten Kamine und der gläserne Kronleuchter.

Ein leises Räuspern im tieferliegenden Garten zog ihre Aufmerksamkeit auf sich. »Kann man Ihnen helfen?«

Robyn drehte sich zu dem dicklichen Mann mit der runden Brille um. »Ich suche den Musikflügel. Ich habe eine Verabredung mit Mr. Pearson-Firth.«

»Ich bringe Sie hin, ich muss sowieso in diese Richtung.« Ohne noch etwas zu sagen, öffnete er einen Nebeneingang und bat sie hinein, eine Treppe hinunter und in einen Tunnel, der in das Hauptgebäude führte.

»Es ist schwer zu finden, wenn man zum ersten Mal hier ist. Aber man gewöhnt sich schnell an den Aufbau. Sogar die Eltern.«

Er deutete auf das Büro, nickte ihr kurz zu und ließ sie allein. Robyn wollte ihn korrigieren, ihm sagen, dass sie kein Elternteil war, aber dann war es ihr egal. Stattdessen klopfte sie an die Tür.

Nick Pearson-Firth sah anders aus, als Robyn erwartet hatte. Er war Anfang vierzig, schmal gebaut und etwa ein Meter achtzig groß. Er hatte dunkles, gelocktes Haar und braune Augen, die vor Lebensenergie nur so sprühten.

»Miss Carter?«, fragte er, während er ihr eine manikürte Hand anbot und ihre kraftvoll schüttelte. »Ich bin Nick Pearson-Firth, aber nennen Sie mich ruhig Nick. Treten Sie ein.«

Das Büro war hell und geräumig und die Einrichtung beschränkte sich auf einen Tisch, Stühle und einen großen Flügel. Die Wände waren voll mit eingerahmten Zertifikaten und Urkunden. Er ließ sich auf seinen Stuhl fallen und wirkte rastlos, wie er sich so leicht hin und her drehte. Robyn setzte sich ihm gegenüber und ließ den Blick auf die ebenmäßigen Wiesen hinter ihm schweifen, die sie zuvor gesehen hatte.

»Also, wie kann ich Ihnen helfen?«, kam er direkt auf den Punkt.

Robyn wollte gerade antworten, als sie von einer zarten Sopranstimme in ihren Gedanken unterbrochen wurde. Sie erkannte die Melodie als ›Un bel dì vedremo‹ aus Puccinis *Madame Butterfly*. Die Noten drangen aus einem angrenzenden Raum durch die Wand. Robyn verlor sich ganz in der Musik. Es war eine der atemberaubendsten Arien in der Geschichte der Oper, deren synkopierte Rhythmen Butterflys Sehnsucht nach ihrem Geliebten Pinkerton repräsentierten. Es war eine zauberhafte Melodie, die mit einem kristallklaren hohen B endete. Sie erinnerte sich daran, wie sie eine Aufführung der Oper mit Davies besucht hatte, aber sie lenkte ihre Gedanken davon ab. Jetzt war nicht der richtige Moment, um schwach zu werden.

»Ist das eine CD?«, fragte sie und fügte dann hinzu: »Der Gesang?«

Ein gelassenes Lächeln erschien auf Nicks Gesicht. »Das ist meine Tochter, Sophia. Sie übt gerade mit ihrer Mutter. Meine Frau ist auch Sängerin und professionelle Pianistin. Sie haben vielleicht schon von ihr gehört: Katarina Pearson?«

Robyn nickte. Selbstverständlich hatte sie von Katarina Pearson gehört. Sie war eine berühmte Sopranistin, die in ihren Dreißigern einen kurzen Auftritt in einer Talent-Fernsehshow gehabt hatte. Das Publikum war sprachlos gewesen, als die kleine, zierliche Frau eine unerwartet kraftvolle und klare Stimme zum Besten gegeben hatte. Nicht wenigen waren bei ihrer Interpretation von ›O mio babbino caro‹ die Tränen gekommen.

»Ich habe ihr Album *Die größten Arien*«, bemerkte Robyn. »Aber natürlich, Pearson-Firth, ich hätte eins und eins zusammenzählen können.«

Nick wirkte erfreut. »Katarina wollte auf jeden Fall ihren Mädchennamen behalten, da sie darunter bekannt ist. Und Firth allein klang irgendwie langweilig, deswegen haben wir uns bei der Hochzeit für einen Doppelnamen entschieden.«

»Singen Sie auch?«

»Ich ziehe es vor, meine Hände zu benutzen. Ich spiele Trompete und Tuba, außerdem beherrsche ich ein wenig Klavier und Geige. Manchmal begleite ich meine Frau oder Sophia. Aber ich bin kein guter Sänger. Mögen Sie klassische Musik?«

»Hin und wieder. Ich mag Opern. *Madame Butterfly* ist eine meiner liebsten.«

Er nickte zustimmend. »Eine der eingängigsten Erzählungen von unerwiderter Liebe«, murmelte er. »Also, was wollen Sie über Lucas wissen?«, fuhr er dann fort und legte die Fingerspitzen aneinander.

»Fangen wir damit an, wie gut Sie ihn kennen«, sagte Robyn.

»Ich weiß nicht, so gut man eben seine Kollegen kennt. Er arbeitet hier seit neun Jahren und genauso lange bin ich schon Fachvorstand. Er hat ein wenig etwas von einem Wandertutor. Vier Tage in der Woche kommt er hier her, aber er fährt auch zu seinen Schülern nach Hause, um sie zu unterrichten. Er kommt zwischen den Stunden nicht in den Gemeinschaftsraum, um sich mit den Kollegen zu unterhalten. Er ist ein großartiger Musiker. Er engagiert sich immer sehr für das Schulmusical und ist verantwortlich für unser Orchester. Die Schüler mögen ihn und er hat eine hohe Erfolgsrate. Viel mehr kann ich Ihnen über ihn nicht sagen, außer, dass er letzte Woche seine Kündigung eingereicht hat und ich mich jetzt nach einem Nachfolger umsehen muss. Ich arbeite mich dumm und dämlich, um einen Stellvertreter mit ähnlichen Qualifikationen zu finden – und dann auch noch in so kurzer Zeit. Damit hat er mich wirklich kalt erwischt.«

»Er hat gekündigt?«, wunderte sich Robyn.

»Ja. Ich war so überrascht wie Sie. Ich dachte, ich würde ihn nie wieder loswerden und war eigentlich ganz froh darüber. Er hat nie irgendwelche Andeutungen gemacht, dass er sich nach etwas anderem umsehen würde. Er versteht sich auch gut mit den Kindern. Ich bin mir nicht sicher, ob sein Rücktritt vielleicht etwas mit dem Tod seines Vaters zu tun hat. Möglicherweise hat er ihm ein stattliches Erbe hinterlassen. Sein Vater war Schauspieler – Paul Matthews. Auf dem Höhepunkt seiner Karriere war er so talentiert und begehrt wie Leonardo DiCaprio oder Tom Cruise. Er hätte es weit bringen können, aber dann hat er plötzlich alles hingeschmissen und sich aus der Öffentlichkeit zurückgezogen. Ich weiß nicht genau, was passiert ist, und die Boulevardpresse hat auch nur die wildesten Spekulationen aufgestellt. Er hat sich in seiner Villa in Staffordshire versteckt und von da an vermutlich von seinen Ersparnissen aus besseren Zeiten gelebt. Er war sehr sportbegeistert und ist jeden Tag um das große Reservoir in der Nähe von seinem Haus gelaufen. Vor ein paar Tagen hatte er während seiner Runde einen Herzinfarkt und ist verstorben. Ich habe auch nur durch die Zeitung davon erfahren. So oder so, ich gehe davon aus, dass Lucas es einfach nicht mehr nötig hat, hier zu arbeiten. Sein Kündigungsschreiben war recht kurz.«

»Stimmt es, dass Sie Lucas einmal nach Thailand begleitet haben?«, fragte Robyn und da sah sie es: Ein Flackern in seinem Blick. Damit hatte sie gerechnet.

Seine Stimme nahm einen noch zwangloseren Ton an. »Das ist schon länger her. Die Eltern eines Schülers, der kurz vor seinem Abschluss stand, haben uns eingeladen.«

»Ist das hier üblich?«, hakte sie weiter nach. »Dass Eltern Sie einladen, mit in den Urlaub zu fahren?«

Er schlug lässig die Beine übereinander und überlegte einen Augenblick, bevor er antwortete: »Miss Carter, das ist ein Internat.

Die Schüler wohnen hier während des Semesters und wir sind sozusagen *in loco parentis*. Wir sind wie eine einzige, große Familie hier. Es ist ganz und gar nicht unüblich, dass wir eine enge Beziehung zu den Schülern und deren Eltern entwickeln, immerhin unterrichten wir sie über mehrere Jahre hinweg. Max Devlin war einer davon. Er war Schulsprecher und gewissenhafter Musikschüler. Wir haben ihn auf seiner Entwicklung von einem unreifen Kind zu einem selbstbewussten jungen Mann begleitet und ihn dabei unterstützt, ein Stipendium für eine namhafte weiterführende Musikschule zu erhalten.

Obwohl seine Eltern in Thailand wohnen, haben sie sich bemüht, so oft wie möglich zu den jährlichen Abschlusskonzerten herzukommen und auch an allen größeren Schulveranstaltungen teilzunehmen. Also haben natürlich auch wir sie kennengelernt. Als Max die Schule verlassen hat, haben Jo und Stuart Devlin Lucas und mich zum Dank zu sich nach Thailand eingeladen. Katharina hatte keine Zeit, uns zu begleiten und Mary, Lucas' Frau, hat wohl große Flugangst, also blieb es bei uns beiden. Seitdem war ich nicht mehr dort. Mir ist es dort zu schwül und zu laut. Ich glaube, Lucas ist noch ein paar Mal rüber geflogen, aber er hat auch sehr viel mehr mit Max zusammengearbeitet als ich. Er war sein persönlicher Tutor.«

Er befeuchtete seine Lippen und wartete auf weitere Fragen. Robyn entschied sich für einen leichten Richtungswechsel.

»Haben Sie in diesen Ferien schon von Lucas gehört?«

»Nein, aber ich wüsste auch nicht warum. Die meisten aus der Belegschaft können es kaum erwarten, hier zu verschwinden, und wir haben eigentlich keinen Kontakt untereinander, bis das neue Semester anfängt. Wir sehen uns während dem Schuljahr oft genug.«

»Also schreiben Sie sich keine Nachrichten oder E-Mails?«, fragte sie.

Er schüttelte den Kopf.

»Wissen Sie, wie ich Jo und Stuart Devlin erreichen kann?«

Er musterte sie skeptisch. »Das sind vertrauliche Informationen, die kann ich nicht einfach so herausgeben. Können Sie sich ausweisen?«

Robyn holte ihre Privatermittler-Lizenz heraus und legte sie ihm hin. »Das ist noch keine offizielle Ermittlung, Nick, aber das wird sich bald ändern. Wenn Sie mir die Kontaktinformationen so bald wie möglich zukommen lassen könnten, würden Sie mir sehr helfen.«

»Jemand aus dem Sekretariat wird sich bei Ihnen melden«, sagte er, die Augenbrauen ernst zusammengezogen. »Die Kontaktdaten sind im Schulcomputer gespeichert.«

Robyn schrieb ihre Handynummer auf einen Zettel. »Das ist meine Privatnummer. Aber ab nächste Woche können Sie mich auch über die Polizeistation von Staffordshire erreichen.«

»Darf ich fragen, warum Sie das alles über ihn wissen wollen? Ist etwas in Thailand passiert?«

»Glauben Sie, in Thailand könnte etwas passiert sein?« Sie lehnte sich zurück und beobachtete seine Reaktion.

Er rutschte auf seinem Stuhl hin und her, bevor er wieder eine entspannte Haltung einnahm. »Ich glaube nicht, dass er sich da drüben in Schwierigkeiten bringt, falls Sie das meinen.«

»Ich meine gar nichts. Ich versuche nur, mir ein Bild von dem Mann zu machen, der plötzlich alles hinschmeißt und verschwindet. Ich suche nur nach Hinweisen, die mir helfen, herauszufinden, wo er ist und warum.«

»Er ist also wirklich verschwunden?«, sagte Nick. Eine Furche entstand zwischen seinen Augenbrauen. »Hören Sie, ich stand ihm nicht wirklich nah. Ich bin lediglich sein Fachvorsitz. Ich konnte ihn nicht einmal richtig gut leiden. Er war viel zu reserviert für meinen Geschmack und hat sich nie wirklich Mühe gegeben, sich mit dem Rest von uns anzufreunden. Unser Ausflug nach Thailand war bestenfalls peinlich. Ich rede nicht gerne darüber.«

Robyn nickte ihm ermutigend zu, blieb aber in ihrer zurückgelehnten Position, um ihm allen Raum zu geben, den er brauchte.

»An unserem ersten Abend sind wir mit den Devlins Essen gegangen. Lucas sagte, er hätte Kopfschmerzen vom Jet-Lag und hat sich früher verabschiedet. Ich bin später noch mit den beiden zu ihrem Haus gegangen, für einen Nachttrunk, also war ich erst nach Mitternacht wieder im Hotel. Ich habe gerade auf den Aufzug gewartet, als ein Pärchen den Gang entlangkam, Arm in Arm und vollkommen voneinander eingenommen. Sie war atemberaubend schön. Langes, dunkles Haar mit orangenen Strähnen und recht groß für eine Thailänderin. Sie trug einen kurzen, weißen Rock, Overknee-Stiefel und eine glitzernde Federboa. Sie sah außerdem ziemlich jung aus. Beim genaueren Hinsehen ist mir aufgefallen, dass sie wohl ein *Kathoey* war, ein Ladyboy. Ihre Stimme klang einfach nicht ganz passend und sie hatte einen deutlich erkennbaren Adamsapfel. Das allein hat mich nicht so sehr überrascht, wie der Mann an ihrer Seite – das war nämlich Lucas.«

»Hat er Sie erkannt?«

»Ich glaube nicht. Ich bin in den Aufzug geschlüpft, bevor er nah genug war, um mich zu entdecken. Ich habe nie mit ihm darüber gesprochen, aber am nächsten Tag hat er eine Einladung der Devins zu einer Stadtführung durch Bangkok abgelehnt. Er hat behauptet, er würde sich nicht gut fühlen, aber ich habe den Verdacht, dass er den Tag mit demselben Ladyboy verbracht hat. Verstehen Sie mich nicht falsch, ich bin nicht so prüde, um nicht zu verstehen, dass diese Mädchen etwas Aufregendes und Exotisches an sich haben. Aber er hatte diesen Ausdruck im Gesicht ... Ich kann es nicht beschreiben, er sah anders aus als der Lucas, den ich kannte. Er hatte etwas von lüsterner Grausamkeit und es hat für immer verändert, wie ich ihn sehe.«

»Haben Sie ihm gegenüber wirklich nie etwas davon erwähnt?«

»Es geht mich ja nichts an. Fremde Länder können einen manchmal zu merkwürdigem Verhalten animieren. Die Leute haben dann das Gefühl, sich weniger zurückhalten zu müssen. Manche Urlauber fangen dann in Spanien eben schon um elf Uhr morgens mit dem Alkohol an und junge Leute verlieren alle Hemmungen, wenn sie nach Ayia Napa oder Ibiza fliegen. Ich dachte, es wäre ein klassischer Fall von ›Was in Thailand passiert, bleibt in Thailand‹. Lucas hat mir nie einen Grund gegeben, an seinem Anstand zu zweifeln, wenn er hier an der Schule war. Warum sollte ich mich also darum kümmern, was er im Ausland tut?«

———

Robyns Verdacht, die Polizei könnte sich für Lucas Matthews interessieren, verhärtete sich immer mehr. Sein Verschwinden war in der Tat außerordentlich verdächtig. Sie nahm sich vor, Detective Chief Inspector Mulholland anzurufen und sie zu bitten, aus dem Fall eine offizielle Kriminalermittlung zu machen.

7

Das Café war gut besucht und erfüllt von fröhlichen Stimmen, die hin und wieder von dem scharfen Zischen einer Kaffeemaschine übertönt wurden. Abigail entdeckte ihre Freundinnen an einem Ecktisch – Zoes grellgrünes Haar war unmöglich zu übersehen. Ein Kinderhochstuhl stand neben Claire bereit, die sie in diesem Moment erkannte und zu sich winkte. Abigail manövrierte den Buggy in ihre Richtung und wurde von einem entzückten Quietschen empfangen. Sie hob Izzy aus dem Kinderwagen und reichte sie Claire, die schon die ganze Zeit mit einem verliebten Blick und ausgebreiteten Armen dastand.

»Sie ist gewachsen, oder?«, sagte Zoe und wackelte spielerisch mit den Fingern, als das Kind sie ansah. »Kaum zu fassen, dass wir uns schon seit zwei Monaten nicht mehr gesehen haben! Schön, dass du es doch noch geschafft hast. Hast du dich etwa im Windellabyrinth verirrt?« Sie lachte. »Im Ernst, es ist wirklich schön, dich zu sehen. Ich weiß, ich war eine schreckliche Freundin, aber der neue Job verlangt mir momentan wirklich viel ab. Und jeden Tag nach London und wieder zurück zu Pendeln, gibt mir nach den ganzen Kursen immer den Rest.«

»Schon in Ordnung. Ich habe auch ein wenig die Zeit aus den Augen verloren. Izzy war gar nicht gut drauf, als ihre Milchzähne durchgekommen sind. Und davor hatte sie eine Erkältung, da wollte ich nicht mit ihr raus und es womöglich noch schlimmer machen. Manchmal bin ich dann so müde, dass ich den ganzen Tag zu nichts zu gebrauchen bin. Die Zeit vergeht wirklich wie im Flug. Und ich jage ihr von Tag zu Tag hinterher und finde doch nie die Zeit, etwas für mich zu tun.«

»Ich hab dir doch gesagt, du brauchst ein Kindermädchen«, sagte Claire, während sie Izzy auf ihrem Schoß wippte. »Dann könnten wir uns wieder öfter treffen.«

»Oh, ich könnte sie nie bei einem Kindermädchen lassen!«, entgegnete Abigail mit einem Anflug von Panik. »Sie ist so klein, sie braucht mich.«

»Dann eben einen Babysitter«, schlug Zoe vor.

Abigail konnte spüren, wie ihr der kalte Schweiß ausbrach und ihr Herz zu rasen begann. »Nein, auch keinen Babysitter. Ich kümmere mich lieber selbst um sie. Wir werden noch genug Gelegenheiten haben, zusammen auszugehen, wenn sie älter ist und für ein paar Stunden bei Jackson bleiben kann.« Eine finstere Erinnerung drohte sie einzuholen, aber sie lenkte sich mit dem Buggy ab. Izzy gluckste zufrieden und winkte Zoe mit einem Plastikring zu, während Claire sie weiterhin auf ihren Knien auf und ab schaukelte.

»Du hast so ein Glück«, murmelte Claire und lächelte das zappelnde Kind an. »Sie ist bezaubernd.«

»Sie hat ihre Momente«, erwiderte Abigail stolz.

Zoe lehnte sich vor und hauchte ihr einen Luftkuss zu, bevor sie Izzy an sich nahm. Das Mädchen packte ihre große Halskette und lutschte neugierig daran.

»Du siehst großartig aus«, bemerkte Zoe. »Viel weniger mamihaft. Mir gefällt dein Outfit. Ist das neu? Wo hast du es her? Und wie geht es meinem liebsten Jackson? Fliegt er heute?« Ihre Fragen sprudelten heraus wie ein Wasserfall. Aber so war Zoe: ungeduldig, energiegeladen und mit einem welpenhaften Enthusiasmus. »Rachel holt gerade die Getränke. Sie hat darauf bestanden, obwohl sie gerade etwas knapp bei Kasse ist. Lieb von ihr, nicht?

Seit der Scheidung hat sie Schwierigkeiten, über die Runden zu kommen. Sie verdient ja nicht die Welt. Sie arbeitet nur halbtags als Zahnarzthelferin. Ich würde sicher nicht mit ihr tauschen wollen. Den ganzen Tag nur irgendwelchen Leuten in den Mund schauen und ihnen zwischen den Zähnen herumstochern? Nein, nicht für alles Geld der Welt. Stell dir vor, da halbvergammelte Essensreste zu finden. Igitt«, fügte sie hinzu und rümpfte ihre Stubsnase. »Rachel ist wunderbar.«

Claire warf Abigail einen Blick zu, der deutlich machte, dass sie anderer Meinung war.

»Es ist wirklich nett von ihr, uns Getränke zu spendieren«, stimmte Abigail zu.

»Arme Rachel. Sie macht wirklich eine schwere Zeit durch«, fuhr Zoe fort. In ihren großen, grauen Augen stand aufrichtige Sorge. »Sie hat sich so gefreut, als ich sie eingeladen habe, uns heute Gesellschaft zu leisten.«

Izzy spuckte die Halskette aus, betrachtete sie eingehend und steckte sie sich wieder in den Mund. Zoe lächelte gerührt.

»Warum genau hast du Rachel eingeladen?«, fragte Claire direkt, während sie mit bunten Plastikringen vor Izzy herumwedelte. Das Kind ließ die Kette los und streckte die Hände nach dem Spielzeug aus. »Wir kennen sie ja nicht einmal wirklich. Wir haben sie nur das eine Mal bei unserem letzten Treffen gesehen, als du sie einfach mitgebracht hast.«

Zoe sah sie mit großen Augen an. »Mein Fehler. Sie hat mir leidgetan. Es fällt ihr schwer, Freunde zu finden. Ich glaube, außer mir kennt sie niemanden in der Gegend. Es geht ihr wirklich nicht sehr gut, seit der Scheidung – es war ein regelrechter Rosenkrieg – und ich dachte, es wäre in Ordnung, wenn sie dabei ist. Es tut ihr gut, mal aus dem Haus zu kommen. Und seit dem letzten Treffen hat sie von nichts anderem mehr gesprochen. Sie fand euch wirklich sympathisch. Aber offenbar beruht das ja nicht auf Gegenseitigkeit.«

Claire verzog das Gesicht, sagte aber nichts.

»Du hast doch nichts dagegen, oder Abby?«, fragte Zoe.

Abigail fühlte sich nicht ganz wohl mit der Situation, aber sie wollte Zoe nicht verletzen. Rachel war ein wenig merkwürdig und aus irgendeinem Grund machte ihre Nähe sie nervös.

»Nein, schon gut. Ich bin einverstanden. Es ist nicht leicht, neue Freunde zu finden.«

Claire sagte nichts mehr dazu, denn in diesem Moment kam das vierte Mitglied der Gruppe mit einem voll beladenen Tablett zurück und stellte es auf den Tisch. »Ich hab dir einen Latte mitgebracht, Abigail«, sagte Rachel. »Ich hoffe, das ist okay. Ich hab dir ein bisschen Karamellsirup reintun lassen, als besonderes Extra. Du kannst bestimmt ein bisschen Energie brauchen, nachdem du dich die ganze Zeit um Izzy kümmern musst.«

Abigail war kein großer Fan von Sirup, aber sie wollte nicht undankbar erscheinen, deswegen sagte sie nur: »Super, danke.«

»Ich liebe Izzys Kleid«, schwärmte Rachel, während sie dem Kind über den Arm streichelte. »Es ist so hübsch. Du bist so hübsch«, fügte sie an Izzy gerichtet hinzu und erntete ein strahlendes Lächeln. »Manchmal stelle ich mir vor, wir hätten auch Kinder gehabt. Ich habe mir immer welche gewünscht«, sagte sie tieftraurig. »Aber andererseits wäre es wirklich schrecklich für sie gewesen, mit der Scheidung und allem.« Sie verstummte, als ihr klar wurde, dass sie Gefahr lief, allen die Stimmung zu verderben und bemühte sich stattdessen um einen fröhlicheren Ton. »Ich bin auf dem Weg hierher zufällig an einem Spielzeugladen vorbeigekommen und hab da den hier gesehen.«

Sie kramte in ihrem großen Jutebeutel und holte einen regenbogenfarbigen Teddybären heraus. Sie hielt ihn Izzy hin, die sofort die Hände danach ausstreckte und begeistert plapperte. Sie steckte sich einen bunten Fuß in den Mund.

»Du hast doch nichts dagegen, oder?«, fragte Rachel. »Dass ich ihr einfach so ein Geschenk kaufe?«

»Natürlich nicht. Das ist wirklich nett von dir, danke«, antwortete Abigail.

»Ich glaube, sie mag ihn. Ich habe immer noch den alten Teddy aus meiner Kindheit«, redete Rachel weiter, bemerkte nicht die Blicke, die Claire und Abigail austauschten. »Man kann nie genug Kuscheltiere haben. Ich habe mittlerweile bestimmt dreißig Stück.«

»Dreißig!«, wiederholte Zoe ungläubig.

»Ich kann ihnen einfach nicht widerstehen. Ich sehe sie im Schaufenster und habe das Gefühl, sie würden mich anflehen, sie mit nach Hause zu nehmen.« Rachel kicherte nervös. Izzy nutzte den Moment um laut zu rülpsen, was die Unterhaltung wieder auf sie lenkte. Und danach sprachen sie endlich darüber, was sich in ihren Leben so getan hatte.

———

Eine Stunde später ebbte die Unterhaltung langsam ab.

»Ich sollte mehr Fotos von Izzy machen«, sagte Claire, während das Kind auf und ab hüpfte. »Sie verändert sich so schnell. Und sie ist wahnsinnig fotogen. Ich könnte ein Mutter-Kind-Bild von euch machen.«

Abigail hatte Claire kennengelernt, als diese in der Boutique aufgetaucht war, um Fotos von den unterschiedlichsten Bräuten und deren Müttern für eine Fotostrecke zu machen. Die Bilder waren für eine Hochzeitswebsite und die Ladenbesitzerin war froh über die Gelegenheit gewesen, ihr Geschäft bewerben zu können. Abigail hatte in der Boutique gearbeitet und war dafür verantwortlich gewesen, dass alle Kleider und Models perfekt aussahen, während Claire sie mit ihrer Canon knipste und sie mit kleinen Scherzen zum Lächeln und Entspannen gebracht hatte.

Nach der Veranstaltung waren beide Frauen erschöpft gewesen und Abigail köpfte eine Champagnerflasche aus dem Lager des Geschäfts. Sie lachten gemeinsam über pedantische Mütter und hochnäsige Bräute, es war der Beginn einer wunderbaren Freundschaft.

Es gehörte zu Claires Job, durch das ganze Land zu reisen und Fotos für die unterschiedlichsten Magazine und Websites zu schießen. Und sie hatte eine eigene Website mit wunderschönen Fotografien von Vögeln. Sie verbrachte teils Stunden in einem Versteck, während sie auf das perfekte Motiv wartete. Sie hatte Abigail viele ihrer Bilder gezeigt und ausgeplaudert, dass es ihr eigentliches Ziel war, für Fernsehdokumentationen über wilde Tiere hinter der Kamera zu stehen. Abigail kam es manchmal vor, als würde Claire sich zusammengekauert im hohen Gras wohler fühlen als unter Menschen.

»Fotografierst du lieber Menschen oder Naturmotive?«, fragte Rachel, während sie den langen Löffel in ihrem leeren Glas drehte.

»Natur. Bei Menschen habe ich immer das Gefühl, dass ich geheuchelte Bilder mache. Sie lächeln künstlich und verstecken sich hinter einer Maske. Viel lieber würde ich eine Herde wilder Pferde fotografieren, die über eine Winterlandschaft galoppieren, während gefrorene Erdbrocken von ihren Hufen fliegen und weißer Dampf von ihren Nüstern aufsteigt. Ich will den Freiheitsfunken in ihren Augen einfangen. Die Natur enttäuscht niemals. Menschen schon«, erklärte sie.

Rachel betrachtete sie skeptisch. »Aber du fotografierst so viele Menschen. Sicher sind nicht alle so.«

»Nein. Kinder verhalten sich fast immer natürlich. Babys ganz besonders.« Sie sah zu Izzy, die eine große Spuckeblase machte. »Davon rede ich. Ganz natürlich«, sagte Claire, womit sie Abigail und Zoe zum prusten brachte.

»Sie hat ein paar echt gute Bilder von Abigail gemacht, als sie schwanger war«, erinnerte sich Zoe. »Abby sah so glücklich und hübsch aus.«

»Nicht mehr so sehr, seit der kleine Affe draußen ist«, sagte Abigail, um das Thema zu wechseln. Sie wollte nicht wirklich, dass Rachel von diesen intimen Fotos wusste. Sie waren tatsächlich sehr künstlerisch, aber auch persönlich und Zoe hatte kein Recht, sie zu erwähnen.

»Wirklich?«, ließ Rachel nicht locker. »Wie schön. Ich bewundere Frauen, die sich nicht für ihren Körper schämen und das Beste daraus machen. Ich würde diese Bilder wirklich gerne sehen.

Ich wette, du siehst wunderschön aus, Abby: mütterlich und würdevoll.«

Abigail zuckte unwillkürlich zusammen. Diese Frau trat ihr langsam etwas zu nah. Nur ihre besten Freunde nannten sie Abby. Aber Rachel hatte ihre Aufmerksamkeit schon Claire zugewandt.

»Also, Claire, erzähl mal. Gibt es jemand besonderes in deinem Leben? Du hast von niemandem gesprochen.«

»Einmal, aber es hat nicht gehalten«, antwortete Claire, ihr gleichgültiger Blick ruhte auf Rachel. »Ich habe zu viel zu tun und keine Zeit für eine Beziehung. Ich bin ganz glücklich mit mir allein. Ich bin noch lange nicht alt genug, um mich niederzulassen. Außerdem will ich erst eine erfolgreiche Fotografin werden – Karriere machen – bevor ich mich an irgendetwas oder jemanden binde. Ich habe noch alle Zeit der Welt für Beziehungen.«

»Du änderst deine Meinung bestimmt, wenn du einen Kerl wie Jackson kennenlernst«, sagte Zoe und für Rachel fügte sie hinzu: »Abigails Ehemann. Er ist umwerfend.«

Abigail musste lächeln und wollte schon protestieren, aber Claire kam ihr zuvor. »Jackson hat nur Augen für seine Abby«, sagte sie. »Aber Zoe, was ist mit Andy? Was läuft da?«

»Nichts. Wir haben uns letzten Monat getrennt. Es lief schon einige Zeit nicht mehr so gut zwischen uns. Er hat mit diesem Muskeltraining angefangen und das hat mich irgendwie vertrieben. Er hat mir besser gefallen, als er weniger wie ein Neandertaler ausgesehen hat. Außerdem bin ich schon mit jemand anderem zusammen.«

»Wirklich? Jemand anders aus dem Fitnessstudio?«

»Nein. Aber es ist noch ganz frisch, ich will es noch nicht an die große Glocke hängen, bevor ich weiß, wie es weitergeht.«

»Wie schön für dich!«, sagte Rachel. »Ich hoffe, du hast mehr Glück als ich.« Sie stand völlig unvermittelt auf. »Zu viel Kaffee. Ich muss auf Klo.« Sie zwängte sich an Zoe vorbei und lief die Treppe hinauf zu den Toiletten.

»Ist die immer so?«, fragte Claire.

»Sie ist nur nervös, das ist alles«, meinte Zoe. »Und es überrascht mich kein bisschen, immerhin starrt ihr sie schon die ganze Zeit so an, seit sie sich hingesetzt hat. Was ist los mit euch?«

»Ich mag sie nicht sehr. Sie ist zu direkt mit ihren Fragen. Es fühlt sich an, als würde sie uns verhören.«

Zoe richtete sich auf ihrem Stuhl auf, dann platze sie heraus: »Meine Güte! Sie weiß eben nicht viel über euch und sie versucht ihr Bestes. Wenigstens gibt sie sich Mühe, nett zu sein. Ganz ehrlich, Claire, manchmal kannst du wirklich anstrengend sein. Entspann dich mal, sie ist nur eine einsame Frau!«

»Na gut, aber ich weiß nicht, ob ich mich mit ihr anfreunden will. Sie jammert zu viel. Bring sie nächstes Mal nicht mehr mit.«

»Stell dich nicht so an. Ich weiß wirklich nicht, was du für ein Problem hast. Es ist doch keine große Sache. Rachel ist eine nette Frau, die gut die eine oder andere Freundin gebrauchen könnte. Ich dachte, du würdest das verstehen, du hast ja selbst nicht gerade den größten Fanclub.«

»Hört schon auf, ihr zwei.« Abigail gestikulierte, bis die beiden sie ansahen. »Ihr regt Izzy auf.«

Wie auf Befehl stieß Izzy ein bestürztes Jammern aus, das den Streit sofort beendete. Claire lehnte sich zu ihr herüber und streichelte ihr sanft über den Arm, bis sie ihr wieder ein Lächeln schenkte.

Eine einzelne Träne rollte dem Mädchen über die Wange und tropfte auf den Hochstuhl, aber sie hörte auf zu weinen, als Claire ihr die Autoschlüssel zum Spielen gab. Das Klimpern ließ sie ganz vergessen, dass sie eben noch traurig gewesen war.

»Na, na. Wir haben nur eine kleine Meinungsverschiedenheit. Und es war meine Schuld. Es war dumm von mir, entschuldige, Zoe. Ich habe letzte Nacht schlecht geschlafen und bin ein bisschen neben der Spur.«

Zoe schnaubte und nickte kurz.

Claire hob das Baby hoch. »Ich gehe kurz mit ihr an die frische Luft«, sagte sie. Abigail gönnte es ihr und sah ihrer Freundin hinterher, während diese mit dem wieder fröhlich lächelnden Baby zur Tür ging.

»Ich hole mir ein Glas Wasser. Diese Claire immer. Sie kann manchmal richtig anstrengend sein. Manchmal will ich ihr den Hals umdrehen!« sagte Zoe und stand auf. »Bin gleich wieder da.«

Zoe ging in ein Nebenzimmer, wo eisgekühlte Wasserspender neben einem Stapel Pappbecher standen. Als sie aus ihrem Blickfeld verschwunden war, lehnte Abigail sich zurück und seufzte tief.

Ihr Handy vibrierte. Das musste Jackson sein. Bei dem Gedanken an ihn musste sie lächeln und nahm ab, ohne die Nummer zu überprüfen. Eine spöttische, mechanische Stimme sprach:

»Hallo Abigail. Was für eine perfekte, kleine Familie du da hast. Leider wird sie nicht mehr lange so perfekt bleiben. Du solltest wissen, dass du niemandem trauen kannst. Du denkst vielleicht, das kannst du, aber da du irrst dich. So viele Geheimnisse – nicht nur deine eigenen. Frag Jackson nach seiner neuen Geliebten. Das heißt, wenn du dich traust. Du könntest ihn dadurch verlieren. Arme Abigail. Was würdest du dann nur tun?«

Abigails Herzschlag beschleunigte sich, aber eine hochkochende Wut auf die grausame Stimme beruhigte ihre Nerven.

»Wer ist da? Was willst du?«

Eine kurze Pause, dann ertönte ein finsteres, verzerrtes Lachen. »Mach dir keine Gedanken, wer ich bin. Frag dich lieber, wer du bist. Ich beobachte dich. Und ich werde dein Leben zerstören.«

Die Verbindung brach ab. Abigail sah in der Anrufverfolgung nach, aber es war eine unterdrückte Nummer. Ihr Herz raste, als sie verzweifelt überlegte, welche Optionen sie jetzt hatte. Viele waren es nicht. Sie konnte nicht herausfinden, wer der Anrufer war, weil sie seine Nummer nicht kannte und die Stimme so verzerrt gewesen war. Ein Schauer lief ihr über den Rücken, als sie sich an die Worte des Anrufers erinnerte: Du kannst niemandem trauen.

Sie warf das Handy in ihre Tasche und versuchte, sich zu beruhigen. Sie durfte sich nicht anmerken lassen, dass etwas nicht stimmte. Aber sie brauchte auch Zeit zum Nachdenken. Sie kaute auf ihrer Unterlippe und fragte sich, was sie tun sollte. Eine aufgebrachte Rachel kam zurück.

»Die Schlange vor dem Klo war eine Zumutung. Ich bin fast geplatzt, bevor ich endlich dran war. Wo sind alle? Na ja, ich muss los, ich hatte ja keine Ahnung, wie spät es ist. Ich komme noch zu spät zur Arbeit! Sorry, dass ich so plötzlich abhaue, es war schön, dich und Izzy zu sehen. Sag den anderen von mir Tschüss, ja?« Sie beugte sich vor und gab ihr zum Abschied einen Kuss auf die Wange.

Abigail konnte nur abwesend nicken, schaffte es aber noch, ihr für den Teddybären zu danken. Rachel winkte lächelnd ab und eilte davon.

In diesem Moment kam Zoe zurück. Sie zuckte entschuldigend mit den Schultern. »Ich wurde aufgehalten. Ich hab eine meiner alten Kursteilnehmerinnen getroffen«, erklärte sie. »Hat geredet wie ein Wasserfall. Sie hat zugenommen, scheinbar trainiert sie weniger als früher. Geht es dir gut? Du wirkst durcheinander.«

»Nein, alles in Ordnung. Rachel hat mich nur ein wenig überrumpelt, weil sie so plötzlich gegangen ist.«

»Wahrscheinlich muss sie in die Arbeit. Sie hat heute die Nachmittagsschicht.«

»Das hat sie auch gesagt.«

»Ich mag sie. Sie ist ein bisschen schräg, aber sie bringt mich zum Lachen.« Zoe legte den Kopf schräg, wie ein Spatz auf der Suche nach Insekten, während ihre Augen fröhlich funkelten. Zoe war niemand, der sich selbst oder das Leben zu ernst nahm.

Plötzlich hatte Abigail das Bedürfnis, von Zoe wegzukommen. Und von dem Café, von allen. Sie sammelte das Plastikspielzeug und die Flasche ein und stopfte alles in ihre Tasche.

»Gehst du auch schon?«, fragte Zoe.

»Ja. Ich glaube, ich kriege Kopfschmerzen und ich habe Jackson auch versprochen, nicht zu lange zu bleiben. Er hat heute einen freien Tag.«

»Ah, und wenn Jackson zu Hause ist, hast du natürlich keine Zeit für Kopfschmerzen«, scherzte Zoe. Abigail zwang sich zu einem Lächeln. In diesem Moment kam auch Claire zurück. Izzy gluckste fröhlich und sabberte die Schlüssel in ihrem Mund voll.

»So ein süßer kleiner Affe«, sagte Claire, gab Izzy an ihre Mutter weiter und nahm sich ihre Schlüssel wieder. »Sag nicht, dass du schon gehen musst. Ich dachte, nachdem Rachel weg ist, könnten wir noch ein wenig Spaß zu dritt haben.«

»Jackson hat frei«, erklärte Zoe und zwinkerte ihr zu.

»Verstehe«, antwortete Claire grinsend. »Du kannst einfach nicht die Finger von ihm lassen, stimmt's?«

Abigail täuschte ein weiteres Lächeln vor, dann setzte sie Izzy in den Buggy, wo diese anfing zu strampeln und zu weinen. Sie bemühte sich, nicht zu zeigen wie nervös sie war, als sie sich verabschiedete und das Café verließ. Sie fragte sich, wie sie Jackson konfrontieren sollte – oder ob es überhaupt eine gute Idee war. Die spöttische Stimme hallte in ihrem Kopf nach, als sie den Wagen anließ. Wer war das nur und würde er oder sie wirklich so weit gehen, alles zu zerstören, was sie sich erarbeitet hatte?

8

JETZT

Im Zeitungsbericht haben sie sich nicht nur bei Paul Matthews' Alter geirrt. Er war keine neunundfünfzig mehr und er ist auch nicht während dem Laufen an einem Herzinfarkt gestorben.

Ich kann mich nicht entscheiden, ob ich lachen oder mich darüber ärgern soll. Ich würde gerne dem Journalisten, der den Artikel geschrieben hat, eine E-Mail schicken und ihm die Wahrheit sagen – dass ich für Pauls Ableben verantwortlich bin.

Die Ausführung war tadellos. Ich habe einen Stolperdraht an einer strategischen Stelle gespannt, genau an einem Baumstumpf, zwischen dessen Wurzeln spitze Äste emporragen. Ich hatte die Hoffnung, einer dieser messerscharfen Äste würde sich in sein Auge bohren und in seinem Gehirn zersplittern. Aber es ist leider anders gekommen.

Ihm mit einem Ast den Schädel zu zertrümmern hat aber auch gut funktioniert. Ich hatte mir überlegt, auf sein Gesicht zu zielen. Dort hätte ich den größten Schaden anrichten können, indem ich ihm die Nase brach, wodurch die Karotis aufgerissen oder durchtrennt worden wäre, und das Stammhirn tödlichen Schaden genommen hätte.

Aber solche Verletzungen treten eher bei hohen Geschwindigkeiten auf, nicht beim Joggen. Und da ich keinen Verdacht erwecken wollte, habe ich mich für einen Schlag gegen die Schläfe entschieden.

Meine Recherchen haben sich gelohnt. Er ist auf der Stelle zusammengebrochen.

9

»Vielen Dank für Ihre Hilfe und schnelle Rückmeldung«, sagte Robyn höflich lächelnd, bevor sie den Skype-Anruf aus Thailand beendete. Sie lehnte sich in ihrem Ledersessel zurück und klemmte nachdenklich den Bleistift zwischen die Zähne.

Ross starrte betrübt einen Stapel Quittungen an. Er hasste Papierkram und wenn seine Frau ihm nicht mit der Buchhaltung helfen würde, wäre er vermutlich längst pleitegegangen. Bevor Jeanette die Verantwortung für die Konten übernommen hatte, hatte er sogar hin und wieder vergessen, seinen Klienten überhaupt Rechnungen auszustellen. Er kramte in seinen Hosentaschen herum und holte einen zerknüllten Kassenbon hervor. Er faltete ihn auseinander und legte ihn auf den Stapel. Als Robyn sich von ihrem Computer abwandte, sah er zu ihr herüber.

»Ich verstehe nicht, warum Jeanette sagt, ich soll jede Quittung behalten. Glaubst du, sie will wissen, was ich einkaufe?«

»Ich glaube, sie will nur sichergehen, dass du deine Ausgaben richtig abrechnest. Du hast es nur ihr zu verdanken, dass die Bücher am Ende des Jahres auch stimmen. Ich bezweifle, dass sie sich sonderlich dafür interessiert, ob du dir in der Mittagspause einen Mars-Riegel gekauft hast.«

Ross schloss für einen Moment die Augen. »Ich könnte jetzt

einen oder zwei davon vertragen«, murmelte er. »Wenn ich nur daran denke, wie mir dieser köstliche Karamellüberzug auf der Zunge zergeht.«

»Mach es dir nicht schwerer, als es ist. Denk an deine Arterien, die brauchen keinen Überzug irgendeiner Art. Du hattest schon einen Weckruf, wie viele brauchst du noch?«

Ross hatte sein Leben lang für die Polizei gearbeitet und war zum selben Rang aufgestiegen wir Robyn: Detective Inspector. Aber dann wollte sein Herz nicht mehr so recht mitspielen. Immer öfter hatte er Probleme mit Schweißausbrüchen und Tachykardie, bis er sich endlich überreden ließ, einen Arzt aufzusuchen. Er wurde an einen Spezialisten überweisen und nach einem Vierundzwanzig-Stunden-EKG, Belastungstests, klinischen und echographischen Untersuchungen, stand endlich eine Diagnose fest: Er litt unter ventrikulären Extrasystolen, einer Herzrhythmusstörung, die zwar nicht lebensbedrohlich war, ihn aber seine Lebensgewohnheiten überdenken ließ. Er hatte sich als Privatdetektiv selbstständig gemacht, um den Arbeitsstress zu reduzieren. Andere Veränderungen fielen ihm deutlich schwerer.

Ross zog eine Grimasse. »Hast ja recht. Keine guten Nachrichten von den Devlins?«

»Sie haben Lucas seit Monaten nicht mehr gesehen. Um genau zu sein, standen sie nicht einmal mehr mit ihm in Kontakt. Sie haben immer wieder formlose E-Mails geschickt, mit den jüngsten Neuigkeiten über ihren Sohn Max, aber er hat nicht geantwortet. Normalerweise hat er sich immer dafür interessiert, was sein Schützling so macht. Sie haben ihn eingeladen, Max' Geburtstag mit ihnen zu feiern, aber er hat abgesagt, weil er dieses Jahr ›zu beschäftigt‹ sei, um zu Besuch zu kommen. Viel mehr konnten sie mir nicht sagen. Er sei ein engagierter Lehrer und hätte sich gut um ihren Sohn gekümmert. Max wurde in seinem ersten Jahr wohl gehänselt, weil er sich ein wenig feminin verhalten hatte, aber Lucas hat ihn unter seine Fittiche genommen und dafür gesorgt, dass er eine gute Zeit im Internat hatte. Seine Mutter hat ständig davon gesprochen, dass Lucas wie ein großer Bruder für ihren Sohn gewesen sei.«

Ross zuckte die Schultern. »Sackgasse.«

»Wenn sie etwas von seiner Vorliebe für Ladyboys wussten, haben sie zumindest kein Wort darüber verloren.«

Ross nahm sich einen Kaugummi, knüllte das Papier zu einer Kugel zusammen und warf sie in Richtung Papierkorb. »Ich würde nicht nach Thailand gehen wollen. Mir schmeckt das Essen dort nicht.«

»Ich dachte, du magst jedes Essen.«

»Ich mag Sachen, die satt machen. Ich glaube kaum, dass Zitronengrassuppe und Nudeln, oder was auch immer es da gibt, das richtige für mich wären.«

»Vielleicht wäre es eine gute Diät für dich. Wenige Kalorien, viele Nährstoffe. Ich werde Jeanette einige Rezepte zukommen lassen, damit sie sie an dir ausprobieren kann.«

»Mach ruhig, aber dann lasse ich dich die nächsten Tage Bob, den Langweiler, beschatten, bis du wieder bei der Wache anfängst.«

»Immer noch kein Glück gehabt?«

»Es würde mich schon sehr überraschen, wenn Bob wirklich eine Affäre hätte. Er ist so blitzblank sauber, dass ich schon fast damit rechne, dass er sich einen weißen Pfarrerskragen zulegt und in die Kirche eintritt.«

»Die meisten Frauen haben eine gute Intuition. Wenn seine Frau sagt, er hat eine Affäre, dann stimmt es wahrscheinlich. Behalte ihn einfach im Auge. Sie bezahlt dich ja immerhin für deine Zeit, also verschwendest du sie zumindest nicht.«

»Es fühlt sich aber danach an. Gestern Abend ist er mit einem seiner Kumpel aus dem Pub ins Kino gegangen. Das hat wohl kaum etwas mit Nachtsport zu tun.«

Robyn kicherte. Sie blätterte Pressemeldungen über Paul Matthews durch, während Ross ihr von seinem Abend erzählte. Sie hörte nur halb zu, wie er sich darüber beschwerte, die halbe

Nacht in seinem Auto verbracht zu haben, während Bob fröhlich Popcorn gefuttert hatte.

Paul Matthews war ein attraktiver Mann gewesen. Sie konnte sehen, wo Lucas sein Aussehen herhatte. Pauls Karriere hatte einen ersten Aufschwung in den Neunzigern erlebt, als er einen Arzt in einer Seifenoper gespielt hatte. Danach hatte ihn ein Filmstudio unter Vertrag genommen. Er hatte die Hauptrolle in der Verfilmung eines Erotikromans gespielt.

»Er hat das Schauspielen nicht aufgegeben, nachdem seine Frau gestorben ist«, kommentierte Robyn, während sie die Informationen überflog. »Erst vier Jahre später, im Jahr 2000. Ist das nicht seltsam? Warum sollte jemand so plötzlich eine lukrative Karriere beenden und sich zurückziehen?«

»Drogen?«

»Vielleicht. Aber er ging regelmäßig Joggen, ich vermute also, er hat auf seine Gesundheit geachtet.«

»Eine neue Frau?«

»Es gab wohl keine zweite Mrs. Matthews. Er hat sich nur kurzzeitig mit jemandem getroffen. Ich habe einige Fotographien von ihr in einer der Zeitungen gefunden.«

Sie drehte den Bildschirm herum, damit Ross ihn sehen konnte. Er stieß einen bewundernden Pfiff aus. »Sie ist heiß.«

Das Foto stammte von einer Preisverleihung und zeigte einen adretten Paul Matthews in Abendkleidung, der breit in die Kamera lächelte. Neben ihm stand eine schlanke Blondine in einem langen Kleid, das eng an ihrem wohlgeformten Körper anlag. Sie strahlte pure Eleganz aus, das Haar sorgfältig zu einem klassischen, französischen Zopf geflochten; ihre perfekt manikürten, roten Fingernägel lagen auf ihrer Designerhandtasche und ihr makelloses Gesicht war attraktiv geschminkt. Am Handgelenk trug sie ein teures Edelsteinarmband, das im Licht der Kamerablitze funkelte. Ihre großen, grauen Augen wurden von unendlich langen Wimpern eigerahmt, viel zu lang, um ihre echten zu sein. Und ihre Lippen waren voll, sexy und hatten etwas Verruchtes an sich. Es war kein Wunder, dass Paul sich so selbstzufrieden bei ihr einhakte.

»Nicht schlecht«, bemerkte Ross, während er ihr Foto betrachtete. »Wie es klingt, ist sie wohl nicht mehr seine Freundin. Christina Forman«, las er den Namen unter dem Bild laut vor. »Hier steht, sie ist seine Verlobte.«

»Er lebte allein und war nicht verheiratet. Ich werde dem nachgehen. Christina kann mir vielleicht mehr über Lucas verraten. Da steckt noch mehr dahinter, als auf den ersten Blick zu erkennen ist. Nick, sein Fachvorstand, hat von dem seltsamen Ausdruck in seinen Augen gesprochen, als er Lucas mit dem Ladyboy im Hotel gesehen hat. Er hat es ›lüsterne Grausamkeit‹ genannt und es hat ihn wohl sehr erschreckt. Ich bin sicher, Lucas hat eine andere, dunkle Seite an sich. Man denke nur daran, wie leicht es ihm fiel, die Devlins anzulügen, um ihrer Einladung zu entgehen. Er hat auch seiner Frau gegenüber nicht die Wahrheit gesagt, aber ich weiß noch nicht, warum. Dann sind da noch die Fotografien von jungen Mädchen in Schuluniformen auf seinem Computer. Obwohl daran eigentlich nichts Pornographisches war, lasse ich die Spezialeinheit für Pädophilie einen Hintergrundcheck machen. Aber mittlerweile bin ich fast sicher, dass es mehr als nur die Suche nach einer vermissten Person ist. Es tut mir leid, Ross, aber ich muss den Fall als Polizeibeamtin übernehmen.«

»Ich dachte, du fängst erst nächste Woche an.«

»Ich habe gestern mit DCI Mulholland gesprochen und sie gebeten, früher anfangen zu können, um in diesem Fall zu ermitteln. Sie hat eingewilligt, ich bin also seit heute wieder offiziell für den Fall verantwortlich. Ich halte dich aber auf dem Laufenden.«

———

Sie erinnerte sich an ihr kurzes Telefonat mit Louisa Mulholland, ihrer Vorgesetzten, die gestresster als üblich geklungen hatte.

»Ich bin froh, dass Sie früher zurückkommen, als ursprünglich geplant«, sagte sie. »Wir können Ihre Unterstützung hier gut gebrauchen. Ich kann Ihnen nicht viele Kollegen zur Unterstützung zuweisen, aber ich werde Ihnen Mitz Patel an die Seite stellen, solange er in der Nähe des Hauptquartiers bleibt. Ganz kann ich nicht auf ihn verzichten. Und Sie können Anna Shamash haben, unseren neuesten Zuwachs. Aber gehen Sie sanft mit ihr um. Sie gewöhnt sich noch ein und ich will nicht, dass sie irgendwelche schlechten Angewohnheiten aufschnappt. Mehr kann ich Ihnen nicht anbieten, Operation Goofy beansprucht gerade alle verfügbaren Arbeitskräfte.«

»Schon gut, ich werde ohnehin nicht viel Hilfe brauchen. Und wenn es für Sie in Ordnung ist, werde ich unseren ehemaligen DI Ross Cunningham in den Fall mit einbeziehen, wenn es eng wird.«

Louisa Mulholland behandelte alle gleich, aber Ross war es immer gelungen, ihr ein Lächeln zu entlocken, wenn sie zusammen im selben Team gearbeitet hatten.

»Gute Idee. Es kann nur helfen, ihn einzuweihen. Ich vertraue aber darauf, dass Sie sich an die Vorschriften halten, DI Carter.«

»Aber natürlich.«

»Gut.«

Sie wussten beide gut genug, dass Louisa auf Robyns Angewohnheit anspielte, immer wieder auf eine plötzliche Eingebung hin die Richtung zu wechseln.

»Ich werde mich an die Spielregeln halten, Ma'am.«

———

»Wie geht es Louisa? Hat sie alle ihre Lakaien im Griff?« Ross grinste. Robyn erinnerte sich an die Unterhaltung zurück, die sie mit ihrer Vorgesetzten gehabt hatte, bevor sie die Einheit verlassen hatte. Louisa Mulholland war eine unscheinbare Frau, die mehr nach einer Sekretärin aussah als nach einer hochrangigen Polizeibeamten. Sie war Ende fünfzig, verwitwet und lebte für ihren Job und ihre Kollegen. Sie hatte immer ein offenes Ohr für andere, die ihre Hilfe brauchten und als Robyn in ihr Büro gestolpert war, mit ihrem Kündigungsschreiben in der Hand, hatte sie die Tür geschlossen und sich direkt neben Robyn gesetzt. Und als Robyn in Tränen ausgebrochen war, hatte sie ihr Trost gespendet. Dann hatten sie eine lange Unterhaltung geführt und Louisa hatte Robyn die ganze Zeit mit ihren freundlichen, olivgrünen Augen beobachtet.

»Sie kommen wieder, Robyn«, hatte sie gesagt. »Sie machen grade eine schwierige Zeit durch, aber ich weiß, dass Sie irgendwann zurückkommen. Und wenn Sie so weit sind, werde ich Sie mit offenen Armen empfangen. Tun Sie, was Sie tun müssen, um die Trauer zu verarbeiten. Weinen Sie, schreien Sie, treten Sie die Wände ein. Ich habe nichts davon ausgelassen, als ich meinen Mann, Graham, verloren habe. Aber nach ein paar Monaten alleine im Haus habe ich erkannt, dass die eine wichtige Sache, die mir geblieben ist, die Wache ist. Die Kollegen, die unermüdlich ihren Job machen. Wir sind alle hier, weil wir die Stadt zu einem besseren Ort machen wollen – einen mit weniger Abschaum auf den Straßen. Sie gehören hier hin, das können Sie mir ruhig glauben.«

Louisa hatte recht behalten. Robyns Platz war in ihrer Einheit. In all den Monaten, in denen sie sich nachts in den Schlaf geweint hatte, hatte sie immer wieder an die gefasste Louisa denken müssen und an ihr tiefes Vertrauen in die Gerechtigkeit, das sie nicht aufgeben ließ.

»Louisa hat es geschafft, dich im Griff zu behalten«, antwortete sie Ross. »Ich bin sicher, die wird mit allem fertig.«

»Sie ist schon einzigartig. Richte ihr liebe Grüße von mir aus, ja? Manchmal wünsche ich mir, auch wieder zurückzugehen. Es wird schnell einsam in diesem Büro, es war schön, dich hier zu haben. Wie auch immer, ich bleibe bei den unspektakulären Fällen, aber lass von dir hören, wenn du Unterstützung brauchst. Du hast ja auch immer noch deine Zulassung als Privatdetektiv, also komm gerne jederzeit wieder her, wenn es dir zu blöd wird.«

Sie sah zu ihm und lächelte. »Danke. Ich glaube, ich bin ganz froh, wenn du mir unter die Arme greifst. Ich war jetzt ein ganzes Jahr nicht mehr im Dienst, ich fühle mich ein wenig eingerostet.«

»Klar doch, und ich bin der Hundesitter der Queen.«

Robyn wandte sich wieder den Artikeln über Paul Matthews zu und seufzte.

»Also, was weißt du bisher?«

»Nicht viel. Paul hat sein Familienleben immer privat gehalten. Es gibt ein paar Fotos von ihm und seiner ersten Frau, Linda, vor deren Tod. Sie sieht nett aus. Sie war Tänzerin und ist unter ihrem Mädchennamen aufgetreten: Bridges. Hier ist ein Bild von Paul, ihr und vermutlich Lucas, auf dem sie am Strand sind.«

Ross rollte seinen Stuhl zu ihr und betrachtete das Foto mit zusammengekniffenen Augen. »Wer ist das kleine Kind da neben ihnen? Mit dem Eimer auf dem Kopf?«

»Warte, hier ist der dazugehörige Artikel. Er stammt aus einer örtlichen Zeitung.« Sie las vor: »Paul Matthews nahm sich eine Auszeit von den Dreharbeiten zu *Doctor Pippin* und traf seine Familie in Scarborough. Zusammen mit seiner Frau, Linda Bridges, 32, und ihren gemeinsamen Kindern, Lucas, 10, und Natasha, 8, verbrachte Paul einen sonnigen Nachmittag bei angenehmen 26 Grad. Paul Matthews sagte uns: Wer fährt schon extra nach Spanien, wenn wir hier die wunderbarsten Sommertemperaturen haben? In Scarborough kann man viel mehr Spaß haben als in Benidorm. Wir haben die schönsten Strände, die beste Rock-Musik und die spaßigsten Eselausritte.«

Robyn verstummte und tippte auf den Bildschirm. »Lucas hat eine Schwester. Das hat mir niemand gesagt. Jetzt muss ich mehr über Natasha Matthews herausfinden.«

»Wann ist seine Frau noch mal gestoben?«

»Ein Jahr später, 1996. Lucas müsste dann elf gewesen sein. Paul hat es wohl nicht gut aufgenommen. Er hatte einen Nervenzusammenbruch und hat Lucas auf das Internat geschickt. Vielleicht hat er mit Natasha dasselbe gemacht. Bestimmt sogar. Die Armen. Sie haben mehr als nur ihre Mutter verloren. Ich verstehe nicht, warum Eltern sowas machen. Ich könnte es nicht ertragen, meine Tochter einfach so davon zu schicken.«

Ross warf ihr einen unbehaglichen Blick zu, aber Robyn war

zu sehr auf ihre Suche nach Informationen über Lucas Matthews vertieft, über seine Schwester Natasha und die Verlobte seines Vaters, Christina Forman.

Irgendwann fuhr sie fort: »Nichts über Natasha Matthews. Seltsam. Über Christina Forman findet man ein bisschen was. Sie haben sich im Juli 2000 verlobt, aber es gab keine Hochzeit. Zumindest finde ich keine Aufzeichnungen darüber. Im Herbst desselben Jahres hat Paul Matthews die größte Rolle seiner Karriere abgelehnt und sich aus dem Geschäft zurückgezogen. Die einzigen Nachrichten, die ich danach noch finden kann, sind über ihn und wie er versucht, sein Gesicht zu verbergen, wenn er aus dem Haus oder Joggen geht. Was ist aus der Verlobten geworden? Wo bist du, Christina, und kannst du mir helfen?« Robyn starrte noch eine Weile nachdenklich auf den Bildschirm, bevor sie den Namen in einer Suchmaschine eingab. Dann durchforstete sie die Sozialen Medien: Twitter, Facebook, LinkedIn.

Sie seufzte. »Nichts. Aber ich wusste ja, dass das kein einfacher Fall wird.«

»Robert ist auch kein leichter Fall. Aber ich werde ihn schon noch erwischen. Früher oder später macht er einen Fehler und dann bin ich bereit. Irgendwann machen sie alle einen Fehler.«

Ross hatte recht. Jeder machte irgendwann einen verhängnisvollen Fehler und irgendwann würde sie Lucas finden.

Eine Notiz im Kalender aktivierte den Wecker ihres Handys und erinnerte sie daran, dass sie einen Termin hatte, den sie nicht verschieben konnte. Sie fuhr ihren Computer herunter und sammelte sich. Sie traf sich gleich mit einem kleinen Mädchen.

10

Abigail steuerte ihren weißen Evoque vom Parkplatz auf die Straße und durch den belebten Ortskern. Ihre Gedanken überschlugen sich mit all den möglichen Szenarien, die eintreten konnten – oder eben nicht – wenn sie Jackson mit den Vorwürfen konfrontierte. Sie war sicher, dass sie es merken würde, wenn er sich hinter ihrem Rücken mit einer anderen traf. Am Morgen war er ihr voll und ganz ergeben gewesen. Und er wartete zu Hause auf ihre Rückkehr. Jackson würde sie nie betrügen.

Hinter ihr hupte jemand. Sie schrak aus ihren Gedanken und bemerkte, dass die Ampel, an der sie angehalten hatte, längst grün geworden war. Sie musste sich zusammenreißen, oder sie würde noch einen Unfall bauen.

Izzy saß im Kindersitz auf der Rückbank und war mit dem Daumen im Mund eingenickt. Sie hatte keine Ahnung, in welcher Misere ihre Mutter steckte. Abigail sah sich kurz zu ihr um und betrachtete die langen, dunklen Wimpern, die sie von ihrem Vater hatte, und das unschuldige, zufriedene Gesicht des Kindes. Eine warme, salzige Träne rollte ihr über die Wange. Sie konnte nicht fassen, dass all das wirklich passierte. Jackson und sie waren doch glücklich zusammen.

Als Izzy zum ersten Mal aus der Klinik nach Hause gekommen war, hatte sie ihre ungeteilte Aufmerksamkeit beansprucht. Abigail hatte viele Nächte im Kinderzimmer verbracht, wo sie mit ihrem kleinen Wunder im Arm in dem großen Sessel bei der Krippe gesessen und leise Kinderlieder gesungen hatte. Jackson hatte nie ein negatives Wort über ihre Abwesenheit verloren. Er war sogar immer wieder in das Zimmer gekommen, um sie beide zu beobachten. Er hatte sich an die Tür gestellt und sie angelächelt.

Izzy war es aber schwergefallen, sich an eine Routine zu gewöhnen. Anstatt langsam die Nächte durchzuschlafen, hatte sie geweint und geweint und Abigail, die stundenlang versucht hatte, sie in den Schlaf zu wiegen, alles abverlangt. Es hatte vier Monate gedauert, bis Izzy sich endlich beruhigt hatte. Aber als Abigail in das gemeinsame Schlafzimmer zurückkehren konnte, war sie so erschöpft gewesen, dass sie Jacksons Annäherungsversuche nicht erwidern konnte. Sie hatte sich immer wieder gesagt, die Zeit dafür würde schon wiederkommen. Aber dann hatte Izzy angefangen zu zahnen und alles fing von vorne an.

Und vor kurzem war da auf einmal diese Notiz gewesen, die ihr jemand in den Briefkasten geworfen hatte. Auf den ersten Blick war es nur ein unscheinbarer, weißer Briefumschlag gewesen, aber sein Inhalt hatte Abigail bis ins Innerste erschüttert. Sie hatte die Notiz in ihrer Nachttischschublade versteckt, aus Angst, Jackson könnte sie entdecken. Wenn sie mit ihm darüber sprach, musste er erfahren, dass ihr ganzes Leben eine Lüge war. Die bedrohlichen Worte waren aus Zeitungsartikeln ausgeschnitten:

Geheimnisse machen unglücklich, das wirst du bald lernen.

Und viel schlimmer noch: Der Anruf, den sie so leichtsinnig angenommen hatte. Wenn der Anrufer die Wahrheit sagte, warum hatte Jackson nicht erst mit ihr über seine Wünsche gesprochen, bevor er sich eine Affäre gesucht hatte? Abigail blinzelte eine weitere Träne weg und trat auf die Bremse, als das Auto vor ihr links abbog und sie fast engere Bekanntschaft mit dem Heck des Wagens gemacht hätte.

Konzentrier dich!, sagte sie sich.

Sie fuhr über die Landstraße, die nach Hartley Wintney führte, wo sie wohnte. Auf der Strecke war wie immer viel los, denn viele Leute aus der Gegend arbeiteten in der Luftfahrt und pendelten täglich über diese Straße. Sie und Jackson waren hergezogen, als er seinen Betrieb eröffnet hatte. Sie wollten nicht im dicht besiedelten Farnborough oder einer der umliegenden Vorstädte leben, sondern bevorzugten das kleine Hartley Wintney mit seiner Dorfwiese und dem Ententeich mit dem entzückenden, strohgedeckten Entenhaus. Außerdem lag es nur zwölf Kilometer von Farnborough entfernt.

Jackson hatte alles riskiert, als er BizzyAir Business Aviation gegründet hatte. Es war eine Passagierairline, die besonders auf betuchtere Kundschaft oder Geschäftsleute abzielte, die gerne unter sich fliegen wollten. Er hatte ihr neues Haus, das sie ein Vermögen gekostet hatte, dafür aufs Spiel gesetzt. Aber zum Glück hatte der Erfolg nicht lange auf sich warten lassen und es war ihnen inzwischen sogar gelungen, den Kredit für das schöne, freistehende Haus abzubezahlen.

Auf dem Weg kam sie an Minley mit seinem eindrucksvollen Anwesen vorbei. Das Landgut im französischen Stil stand unter Denkmalschutz und war 1850 von Henry Clutton gebaut worden. Als sie zum ersten Mal in der Gegend gewesen waren, hatte das Gebäude dem Verteidigungsministerium gehört und war als Offiziersmesse genutzt worden. Es hatte als Kulisse für mehrere erfolgreiche Kinofilme gedient, bevor es vom Ministerium an einen internationalen Investor verkauft worden war. Vor dem Verkauf hatten sie das großzügige Gelände einmal besucht. Sie erinnerte sich daran, wie sie mit Jackson einen Spaziergang um den Hawley See gemacht und die großen Rhododendronstauden bewundert hatte. Er hatte gescherzt, dass er es sich eines Tages leisten könnte, das Anwesen zu kaufen, aber zu dem Zeitpunkt hatte der veranschlagte Verkaufspreis bereits bei fünf Millionen Pfund gelegen. Die Wahrscheinlichkeit war also nicht sehr hoch. Sie hatten beide bei dem Gedanken gelacht, aber Jackson hatte darauf bestanden, dass er sich eines Tages ihr ganz eigenes Minley-Anwesen leisten könnte. Sie hatte das Gefühl, seitdem wäre eine Ewigkeit vergangen.

Sie erreichte das Dorf und fuhr an einigen Geschäften und Wohnhäusern vorbei, bevor sie die Hauptstraße verließ. Adrette Häuschen versteckten sich hinter Laubhecken und Bäumen. Sie war fast zu Hause. Sie kämpfte gegen ihre aufsteigenden Emotionen an, während sie in die Straße einbog, in der sie wohnten. Der vertraute Anblick half ihr, die Nerven zu behalten, während sie an denselben Häusern vorbeifuhr, die sie seit Jahren jeden Tag sah. Professionelle Gärtner kümmerten sich um den gleichmäßigen Rasen und die makellosen Hecken, während die eigentlichen Bewohner sich durch alle anderen Pendler kämpften, die die Straßen nach London verstopften, wo sie die ganze Woche arbeiteten. Sie hatte unendliches Glück, dass Jackson und ihr ein anderes Leben gegönnt war. Seine Arbeitszeiten waren manchmal anstrengend, aber er musste keine Züge erwischen, oder stundenlang fahren, um vollkommen ausgelaugt zu Hause anzukommen. Er brachte auch nie Arbeit mit heim und hatte immer Zeit für Izzy und sie.

Izzy wurde unruhig, als sie spürte, dass sie bald zu Hause waren und sie lächelte im Halbschlaf. Abigail atmete tief durch und entspannte sich etwas. Es würde schon alles gut gehen. Jackson würde auf sie warten und sich freuen, dass sie früher als erwartet zurück war. Er würde mit Izzy spielen oder vielleicht würden sie zusammen in den Streichelzoo gehen. Es war noch genug Zeit für einen Ausflug. Vielleicht würde sie ihm sogar ein romantisches Abendessen kochen und auf seine Annäherungsversuche vom Morgen zurückkommen.

Ihr Herz schlug schneller, je näher sie dem Haus am Ende der Straße kam. Sie konnte schon das Dach sehen. Sie würde alles gut machen. Die Nachricht war ein schlechter Scherz. So musste es sein. Sie bog in die Einfahrt ein. Die große Steineule – ein Hochzeitsgeschenk von Freunden – stand in der Mitte des Vorgartens und starrte sie spöttisch an, während sie niedergeschlagen auf das Lenkrad sank. Jacksons Maserati stand nicht auf seinem Platz. Er war ausgegangen. Die mechanische Stimme hallte in ihrem Kopf wieder. Vielleicht war Jackson losgefahren, um sich mit seiner Geliebten zu treffen.

Die Haustür fliegt mit einem Knall auf, der mich unsanft aus dem Schlaf reißt. Mom stolpert mit zerwühlten Haaren und ohne ihren Mantel ins Wohnzimmer. Ihre enge Bluse betont ihren fülligen Busen. Sie lacht und presst sich an einen Mann wie ein Bär, der einen starken, haarigen Arm um ihre Schultern gelegt hat. Seine andere Hand grapscht ihr an den Hintern und sie kichert wie ein Teenager beim ersten Date. Ich seufze innerlich. Ich hätte früher ins Bett gehen sollen, aber ich habe einen Film angeschaut und die Zeit vergessen. Normalerweise gehe ich um acht ins Bett. Mom sagt, elfjährige Kinder wie ich brauchen ihren Schlaf. Ich glaube eher, es ist ein Vorwand, damit die Männer, die sie heimbringt, nicht davon gestört werden, dass ein Kind in der Wohnung herumhängt.

Sie entdeckt mich, zusammengerollt auf dem Sofa, und befreit sich von dem Arm des riesenhaften Trottels an ihrer Seite. Die Aufmerksamkeit des Mannes konzentriert sich jetzt ganz auf mich und er starrt meine nackten Beine an, während ich vom Sofa aufstehe, um das Zimmer zu verlassen. Er leckt sich kurz über die Lippen, versucht aber, nicht zu offensichtlich zu glotzen. Aber ich weiß, wo er hinstarrt und was er denkt.

»Solltest du nicht im Bett sein?«, fragt meine Mutter mit einem Hauch von Sorge in den Augen.

»Sorry, ich bin vorm Fernseher eingeschlafen. Ich geh schon«, sage ich und schiebe mich an den beiden vorbei und laufe in mein Zimmer. Ich will einschlafen, bevor die Geräusche anfangen. Aber zu meinem Pech hat es der Mann eilig und es dauert nicht lange, bis ich sein lautes Grunzen vom Schlafzimmer nebenan hören kann und das schrille, gespielte Quietschen meiner Mutter. Es ist fast jede Nacht dasselbe. Es ist immer ein anderer Mann, aber immer dasselbe lustvolle Stöhnen und Seufzen. Ich hasse es. Manchmal hat meine Mutter am nächsten Morgen blaue Flecke an den Armen und dunkle Augenringe. Sie ist nicht mehr so hübsch wie früher und sie ist immer nervös. Sie hat mit dem Rauchen angefangen und sie trinkt zu viel.

Ich habe versucht, sie auf die Männer anzusprechen, aber sie hat mir nur ins Gesicht gelacht und gesagt, »Was glaubst du, wie ich es mir sonst leisten kann, dieses Haus zu bezahlen? In einer Bar Drinks auszuschenken, deckt sicher nicht alle Rechnungen. So kann ich mir wenigstens hübsche Klamotten und ein besseres Leben leisten.«

Danach wollte sie nicht mehr darüber sprechen.

»Dieses Haus« ist eine Doppelhaushälfte in der Nähe von Birmingham. Es ist kein Vergleich zu unserem letzten Appartement und ich habe mein eigenes Zimmer. Ich kann ihr keinen Vorwurf machen. Es ist immerhin meine Schuld, dass sie das tun muss. Nur so können wir über die Runden kommen. Sie muss diese »Nebenjobs« machen, um die Miete zu bezahlen. Obwohl ihre Vorliebe für Designerklamotten nicht unbedingt eine große Hilfe ist. Wenn sie das Geld nicht mit beiden Händen rauswerfen würde, könnten wir vielleicht andere Rechnungen damit bezahlen und sie müsste sich nicht selbst verkaufen.

Mein Vater denkt das auch. Er murrt regelmäßig, wenn er die Geräusche hört. Wir sprechen aber nicht darüber, was passiert. Ich bin alt genug, um die Situation zu verstehen und Dad behält seine Meinung darüber lieber für sich.

Der Mann, der heute im Schlafzimmer ist, klingt wie ein wildes Tier. Ich will nicht darüber nachdenken, was sie machen. Ich ziehe mir die Bettdecke über den Kopf, um die Geräusche auszublenden. Irgendwann schaffe ich es sogar einzuschlafen, aber wenig später weckt mich ein leises Klopfen an meiner Tür. Ich ziehe die Decke bis zu meinem Kinn herunter. Ein Lichtstreifen fällt in mein Zimmer und die Silhouette des großen Mannes steht in der Tür. Er kratzt sich am Kinn und sagt:

»Deine Mutter schläft. Sie muss nichts davon wissen. Ich bezahle dich. Ich tue dir auch nicht weh. Hundert Kröten, nur für dich. Du kannst nein sagen, wenn du nicht willst.«

Ich denke über sein Angebot nach. Wenigstens hat er mich um Erlaubnis gefragt und hundert Pfund sind viel Geld. Ich flüstere »Okay« und ziehe die Decke zur Seite, entblöße meinen nackten Körper. Er schleicht zum Bett, streift unterwegs seine Hose und Unterhose ab und schlüpft zu mir ins Bett. Er zieht mich zu sich, berührt mich im Gesicht und streichelt mir über das Haar. Er atmet tief ein, seufzt und wickelt sich eine Strähne meiner Haare um den fetten Finger. Er starrt mich durch das Halbdunkel an. Das einzige Licht stammt von der Anzeige meines digitalen Weckers.

»Du bist so hübsch«, murmelt er. »Wirklich hübsch. Ich liebe hübsche Mädchen.«

Sein saurer Atem streift mein Gesicht, als er spricht, aber ich zwinge mich, ihm nicht auszuweichen. Ich liege so still wie ich nur kann und warte nur darauf, dass es endlich vorbei ist. Er grunzt billigend. Seine Brust ist mit dunklen, gekräuselten Haaren bedeckt, die auf meiner Haut jucken, während er sich an mir reibt. Sein Kopf gleitet an meinem Körper entlang, bis seine Lippen meine sprießenden Brüste finden. Er versucht, sanft zu sein. Ein Schauer überkommt mich und ich versuche, auszublenden, was gerade passiert. Ich konzentriere mich ganz auf die hundert Pfund, die bald mir gehören werden. Ich weiß sogar schon, wofür ich das Geld ausgeben will.

Der Akt selbst ist schmerzhaft, aber es geht wenigstens schnell.

Nachdem er fertig ist, eilt er aus dem Raum, kann mir nicht einmal mehr in die Augen sehen. Ich starre an die Zimmerdecke. Mein Kopf ist leer. Ich fühle mich wie betäubt. Aus dem Regal neben dem Bett höre ich Mr. Riesenohr verärgert etwas flüstern. Ich will meinem Vater jetzt nicht zuhören, aber er sagt, ich solle mich immer an diesen Moment erinnern. Er sagt, es würde mich stärker machen und den Hass anfeuern. Ich nehme das Geld, das auf meinen Nachttisch geworfen wurde und hole mein Schmuckkästchen aus der Schublade. Ich lausche eine Weile der tröstenden Musik, während die Ballerina in ihrem pinken Tutu elegant ihre Pirouetten dreht. Dann lege ich das Geld hinein.

Ich stapfe leise ins Badezimmer, schließe die Tür ab und wasche die klebrige, blutige Sauerei zwischen meinen Beinen ab. Ich starre lange mein Spiegelbild an, dann nehme ich eine Nagelschere aus dem Schrank. Mit ausdruckslosem Gesicht fange ich an, systematisch eine goldene Locke nach der anderen abzuschneiden, bis alle meine Haare im Waschbecken liegen. Dann richte ich die spitze Schere auf meine Beine und ramme sie mir in die Oberschenkel, bis ich mir auf die Lippe beißen muss, um den Aufschrei zu unterdrücken.

12

Robyn drückte auf die Klingel. Eine fröhliche Melodie erklang, dann hörte man aufgeregte Geräusche hinter der Tür, bevor sie geöffnet wurde. Eine Frau stand ihr gegenüber, zierlich, mit sanften, dunklen Augen und ebenholzfarbenem Haar, das ihr bis zu den Schultern reichte. Sie trug ein rotes Kleid mit einem Gürtel, der ihre Wespentaille betonte, und ein Lächeln auf dem Gesicht.

»Was für eine wunderbare Überraschung! Komm rein, komm rein!« Ein schwacher Akzent verriet ihre französischen Wurzeln. Noch deutlicher, als sie rief: »Amélie, *chérie*! Komm und schau, wer hier ist!«

Sie küsste Robyn auf beide Wangen und führte sie durch den Flur in die Küche. Überall sah man warme mediterrane Farben, die viel eher nach Südfrankreich gepasst hätten als mitten nach England.

»Ich kann nicht lange bleiben, ich stecke mitten in der Suche nach einer vermissten Person«, sagte Robyn und schämte sich ein wenig dafür, dass sie so bald nach ihrer Ankunft schon wieder gehen musste.

»Unsinn! Du kannst nicht so schnell wieder verschwinden. Wir haben dich seit Monaten nicht gesehen! Amélie wird begeistert sein. Bleib wenigstens auf einen Kaffee.«

Robyn nickte widerstrebend. »Nur ein Kaffee. Ich muss wirklich bald wieder los. Ich bleibe nächstes Mal länger.«

Brigitte war eine warmherzige und einladende Frau, aber Robyn hatte manchmal das Gefühl, dass sie das Recht verloren hatte, noch länger Teil ihrer Familie zu sein. Mit Davies war es anders gewesen. Brigitte gab ihr mit einer Geste zu verstehen, dass sie sich setzen sollte, während sie duftende, gemahlene Bohnen in den Deckel einer Kaffeekanne aus Zinn gab. Dann füllte sie den Bauch mit Wasser und stellte alles auf den Herd. Brigitte hielt an vielen ihrer Traditionen fest. Sie servierte ausschließlich starken Filterkaffee in kleinen, filigranen Tassen und dazu Kekse.

Als Robyn Davies kennengelernt hatte, hatte er darauf bestanden, sie seiner Ex-Frau und Tochter vorzustellen. Obwohl sie sich anfänglich Sorgen gemacht hatte, hatten sie sich auf Anhieb verstanden und sogar Davies' Tochter hatte sie sofort akzeptiert. Bereits nach kurzer Zeit hatte Amélie das eine oder andere Wochenende bei ihnen verbracht. Robyn unterdrückte die Erinnerungen. Diese glücklichen Tage hatten ein jähes Ende genommen und so sehr sie das kleine Mädchen auch ins Herz geschlossen hatte, musste sie doch immer daran denken, dass Amélie nicht ihre Tochter war.

Robyn ließ sich auf einen der hellblauen Küchenstühle fallen, die farblich auf die altmodischen Küchenschränke abgestimmt waren. Brigitte war Künstlerin, die sich darauf spezialisiert hatte, alte Möbel zu restaurieren und zu bemalen.

»Sie ist sicher ganz aufgeregt wegen ihrer Geburtstagsfeier« sagte Robyn.

»Amélie hat über nichts anderes als Jump Nation gesprochen«, erzählte Brigitte.« »Es ist ihre erste ›Erwachsenen‹-Party. Es kommt mir vor, als hätte sie sich gestern noch ausschließlich für Einhörner und Peppa Pig interessiert. Und plötzlich heißt es Harry Potter hier, Twilight und One Direction dort. Ich bin nur froh, dass sie so gerne liest. Bestimmt hat sie mich nicht gehört, weil sie mal wieder mit der Nase in einem Buch steckt. Dann verliert sie sich oft ganz in dieser Welt. Ich rufe gleich nochmal nach ihr.«

Im Raum breitete sich der Duft des teuren Kaffees aus. Die Kanne begann zu blubbern, als der Kaffee durchsickerte und machte leise, knisternde Geräusche. Brigitte nahm die Kanne vom Herd und schenkte dampfende braune Flüssigkeit in die winzigen Tassen, die sie dann auf den massiven Holztisch in der Mitte der Küche abstellte. Sie stellte den Strauß getrockneter Blumen von der Tischmitte zur Seite und ersetzte ihn durch eine Dose mit schmalem, fingerlangem französischen Gebäck, bevor sie sich Robyn gegenübersetzte. Sie nippte an ihrem Kaffee und nickte kaum sichtbare zufrieden.

»Also, wie geht es dir?«, fragte sie.

»Gut. Viel zu tun. Ich bin wieder bei der Polizei, trainiere für ein Zehn-Kilometer-Lauf und ich arbeite an einem interessanten Fall.«

»Das meine ich nicht«, erwiderte Brigitte. Sie stellte ihre Tasse ab und schob Robyn die Dose mit den Keksen hin. Robyn nahm einen und knabberte ein wenig daran, bevor sie antwortete.

»Ich komme klar. Ich hoffe immer noch, dass es irgendwann leichter wird.«

»Das wird es«, versicherte Brigitte. »Ganz sicher. Aber wer weiß schon, wann. Ich vermisse Davies auch, aber für dich muss es so viel schwerer sein.«

Robyn hatte keine große Lust, die Unterhaltung fortzuführen, aber Brigitte hielt ihre Gefühle nicht zurück.

»Hast du schon wieder jemanden kennengelernt?«, fragte sie plötzlich.

»Gütiger Himmel, nein!«, erwiderte Robyn. »Keine Chance, ich könnte nie ...«

»Aber warum nicht? Es ist jetzt über ein Jahr her und du bist eine attraktive Frau. Du kannst dich nicht ewig vor den Männern verstecken.«

Brigittes Direktheit war anstrengend. Robyn verfluchte innerlich ihre aufgeschlossene französische Art, die ihr erlaubte, so offen über ihre Gefühle zu sprechen – und ihren eigenen britischen Starrsinn, der es ihr so schwermachte, die Offenheit zu erwidern.

»Es ist einfach nicht das richtige für mich«, sagte sie. Brigitte betrachtete sie mit ihren klaren, marineblauen Augen, als ob sie direkt in ihre Seele blicken wollte.

»Vielleicht brauchst du einfach mehr Zeit. Aber er würde nicht wollen, dass du für immer um ihn trauerst, das ist dir doch klar? Er war ein sehr pragmatischer Mann.«

Dahingehend stimmte Robyn ihr zu. Davies war kein weicher, gefühlsduseliger Mensch gewesen. Er hatte immer eine eher stoische Weltsicht gehabt. Aber sie konnte sich nicht einmal vorstellen, einen neuen Mann kennenzulernen. Niemand konnte ihn ersetzen, er war ihr Seelenverwandter gewesen.

Die Küchentür wurde geöffnet und ein kleines Mädchen mit leuchtenden Augen und dunklem, braunem Haar unterbrach sie ihn ihrem Gespräch. Als sie sah, wer in der Küche auf sie wartete, begann sie über das ganze Gesicht zu strahlen.

»Robyn!«, rief sie, lief zu ihr und schlang die Arme um ihren Hals. Die überschwängliche Begrüßung gab Robyn einen Stich ins Herz. Amélie sah Davies so ähnlich. Sie hatte seine Nase, seine großen, freundlichen Augen, dasselbe dichte, dunkle Haar und die niedlichen Sommersprossen auf den Wangen.

»Es ist ewig her, dass du zuletzt hier warst. Hast du von meiner Geburtstagsfeier gehört? Kommst du auch? Wir fahren ins Jump Nation, mit den ganzen Trampolinen. Alle meine Freunde kommen, es wird der Wahnsinn!«

Robyn erwiderte ihr Lächeln. »Ich hab schon davon gehört, ja, und ich bin sicher es wird der Wahnsinn. Aber ich kann leider nicht kommen. Ich muss arbeiten. Allerdings«, fügte sie hinzu, als sie die Enttäuschung auf dem Gesicht des Mädchens sah, »habe ich dir ein vorzeitiges Geburtstagsgeschenk mitgebracht.« Sie drückte ihr die bunte Geschenktüte in die Hand, die sie dabei hatte.

»Darf ich es gleich aufmachen?« Amélie sah zu ihrer Mutter, die ihr Einverständnis nickte. Dann griff sie in die Tüte und holte

ein Päckchen hervor, das in silbernem und weißem Papier einge-
packt war. Sie riss das Papier einfach auf und kreischte begeistert
auf. »Ein Fitbit Alta! Oh mein Gott! So eins wollte ich unbedingt
haben! Toni Clarkson hat so eines und die sind krass. Das sagt dir,
wie viele Kalorien du verbrannt hast und weiß, wie weit du
gelaufen bist und sagt dir sogar, ob du genug geschlafen hast! Der
Wahnsinn. Und dann auch noch in lila!«

Die beiden Frauen sahen dem Mädchen dabei zu, wie es mit
vor Aufregung leuchtenden Augen das violette Band um ihr
Handgelenk anlegte.

»Vielen Dank, Robyn! Das ist spitzenmäßig. Mom, darf ich es
auf der Party anziehen?«

»Sicher, aber nicht auf dem Trampolin, *ma belle*, es soll ja
nicht gleich kaputtgehen.«

Amélie umarmte Robyn noch einmal und gab ihr ein Küsschen
auf die Wange. »Das muss ich gleich meinen Freunden auf Snap-
chat zeigen. Die werden so neidisch sein! Bin gleich wieder da.«

Sie lief davon und ließ die beiden Frauen amüsiert lächelnd
zurück.

»Vielen Dank, dass du ihr so ein nettes Geschenk mitgebracht
hast«, sagte Brigitte. »Sie steckt gerade in einer Gesundheitsphase,
obwohl sie noch so jung ist. Ich bin sicher, sie wird das Ding unun-
terbrochen tragen. Kaum zu glauben, dass sie schon elf ist. Nicht
mehr lange und sie betritt den Urwald des Teenagerdaseins, mit all
den gebrochenen Herzen und Veränderungen.«

»Es wird schon alles gut gehen. Sie macht einen vernünftigen
Eindruck für ihr Alter.«

Brigittes Lächeln erstarb. »Sie vermisst ihren Vater immer
noch. Aber inzwischen versteht sie, dass er für immer fort ist. Sie
hat es akzeptiert. Und sie hat ja noch mich und Richard.« Sie
schnurrte seinen Namen regelrecht, wie es nur eine Französin
konnte. »Wenigstens hat sie Richard kennengelernt, bevor
Davies ...« Sie zögerte, um die angemessenen Worte zu finden,
»Bevor Davies von uns genommen wurde. Dieses Jahr haben sie in
der Schule Grußkarten zum Vatertag gebastelt. Sie hat zwei

gemacht. Eine für Davies und eine für Richard. Wir sind zusammen zum Friedhof gegangen und haben Davies seine Karte auf das Grab gelegt.« Ihr stiegen Tränen in die Augen. »Es war sehr emotional, aber ich glaube, es hat ihr geholfen. Seitdem wirkt sie ein wenig entspannter.«

Robyn legte eine Hand auf die von Brigitte und spendete ihr eine Weile nur stummen Trost. Irgendwann murmelte Brigitte: »Ich vermisse ihn auch. Er war ein guter Mann.«

»Wir fliegen nach meinem Geburtstag nach Frankreich in den Urlaub«, erzählte Amélie, die gerade in die Küche zurückkam, immer noch mit dem Fitbit am Handgelenk. »Willst du mitkommen? Grandma erlaubt es sicher. Ihr Haus ist riesig. Du könntest Pipette und ihre Kätzchen sehen.«

Robyn war gerührt. »Ich würde so gerne, aber ich muss wirklich arbeiten. Und wo wir gerade davon sprechen, ich muss auch schon wieder los. Ich muss jemanden befragen.«

Amélie wirkte enttäuscht. »Wie schade. Ich wollte dir mein iPhone zeigen. Es lädt oben.«

»Nächstes Mal, versprochen«, sagte Robyn und stand auf.

»Danke für das Geschenk. Ich kann es gar nicht erwarten, es Florence zu zeigen. Sie ist meine beste Freundin. Sie wird so eifersüchtig sein, wenn sie es sieht.«

Brigitte und Amélie begleiteten sie beide zur Tür.

»Richte Richard liebe Grüße von mir aus, ja?«, sagte Robyn, nachdem sie sich mit einer Umarmung von Amélie verabschiedet hatte.

»Mach ich. Und Robyn, pass auf dich auf. Trau dich ruhig herzukommen. Du bist hier immer willkommen, das weißt du.«

Robyn nickte. Natürlich wusste sie das. Aber trotzdem hatte sie das Gefühl, dass sie es nicht verdient hatte, ein Teil dieser Familie zu sein. Davies war fort und er hatte ihre Verbindung zu Brigitte und Amélie mitgenommen. Sie winkte den beiden, während sie aus der Ausfahrt fuhr und wusste schon jetzt, dass viel Zeit vergehen würde, bevor sie sie wiedersah. Sie ertrug den Schmerz nur selten.

13

Abigail brachte Izzy ins Kinderzimmer. Sie war wieder einge-schlafen und nicht einmal sie aus dem Kindersitz zu heben und hierher zu tragen, hatte das Kind wecken können. Abigail legte sie in ihre Krippe und nahm sich einen Moment, um die kleinen Fäuste und das niedliche Gesicht zu betrachten, das sie so liebte. Dann ging sie in die Küche. Toffee, ihr Perserkater, tauchte wie aus dem Nichts auf, zog laut schnurrend Schleifen um die Beine seines Frauchens und stupste sie mit seiner kalten Nase an.

Sie bückte sich, um ihn zu streicheln. »Wenigstens du sagt mir Hallo«, flüsterte sie in sein langes Fell.

Die Küche sah genauso aus, wie sie sie verlassen hatte, bis auf die benutzte Tasse und den Teller in der Spüle. In seiner Eile, aus dem Haus zu kommen, hatte Jackson sich nicht einmal die Mühe gemacht, sein Geschirr in die Spülmaschine zu stellen. Sie spürte einen Anflug von Ärger. Toffee schmuste sie noch fester an. Sie riss eine Tüte Katzenfutter auf und drückte sie in seinen Napf aus. Sofort schnupperte er interessiert daran und nahm anmutig kleine Happen.

Als sie aufstand, fühlte sie sich kurz schwindlig. Sie stützte sich an der Küchenanrichte ab und entdeckte ein gelbes Post-it am Wasserkocher. Darauf stand:

Sorry, Abby.
James ist krank und ich musste für ihn einspringen. Warte
nicht auf mich, ich komme wahrscheinlich erst morgen
Früh zurück.
Kuss

James war einer seiner angestellten Piloten. Ein Neuzugang für das Team. Zumindest hatte Jackson erst vor kurzem angefangen, seinen Namen zu erwähnen. Es war gut möglich, dass James sich nicht wohl fühlte und nicht fliegen konnte. Aber war Jackson wirklich spontan für ihn eingesprungen? Sie hatte James' Telefonnummer nicht und konnte deswegen nicht sichergehen, dass er auch wirklich zu Hause war. Ihr Magen rumorte laut. Sie fühlte sich selbst ganz unwohl. Bestimmt war es noch die Aufregung über den anonymen Anruf.

Angestrengt überlegte sie, was Jackson ihr über den neuen Piloten erzählt hatte, musste aber einsehen, dass er kaum über ihn sprach. Obwohl er häufig von seinen anderen Kollegen erzählte, Stu Grant und Gavin Singer, mit denen Jackson häufig arbeitete und die enge Freunde für ihn waren.

Gavin war schon seit der Geschäftsgründung bei BizzyAir angestellt und hatte bevor er zum Flugkapitän befördert wurde, lange Zeit als Jacksons Co-Pilot gearbeitet. Er war mit Sarah verheiratet, einer Anwältin, die gerne darüber scherzte, dass er nur bei ihr blieb, weil er es sich nie leisten könnte, sich von ihr scheiden zu lassen.

Stu Grant war unverheiratet und lebte für das Fliegen. Er hatte mit Mitte dreißig seinen Job als Ingenieur hingeschmissen und sich bei einer Flugschule angemeldet. Er genoss das Fliegen wie nichts auf der Welt und hielt sich oft, selbst wenn er eigentlich frei hatte, im Pausenraum von BizzyAir auf. Er war ein schüchterner Mann, abstinent und meistens allein anzutreffen, wenn er nicht gerade eine Einladung bei Jackson und Abigail wahrnahm.

Abigail wanderte wie in Trance durch die Küche. Sie wusste nicht, was sie tun sollte. Sie versuchte, Jackson anzurufen, aber sein Handy war ausgeschaltet und es ging sofort die Mailbox dran. Er schaltete sein Handy immer aus, wenn er im Cockpit saß. Aber plötzlich fragte sie sich, ob er es vielleicht auch aus einem anderen Grund tat. Sie überlegte, ob sie Stu oder Gavin anrufen sollte, um mehr über James herauszufinden, als ihr plötzlich so schlecht wurde, dass sie zur Spüle rennen musste. Sie würgte einmal, zweimal und dann kam ihr das Frühstück und der Latte von vorher wieder hoch. Auf einmal fühlte sich ihr Kopf ganze heiß an und sie war für einen Moment desorientiert. Die Knie wurden ihr ganz weich und drohten, unter ihr nachzugeben. Sie sank zu Boden, wobei sie immer wieder von schmerzhaften Magenkrämpfen durchgeschüttelt wurde.

Ihr Handy klingelte. Sie kämpfte sich auf die Beine, um es in der Hoffnung es wäre Jackson von der Anrichte zu nehmen.

»Fühlst du dich nicht gut, Abigail?«, verspottete sie die Computerstimme, während sie sich unter Schmerzen krümmte.

»Woher weißt du das? Wer bist du?«, keuchte sie.

»Alles zu seiner Zeit. Das ist nur der Anfang, Abigail.«

»Bitte, tu mir das nicht an.«

»Was denn, Abigail? Wie könnte ich an deinem Zustand schuld sein? Du hast dir ganz offensichtlich was eingefangen. Zu schade, dass Jackson nicht da ist. Zu blöd, dass er lieber Zeit mit seiner Affäre verbringt, anstatt dir die Haare zu halten.«

Ein weiterer Krampf ließ Abigail unter Schmerzen zusammenfahren, das Handy fiel ihr aus der Hand und polterte unter mechanischem Lachen zu Boden. Sie wünschte sich so sehr, dass Jackson nach Hause kam. Sie brauchte ihn.

Verdammt! Wo war er denn nur! In ihrem Kopf wirbelten die Gedanken wie durch einen Nebel, dann glaubte sie, die Stimme eines Kindes flüstern zu hören: »Lebwohl, Mommy.«

Sie stieß einen schwachen Schrei des Protests aus. Ungeahnte Kräfte wurden auf einmal frei und zusammen mit animalischem Instinkten trieben sie Abigail die Treppe hinauf, Stufe um Stufe, und immer wieder rief sie: »Izzy, ich komme zu dir!«

Auf allen Vieren kroch sie in das Kinderzimmer und unter Tränen erkannte sie eine Silhouette im Schatten.

»Lass sie in Ruhe!«, lallte sie und mit letzter Kraft sprang sie zur Krippe. Die Gestalt näherte sich ihr, aber Abigail wurde bereits schwarz vor Augen. Dunkle Punkte füllten nach und nach ihr Blickfeld, bis sie endgültig das Bewusstsein verlor und zusammenbrach.

———

Sie war sich nicht sicher, wie lange sie ohnmächtig gewesen war, als Izzys lautes Weinen sie weckte. Es kostete sie unbeschreiblich viel Kraft, sich vom Boden aufzurichten. Izzy schrie verzweifelt, ihr kleines Gesicht ganz verkrampft und knallrot von der Anstrengung.

»Ist ja gut«, murmelte Abigail, bemüht, die Übelkeit zu ignorieren, die sie so geschwächt hatte. Izzy ließ sich nicht beruhigen. Sie wand sich von Seite zu Seite, ballte die Fäuste und öffnete sie wieder. Die ganze Zeit hörte sie nicht auf, so laut sie konnte zu kreischen, was Abigails Puls zum Rasen brachte.

»Alles ist gut, mein kleines Mädchen. Mommy ist ja da.« Sie beugte sich über die Krippe und schreckte vor dem strengen Aroma zurück, das ihr entgegenkam. Abigail musste würgen und zögerte einen Moment, bevor sie sich wieder hinunterbeugen konnte. Izzy weinte bitterlich, als Abigail sie endlich hochhob. Sie verzog angewidert das Gesicht beim Anblick der ekelhaften Sauerei, die Izzy verursacht hatte. Ihre Windel war übergelaufen und ihr Kleid und die Bettlaken waren voll mit flüssigen Exkrementen.

Abigail war kurz davor, sich wieder zu übergeben, aber sie beherrschte sich. Ihr Baby brauchte sie jetzt. Sie kraulte dem Mädchen den Rücken und machte beruhigende Laute, während sie es ins Badezimmer brachte. Sie wusch Izzy, zog ihr frische Kleider an und wog sie im Arm, obwohl sie sich völlig ausgelaugt fühlte. Erst verstummten ihre Schreie, dann wurde auch das Schluchzen leiser und schließlich beruhigte Izzy sich wieder.

Abigail schleppte sich zurück in das Kinderzimmer und setzte sich auf den Stuhl neben dem Kinderbett, wie sie es schon in so vielen Nächten getan hatte. Während Izzy langsam einschlief, saß sie zitternd da, erinnerte sich immer wieder an die flüsternde Stimme und die Person, die sie glaubte, im Kinderzimmer gesehen zu haben.

Aber da war niemand gewesen. Sie schlussfolgerte, dass beides Einbildung gewesen sein musste. Ein Produkt ihrer lebhaften Fantasie, als sie desorientiert und verängstigt gewesen war. Was auch immer sie sich eingefangen hatte, ihre Erkrankung war schuld. Der Verstand konnte einem schon einmal Streiche spielen, wenn der Körper kurz vor dem Zusammenbruch stand. Und wenn es um Izzy ging, war sie nun einmal überfürsorglich. Das ganze Szenario konnte nichts weiter als ein wilder Fiebertraum gewesen sein.

Vielleicht war es aber auch viel schlimmer. Der Anruf und die Nachricht hatten sie erschüttert. Ihre Ehe könnte in Gefahr sein und jemand spionierte sie aus. Ihr Stalker war real und er wusste sogar, dass sie krank war. Wozu war dieser Mensch fähig? Sie sollte sich Jackson anvertrauen. Aber sie war sich nicht mehr sicher, ob sie ihm vertrauen konnte. Vielleicht war es ein Komplott von ihm und seiner Geliebten, sie in den Wahnsinn zu treiben. In ihrer Verzweiflung konnte sie keine Antworten finden. Stattdessen beschwor ihr geschwächter Verstand immer mehr Horrorszenarien herauf, bis sie irgendwann einnickte.

Das Geräusch eines Klingeltons mischte sich in ihren Traum, in dem ein verzerrtes Clownsgesicht sich über sie beugte und manisch lachte, wie die fremde Person mit der Computerstimme. Es war wieder ihr Handy. Sie hatte es wohl unterbewusst wieder in ihre Tasche gesteckt, bevor sie zu Izzy gekrochen war. Sie überprüfte die Nummer und seufzte beruhigt.

»Hey! Ich störe dich hoffentlich nicht bei deinem Date mit Jackson«, sagte Claire. »Ich wollte dir nur Bescheid geben, dass du Izzys neuen Teddy vergessen hast. Ich wollte nicht, dass Rachel denkt du magst ihr Geschenk nicht.«

Abigail unterdrückte die Tränen der Erleichterung. »Claire. Jackson musste spontan in die Arbeit. Ich erreiche ihn nicht. Ich brauche dich, Claire. Kannst du vorbeikommen?«

»Sicher. Geht es dir gut? Du klingst furchtbar.«

»Nein, ich habe mir irgendeine schreckliche Magenverstimmung eingefangen und muss mich ständig übergeben. Izzy ist auch krank.«

»Izzy! Oh Gott, ihr beiden Armen. Ich mache mich sofort auf den Weg. Keine Sorge, ich bin gleich da.«

Abigail lehnte sich erschöpft zurück. Claire würde ihr helfen. Sie würde sich um Izzy kümmern, während sie sich ausruhte. Abigail fühlte sich unendlich schwach. Erneut überkam sie die Übelkeit und sie musste aufstoßen, aber ihr Magen war vollkommen leer. Ein Gedanke kam ihr, als sie sich neben dem Laufstall auf den Boden fallen ließ: Claire konnte sie vertrauen. Wo auch immer Jackson war, er war nicht bei ihrer Freundin.

14

Strähnen von Federwolken, gemalt von der künstlerischen Hand der Natur, zogen sich über einen strahlend blauen Himmel, als Robyn zum Gutshaus fuhr, in dem Paul Matthews gewohnt hatte. Eine ältere Dame, Geraldine Marsh, die seine Haushälterin gewesen war, kümmerte sich jetzt um das Gebäude. Robyn war es gelungen, ihre Telefonnummer ausfindig zu machen, und sie hatten einen Termin für ein Gespräch im Haus vereinbart.

Das Navi in ihrem Auto kannte die Adresse nicht, aber Geraldine hatte ihr genaue Wegbeschreibungen gegeben. Ihre Richtungsangaben orientierten sich an mehreren Pubs und Geschäften, aber sie waren exakt und Robyn erreichte bald das kleine Dorf Abbots Bromley, fuhr von dort aus weiter Richtung Uttoxeter und bog dann in eine unebene Landstraße ein, bis sie schließlich das Landhaus erreichte.

Das Grundstück lag abgelegen und war auf der einen Seite von einem dichten Wald abgeschirmt, während sich auf der anderen Seite weite Felder bis hin zum Reservoir im Tal erstreckten. Paul Matthews hatte eindeutig eine Vorliebe für Einsamkeit gehabt. Allein bis zum nächsten Nachbarn musste man ein gutes Stück fahren.

Ein altmodisches Damenfahrrad mit einem Lenkerkorb lehnte

an einer Wand. Da sonst kein anderes Auto zu sehen war, ging Robyn davon aus, dass es Geraldines fahrbarer Untersatz war. Sie musste gut in Form sein, um auf diesem Drahtesel den Hügel zum Haus hochzukommen. Robyn hob den schweren, eisernen Türklopfer an und ließ ihn mit einem lauten Poltern gegen die Tür fallen. Nur Sekunden später öffnete eine kräftige Frau mit einem runden, freundlichen Gesicht und roten Wangen, die sich als Geraldine Marsh vorstellte.

Sie konnte zwischen sechzig und achtzig jedes Alter haben. Ihr stahlgraues Haar war zu einem altmodischen Dutt zusammengebunden. Ihre aufmerksamen, haselnussbraunen Augen musterten Robyn von oben bis unten, bevor sie ihr erlaubte, einzutreten. Robyn zeigte ihr ihren Dienstausweis und erst nachdem die Frau das Dokument eingehend studiert hatte, deutete sie auf eine Tür einige Schritte den Flur entlang.

»Wir unterhalten uns am besten in der Küche«, sagte Geraldine. »Es ist der gemütlichste Raum. Ich bin kein Freund der großen, unpersönlichen Empfangsräume in diesem Haus. Die sind so utilitaristisch. Mr. Matthews hat sie nie genutzt. Reine Platzverschwendung, wenn Sie mich fragen. Ich bevorzuge lauschige Wohnzimmer oder Küchen. Die sind viel intimer. Wer will schon in riesigen Konservatorien sitzen und sich gegenseitig durch den ganzen Raum hinweg anschreien.«

Die Küche bestand aus einer scheinbar willkürlichen Zusammenstellung moderner Luxusgegenstände. Darunter war eine Kaffeemaschine, die so auch in einem professionellen Café stehen könnte, ein großer amerikanischer Kühlschrank mit einem Eiswürfelspender und einem Bedienfeld, das einen Computerprogrammierer ratlos dastehen lassen würde. Daneben stand ein teurer Herd der Marke Aga, der mit Sicherheit seit Jahren nicht benutzt worden war, und in einer Ecke des Raumes stand ein antiker Schaukelstuhl, an dessen Armlehnen leichte Spuren von Abnutzung zu sehen waren.

Über allem lag ein bitterer Beigeschmack von Verwirrung. Das Haus war nicht mehr dasselbe wie früher. In der Mitte des

Raumes stand eine große Kücheninsel, die früher womöglich als Frühstückstisch der Familie genutzt worden war. Jetzt lagen auf der Granitarbeitsplatte lauter Zeitschriften, sorgfältig zu mehreren Stapeln sortiert. Niemand setzte sich hier noch zum Essen hin. An einer Seite der Küche schloss ein kleinerer Raum an, eine Sitzecke. Dort gab es einen Kamin, aber jemand hatte eine dunkle Blende davor installiert, an kühlen Abenden wurde hier also kein Feuer mehr entzündet. Ein schwarzer Ledersessel stand vor einem Regal mit einem Fernseher und einem DVD-Player. Daneben lag ein Stapel DVDs. Robyn konnte einige der Titel lesen. Es waren alles Natur-Dokumentationen. An einer anderen Wand stand ein Bücherregal mit weiteren DVDs, ein paar Komödien und Action-filme und noch mehr Dokumentationen. Außerdem standen darin viele Bücher, die meisten davon gebunden und nach Größe sortiert. Paul Matthews war offenbar ein interessierter Leser von Autobiografien und Sachbüchern. Der Aufbau des Raumes war rein nutzerorientiert und hätte ein wenig weibliche Zuwendung vertragen können. Dem Haus fehlte jede Persönlichkeit. Es gab keine Dekoration, keine Bilderrahmen mit Fotografien, Kissen oder Blumen. Die schweren Vorhänge wollten weder mit ihrem Muster noch mit der Farbe zu den edlen Teppichen passen. Paul Matt-hews hatte zwar das Geld für teuren Luxus, dafür fehlte ihm jedoch jedes Gefühl für Inneneinrichtung.

Geraldine Marsh bot ihr einen Hocker an, dann zog sie einen zweiten heran, auf den sie sich mit einem tiefen Seufzer fallen ließ. Sie betrachtete Robyn missbilligend.

»Mr. Matthews lebte hier allein. Ich weiß nicht wirklich, was ich Ihnen noch sagen soll.«

Robyn bemühte sich um einen erkenntlichen Gesichtsaus-druck. Sie hatte schon öfter mit verschlossenen Personen zu tun gehabt. Und Geraldine Marsh hielt offenbar viel von ihrem Arbeit-geber. Ihr Blick wanderte suchend durch den Raum, als würde sie immer noch hoffen, dass er jeden Moment wiederauftauchten würde.

»Ich bin Ihnen sehr dankbar, dass Sie mir ihre Zeit schenken«, sagte Robyn. »Wie ich am Telefon bereits erklärt habe, bin ich auf der Suche nach Pauls Sohn, Lucas. Er gilt als vermisst und wir wollen so schnell wie möglich herausfinden, ob es ihm gut geht. Vielleicht können Sie mir etwas über die Familie erzählen, das mir vielleicht hilft, ihn zu finden. Ich hatte die Hoffnung, Lucas könnte hier in letzter Zeit zu Besuch gewesen sein.«

Geraldine rümpfte die Nase, als ob ein unangenehmer Geruch sie stören würde. »Er war vor kurzem hier. Hat mich ziemlich überrascht. Das war vor ein paar Wochen, ich bin wie üblich hergekommen und da saß er einfach auf dem Stuhl, frech wie Oskar.« Sie deutete auf den Schaukelstuhl in der Ecke. »Ich habe ihn erst gar nicht erkannt, aber er hatte immer noch denselben gefühlskalten Ausdruck im Gesicht – und das Glasauge, natürlich. Mr. Matthews hat mich gebeten, sie für ein privates Gespräch alleine zu lassen, aber er wirkte nicht sonderlich erfreut, Lucas zu sehen. Ich habe nicht gelauscht, aber Mr. Matthews war ziemlich aufgebracht und ich habe ein paar Mal gehört, wie er lauter wurde. Nachdem Lucas gegangen war, hat Mr. Matthews wie eine Furie im Haus gewütet. Er hat Bücher aus den Regalen geworfen und eine Tasse auf dem Tisch zertrümmert. Er war nicht mehr er selbst. Lucas hat ihn wirklich zur Weißglut getrieben. Seitdem habe ich ihn nicht mehr gesehen. Man sollte meinen, er wäre jetzt hier, besonders nach dem, was seinem Vater zugestoßen ist. Er war ein guter Mann, Mr. Matthews.« Sie zog ein Taschentuch aus ihrer Schürze und schnäuzte sich mit Tränen in den Augen.

Robyn sprach mit weicher, verständnisvoller Stimme: »Es tut mir so leid. Es muss ein schwerer Schock für Sie gewesen sein.«

Geraldine tupfte sich die Tränen aus dem Gesicht und bemühte sich, ihre Gefühle zu beherrschen. »Das war es«, sagte sie nur.

Robyn gab ihr ein wenig Zeit, sich zu beruhigen, dann fragte sie sanft, »Sie haben gesagt, Lucas hatte ein Glasauge? Wissen Sie etwas darüber? Hatte er einen Unfall?«

Geraldine schnaubte. »Lassen Sie mich Ihnen etwas über Lucas erzählen. Er war ein eingebildeter junger Teenager, als ich ihn zum ersten Mal getroffen habe. Ich habe damals noch nicht hier gearbeitet, sondern im Dorf gewohnt. Es ist ein schönes Dorf, ich bin dort aufgewachsen, wie viele von uns. Wir geben aufeinander Acht. Das gibt es nicht mehr oft. Niemand kennt noch die Nachbarn, nicht wahr? Ich bin einfach nur glücklich, dass ich mit dem Fahrrad zum Einkaufen oder ins Pub fahren und mit meinen Freunden ein Glas Orangensaft oder eine Flasche Stout trinken kann. Wir stehen uns alle sehr nah, auch wenn in den letzten Jahren immer mehr Außenseiter hergezogen sind. Die sind weniger freundlich.«

Robyn ließ die Frau ihre Geschichte erzählen, ohne sie zu unterbrechen. Geduld würde sie hier am sichersten an ihr Ziel bringen und Geraldine entspannte sich bereits. Sie wackelte mit den Fingern, während sie sprach, als würde ihr das helfen, sich zu erklären.

»Mein Ehemann Alf und ich haben direkt an der Dorfwiese gewohnt. In der Nähe des Pubs The Goat. Wir waren fast jeden Abend dort. Eines Tages haben wir gehört, dass Mr. Matthews das Gutshaus gekauft hat. Bei uns im Dorf kann man nichts lang geheim halten. Und er war auch noch ein Star. Ich habe alle seine Filme gesehen und keine Folge von *Doctor Pippin* verpasst. Ich war so aufgeregt.

Um ehrlich zu sein, war es dann aber gar nicht so aufregend. Wir hatten gehofft, er würde nach Abbots Bromley kommen, seine Kinder auf die örtliche Schule schicken und an unseren Veranstaltungen teilnehmen – vielleicht zum jährlichen Horntanzfest kommen. Aber nein, er zog sich lieber zurück. Er ist kein einziges Mal in den Ort gekommen, wir haben ihn oder seine Kinder nie zu Gesicht bekommen. Irgendwann hat auch das Interesse der Leute nachgelassen und er war einfach nur noch ›Der Schauspieler, der auf dem Hügel wohnt‹. Armer Mann.« Sie rieb sich mit dem Taschentuch die Nase. »Dann habe ich erfahren, warum wir ihn nie gesehen haben. Es war eine wirklich traurige Geschichte. Ich sehe ihn jetzt noch vor mir, mit dem ernsten Gesicht, wie er mir erzählt, dass er sein Leben komplett vermasselt hat. Er hat auf einen Impuls hin gehandelt und das Gutshaus gekauft, ohne es zuvor gesehen zu haben. Er weiß ... er wusste«, korrigierte sie sich selbst, »dass ich es nie zum einem Tratsch machen würde. Er hat mir erzählt, wie er es nicht mehr ertragen hat, dass jeder Raum seines alten Hauses voller Erinnerungen an seine Frau Linda steckte. Sie war eine wunderschöne Frau. Bevor sie ihn geheiratet hat, war sie professionelle Tänzerin. Aber dann ist sie an Krebs erkrankt und gestorben. Keiner der beiden hätte je damit gerechnet und alles ging so schnell – es hat ihn tief getroffen. Einige Tage nach ihrem Tod hat er damit zugebracht, ziellos durch das Haus zu wandern und sich vorzustellen, er würde ihre Stimme hören. Wenn er in die Stadt gefahren ist, dachte er, er würde sie an der Straße stehen sehen. Eines Tages ist er einer Frau nachgelaufen, die genau wie Linda ausgesehen hat, nur um festzustellen, dass sie es natürlich nicht war. Die Frau ist sehr ausfallend geworden, obwohl er es ihr erklärt hat. Nicht alle Menschen sind verständnisvoll oder auch nur nett«, fügte sie hinzu und kräuselte die Lippen bei dem Gedanken. »Es hat ihn um den Verstand gebracht und schlussendlich musste er weg. Er hat eine Anzeige für das Gutshaus in einem seiner Hochglanzmagazine gesehen und ein Angebot abgegeben. Einfach so. Und so ist er hier gelandet.

Wie auch immer, ich schweife ab. Sie haben nach Lucas gefragt. Nachdem Mr. Matthews hergezogen ist, haben die Schwierigkeiten mit seinem Sohn angefangen. Er konnte ihn nicht mehr im Zaum halten. Lucas war unhöflich, mürrisch – regelrecht aggressiv. Mr. Matthews entschied sich dazu, ihn auf ein Internat zu schicken, um ein wenig mehr Beständigkeit in das Familienleben zu bringen. Aber es fühlte sich an, als hätte er seinen Sohn im Stich gelassen. Zu der Zeit hat Paul immer noch damit gekämpft, seine Karriere und die Kinder unter einen Hut zu bringen. Es war einfach zu viel für ihn nach dem Tod seiner Frau. Er war überzeugt, Lucas würde es in einem stabilen Umfeld mit anderen Jungen im seinem Alter bessergehen. Es hat ihn ein Vermögen gekostet, Lucas auf die Schule zu schicken und alles was er dort gelernt hat, war Unfug anzustellen und Widerspruch zu geben. In den Schulferien kam er oft in den Ort, wo er an der Bushaltestelle getrunken und geraucht hat und allgemein unhöflich zu den Leuten war. Er ist oft mit anderen Tunichtguts aus dem Dorf herumgezogen: Charlie Finder und Richie Turnbull. Sie sind schon vor Jahren weggezogen. Ich habe gehört, dass Charlie jetzt im Gefängnis ist. Wie auch immer, die haben die Einheimischen nervös gemacht. Irgendwann kamen ein paar andere Jungen aus dem Nachbardorf dazu und alles ist aus dem Ruder gelaufen. In manchen Nächten haben sie laute Musik gespielt, in anderen haben sie sich geprügelt. Wir konnten von unserem Fenster aus zur Haltestelle sehen und eines Abends haben Alf und ich ein Auto bemerkt – einen schwarzen BMW – das dort angehalten hat. Ein Kerl ließ das Fenster runter und hat irgendwelche Päckchen an die Kinder verteilt. Wir waren sicher, dass es Drogen waren. Lucas schien der Rädelsführer der Gruppe zu sein. Er ging zu dem Auto, nahm eines der Pakete an sich, steckte einen Finger hinein und leckte ihn ab. Dann gab er dem Mann Geld. Wir haben die Polizei gerufen, aber es gab keine Beweise. Lucas und die anderen haben natürlich alles abgestritten.

Ich wünschte, wir hätten es nicht gemeldet. Für einige darauffolgende Wochen haben sie sich auf der Straße vor unserem Fenster getroffen und uns angestarrt. Sie haben nichts sonst gemacht, aber es war trotzdem unheimlich. Alf ist rausgegangen und hat ihnen gesagt, sie sollten verschwinden, aber einer der Jungen hat nur gelacht, ihn angespuckt und einen ›alten Trottel‹ genannt. Lucas hat nichts gesagt, aber ich glaube, die Schikane war seine Idee. Charlie Finder hat gesagt, sie würden nichts Verbotenes tun und wir sollten doch die Polizei rufen, wenn wir unbedingt wollten. Wir haben es natürlich nicht getan. Wir wollten nicht noch mehr Ärger. Ich habe Alf gesagt, er solle sie einfach ignorieren und das haben wir dann auch getan. Wenig später haben sie aufgehört.

In den nächsten Ferien kam Lucas nicht mehr ins Dorf. Ich glaube, die Jungen sind nach Uttoxeter gegangen oder nach

Burton-upon-Trent, um dort ihr Unwesen zu treiben. Dann habe ich von dem Unfall gehört, den Lucas hatte und dass er im Krankenhaus war. Mr. Matthews hat ihn in eine Privatklinik in London bringen lassen und einen renommierten Chirurgen für die Operation bezahlt, aber sie konnten sein Auge nicht retten. Mr. Matthews hat nie darüber gesprochen, was passiert ist, aber im Ort ging das Gerücht um, dass er es im Drogenrausch geschafft hätte, sich selbst mit einem scharfen Gegenstand das Auge auszustechen, als sein Vater für einen Abend aus dem Haus war.«

»Lucas war also gar nicht hier, als Sie angefangen haben, für Mr. Matthews zu arbeiten?«

Geraldine schüttelte den Kopf. »Zu dem Zeitpunkt war er schon endgültig ausgezogen. Ich glaube, der Spalt zwischen ihm und seinem Vater war zu weit für die beiden. Und – aber das bleibt zwischen uns – ich glaube, Mr. Matthews hatte einen Nervenzusammenbruch. Das Haus sah aus, als hätte eine Bombe eingeschlagen, als ich hier ankam. Es gab auch genug Hinweise darauf, dass er alkoholkrank war. Ich fühle mich schlecht, weil ich Ihnen das alles erzähle«, gestand sie, »aber wenn es Ihnen hilft, seinen Sohn zu finden, ist es wahrscheinlich in Ordnung – Sie sind ja außerdem von der Polizei.«

Robyn schenkte ihr ein ermutigendes Lächeln. Die Frau holte tief Luft, bevor sie fortfuhr. »Er hat auf einen Schlag mit dem Trinken aufgehört. Als ich am Freitag nach Hause gegangen bin, saß er in diesem Sessel«, sie deutete auf den schwarzen Ledersessel, »in Jeans und einem zerfledderten Kapuzenpullover, zusammengesunken vor dem Fernseher mit einer Whiskeyflasche in der Hand. Als ich am Montag zurückkam, hat er mich in einem Trainingsanzug und Laufschuhen begrüßt und ist dann auf eine Runde durch den Wald aufgebrochen.

Er sagte nur, ›Guten Morgen Geraldine. Ich habe ein neues Kapital aufgeschlagen. Ich werde mich nicht mehr länger selbst bemitleiden. Ich habe den Whisky weggekippt‹. Und soweit ich weiß, hat er danach nie wieder einen Tropfen Alkohol getrunken. Stattdessen hat er viel Zeit im Garten oder beim Reservoir verbracht. Er ist Joggen gegangen oder hat Vögel beobachtet. Er hat oft den Weg hinter dem Haus genommen, der führt durch den Wald und trifft dann auf einen Rundweg um den See. Es ist so friedlich dort.« Sie machte eine Pause und wieder stiegen ihr die Tränen in die Augen. Robyn wartete einen Moment, dann wechselte sie das Thema.

»Haben Sie Lucas in der letzten Zeit überhaupt im Dorf oder in der Nähe gesehen? Abgesehen von dem einen Tag, wo er hier war?«

»Nein.« Geraldine ließ den Blick ihrer geröteten Augen über das Zimmer schweifen. Robyn konnte ihr ansehen, dass sie mehr verloren hatte als einen Arbeitgeber. Sich um Paul Matthews' Wohlergehen zu kümmern war ihr *raison d'être* gewesen und jetzt spürte sie eine Leere in ihrem Leben, die durch nichts gefüllt werden konnte. Sie tat Robyn leid.

»Kannten Sie auch die Schwester von Lucas?«

Geraldine verzog das Gesicht. »Natasha? Sie war ein merkwürdiges Geschöpf. Die Leute im Dorf nannten sie einen Vampir, mit ihrem weißen Gesicht und den schwarzen Klamotten. Sie ist einmal im Ort gewesen, um einzukaufen. Aber ich glaube danach nicht mehr. Sie war wirklich ein eigenartiges Mädchen. Sie ist zur selben Zeit wie Lucas auf ein Internat gekommen, auf eine Mädchenschule, wenn mich nicht alles täuscht, irgendwo im Süden. Sie ist ausgezogen sobald sie ihren Abschluss gemacht hatte und war seitdem nicht mehr hier. Sie hat den Kontakt zu ihrem Vater komplett abgebrochen. Was für eine Familie, oder?«

Robyn spitzte die Lippen und atmete leise aus. Sie machte nicht wirklich Fortschritte. »Können Sie mir irgendwas über Lucas erzählen, das mir helfen könnte? Gibt es vielleicht ein Handy oder einen Laptop, mit dem Paul Kontakt zu ihm aufgenommen hat?«, fragte sie.

Geraldine schüttelte den Kopf. »Er hatte kein Handy. Er hat nicht viel Wert daraufgelegt. Es gibt einen Laptop, aber ich weiß nicht, wo er ist. Er hat ihn in den Tagen vor seinem Tod öfter benutzt als sonst, seitdem habe ich ihn nicht mehr gesehen.«

Die Türklingel unterbrach das Gespräch. »Entschuldigen Sie mich einen Moment«, sagte Geraldine und ließ Robyn in der Küche allein. Robyn betrachtete die Zeitschriften auf der Anrichte. Sie waren in Stapeln angeordnet, aber eine davon war bei einem Fotowettbewerb aufgeschlagen. Es gab einige exzellente Abbildungen von Papageientauchern bis hin zu gewöhnlichen Vögeln, aber das Gewinnerbild war eine prächtige Rohrweihe, deren Flügel ein flaches V darstellten, während sie mit einem kleinen Spatz in den Klauen über die Wasseroberfläche hinwegflog. Paul Matthews interessierte sich offenbar sehr für Vogelbeobachtung. Unter dem Foto war ein kleines Bild der Gewinnerin zu sehen: Eine unscheinbare Frau mit Brille, Miss Zoe Cooper aus Farnborough. Robyn sah sich erneut im Raum um. Sie wollte unbedingt Pauls Laptop finden, aber sie konnte ihn nirgendwo sehen. Sie hätte bestimmt einen Durchsuchungsbefehl einholen können, um das ganze Haus auf den Kopf zu stellen, aber das würde alles zu viel Zeit kosten. Dann hörte sie die Haushälterin zurückkommen.

»Das war der Gärtner. Er wollte wissen, ob er die Hecke schneiden soll. In Mr. Matthews' Testament steht, dass das Haus verkauft und der Erlös an wohltätige Zwecke gespendet werden soll. Aber ich soll hierbleiben und mich um das Gebäude kümmern, bis es verkauft ist. Er hat mir auch eine großzügige Abfindung hinterlassen. Genug, um mein eigenes Haus abzubezahlen und dann noch in den Urlaub zu fahren.« Sie zog ein Taschentuch aus ihrem Ärmel und tupfte sich die Augen trocken. »Er war so ein freundlicher Mann. Er hat Besseres verdient.«

»Er hat das Haus also nicht seinen Kindern vermacht?«

»Nein. Aber warum sollte er auch? Sie sind selbst schuld. Seine Kinder haben ihm das Herz gebrochen.«

»Und Sie wissen nicht, wo der Laptop ist?«

»Es tut mir leid, dass ich Ihnen nicht mehr behilflich sein kann. Er steht normalerweise hier.« Sie deutete auf die Mücheninsel. »Ich lasse alles dort, wo es ist. Ganz, wie er es will ... wollte. Ich erinnere mich daran, dass er ihn am Tag vor seinem Unfall benutzt hat. Er hat mich gefragt, ob ich irgendwas über Hampshire weiß. Er wollte ein paar Tage nach Farnborough fahren, um ›nach jemandem zu sehen‹, hat er gesagt. Ich war sprachlos. Immerhin hatte er nie viel für Gesellschaft übrig. Ich habe ihm gesagt, dass ich noch nie in London war, geschweige denn Hampshire. Wir haben beide gelacht, dann hat er vorgeschlagen, dass ich nach London fahren und mir da eine Vorstellung ansehen soll. Er sagte, Chicago würde mir gefallen. Vielleicht sollte ich es mir ansehen, in Gedenken seiner«, fügte sie hinzu und senkte den Blick auf ihr feuchtes Taschentuch. »Entschuldigen Sie, ich weiß nicht, wo der Laptop hingekommen ist. Wenn ich ihn finde, lasse ich es Sie sofort wissen.«

»Ja, bitte. Es wäre mir eine große Hilfe.«

Kurz darauf ging Robyn. Es gab nichts mehr, was sie von der Frau in Erfahrung bringen konnte. Immerhin hatte sie ein erstes Bild von der Familie Matthews. Obwohl Geraldine Marsh ihr nicht viele Informationen über Lucas geben konnte, hatte Robyn das Gefühl, dass sie etwas auf der Spur war. Vielleicht hatte Paul Matthews Lucas in Farnborough oder Hampshire treffen wollen.

Sie folgte dem Weg, den Paul Matthews am Tag seines Todes genommen hatte. Er führte zu einer schmalen Straße, durch ein Tor und in den Wald beim Reservoir. Einem Schild zufolge war sie gerade auf der »blauen Route«, wo sie tief den Duft der Kiefern einatmete und über einen dichten Blätterteppich spazierte. Ein regelmäßiges, lautes Klopfen machte sie auf einen Specht aufmerksam, der nach Maden suchte. Und in der Ferne ertönte hin und wieder der Ruf eines Fasanen. Es war angenehm frisch im Wald. Sie konnte gut nachvollziehen, warum Paul Matthews sich entschieden hatte, hierherzuziehen, fernab vom Alltagswahn der Großstadt. Am Ende der Route kam sie an einem Futterhaus vorbei und an einem versteckten Beobachtungsposten zwischen den Bäumen. Zweifellos hatte Paul hier die eine oder andere Stunde verbracht und die Vögel beobachtet.

An einem Steintrog bog sie auf die »gelbe Route« ab und wanderte durch eine naturbelassene Wiese, wo ein paar Kornblumen, Gänseblümchen und Mohnblumen die Blüten über das wilde Gras hinwegstreckten und sich sanft im Wind wiegten. Dann erreichte sie den Stansley-Wald und folgte einem gewundenen Pfad, der bis zum Reservoir führte. Sie kam an einem kleinen Wildblumenstrauß vorbei, der in einem Marmeladenglas neben einem Baum stand. Sie fragte sich, ob Geraldine Marsh ihn dort hingestellt hatte, denn er markierte zweifelsohne den Ort, an dem Paul Matthews seinen tödlichen Unfall gehabt hatte. Wenigstens war er an einem schönen Ort gestorben. Nachdem sie ihm ihren Respekt erwiesen hatte, setzte sie ihren Weg fort. Sie kam am »versteinerten Teich« vorbei, hinter dem sich die Umgebung schlagartig änderte.

Sie bewunderte den Ausblick über das glänzende Reservoir, dessen Wasser die Farbe von dunkelblauer Tinte hatte. In der Nähe des Ufers schwammen mehrere Schwäne, die ab und zu nach Futter tauchten. Sie glitten lautlos über das Wasser und mischten die Oberfläche fast nicht auf. Im flacheren Wasser wateten andere Vögel, die Robyn nicht kannte. Sie wusste nicht viel über diese Tiere und hier gab es so viele von ihnen. Selbst ein Bussard segelte über sie hinweg.

Sie wurde das Gefühl nicht los, zuvor im Haus irgendetwas übersehen zu haben. Irgendetwas stimmte nicht, aber sie konnte noch nicht so recht den Finger darauflegen.

Sobald ich den Spielplatz erreichte, wusste ich, dass es ein anstrengender Tag werden würde. Ich konnte sie schon von weitem sehen, wie sie vor dem Eingang der Schule standen und mich auf Schritt und Tritt beobachten, wie gierige Geier, die nur darauf warteten, sich auf eine verwesende Leiche zu stürzen. Becky Stone ist die Anführerin. Ich nenne sie Picky, weil sie immer ihre Nase in die Angelegenheiten anderer Leute steckt. Picky hat mich vom ersten Tag an gehasst. Mrs. France, mit ihrem aufgesetzten Lächeln und der mütterlichen Fürsorge, hat mich in ein Klassenzimmer mit fünfundzwanzig Schülern geschoben. Sie haben mich alle nur ausdruckslos angestarrt, was nicht gerade das Interesse in mir geweckt hat, sie kennenlernen zu wollen. Das habe ich sie mit meinem Blick spüren lassen.

»Seid freundlich und helft ihr, sich gut einzuleben. Becky, vielleicht könntest du sie in der Pause ein wenig durch die Schule führen?«

Picky hat mit mir eine Runde durch die Schule gedreht und aufgezählt, wo ich was finde. Dann ist sie gegangen.

»Ich will nicht deine Freundin sein«, zischte sie und lief dann zurück zu ihrer Clique. »Jeder hier weiß, was du für ein Mensch bist.«

Das hat mich verwirrt. Sie konnten unmöglich alle wissen, was ich für ein Mensch bin. Das wusste ich doch selbst kaum. Allerdings wusste ich genau, dass ich mich nie mit einer solchen hochnäsigen Kuh anfreunden wollte. Mir genügte meine eigene Gesellschaft, ich würde sie nicht brauchen.

Aber heute war irgendetwas anders. Picky stand dort mit diesem breiten Grinsen auf ihrem dummen, sommersprossigen Gesicht am Eingang. Ihre Handlanger haben es ihr nachgemacht. Sie haben giftig gezischt, als ich an ihnen vorbeigegangen bin. Ich spürte, wie sich meine Hände verkrampften. Ich hätte sie ihr einfach um den Hals schlingen sollen. Ich hätte sie erwürgen können, bevor sie mich von ihr weggezerrt hätten.

Den ganzen Tag fühle ich mich nun schon so angespannt. Ich habe das Gefühl, Picky will mich herausfordern und anstacheln. Aber ich bin nicht so dumm, darauf hereinzufallen. Im Unterricht versuche ich, weit von ihr weg zu sitzen. Und in der Pause ziehe ich mich auf die Wiese hinter der Schule zurück. Aber nachmittags haben wir Kunst und ich muss eine Partnerarbeit mit ihr machen. Ausgerechnet! Dann sitzt sie mit einem beleidigten Gesicht neben mir und verschränkt stur die Arme.

Wir sollen ein Poster für den jährlichen Wettbewerb des schönsten Dorfes machen. Es soll jeden im Dorf motivieren, alles in Ordnung zu halten, bis die Schiedsrichter entschieden haben, wer diesmal gewinnt. Mir ist das vollkommen egal. Wir wohnen hier erst seit acht Wochen und ich hasse es jetzt schon. Mir hat der Vorort von Birmingham viel besser gefallen. Da haben wir in der Nähe der Geschäfte gewohnt und ich konnte durch die Straßen streifen, ohne Aufmerksamkeit auf mich zu ziehen. In diesem Kaff fällt es jedem auf, wenn ein elfjähriges Mädchen allein unterwegs ist. Ich muss immer durch die schattigen Gassen schleichen.

Ich wünschte, wir könnten wieder gehen. Meine Mutter liebt es aber, hier zu wohnen. Sie meint, wir würden endlich aus dem finanziellen Loch herauskommen. Wir mieten jetzt einen Bungalow auf einem Anwesen, das dem neuen Chef von meiner Mutter gehört. Er kommt mehrmals die Woche vorbei und bringt manchmal auch einige Freunde mit. Meine Mutter schickt mich dann aus dem Haus, während sie ihnen Drinks einschenkt und sich um sie kümmert. Sie will mich nicht in der Nähe haben, während sie da sind. Ich bin mir auch nicht ganz sicher, was sie meint, wenn sie sagt, sie »kümmert sich«, aber ich glaube, ich kann es mir denken.

»Muss ich wirklich?«, raunt Picky, als Mrs. France ihr sagt, sie soll ihren Tisch verschieben.

»Ihr sollt für dieses Projekt zusammenarbeiten. Du wirst es überleben, einmal von Maisie Johnson und Eve Hubbert getrennt zu sein.«

Picky zieht hinter dem Rücken der Lehrerin eine Grimasse und dreht sich zu ihren Freunden um, die aber schon zu sehr in ihrem Projekt vertieft sind, um ihr noch Beachtung zu schenken. Sie zuckt mit den Schultern und legt ein großes, flauschiges Federmäppchen auf den Tisch. Es ist voll mit lauter bunten Wachsmalkreiden und Stiften. Als sie meinen eifersüchtigen Blick bemerkt sagt sie, »Denk erst gar nicht dran. Das sind meine Stifte, du nimmst gefälligst deine eigenen. Ich will nicht, dass du deine Keime überall darauf verteilst.«

Sie wirft einen Blick auf meine armselige Sammlung. Mom hat nie genug Geld, um mir gute Buntstifte zu kaufen, deswegen habe ich nur einige wenige, die ich gefunden habe, oder die jemand im Klassenzimmer vergessen hat. Ich hätte einfach welche klauen sollen. Picky rümpft die Nase. »Ich habe die besseren Stifte, also mache ich die Schrift.«

Sie lehnt sich über den Tisch und beginnt, große, runde Kaugummibuchstaben in Lila, Pink und Orange zu zeichnen. Dabei breitet sie die Ellbogen über das ganze Papier aus. Jedes Mal, wenn ich auf meiner Seite anfangen will, lehnt sie sich noch weiter herüber, hochkonzentriert die Zunge herausgestreckt und blockiert das ganze Plakat. Ich drehe einen Stift im Spitzer. Wenn sie sich nicht bald bewegt, dann ...

Mrs. France taucht auf.

»Das ist sehr schön, Becky«, schwärmt sie, während sie mit

ihren Schweinchenaugen auf die grellen Farben starrt. Aber sie findet alles, was Picky macht super. Picky ist der Lehrerliebling. Sie grinst, als wollte sie sagen, »Ja, ich weiß«, und ich umklammere meinen Stift fester.

»Jody, was sollst du machen?«

Ich vergesse fast, zu antworten. Jody ist mein neuester Name. Jody Farmer. Ich finde ihn total dumm. Mom hat darauf bestanden, dass wir unsere Namen wieder ändern, sobald wir in das Dorf kommen. Also heißt sie jetzt Samantha und ich Jody. Sie findet, diese Namen klingen »wohltuend«. Was für ein Unsinn. Dieses Wort trifft auf keinen von uns beiden zu.

»Mülltonnen«, antworte ich. »Becky ist gleich fertig, dann kann ich die Mülltonnen zeichnen.«

Mrs. France ist zufrieden mit meiner Antwort und geht weiter. Picky schnaubt und macht Platz. Ich ignoriere sie und fange an, aufgereihte Mülltonnen zu zeichnen, alle in Grau, alle gleich groß und penibel genau. Es hat etwas Therapeutisches an sich, aber plötzlich bohrt sich mir ein spitzer Ellbogen in die Seite. Picky zischt mir zu, dass ich ihr Platz machen soll, damit sie ihren Schriftzug fertigmachen kann. Ich will etwas erwidern, aber Picky sagt, dass sie die schöneren Buntstifte hat und deswegen sollte auch nur sie das Bild zeichnen. Ich weiche ihr genervt aus. Ich hätte mir ja denken können, dass dieses dumme Mädchen mich nicht an dem Projekt mitmachen lässt.

Mrs. France kommt wieder vorbei. »Hast du schon aufgegeben?«, fragt sie.

»Nein«, antworte ich. »Ich warte darauf, dass Becky fertig ist, damit ich wieder an die Ecke mit den Tonnen komme.«

Maisie, die hinter uns sitzt, kichert und murmelt, dass ich dort am besten aufgehoben wäre. Mrs. France tut so, als hätte sie nichts gehört und geht weiter. Picky streckt mir die Zunge heraus, Maisie und Eve hinter mir lachen. Ich spüre, wie sich ein roter Vorhang über mich legt. Wie sehr ich diese dämlichen Gören hasse. Mit ihren hässlichen, grellen Haargummis und ihren weinerlichen Quietschestimmen. Aber am allermeisten hasse ich Picky. Sie ist grausam und hinterhältig und erzählt ihren Freunden Gerüchte über die anderen Klassenmitglieder. Ihre Mutter arbeitet bei der Post und ist die größte Tratschtante des Dorfes. Und Picky wird irgendwann genauso sein wie sie: eiskalt und fies. Ich hasse ihre Mutter fast genauso viel wie Picky. Sie hat mich beschuldigt, Klebeband aus der Postfiliale geklaut zu haben. Ich habe gesagt, wenn ich schon etwas klauen würde, dann bestimmt keine nutzlose Rolle Klebeband. Sie hat mich im Hinterzimmer eingesperrt und die Polizei gerufen, die mich dann durchsuchen sollte. Natürlich hatte ich kein Klebeband bei mir. Zum Glück hatte ich aber auch nicht mehr den Schokoriegel, den ich zuvor geklaut hatte. Den habe ich fallen lassen, sobald ich gemerkt habe, dass sie mir auf der Spur war.

Ich werfe Picky einen finsteren Blick zu und fauche, »Warte nur bis nach dem Unterricht.«

Aber anstatt Angst zu haben, grinst sie mich nur an und dreht sich zu Maisie um. »Du hast so recht. Jody sollte in einer Mülltonne leben. Hast du das von gestern Abend gehört?«

Mir bleibt fast das Herz stehen. Davon kann sie unmöglich wissen – außer ihre Mutter hat gesehen, was passiert ist. Ich senke den Blick. Picky ist gemein, aber das würde sie nicht weitersagen. Ihre Mutter hätte ihr doch nie davon erzählt ... Aber dann grinst sie mich wieder so spöttisch an und ich bin mir sicher, dass sie alles weiß.

»Jody hat die Nacht vor der Haustür verbracht. Neben der Mülltonne. Ihre Mom hat sie ausgesperrt.«

Die anderen Mädchen machen große Augen und geben erstaunte Laute von sich. Pickys Augen leuchten. Sie kann es gar nicht erwarten, zu erzählen wie es weitergeht. In mir zieht sich alles zusammen und ich verfluche stumm meine Mutter.

»Aber das ist noch nicht alles«, sie senkt die Stimme zu einem verschwörerischen Flüsterton. »Ihre Mutter hat auf dem Spielplatz geschlafen. Sturzbesoffen und mit ihrem Höschen um die Waden.« Ein fassungsloses Aufatmen. Die Geschichte wird sich verbreiten wie ein Lauffeuer und ich werde wieder einmal zum

Gespött der Schule werden. Ich bin wütend auf denjenigen, der meine Mutter beobachtet und es so schnell weitererzählt hat. Und ich bin wütend auf Picky, die es ihren Freundinnen gesagt hat. Aber vor allem bin ich wütend auf meine Mutter. Mich überkommt eine plötzliche Traurigkeit und ich höre die Stimme meines Vaters, die mir sagt, dass ich sie ignorieren soll. Ich wende mich ab. So leicht lasse ich mich nicht unterkriegen.

Es wird still, als Mrs. France wieder vorbeikommt. So spannend die jüngsten Neuigkeiten auch sind, die Mädchen wollen die Lehrerin nicht verärgern, indem sie quatschen, wenn sie arbeiten sollten. Ich koche vor Wut, während Picky das ganze Poster mit bunten Buchstaben füllt. Widerwillig muss ich zugeben, dass es zumindest Aufmerksamkeit erregt. Am Ende der Unterrichtsstunde wird unser Poster als das Beste der Klasse ausgewählt.

»Sehr gut gemacht, Becky und Jody«, sagt Mrs. France und hält es hoch. Die anderen applaudieren höflich und Picky sonnt sich in dem Ruhm. Als die Glocke läutet, jagt sie mit ihren Freunden davon, die ihr die ganze Zeit sagen, wie schön doch ihr Poster geworden ist, und sie alle sehen zu, als es aufgehängt wird. Mir fällt auf, dass sie in der ganzen Aufregung vergessen hat, ihr geliebtes Federmäppchen mitzunehmen. Niemand beobachtet mich, als ich es in meiner Tasche verschwinden lasse und gehe.

In der letzten Stunde haben wir Englischunterricht, dann dürfen wir nach Hause. Ich will aber eigentlich nicht zurück in den Bungalow. Ich bin nicht sicher, ob meine Mutter wieder irgendwelche Männer bespaßt oder nicht. Deswegen gehe ich an den Fluss, wo ich mich am Ufer ins Gras setze und einem Entenpärchen dabei zusehe, wie es nach Futter taucht.

Nach einer Weile hole ich das Federmäppchen aus meiner Tasche. Ich breche jeden einzelnen Stift in der Mitte durch, fülle das Mäppchen mit Steinen auf und werfe es so weit in den Fluss, wie ich kann. Am liebsten würde ich mit Picky dasselbe machen. Mein Vater, dessen Stimme ich jetzt immer höre, flüstert mir ins Ohr. »Zusammen mit deiner Mutter.«

16

»Abby? Abby!« Claires Stimme klang sanft.

Abigail sah auf. Sie spürte den Geschmack von Erbrochenem im Mund und ihre Augen fühlten sich an, als hätte sie Sand hineingerieben.

»Abby, geht es dir gut?« Claires Gesicht war schneeweiß vor Sorge. »Komm, lass mich dir hoch helfen. Du musst dich waschen.«

Abigail blinzelte ein paar Mal, dann sah sie auf ihr teures T-Shirt, das überall gelbe und braune Flecke hatte. Es stank fürchterlich.

»Ich fühle mich nicht so gut, Claire.«

»Komm, Liebes, wir machen dich sauber und bringen dich ins Bett. Alles wird gut. Ich glaube, du hattest einen dieser Vierundzwanzig-Stunden-Viren. Zoe hatte vor kurzem dasselbe, es geht wohl grade was rum. Hoch mit dir.« Sie hielt Abigail einen starken Arm hin und half ihr aus dem Sessel.

»Izzy!«, rief sie, als sich in ihrem Kopf die Sorgen überschlugen.

»Sie schläft. Arme kleine Maus. Ich glaube, sie hat es nicht so schlimm erwischt wie dich, aber sie ist im Moment komplett weggetreten. Mach dir keine Sorgen, sie wird wieder. Ich gehe sicher, dass sie genug trinkt, wenn sie aufwacht. Aber jetzt zieh dich aus und geh in die Badewanne. Ich habe etwas Badeöl hineingegeben, das ich im Schank gefunden habe. Ich hoffe, das war in Ordnung.«

Abigail nickte wortlos.

———

Als Abigail das nächste Mal aufwachte, waren mehrere Stunden vergangen. Ihr Magen fühlte sich besser an, aber sie war immer noch desorientiert und schwach. Sie rollte sich an die Bettkante und stand langsam und schwankend auf. Ihr digitaler Wecker zeigte an, dass es 3:25 Uhr war. Sie war seit mehr als zwölf Stunden krank, sie musste nach Izzy sehen.

Die Tür zum Kinderzimmer stand offen und sie entdeckte Claire im Sessel. Vollständig angezogen saß sie dort, mit einer schlafenden Izzy im Arm. Ihre Brille lag neben ihr auf dem Tisch. Irgendwie sah sie ohne sie jünger aus, aber auch verletzlicher. Abigail war unendlich dankbar für ihre Freundin, die sich um sie und Izzy gekümmert hatte, als sie sie dringend gebraucht hatten. Sie zog sich zurück und ging nach unten, um sich in der Küche ein Glas zu trinken zu holen.

Claire hatte die Spüle geputzt und es duftete nach Zitronen. Als Abigail sich daran anlehnte und einen Schluck Wasser nahm, klingelte ihr Handy. Sie hob schnell ab, weil sie niemanden wecken wollte.

»Warum tust du das?«, fauchte sie in das Telefon.

»Fühlst du dich besser?«, erwiderte die mechanische Stimme.

»Lass mich in Ruhe oder ich rufe die Polizei!«

Die Stimme schnaubte gehässig. »Das glaube ich kaum.«

»Ich habe Beweise«, sagte sie mit gesenkter Stimme. »Ich habe die Notiz, die du mir geschickt hast. Die mit den Zeitungsausschnitten.«

»Die könntest du genauso gut selbst gemacht haben. Auf dem Umschlag war keine Briefmarke«, bemerkte die Stimme. »Du hast ein schönes Haus, Abigail. Mir gefällt die Einrichtung. Sehr luxuriös. Keine billigen Möbel. Zu schade, dass du alles verlieren wirst. Ich rufe bald wieder an und lasse dich so lange mit dem Gedanken allein, dass Jackson die Zeit seines Lebens feiert, während du krank bist.«

Die Verbindung brach ab.

Abigail erschauderte. War die Person in ihrem Haus? Sie stieg vorsichtig wieder nach oben. Aus dem Kinderzimmer drang nur Stille. Sie schlich auf Zehenspitzen in das Schlafzimmer und öffnete die Schublade ihres Nachttisches. Sie wusste, dass sie verschwunden war, bevor sie es sah. Ihre Höschen, die sonst feinsäuberlich zusammengelegt waren, lagen durcheinander verstreut. Sie würde sie bei der nächsten Gelegenheit wegwerfen und ersetzen. Sie dachte darüber nach, die Schlösser auszuwechseln, aber wie sollte sie das Jackson erklären, wenn er wiederkam? Dann hätte sie ihm alles sagen müssen und das konnte sie nicht. Sie würde den Sicherheitscode für den Einbrecheralarm ändern, um sich ein wenig sicherer zu fühlen. Sie konnte Jackson gegenüber immer noch behaupten, dass es besser war, den Code von Zeit zu Zeit zu ändern. Als sie dann sah, dass tatsächlich jemand die Notiz gestohlen hatte, wurde ihr erneut übel. Galle stieg ihr in den Mund und sie rannte zur Toilette.

Claire rief durch die Tür. »Alles in Ordnung?«

Abigail wischte sich mit einem feuchten Handtuch über das Gesicht und trat aus dem Badezimmer.

»Es wird besser.«

Claire gähnte und streckte sich. »Ich mache dir einen Tee.«

»Nein, du hast schon zu viel getan. Nimm dir das freie Zimmer und schlaf eine Runde.«

Claire blinzelte sie kurzsichtig an. »Wenn du dich besser fühlst, würde ich eher heimfahren. Ich muss morgen früh raus.«

»Bist du sicher? Es ist wahnsinnig spät.«

»Ja. Ich muss meine Kameraausrüstung zusammenpacken. Izzy geht es gut, ich hab ihr etwas Wasser gegeben, jetzt schläft sie. Sie liegt in der Krippe.«

Claire sah zu dem großen Foto von Jackson und Abigail, auf dem sie beide Beaniemützen und Handschuhe trugen und glücklich lachten. »Ich hab versucht, Jackson anzurufen, um ihm zu sagen, dass ihr krank seid«, sagte Claire leise. »Aber es ist sofort die Mailbox rangegangen.«

»Er schaltet sein Handy aus, wenn er fliegt«, erklärte Abigail.

»Inzwischen sollte er doch angekommen sein, oder nicht? Bleibt er nicht mit dir in Kontakt, wenn er weg ist?«

»Kommt ganz auf die Uhrzeit an«, erwiderte Abigail, aber sie glaubte nicht wirklich, was sie sagte. Normalerweise würde Jackson sie anrufen, wenn er über Nacht weg war, solange er nicht zu spät am Abend landete. Oder er würde ihr eine Nachricht schicken und ihr sagen, dass er sie liebte. Es machte sie verrückt, dass sie nichts von ihm gehört hatte. Sie zwang sich zu einem Lächeln.

»Er kommt morgen früh wieder und dann geht es mir und Izzy auch schon viel besser. Dank dir«, fügte sie hinzu.

»Zum Glück habe ich dich wegen dem Teddy angerufen. Ach Mist! Den habe ich zu Hause vergessen!«

»Das macht nichts. Izzy hat genug Spielzeug, sie wird ihn nicht vermissen. Ich hole ihn ab, wenn wir uns das nächste Mal treffen.«

»Oder früher? Warum kommst du nicht irgendwann die Woche auf einen Kaffee bei mir vorbei? Ich habe nicht sehr viel zu tun, bevor ich den Auftrag in Schottland mache und ich würde mich freuen, wenn ihr kommen könntet.«

»Das klingt wunderbar. Es fühlt sich an wie eine Ewigkeit, seit wir zuletzt Zeit zusammen verbracht haben.«

Abigail brachte ihre Freundin zur Tür und ging zurück in die Küche. Sie fühlte sich weniger müde, war aber immer noch benommen und verwirrt. Toffee lag zusammengerollt auf einem Küchenstuhl und miaute klagend. Sie hob ihn hoch und vergrub das Gesicht in seinem seidigen Fell. Er schnurrte zufrieden, während sie seinen weichen Kopf streichelte und stupste sie an und sah sie mit seinen großen, bernsteinfarbenen Augen zu ihr auf, wenn sie damit kurz aufhörte. Abigail fühlte sich ein wenig entspannter. Die Übelkeit war vergangen, aber stattdessen verspürte sie ein Gefühl von nahendem Unglück.

17

Die Nacht war warm und schwül und Robyn konnte nicht schlafen. Im Halbschlaf quälten sie Alpträume, sodass sie sich unruhig im Bett wälzte, mit Armen und Beinen ausschlug und leise stöhnte.

Sie irrte durch das Zentrum von Marrakesch und über den *Djeema el-Fna*. Es war spät, aber trotzdem gab es fast kein Durchkommen, denn der Platz war voller Menschen. Das Getümmel von Musikanten, Tänzern, Schlangenbeschwörern und Wahrsagern, stets im Wettstreit um die Aufmerksamkeit der Passanten, füllte die Luft mit einem ohrenbetäubenden Lärm und drohte sie zu ersticken. Sie kämpfte sich weiter voran. Ihre Augen brannten von den Autoabgasen, die sich mit dem Rauch der Grillstände vermischten und den Sternenhimmel trübten. In ihrem Traum suchte Robyn den Weg zu einer der Straßen auf der anderen Seite des Platzes, die zur *Medina* führte und das dortige Labyrinth aus Marktständen, Gerüchen und Farben. Sie wusste, dass sie dort nicht allein hingehen durfte. Aber eine unsichtbare Hand führte sie in die Richtung und ließ sie die Warnungen ignorieren, die in ihrem Kopf hallten. Gezielt hielt sie auf die engen Straßen zu.

Davies hatte ihr gesagt, sie sollte im Hotel auf ihn warten. Es war zu gefährlich für sie, den *Suk* alleine zu besuchen, ganz besonders nachts. Er hatte sie vor einer Katastrophe dort gewarnt. Die Ermittler des Militärs hatten eine Sekte in der Stadt identifiziert, die Bomben in der Gegend gelegt haben sollte und sogar Anschläge in Großbritannien geplant hatte. Davies arbeitete mit den Verantwortlichen zusammen, die diese Menschen festnehmen wollten.

Und obwohl sie all das wusste, ging sie weiter. Sie legte sich eine Hand auf den Bauch und der Stolz überkam sie, als sie an das Leben dachte, das dort heranwuchs. Sie konnte nicht mehr länger darauf warten, Davies die guten Neuigkeiten zu überbringen. Er war im *Suk*. Sie würde ihn dort finden und es ihm sagen und sie würden zusammen feiern.

In den Straßen abseits des belebten Platzes war es kühl. Und als hätte jemand einen Schalter umgelegt, konnte sie auch plötzlich die Trompeten der Musikanten nicht mehr hören. Die Stille war unheimlich und nur eine Sekunde später tauchte sie in vollständige Dunkelheit ein. Schattenhafte Gestalten traten aus den Gebäuden und füllten die enge Straße. Sie rief nach Davies, aber niemand antwortete. Überall gab es nur Araber mit gefühllosen Gesichtern, die tadelnd mit dem Finger wackelten, weil sie es gewagt hatte, die *Medina* zu betreten.

Ein Mann, der viel größer war als die anderen, eine lange, graue *Dschellaba* trug und ein Scharfschützengewehr vor der Brust hängen hatte, näherte sich ihr. Er baute sich vor ihr auf und versperrte ihr den Weg. Plötzlich erfasste sie eine kalte Angst. Nicht nur um ihr eigenes Leben, sondern vor allem um das Kind in ihrem Bauch. Sie sah dem Mann ins Gesicht. Er ähnelte Peter Cross, Davies' Vorgesetztem. Aber die Person in ihrem Traum war feindlich gesinnt und hatte nichts mit dem Peter Cross zu tun, den sie einmal in einem Restaurant getroffen hatten.

Als er sprach, schien das Gesicht, das Peter so ähnlichsah, zu zerschmelzen und darunter kam ein anderes zum Vorschein, eines mit einem grausamen Lächeln, das braune, faulige Zähne entblößte.

»Du hättest den *Suk* nicht betreten sollen«, knurrte er auf

Arabisch. »Es wurde dir verboten. Jetzt musst du dafür bezahlen.« Der Mann griff nach seinem Gewehr, drehte sich um und feuerte es in die Straße ab. Der Knall hallte einige Momente in ihren Ohren nach, der Mann schmolz in den Boden. Ihre Augen suchten die Dunkelheit nach seinem Ziel ab, obwohl sie längst wusste, wer es war.

Ein Schluchzen drängte sich ihr auf, als das flackernde, orangene Licht eine Lampe über einem hölzernen Türrahmen einen auf dem Boden liegenden Mann erhellte. Er war europäisch gekleidet und sie erkannte sofort die glänzenden, braunen Schuhe wieder, die er am Morgen angezogen hatte. Davies hatte sie gerade geputzt, als sie zu ihrem geheimen Arzttermin aufgebrochen war. Sie rannte zu ihm. Es war definitiv Davies. Und es war ihre Schuld, dass er tot war.

Der Boden unter ihren Füßen verwandelte sich von der Straße in einen schlammigen Sumpf. Jeder Schritt zog sie weiter in die Tiefe. Der *Suk* löste sich auf, die Gebäude verschwanden. Aber sie konnte immer noch Davies sehen, der dort auf dem Rücken lag, mit einem perfekten, runden Loch in der Stirn. Ihre Beine wurden schwer, sie konnte ihn nicht erreichen. Sie versank immer tiefer und immer schneller im Schlick, der ihr bereits bis zur Taille reichte. Sie rief seinen Namen, aber sie wusste, dass es zu spät war. Er war fort.

Robyn schrak schweißgebadet aus dem Schlaf. Es war stickig im Schlafzimmer und ihr Herz raste von ihrem Traum. Sie trug nicht die Schuld an Davies' Tod. Warum fühlte sie sich dann so schuldig? Sie öffnete das Fenster und sah nach draußen. Ein großer, weißer Mond stand am Sternenhimmel und erleuchtete die Nachbarschaft, als wäre helllichter Tag. Robyn beobachtete einen Fuchs dabei, wie er sich unter dem Zaun hindurchzwängte, der in den Nachbargarten führte. Er sprang elegant auf eine Mülltonne und zog einen weggeworfenen Hühnerknochen heraus. Mit seiner Beute im Maul zog er sich wieder dorthin zurück, wo er hergekommen war. Robyn sah dem Tier hinterher, wie es sich an Schaukeln, Trampolinen und Gartenmöbeln vorbeischlich und über Zäune sprang, um einen baufälligen Schuppen in einem vernachlässigten Garten, nicht weit von ihrem eigenen, zu erreichen.

Eine kleine Schnauze schnupperte unter dem Schuppen hervor, gefolgt von einer zweiten. Aufgeregt bellend begrüßten die Welpen ihre Mutter und deren Beute. Diese fürsorgliche Geste zwischen den wilden Tieren zu beobachten, machte Robyn unbeschreiblich traurig. In diesem Moment konnte sie damit nicht umgehen. Sie eilte ins Nebenzimmer, zog sich Sportklamotten und Laufschuhe an und ging nach draußen, um Schmerz und Trauer davonzulaufen.

———

Am nächsten Morgen stattete sie Ross in seinem Büro einen Besuch ab. Doch sie hatte nicht vor, lange zu bleiben, weil sie die Ermittlungen im Polizeiquartier fortsetzen wollte. Dort hatte sie einfach die bessere Ausrüstung zur Verfügung. Obwohl sie erst seit zwei Tagen an dem Fall arbeitete, hatte sie das Gefühl, dass sie viel zu langsam vorankam. Als sie das Büro betrat, saß Ross an seinem Computer und tippte hochkonzentriert mit zwei Fingern einen Bericht ab. Als sie sich an ihren Platz setzte und »Farnborough« in die Suchmaschine eingab, sah er kurz auf.

»Was gibt's Neues?«

»Hast du den Bericht fertigbekommen?«

Er sah sie an und ein flüchtiges Lächeln hob seine Mundwinkel an. »Es ist unhöflich mit einer Gegenfrage zu antworten, weißt du? Aber ja, der Bericht ist fertig und ich habe den Fall abgeschlossen. Robert Brannigan ist in einer Beziehung mit seinem Freund Anthony Potter. Seine Frau war weniger überrascht als erwartet. Wie auch immer, die Sache ist erledigt, also wenn du Hilfe brauchst, gehöre ich ganz dir.« Er zog genüsslich an seiner E-Zigarette. »Auch wenn du ganz sicher ein fähiges Team zur Verfügung hast.«

»Mulholland braucht die meisten Kollegen für eine große

Drogenermittlung, ich bin also gerade auf mich allein gestellt. Ich könnte deine Hilfe gut gebrauchen.«

»Hast du schon irgendwelche Indizien?«

»Nicht wirklich. Ich sehe mir Farnborough in Hampshire an.«

»Da ist doch jedes Jahr die große Flugshow.«

»Genau. Ich glaube nicht, dass Lucas sich für sowas interessiert. Alles was ich bisher rausfinden konnte war, dass er sich mit seinem Vater Paul in dessen Haus getroffen hat. Und das, nachdem sie jahrelang nicht miteinander gesprochen haben. Von diesem einem Treffen weiß ich sicher, aber vielleicht war er öfter dort. Kurz nach diesem ersten Treffen wollte Paul Matthews, der so gut wie nie das Haus verlassen hat, überraschend nach Farnborough fahren, um jemanden zu treffen. Aber bevor es dazu kam, ist er im Wald gestürzt und gestorben. Ich brauche mehr, Ross. Ich muss Pauls Laptop finden, darauf muss es irgendwelche Hinweise geben, was er vorhatte.«

»Wie willst du jetzt weitermachen?«

Robyn schloss für einen Moment die Augen. Ross wartete geduldig ab, während sie ihre Optionen durchging. Sie holte tief Luft und schlug die Augen auf.

»Wir haben nicht viele Anhaltspunkte, den Laptop zu finden wäre also eine große Hilfe. Geraldine ist eine gute Haushälterin, aber ich wette, sie hat nicht wirklich danach gesucht. Wenn es nach ihr geht, steht er immer auf der Kücheninsel. Wenn er dort also nicht steht, ist er ganz verschwunden. So leicht mache ich es mir aber nicht. Ich glaube, er hat damit gearbeitet, bevor er zu seiner letzten Laufrunde aufgebrochen ist, und hat ihn dann irgendwo anders abgestellt. Ich hatte keine Gelegenheit mich umzusehen, als ich da war. Ich glaube aber auch nicht, dass ich einen Durchsuchungsbefehl bekommen kann. Mulholland ist ziemlich überlastet und hat momentan absolut andere Prioritäten. Aber ich weiß, dass das Haus zum Verkauf steht. Jetzt kann ich selbst schlecht dorthin zurückgehen und mich als Kaufinteressent ausgeben, weil die Haushälterin mich erkennen würde. Aber vielleicht könntest du ja einen Besichtigungstermin für dich und

Jeanette ausmachen? Ihr könntet euch ganz in Ruhe dort umsehen und nach dem Laptop Ausschau halten. Ich weiß doch, wie gut du darin bist, Dinge aufzuspüren. Du bist ein menschlicher Bluthund, wenn es um verlorene Gegenstände geht.«

Ross lachte. »Nur, weil ich letzte Woche deine Autoschlüssel gefunden habe, als du sie auf meinen Tisch gelegt hast, anstatt auf deinen?«

Robyn lächelte ihn an. »Ja, aber nicht nur. Ich weiß, wie gründlich du vorgehst. Wenn irgendjemand diesen Laptop finden kann, dann bist du es. Würdest du das für mich tun?«

»Solange Jeanette nicht auf die Idee kommt, wir könnten in ein großes Haus auf dem Land ziehen ... Na gut, ich mach's«, gab er nach, ein entspanntes Lächeln immer noch auf dem Gesicht. »Ich lasse mir irgendeinen Vorwand einfallen, mit dem sie den Makler ablenkt, damit ich mich davonstehlen kann.«

»Großartig! Ich versuche, noch ein wenig mehr über Paul Matthews und Farnborough herauszufinden, dann verziehe ich mich ins Fitnessstudio.«

Ross warf ihr einen kritischen Blick zu.

»Ich will nichts hören, verstanden? Ich habe in ein paar Wochen einen Marathon zu laufen und muss trainieren.«

Ross zog einen imaginären Reißverschluss über seinem Mund zu und Robyn lehnte sich mit einem Seufzen zurück. Es stimmte zwar, dass sie sich für einen zehn Kilometer langen Wohltätigkeitslauf angemeldet hatte. Aber in Wirklichkeit wollte sie aus einem ganz anderen Grund ins Studio. Sie fragte sich, wie lange sie noch vor der Wahrheit davonlaufen konnte. Es kostete sie einige Mühe, die finsteren Gedanken abzuschütteln und sich wieder auf die Arbeit zu konzentrieren.

Ross ließ sie mit ihrem Computer allein, während sie sich Artikel über Paul Matthews' Tod durchlas. Geraldine sagte, er wäre fast jeden Tag laufen gegangen. Er war ein trainierter Mann, der auf seine Gesundheit achtete. So unwahrscheinlich und tragisch es auch war, dass er einem plötzlichen Herzinfarkt erlegen war, es war nicht unmöglich. Robyn versank eine Weile in Gedanken, dann wählte sie die Nummer der Uttoxeter Polizeistation. Sie stellte sich vor und fragte nach dem Beamten, der zum Unfallort gerufen worden war und dort Pauls Leiche gefunden hatte. Das Telefon wurde einem Sergeant Drayton weitergereicht und das Rascheln von Papier war zu hören, als er seine Aufzeichnungen von der Nacht durchblätterte. Er sprach langsam und deutlich.

»Mr. Matthews wurde um neunzehn Uhr am 25. Juli von einem Zivilisten gefunden«, sagte er. »Ein gewisser Julian Crow aus Abbots Bromley. Er ging mit seinem Hund im Wald in der Nähe des Blithfield Reservoirs spazieren, als er einen leblosen Mann am Wegesrand entdeckt hat. Er hat sofort den Notruf gewählt, aber obwohl der Notarzt wenig später zur Stelle war, musste Mr. Matthews noch vor Ort für tot erklärt werden.«

»In der örtlichen Zeitung stand, er wäre einem Herzinfarkt erlegen. Stimmt das?«

»Nein, das war nicht der Fall. Zu Beginn bestand der Verdacht, dass er einen Herzinfarkt erlitten haben könnte, aber der Gerichtsmediziner hat das später ausgeschlossen. Da Mr. Matthews eine Person von öffentlichem Interesse war, hatte es die örtliche Presse wohl etwas zu eilig. Der Artikel ging in den Druck, bevor das endgültige Gutachten erstellt war. Tatsächlich sind die Umstände von Mr. Matthews' Tod etwas ungewöhnlich. Man könnte sagen, es war ein verrückter Unfall. Er ist wohl gestolpert und ungünstig gefallen. Er ist mit dem Kopf auf einem Baum aufgeschlagen, was zu seinem Tod geführt hat.«

»Haben Sie die Leiche gesehen?«, fragte Robyn. »Ich meine, bevor sie weggebracht wurde.«

Sergeant Drayton räusperte sich. »Ich war fünfzehn Minuten nach dem Notruf vor Ort. Mr. Matthews war ganz offensichtlich tot. Rechts neben seinem Kopf war eine große Blutlache und an seiner Schläfe und an dem Baum, bei dem er gestürzt war, waren Blutspuren. Später wurde bestätigt, dass es sich bei dem Blut am Baum um das von Mr. Matthews handelte.« Er räusperte sich erneut. »Bei genauerer Betrachtung konnte ich feststellen, dass er sich beide Handflächen aufgeschürft hatte. Außerdem hatte er helle, staubige Rückstände an den Händen. Dabei handelte es sich um Rindenstücke der Birke, an der er versucht hatte, sich abzustützen. Der Gerichtsmediziner hat einen Unfall als Todesursache angegeben. Allem Anschein nach war Mr. Matthews auf unebenem Boden unterwegs, ist vielleicht über seine eigenen Schnürsenkel gestolpert und ist vornübergefallen. Er hat sich die Schläfe an einer Birke aufgeschlagen, wodurch die Temporalarterie durchtrennt wurde. Er war sofort tot.«

»Es gab also keine Hinweise auf fragwürdige Umstände?«

Sergeant Draytons Stimme wurde ungezwungener. »Nein, Ma'am. Ich habe die Gegend selbst untersucht und konnte nichts Verdächtiges feststellen. Das Blut am Baum stammte von Mr. Matthews – Gruppe B positiv«, ergänzte er. »Es gab keine Hinweise darauf, dass eine weitere Person zum Todeszeitpunkt in der Nähe war, und in der Kopfverletzung konnten auch Spuren von Baumrinde gefunden werden, was alles zu einem Sturz gegen einen Baum passt.«

»Vielen Dank, Sergeant Drayton, Sie waren eine große Hilfe.«

»Gern geschehen«, antwortete er. »Darf ich fragen, ob Sie aus einem bestimmten Grund vermuten, dass die Umstände um Mr. Matthews' Tod andere sein könnten?«

»Nicht wirklich. In Wirklichkeit suche ich auch nach seinem Sohn Lucas Matthews. Er ist kurz vor dem tragischen Unfall seines Vaters spurlos verschwunden. Ich frage mich, ob zwischen diesen beiden Vorfällen irgendeine Verbindung besteht. Da lag es auf der Hand, mit der Person zu sprechen, die den verstorbenen Paul Matthews am Ort seines Todes gesehen hat.«

»Verstehe.«

»Sollten Sie Lucas Matthews in Uttoxeter über den Weg laufen, würden Sie es mich bitte wissen lassen? Seine Frau macht sich große Sorgen wegen seines Verschwindens. Ich gebe die Details an alle Polizeireviere weiter und bin auch selbst verantwortlich für den Fall. Wenn Ihnen noch irgendetwas einfällt, dann rufen Sie mich bitte an.«

Robyn klopfte mit den Fingernägeln auf die Tischplatte –

dann verstummte ihr Staccato schlagartig. Eine kurze Internetsuche bestätigte auch ihr, dass sich drei wichtige Schädelknochen an der Schläfe verbinden. Ein starker Schlag auf diese Stelle konnte die Verbindungsstelle aufbrechen und zu einem schnellen Tod führen. Wie es aussah, war Paul Matthews wirklich einem unglücklichen Unfall zum Opfer gefallen. Manche Leute hatten wirklich Pech.

18

DAMALS

Diese hochnäsige Chloe Planter wollte es ja nicht anders. Diese niederträchtige Kuh ist immer von ihrem Fanclub umgeben und wie alle sie anhimmeln und über uns anderen lachen, die nicht dazugehören.

»Chloe, ich liebe es, wenn du die Haare so trägst.«

»Chloe, willst du am Wochenende bei mir übernachten?«

»Chloe, du hast am Dienstag so gut gespielt.«

»Oh, Chloe ...«

Bis ich es nicht mehr aushalte und sie alle nur noch anschreien will. Dann würde ich Chloe Planter am liebsten die wunderschönen Haare ausreißen und ihr mit der Faust ihr ach so makelloses Gesicht einschlagen. Ich hasse sie. Nicht, weil sie so perfekt ist, sondern weil sie einer dieser Menschen ist, die Dinge anzetteln und sich dann zurückziehen. Die mit einem selbstgefälligen Grinsen danebenstehen, während ihre Handlanger es sich zur Mission machen, einem anderen Kind das Leben zur Hölle zu machen. Ich war von Anfang an eines ihrer Lieblingsopfer, sofort nachdem wir hierhergezogen sind und ich zum ersten Mal die Schule betreten habe. Ich glaube nicht, dass mein Ruf mir bis hier her gefolgt ist, ansonsten hätte sie sich wohl kaum getraut, mich auszusuchen.

Es fing alles in der Umkleide an. Ich hasse den Sportunterricht. Nicht nur, weil ich nicht gerade ein Naturtalent oder Teamplayer bin, sondern weil es mich jedes Mal fast wahnsinnig macht, mich vor den Augen der anderen umzuziehen – und wenn es auch nur kichernde Mädchen sind. Ich kann es nicht ausstehen, mich vor ihnen auszuziehen. Ich kann regelrecht spüren, wie sie mir mit ihren Blicken die Kleider vom Leib reißen, als würden sie eine Zwiebel schälen und Schicht um Schicht freilegen. Und ich weiß, dass sie lachen werden, sobald sie sehen, was unter dem zu großen T-Shirt und dem weiten Rock verborgen ist.

Ich weiß nicht was ich machen soll. Früher hat Mom mir oft Entschuldigungen geschrieben, damit ich nicht am Sportunterricht teilnehmen muss. Aber irgendwann hat der Alkohol sie überwältigt und ich musste sie jeden Morgen aus ihrem Rausch wachrütteln. Ich habe angefangen, ihre Unterschrift zu fälschen und die Nachrichten selbst zu schreiben. An meiner letzten Schule hatte ich mehrere schlimme Erkältungen, Bauchschmerzen und unzählige andere bizarre Krankheiten und mysteriöse Ausschläge. Fast jede Woche. Also konnte ich leider nicht am Sport teilnehmen.

Ich bin mir sicher, die Lehrer haben mich irgendwann durchschaut und wussten, dass ich nicht wirklich krank war. Ich wette, sie waren nur erleichtert, dass sie mich nicht in ihrem Verein unterbringen mussten – mich armseliges Exemplar. Ich hätte die anderen nur runtergezogen.

Diese Oberschule gehört zu denen, die gerne für besonders modern gehalten werden wollen. Der Direktor trägt Jeans und findet sich cool. Er versucht, mit den Kindern auf »Kumpel« zu machen, aber ich habe längst erkannt, wie er wirklich drauf ist. Er interessiert sich für keinen von uns. Er will nur den Ruf seiner Schule aufhübschen, um dann zu irgendeiner Prestigeschule zu wechseln, an der er mehr Geld verdient.

Mom hat darauf bestanden, dass wir wieder meinen Namen ändern. Ich hatte jetzt schon drei verschiedene Namen in den letzten vier Jahren. Ich glaube diesmal hat sie endgültig genug von mir. Sie wollte eigentlich nicht umziehen und es war auch gar nicht meine Schuld. Wenn Danny Windsor und sein nerviger Freund mich nicht auf dem Flur abgefangen und versucht hätten, mich zu küssen, wäre alles gut gewesen. Chris Edding hat ihn angestiftet. Andernfalls wäre Danny nie auf die Idee gekommen, mich zu küssen. Und wer würde jemanden wie mich schon freiwillig küssen wollen. Ich habe immerhin die letzten Jahre damit zugebracht, mich in das unattraktivste Mädchen der Welt zu verwandeln. Es ist fast ein wenig schade, denn ich hatte nichts gegen Danny. Er war einer der wenigen Jungs, die nicht nur fiese Sprüche über mich gerissen haben.

An diesem Tag war ich gerade auf dem Weg zur Englischstunde, als Chris und Danny mir auf dem Flur entgegenkamen. Ich habe mir nichts dabei gedacht, bis ich das spöttische Grinsen auf Chris' Gesicht sah. Er hat Danny mit dem Ellbogen angestoßen und ihm irgendwas zugeflüstert. Chris grinste zurück.

Mir war klar, dass sie irgendwas im Schilde führten, weil sie sich so umgesehen haben, um sicherzugehen, dass niemand in der Nähe war. Dann kamen sie auf mich zu und im nächsten Moment hatten sie mich schon gegen die Wand gedrückt und mir von beiden Seiten die Flucht versperrt. Ich spürte die Panik in mir aufsteigen und ich konnte sehen, wie die Spucke aus Chris' Mund flog, während er triumphierend mit Danny sprach:

»Mach schon«, drängte er ihn. »Wir haben dich rausgefordert, da kommst du jetzt nicht mehr raus.«

Einen Augenblick lang dachte ich, Danny wollte etwas zu mir sagen, aber er leckte sich nur die Lippen und zögerte. Die unterschiedlichsten Gefühle waren auf seinem Gesicht zu sehen, vor allem aber Ekel. Ihm war anzusehen, dass er nicht in meiner Nähe sein wollte. Er konnte mich genauso wenig ausstehen wie alle anderen Jungs, die mich Stinktier oder Hackfresse nannten. Chris flüsterte wieder irgendwas.

»Na los. Du schaffst das. Küss die hässliche Schlampe.«

Meine Panik verwandelte sich langsam in etwas anderes und ich spürte einen vertrauten Zorn. Dann kam er mir immer näher, war schon bereit, mir die Lippen auf den Mund zu pressen.

Im nächsten Augenblick schrie er auch schon auf und riss den Kopf zurück. Blut lief ihm über das Gesicht, rann ihm durch die Finger und tropfte auf das weiße Hemd seiner Schuluniform.

»Oh mein Gott! Du hast ihm ne Kopfnuss gegeben! Du spinnst doch!«, rief Chris und zog seinen blutenden Freund davon. »Sie hat komplett den Verstand verloren!«, rief er, als eine Klassenzimmertür geöffnet wurde und Mr. Dobbs, der stellvertretende Direktor, wie ein Windhund auf den Gang geschossen kam. Ich habe noch nie einen erwachsenen Mann so schnell laufen sehen. Er packte mich am Kragen, aber ich hatte sowieso nicht vor, irgendwohin zu gehen. Ich blieb ganz ruhig und starrte Chris hasserfüllt an, während ich die Angst in seinem Blick genoss. Und die ganze Zeit über hörte Danny, der »Ärmste«, nicht auf zu heulen, blutüberströmt wie er war.

Niemand glaubte mir, was passiert war, aber das war nicht überraschend. Natürlich blieben Chris und Danny bei ihrer Version der Geschichte: Sie hätten mich im Flur aufgehalten, um mich zu fragen, was wir in Englisch als Hausaufgabe aufbekommen hatten. Und ohne irgendeinen Grund hätte ich sie beide einfach angegriffen. Es war mir egal, als ich von der Schule flog. Meiner Mom leider nicht.

»Was stimmt nicht mit dir?«, schrie sie mich zum x-ten Mal an, während sie mich zur Bushaltestelle zerrte. »Kannst du nicht einmal nett sein? Ich habe genug davon, ständig umziehen zu müssen, weil du immer Ärger machst!«

Ich wollte sie nur ungern daran erinnern, dass sie selbst der Grund gewesen war, warum wir aus dem letzten Dorf wegziehen mussten. Nachdem Gerüchte laut geworden waren, dass sie zu Hause Männer unterhielt, fühlten sich einige Ortsansässige vor den Kopf gestoßen. Sie schmierten das Wort »Flittchen« an unsere Tür und haben Mom wie eine Aussätzige behandelt. Irgendwann wurden ihr die eisigen Blicke und der verbale Missbrauch zu viel und wir haben unsere Sachen gepackt und das Dorf verlassen. Jetzt arbeitet sie in einem Kasino und wir wohnen in einem schäbigen Appartement über einem Dönerladen.

Im Bus schwiegen wir uns gegenseitig an. Ich starrte die ganze Zeit in den grauen Himmel und sah dem Regen dabei zu, wie er schmutzige Tränen am dreckigen Fenster entlangweinte. Ich wünschte, ich müsste nie wieder zur Schule gehen.

Ich habe mit Dad darüber gesprochen. Er meinte, es wäre blöd gelaufen, aber ich hätte das richtige getan, indem ich Danny eine Kopfnuss gegeben hatte. Er ist immer sehr einfühlsam und versteht mich viel besser als Mom. Sie war so verärgert, dass ich ihre Anspannung fast spüren konnte. Sie hat direkt nach ihrem nicht ganz so geheimen Wodkavorrat gegriffen, als wir in der Wohnung ankamen, und hat sich betrunken, um zu vergessen, was für ein Monster sie als Tochter herangezogen hat.

Ich hatte nichts, womit ich den Schmerz betäuben konnte. Ich habe meine Schultasche auf den Boden und mich auf das Sofa geworfen, wo ich auf meine Standpauke wartete. Sie lief nach demselben Muster ab wie alle anderen auch. Mom weinte und stellte mir Fragen: Warum musste ich ihr Leben ruinieren? Warum konnte ich mir nicht einmal Mühe geben? Was hatte sie getan, um dieses Leben zu verdienen?

Ich konnte keine davon beantworten. Ich ließ sie sich aufregen und als die Wirkung des Alkohols einsetzte und ihren Ärger ein wenig dämpfte, hörte sie auch damit auf. Dann versank sie wie immer in Erinnerungen und im Selbstmitleid darüber, dass sie einmal schön und begehrt gewesen war. Irgend-wann kam sie immer wieder auf Paul Matthews zurück und wie viel anders ihr Leben verlaufen wäre, wenn nicht ihr eigen Fleisch und Blut ihn ihr grausam entrissen hätte. Spätestens dann schweife ich immer mit meinen Gedanken ab. Sie glaubte immer noch, dass ich Schuld daran hatte, dass ihr Leben in Trümmern lag. Eines Tages würde ich ihr beweisen, dass das nicht stimmt.

Aber sie verfiel immer mehr dem Alkohol und jedes Mal wenn sie betrunken war, gab sie mir die Schuld an allem, was in ihrem Leben schieflief. Normalerweise gebe ich den Leuten keine Kopf-nüsse. Aber wir mussten schon zweimal umziehen, weil ich in

Schwierigkeiten geraten bin. Ich kann nicht anders. So bin ich eben. So musste ich werden, um zu überleben.

———

Diesmal versuchten wir, ein neues Leben im Süden aufzubauen. Weit weg von Danny und seinen Eltern, die damit drohten, mich anzuzeigen. Meine Mutter musste sie anflehen, es nicht zu tun. Ich weiß nicht, was genau sie zu ihnen gesagt hat. Aber als sie am Abend nach Hause kam, war sie totenblass im Gesicht und hat mich mit feindseligem Schweigen gestraft, während sie unsere Habseligkeiten zusammengepackt hat. Am nächsten Morgen saßen wir wieder auf der Straße.

Hier an der Kelsey-Schule gilt das Motto, dass jedes Kind erfolgreich sein kann. Die Lehrer glauben, dass jedes Kind an jedem Fach und jeder Aktivität teilnehmen sollte, um ein »Rundum-Talent« zu werden. Wir müssen alle unabhängig von unserer Begabung am Musik- und Kunstunterricht teilnehmen. Und natürlich müssen wir alle beim Sport mitmachen. Die Lehrer akzeptieren keine Bitten von Eltern, ein Kind vom Mannschaftssport zu entschuldigen.

Ich bin dazu übergegangen, mich auf der Toilette auszuziehen und in meine Sportklamotten zu schlüpfen. Das hat bisher immer gut funktioniert und nach dem Sport habe ich es genauso gemacht. Während die anderen Mädchen, schnatternd wie Papageien, unter der Dusche stehen, ziehe ich mich heimlich um. In dem Chaos fällt niemandem auf, dass ich nicht mit den anderen dusche. Ich ziehe mich einfach unbemerkt zurück. Ich bin gut darin, ein Schatten zu sein und nicht gesehen zu werden. Zumindest dachte ich das.

Ich sitze in der letzten Reihe des Biologielabors über ein Buch gebeugt. Ich tue so, als würde ich einen Absatz über Photosynthese lesen, als Chloe und ihr Klan ankommen. Sie wirft ihren Rucksack auf ihren Platz in der ersten Reihe, bleibt aber stehen. Ihre Freunde flüstern und kichern. Sally, ihre erste Offizierin, drückt ihr etwas in die Hand und Chloe versteckt es hinter ihrem Rücken. Chloe ist eines dieser Mädchen, die jeden Blick auf sich ziehen. Während sie also durch das Zimmer stolziert, beobachten alle Jungen und Mädchen sie dabei.

»Irgendwas riecht ganz furchtbar hier drinnen«, verkündet sie und schüttelt ihre langen, blonden Locken zurück, während sie die Nase rümpft wie ein Hund auf der Suche nach Trüffeln. Vor meinem Tisch bleibt sie stehen und schnuppert noch übertriebener in der Luft.

»Es kommt von hier«, sagt sie, als wäre ich gar nicht da. Dann holt sie eine Parfümflasche hervor und sprüht mir damit ins Gesicht, sodass ich husten muss. Die Klasse bricht in Gelächter aus und irgendjemand applaudiert sogar. Ich kann nicht sehen, wer es war, meine Augen brennen und ich bekomme kaum noch Luft.

»Schmutziges, abstoßendes Mädchen«, schnaubt Chloe. »Du solltest wirklich nach dem Sport duschen. Du stinkst nach vergammeltem Fisch.«

Ich spüre die Erniedrigung in meinen Wangen brennen und um ein Haar wäre ich aufgesprungen und hätte sie am Hals gepackt. Aber der Lehrer kommt mir zuvor. Nachdem die Fenster geöffnet werden, um frische Luft reinzulassen, beruhigt sich die Klasse. Aber ich plane bereits meine Rache. Diesmal werde ich überlegter vorgehen, heimlicher, damit ich nicht wieder von der Schule fliege.

Abigail wurde von einer Stimme geweckt. Ihr Mund war trocken und ihre Augen fühlten sich trocken an und brannten. Im ersten Moment war sie desorientiert, dann erinnerte sie sich, was am vergangenen Tag passiert war. Sie war sehr krank gewesen und Izzy ... Abigail sprang aus dem Bett und stolperte ins Kinderzimmer. Izzy lag in ihrer Krippe und schlief tief und fest. Ihr flaumiges Haar stand ihr in alle Richtungen ab, aber ihr Gesicht sah zufrieden aus.

Aus dem Erdgeschoss drang Jacksons Stimme herauf. Als sie die Treppe hinabstieg fürchtete sie schon, der mysteriöse Anrufer könnte recht haben, was ihren Mann betraf. Jackson sprach in sein Telefon:

»Ich kann keine Gedanken lesen. Aber es war nur eine Lebensmittelvergiftung, sie lag ja nicht im Sterben.« Eine kurze Pause. »Okay. Ich kapier's schon. Sie war wirklich krank. Hör zu, ich lege jetzt auf, ich war die ganze Nacht wach. Ich bin wirklich müde. Ja. Okay.« Jackson drehte sich zu ihr um, als sie die Tür öffnete und Erleichterung hellte seine Gesichtszüge auf. »Liebling! Wie geht es dir? Es tut mir so leid, mein Handyakku war leer und ich habe vergessen, ein Ladekabel mitzunehmen.« Er ging zu ihr, schloss sie in die Arme und gab ihr einen Kuss auf die Stirn.

Sie erwiderte die Umarmung, weil sie ihm ihre wahren Gefühle nicht offenbaren wollte. »Schon gut«, sagte sie. »Claire war hier. Ich fühle mich besser und Izzy geht es auch gut. Ich war eben erst bei ihr.«

Jackson trat einen Schritt zurück. »Claire hat mich gerade am Telefon auf den neuesten Stand gebracht. Bist du sicher, dass es dir gut geht? Sollten wir nicht zum Arzt gehen und euch beide ansehen lassen?«

»Was hat Claire gesagt?«, fragte Abigail.

Er seufzte tief. »Oh, sie hält mich für einen miserablen Ehemann, weil ich nicht für euch da war, als ihr mich gebraucht habt. Und sie hat vollkommen recht. Ich hätte an das Ladekabel denken sollen. Aber ich hatte es so eilig, als ich gegangen bin, es war alles auf den letzten Drücker. Claire hat mir ziemlich den Marsch geblasen, weil ich dich nicht angerufen habe, bevor ich gegangen bin, und weil ich dir keine Notfallnummer hinterlassen habe.«

»Zu schade, dass es im Hotel kein Ersatzkabel gab«, sagte Abigail leise.

»Ich war nicht im Hotel. Ich habe die Nacht am Flughafen verbracht und auf einem sehr harten Sitz darauf gewartet, dass meine Klienten zurückkommen.«

Er strich ihr zärtlich eine Haarsträhne aus dem Gesicht und sah ihr tief in die Augen. »Es tut mir leid, dass ich nicht für dich da war. Der Anruf kam kurz nachdem du aus dem Haus warst. Es gab keinen anderen Piloten außer mir, der James auf die Schnelle vertreten konnte. Wir mussten ein paar wichtige Klienten nach Spanien fliegen, wir konnten nicht riskieren, ihren Auftrag zu verlieren. Sie sind zu gute Kunden. Hätte ich gewusst, dass du krank bist, wäre ich nie gegangen.«

In seinen Augen stand Anspannung und Traurigkeit. Sie konnte nicht glauben, dass er all das nur vortäuschte. Seine Gefühle waren echt. Der grausame Anruf musste ein schlechter Scherz gewesen sein. Jackson würde sie nie betrügen. Er nahm ihre Hände und fuhr fort:

»Hör zu, es war eine lange Nacht und ich muss nachher noch zum Flughafen. Ich bin völlig hinüber und brauche dringend eine Dusche. Ich bin sicher, du könntest ein wenig mehr Ruhe vertragen und Izzy schläft. Warum kommst du nicht mit ins Bett und wir kuscheln ein wenig?«

Sie nickte, obwohl sie sich nicht ganz sicher war, wie es im Moment um ihre Gefühle für ihn stand.

Jackson drückte ihr einen Kuss auf die Wange. Er entfernte die Schulterklappen von seinem Hemd, legte die Kapitänsstreifen ab und verstaute sie an dem üblichen Ort, neben seinem Autoschlüssel. »Izzy geht es sicher gut?«, fragte er noch einmal.

»Sie ist gesund.«

»Ich sehe kurz nach ihr und springe unter die Dusche. Bis gleich.«

Abigail setzte Wasser auf, um Tee für sie beide zu kochen. Als sie die Tassen aus dem Schrank nahm, vibrierte ihr Telefon. Ihr Puls raste, als sie widerwillig abnahm.

»Guten Morgen Abigail. Wie schön zu sehen, dass es dir bessergeht und der gutaussehende Captain Jackson wieder zu Hause ist. Aber wo war er denn nur, als es dir so dreckig ging?«

Abigail spürte, wie ihr Blut zu kochen begann. »Ich habe genug von dir«, zischte sie. »Verschwinde, lass mich in Ruhe. Ich glaube deine Lügen über Jackson nicht. Also verpiss dich.«

»Oh, fühlen wir uns heute aufmüpfig, Abigail? Na gut, ich lasse dich in Ruhe. Ich schätze das bedeutet, dass du dich nicht dafür interessierst, dass Jackson letzte Nacht im fünf Sterne Luxushotel Gran Melia Don Pepe verbracht hat, wo er die teuren Laken aus ägyptischer Baumwolle mit seinem ›Klienten‹ unsicher gemacht hat. Wenn du mir immer noch nicht zuhören willst, ist das dein Problem. Aber du kannst nicht für immer den Kopf in den Sand stecken. Ich fürchte, das ist erst der Anfang, es wird alles noch sehr viel schlimmer werden.«

Damit brach die Verbindung einfach ab.

20

Mary Matthews schien seit ihrem letzten Besuch gealtert zu sein. Sie hatte dunkle, blaue Schatten unter ihren eingesunkenen Augen. Als sie Robyn ins Wohnzimmer brachte, war nichts mehr von dem Selbstbewusstsein von ihrer ersten Begegnung zu sehen.

»Irgendwelche Neuigkeiten?«, fragte sie.

Robyn schüttelte den Kopf. »Es tut mir sehr leid, aber ich musste meine Vorgesetzte über die ›süß und scharf‹-Datei in Kenntnis setzen.«

Mary ließ den Kopf hängen. »Das habe ich schon befürchtet. Ich konnte ja schlecht verlangen, dass Sie so eine Sache einfach ignorieren. Die wenigsten Männer sollten wohl Bilder von Schulmädchen auf ihrem Rechner haben. Ich glaube, das wollte ich nicht wahrhaben. Jetzt fühle ich mich irgendwie betäubt, ich will das alles nur hinter mich bringen. Ich will Lucas sehen und ihn mit allem konfrontieren. Am meisten verletzt mich, dass er unehrlich mir gegenüber war.« Sie kratzte sich einen Rest Nagellack vom Fingernagel.

»Ich vermute, Lucas hat nichts darüber gesagt, dass er vor kurzem seinen Vater besucht hat? Die Haushälterin von Paul Matthews hat vor ein paar Wochen ein Gespräch zwischen den beiden mitbekommen.«

Mary fuhr damit fort, an ihrem Nagellack herumzukratzen und seufzte tief. »Er hat kein Wort darüber verloren. Ich dachte, sie hätten sich zerstritten und hätten keinen Kontakt mehr. Je mehr ich über Lucas herausfinde, umso mehr wird mir bewusst, wie wenig ich ihn eigentlich kannte. Er ist nicht wirklich der Mann, in den ich mich verliebt habe. Er hat mir gesagt, er würde seinen Vater hassen. Er würde ihn dafür verachten, dass er ihn damals nach dem Tod seiner Mutter ins Internat geschickt hat. Wussten Sie, dass Paul Matthews ihn während des Schuljahres nie besucht hat? Ich fand es barbarisch, wie er seinen Sohn einfach abgeschoben hat. Zumindest war es das, was mein Mann mir erzählt hat. Jetzt bin ich mir nicht mehr so sicher, was davon überhaupt wahr war. Woher soll ich wissen, ob irgendetwas, was Lucas mir je erzählt hat, die Wahrheit war?«

Robyn hatte darauf keine Antwort. In ihrem Beruf hatte sie es zu oft mit gewissenlosen Lügnern zu tun, Lucas war nur einer von vielen, dem es gelungen war, ein Doppelleben zu führen und alle, die ihm nahestanden, hinters Licht zu führen.

»Hat Lucas je erwähnt, Verwandte in Farnborough zu haben?«, fragte Robyn, nachdem Mary sich ein wenig beruhigt hatte.

Diese schüttelte den Kopf. »Er hatte keine Verwandten. Nur seinen Vater. Und der Hass ihm gegenüber saß tief – oder zumindest habe ich das geglaubt.«

In Wirklichkeit, dachte Robyn bei sich, war er ein Mann, der sich weit von seiner Familie entfremdet hatte. Der eine ungesunde Vorliebe für thailändische Ladyboys hatte und einen Großteil seines Lebens vor seiner Ehefrau verheimlichte. Kein Wunder, dass er verschwunden war. Ihm musste bewusst gewesen sein, dass seine Eskapaden früher oder später ans Licht kommen würden.

»Ist Ihnen sonst noch irgendetwas aufgefallen, das sein plötzliches Verschwinden erklären könnte?«, fragte Robyn. »Sind vielleicht merkwürdige Anrufe oder Briefe für ihn eingegangen?«

»Ich glaube nicht ... nein, Moment, heute kam ein Brief für ihn von einer Baugesellschaft. Ich habe ihn einfach zu seiner anderen ungeöffneten Post geworfen. Keiner von uns hatte Kontakt zu einer Baugesellschaft, deswegen dachte ich, es wäre Werbung. Ich öffne seine Briefe nie, nicht einmal, wenn es nur Reklame ist. Sollte ich nachsehen?«

»Ich würde Sie darum bitten. Es könnte helfen.«

Mary ging in die Küche, wo sie mit Archie, ihrem Hund, sprach. Kurz darauf kam sie wieder und kochte sichtbar vor Wut.

»Dieser verlogene Bastard!«, schnaubte sie und wedelte mit dem Brief herum. »Er hatte einen Bausparvertrag über dreißigtausend Pfund! Die Hälfte davon hat er vor ein paar Wochen abgehoben und die andere Hälfte einen Tag bevor er angeblich nach Thailand aufgebrochen ist. Er hat das alles lange geplant! Ich habe nichts davon geahnt, ich wusste nichts von seinem Sparkonto. Wir hatten ein gemeinsames Girokonto bei Barclays und ein paar kleinere Sparbücher. Aber das! Das ist ein weiteres Geheimnis, das er vor mir hatte. Ich frage mich langsam, ob er in unserer Beziehung auch nur einmal ehrlich zu mir war.« Mary war völlig aufgelöst. Falls Robyn Lucas wirklich finden würde, war die Zukunft ihrer Ehe mehr als fraglich.

Nach ihrer Unterhaltung mit Mary war Robyn frustriert und hatte nur umso mehr das Gefühl, irgendetwas übersehen zu haben. Ross musste ihr diesen Laptop besorgen. Sie war sicher, dass sie darauf die Antworten auf so viele ihrer Fragen finden würde. Nachdem sie gegangen war, stellte sie sich immer wieder dieselbe Frage. Lucas musste einen sehr wichtigen Grund gehabt haben, seinen Vater zu besuchen, nachdem er ihm so lange ausgewichen war.

Erst um halb neun abends kam Robyn im Fitnessstudio an. Nachdem sie bereits den dreißigminütigen Fußweg hier her zurückgelegt hatte, fühlte sie sich erst recht bereit für ein anstrengendes Training. An diesem Abend wollte sie sich auf Krafttraining mit Gewichten konzentrieren und wählte Übungen für Brust-

und Schultermuskulatur. Sie war erleichtert, als außer ihr nur noch eine weitere Person zu sehen war.

Sie warf ihr Handtuch über die Griffstange des Laufbandes und wärmte sich bei niedriger Geschwindigkeit auf. Vor ihr an der Wand hing ein Fernseher. Ein Reporter stand mit ernstem Gesichtsausdruck vor dem Parlament. Robyn wusste längst nicht mehr, was in der Politik vor sich ging. Es hatte eine Zeit gegeben, in der sie sich bei jeder Gelegenheit über die Situation im In- und Ausland informiert hatte. Jetzt wollte sie damit nichts mehr zu tun haben. Sie konnte ja sowieso nichts daran ändern.

Nachdem sie sich aufgewärmt hatte, ging sie zu ihrem eigentlichen Training über. Sie fing mit der Brustpresse an und nahm sich zwei Zwanzig-Kilo-Hanteln dafür. Sie machte drei Sets mit jeweils zehn Wiederholungen und danach ein viertes, bei dem sie Zweiundzwanzig-Kilo-Hanteln nahm. Als sie merkte, wie ihre Kraft nachließ, legte sie sich auf den Boden und machte fünfzehn Push-Ups. Das alles war erst der Anfang ihrer Routine, mit der sie ihren Körper an seine Grenzen brachte. Sie fuhr mit mehreren Sets Fliegern fort, Überkopf-Crunches und V-Sits, bevor sie an den Kabelzug ging und dort ihren Trizeps trainierte. Sie wollte ihre Muskeln absichtlich überanstrengen und als sie sicher war, dass sie kein weiteres Set mehr schaffen würde, ließ sie sich wieder auf den Boden fallen und machte Trizeps-Dips, bis sie zusammenbrach.

Das Gesicht vor Anstrengung verzerrt, kämpfte sie sich auf alle Viere und machte so viele Spiderman-Liegestütze, die den ganzen Körper beanspruchten, wie sie konnte – bis sie wieder kollabierte. Schweißgebadet schleppte sie sich zum Pool und nach einer kalten Dusche schwamm sie eine halbe Stunde lang Bahnen.

Als sie ihren Körper endlich vollkommen verausgabt hatte, duschte sie wieder und machte sich auf den Heimweg. Die Straßenlaternen leuchteten auf und ihr orangefarbenes Licht floss über den Gehweg. Der Anblick erinnerte Robyn an die Feuerschlucker, die auf dem *Djeema el-Fna* die Passanten mit ihrem orangenen und gelben Feueratem beeindruckten. Ihre Erinnerungen brachten sie zurück auf den Platz hinter dem *Riad*, wo sie ihre letzte Nacht mit Davies verbracht hatte, obwohl er auf einer Mission gewesen war. Sie hatten damit gegen ein Verbot verstoßen, aber versucht sich einzureden, dass es schon in Ordnung war ...

———

»Wusstest du, dass *Djeema el-Fna* wörtlich ›Versammlung der Toten‹ bedeutet? Ursprünglich hat man hier die abgetrennten Köpfe von Verbrechern als Warnung ausgestellt.« Davies sah vom Reiseführer in seinen Händen auf, in seinen dunklen Augen lag ein enthusiastisches Leuchten. Er liebte es, Fakten zu sammeln und Marrakesch war eine Stadt voll bezaubernder Geschichte und Hintergründe.

Robyn streckte sich auf dem großen Doppelbett und stützte sich auf einen Ellbogen.

»Igitt. Das wusste ich nicht, aber ich weiß, dass es in diesem Bett ganz schön kühl ist ohne dich.«

Er lachte, neigte den Kopf zurück und legte das Buch beiseite. Er schlenderte zum Bett, warf sich auf sie und sie wand sich entzückt unter ihm.

»Na dann, meine zauberhafte, zukünftige Ehefrau, sollte ich dich wohl besser aufwärmen.«

Ihr *Riad* – ein historisches Stadthaus der *Medina* – lag inmitten eines Labyrinths aus engen Gassen und hinter einer unauffälligen Tür versteckte sich ein Paradies der Geborgenheit. Im Innenhof lag ein blühender Garten, voller exotischer Pflanzen und dunkler, hölzerner Düfte, die ihnen überallhin zu folgen schienen. Es war der perfekte Ort, um ihre Leidenschaft neu zu entfachten. Robyn hatte Davies seit sechs Wochen nicht mehr gesehen und obwohl sie ihn vermisst hatte, hatte sie aus einem anderen, wichtigeren Grund den Flug und das Zimmer gebucht und war ihn besuchen gekommen.

Bei Sonnenuntergang kam sie mit Davies aus dem *Hammam*, beide in luxuriöse, weiße Roben gekleidet, und sie setzten sich auf die Dachterrasse des *Riads*, wo sie dem abendlichen Gebetsaufruf der Moschee lauschten. Der *Adhan* hallte durch die engen Gassen und sie stellte sich vor, wie er bis in die schneebedeckten Gipfel des Atlasgebirges zu hören war.

»Ich liebe dich, weißt du?«, sagte er irgendwann.

»Ich weiß«, antwortete sie.

»Nein. Ich meine, ich liebe dich wirklich«, wiederholte er und zog sie zu sich. Zu diesem Zeitpunkt hätte sie nie gedacht, dass ihr Glück jemals ein Ende haben könnte. Sie war ganz freudetrunken gewesen, als sie unter einem sternenbesetzten Himmel zu Abend gegessen hatten, umgeben vom Duft der Orangenblüten. Sie wollte zu hundert Prozent sicher sein, bevor sie ihm ihre wichtigen Neuigkeiten anvertraute. Die Hotelangestellten hatten ihr sehr diskret den Kontakt eines ansässigen Arztes gegeben. Davies würde am nächsten Tag in die spektakulären Atlasberge, nur zwei Stunden von Marrakesch entfernt, aufbrechen. Während er auf der Reise durch die schokoladenbraune Landschaft, mit ihren oliv-grünen Wäldern und abgelegenen Bergdörfern war, wollte sie den Arzt aufsuchen.

Später am Abend schlenderten sie über den Platz, Hand in Hand, wie alle anderen Touristen. Niemand hätte je Verdacht geschöpft, dass Davies auf einer Undercover-Mission für den Geheimdienst war. Sie waren nur zwei Liebende, die ihre Zeit in der »Roten Stadt« genossen. Sie bewunderten den Karneval aus Geschichtenerzählern, Akrobaten und Musikanten, und Davies ermutigte sie, zu einer alten, faltigen Wahrsagerin zu gehen. Die Frau saß unter einem Sonnenschirm, die Karten vor sich ausgebreitet. Sie schenkte Robyn ein zahnloses Lächeln und bat sie, sich zu ihr setzen. Sie nahm Robyns Hände – ihre eigenen Handflächen mit Henna dunkel gefärbt – und nickte wissend. Schließlich griff sie zu ihren Tarotkarten und während sie eine nach der anderen umdrehte, schüttelte sie den Kopf und warnte Robyn vor großen Veränderungen. Gott stehe ihr bei, denn sie müsste stark sein. Robyn, die glaubte zu wissen, von welchen Veränderungen sie sprach, lächelte die Frau dankbar an und drückte ihr ein paar *Dirhams* mehr in die Hand.

»Sei stark«, wiederholte die Hellseherin.

————

So sehr sie es auch versuchte, Robyn konnte die Erinnerungen an Marrakesch nicht ausblenden. Sie hätte Davies nie einen Besuch abstatten sollen. Es war dumm gewesen. Sie hatte ihn abgelenkt, da war sie sich sicher. Hätte er sich mehr auf seine Arbeit konzentrieren können, hätte er mit Sicherheit den Hinterhalt bemerkt. Er hätte vorausgesehen, was passieren würde. Robyn war überzeugt davon. Ihre Anwesenheit hatte seine Aufmerksamkeit getrübt und dann hatte sie ihn für immer verloren. Sie hatte versucht, stark zu sein. Die Wahrsagerin hatte recht behalten, aber sie hatte Robyn nicht gesagt, wie stark sie wirklich würde sein müssen.

21

Der Arzt hatte Abigail und Izzy für gesund erklärt, sich aber noch für einen Bluttest bei Abigail entschieden, um sicher zu gehen, dass sie keine unlauteren Substanzen im Körper hatte. Er stimmte zu, dass es vermutlich ein 24-Stunden-Virus gewesen und kein Grund zur Sorge war.

Abigail schrieb Jackson eine Nachricht. Er war am Flughafen und kümmerte sich um eines seiner Flugzeuge. Es hatte ein Problem mit dem Treibstofftank gegeben und er musste dafür sorgen, dass die Mechaniker es schnellstmöglich behoben. Er wollte den Jet am nächsten Tag nach Jersey fliegen.

Er rief sie zurück: »Ihr seid also beide gesund?«, fragte er.

»Es geht uns gut. Was macht das Flugzeug?«

»Ich muss einige Ersatzteile bestellen, aber sie sollten morgen Früh hier sein, sodass wir die Reparatur rechtzeitig abschließen können. Ich werde mich mit dem Oberingenieur unterhalten und dann habe ich ein Meeting mit Howard.«

Howard Pitts war sein Geschäftspartner, der ihm geholfen hatte, die Gründung der Fluggesellschaft zu finanzieren. Er war stiller Teilhaber, aber hin und wieder trafen sie sich, damit Jackson ihn über alles auf dem neuesten Stand halten konnte.

»Es sollte nicht zu lange dauern. Was hältst du davon, wenn

wir uns heute etwas zu essen liefern lassen und eine Flasche Wein köpfen?«

»Klingt gut.«

»Ich sehe zu, dass ich hier schnell fertig werde, dann fahre ich nach Hause. Entspann dich so lange, nimm vielleicht ein Bad. Ich kümmere mich schon um das Abendessen.«

Das sah ihm nicht ähnlich. Entweder wollte er wiedergutmachen, dass er nicht zu Hause gewesen war, als es ihr so schlecht ging, oder er hatte wirklich etwas zu verbergen. Sie wollte so gerne glauben, dass es ersteres war.

Als sie in die Einfahrt einbog, bemerkte sie sofort den Ford Fiesta, der dort parkte. Eine Person stieg aus dem Wagen und als sie Abigail bemerkte, erschien ein Lächeln auf ihrem Gesicht. Es war Rachel. Abigail war überrascht, sie zu sehen, weil sie sich nicht erinnern konnte, ihr ihre Adresse gegeben zu haben.

»Hi, Abby!«, rief sie, als Abigail Izzy aus dem Kindersitz im Auto hob.

»Hi, Izzy!«, fuhr Rachel anschließend in Babysprache fort. »Wie geht es dem kleinen Wonneproppen heute?«

»Was machst du hier?«, fragte Abigail, bemüht nicht zu abweisend zu klingen.

»Zoe hat mir deine Adresse gegeben. Ich hoffe, das stört dich nicht. Sie hat mir erzählt, wie schlecht es euch beiden ging, also wollte ich den hier vorbeibringen.« Sie machte eine Pause, griff in ihr Auto und zog einen großen Blumenstraß hervor, der vor Farben nur so schrie. Sonnenblumen mit leuchtend gelben, strahlenförmigen Blütenblättern; Gerbera Cerise; dunkle, violette, orientalische Lilien; Alstroemeria in einem atemberaubenden, knalligen Pink; großblättriger Frauenmantel, mit samtigen, grünen Blättern; Shallon-Scheinbeere und Pittosporum – zusammengebunden mit einer weinroten Voile-Schleife und in einer Geschenkfolie.

»Der ist für dich«, erklärte sie. »Eine Art ›Gute-Besserung-Geschenk‹. Ich finde, Blumen können einen immer aufheitern, wenn man krank ist, oder sich schlecht fühlt.« Sie überreichte Abigail den Strauß, dann lachte sie. »Entschuldige, du kannst schlecht die Blumen herumtragen und auch noch ein Kind hantieren. Gib ihn mir. Ich wollte sie dir vor die Tür stellen, aber zum Glück habe ich dich ja getroffen.«

Abigail war überwältigt. »Das war doch nicht nötig! Himmel! Danke dir. Komm rein!«, sagte sie, denn sie konnte Rachel unmöglich nach diesem Geschenk einfach wieder wegschicken.

»Wenn es dir wirklich nichts ausmacht?«, erwiderte Rachel über das ganze Gesicht strahlend. Izzy brabbelte.

»Oh, für dich habe ich auch noch eine Kleinigkeit, du Schätzchen!«, fuhr sie fort und hielt eine Tasche hoch, die sie in ihrer anderen Hand hielt. Abigail führte sie ins Haus und brachte sie in die Küche. Rachel sah sich mit großen Augen um.

»Meine Güte, was für ein schönes Haus und was für eine Küche!«

»Danke. Es hat lange gedauert, es einzurichten, aber wir sind ziemlich glücklich damit«, antwortete sie, während sie Izzy in ihren Hochstuhl setzte und Rachel den Blumenstrauß abnahm. Diese holte einige bunte Stapelbecher hervor. »Ich hoffe, du hast sowas noch nicht. Ich habe gelesen, dass Kinder in diesem Alter anfangen, ihre motorischen Fähigkeiten zu entwickeln und auf einer anderen Website habe ich dann gesehen, dass das ein ganz beliebtes Spielzeug für Babys in Izzys Alter ist.« Ein Lächeln erschien auf ihrem Gesicht. »Das kann sich positiv auf ihre Entwicklung auswirken und außerdem wird sie damit ewig beschäftigt sein.« Sie reichte Izzy einen gelben Becher. Diese betrachtete ihn einen Moment lang, dann steckte sie ihn sich in den Mund.

Abigail lachte. »Jemand sollte dieser kleinen Madame besser erklären, dass sie auch gerne ihre Hände und Füße benutzen darf, um Dinge auszukundschaften – und nicht nur ihren Mund! Möchtest du einen Kaffee oder Tee?«

Toffee stolzierte in den Raum, um sie zu grüßen.

»Tee bitte. Ach, ist sie nicht herzallerliebst?«, sagte Rachel und beugte sich herunter, um Toffee zu streicheln. Dieser schmuste schnurrend um ihre Beine, froh über die Aufmerksamkeit. Sie streichelte ihn noch einmal, dann richtete sie sich wieder auf und setzte sich neben Izzy.

Abigail korrigierte sie: »Das ist Toffee und er ist eigentlich ein Kater. Obwohl er nicht gerade ein Macho ist. In Wirklichkeit ist er ein wahrer Softie und hat Angst vor anderen Katzen. Nicht wahr, kleiner Angsthase?«

»Ich hätte so gerne ein Haustier. Ich wohne zur Miete und in meiner Wohnung sind sie nicht erlaubt. Der Vermieter will keine Haustiere in seinem Gebäude. Und mein Ex war auch allergisch gegen Tierhaare, deswegen konnten wir keine haben.« Sie wedelte mit einem grünen Becher vor Izzy herum und zeigte ihr, wie man ihn über den blauen stapelte. Izzy gluckste, ließ ihren gelben Becher fallen und griff nach dem grünen. Eine Sekunde später steckte er auch schon in ihrem Mund, während sie Rachel aufmerksam beobachtete.

»Es ist sehr nett von dir, mir Blumen mitzubringen«, sagte Abigail, fühlte sich insgeheim aber ein wenig unwohl. Rachel betrachtete Izzy aufmerksam. Diese Frau hatte irgendetwas Befremdliches an sich, aber sie konnte nicht genau sagen, was es war. Sie fuhr fort: »Zoe hat mich heute Morgen angerufen, um ihr Mitgefühl auszudrücken. Sie hatte dieselbe Magen-Darm-Grippe vor ein paar Wochen. Ich hoffe, ich habe niemanden angesteckt.«

»Ich glaube, das wüssten wir inzwischen«, erwiderte Rachel, die völlig eingenommen Izzy dabei beobachtete, wie sie einen blauen Becher schüttelte.

Abigail kochte eine Kanne Tee und brachte sie zum Tisch.

»Wir hatten noch keine richtige Gelegenheit, uns etwas besser kennenzulernen«, sagte Rachel und nippte an ihrem Tee. »Aber ich habe das Gefühl, dich schon sehr gut zu kennen. Du hast eine starke Aura. Ich habe normalerweise einen guten Riecher für andere Menschen. Deine Aura ist ein helles Pink. Ein Zeichen, dass du liebevoll und großzügig bist. Und Menschen mit einer pinken Aura wollen selbst auch geliebt werden«, fügte sie hinzu.

Abigail schwieg, während Rachel so begeistert über ihre Aura sprach.

»Menschen mit einer pinken Aura sind Romantiker. Sie glauben an Seelenverwandte und wenn sie diesen einmal gefunden haben, bleiben sie ein Leben lang an dessen Seite«, fuhr sie fort, während ihr aufmerksamer Blick auf Abigail ruhte. »Und das ist auch kein Aberglaube«, sagte sie. »Ich kann sehen, dass du skeptisch bist. Aber ich studiere Auren seit Jahren. Jedes Lebewesen hat eine Aura. Du kannst sie vielleicht noch nicht sehen, aber möglicherweise spürst du sie ja schon. Jeder kann lernen, Auren zu erkennen. Je mehr man übt, umso deutlicher werden sie. Ich kann mittlerweile die Auren um Bäume sehen, Tiere und Menschen. Sie weisen darauf hin, wie es einer Person geht. Nimm Claire, zum Beispiel. Gestern war ihre Aura dunkelbraun. Das bedeutet Selbstsucht und Betrug. Die Frau hat Probleme. Sie ist umgeben von Dunkelheit. Außerdem stiehlt sie dir deine Aura, wenn sie in deiner Nähe ist. Sie laugt dich aus.« Sie nahm einen weiteren Schluck von ihrem Tee und grinste Izzy an. »Und du, kleiner Schatz, bist voller Energie und Licht. Du hast eine silberne Aura, die sehr hell leuchtet. Menschen mit einer silbernen Aura gehören zu den Glücklichsten überhaupt. Sie sind meistens mit gutem Aussehen, einer warmherzigen Persönlichkeit und einem erfolgreichen Leben gesegnet. Was sagst du dazu, Izzy?«

Izzy erwiderte Rachels Lächeln und klopfte mit ihrem Becher auf den Tisch.

Abigail wusste nicht, was sie sagen sollte. Rachel machte sie nervös. »Wow, das ist unglaublich! Ich hatte ja keine Ahnung.«

»Es gibt vieles in dieser Welt, das wir nicht verstehen. Man muss sich nur von den ewigen Zweifeln befreien.«

Langsam fing alles an, auch für Abigail Sinn zu ergeben, aber sie fühlte sich mit der Unterhaltung immer noch unwohl. Es wurde still, als Rachel ihren Tee austrank und dazu überging mit Izzy und ihren Bechern zu spielen. Dann stand sie urplötzlich auf.

»Musst du arbeiten?«, fragte Abigail, erleichtert, den unerwarteten Besuch endlich loszuwerden.

Rachel runzelte die Stirn. »Um ehrlich zu sein, ich hatte keine große Lust, heute zu arbeiten, also habe ich mich krankgemeldet.

Schrecklich, ich weiß. Und ich wette, das Schicksal wird mir zur Strafe eine Grippe schicken. Aber ich konnte den Gedanken nicht ertragen, den ganzen Tag irgendwelchen fremden Leuten in den Mund zu starren.« Ihr Blick verlor sich in der Ferne. »In letzter Zeit habe ich genug von allem«, fuhr sie dann fort. »Die vergangenen Wochen waren hart. Na ja, die vergangen Jahre, wenn ich ehrlich bin. Ich habe über einen Berufswechsel nachgedacht. Ich könnte Lebensberater oder sowas werden. Das Leben muss doch mehr zu bieten haben als Zähne und die kahlen Wände meiner Mietwohnung. Vielleicht ist es an der Zeit, dass ich mich meinen Dämonen stelle. Ich muss ein paar Dinge in Ordnung bringen und dann neu anfangen.«

Für einen Moment herrschte angespanntes Schweigen. Diese Frau überforderte Abigail.

»Hast du was dagegen, wenn ich eure Toilette benutze, bevor ich gehe?«

»Absolut nicht. Die linke Tür am Ende des Flures führt zum Gästebad.«

»Danke. Bin gleich zurück.«

Abigail spülte die Tassen ab und unterhielt sich mit Izzy, während sie wartete. Es dauerte eine Weile, bis sie das Geräusch von Wasser in den Rohren hörte und Rachel zurückkam.

»Danke für den Tee. Ich bin froh, dass es dir bessergeht. Das Gespräch hat Spaß gemacht, ich hoffe, das können wir bald wiederholen. Denk daran, auf deine Aura aufzupassen. Tschüss, kleiner Engel«, fügte sie hinzu und warf Izzy einen Luftkuss zu.

Abigail nickte. »Danke für die Blumen und das Geschenk für Izzy. Das war wirklich nett von dir.«

»Nicht der Rede wert. Das machen Freunde eben«, sagte Rachel auf dem Weg nach draußen.

Nachdem Abigail die Tür hinter ihr geschlossen hatte und hörte, wie ihr Auto sich entfernte, fühlte sie sich unendlich erleichtert. Rachel meinte es vielleicht gut, aber sie war eine zu intensive Persönlichkeit für Abigail.

»Na komm, Izzy«, sagte sie. »Zeit für ein Bad. Du musst heute früher ins Bett, weil Mommy und Daddy ein wenig Zeit für sich brauchen.«

Sie hob das Baby aus dem Hochstuhl und gab ihm einen Kuss auf den Scheitel. Izzy war zweifellos ein glückliches Kind. Vielleicht war ja etwas dran an Rachels Worten über ihr gesegnetes Leuchten. Was Claire anging war sie weniger überzeugt. Rachel konnte sie wahrscheinlich einfach nicht ausstehen und das war alles. Auf der Treppe fing sie an, »Funkle, funkle, kleiner Stern« für Izzy zu singen, aber oben angekommen verstummte sie verdutzt. Die Türen zu Schlaf- und Kinderzimmer standen offen. Aber sie war sich sicher, sie am Morgen geschlossen zu haben – das tat sie immer. Rachel musste hier gewesen sein.

Sie warf zuerst einen Blick in das Kinderzimmer. Alles sah aus wie immer, außer den Spielsachen in Izzys Krippe, die feinsäuberlich in einer Seite aufgestellt waren. Abigail war empört. Es war wirklich dreist von Rachel, in das Zimmer ihres Kindes zu kommen und dessen Spielzeug anzufassen. Die Frau war definitiv merkwürdig. Sie würde ihr in Zukunft aus dem Weg gehen und Zoe auch auffordern, sie nicht mehr zu ihren Treffen mitzubringen. Abigail legte die Spielsachen zurück, bevor sie ins Schlafzimmer ging, um nachzusehen, ob dort irgendetwas fehlte.

Über dem Bett hing ein gerahmtes Aktfoto von ihr. Es war das Bild, das Jackson am meisten liebte. Darauf saß sie rittlings auf einem Stuhl, vollständig nackt bis auf ein Paar High-Heels. Sie präsentierte stolz ihren Babybauch und ihre Brüste, ihr Haar floss seidig über ihren Rücken, während ihr Blick auf die Kamera gerichtet und ihre Lippen zu einem sinnlichen Kussmund gespitzt waren. Rachel musste es gesehen haben und das machte sie nur noch wütender. Dieses Foto war nicht für andere Leute gedacht, schon gleich gar nicht für merkwürdige Frauen, die in den Häusern anderer herumschnüffelten.

Sie spielte mit Izzy, badete sie und legte sie gerade schlafen, als sie von unten Geräusche hörte. Jackson war zu Hause.

»Hey!«, rief sie, auf dem Weg nach unten. Auf dem Küchentisch stand eine Tüte mit Essen und eine Weinflasche. Jackson betrachtete die Blumen.

»Die sind von Rachel«, sagte sie, während sie zum Küchenschrank ging, um die Teller zu holen. »Sie ist grade hergezogen und hängt irgendwie mit mir, Claire und Zoe ab. Eigentlich ist sie Zoes Freundin. Sie hat sie uns vorgestellt. Wie auch immer, Zoe hat ihr wohl gesagt, dass ich krank war und da ist sie mit den Blumen vorbeigekommen. Nett von ihr, nicht?«

Jackson warf einen Blick auf die Karte, die an der Schleife um die Blumen angebracht war. »Großzügig von ihr, vor allem, da sie dich noch nicht lange kennt«, antwortete er.

»Dachte ich mir auch«, sagte Abigail, öffnete die Schublade und nahm Messer und Gabel heraus. Dann wurde es still.

Jackson drehte sich zu ihr um und hielt die Karte hoch. »Da steht ›Für Abigail von Rich‹. Schöne Blumen. Vielleicht ist er ja reich. Reicher Rich. Klingt gut.«

Abigail fiel eine Gabel aus der Hand. Sie landete klirrend auf dem Küchentisch und polterte dann auf den Boden. »Ich kenne keinen Rich«, protestierte sie.

Jackson zuckte mit den Schultern. »Hier steht auf jeden Fall Rich.«

Abigail bemerkte weder seinen unbeschwerten Ton, noch das Funkeln in seinen Augen, während er versuchte, ernst zu bleiben. Ihre Anspannung von vorhin kochte langsam hoch und die Aufregung stieg ihr ins Gesicht, als sie antwortete:

»Sie sind aber von keinem Rich, sondern von Rachel. Vielleicht soll da ›von Rach‹ stehen. Rachel ist auf einen Tee geblieben und hat Izzy ein Spielzeug mitgebracht.« Sie deutete auf die bunten Becher, die auf dem Hochstuhl standen. »Das ist doch absurd. Willst du etwa sagen, ich hätte was mit einem anderen Mann? Was fällt dir eigentlich ein!«

Jackson wandte ihr den Rücken zu. Abigails Herz raste. Sie wollte ihn am liebsten anschreien. Wie konnte er sich wegen ein paar Blumen als der Moralapostel aufspielen, wenn doch sie es war, die an seiner Treue zweifeln musste! Sie war kurz davor, ihn mit ihrem Verdacht zu konfrontieren, als er sich wieder zu ihr umwandte. In seinem Blick lag ein Schatten der Enttäuschung.

»Ich ziehe dich doch nur auf, Abby. Hast du das nicht gemerkt? Ich dachte, es würde die Atmosphäre ein wenig auflockern, aber anscheinend hab ich mich geirrt. Hat wohl nicht geklappt.«

»Atmosphäre?« Sie stemmte die Hände in die Seiten und starrte ihn an.

»Na ja, in letzter Zeit war es nicht unbedingt leicht mit dir«, erklärte er. »Und bevor du jetzt ausrastest, ich weiß ja warum. Izzy, Mutter zu sein und so weiter. Ich verstehe das alles. Aber ich vermisse auch die alte Abby. Früher warst du viel weniger reizbar und wärst mir nicht gleich so an die Kehle gesprungen. Ich konnte dich immer zum Lachen bringen.«

Er sah ihr in die Augen und Abigail versuchte, ihre aufbrausenden Emotionen in Schach zu halten. Im ersten Moment klangen seine Worte nachvollziehbar. Aber die schreckliche, mechanische Stimme hallte immer noch in ihrem Kopf.

»Ich hatte in letzter Zeit eben nicht viel zu lachen. Und es ist nicht wegen Izzy.« Sie schluckte schwer, bevor sie leise, aber mit ernster Stimme fortfuhr: »Jackson, triffst du dich mit einer anderen?«

»Was? Wie kommst du denn darauf? Warum stellst du mir solche Fragen?«, entgegnete er und kniff gereizt die Augen zusammen. »Das ist die absolut dümmste Frage, die du mir je gestellt hast, ich habe es nicht nötig, darauf zu antworten. Vielleicht spielen deine Hormone nach Izzys Geburt verrück, oder du verbringst zu viel Zeit grübelnd im Haus. Aber komm mit dir selbst klar und hör auf, so dumme Fragen zu stellen.«

»Sei nicht so herablassend. Ich denke mir das nicht aus. Ich bin keine hysterische Hausfrau, die den ganzen Tag nur Seifenopern schaut. Es war ein anonymer Anrufer. Jemand hat dich beschuldigt, eine Affäre zu haben.«

»Wer würde sowas machen? Und mit wem soll ich bitte diese Affäre haben?«

Abby ließ den Kopf hängen. »Das hat er – oder sie nicht gesagt. Ich weiß nicht, von wem der Anruf kam.«

»Du weißt nicht, wer sich einen Spaß daraus macht, dir diesen Unsinn einzureden; diese Person hat dir nicht mehr gesagt, als dass ich fremdgehe, und du glaubst das? Hörst du dir eigentlich selbst zu, Abby? Ich hab genug gesagt. Denk einmal ernsthaft darüber nach und wenn du zur Vernunft gekommen bist, wirst du auch verstehen, was du eigentlich für einen riesigen Unsinn redest. Ich verschwinde.«

Jackson schlug die Tür hinter sich zu.

Abigail sackte in sich zusammen und hielt sich den Kopf, der vor lauter Verwirrung schmerzte. Was war nur mit ihr los? Jackson und sie hatten früher so viel zusammen gelacht und sich gegenseitig gnadenlos aufgezogen. Aber sie fühlte sich hilflos und erdrückt unter ihren ganzen Sorgen um Izzy und den mysteriösen Stalker, der sie belästigte und ihr all diese Dinge über Jackson erzählte; der sie davon überzeugte, dass er Geheimnisse vor ihr hatte, von denen sie nichts ahnte. Und dabei war sie die Königin der Geheimnisse. Sie sollte nachsichtiger mit Jackson sein. Langsam wurde es wirklich lächerlich. Warum ließ sie zu, dass irgendein Irrer sie so sehr aus der Fassung brachte?

Das Babyfon knisterte, als Izzy anfing zu weinen. Sie war aufgewacht, vielleicht wegen ihrem Streit. Abigail zwang sich auf die Beine, um sich um ihr Baby zu kümmern, als sie eine Bewegung im Fenster bemerkte. Sie kniff die Augen zusammen, als sie durch das Glas spähte, um herauszufinden, was es gewesen war. Dann schrie sie erschrocken auf, als sie die Silhouette einer Person entdeckte. Jemand hatte sie aus dem Schatten beobachtet. Sie ließ sich auf die Knie fallen und versteckte sich unter der Küchenanrichte. Sie schnappte panisch nach Luft, während sie ihre Möglichkeiten durchging.

Sie zog ihr Handy aus der Tasche und fing schon an, eine Nummer zu wählen, als ihr Gefühl sie dazu drängte, noch einmal nachzusehen. Nervös richtete sie sich auf und sah suchend nach draußen, aber es war niemand mehr zu sehen. An der Stelle, wo sie die Person gesehen hatte, stand ein kleiner Baum. Seine Zweige bewegten sich im leichten Wind, der aufgekommen war. Sie atmete tief durch. In ihrer Anspannung hatte sie den Baum mit einer Person verwechselt. Ihre Gefühle gingen langsam mit ihr durch. Trotzdem ging sie sicher, dass die Haustür verschlossen war, dann eilte sie nach oben, um Izzy zu beruhigen. Sie entschloss sich, sie für diese Nacht mit ins Schlafzimmer zu nehmen.

Draußen schlich eine schattenhafte Gestalt an der Hecke entlang und verschwand auf die Straße.

22

Die Gegensprechanlage von Mary Matthews summte ungeduldig. Sie drückte auf den Knopf und fragte, wer sie sprechen wollte. Die Antwort kam als große Überraschung.

»Hi, es geht um Lucas. Können wir reden?«

Mary sperrte Archie in der Küche ein und gab ihm einen Kauknochen, damit er ruhig war. Dann öffnete sie die Tür und begutachtete die junge Frau, die ihr jetzt gegenüberstand, mit skeptisch zusammengepressten Lippen. Sie hielt eine Kuchenschachtel in der Hand.

»Nochmal hallo. Ich weiß, das muss seltsam klingen, aber Lucas schickt mich. Er macht sich Sorgen um Sie. Es tut ihm wirklich leid, dass er Ihnen Sorgen gemacht hat, aber er musste das tun. Er musste Ihnen das verheimlichen, um Sie zu schützen.«

»Lucas? Geht es ihm gut?«, japste Mary und eine Welle der Erleichterung ließ sie sich ein wenig entspannen. Bis zu diesem Moment hatte sie sich darauf vorbereitet, ihn für seinen Verrat anzuschreien, aber plötzlich war das alles unwichtig und sie war einfach nur froh, von ihm zu hören.

»Es geht ihm gut, aber er muss sich verstecken. Jemand ist hinter ihm her.«

Mary atmete erleichtert auf. »Es ist wegen der Fotos, oder? Ich wusste es, ich konnte von Anfang an nicht glauben, dass er sich für junge Mädchen interessiert. Er hat jemandem in der Arbeit nachspioniert, nicht? Ich wusste, dass das der Grund ist.«

Die Frau nickte und legte einen Finger über die Lippen. »Besser, Sie sagen nichts mehr. Sie wissen nie, wer sie beobachten könnte.«

Mary kam ein anderer Gedanke. »Aber wer sind Sie? Was haben Sie mit der ganzen Sache zu tun?« Sie begutachtete die junge Frau misstrauisch von oben bis unten. Sie trug bunte Leggins und einen übergroßen Pullover in demselben grellen Grün wie ihre Haare. »Sie sind nicht seine Freundin, oder?«

Die Fremde lachte amüsiert auf. »Guter Gott, nein. Das könnte Sie jetzt überraschen, aber ich bin seine Schwester, Natasha. Wir hatten jahrelang keinen Kontakt, aber als er herausgefunden hat, dass er in Schwierigkeiten steckt, ist er auf mich zugekommen und wollte sich aussprechen. Es schien ihm eine gute Idee zu sein, nachdem wir uns jahrelang nicht gesehen hatten. Ich glaube, es weiß kaum jemand, dass ich seine Schwester bin. Er wird die Polizei einbeziehen, sobald er genug Beweise hat, wir glauben, dass sie ihn dann in den Zeugenschutz nehmen werden. Aber bis dahin ist er an einem sicheren Ort.« Sie blickte Mary mit offenherzigen, braunen Augen an. »Das ist viel auf einmal, ich weiß«, sagte sie. »Ich hatte auch meine Schwierigkeiten, es zu glauben, als er vor meiner Tür stand, das kann ich Ihnen sagen.«

Mary war hin und her gerissen zwischen Vorsicht und dem Wunsch, mehr zu erfahren. Sie kannte diese Frau überhaupt nicht und Lucas hatte auch nie von einer Schwester gesprochen. Aber das Lächeln der Frau wirkte aufrichtig, als sie ihr die Kuchenschachtel und einen Briefumschlag reichte.

»Er hat mir einen Brief für Sie mitgegeben, in dem er alles erklärt. Und aus irgendeinem Grund auch einen Kuchen. Beziehungsweise hat er mich gebeten, einen zu kaufen. Ich hab ihn aus meinem Lieblingsladen. Die Frau, die ihn gemacht hat, nutzt naturbelassene Früchte aus ihrem eigenen Garten in allen ihren Kuchen. Sie sind meistens ziemlich gut. Lucas schmecken sie zumindest, auch wenn er gesagt hat, sie sind nicht so gut wie Ihre Backkünste. Es war seine Idee, er hofft, wir beide könnten uns zu Kaffee und Kuchen zusammensetzen und uns ein wenig besser kennenlernen. Ich bin immerhin Ihre Schwägerin. Ich war so überrascht, als er plötzlich aufgetaucht ist. Nach so vielen Jahren sehe ich nicht nur plötzlich meinen Bruder wieder, sondern finde auch noch raus, dass ich eine neue Schwester habe. Er hört nicht auf, über Sie zu reden!«

Archie fing an, aufgeregt zu bellen.

»Das muss Archie sein«, sagte die Frau. »Für ihn habe ich auch ein Geschenk.« Sie hielt ein Gummispielzeug in Form eines Hasen hoch. »Lucas hat gesagt, er ist sehr verspielt.«

Mary öffnete die Tür vollständig. »Dann komm mal besser rein!«, sagte sie.

———

Es dauerte nicht lange, bis die Wirkung des Giftes einsetzte. Der Kuchen stand zwischen ihnen, Mary nahm einen zweiten Bissen von ihrem Stück und wischte sich die Krümel von den Mundwinkeln.

»Sehr ungewöhnlich«, sagte sie.

»Das sind die Früchte«, sagte die Frau. »Sie haben mehr Eigengeschmack als konventionelles Obst, nicht wahr? Sehr aromatisch. Ich glaube, sie hat auch ein wenig Wein verwendet.«

Natasha hatte die ganze Zeit damit verbracht, ihr Geschichten aus ihrer Kindheit mit ihrem Bruder zu erzählen. Sie hatte von ihrem luxuriösen Leben zu Hause mit ihrem Vater, dem Schauspieler erzählt. Sie sprach von Monte Carlo und dem Cannes Film Festival. Davon, wie sie berühmte Schauspieler getroffen hatte, und am Set von *Doctor Pippin* herumgetollt hatte, während ihr Vater beim Dreh war.

Mary war sprachlos. Lucas hatte nie so leidenschaftlich über seine Kindheit gesprochen. Natasha hingegen erzählte ihr ausschweifend davon, wie sie und ihr Bruder Segeln gelernt hatten oder mit Ponys ausgeritten waren, bis es zu dem tragischen Unfall gekommen war, der ihn das Auge gekostet hatte.

»Es war eigentlich ziemlich dumm. Er hat mit einem Freund Ritter gespielt. Sie haben mit langen Stöcken gefochten und es dabei übertrieben. Sein Freund hat sich verschätzt und Lucas mit seinem Stock ins Auge getroffen«, erzählte Natasha traurig. »Es war in den Ferien. Wir hatten nur in den Ferien wirklich Zeit miteinander. Und im nächsten Sommer haben unser Vater und Lucas sich zerstritten, weil Lucas mit seinem Auto in die Stadt gefahren ist, obwohl er weder die Erlaubnis noch einen Führerschein hatte. Er hat nur ein wenig rebelliert, aber Dad war außer sich. Er hat Lucas verboten, auf ein Musikfestival zu gehen und das war der Todesstoß für ihre Beziehung. Wenig später ist er für sein Studium in die Nähe der Universität gezogen und nie mehr zurückgekommen. Dad wollte auch nicht von seinem hohen Ross runterkommen. Ich habe immer wieder versucht, ihn zu einer Aussprache zu überreden, aber er hat es immer abgelehnt und seitdem hat Lucas mit keinem von uns mehr gesprochen.«

Mary konnte es nicht fassen. Sie hatte ihren Mann wirklich nicht gekannt. Er hatte eigentlich eine ganz normale Kindheit gehabt und trotzdem war er so leidgeplagt. Er hatte ihr leidgetan und jetzt erfuhr sie, dass er gar nicht der traurige, missverstandene Mensch war, für den sie ihn gehalten hatte. Er hatte so viele Geheimnisse vor ihr gehabt. Er hatte behauptet, seine Kindheit und seinen Vater gehasst zu haben. Aber dann war da Natasha, die ihr davon erzählte, wie viel Spaß sie zusammen gehabt hatten. Es wollte alles nicht so recht zusammenpassen.

Dann meldete sich Marys sechster Sinn. Sie fühlte sich, als wäre ihr Gehirn betäubt und sie hatte immer größere Schwierigkeiten zu verstehen, was es ihr entgegenschrie. Die Frau, die sie über das ganze Gesicht anlächelte, hatte ihr eigenes Kuchenstück noch nicht angerührt. Sie hatte die Zeit mit Erzählungen gefüllt und lediglich an ihrem Tee genippt. Es war alles eine Fassade. Sie war nicht Lucas' Schwester. Wenn sie es war, warum hätte Lucas den Kontakt zu ihr abbrechen sollen, wenn sie doch nicht schuld an seinem Bruch mit seinem Vater war?

Bevor ihr Herz anfing zu rasen, erlebte Mary einen Moment der Klarheit und ihr wurde bewusst, dass sie einem bösen Hinterhalt zum Opfer gefallen war. Ihr stockte der Atem. Sie öffnete den Mund, um ihrem Körper irgendwie Sauerstoff zuzuführen, aber es hatte keine Wirkung, sie bekam keine Luft mehr. Ihre Muskeln begannen zu zucken und zu verkrampfen. Mary verlor alle Kontrolle, als ihr Körper von wilden Krämpfen geschüttelt wurde. Ein unerträglicher Schmerz presste ihre Brust zusammen und drängte das Leben aus ihr. Natasha legte den Kopf schräg und grinste. Doch es war kein freundliches Grinsen mehr.

»Du liebe Güte, Mary. Wie es aussieht, stirbst du. Es dauert nicht mehr lange. Zyanid sollte nicht mehr als fünfzehn Minuten brauchen. Auch wenn du länger durchgehalten hast, als erwartet. Fürs Protokoll: Dein Mann war ein jämmerlicher Bruder und ein abscheulicher Mensch. Und du warst so dumm, dich in ihn zu verlieben.«

Mary wollte etwas sagen. Nichts davon war wahr. Sie musste es ihr erklären! Aber ein plötzlicher Schmerz durchfuhr sie, gefolgt von einem zweiten, und ließ ihren Körper gewaltsam zusammenfahren und schleuderte ihren Kopf herum. Sie war völlig ausgeliefert. Sie stürzte seitlich zu Boden, die Augen vor Angst und grausamer Einsicht weit aufgerissen. Die Frau mit den grünen Haaren stand auf. Mary spürte, wie ihre Sinne nach und nach aussetzten und sie versank in Dunkelheit.

Die Frau hob den Gummihasen auf, den der Hund zu ihren Füßen fallen gelassen hatte. Er hechelte aufgeregt und freute sich auf das Spiel.

»Guter Junge«, sagte sie und warf das Spielzeug in die Küche. Das Tier schoss davon, um ihn zu apportieren, sie schloss die Tür hinter ihm. Dann sah sie sich eingehend im Raum um, während sie Gummihandschuhe anzog. Sie lachte gehässig über die Fächer an der Wand und den ganzen übrigen Zierrat. Ihr Blick fiel auf die Gitarre in der Ecke und sie spürte eine Welle der Wut. Sie gehörte zweifellos Lucas. Sie ging darauf zu, legte sie über ein Knie und brach den Hals entzwei. Sofort ging es ihr ein klein wenig besser. Zurück am Kaffeetisch sammelte sie ihr Kuchenstück ein, legte es zurück in die Schachtel und folgte dem Hund in die Küche, wo sie ihre Tasse und den Teller gründlich mit heißem Wasser abspülte. Das Tier kaute vergnügt auf seinem quietschenden Spielzeug herum, während sie die Tasse abtrocknete und zu den anderen in den Schrank stellte. Zuletzt wischte sie alle Oberflächen mit Desinfektionstüchern ab und nahm die Kuchenschachtel mit, als sie ging.

Der Hund sah ihr betrübt hinterher, dann trottete er zu seinem Frauchen, ließ das Spielzeug neben ihrem Kopf fallen und schleckte ihr das Gesicht ab, um sie zu wecken.

Es ist leichter als ich dachte, Chloe Planters Leben zu ruinieren. Nach der schrecklichen Parfüm-Episode hatten wir Chemie. Da ist mir die Idee gekommen. Ich konnte sie an diesem Nachmittag nicht umsetzen, aber für heute bin ich auf alles vorbereitet. Nach dem Ende der Stunde behaupte ich, mein Buch vergessen zu haben, und gehe zurück in das Labor. Timing ist alles. Mr. Watts ist kurz davor, zuzusperren, weil er in die Mittagspause will. Er ist meistens der erste Lehrer in der Mensa und die Schüler machen oft Scherze darüber, dass er zu Hause nichts zu essen bekommt.

Ich erzähle ihm irgendeine erfunden Geschichte, dass ich mein Buch für die Hausaufgaben brauche, die er uns aufgegeben hat, und dass ich es im Labor vergessen habe. Er ist ein wenig abgehoben und kennt nicht einmal meinen Namen. Er ist ein Genie in Sachen Chemie, aber ein absoluter Volltrottel, wenn es um seine Schüler geht. Das kommt mir zu Gute.

»Na gut, geh schnell rein, ich warte auf dich, ...«

»Chloe«, sage ich. »Chloe Planter.«

Er strahlt mich an, als ob ich ein seltenes, neues Element entdeckt hätte, stolz, einen weiteren Schüler kennengelernt zu haben. »Ja, Chloe, natürlich.«

Ich laufe in das Labor. Ich weiß, was ich brauche. Ich habe

etwas von der Chemikalie, die wir im Unterricht benutzt haben, im Klassenzimmer versteckt. Normalerweise ist sie weggesperrt und wir dürfen nur eine kleine Menge davon verwenden. Aber es wird ausreichen. Niemand hat bemerkt, dass ich sie in die kleine Reisesprühflasche gefüllt habe, die ich in meiner Hosentasche in den Unterricht geschmuggelt habe. Es hat auch niemand bemerkt, dass ich die Sprühflasche in der Drogerie im Ort geklaut habe. Zum Glück habe ich die Flasche nicht in meiner Schultasche gelassen, denn Mr. Watt besteht darauf, dass wir unsere Taschen alle an einer Wand des Labors abstellen, damit wir nicht darüber stolpern, wenn wir mit Chemikalien hantieren.

Ich laufe zu dem Tisch, an dem ich gesessen habe, greife darunter und hole das kleine Gefäß heraus, das ich dann mit großer Vorsicht in meiner Tasche verstaue. Dann hole ich mein Buch raus und laufe zurück.

»Danke, Mr. Watts«, sage ich. »Ohne das Buch hätte ich meine Hausaufgaben nicht machen können.«

Er lächelt mich an, schließt die Tür ab und geht. Er hat die Unterhaltung mit mir bereits vergessen, als ihm der Geruch von Würsten und Hamburgern in die Nase steigt.

Natürlich kann ich meinen Plan aber immer noch nicht sofort umsetzen. Das würde nur die Aufmerksamkeit auf mich oder zumindest meine Klasse lenken. Ich warte. Ich ertrage Chloes Schikanen noch drei weitere Tage. Sie und ihre nervigen Freunde haben jetzt angefangen, sich die Nase zuzuhalten, wenn sie mich sehen. Jemand hat ein Anti-Schuppen-Shampoo auf meinen Tisch gestellt. Ich versuche, sie zu ignorieren. Ich komme damit klar, denn es wird nicht mehr lange so weitergehen.

»Sie stinkt«, höre ich, als ich nach dem Sportunterricht in die Umkleide komme. »Ihre Haare sind so fettig, warum kümmert sie sich nicht um sich? Sie würde bestimmt ganz okay aussehen, wenn sie sich ein bisschen Mühe geben würde.«

»Weil sie ein Stinktier ist. Und sie wird nie okay aussehen.«

»Es ist fast, als würde sie sich absichtlich so gehen lassen.«

»Vielleicht macht sie das ja. Sie will auf jeden Fall nirgendwo dazugehören. Vielleicht ist sie verrückt.«

»Manchmal sieht sie verrückt aus. Und sie führt Selbstgespräche. Ich hab sie im Flur murmeln hören. Es klang, als hätte sie irgendjemandem geantwortet, aber da war niemand. Irre. Sie ist definitiv irre.«

Sie reden eindeutig über mich. Eine von ihnen hat recht. Ich will nicht hübsch sein. Ich will nicht nett aussehen. Ich weiß, was mit hübschen Mädchen passiert. In Wirklichkeit tue ich Chloe einen Gefallen, indem ich meinem Plan nachgehe. Mein Vater kichert wohlwollend. Er ist stolz auf meine Idee. Ich bin es auch. Ich beschließe, den Sport heute sausen zu lassen und verlasse die Umkleide wieder. Stattdessen suche ich den perfekten Ort für meine Rache.

Erst am Wochenende bekomme ich eine Gelegenheit, meinen Plan durchzuführen. Ich habe den ganzen Morgen vor ihrem Haus gewartet. Chloe geht in die Stadt, um Jason Moffat zu treffen. Ich habe gehört, wie sie vor ihren Freunden damit angegeben hat. Sie trägt ein enges Oberteil, in dem ihre Titten sogar noch größer als sonst aussehen, und Jeans die so eng sind, dass sie auch aufgemalt sein könnten. Jason Moffat ist einer der beliebtesten Jungs der Schule. Er ist der Captain der Fußballmannschaft der Schule und zwei Jahre älter als wir. Er ist sechzehn und wird dieses Jahr die Schule abschließen. Es gibt Gerüchte, dass West Bromwich Albion ihn für deren Jugendmannschaft haben will.

Chloes Gesicht ist mit Make-Up zugekleistert und sie schwingt selbstsicher die Hüften, während sie zur Bushaltestelle geht. Sie nimmt mich nicht wahr, als ich mich ihr aus der entgegengesetzten Richtung nähere. Meine Haare stecken unter einer Baseballkappe und ich trage eine Männerjacke, die ich aus einem wohltätigen Gebrauchtwarenladen gestohlen habe. Ich habe die Schultern gepolstert, also sehe ich größer aus, als ich bin. Ich sehe tatsächlich aus wie ein Kerl. Ich habe sogar mit einem Augenbrauenstift einen dünnen Schnurrbart auf meine Oberlippe und Punkte auf mein Gesicht gezeichnet, die aussehen wie Stoppeln. Mein Vater meinte, ich hätte großartige Arbeit geleistet.

»Du könntest eine Schauspielerin sein oder beim Film arbeiten!«, sagte er, als ich mein Spiegelbild betrachtet habe. »Sogar ich erkenne dich kaum wieder.«

Es ist niemand sonst auf der Straße unterwegs. Chloe starrt so konzentriert auf ihr Handy, dass sie mich erst im letzten Moment bemerkt.

»Dämliche Göre«, schnaube ich, hebe die Flasche und sprühe sie an. Sie dreht sich weg, aber es ist zu spät und die Salzsäure läuft ihr über die rechte Gesichtshälfte und tröpfelt über ihren breiten Mund. Sie schreit theatralisch auf, wischt sich mit den Händen über das Gesicht, dann stürzt sie, als der Schmerz einsetzt, unter lautem Aufheulen zu Boden.

Ich renne so schnell ich kann davon und nachdem ich mich hinter einer Ecke in sicherem Abstand befinde, ziehe ich Jacke und Kappe aus und stopfe sie in eine Einkaufstüte, die ich in der Jackentasche versteckt hatte. Ich wische mir das Make-Up mit einem nassen Tuch aus dem Gesicht und schlendere davon, unauffällig wie immer. Ich lasse die Tasche vor dem Geschäft liegen, wo ich die Jacke geklaut habe. Sie bekommen sie nicht nur zurück, sondern auch noch eine schicke Kappe als Bonus obendrauf. Immerhin sollte man die Wohlfahrt nicht bestehlen.

Ich lasse mich zu einem selbstgefälligen Lächeln hinreißen. Jetzt wird Chloe verstehen, was es bedeutet, ausgestoßen und ausgelacht zu werden. Sie wird nie wieder dieselbe sein.

Damit wären wir dann ja zu zweit, denke ich mir.

24

Izzy schlief und Jackson kam erst spät am Abend wieder. Es hatte auch keine grausamen Anrufe mehr gegeben. Sie hatte über Jacksons Worte und seine Reaktion auf ihre Vorwürfe nachgedacht und war zu dem Schluss gekommen, dass der Anrufer ihre Ehe auf die Probe stellen wollte. Wenn die anonyme Nummer noch einmal anrufen würde, wollte sie einfach nicht abheben.

Als Jackson nach ihrem Streit nach Hause gekommen war, hatten sie nicht mehr darüber gesprochen. Abigail war sicher, dass sie darüber hinwegkommen würden. Ihre Beziehung war stark genug, um ein paar Meinungsverschiedenheiten zu überstehen. Früher am Abend hatte sie versucht, Claire anzurufen. Ihr Anrufbeantworter verkündete, dass sie nicht im Studio war und bei der nächsten Gelegenheit zurückrufen würde. Zoe war beim fünften Klingeln rangegangen und hatte sich entschuldigt.

»Tut mir leid, Abby, ich bin für die nächsten zwei Tage auf einer Fitnesskonferenz in Harrogate. Es geht um Gesundheit und Sicherheit und ich sollte mein Handy eigentlich gar nicht einschalten. Ich muss los, wir unterhalten uns, wenn ich zurück bin«, flüsterte sie, bevor sie auflegte.

Abigail nahm ihr Handy und blätterte die Apps durch. Es war eine Weile her, dass sie sich zuletzt bei ihrem Facebook-Account angemeldet hatte. Die App ließ sich nicht öffnen, also versuchte sie, ihr Profil über eine Suchmaschine zu finden. Als sie es fand, gefror ihr das Blut in den Adern. Ihr Profilbild war geändert worden und zeigte jetzt eine nackte Frau auf einem Stuhl – es war das Foto, das in ihrem Schlafzimmer hing.

Ihre Hände begannen zu zittern, als sie dasselbe Foto vergrößert auf ihrer Seite sah. Die Kommentare darunter reichten von abstoßend, über obszön bis hin zu entsetzt. Das Gefühl der Erniedrigung brannte heiß in ihren Wangen. Sie hatte ausschließlich für Jackson posiert.

Das Foto war erst vor wenigen Stunden gepostet worden. Jemand hatte ihr Passwort erraten und ihren Account gestohlen – und in ihrem Namen gepostet. Dieselbe Person hatte ihr Profil von »privat« auf »öffentlich« umgestellt. Es konnten also nicht mehr nur ihre Freunde sehen, sondern alle. Ihr nackter Körper und ihre Facebook-Pinnwand waren im Internet für alle Welt öffentlich sichtbar.

Aber schlimmer als das freizügige Foto waren die schrecklichen Nachrichten, die sie angeblich bei ihren Freunden gepostet hatte, und die Statusnachrichten, die sie angeblich über sich selbst geschrieben hatte.

»Ich bin so geil, ich habe mir grade diesen Bad Boy gekauft. Ich kann es kaum erwarten, dass Jackson ihn an mir ausprobiert.« Darunter war ein Bild von einem großen Vibrator. »Hat irgendjemand Lust auf einen Dreier mit mir und Jackson? Es ist egal, welches Geschlecht ihr habt.«

Fassungslos las sie sich die anderen geschmacklosen Nachrichten durch. Sie hatte auch ihre Kollegen in der Boutique beschuldigt, Kleidung zu stehlen, und gemeine Kommentare über andere verfasst oder sie gradeheraus beleidigt. In einer Nachricht an Zoes Pinnwand stand »Hast du deinem neuen Freund schon von deinen Genitalwarzen erzählt?« Und bei Claire stand »Zoe sagt, du bist das Letzte. Ich stimme ihr zu. Du bist eine totale Außenseiterin. Niemand mag dich.«

Bei dem Gedanken, dass jemand nicht nur ihren Account

gehackt, sondern auch diese schrecklichen Nachrichten und Kommentare geschrieben hatte, wurde ihr schlecht. Und wie kam das Foto aus ihrem Schlafzimmer auf ihr Profil? Mit zitternden Händen versuchte sie, Zugang zu ihrem Account zu bekommen, aber es war unmöglich. Sie berichtete dem Kundendienst von Facebook in einer Mail davon, dass sie gehackt wurde und bat darum, ihren Account zu löschen. Sie hoffte, es würde bald passieren. Sie schickte auch E-Mails an so viele ihrer Facebook-Freunde wie möglich, um ihnen zu sagen, dass die grässlichen Nachrichten und Fotos nicht von ihr stammten und bat sie darum, es auch anderen weiterzusagen, die vielleicht betroffen sein könnten. Hinter ihren Schläfen pulsierte es schmerzhaft. Sie verlieh ihrer Verzweiflung mit einem tiefen Seufzen Ausdruck, dann fuhr sie ihren Computer herunter. Sie war sicher, dass nicht alle ihre Geschichte von einem anonymen Hacker glauben würden. Und sie war ebenso überzeugt, dass dieselbe Person dafür verantwortlich war, von der die Anrufe stammten. Es gab nur wenige Erklärungen dafür, wie der- oder diejenige an das Foto in ihrem Schlafzimmer gekommen sein konnte. Eine davon war ein gewissenloser Einbruch in ihr Zuhause. Der Gedanke ließ sie frösteln. Spätestens morgen würde sie den Schlosser anrufen und die Türschlösser austauschen lassen. Das hätte sie schon in dem Moment tun sollen, als die Notiz aus ihrem Nachttisch verschwunden war.

Jackson war nicht auf Facebook, es war also unwahrscheinlich, dass er von den Posts erfuhr, solange ihm niemand davon erzählte. Abigail wollte sich dem nur stellen, wenn sie keine andere Wahl hatte. Sie würde es ihm nur erklären, wenn sie musste. Für den Moment wollte sie alles in ihrer Macht Stehende tun, um ihre Vergangenheit vor ihm zu verheimlichen. Und sie würde zurückschlagen.

Ein leises Rascheln und ein schwaches Husten ließ sie erschrocken auffahren. Ihr Puls begann zu rasen und ihr Herzschlag pochte laut in ihren Ohren. Jemand war im Haus. Sie wusste nicht, was sie tun sollte. Sie musste die Polizei rufen. Sie nahm ihr

Handy, aber bevor sie die Nummer wählen konnte, ließ sie es vor Schreck wieder fallen. Eine kindliche, hohe Stimme flüsterte »Lebwohl, Mommy.« Sie unterdrückte einen Aufschrei, sprang auf und wirbelte suchend herum. Die Stimme war aus dem Babyfon gekommen, das neben dem Fernseher lag.

Abigail jagte die Treppe hinauf, schneller als sie es für möglich gehalten hatte, und platzte in das Kinderzimmer. Niemand war im Raum, bis auf Izzy, die tief und fest schlief. Eine winzige Hand umklammerte ihren Stoffhund.

Geraldine Marsh hielt ihr Fahrrad neben der Eingangstür des Gutshauses an und stieg ab. Sie wischte sich über die Stirn. Heute war der Weg anstrengend gewesen. Früher war sie den Hügel hinaufgefahren, ohne überhaupt aus der Puste zu kommen. Heutzutage konnte sie froh sein, wenn sie es bis zum Haus schaffte, ohne absteigen und schieben zu müssen.

Es war ein wolkenloser Tag und ihr Blick wanderte über das Reservoir, während sie einen Moment innehielt, um wieder zu Atem zu kommen. Von diesem Ausblick konnte sie nie genug bekommen. Obwohl sie vielleicht nicht mehr lange die Gelegenheit haben würde, ihn aus dieser Höhe zu genießen. Wenn das Haus erst einmal verkauft war, würde sie ihre alten Tage im Dorf verbringen. Es war eher unwahrscheinlich, dass die neuen Besitzer eine alte Frau wie sie als Haushälterin anstellen wollten. Es war wirklich eine Schande. Mr. Matthews plötzlicher Tod hatte sie tief erschüttert. Das Leben war so kurz.

Sie lehnte ihr Fahrrad an seinem üblichen Platz an die Wand und holte die Post aus dem großen, hölzernen Briefkasten. Es war eine alte Angewohnheit. Sie hatte immer die Post reingeholt, wenn sie für Mr. Matthews geputzt hatte. Sie hatte sie immer in die Waschküche gebracht, damit er sie bei Gelegenheit mitnehmen konnte. Er hatte nicht viel Post bekommen. Jetzt wusste sie nicht, was sie sonst mit den Briefen anfangen sollte. Irgendjemand würde sich schon irgendwann darum kümmern.

Heute war kein üblicher Arbeitstag. Normalerweise kam sie an Dienstagen nicht her, sondern ging ins Freizeitzentrum in der Stadt und schwamm ein paar Runden. In ihrem Alter war es wichtig, in Bewegung zu bleiben, um nicht einzurosten. Sie spielte mit dem Gedanken, vielleicht einen dieser Pilates-Kurse zu besuchen, von denen sie so viel gehört hatte. Sie fanden jeden Dienstagabend im Rathaus statt. Sie würde ja auch bald alle Zeit der Welt haben, wenn sie erst einmal nicht mehr im Gutshaus arbeitete.

Sie trat durch die Hintertür ein und legte die Post auf einen Tisch in der Waschküche, bevor sie in die Küche ging. Die Kommissarin hatte nach Pauls Laptop gefragt, also hatte sie beschlossen, herzukommen und danach zu suchen. Sie fing in der Küche an, aber sie wusste ja schon, dass er nicht an irgendeiner offensichtlichen Stelle lag. Sie fragte sich, ob Mr. Matthews ihn vielleicht mit ins Schlafzimmer genommen und unter seinem Bett verstaut hatte. Beim Staubsaugen hatte sie ihn dann noch weiter darunter geschoben. Mehr fiel ihr nicht wirklich ein, denn immerhin putzte sie das Haus regelmäßig und sehr gründlich. Sie konnte sich nicht vorstellen, warum sie ihn nicht gefunden hatte.

An diesem Morgen hatte sie eine Karte für Chicago gebucht, genauso wie sie gesagt hatte. Sie wollte sich die Aufführung in London ansehen und vielleicht sogar mit einem Glas Wein auf Mr. Matthews anstoßen. Sie freute sich auf ihren Ausflug nach London. Es war ein kleines Abenteuer.

Das Haus wirkte leer und ausgestorben. Geraldine hatte das Gebäude nie wirklich gemocht. Es war so voller Traurigkeit, die unberührten Zimmer wirkten einsam und düster. Mr. Matthews war so wohlhabend gewesen, hatte aber nie Renovierungsarbeiten machen lassen. Wenn das Haus ihr gehören würde, würde sie alle Möbel aus den Kinderzimmern rauswerfen und die Wände in hellen, fröhlichen Farben streichen. Sie würde alles neu einrichten und die Vergangenheit auslöschen. Es war fast, als wollte Mr.

Matthews immer wieder an sie erinnert werden. Als wollte er sich selbst bestrafen.

Sie erreichte sein Schlafzimmer, ging auf die Knie und zwängte sich so weit unter das Bett wie sie konnte. Aber da war nichts. Sie stand wieder auf und wollte auch die anderen Schlafzimmer überprüfen, nur für den Fall, dass er den Laptop aus irgendeinem Grund dort gelassen hatte.

Als sie auf den Flur trat, glaubte sie ein Niesen von oben zu hören. Jemand war im zweiten Obergeschoss. Sie war vielleicht alt, aber ihre Ohren waren gut wie eh und je. Auf Zehenspitzen schlich sie sich zur Treppe nach unten, um die Polizei anzurufen. Vielleicht war es ein Dieb. Mr. Matthews hatte nicht viele Wertgegenstände, aber der Einbrecher wusste das vielleicht nicht. Von außen sah man nur ein großes Haus, das auf reiche Bewohner hindeutete.

Geraldine hatte gerade den oberen Treppenabsatz erreicht, als sie mehr spürte als hörte, dass jemand hinter ihr stand. Sie fuhr herum und erhaschte einen flüchtigen Blick auf ein Gesicht, doch dann wurde sie auch schon grob gegen die Schultern gestoßen. Sie stürzte rückwärts die Treppe hinunter, immer weiter und weiter, das Gesicht verschwamm vor ihren Augen, während sie sich wieder und wieder überschlug, bis ihr Kopf auf den Fliesen aufschlug und sie nichts mehr sah.

26

Ross hatte sich mit Robyn in seinem Büro verabredet, bevor sie sich auf den Weg ins Hauptquartier machte. Er warf die Tür mit einem triumphalen Trompeten auf.

»Bitte sehr!«, sagte er und stellte ihr einen alten Toshiba Laptop auf den Tisch. »Ich dachte, ich gebe ihn dir lieber hier, anstatt auf dem Revier.«

»Wirklich? Sicher, dass du mich nicht einfach vermisst, Ross? Hast du mich deswegen gebeten, dich hier zu treffen?«

»Hast mich erwischt. Um ehrlich zu sein, wollte ich nicht aufs Revier gehen. Dann überkommt mich immer dieser Drang, doch zum Trupp zurückzukehren. Ich vermisse ein wenig den Wettstreit unter Kollegen, aber sag das bloß nicht Jeanette. Sie mag es nicht, wenn ich darüber rede. Ich führe jetzt ein ruhigeres Leben, ob es mir passt oder nicht.«

Bevor Robyn ihm für den Laptop danken konnte, ließ er ordentlich Dampf ab. »Was für ein Haus! Hinter der glänzenden Fassade verbergen sich eine ganze Menge Sünden. Gut, es ist ein großes Haus, aber man müsste enorm viel Arbeit reinstecken. Ich glaube, Paul Matthews war kein großer Heimwerker – oder wollte auch nur jemanden dafür bezahlen, irgendwas zu reparieren. Der Makler hat immer wieder davon gesprochen, was für ein großes

Potential das Haus doch hat. Mit ›Potential‹ meint er wohl, was es kosten würde das ganze Ding abzureißen und neu zu bauen. Der Wintergarten, zum Beispiel, ist undicht. Es hat geschüttet und überall standen Eimer herum, die das Wasser auffangen sollten. Das waren regelrechte Stolperfallen, aber lange nicht so tödlich wie der Boden im Eingang. Da muss man nur einmal ausrutschen und schon schlägt man sich den Schädel auf. Ich bin fast überrascht, dass Paul Matthews nicht dort gestorben ist, sondern sich die Mühe gemacht hat, im Wald zu stolpern. Der Makler hat gesagt, die Fliesen wären alle aus teurem, italienischem Marmor gemacht. Was für ein unsinniger Bodenbelag. Die waren rutschig, hart und kalt. Jemand hätte da einen Teppich auslegen sollen.«

Ross hasste es, wenn jemand ein Haus vernachlässigte. Er war sehr stolz auf sein eigenes Zuhause, vor allem auf die Qualität der Fassade. Und Jeanette kümmerte sich um eine makellose Inneneinrichtung.

»Mehrere der alten Kamine waren verbarrikadiert und die Badezimmer sind altmodisch und langweilig. Jeanette besteht auf glänzend saubere Armaturen, die Wasserhähne dort waren so rostig, die bekommt man nie mehr sauber. Und es war so unheimlich. Die Empfangsräume waren das Gebäude-Äquivalent der Mary Celeste. Sie waren voller riesiger Sofas mit großen Kissen, die auf einander ausgerichtet waren. Wenn man sich dort also hinsetzt, starrt man direkt die gegenübersitzende Person an. Hatte ein wenig was von einem Arztwartezimmer. In einem Zimmer stand ein Piano mit einem Notenblatt so hergerichtet, als wollte jemand sich zum Spielen hinsetzen und hätte sich dann einfach in Luft aufgelöst. Im Esszimmer war der Tisch mit Kerzenständern und teurem Porzellan gedeckt. Wann hast du schon zuletzt ein Haus mit Kerzenständern gesehen?

Die Obergeschosse waren eigentlich das Schlimmste. Ich war schon außer Atem, als wir die erste Treppe hochgegangen sind. Als wäre ich den Mount Everest hochgestiegen. Es gibt da einen dieser Treppenabsätze mit einer Galerie, von der man in die Eingangshalle runterschauen kann. Das war schon ein bisschen eindrucksvoll. Und das Schlafzimmer oder ›die Master Suite‹, wie der Typ in seinem teuren Anzug es genannt hat, war ganz okay. Es war groß und hatte ein eigenes Badezimmer. Aber die anderen Schlafzimmer auf dem Stockwerk sahen aus, als würden seine Kinder immer noch da wohnen. Eins war voll dunkler, trüber Farben und es hingen einige Bandposter an den Wänden. Das andere gehörte offensichtlich einem Mädchen. Das muss dann wohl Natashas Zimmer gewesen sein. Sie hat ein paar Bücher und andere Kleinigkeiten zurückgelassen – alte Spiele, ein Radio, ein paar CDs, sowas. Und unter dem Dach gab es noch ein Zimmer. Der Makler hat gesagt, man könnte es als Schlafzimmer nutzen, aber es war abgeschlossen und er konnte es uns nicht zeigen. Er hätte im Büro anrufen müssen, damit die der Haushälterin Bescheid geben, die dann den Schlüssel bringt.

Alles in allem ein wirklich deprimierendes Haus. Es braucht eine reiche Familie, die viel Geld in die Hand nimmt, um ihm neues Leben einzuhauchen. Für die meisten liegt es aber wahrscheinlich auch zu abgelegen. Wer will schon auf einem zugigen Hügel irgendwo im Nirgendwo wohnen? Die Addams Family vielleicht.«

»Du hast also kein Angebot abgegeben?«

Ross lachte herzhaft auf. »Keine Chance. Jeanette konnte es kaum erwarten, wieder zu verschwinden. Sie sagte, das Haus hat böse Schwingungen. Ich glaube, sie liest zu viele Horrorgeschichten.«

»Sag schon, wie hast du diesen Laptop gefunden? Ich hoffe, du musstest gegen keine Gesetze verstoßen?«

Ein Lächeln huschte über Ross' Gesicht. »Isch bin die beste Detektiv!«, sagte er in einem schlechten französischen Akzent.

»Ich bin tatsächlich ein wenig überrascht. Obwohl ich weiß, wie gut du bist. Aber jetzt hör schon auf, den Geheimnisvollen zu spielen und sag mir, wie du das gemacht hast. Ich weiß, du hast ihn nicht gestohlen, weil du zu den ehrlichsten Leuten gehörst, die ich kenne. Du spielst immer – sagen wir fast immer – nach den Regeln. Ich kann mir schlecht vorstellen, wie du ihn einfach während der Besichtigung unter deinem ›Never too old to rock‹-T-Shirt verschwinden lässt.«

»Du kennst mich zu gut. Es war tatsächlich ganz einfach. Auf unserem Rundgang ist mir auf dem Kaminsims in der Sitzecke ein Flyer aufgefallen. Du wirst dich ärgern, dass du ihn bei deinem ersten Besuch dort nicht gesehen hast.«

»Sprich weiter«, forderte sie.

»Er gehörte zu Andy's Computer Reparaturshop in Rugeley. Ich hab eins und eins zusammengezählt und nachdem wir im Haus fertig waren, sind wir in den Ort gefahren. Andy's ist eines von den Geschäften, die man nur findet, wenn man sie kennt. Nicht größer als meine Garage und in den Hinterhof von irgendeinem Gewerbegebiet gezwängt. Hat ewig gedauert, es zu finden. Jeanette war schon kurz davor, aufzugeben, als wir endlich darüber gestolpert sind. In dem Laden sah es aus wie auf einem antiken Schrottplatz. Da haben sich alte Computer bis unter die Decke gestapelt und überall lagen Geräte herum, von denen ich nicht mal weiß, was sie sein sollen. Andy selber sah aus, wie aus einer alten Sitcom entsprungen: Ein klassischer Nerd mit Hornbrille, Ziegenbart und einem ständigen Ausdruck von leichter Verwirrung im Gesicht, als ob er sich nicht sicher ist, ob er sich grade in der echten Welt befindet oder ob alles nur virtuell ist. Ich hab ihn gefragt, ob der Laptop für Mr. Matthews abgeholt werden kann. ›Er ist schon seit einer Weile fertig, Mr. Matthews. Ich konnte den Virus loswerden und hab ihn auch für Sie defragmentiert‹. Der arme Trottel hatte keine Ahnung, wer ich bin. Er kann eindeutig besser mit Technik als mit Menschen. Kannst du dir den als Zeugen bei einem Einbruch vorstellen? ›Können Sie den Dieb beschreiben, Andy?‹ ›Na ja, ähm, er hatte einen fünfzehn Zoll HP Intel Pentium Vier mit einem Terabyte Festplatte und einem Pentium n3710 Quad-Core Prozessor mit 1,6 Gigahertz in der Hand.‹«

Ross ließ sich zu einem Lächeln hinreißen. »Wie auch immer, er hat mich mit irgendwelchem Computergefachsimpel darüber zugelabert, was er alles mit dem Laptop gemacht hat, dann hat er mir sechzig Pfund abgeknöpft und mir den Computer gegeben. Viel einfacher hätte es nicht laufen können.«

»Fantastisch! Jetzt muss ich nur noch reinkommen und dann kriegen wir vielleicht endlich Antworten!«

»Soll ich der Staffordshire Polizei eine Rechnung über die sechzig Pfund ausstellen?«, fragte er grinsend.

»Pass auf, ich gebe dir das Geld jetzt und wenn Mulholland irgendwann gut drauf ist, hole ich es mir von ihr wieder.«

»Das könnte dauern. Du kriegst es dann wahrscheinlich mit deiner Alterspension zurück«, scherzte er, aber Robyn rätselte in Gedanken schon darüber, wie sie an die Informationen im Laptop herankommen sollte.

———

Es war ihr gelungen, ihr kleines Team zu einem Treffen zusammenzutrommeln, bevor sie an diesem Morgen nach Farnborough aufbrechen wollte. Auf ihrem Weg durch das Revier fühlte Robyn sich wie zu Hause. Ross hatte nicht zu viel versprochen mit seiner Prophezeiung, es würde sein, als wäre sie nie weggewesen. Die meisten Beamten hatten sich im großen Besprechungszimmer versammelt. Als sie daran vorbeikam, konnte sie sehen, wie einige von ihnen sich konzentriert Notizen machten. Sergeant Phil Clarke bemerkte sie, während sie einen Blick durch die große Glastür warf, und hob die Hand zum Gruß. Sie hielt auf das Zimmer am Ende des Flurs zu. Es war dasselbe Büro, in dem sie auch früher gearbeitet hatte. Sie erwartete schon fast, dort denselben Kalender an der Wand vorzufinden, den sie in dem Jahr von Davies' Tod aufgehängt hatte.

Sie atmete tief durch, bevor sie eintrat. Das Büro war renoviert worden und war frisch gestrichen. An den Tischen standen neue Drehstühle und der alte Aktenschrank mit seiner abblätternden Farbe und den verklemmten Schubladen war gegen einen moderneren ausgetauscht worden. Dicke Fallordner mit Markierungen und Datumsangaben reihten sich auf nagelneuen Regalbrettern aneinander.

»Guten Morgen, Ma'am«, sagte Mitz Patel mit einem höflichen Lächeln. »Es ist schön, wieder mit Ihnen arbeiten zu dürfen.«

»Ich freue mich auch, Sie zu sehen, Mitz, aber lassen Sie das Ma'am bleiben. Wir kennen uns schon zu lange und Sie wissen, wie Sie mich ansprechen können – Carter oder Robyn und wenn es gar nicht anderes geht Boss.«

Patel war ein engagierter Vierunddreißigjähriger, der immer noch bei seinen Eltern wohnte. Sie und die Kollegen waren immer erstaunt gewesen, warum er nicht schon längst seine Herzensdame gefunden hatte. Er war klug, attraktiv und umsichtig. Er wurde auf dem Revier immer wieder aufgezogen, weil er in seinem Alter noch zu Hause wohnte, nahm es aber mit Humor und stimmte oft genug sogar mit ein. Wenn es nicht viel zu tun gab, rätselten sie oft über seine vielen gescheiterten Blinddates.

»Kaffee?« Er deutete auf die Kaffeemaschine in einer Ecke. »Die ist nagelneu. Die Zeit des Wasserkochers in der Kantine ist vorbei.«

»Nein, danke. Ich muss in einer Minute wieder los.«

»Schade. Er schmeckt nicht schlecht. Aber an Ihrer Stelle würde ich mir keinen Cappuccino machen. Als würde man Spülwasser trinken.«

»Ich werde es mir merken. Sie sind heute wirklich besonders aufmerksam, Mitz. Sie müssen sich sehr freuen, mich zu sehen.«

»Ich gehe nur mit gutem Beispiel voran, Boss«, sagte er und deutete auf die stille, junge Frau, die ihr schwarzes Haar zu einem strengen Zopf zusammengebunden hatte. Sie trug kein Make-Up, aber auch so sah sie mit ihren mandelfarbigen Augen und dunklen Brauen ziemlich attraktiv aus. Sie starrte Robyn eindringlich an, während sie wie ein Schulmädchen hinter ihrem Tisch stand und auf die Erlaubnis wartete, sich setzen zu dürfen.

»Guten Morgen. Sie müssen Anna Shamash sein. Schön, Sie kennenzulernen. Passen Sie auf, ich sage Ihnen, wie der Hase läuft: Hinterfragen Sie nichts, worum ich Sie bitte, und wir werden uns super verstehen. Ich arbeite schnell und habe keine Zeit für Amateure. Im Zweifel können Sie sich an Mitz wenden, er kennt sich aus. Oh, und ich trinke meinen Kaffee schwarz, ohne Zucker.«

Die junge Frau nickte. »Ja, Ma'am.«

»Und nennen Sie mich bloß nicht Ma'am. Da komme ich mir so alt vor. Ich mache hier nur meinen Job, so wie Sie auch. Wir arbeiten zusammen, aber ich habe das letzte Wort, alles klar?«

Anna rang sich zu einem schmalen Lächeln durch. »Alles klar, Boss«, sagte sie.

Robyn schenkte ihr ein freundliches Lächeln.

»Wir haben einen vermissten Mann: Lucas Matthews. Ich habe auch unsere Pädophilie-Einheit eingeweiht, weil er Verbindung zu der Szene haben könnte. Aber für den Moment konzentrieren wir uns darauf, ihn zu finden. Ich habe Grund zur Annahme, dass er sich in Farnborough aufhält und ich brauche Sie beide, um einige Leute aufzuspüren, die ihn kennen oder mit ihm zu tun haben könnten.«

Sie reichte ihnen eine Liste mit Namen aus Pauls Suchverlauf. Drauf standen unter anderem Natasha Matthews, Jane und Jack Clifford, Josh Clifford, und die unauffindbare Christina Clifford née Forman, die Frau, mit der Paul kurz verlobt gewesen war.

»Finden Sie so viel wie möglich über diese Leute heraus und halten Sie mich auf dem Laufenden. Ich will ihre Adressen wissen. Mulholland hat gesagt, Sie können mir helfen, solange ich mich nicht mit Ihnen auf die andere Seite des Landes absetze. Ich habe diesen Laptop in die Finger bekommen, auf dem noch mehr nützliche Informationen zu finden sein könnten. Mir ist es bisher gelungen, mich in Paul Matthews' E-Mail-Account einzuloggen und seinen Browserverlauf zu checken. Anna, kennen Sie sich damit aus?«

»Ja, Boss, ich kenne mich aus.«

»Nicht schlecht. Ich hoffe, Sie können mich noch mehr beeindrucken, indem Sie irgendetwas Nützliches aus diesem Laptop herausholen. Ich lasse ihn hier.« Sie stellte den Computer auf

Annas Tisch ab und schenkte den beiden ein Lächeln. »Also dann! Versucht, euch zu benehmen, Kinder. Wir unterhalten uns später.«

———

Dunkelgraue Wolken rollten von Süden aus über den Himmel, als Robyn hinter Heathrow auf die M25 auffuhr. Der Wetterbericht hatte einen Sturm vorausgesagt und wie es aussah, würde er diesmal recht behalten. Der Verkehr war dicht und die Fahrt dauerte länger, als sie gedacht hatte. Sie ging in Gedanken die Ereignisse der vergangenen Stunden durch, während sie sich zwischen frustrierten Urlaubheimkehrern und Pendlern die Autobahn entlangkämpfte. Paul Matthews' E-Mail-Account zu knacken war leichter gewesen als gedacht. Robyn hatte nur kurz darüber nachgedacht, was dem Mann wichtig gewesen war und hatte dann den Namen und das Geburtsdatum seiner ersten Frau Linda eingetippt. Sie war immer wieder überrascht, wie viele Leute diese Methode nutzten, wenn sie sich Passwörter für ihre Accounts überlegen mussten. Davies hatte sie darauf aufmerksam gemacht, als sie sich eines Tages in ihr E-Mail-Postfach eingeloggt hatte. Davies hatte immerhin jahrelang für den Geheimdienst gearbeitet. Er wusste alles über Passwortkombinationen. Er hatte ihr Passwort in nur wenigen Minuten erraten, indem er es mit der Marke ihres ersten Autos und dessen Nummernschild versucht hatte.

»Du solltest dir lieber eine willkürlichere Buchstaben- und Zahlenfolge überlegen«, hatte er gesagt. »Die meisten Leute nutzen vertraute Namen und Zahlen, weil sie sich unregelmäßige Abfolgen nicht merken können. Du kannst das. Du hast ein großartiges Gedächtnis.« An diesem Abend hatte sie ihr Passwort geändert.

Paul Matthews hatte seinen Laptop nicht oft genutzt. In seinem Postfach waren nur ein paar E-Mails gewesen und alle davon stammten aus seiner Korrespondenz mit Lucas. Besonders

viel hatte sie daraus nicht erfahren, aber immerhin eine Handvoll
Namen und Hinweise bekommen, denen sie nachgehen konnte.
Die erste Mail war zwei Monate alt und ihr unpersönlicher Ton
machte deutlich, wie entfremdet die beiden Männer waren. Lucas
hatte seinem Vater geschrieben:

Von: LucasMatthews@BlinkleyManorPrepSchool.com
An: TwitcherPippin@hotmail.com
Betreff: Neuigkeiten
Datum: Fr. 3.Juni 2016, 11:18:08 +0100

Dad,
ich weiß, es ist schon einige Jahre her, dass wir zuletzt
gesprochen haben und wir sind nicht gerade in bester
Freundschaft auseinandergegangen. Aber es ist etwas
passiert, das uns beide betrifft und ich muss dringend mit
dir sprechen.
Können wir uns bitte treffen? Ich kann zu dir ins Haus
kommen, wenn dir das besser passt. Mittwochvormittag
wäre gut, da muss ich nicht arbeiten.
Lucas

Von: TwitcherPippin@hotmail.com
An: LucasMatthews@BlinkleyManorPrepSchool.com
Betreff: Re:Neuigkeiten
Datum: Mo. 6. Juni 2016, 19:39:00 + 0100

Lieber Lucas,
was für eine Überraschung, nach all den Jahren von dir zu
hören. Du hast wohl keine Zeit für Smalltalk, wenn du
nicht einmal fragst, wie es mir geht. Ich kann mir nicht
vorstellen, was dich so erschreckt hat, dass du plötzlich mit
mir sprechen musst, oder wie in aller Welt es mich
betreffen sollte. Aber da ich immer noch dein Vater bin,

sollte ich dir wohl zuhören. Dann machen wir 10 Uhr
diesen Mittwoch, wenn es wirklich so dringend ist.
Dad

Die nächste Mail war mehr als eine Woche später eingegangen
und schon deutlich aufschlussreicher:

Von: TwitcherPippin@hotmail.com
An: LucasMatthews@BlinkleyManorPrepSchool.com
Betreff: Re:Neuigkeiten
Datum: Fr. 17. Juni 2016, 12:25:00 + 0100

Lieber Lucas,
um unsere Konversation fortzuführen, ich habe die gefor-
derte Summe auf dein Konto bei der Leek United Baugesellschaft überwiesen. Ich schätze, du tust, was du tun
musst, auch wenn ich nicht gerade glücklich darüber bin,
dass du mich da mit reingezogen hast. Bitte mich nicht
noch einmal um Unterstützung. Ich habe schon mehr für
dich getan, als ich müsste. Zu oft musste ich schon den
Kopf für dich hinhalten. Ich habe kein Interesse daran,
noch einmal mit deinem Fehlverhalten konfrontiert zu
werden.
Es ist wirklich nicht mein Problem. Ich fühle mich
verpflichtet, dir hierbei unter die Arme zu greifen, obwohl
es mich krankmacht. Hoffentlich hat damit alles endlich
ein Ende.
Du wirst wohl keine andere Wahl haben, als deine Stelle
an der Schule zu kündigen. Du musst dein geschmackloses
Verhalten endlich in den Griff bekommen. Such dir
professionelle Hilfe und krieg dein Leben auf die Reihe.
Du bist ein verheirateter Mann mit Verpflichtungen. Lern
endlich, Verantwortung zu übernehmen, um Himmels
Willen!

Dad

Drei Mails folgten:

Von: LucasMatthews@BlinkleyManorPrepSchool.com
An: TwitcherPippin@hotmail.com
Betreff: Re:Neuigkeiten
Datum: Di. 21. Juni 2016, 08:03:00 + 0100

Dad,
ich habe alle Anweisungen befolgt, aber ich fürchte das
reicht nicht. Ich kann dir nicht in einer E-Mail schreiben,
was passiert ist. Ich muss dich unbedingt noch einmal treffen. Ich komme morgen nach der Arbeit um sechs.
Lucas

Von: TwitcherPippin@hotmail.com
An: LucasMatthews@BlinkleyManorPrepSchool.com
Betreff: Re:Neuigkeiten
Datum: Fr. 1. Juli 2016, 19:39:00 + 0100

Lucas,
ich bleibe bei meiner Entscheidung, ich werde dir kein
Geld mehr geben. Du solltest das alles der Polizei melden,
auch wenn ich mir vorstellen kann, dass es dein Leben
negativ beeinflussen könnte. Ich weiß nicht, was ich noch
sagen soll. Vielleicht solltest du mit deiner Frau darüber
sprechen.
Dad

Die letzte Mail stammte von Paul, fünf Tage vor seinem Tod:

Von: TwitcherPippin@hotmail.com

An: LucasMatthews@BlinkleyManorPrepSchool.com
Betreff: Re:Neuigkeiten
Datum: Mi. 20. Juli 2016, 20:12:30

Lucas,
ich bin da über etwas gestolpert. Ich glaube, ich weiß, wo
wir sie finden können. Wenn wir sie aufspüren, könnten
wir all dem ein für alle Mal ein Ende setzen. Komm
morgen vorbei, dann erkläre ich dir alles.
Dad

Paul Matthews war am 25. Juli gestorben und Lucas Matthews am
selben Tag verschwunden. Robyn durchforstete Pauls Browserverlauf und während der Tage zwischen seiner letzten Mail und
seinem Tod hatte er vor allem nach den Namen Christina Forman,
Jane, Jack und Josh Clifford gesucht. Außerdem nach Geschäften,
Schulen, Ärzten und anderen Unternehmen in der Gegend um
Farnborough. In einem Dokument mit dem Titel Farnborough
hatte Paul eine Liste mit Telefonnummern und Adressen in der
Stadt gespeichert. Hinter vielen davon stand das Wort »Nein«,
was wohl bedeutete, dass Paul zu ihnen Kontakt aufgenommen
aber nicht gefunden hatte, wonach er suchte. Ein paar wenige
waren übriggeblieben und als erstes suchte sie das Keep Fit
Fitnessstudio auf.

Paul hatte die unterschiedlichsten Webseiten besucht, um
mehr über Farnborough herauszufinden. Und auf seinen Spuren
lernte Robyn ebenfalls interessante Details über die Geschichte
der Stadt. Eine der berühmten Einwohner der Stadt war die
verstoßene Eugénie gewesen, die Frau von Napoleon III. Sie hatte
wohl einst in Farnborough Hill gelebt, einem prunkvollen, viktorianischen Haus mit atemberaubendem Ausblick. Seitdem hatte
das Gebäude viele Verwandlungen durchgemacht und die unterschiedlichsten Aufgaben erfüllt. Heute war Farnborough Hill eine

Mädchenschule. Besonders interessant für Robyn war jedoch die Tatsache, dass Paul Matthews den Namen der Schule in seinem Dokument nicht nur in Großbuchstaben festgehalten, sondern auch ein Datum dazugeschrieben hatte: Den 28. Juli. Darüber wollte sie mehr erfahren.

Die ersten, großen Regentropfen zerplatzen auf der Straße, als Robyn auf den Parkplatz des Einkaufszentrums einbog. Sie fragte sich, was die französische Kaiserin wohl heute zu dem Ort sagen würde. Sie konnte sich kaum vorstellen, wie es hier vor hunderten von Jahren ausgesehen hatte. Obwohl der alte Uhrturm am Kreisverkehr an eine langsamere Zeit erinnerte, in der noch nichts auf die heutige, moderne Version der Stadt hingewiesen hatte.

Farnborough hatte über die Zeit viele Veränderungen durchgemacht, nicht zuletzt, weil es so enorm gewachsen war. Die internationale Flugschau brachte tausende Touristen hier her und hatte vor allem einen Anstieg der Einkaufsmöglichkeiten zur Folge gehabt. Wenn Kaiserin Eugénie heute noch leben würde, hätte sie bis zum Umfallen shoppen können.

Robyn stieß die Autotür auf und rannte durch den schweren Regenschauer hindurch in das Fitnessstudio. Es war deutlich kleiner als das, in dem sie regelmäßig trainierte. Eine schlanke Frau mit Pferdeschwanz stand an der Rezeption und tippte auf ihrem Handy herum. Sie trug ein leuchtend gelbes T-Shirt mit dem Logo des Studios und einem Namensschild und winzige Shorts, die ihre muskulösen, makellosen Beine hervorhoben. Sie sah auf, als Robyn eintrat.

»Ein Hundewetter, oder?«, sagte sie. »Ich bin Stacey. Bist du meine neue Klientin?«

»Ja. Und nein«, antwortete Robyn und wischte sich mit einer Hand die Regentropfen aus dem Gesicht. Sie holte ihren Dienstausweis hervor und zeigte ihn der Frau. »Ich hoffe, Sie können mir helfen. Ich bin auf der Suche nach einem vermissten Mann.

Würden Sie ein Blick auf ein Foto werfen, um zu sehen, ob Sie ihn erkennen?«

»Sicher. Ich weiß aber nicht, ob ich Ihnen sonderlich viel sagen kann, es sei denn, er ist einer meiner Kunden.«

Robyn hielt ihr das Foto von Lucas hin, das in Mary Matthews' Wohnzimmer gestanden hatte. Die junge Frau warf einen Blick darauf und schüttelte gleich den Kopf.

»Nie gesehen. Fragen Sie Martin, er ist bald zurück. Ich bin nur hier am Tresen, solange er sich was zu essen holt. Normalerweise macht er die Rezeption.«

Staceys Kundin trat ein und sie schickte sie in ihr Büro hinter dem Tresen, bevor sie sich noch einmal an Robyn wandte.

»Es kann nicht mehr lange dauern, das kommt immer auf die Schlange im Supermarkt an. Sie können hier warten.«

Sie hatte recht, denn nur Sekunden später kam eine völlig durchnässte Gestalt durch die Tür. Der junge Mann schüttelte seinen Regenschirm aus, den der Wind umgestülpt hatte, und murmelte: »Ganz toll. Den hätte ich genauso gut hierlassen können – oder ich hätte gleich mit einem Gänseblümchen überm Kopf herumwedeln können.« Seine Stimme war sanft und als er Robyn bemerkte, erschien ein fröhliches Lächeln auf seinem Gesicht. »Eine Sekunde«, sagte er. Seine Turnschuhe machten schmatzende Geräusche, als er den Raum durchquerte. Er zog eine dramatische Grimasse, beugte sich herunter und schlüpfte aus den Schuhen.

»Entschuldigung«, sagte er. »Ich hasse es, nasse Füße zu haben.« Er zog ein Handtuch hinter dem Tresen hervor und trocknete sich ab. »Das ist besser. Also, was kann ich für dich tun? Willst du dich anmelden? Wir haben einen ausgezeichneten Spinning-Kurs. Auch wenn ich ein wenig voreingenommen bin. Es ist mein Kurs.« Er grinste und entblößte damit eine kleine Lücke zwischen anderweitig strahlend weißen Zähnen. »Ich bin Martin«, fügte er hinzu.

Robyn lächelte. Er wirkte wie ein netter Kerl. Er lehnte sich neugierig vor, als sie geheimnisvoll die Stimme senkte. »Eigentlich brauche ich Ihre Hilfe. Ich bin Detective Inspector Robyn Carter und ich suche nach einer vermissten Person.« Sie schob ihm ihren Ausweis über den Tisch zu und nachdem er ihn eingehend betrachtet hatte, gab er ihn ihr mit zusammengepressten Lippen zurück und bemühte sich um einen ernsteren Ausdruck.

Robyn fuhr fort. »Ich glaube, diese Person könnte vor einer Weile in der Gegend gewesen sein und war vielleicht hier. Stacey hat gesagt, Sie verstehen sich gut mit den Kunden und haben ein gutes Gedächtnis. Ich dachte, es kann nicht schaden, zu fragen.«

Sie zeigte ihm das Foto. Martins Augen leuchteten sofort auf und er nickte. »An diesen Mann erinnere ich mich ganz genau. Er hat mir seinen Namen nicht verraten, aber ich nenne ihn Mr. Creepy. Ich habe ihn vor einer Woche gesehen, das müsste am Donnerstag gewesen sein, der 28. Juli. Ich erinnere mich so gut daran, weil Stacey sich an diesem Tag krankgemeldet hat und ich ihren Krafttraining-Kurs übernommen habe. Ich habe gerade meine Wasserflasche da drüben aufgefüllt.« Er deutete auf einen großen Wasserspender. »Ich war komplett dehydriert. Es war höllisch heiß im Studio, weil die Klimaanlage nicht funktioniert hat. Ich war schweißüberströmt und wollte eigentlich unter die Dusche springen, als er reinkam und einen Personal Trainer gefordert hat. Tonya hätte eigentlich an der Rezeption sein sollen, aber sie war gerade nicht vor Ort, deswegen habe ich mich um ihn gekümmert. Bevor ich irgendwas sagen konnte, hat er gesagt, er wollte Zoe haben. Er hat felsenfest darauf bestanden, nur zu ihr zu gehen, weil wohl eine Freundin von ihm gerade mit ihr trainierte und sie in höchsten Tönen empfohlen hatte. Das fand ich mehr als seltsam, weil Zoe hier schon seit Januar nicht mehr arbeitet. Seine Augen waren auch seltsam, weil sich eines davon nicht bewegt hat. Ich wusste nicht, wo ich hinsehen soll, und er hat mich die ganze Zeit angestarrt. Ich habe mich wirklich unwohl gefühlt und hatte schon überall Gänsehaut. Deswegen der Spitzname. Ich besitze eine gute Menschenkenntnis und Leute wie er kommen hier nicht her, nur um zu fragen was wir anbieten und was es kosten würde.

Ich habe ihm gesagt, dass Zoe gekündigt hat und das hat ihm

gar nicht gefallen. Kennen Sie das, wenn Sie jemandem auf Anhieb misstrauen? Genau so ging es mir mit ihm. Er hat gefragt, wo sie jetzt arbeitet, und ich habe gesagt, ich wüsste es nicht. Mir hat seine Art nicht gefallen und ich hetze einer meiner Freundinnen bestimmt keinen seltsamen fremden Mann auf den Hals. Vielleicht war er ja einer von der Sorte ›Verrückter Ex‹.«

Er verschränkte die Arme vor der Brust und verstummte.

»Sie haben richtig gehandelt«, sagte Robyn und erntete ein weiteres Lächeln von ihm. »Würden Sie mir verraten, wo Zoe jetzt arbeitet?«

»Sie hat eine Stelle in London angenommen, im Super Fit, einem von diesen Hochglanzstudios, wo sie jetzt mehr verdient, als sie hier je könnte. Ich wünschte, die würden mir auch eine Stelle anbieten. Ich hoffe, Zoe legt ein gutes Wort für mich ein. Ich habe auch ihre Telefonnummer, wenn Sie sie wollen. Wir treffen uns manchmal. Ich vermisse sie. Mit ihr konnte man immer lachen und sie war ein guter Trainer. Ihre Kurse waren immer ausgebucht.«

Er scrollte durch die Kontakte in seinem iPhone, schrieb eine Nummer auf einen Flyer des Fitnessstudios und überreichte ihn Robyn feierlich. Er lächelte sie erneut an, als sie ihm dankte. »Jederzeit. Und falls Sie mal wieder in der Gegend sind, besuchen Sie doch einen meiner Kurse.«

Draußen war der Himmel immer noch bedeckt, aber der Regen hatte nachgelassen. Sie saß gerade wieder in ihrem Wagen, als PC Patel anrief.

»Ich habe einige der Informationen, nach denen Sie gefragt haben. Jane Clifford ist in einem Pflegeheim in der Nähe von Derby. Ich habe morgen Mittag einen Besuchstermin für Sie arrangiert. DCI Mulholland braucht Anna und mich den ganzen Tag, ansonsten würde ich selbst fahren. Ich hoffe, das ist in Ordnung.«

»Ich werde Ross Cunningham bitten, sie zu treffen. Ich bleibe lieber hier. Ich habe mir noch ein paar Adressen anzusehen, obwohl ich eigentlich nicht zu lange bleiben wollte. Ich übernachte heute im Aviator Hotel. Das ist hinter dem Flughafen. Und nachdem Paul Matthews in seinem Farnborough Dokument auch

TAG Aviation erwähnt hat, dachte ich, ich sehe mich dort einmal um. Vielleicht finde ich ja jemanden, der Lucas kennt. Morgen werde ich die Farnborough Hill Schule besuchen, dann mache ich mich auf den Rückweg.«

»Ich bin noch dabei, Christina und die anderen Namen ausfindig zu machen. Anna durchsucht den Laptop. Ich melde mich wieder, wenn wir etwas Neues herausgefunden haben.«

Er legte auf und Robyn wählte Ross' Nummer, um ihn zu bitten, Jane Clifford einen Besuch abzustatten.

»Kein Problem«, sagte er. »Ich kann auf dem Weg zu meinem neuen Job einen kleinen Umweg machen. Ich soll ein Kindermädchen beschatten. Die wollen versteckte Kameras in jedem Zimmer. Die Leute haben es wohl nicht so mit Vertrauen.«

»Es könnte sein, dass dir einige Kameras fehlen. Jeanette hat mich gebeten, das Büro zu verkabeln, um zu sehen, ob du heimlich Schokoriegel und Chips während der Arbeit futterst.«

Ein prustendes Geräusch ertönte am anderen Ende der Leitung. »Bitte sag mir, dass du Witze machst.«

Robyn lachte und legte auf, ohne zu antworten. Da klingelte ihr Telefon auch schon wieder.

»Boss, ich glaube, Sie sollten das wissen. Es gab einen Vorfall im Haus von Paul Matthews. Die alte Haushälterin, Geraldine Marsh. Sie wurde tot aufgefunden.«

27

DAMALS

Im Bus stinkt es nach feuchter Kleidung und nassem Haar. Ich rümpfe die Nase, als noch mehr Fahrgäste zusteigen. Eine Frau mittleren Alters steigt ein. Sie trägt Leggins und eine Regenjacke und hat mehrere Einkaufstüten in der Hand. Sie wirft mir einen gleichmütigen Blick zu, zwängt sich neben mich und verdrängt mich mit ihren Einkaufstüten fast von meinem Platz. Sie entschuldigt sich nicht. Ich werfe der Frau einen flüchtigen Blick zu und bemerke ihr übermüdetes, abgespanntes Gesicht und den Schatten von Enttäuschung in ihren Augen. An ihren vergilbten Fingern ist kein Ehering zu sehen, nur die Spuren jahrelangen Kettenrauchens. Die Frau ignoriert mich, während sie breitbeinig dasitzt und ihre Einkaufstüten auf dem Schoß balanciert. Sie hat ihr Handy unter das Kinn geklemmt und führt ihre Unterhaltung in einer beachtlichen Lautstärke fort, als wäre sie allein im Bus.

»Ich hab es dir doch schon gesagt. Ich hab keine Scones von M&S mitgenommen. Die sind da viel zu teuer. Ich verstehe nicht, warum du dein Geld unbedingt für solchen Luxus rauswerfen willst. Ja, natürlich hab ich deine Pension abgehoben. Ich hätte ansonsten ja wohl kaum den Einkauf bezahlen können, oder? In der Bücherei gab es keine Bücher von Georgette Heyer, also hab ich dir eins von Jackie Collins ausgeliehen.« Sie verstummt kurz.

»Ich frage mich wirklich, warum ich mir die Mühe mache, dir auszuhelfen. Wenn du Jackie Collins nicht magst, lese ich es eben selbst. Ganz ehrlich!« Sie schnalzt verärgert mit der Zunge. Das Telefonat geht noch eine Weile so weiter und die Frau klingt zunehmend verärgert. Irgendwann hämmert sie auf den Aus-Knopf und schnaubt genervt. Dann sagt sie, an niemand bestimmten gerichtet: »Mütter! Die hören nie auf, einen wie ein Kind zu behandeln!« Sie wendet sich dem Fahrgast auf dem Sitz ihr gegenüber zu und beschwert sich weiter: »Sie ist achtzig Jahre alt und behandelt mich, als wäre ich zehn! ›Tu dieses, tu jenes!‹ Manchmal wünsche ich der alten Schlange den Tod. Ich fahre durch die ganze Stadt, um für sie einzukaufen, und sie jammert nur über alles. Zu blöd, dass sie es nicht selbst machen kann. Hätte sie sich nicht die Hüfte gebrochen, würde sie nichts von mir bekommen. Ich habe Besseres zu tun, als ihren Laufburschen zu spielen!«

Ich ignoriere die Frau und frage mich, wie es wohl wäre, wie ein Kind behandelt zu werden. Ich kann mich kaum erinnern, wann es mir das letzte Mal so ging. Zu Hause bin ich es, die sich um die Wohnung kümmert, aufräumt, für uns beide kocht und einkaufen geht. Ohne mich hätten wir wohl nicht einmal mehr ein Zuhause. Im Moment liegt meine eigene Mutter wahrscheinlich bewusstlos im Bett, nachdem sie in der Nacht ihren Boss unterhalten hat. Sie verbringt immer mehr und mehr Zeit im Bett. Der Alkohol und die Drogen haben das aus ihr gemacht. Sie ist abgemagert und hat immer einen leicht verwirrten Gesichtsausdruck. Noch kann man erahnen, wie schön sie einmal gewesen ist. Aber wenn sie so weitermacht, wird ihr Boss bald das Interesse an ihr verlieren. Und was machen wir dann?

Ich habe vor, bis dahin auf eigenen Beinen zu stehen. Ich habe viel gespart, über die letzten Monate. Ich werde nicht so enden wie meine Mutter und Sex mit irgendwelchen Männern haben, damit sie mir Geld für ein Haus geben. Ich habe andere Methoden, um an Geld zu kommen. Das ist der Vorteil daran, ein Geist zu sein. Niemand bemerkt mich. Mein Vater hält mich für ein Genie, weil ich immer noch nicht erwischt wurde. Ich habe meine Fähigkeiten über die Jahre perfektioniert und seit dem Zwischenfall mit Chloe Planter kann ich auch meine Emotionen besser kontrollieren. Obwohl Dad und ich beide wissen, dass ich innerlich koche. Manchmal droht der Druck in meinem Kopf, mich zu zerreißen und ich muss mir selbst Schmerzen zufügen, um mich zu beruhigen. Aber dann sehe ich, was aus meiner Mutter geworden ist und konzentriere mich wieder auf meine Rache. Mein Vater erinnert mich immer daran, den richtigen Moment abzuwarten. Ich muss erst lernen, zu leben. Ich muss eine unverdächtige Identität kreieren und sie annehmen. Ich muss alle davon überzeugen, dass ich diese Person bin und eines Tages werde ich dann die Gelegenheit haben, es denjenigen heimzuzahlen, denen ich meine verlorene Kindheit und meine aktuelle Situation zu verdanken habe.

Als der Bus anhält, macht die Frau ein Geräusch wie ein Ballon, dem die Luft ausgeht und kämpft sich auf die Beine. Die Haltestange mit einer Hand umklammert, watschelt sie zur Tür und klettert die Stufen hinunter. Der Bus fährt wieder ab und die Frau verschwindet mitsamt ihren Einkaufstüten in der Ferne.

An der nächsten Haltestelle steige ich zusammen mit mehreren anderen Passagieren aus. Ich bücke mich, um meine Schnürsenkel zu binden, bis sie alle in irgendwelchen Seitenstraßen verschwunden sind. Als ich alleine bin, ziehe ich den Geldbeutel der Frau aus meiner Jacke. Sie hat nicht gemerkt, wie ich meine Hand in ihre Tasche gesteckt und ihn genommen habe. Darin sind hundertachtzig Pfund. Zweifellos ein Teil der Pension ihrer alten Mutter. Ich werfe den Geldbeutel in den nächsten Mülleimer und stecke das Geld ein. Ich brauche es dringender als die alte Frau. Ich brauche es, um meinem miserablen Leben zu entkommen.

28

Abigail fühlte sich gefangen, wie ein Schmetterling in einem Marmeladenglas. Sie wusste keinen Ausweg mehr. Draußen hingen die dunklen Wolken wie schwere Vorhänge im Himmel. Und der Regen prasselte auf die Terrasse und die hölzernen Blumenkästen. Die Stiefmütterchen senkten unterwürfig die Köpfe, ihre leuchtenden Blüten lagen zerrissen auf der Erde.

Abigail war ebenso aufgewühlt wie das Wetter. Anspannung und Erschöpfung zerrten an ihren Nerven. Sie hatte die ganze Nacht nicht schlafen können. Jackson neben ihr hatte nichts von dem Chaos in ihrem Kopf geahnt. Es hatte sie alle Beherrschung gekostet, nicht einfach in Tränen auszubrechen und ihm zu erzählen, was passiert war. Sie hatte Nachrichten an alle ihre Freunde geschickt und sie darum gebeten, Jackson nichts von den geschmacklosen Facebook-Posts zu verraten. Sie hatte es damit erklärt, dass jemand sie gehackt hatte und sie ihm keine Sorgen machen wollte, weil er sowieso schon in seiner Arbeit ertrank. Aber es bestand immer die Gefahr, dass sich irgendjemand verplapperte. Es war bereits früh am Morgen, als sie endlich in einen unruhigen, traumlosen Schlaf fiel. Als sie aufwachte, lag Jackson nicht mehr neben ihr. Sie konnte ihn in der Küche mit Izzy hören.

Abigail nahm ihr Handy vom Nachttisch und loggte sich in ihren Facebook-Account ein, nur um zu sehen, dass noch mehr obszöne Nachrichten aufgetaucht waren. Sie schrieb noch einmal an den Kundendienst und bat darum, den Account endlich zu löschen. Dann schickte sie eine weitere Nachricht an Zoe – bereits die dritte – in der sie noch einmal sagte, dass sie gehackt worden war und dass die Posts nicht von ihr stammten. Dann rief sie Claire an, die verständnisvoll und mitfühlend reagierte.

»Ich sage allen, dass du eindeutig gehackt wurdest und nichts davon selbst geschrieben hast. Hast du mit Zoe gesprochen?«

»Sie ist auf einer Konferenz, sie war also wahrscheinlich nicht auf Facebook. Ich habe ihr eine Nachricht hinterlassen und ihr gesagt, dass diese schrecklichen Posts nicht von mir sind.«

»Zoe wird sich schon denken können, dass du dafür nicht verantwortlich bist«, antwortete Claire. »Deine echten Freunde werden alle wissen, dass du nicht so einen Müll postest. Ich bin gerade online und diese Nachrichten klingen kein bisschen nach dir. Aber wie in aller Welt ist jemand an dieses Foto von dir gekommen?«

»Hast du noch Kopien davon auf deinem Computer?«

»Ich lösche alle Bilder, nachdem meine Kunden sich diejenigen ausgesucht haben, die sie behalten wollen. Es gibt keine Kopien. Spätestens nach ein paar Wochen sind sie überschrieben. Ist es möglich, dass einer von Jacksons Bekannten dazu in der Lage gewesen wäre? Seine Kopiloten besuchen ihn manchmal zu Hause, oder? Vielleicht hat einer von ihnen das Bild mit dem Handy abfotografiert.«

Abigail hielt das für eher unwahrscheinlich. In der Nacht war ihr wieder eingefallen, dass Rachel sich im Haus umgesehen hatte. Sie hätte eine Gelegenheit gehabt, ein Foto von dem Bild zu machen. Aber sie konnte sich nicht erklären, warum sie so etwas tun sollte. Sie machte den Eindruck, sie und Izzy aufrichtig zu mögen. Und dann hatte sie sich auch daran erinnert, dass Rachel kein Smartphone hatte. Sie hätte damit also kaum ein Foto machen und es ins Internet stellen können. Dann blieb natürlich immer noch der unheimliche Stalker, der nicht aufhörte, sie anzurufen und ständig versuchte, ihre Ehe zu zerrütten. Es könnte sein, dass er sich jetzt daranmachte, ihre Freunde und Bekannten so vor den Kopf zu stoßen, dass sie sich von ihr abwandten, indem er sie als Lügnerin oder Verrückte darstellte. Ganz gleich, wie oft sie bestritt, die schrecklichen Nachrichten geschrieben zu haben, die Leute würden sie dennoch nach und nach verdächtigen.

Claire fuhr fort. »Hör zu, mach dir keine Sorgen, okay? Ich werde dem Kundendienst schreiben, dass dein Account gehackt wurde und es wird sicher bald alles gelöst sein.«

»Mach dir keine Mühe«, erwiderte Abigail erschöpft. »Das habe ich schon gemacht. Ich werde schon noch rausfinden, wer hinter all dem steckt.«

Claire stimmte ihr zu und legte auf, nachdem sie ihr noch einmal gesagt hatte, sie solle stark bleiben. Als sie sich ein wenig beruhigt hatte, zog Abigail sich an und ging nach unten. Jackson hatte Izzy bereits gefüttert und las ihr eine Geschichte über eine Raupe vor, während er sie auf seinem Knie schaukelte. Er sah auf und schenkte Abigail ein schiefes Lächeln, ihre Auseinandersetzung vom vergangenen Abend war schon vergessen.

»Schau, Izzy, Mommy ist hier. Sieht sie nicht wunderschön aus? Sie ist grade erst aufgestanden und schon ist sie eine Augenweide.«

Er zwinkerte ihr zu und obwohl sie sein Lächeln erwiderte, fühlte es sich falsch an. Sie hasste es, etwas vor ihrem Mann verheimlichen zu müssen. Es war an der Zeit, ihm endlich reinen Wein einzuschenken. Sie musste ihm endlich die Wahrheit über die Anrufe verraten und warum sie sie bekam …

»Du hast so friedlich ausgesehen, ich wollte dich nicht wecken«, sagte er. »Du hast ja nicht so oft Gelegenheit dazu, mal auszuschlafen. Ich dachte, vielleicht könnten wir meine Mom bitten, für ein paar Tage von Sheffield herzufahren und auf Izzy aufzupassen, während wir uns eine Pause gönnen. Wir könnten für einen Abend oder sogar über das Wochenende wegfahren. Es würde uns beiden guttun. Wir hatten nicht eine Sekunde zu zweit, seit ...« Er beendete den Satz nicht.

»Seit Izzy«, ergänzte dafür Abigail. »Vielleicht wäre es eine gute Idee. Ich muss wirklich lernen loszulassen. Izzy braucht mich, aber ich brauche dich. Deine Mutter wird sich bestimmt freuen, etwas Zeit mir ihr zu verbringen. Sie hat sie ja schon ewig nicht mehr gesehen. Er wird ihr auch guttun.«

Jackson grinste Izzy an und kraulte sie unterm Kinn. »Du wirst dich für Grandma gut benehmen, nicht wahr?« Das Baby gluckste. Abigail sammelte sich und machte sich bereit, ihn endlich in all die Geheimnisse einzuweihen, die sie seit Jahren vor ihm versteckte – als sein Telefon klingelte. Er ging ran, Izzy immer noch auf dem Schoß, die nach seinem Handy griff. Dann wurde sein Gesicht ernst und er runzelte die Stirn. Abigail beschäftigte sich in der Küche, bis er aufgelegt hatte. Sie setzte schon zum Sprechen an, aber er war nicht in der Stimmung, ihr zuzuhören.

»James ist schon wieder nicht zur Arbeit erschienen«, beschwerte er sich. »Ich werde den Dienstplan umschreiben und Dan überreden müssen, aus seinem Urlaub zurückzukommen, um den Flug in die Schweiz zu übernehmen. Vielleicht muss ich auch mehr Leute einstellen. Wir gehen noch pleite, wenn wir keine Piloten haben, um die Kunden an ihr Ziel zu bringen! Ich muss los. Wir sehen uns heute Abend. So, kleines Monster, Mommy wird sich jetzt um dich kümmern, weil Daddy in die Arbeit muss.«

Er drückte Abigail Izzy in die Arme und einen Kuss auf die Lippen, dann packte er seinen Hut und ging. Sie würde wohl auf eine andere, bessere Gelegenheit warten müssen, um ihm alles zu erzählen.

Am späten Nachmittag war Jackson immer noch nicht zurück. Izzy krabbelte auf einer Sportmatte herum und plapperte fröhlich vor sich hin. Sie griff nach dem Hängespiegel, erkannte ihr Spiegelbild und gurrte. Dieses Geräusch ließ Abigails Herz höherschlagen und sie drehte sich zu ihrem Kind um.

»Na komm, lass uns Kuckuck spielen«, sagte sie und hob Izzy auf ihren Schoß. »Soll Mommy Kuckuck mit Izzy spielen?« Sie legte sich die Hände über die Augen und fragte: »Wo ist Izzy? Wo ist sie?« Izzy plapperte unverständlich. Abigail senkte schnell die Hände und sagte mit euphorischer Stimme: »Da ist sie ja!« Das Kind klatschte vor Freude in die Hände.

Die Reaktion brachte Abigail zum Lachen und sie wiederholte alles ein paar Mal, bevor sie das Spiel umdrehte und jetzt Izzy die Augen zuhielt. Ihre Liebe für Izzy war beinahe unerträglich stark. Sie wünschte sich, sich an eine Zeit erinnern zu können, in der ihre Mutter mit ihr solche Spiele gespielt hatte. Sie zweifelte ein wenig daran, dass es jemals so gewesen war. Sie hatte keine angenehmen Erinnerungen an sonnige Tage oder bunte Spielsachen, Kinderlieder oder Geschichtenerzählen. Sie verdrängte die Gedanken. Wenn sie jetzt zu sehr in Erinnerungen versank, würde sie damit auch eine dunklere Vergangenheit aufwühlen und das wollte sie verhindern. All das war vorbei und sie wollte es dabei belassen. Nicht einmal Jackson hatte eine Ahnung, was sie durchgemacht hatte. Sie hatte sich ein Leben ausgedacht, das er verstehen konnte. Sie hatte ganze Urlaube im Ausland erfunden und fröhliche Weihnachtsfeiern und Besuche im Freizeitpark. Ein Leben, in dem ihre Eltern stolz auf sie gewesen waren, bis sie bei einem Autounfall ums Leben gekommen waren, während sie auf Geschäftsreise in der Türkei gewesen war.

Jackson war in einer glücklichen Familie aufgewachsen. Seine Eltern hatten ihm jeden Abend eine Gute-Nacht-Geschichte vorgelesen. Sie hatten den Sommer in ihrem eigenen kleinen Ferienhaus am Meer verbracht. Sie hatten am Strand nach Muscheln gesucht oder Drachen steigen lassen oder ihm mit Eselritten und Eiscreme eine Freude gemacht. Jackson sprach häufig über seine erfüllte Kindheit und immer wieder wünschte Abigail, einige seiner glücklichen Erinnerung wären ihre eigenen. Seine Mutter war Hausfrau gewesen und hatte ihn jeden Abend nach der

Schule mit frischgebackenem Kuchen oder Marmeladen-Sandwiches zum Tee empfangen. Sie waren die perfekte Familie. Wie sehr Abigail sich nach ein wenig Normalität in ihrem Leben gesehnt hatte. Ihr Wunsch war in Erfüllung gegangen. Sie hatte ein Leben mit Jackson und Izzy und Toffee.

Der Kater sprang auf einen Küchenstuhl und fing an, sich zu Putzen. Abigail wandte sich wieder Izzy zu. »Zeit für eine Geschichte«, sagte sie. Izzy versuchte, sich eine Socke auszuziehen, während ihre Mutter zu erzählen begann.

»Es war einmal ein kleines Mädchen, das in einem schönen Haus mit einer flauschigen Katze lebte. Weißt du, wie die Katze hieß? Toffee, weil ihr Fell die Farbe von Sahnetoffees hatte.« Izzy sah sie an, als würde sie lauschen. »Sie hatte eine Mommy, die sie sehr liebte und einen Daddy, der sie auch sehr liebte.«

Izzy spielte unbeschwert in ihrem Laufstall und so konnte Abigail in Ruhe das Abendessen für sich und Jackson vorbereiten. Sie hatte den Tisch gedeckt, wie sie es früher, vor Izzys Geburt immer gemacht hatte. Drei dicke, rote Kerzen standen in der Mitte und warteten darauf, angezündet zu werden. Daneben stand eine offene Flasche Rotwein. Es sollte ein romantisches Abendessen werden. Sie würde sich wieder ein wenig mehr um ihre Beziehung mit Jackson bemühen.

Sie überprüfte die Zeitanzeige im Herd. Sie hatte noch etwa zwanzig Minuten, bevor Jackson nach Hause kommen würde, also hob sie Izzy in die Arme. Die fremde Stimme aus dem Babyfon zu hören hatte sie nachhaltig erschreckt, sodass sie ihre Tochter nicht eine Minute aus den Augen lassen wollte. Der Schlosser, den sie noch am selben Tag beauftragt hatte, hatte die Schlösser bereits ausgetauscht, aber jetzt musste sie Jackson erklären, warum sie das getan hatte. Er würde sie wohl für verrückt halten, aber das Risiko war es ihr wert.

»Na komm, kleiner Engel, du kannst mitkommen, solange ich

mich fertigmache«, sagte sie, während sie das Baby nach oben ins Schlafzimmer trug. Izzy rollte vergnügt über das Doppelbett, als Abigail ihre teuren Kleider durchsuchte. Wenig später trug sie eine hautenge Jeans und ein weißes Top, das nichts der Vorstellung überließ. Der tiefrote Lipgloss glänzte verführerisch und sie formte einen sexy Kussmund vor dem Spiegel. Heute wollte sie ihn daran erinnern, in wen er sich damals verliebt hatte. Sie würde den Terror der vergangenen Tage einfach vergessen und dem anonymen Anrufer sagen, dass sie ihm die Polizei auf den Hals hetzte, wenn er sie nicht in Ruhe ließ. Sie würde dem ein Ende setzen und zu ihrem Alltag zurückkehren, zu dem Leben, für das sie so hart gearbeitet hatte.

»Meinst du, Daddy wird das Outfit gefallen?«, fragte sie Izzy, die fröhlich gurrte. »Ich glaube, das wird es. Ich glaube, Daddy wird es sehr gut gefallen. Und wir werden für immer eine glückliche Familie sein.«

Wieder in der Küche angekommen bemerkte sie, dass sie eine ungelesene E-Mail hatte. Sie stammte von einer Adresse, die sie nicht kannte: besorgterfreund@hotmail.com. Der Betreff lautete »Die Wahrheit«. Ein ungutes Gefühl überkam sie, fast so als könnte sie den Inhalt der Mail bereits erahnen und sie fürchtete, ihr ganzes Leben könnte sich dadurch auf den Kopf stellen.

Sie setzte Izzy in ihren Hochstuhl und drückte ihr eine Reiswaffel in die Hand.

Dann nahm sie ihr Handy, um die Mail zu lesen, aber sie zögerte. Sie könnte sie einfach löschen und alles wäre gut. Sie könnte mit ihrem Leben so weitermachen wie es war, ein wunderbares Abendessen mit Jackson genießen und dann mit ihm auf dem Sofa Wein trinken und lachen, bevor sie sich gegenseitig in die Arme fielen. Die Welt schien stillzustehen, als sie ganz automatisch die Mail antippte und las: »Erst stiehlt sie deinem Mann das Herz. Was wird sie dir als nächstes nehmen? Dein Haus? Dein Leben? Dein Kind?« Abigails Hände zitterten, als sie den Anhang öffnete.

Das erste Foto war von einer Frau, die Jackson in einer Bar

einen Kuss auf den Mund drückte. Die nächsten beiden waren deutlich freizügiger. Abigail konnte das Gesicht des Mannes nicht erkennen, der da von einer nackten Frau geritten wurde, deren Gesicht vor Ekstase verzerrt war. Aber sie entdeckte die Kapitänsmütze neben dem Bett. Ihr entfuhr ein leises Seufzen. Diese Fotos zeigten Jackson und seine Geliebte – eine Frau, die sie seit drei Jahren kannte. In ihrer Nacktheit sah sie atemberaubend aus. Ihre Brüste waren fest und rund, sie hatte einen perfekten Waschbrettbauch und ihre muskulösen Schenkel schlangen sich um den Mann. Ihre Haare waren ihr teilweise vor das Gesicht gefallen, aber es bestand kein Zweifel. Die Frau auf dem Foto mit den grünen Haaren war Zoe.

29

Das Aviator in Farnborough war ein umwerfendes Hotel mit Luftfahrt-Motto. Die Inneneinrichtung erinnerte an ein großes Flugzeug. In den Aufzügen hingen sogar Bildschirme, die wie Flugzeugfenster geformt waren und vorbeizischende Wolken zeigten, sodass man das Gefühl hatte, mit mehreren hundert Stundenkilometern unterwegs zu sein. Robyn hatte schon in vielen Hotels übernachtet, aber keines davon war nur annähernd so vornehm gewesen. Ihr Zimmer war zeitgenössisch eingerichtet und bot alle modernen Annehmlichkeiten, die man sich nur vorstellen konnte. Die Wände im Badezimmer waren mit schwarzem Glas verkleidet und der Waschtisch hatte eine edle Granitoberfläche. Dunkle, hölzerne Jalousien hingen in den großen Fenstern mit Ausblick auf das Rollfeld von Farnborough.

Der militärische Flughafen und seine Forschungsstation von damals war heute ein Passagierhafen, der Zivilisten und Güter in schnittigen Maschinen in alle Welt brachte. Sie beobachtete, wie ein kleiner Jet für den Abflug vorbereitet und auf die Startbahn gebracht wurde. Wie gebannt betrachtete sie die Rotoren. Das Brummen der Motoren wurde immer lauter, je schneller sich das Flugzeug fortbewegte, bis es plötzlich mit einem sonoren Getöse und einer Eleganz vom Boden abhob, die auf Robyn vertraut und beruhigend wirkten. Sie hatte ein ganz ähnliches Flugzeug in ihrem »anderen Leben« beim Start beobachtet, als Davies mit zwei seiner Kollegen für eine Mission schnell und unbemerkt nach Südfrankreich fliegen musste. Mit ihren Erfahrungen als Undercover-Agenten und ihrem makellosen Französisch war es ihnen gelungen, eine Splitterzelle von Terroristen festzunehmen.

Sie warf ihre Tasche in den begehbaren Kleiderschrank und nahm eine gekühlte Wasserflasche aus dem Kühlschrank, bevor sie Mitz Patel anrief.

»Mehr kann ich dazu nicht sagen. Der Gärtner hat Geraldines Fahrrad vor dem Haus gesehen, als er die Hecke schneiden wollte. Er fand es ungewöhnlich, weil sie am Dienstag normalerweise nicht dort ist. Als das Fahrrad am Abend immer noch dastand, hat er an die Tür geklopft. Es war nicht abgeschlossen und als er sie geöffnet hat, hat er ihre Leiche am Fuß der Treppe entdeckt. Sergeant Austin James wurde zum Unfallort geschickt, aber es gab keine Hinweise auf unlautere Umstände. Wie es aussieht, ist sie gestürzt.«

»Es kommt mir nur merkwürdig vor, dass Paul Matthews im Wald gestürzt ist und jetzt passiert ihr dasselbe im Haus.«

»Es gab keine Indizien, die auf etwas anderes hindeuten.«

»Ich möchte trotzdem, dass Sie sich noch einmal dort umsehen.«

»Was, wenn Mulholland mich braucht?«

»Darum kümmere ich mich schon. Ich will, dass Sie das übernehmen. Suchen Sie nach allem, was darauf hinweisen könnte, dass es mehr als ein Unfall war. Und rufen Sie mich an, sobald Sie etwas gefunden haben.«

»Was, wenn ich nichts finde?«

»Sie werden etwas finden.«

Als nächstes rief Robyn Zoe Cooper an. Sie gab sich als Detective zu erkennen und bat die Frau, sie später im Hotel zu treffen, wenn Zoe mit der Arbeit fertig war. Der Rest des Nachmittags verlief eher frustrierend. Sie rief DCI Mulholland an und erklärte ihr, dass sie PC Patel brauchte, um den Unfallort im Gutshaus zu untersuchen. Louisa Mulholland war ganz und gar nicht amüsiert.

»Sie können nicht einfach meine Leute aus dem Nichts heraus in die Wildnis schicken, Robyn. Ich dachte, das hätte ich in unserer Unterhaltung deutlich gemacht. Ich brauche ihn auf dem Revier. Wir sind momentan absolut unterbesetzt.«

»Das kann ich verstehen, aber ich habe den Verdacht, dass der Tod von Geraldine Marsh irgendwie mit meinem Fall zusammenhängt.«

»Ist es schon wieder so weit, dass Sie irgendeinem wilden Verdacht nachjagen? Der Bericht war eindeutig. Die Haushälterin ist gestürzt. Es war niemand sonst im Haus. Sie lesen da zu viel hinein.«

»Sie wollen PC Patel also untersagen, sich das Haus anzusehen?«

Mulholland atmete hörbar aus. »Er kann gehen. Aber ich hoffe für Sie, dass Sie recht haben. Ich verschwende nicht gerne die wertvolle Zeit meiner Leute.«

Danach musste Robyn sich mit einem anderen Problem herumschlagen. Sie versuchte, Zugang zum Rollfeld zu erhalten, aber ohne Buchung oder besondere Genehmigung weigerte sich das Sicherheitspersonal, sie durchzulassen. Sogar ihr Dienstausweis und ihre Verhandlungskünste konnten sie nicht überzeugen. Niemand wollte ihr weiterhelfen, also rief sie bei BizzyAir an, aber auch dort sagte man ihr nur, dass sie Passagier in einem Flugzeug sein musste, ansonsten würde sie keine Erlaubnis bekommen, das Rollfeld zu betreten, ganz gleich welchen Rang sie bei der Polizei hatte. Es war hoffnungslos. Aber noch einmal konnte sie Mulholland nicht um Hilfe bitten. Sie war ihrer Vorgesetzten für diesen Tag genug auf die Nerven gefallen und sie hatte auch nicht wirklich die Zeit für die ganzen Auflagen und Protokolle, um einen förmlichen Durchsuchungsbefehl zu beantragen. Dann kam ihr ein Gedanke. Sie würde etwas unkonventionellere Methoden versuchen, um auf das Rollfeld zu kommen.

———

Robyn betrat den Aufzug des Hotels und überprüfte ihr Aussehen in den spiegelnden Wänden. Sie sah eine elegante Frau, deren Haare zu einem perfekten Dutt hochgebunden waren. Sie trug einen maßgeschneiderten blauen Hosenanzug und ein buntes Halstuch, das seitlich zusammengeknotet war. Sie wartete in der Empfangshalle, aber außer Sichtweite der Rezeptionistin, in eine der Nischen. Das Glück war auf ihrer Seite, denn wenig später kam eine Gruppe Geschäftsmänner an, die aussahen als würden sie sich gerade voneinander verabschieden. Sie standen nah genug bei ihr, dass sie jedes Wort verstehen konnte.

»Also Mr. Carlisle, es war mir eine Ehre, Sie kennenzulernen. Gute Reise«, sagte einer von ihnen und streckte eine Hand aus. »Ich wünschte, wir können Sie begleiten. Es klingt nach einem Abenteuer.«

»Man kann in der Tat nicht jeden Tag dabei sein, wenn ein Kraftwerk gesprengt wird.«

Robyn lehnte sich leicht nach vorne, um einen besseren Blick auf die Männer zu haben. Mr. Carlisle war in seinen Fünfzigern, fast zwei Meter groß mit dunkelblondem, schulterlangem Haar. Er trug ein weißes Hemd und eine schwarze Hose mit abgetragenen Schuhen. Er hatte die selbstbewusste Ausstrahlung eines Geschäftsmannes, legte aber offenbar keinen großen Wert auf eine makellose äußere Erscheinung. Sein Begleiter war fast einen Kopf kleiner und trug einen grauen Anzug, der seiner geröteten Gesichtshaut nicht gerade schmeichelte.

»Danke für die Einladung zum Mittagessen. Richard hier wird sich nächste Woche wieder bei Ihnen melden. Ich fliege am Wochenende nach Portugal, ich habe meiner Göttergattin einen schönen Urlaub versprochen. Damit hat sie mir schon das ganze Jahr in den Ohren gelegen. Also gut, wir machen uns besser auf den Weg. Die anderen werden schon auf dem Rollfeld sein, wir sollten uns beeilen, bevor sie ohne uns abheben.«

»Sie werden wohl kaum ohne ihren Chef fliegen«, sagte einer der Männer und kicherte.

»Ach, wahrscheinlich wären sie froh, mich los zu werden«, antwortete Mr. Carlisle.

Robyn stahl sich davon und schlich sich die Treppe hinunter, vorbei an knisternden Kaminfeuern und Samtsofas und verließ das Gebäude. Draußen stellte sie sich neben einen Angestelltenparkplatz und wartete. Das richtige Timing war jetzt das Wichtigste. Als die Männer das Hotel verließen, fuhr ein Taxi vor. Robyn ging darauf zu und wollte die Tür öffnen.

»TAG Aviation?«, fragte der Taxifahrer durch ein heruntergelassenes Fenster.

»Ja«, antwortete Robyn, stieg ein und schnallte sich an.

»Wir auch«, sagte der kleine Mann in dem grauen Anzug.

»Ich soll hier einen Mr. Carlisle abholen«, sagte der Fahrer und warf Robyn einen kritischen Blick zu.

»Das bin ich«, sagte Mr. Carlisle.

»Dann bin ich für Sie hier, nicht für diese Dame. Sie müssen leider aussteigen, Lady.«

»Aber ich warte schon seit fünfzehn Minuten auf ein Taxi. Ich muss zum Flugplatz. Ich werde meinen Flug verpassen, wenn ich nicht sofort losfahre«, erklärte sie höflich. Sie wandte sich an die beiden Männer, die noch neben dem Auto standen. »Sie fahren doch zum Flugplatz. Können Sie mich mitnehmen? Ich habe es wirklich eilig.«

Carlisle betrachtete sie von oben bis unten. »Da wir alle dasselbe Ziel haben, warum nicht? Es ergibt wirklich keinen Sinn, länger zu warten als nötig. Wenn es Ihnen nichts ausmacht, macht es uns auch nichts aus.«

»Vielen Dank, Sie sind wahre Gentlemen«, sagte sie mit einem dankbaren Lächeln. Carlisle stieg ein und setzte sich ihr gegenüber. Sein Begleiter, der weniger begeistert über den zusätzlichen Fahrgast schien, nickte ihr nur höflich zu und fuhr mit der Unterhaltung fort.

»Trifft Rick sich mit uns in Glasgow?«

»Nur, wenn er seinen Kater ausgeschlafen hat. Gestern klang er schon ziemlich angetrunken. Aber es sei ihm gegönnt, man bekommt eben nicht jeden Tag die Gelegenheit, das größte Kraftwerk von Schottland abzureißen.«

»Er sollte mit dem Feiern warten, bis alles gut gegangen ist. Wenn irgendwas schiefläuft, könnte ihm das Wasser schnell bis zum Hals stehen.«

»Er ist ein erfahrener Sprengmeister. Es wird schon gut gehen. Und ich bin sicher, wir alle werden es uns danach jubelnd in den Nachrichten sehen.«

Er warf Robyn einen Blick zu, die so tat, als würde sie nicht zuhören.

»Wir fliegen nach Glasgow. Wir werden der Sprengung des größten Kraftwerks Schottlands zusehen.«

»Gehört das Kraftwerk Ihnen?«, fragte sie.

»Wir sind Schrotthändler. Wir dürfen die Trümmer abtragen, wenn es abgerissen ist. Gewissermaßen gehört es also uns, ja«, antwortete er stolz. »Wohin fliegen Sie?«

»Zurück nach Frankreich. Nach Nizza.«

»Geschäftlich?«

»Ich bin Stewardess auf einem Privatjet. Ich kann leider nicht verraten, wem er gehört, aber wir müssen heute zurückfliegen. Früher als geplant, deswegen wurde ich zurückgerufen. Also doch kein Zwischenstopp in England. Danke, dass ich mit Ihnen fahren darf.« Sie lächelte entschuldigend und zog ihr Handy aus der Tasche. Sie gab vor, ein Gespräch anzunehmen und spielte ein Telefonat auf Französisch vor, um einer weiteren Unterhaltung zu entgehen. Die Männer unterhielten sich weiter mit gesenkter Stimme über das Kraftwerk.

Sie erreichten bald das Tor der TAG Aviation am Farnborough Airport und ein Mann mit einem Klemmbrett in der Hand kam ans Taxi.

»Hecknummer, bitte«, verlangte er. Richard zog ein Blatt Papier aus seinem Kalbsleder-Portemonnaie und las mit zusammengekniffenen Augen.

»W-I-G-L«, sagte er. »Wir gehören zu einer Gruppe, die schon hier sein sollte.«

Der Mann überprüfte sein Klemmbrett, während Robyn ihre imaginäre Unterhaltung fortführte. Sie schenkte dem Wachmann ein höfliches Lächeln und er vermutete wohl, dass sie zusammengehörten. Er winkte sie durch.

Das Taxi setzte sie bei der Geschäftslounge ab und Robyn beendete ihr Telefonat. Sie bestand darauf, ihren Teil des Fahrtpreises zu bezahlen. Eine Gruppe junger Männer stand vor dem Terminal und rief ihnen etwas zu.

»Hi Kumpels!«, rief Richard zurück. »Ich bin ihn leider nicht losgeworden!« Er deutete auf Carlisle, der gut gelaunt grinste. Die anderen buhten ihn scherzhaft aus, dann lachten sie alle und betraten zusammen die Rezeption. In dem Stimmengewirr und Gewusel der vielen Männer, die die unterschiedlichsten Reisepapiere vorzeigen wollten, gelang es Robyn, an der Rezeptionistin vorbei zu schlüpfen und ins Terminal zu gelangen.

Sie ging den Flur entlang, bis sie die Pilotenlounge fand. Sie war mindestens so stilvoll wie das Hotel, aus dem sie gerade gekommen war. Die Einrichtung war in den Farben Rot und Grau gehalten, mit gestreiften Kissen auf großen Sofas, Schlafgelegenheiten und einer Küche. Auf einigen Schreibtischen standen mehrere Computer bereit. An einem davon saß ein Kopilot, Robyn erkannte seinen Rang an den drei Streifen am Ärmel. Er studierte gerade Wetterkarten und schien sie kaum zu bemerken, während sie hoch erhobenen Hauptes zu einem der Sofas ging. Sie nickte ihm kurz zu, bevor sie sich setzte und ein Blatt Papier aus ihrer Tasche zog. Nach einer Weile fing sie an, empört mit der Zunge zu schnalzen, was den Mann am Computer aufsehen ließ.

»Verzeihung. Ich habe nur gerade gesehen, dass wir einen Passagier erwarten, mit dem wir schon einmal geflogen sind. Es war nicht unbedingt ein angenehmer Fluggast. Lucas Matthews. Hatten Sie schon mal die Ehre?«

»Nein, nicht dass ich wüsste. Hoffentlich benimmt er sich

dieses Mal. Mit wem fliegen Sie? Ich habe Sie hier noch nie gesehen.«

»Ein Privatflug. Whisky, Indien, Golf, Lima«, fügte sie hinzu. Sie wählte die Hecknummer von dem Flug, den Carlisle und seine Kollegen nehmen wollten, um eine echte nennen zu können und nutzte das phonetische Alphabet von dem sie wusste, dass es im Pilotenjargon üblich war. »Nach Glasgow.«

Der Pilot nickte. »Der Learjet. Ich hab ihn bei der Landung gesehen. Nette Maschine.«

Die Tür wurde geöffnet und ein etwa sechzigjähriger Mann trat ein. Er hatte stahlgraues Haar und dunkelgrüne Augen. Die Mütze unter seinem Arm und sein selbstbewusstes Auftreten zeichneten ihn als erfahrenen Piloten aus.

»Abend, Dan. Sieht alles gut aus«, sagte er kurz angebunden. »Können wir los?«

»Ich checke nur noch schnell das Wetter. Die Vorhersage sieht aber gut aus. Es werden vierundzwanzig Grad erwartet und ab Schiphol ist ein leichter Süd-West-Wind angesagt. Ich rechne also nicht mit Schwierigkeiten.«

Dan setzte sich Sonnenbrille und Hut auf und vervollständigte damit seine Pilotenuniform. Der Kopilot nickte Robyn noch einmal zu.

»Viel Glück mit Ihrem Passagier.«

»Wer ist es?«, fragte der Kapitän, als sie schon auf dem Weg zur Tür waren.

»Lucas Matthews«, sagte Robyn.

»Lucas?«, wiederholte der Kapitän. »Der Name kommt mir bekannt vor. Ich glaube, das war der Typ, der Jackson belästigt hat. Hat ständig angerufen und nach ihm gefragt. Sally von der Rezeption war total genervt von ihm. Sie hat sich über seine Art beschwert. Er ist wohl ziemlich ausfallend ihr gegenüber geworden. Jackson hat gesagt, er würde ihn zurückrufen und ihm ordentlich die Meinung geigen. Ich weiß nicht, ob er es wirklich getan hat, jedenfalls hat er nicht mehr von sich hören lassen. Er war definitiv seltsam, auch wenn ich nicht glaube, dass er gefährlich ist. Ich habe ihn als sehr heftig in Erinnerung. Ja, so kann man das sagen – heftig. Und eben ein bisschen schräg. Wenigstens belästigt er Jackson nicht mehr. Ich denke, er wird sich für Sie zusammenreißen«, fügte er hinzu und zwinkerte Robyn zu.

Sie verließen das Zimmer. Robyn verließ das Gebäude. Sie war zufrieden und verabschiedete sich höflich von der Frau an der Rezeption. Manchmal zahlte es sich eben aus, etwas dreister vorzugehen, anstatt im Schatten zu lauern. Und einen Baum versteckte man am besten im Wald.

Vom Terminal rief sie sich ein Taxi. Jetzt hatte sie also einen weiteren Namen: Jackson. Vielleicht genügte das schon als Hinweis, aber spätestens, wenn sie seinen Nachnamen herausgefunden hatte, würde sie ihn aufspüren können.

<hr>

Zoe war pünktlich. Als sie in der Sky Bar ankam trug sie ein Cremefarbenes Spitzenkleid und Gladiatorensandalen, die sich um ihre trainierten Waden schlangen. Zusammen mit ihren grellgrünen Haaren zog ihr Outfit alle Blicke auf sich. Sie schlängelte sich zu Robyn durch, die an der Bar auf sie wartete.

»Hi, ich bin Zoe«, stellte sie sich vor und setzte sich neben sie. Als sie dem Blick des Barkeepers begegnete, grüßte sie ihn. »Hi Christophe.« Der Mann sah zweifellos gut aus. Mit seinem dunklen Haar, den wohlgeformten Wangenknochen und sinnlichen Lippen hätte er das Zeug zum Supermodel gehabt.

»Darf ich Ihnen was ausgeben?«, fragte Robyn.

»Mineralwasser mit Zitrone bitte. Ich bin am Verdursten. Ich habe heute Nachmittag vier Kurse gegeben, ich bin komplett dehydriert. Ich werde bald zu einer riesigen Dörrpflaume zusammenfallen, wenn ich nicht bald etwas Flüssigkeit bekomme.«

»Ich nehme dasselbe.«

Der Barmann stellte ihnen zwei Gläser hin. Zoe nahm einen großen Schluck und machte ein dankbares Geräusch.

»Gleich viel besser. Danke.« Sie schenkte Robyn ein perfektes

Lächeln. »Eine Detective Inspector also? Das kann ja nur interessant werden. *Juliet Bravo* war immer eine meiner Lieblingsserien im Fernsehen.«

»Es ist nicht ganz wie im Fernsehen, aber es gibt spannende Tage.«

Zoe nahm einen weiteren Schluck Wasser und seufzte. »Viel besser«, sagte sie. »Ich sehe mir wahnsinnig gerne Polizeidramas wie *Endeavour* oder *Sherlock* an. Aber ich glaube, ich wäre lieber ein Privatdetektiv als bei der Polizei. Ich habe mir immer vorgestellt, wie ich für eine dieser ›Honigfallen‹ den Köder spiele.« Sie grinste breit, überschlug die Beine und nahm eine passende Pose ein. Dann winkte sie den Kellner zu sich. »Christophe, meinst du, ich würde einen Job als Männerköder bekommen?«

Er lachte. »Ich dachte, den Job machst du schon längst.«

»Frechheit«, erwiderte sie scherzhaft. »Du bist doch nur neidisch, weil ich mehr Männer abschleppe, als du.«

»Du hast nicht ganz unrecht. Aber ich bin jetzt ein anderer Mann«, entgegnete er und deutete auf den Ehering an seinem Finger.

Zoe lachte. »Du flirtest dich aber immer noch durch ganz England. Du änderst dich nie.«

Er lachte wieder und schüttelte den Kopf.

Robyn hatte den Wortwechsel nur schweigend beobachtet. »Sie müssen hier sehr oft herkommen.«

»Gut erkannt, DI Carter. Ich komme hin und wieder her, aber ich kenne Christophe schon seit zwei Jahren, seit er bei einem meiner Pilates-Kurse mitgemacht hat. Ich hatte noch nie so viele Teilnehmer. Frauen aus Nah und Fern wollten unbedingt teilnehmen, nur um den gutaussehenden Christophe in seinen hautengen Shorts bei den unmöglichsten Übungen zu beobachten. Er hat jeder von ihnen das Herz gebrochen, als sie herausfinden mussten, dass er Declan heiraten würde.«

Christophe schenkte ihr ein strahlendes Lächeln. »Du hast selbst nicht gerade wenige Herzen gebrochen, meine Liebe«, sagte er, bevor er sich einem anderen Kunden zuwandte. Zoes Gesicht wurde ernst.

»Also, Sie suchen nach jemandem?«

»Nach einem Mann namens Lucas Matthews. Ich glaube, er hat versucht, aus irgendeinem Grund mit Ihnen Kontakt aufzunehmen. Ihr Name ist im Laufe meiner Ermittlungen gefallen.«

»Ich bin nicht verdächtig, oder?«

»Nein, es geht nicht um ein Verbrechen. Ich suche lediglich nach einer vermissten Person und habe gehofft, Sie könnten ihn gesehen haben.«

»Der Name kommt mir nicht wirklich bekannt vor. Haben Sie ein Bild von ihm?« Sie leerte ihr Glas.

Robyn legte das Foto von Lucas vor ihr auf die Bar. Zoe betrachtete es eingehend und tippte es mit ihren manikürten Fingernägeln, die farblich zu ihrem Haar passten, an. »Ich habe ihn definitiv gesehen, aber ich kann mich nicht erinnern, wo.« Sie schloss konzentriert die Augen, als sie versuchte, das Gesicht mit einem Ort oder Zeitpunkt zu verknüpfen, dann sah sie wieder auf. »Nein, ich komme nicht drauf. Ich habe nicht mit ihm gesprochen, aber gesehen habe ich ihn irgendwo. Ich muss mir keine Sorgen machen, oder?«

»Ich glaube nicht. Ich vermute, er will Kontakt zu Ihnen aufnehmen, aber ich glaube nicht, dass er etwas im Schilde führt. Wenn Sie ihn sehen, rufen Sie mich bitte sofort an.«

Robyn notierte ihre Nummer auf einer von Ross' Visitenkarten. »Wenn Sie sich erinnern, wann oder wo sie ihn gesehen haben, melden Sie sich. Das ist meine Handynummer.«

»Auf jeden Fall. Ich gehe jetzt aber besser, ich habe seit heute Morgen nichts gegessen. Es war nett, Sie kennenzulernen. Bye, Christophe«, sie warf ihm einen Luftkuss zu, bevor sie ging. »Wir sehen uns am Freitag.«

»Eine nette Frau«, sagte Robyn, um den Kellner in ein Gespräch zu verwickeln.

»Es ist immer lustig mit ihr. Sie ist immer gut drauf und ein bisschen verrückt. Ein bisschen, als hätte sie was intus. Sie ist immer auf hundertachtzig. Ich liebe sie über alles.«

»Kommt sie oft her?«

»Nicht so oft wie sie gerne würde. Sie liebt es hier. Wegen der Männer, wissen Sie?«, sagte er leise. »Hier kommen viele Geschäftsleute und – selbstverständlich – Piloten nach ihren Flügen auf einen Drink her. Zoe liebt Männer in Uniform.«

»Kennen Sie alle Piloten?«

»Die meisten.«

»Kennen Sie Jackson?«

»Jackson Thorne«, rief er aus. »Natürlich kenne ich ihn. Ihm gehört BizzyAir Business Aviation. Sie haben ein paar Jets hier am Terminal. Wenn ich nicht verheiratet wäre, würde ich diesem Mann sofort den Hof machen. Sie sollten Zoe nach ihm fragen, die beiden sind gute Freunde.«

Für mehr Fragen blieb Robyn keine Zeit, denn eine größere Gruppe kam in die Bar und er musste sich wieder auf seine Arbeit konzentrieren. Sie beschloss, auf ihr Zimmer zurückzukehren und Jackson Thorne zu recherchieren, während sie auf den Rückruf von PC Patel wartete. Sie hoffte, ihr Bauchgefühl lag richtig, denn sie wollte es sich nur ungern jetzt schon mit ihrer Vorgesetzten verscherzen.

30

DAMALS

An diesem Nachmittag ist bis auf ein älteres Ehepaar niemand im Bus. Heute ist meinen Befreiungstag. Meine Mutter arbeitet in der Bar und wird erst spät in der Nacht nach Hause kommen. Das heißt, ich kann den Rest des Tages damit verbringen, das Ende meiner Schulzeit zu feiern. Keine Prüfungen und Verpflichtungen mehr, die mich an dieses verhasste Leben gefesselt haben. Ich kann es kaum erwarten, neu anzufangen. Jetzt kann mich niemand mehr aufhalten. Ich bin mir ziemlich sicher, dass mein Abschluss gut genug sein wird, damit ich eine anständige Arbeit finden kann – obwohl es mir momentan so ziemlich egal ist, was ich für meine Arbeit tun muss, solange ich von dem Gehalt meine eigene Wohnung bezahlen und endlich aus dieser Stadt verschwinden kann. Ich werde nicht lange suchen müssen. Und mit ein wenig Glück finde ich eine Aushilfsstelle in einem Geschäft oder wo auch immer, mit der ich mich über Wasser halten kann, bis ich eine Festanstellung bekomme.

Ich nehme die Zeitung in die Hand, die ich mir nur für die Stellenanzeigen gekauft habe, und dann die Postkarte mit dem regenbogenfarbigen Herz. Wenn ich die Ergebnisse meiner Abschlussprüfung habe, werde ich die Karte an Grandma Jane schicken. Am liebsten würde ich sie besuchen, aber sie wären zu entsetzt, wie sehr ich mich verändert habe. Wahrscheinlich würde ihnen vor Schreck glatt das Herz stehen bleiben. Ich will ihnen meinen Anblick nicht zumuten. Mit meiner schwarzgefärbten Igelfrisur, meinem mageren Gesicht und den Springerstiefeln, die ich immer trage, würden sie mich wahrscheinlich gar nicht wiedererkennen. In ihrer Erinnerung bin ich immer noch das goldgelockte Mädchen mit den rosigen Wangen. Dabei darf es ruhig bleiben. Außerdem würden sie wahrscheinlich darauf bestehen, dass ich bei ihnen einziehe, aber das ist nun mal nicht Teil des Plans. So liebend gerne ich sie auch wiedersehen würde, ich kann das Risiko nicht eingehen.

Es war Dads Idee gewesen, meinen Großeltern Postkarten zu schicken. Jedes Mal, wenn wir umziehen, nehme ich mir etwas aus Moms Geldbeutel, um eine Karte und eine Briefmarke zu kaufen und schicke sie an Grandma Jane. Ich habe nie etwas darauf geschrieben. Aber ich bin sicher, Grandma Jane weiß trotzdem, dass sie von mir sind, weil ich immer Herzmotive aussuche. Sie weiß bestimmt, dass es bedeutet, dass ich wohlauf bin und an sie beide denke.

Der Bus hält an und ich steige aus. Ich bin zur Abwechslung einmal gut gelaunt. Langsam fängt alles an, sich zum Besseren zu wenden. Ich stelle mir vor, wo ich in Zukunft leben und was ich dort tun werde. Ich weiß ziemlich genau, was mir gefallen könnte und es beinhaltet keine Bars, Nachtclubs oder Männer.

Ich bin fast am Haus angekommen, als ich Dirk, den Boss meiner Mom, vor der Tür herumlungern sehe. Er trägt sein übliches Outfit: Jeans und Hemd. Er glaubt, das lässt ihn elegant aussehen. Aber ich finde er sieht aus wie der Idiot, der er ist. Er wirkt heute ganz besonders selbstzufrieden und grinst wie geistig zurückgeblieben, als er mich sieht. Ich bin noch nie auf sein Lächeln hereingefallen. Sein Aussehen täuscht. Dirk kann absolut skrupellos sein, ein richtig bösartiger Hurensohn.

Ich habe die eine oder andere gruselige Geschichte gehört, was mit Männern passiert, die ihm Geld schulden. Er schneidet ihnen die Finger ab und bricht ihnen die Beine. Zu den Frauen, die seinen Weg kreuzen ist er nicht wirklich netter, auch wenn meine Mom bisher Glück hatte. Er scheint sie zu mögen und richtet sie nicht so schlimm zu, wie seine letzte Freundin. Der hat er das Gesicht zertrümmert und die Zähne ausgeschlagen, weil sie sich an seinem Koksvorrat bedient hat. Sie war wochenlang auf der Intensivstation und konnte danach nie wieder normal essen.

Dirk tritt seine Zigarette aus und wartet, bis ich näherkomme.

»Mom ist nicht da«, sage ich.

»Ich weiß«, entgegnet er. Wenn er spricht, kann man seine dreckigen, gelben Zähne sehen. Jemand sollte ihm erklären, wie man eine Zahnbürste benutzt.

»Was willst du von mir, Dirk?«

Er sieht mich an und seine Augen wandern zu meiner Brust. »Was glaubste wohl?«

»Du träumst doch«, sage ich, wünsche mir aber sofort, ich hätte meinen Mund gehalten.

Sein Blick verändert sich schlagartig. Blitzschnell packt er mich am Handgelenk und dreht mir den Arm auf den Rücken. Der scharfe Schmerz durchfährt mich so plötzlich, dass ich einen Aufschrei nicht unterdrücken kann.

»Sei nicht so frech!«, knurrt er. »Du glaubst wohl, du bis zu gut für mich, was? Da irrst du dich gewaltig. Du bist doch nur eine magere Kuh ohne Titten und mit einem Gesicht wie drei Tage Regenwetter. Jemand sollte dir eine Lektion erteilen.«

Er schleppt mich zur Haustür. »Mach auf«, befiehlt er und reißt meinen Arm nach oben. Wieder schießt der Schmerz durch meine Schulter, aber diesmal kann ich mich beherrschen und zucke nur zusammen. Er schiebt mich ins Haus, lässt meinen Arm los und stößt mich ins Wohnzimmer. Ich stolpere und kann nur im letzten Moment das Gleichgewicht halten. Er baut sich vor mir auf und bläht zornig die Brust. Die roten Adern in seinem Gesicht treten heftig hervor.

»Wenn ich nicht wäre, hättet ihr kein Dach über dem Kopf. Deine Mutter könnte sich niemals so ein schönes Zuhause leisten. Sie könnte sich gar nichts leisten. Du würdest auf der Straße sitzen, du kleine, hochnäsige Schlampe. Du solltest besser etwas Respekt zeigen!« Er hebt eine Hand und gibt mir eine knallende Ohrfeige. Ich halte mir die brennende Wange und starre ihn hasserfüllt an.

»Und du kannst aufhören, so ein Gesicht zu machen. Ich interessiere mich nicht für deinen Körper. Ich bezweifle, dass irgendjemand das tut. Ich hab dich im Bad beobachtet und die Narben an deinen Beinen gesehen. Da vergeht jedem die Lust, da würde ich noch eher ein Schaf vögeln. Du sollst ein Paket für mich abholen. Du bist ziemlich gut darin, unentdeckt herumzuhängen. Du wirst es also von jemandem abholen und direkt zu mir bringen, ohne dass dich jemand sieht, kapiert? Wenn du dich weigerst, muss ich deine Mutter vielleicht mit meinem Gürtel bekannt machen. Ich glaube, ein paar Schläge über das Gesicht würden ihrem Aussehen den Rest geben.« Er fährt über seine Gürtelschnalle in Form einer Schlange. »Du wirst das also für mich erledigen. Und behalt es für dich.«

Ich nicke stumm. So sehr meine Mutter mir auch auf die Nerven geht, ich wünsche ihr nicht, dass dieser Schläger sie verletzt.

»Das ist die Adresse. Los jetzt. Wenn du das Paket hast, geh durch die Hintertür in den Club und bring es in mein Büro.« Er drückt mir einen zerknüllten Zettel in die Hand und starrt mich eisern an. »Soll ich dir einen Rat geben? Du solltest dich wirklich mehr um dein Aussehen bemühen. Du bist eine Katastrophe. Niemand wird dich haben wollen, wenn du so aussiehst.«

Er verlässt das Haus und sein Kommentar brennt mir in den Ohren. Ich will mich nicht um mein Aussehen bemühen. Ich will nicht am Ende mit jemandem wie ihm eine Beziehung haben. Außerdem weiß ich zu gut, was mit hübschen Mädchen passiert. Ich bin ganz glücklich, so wie ich bin.

Jetzt stecke ich in einem richtigen Dilemma. Ich bin sicher, dass in dem Paket, das ich abholen soll, Drogen sind. Ich verfluche Dirk. Das wird mit Sicherheit auch nicht das einzige Mal sein, dass er mich benutzt. Ich weiß es einfach. Ich habe ihn gestern Abend am Telefon belauscht. Einer seiner Angestellten wurde festgenommen. Wahrscheinlich war der arme Trottel sein eigentlicher Kurier. Aber Dirk weiß, wie er mich kontrollieren kann. Ich werde nicht zulassen, dass meiner Mutter irgendetwas zustößt. Wenn ich jetzt gehe, wird sie den Kopf dafür hinhalten müssen und im schlimmsten Fall endet sie damit in der örtlichen Leichenhalle. Ich werde tun, was er verlangt, aber ich habe das ungute Gefühl, dass er mich immer und immer wieder ausnutzen wird, bis ich irgendwann von der Polizei geschnappt werde.

Ich sehe alles wie durch einen roten Schleier. Ich sitze wieder in der Falle. Ich trete gegen die Wand und mein Stiefel macht ein beruhigendes Geräusch, als er darauf trifft. Ich stelle mir vor, es wäre Dirks Gesicht. Ein Bilderrahmen fällt zu Boden und das Glas zerbricht. Ich hebe das Bild auf – es ist ein Gemälde von einem blassen, blauen Schmetterling. Ich betrachte gedankenversunken das zarte Geschöpf mit seinen hauchdünnen Flügeln.

Ich habe einmal gelesen, dass der Schmetterling Veränderung und Transformation symbolisiert. Während ich ihn so betrachte, fühle ich mich irgendwie mit ihm verbunden. Wie der Schmetterling habe auch ich viele Veränderungen durchgemacht. Aber im Gegensatz zu ihm werde ich nie schön sein. Mein Herz wird schwer, als ich mir wünsche, der Schmetterling in dem Bild könnte einfach davonfliegen. Und mehr als alles andere wünsche ich mir, ich könnte ihm folgen.

31

Eine freundliche Pflegerin hatte Ross hierhergebracht. Sie nannte es das »grüne Zimmer«. Die Wände waren tatsächlich grün, aber in einem trüben, traurigen Ton, dem jedes Leben ausgesaugt worden war. Ganz ähnlich wie die Bewohner des Heims, die in willkürlich verstreuten Stühlen herumsaßen. Er hasste Orte wie diesen. Das letzte Mal, dass er ein solches Pflegeheim betreten hatte, war er bei seiner Mutter zu Besuch gewesen. Und das war eine grauenvolle Erfahrung gewesen. Sie hatte wie wahnsinnig geschrien, man solle sie rauslassen, während die Pflegerinnen sie mit aller Kraft festgehalten hatten. Wenig später war es mit ihr vorbei gewesen. Die Ärzte hatten gesagt, der Krebs wäre der Grund, warum sie so herumschrie und nicht wusste, wo sie war. Ross wusste es besser. Seine Mutter hatte sich davor gefürchtet, dort vergessen zu werden.

Er ging auf eine Gestalt zu, die in einem der Stühle zusammengesunken und eingenickt war. Er beugte sich zu ihr herunter. »Mrs. Clifford, kann ich mit Ihnen sprechen?«

Sie war sofort hellwach. Die pergamentdünne Haut über ihrem runzeligen Gesicht verzog sich zu einem Lächeln, als sie seine Augen suchte. »Josh?«, fragte sie. »Du bist gekommen, um mich zu besuchen?«

»Es tut mir leid, ich bin nicht Josh. Mein Name ist Ross Cunningham. Ich bin Detektiv. Ich hatte die Hoffnung, Sie könnten mir bei einem Fall helfen.«

Das Leuchten in ihren Augen erlosch und sie betrachtete ihn noch einmal eingehend.

»Nicht Josh«, sagte sie mehr zu sich selbst, als zu ihm. »Was brauchen Sie?«, fragte sie dann etwas klarer.

Auch damit hatte Ross schon Erfahrungen gemacht. Auch seine Mutter hatte Momente gehabt, in denen man sich mit ihr unterhalten konnte, als wäre sie kerngesund. Aber jedes Mal überkam sie früher oder später wieder der Nebel der Verwirrung, der sie in die dunklen Schatten ihres Verstandes entführte, bis sie ihn nicht mehr erkannte.

»Ich bin Privatermittler und arbeite mit einem Detective der Polizei von Staffordshire zusammen. Wir suchen nach einem vermissten Mann namens Lucas Matthews.«

»Nie von ihm gehört«, sagte sie und schüttelte den Kopf.

»Wir glauben, Ihre Schwiegertochter, Christina, könnte ihn gekannt haben.«

Die Frau richtete sich in dem Stuhl auf, ein energisches Leuchten im Blick. »Meine ehemalige Schwiegertochter!«, sagte sie und ihre Wangen röteten sich. Sie wirkte für einen Moment unkonzentriert, als die Erinnerungen sie überkamen. »Als Josh sie zum ersten Mal mit nach Hause gebracht hat, wusste ich sofort, dass sie Ärger machen würde. Er war ganz besessen von ihr. Sie hatte diese langen Beine und einen betörenden Wimpernaufschlag. Er hätte nie auf mich gehört, egal, was ich gesagt hätte. Er hätte mich nur für die klassische eifersüchtige Mutter gehalten. Es hat mich am meisten geärgert, wie leicht sie ihn um den Finger wickeln konnte. Er war so ein kluger Junge mit vielen Freunden und Chancen. Er hatte sein ganzes Leben vor sich. Dann hat er sie geheiratet und sich ständig von ihr herumkommandieren lassen. Er war nicht mehr als ihr Hausdiener, der ihr gehorchte wie ein Hund und jede ihrer Launen mitmachte. Sie hat sein Geld schneller aus dem Fenster geworfen, als er es verdienen konnte.

Mein armer Junge.« Ein abwesender Ausdruck schwemmte ihre hochkochenden Emotionen davon und sie verlor sich wieder in der Welt ihrer Erinnerungen, und hatte Ross neben sich bereits wieder vergessen. Er hatte oft an der Seite seiner Mutter gewartet, bis sie zu ihm in die Wirklichkeit zurückgekehrt war. Bis sie eines Tages den Weg nicht mehr gefunden hatte und er sie für immer verloren hatte.

Unvermittelt fuhr Jane Clifford fort. »Er hat den ganzen Tag gearbeitet, um ihren Ansprüchen gerecht zu werden. Er hat ihr fast jedes Jahr ein neues Auto gekauft. Sie hat ihn mit diesem Hundeblick angesehen, bis er nachgegeben hat. Sie war eine dieser Frauen, die man ›kostspielig‹ nennt. Sie hat sich die Haare verlängern, Zähne bleichen und falsche Nägel machen lassen, diesen ganzen Unsinn. Zweifellos haben sie die Bilder in diesen Hochglanzmagazinen da beeinflusst. Ich will gar nicht wissen, wie viel sie für Make-Up und Cremes und die neuesten Modetrends ausgegeben hat. Man hätte meinen können, Josh wäre Weltfußballer gewesen, nicht der Geschäftsführer einer mittelständischen Brauerei, so wie sie das Geld mit beiden Händen aus dem Fenster geworfen hat. Er hat sie nicht aufgehalten. Er hat ihr alles durchgehen lassen. Sein Vater, Gott hab' ihn selig, hat Josh einen Fußabtreter genannt. Ich konnte auch sehen, wie es ihn ausgelaugt hat. Er hat angefangen, Überstunden zu machen und die Nachtschicht zu übernehmen, um ihre Kaufsucht zu finanzieren. Sie hat selbstverständlich nicht gearbeitet. Hat ja den ganzen Tag mit Shopping verbracht.« Sie starrte in die Ferne und Tränen stiegen ihr in die Augen. »Ich vermute, die Müdigkeit hat ihren Teil zum Ende beigetragen. Wahrscheinlich konnte er sich nicht auf das Fahren konzentrieren, als er seinen Unfall hatte. Er ist ungebremst auf einen LKW auf dem Standstreifen aufgefahren, als hätte er ihn nicht gesehen. Die Verkehrsermittler meinten, er wäre von der Spur abgekommen. Er war sofort tot«, sagte sie knapp.

»Das tut mir leid«, erwiderte Ross.

Jane Clifford musterte ihn. »Sie sehen ihm ein bisschen ähnlich. So wie ich mir vorstelle, dass er aussehen könnte, wenn er noch leben würde. Sie haben dieselben Augen. Freundliche Augen«, bemerkte sie. »Er ist durch einen sinnlosen Unfall ums Leben gekommen, dem er entgangen wäre, wenn er aufmerksamer gefahren wäre. Unsere Welt ist zusammengebrochen. Josh war alles, was wir hatten. Er und die kleine Alice.«

Ross lehnte sich vor. »Alice, sie war Ihre Enkeltochter, nicht?«

»War oder ist. Ich weiß nicht, ob sie noch lebt, oder wo sie ist. Sie war das Licht in unserem Leben. Nach Joshs Tod war sie uns das Wichtigste in der Welt. So zart und kostbar.« Wieder stiegen Jane Clifford Tränen in die Augen. »Nur wenige Monate nach Joshs Tod hat Christina sich in Bars, Segelclubs und auf Golfplätzen herumgetrieben. Sie wollte sich den nächsten Mann angeln. Es hat nicht lange gedauert, bis sie mit einem Schauspieler namens Paul Matthews angebandelt hat.« Sie unterbrach sich und tippte ihre Fingerspitzen aneinander. »Matthews. Sie haben mich nach Lucas Matthews gefragt. Gibt es da einen Zusammenhang?«

»Lucas ist Pauls Sohn.«

»Natürlich. Das wusste ich. Ich habe es nur vergessen. Ich vergesse so manches, heutzutage.« Sie verstummte erneut und starrte ins Leere. Ross drängte sie nicht. Er lehnte sich auf seinem Platz zurück, bis Jane Clifford bereit war, weiterzusprechen.

»Es hat nicht gehalten. Obwohl sie verlobt waren. Nachdem Christina zu ihm gezogen ist, kam es zu Problemen zwischen seinen Kindern und Alice. Ich kenne keine Details, aber die Beziehung hat es nicht überstanden. Christina hat uns kurz nach ihrer Trennung besucht, sie war völlig aufgelöst und hat es furchtbar bedauert. Wir waren für sie da, obwohl wir nie sehr einverstanden mit ihr waren. Sie war nicht die Art von Schwiegertochter, die man leicht lieben oder auch nur mögen konnte. Sie war kühl und distanziert. Ich habe es darauf geschoben, dass sie ihre eigenen Eltern früh verloren hat und habe mich wirklich bemüht, ihr näherzukommen, aber auch nach den zehn Jahren, die sie mit meinem Sohn verheiratet war, wusste ich so gut wie nichts über sie. Nach der Trennung von Paul ist Alice öfter zu Besuch gekommen. Sie hatte sich auch verändert.

Es war, als wäre etwas in ihr zerbrochen und wir haben uns Sorgen um sie gemacht. Dann haben wir herausgefunden, dass Christina als Escortdame arbeitete. Sie wissen schon, eine dieser Frauen, die dafür bezahlt werden, Männern Gesellschaft zu leisten. Aber sie hat mehr Dienstleistungen angeboten, als sie auf Feiern zu begleiten.« Sie senkte die Stimme. »Sie hat Sex gegen Bezahlung angeboten. Armer Josh, er würde sich im Grab umdrehen, wenn er wüsste, was aus seiner Frau geworden ist. Von da an hat es nicht mehr lange gedauert und sie ist in zwielichtige Machenschaften geraten. Sie hat gesagt, sie würde in einer Bar arbeiten, aber wir wussten, was sie nach ihrem Feierabend trieb.«

Jane Clifford zupfte an ihrem beigen Cardigan und wickelte sich enger darin ein. »Was Alice betrifft, wir haben uns immer größere Sorgen um ihr Wohlergehen gemacht. Ich war überzeugt, dass sie vernachlässigt wird. Sie sah immer so blass und krank aus. Ich hätte mir gewünscht, dass sie bei uns einzieht, aber sie kam nur zu Besuch, wenn Christina zu beschäftigt war, sich um sie zu kümmern. Aber es war deutlich zu erkennen, dass Christina sich nicht wirklich für ihre Tochter interessiert hat. Es hat mir so große Angst gemacht, dass ich es nicht für mich behalten konnte. Jack, mein Mann, meinte, ich sollte nichts sagen. Aber ich konnte nicht anders. Als Christina eines Tages kam, um Alice abzuholen, habe ich sie darauf angesprochen. Sie hat völlig die Nerven verloren und uns unsere Enkeltochter ohne Vorwarnung weggenommen. Sie hat uns schrecklich beschimpft und gesagt, wir sollten uns nicht einmischen. Sie ist über Nacht verschwunden und wir haben sie nie wiedergesehen. Jack hatte recht. Ich hätte nichts sagen sollen. Ich frage mich, was passiert wäre, wenn ich einen Detektiv engagiert hätte, um nach ihr zu suchen, nachdem sie verschwunden ist. Jemanden wie Sie. Sie hätten sie wiedergefunden. Sie sehen aus wie ein Familienmensch. Haben Sie Kinder?«

»Nein, wir sind leider nicht mit Nachwuchs gesegnet worden. Aber wir haben uns welche gewünscht. Sehr sogar«, antwortete er. »Jetzt gibt es nur Jeanette und mich, aber wir sind glücklich. Wir haben es akzeptiert.«

»Das muss man, Mr. ... Verzeihung, ich habe Ihren Namen vergessen«, gestand sie mit einem sorgenvollen Gesichtsausdruck.

»Ross. Sie können mich Ross nennen.«

»Und Sie können mich Jane nennen. Es ist schön, mit Ihnen zu sprechen. Ich bekomme sonst keinen Besuch. Seitdem ich meinen Mann verloren habe, bin ich ganz allein.«

»Dann komme ich Sie gerne wieder besuchen.«

Ihre Mundwinkel verzogen sich zu einem Lächeln. »Das wäre wundervoll. Danke.«

»Zu schade, dass Alice Sie nicht besuchen kommt.«

»Sie hat vermutlich keine Ahnung, wo ich bin. Sie hat sich auch nie wieder gemeldet, obwohl wir ein paar Postkarten bekommen haben.«

»Postarten?«

»Die erste kam ein paar Jahre nach unserem schlimmen Streit mit Christina an. Es war das Bild von einem großen, roten Herz. Aber es stand kein Text darauf. Nur ein Kuss. Ich konnte mir nicht vorstellen, von wem sie sein sollte, aber ein Teil von mir hat immer gehofft, dass es Alice war und dass sie zu uns nach Hause kommen würde. Ich habe die Karte aufgehoben und einige Monate später kam eine weitere. Und noch eine. Möchten Sie sie sehen? Sie sind in meinem Zimmer in einer besonderen Schachtel.«

»Das würde ich sehr gerne.«

———

Robyn stand gerade vor der Farnborough Hill Schule, als Ross anrief. Er hatte eine gewisse Dringlichkeit in der Stimme, sodass sie sich entschied, für das Gespräch im Auto sitzen zu bleiben. Es ging um seinen Besuch bei Mrs. Clifford.

»Christina hat sich mit dem Schauspieler Paul Matthews eingelassen und Joshs Eltern nicht mehr besucht. Sie haben sich nie wirklich gut verstanden, aber Mrs. Clifford war trotzdem enttäuscht, dass sie von jetzt auf gleich aus dem Leben ihrer Schwiegertochter ausgeschlossen wurden. Und dann war plötzlich alles vorbei. Paul hat sie rausgeworfen und sie ist nach einem anderen Mann auf die Jagd gegangen. Die Verzweiflung hat sie dann wohl an zwielichtigere Orte geführt als die edlen Clubs. Sie hing immer öfter in Bars ab, ist an die falschen Leute geraten und von da an ging es nur noch bergab, wenn du verstehst, was ich meine. Sie ist Escortdame geworden. Und nicht gerade eine der edlen Sorte. Viel mehr wollte Jane Clifford darüber nicht sagen.

Sie hatten einen schlimmen Streit, danach hat Christina nie wieder mit den Cliffords gesprochen. Mr. Clifford hat diese Zeit gar nicht gut verkraftet und wenig später einen Herzinfarkt erlitten. Er hat überlebt, war aber nie mehr derselbe. Sie glaubt, sich so mit Christina zu zerstreiten, nachdem er seinen Sohn Josh verloren hatte, hätte ihm das Herz gebrochen. Kurz gesagt, Mrs. Clifford gibt Christina die Schuld. Sie nennt sie eine giftige Schlange.«

»Warum sollte Mr. Clifford über den Bruch mit seiner Schiegertochter so enttäuscht sein, wenn sie sich doch nie wirklich verstanden haben?«

»Tja!«, sage Ross. Robyn konnte hören, wie er mit der Zunge schnalzte, als hätte er nur auf diese Frage gewartet. »Christina hat ihre einzige Enkeltochter mitgenommen und sie haben auch das Mädchen nie mehr gesehen.«

»Wie heißt sie?«

»Alice. Mrs. Clifford konnte mir nur sagen, dass Mutter und Tochter wohl nach Derby oder Nottingham gezogen sind. Aber ich habe noch mehr Hinweise. Vier Jahre nachdem Christina und Alice verschwunden sind, hat Mrs. Clifford eine Postkarte mit einem Herzmotiv von einem anonymen Absender erhalten. Sie glaubt, ihre Enkelin hat sie ihr geschickt. Der Poststempel stammt aus Uttoxeter. Im Jahr darauf hat sie eine weitere Karte mit einem Herz bekommen. Diesmal aus Lichfield. Ein paar Jahre später eine aus Birmingham. Und vor etwa fünf Jahren kam eine letzte mit einem Poststempel aus ...«

»Du wirst gleich Farnborough sagen, oder?«

»Woher wusstest du das?«

»Ich habe es an deiner Stimme gehört. Du klingst ja schon ganz aufgeregt.«

»Ich kenne keine Aufregung.«

»Das sagt Jeanette auch immer«, neckte sie ihn.

»Hörst du das? Das bin ich, wie ich mir einen Ast lache.«

»Na gut, sag schon.«

»Du hast ja recht. Die Karte wurde in Farnborough aufgegeben.«

Jetzt war es Robyn, die plötzlich ganz aufgeregt wurde. »Also stammen die Karten von Christina oder Alice. Vielleicht hat Paul Farnborough Hill deswegen in seiner Liste markiert, Alice könnte hier zur Schule gegangen sein. Ich werde nachfragen, ob sie hier eine Alice Clifford oder Alice Forman kennen. Gute Arbeit, Ross. Ich schulde dir eine Umarmung, wenn ich zurückkomme.«

Ross grunzte. »Viel Glück, wir sehen uns dann. Vergiss nicht, dass du diese Woche zum Essen kommst. Jeanette freut sich schon darauf, für dich zu kochen.«

»Keine Sorge.«

Kurz nachdem sie aufgelegt hatte, rief Mitz Patel an. »Nichts. Ich kann nichts Verdächtiges entdecken. Ich habe die Treppe nach irgendeinem Hinweis untersucht, worüber sie gestolpert sein könnte, aber vergeblich. Sorry.«

»Okay, Mitz. Danke trotzdem.«

Robyn starrte auf ihr Handy und die Aufregung verebbte langsam. Wie sollte sie das Louisa Mulholland erklären?

32

Der Himmel war strahlend blau und die einzigen Wolken waren die weißen Möwenschwärme, die über den abgeernteten Feldern kreisten, während die grünen Traktoren den Boden umgruben. Der Morgen war kühl und die Feuchtigkeit in der Luft erinnerte Abigail daran, dass der Herbst bereits vor der Tür stand, auch wenn es noch August war.

Sie dachte über den vergangenen Abend nach. Es war gar nicht gut gelaufen. Sie hatte Jackson auf die Fotos von ihm und Zoe ansprechen wollen, aber stattdessen hatten sie sich über die neuen Schlösser gestritten.

»Was in aller Welt hat dich geritten, dass du alle Schlösser austauschen lässt?«, fuhr Jackson sie an, als sie ihm die Tür öffnete. »Ich kämpfe bestimmt seit zehn Minuten mit diesem Schlüssel. Du hättest mich ruhig vorwarnen oder wenigstens fragen können.« Er warf seine Tasche einfach in den Flur und ging in die Küche.

»Ich wollte dich anrufen, aber ich hatte so viel um die Ohren.«

Er schnaubte frustriert, was sie noch mehr aufregte.

»Vor ein paar Tagen dachte ich, jemand wäre im Haus.«

Jackson sah sie skeptisch an. »Ein Einbrecher? Warum hast du nichts gesagt?«

»Weil niemand hier war. Ich habe mich geirrt, aber im ersten

Moment dachte ich wirklich, ich hätte jemanden im Kinderzimmer gesehen. Ich war sicher, es wäre ein Kidnapper, der Izzy entführen wollte. Das war, als ich so krank war.«

Jacksons Gesichtsausdruck veränderte sich erneut und er sah sie betont ungläubig an. Sie verschränkte gekränkt die Arme vor der Brust.

»Du glaubst mir nicht.«

»Abby, wie sollte irgendwer hier reinkommen? Niemand sonst hat einen Schlüssel. Die Tür war abgesperrt und du warst zu Hause. Und warum sollte irgendjemand Izzy entführen wollen? Ich bin nicht gerade ein wohlhabender Scheich, den man um ein millionenhohes Lösegeld erpressen könnte. Du bist überfürsorglich. Du hättest mit mir darüber sprechen sollen, bevor du alle Schlösser austauschen lässt und mich aus meinem eigenen Haus aussperrst.«

»Dir geht es also nur darum, dass du zehn Minuten draußen warten musstest? Es ist dir also egal, dass ich Todesängste um unser Baby ausstehen musste?«

»Verflucht noch mal, ich hatte einen beschissenen Tag. Ich muss mir das nicht anhören. Gib mir den neuen Schlüssel. Niemand wird Izzy entführen, verstanden? Du musst lernen, dich mal zu entspannen. Du bist schon ganz paranoid. Du bist zu viel zu Hause. Ruf Claire oder Zoe an und unternehmt was zusammen. Ich passe so lange auf Izzy auf. Du darfst nicht zu so einer Helikoptermutter werden, das ist nicht gut für Izzy.«

Sie war so wütend über seine Reaktion, dass sie ihn einfach stehen ließ und sofort ins Bett ging. Sie hatte keine Kraft mehr gehabt, ihn auch noch mit den Fotos zu konfrontieren. Sie würde nicht zulassen, dass irgendwer ihr ihre Tochter wegnahm. Und wenn Jackson sie für paranoid hielt, war ihr das egal. Sie hatte immerhin allen Grund dazu.

Als Jackson sie im Bett zusammen mit Izzy sah, wurde er noch zorniger und verlangte von ihr, sie zurück in ihr Kinderbett zu legen. Aber sie weigerte sich, bis Jackson irgendwann aufgab und sich in das Gästezimmer zurückzog.

In der Nacht dachte sie über die E-Mail nach. Sie fühlte sich nicht wirklich enttäuscht oder verletzt. Sie hätte sich furchtbar darüber aufregen sollen, dass Jackson mit einer ihrer besten Freundinnen fremdging, aber sie fühlte sich einfach zu schwach für einen emotionalen Aufstand. Alles fühlte sich so unwirklich an. Izzy neben ihr schlief tief und fest und schnarchte leise. Abigail fragte sich, was sie wohl träumte und deckte sie zu. Izzy war das Wertvollste in ihrem Leben. Alles andere war unwichtig, solange sie Izzy hatte.

Am Morgen häuften sich die Probleme bei BizzyAir und Jackson musste früher los als üblich. Abigail lenkte sich mit etwas halbherziger Hausarbeit ab und spielte mit Izzy, aber sie war unkonzentriert und beschloss, doch lieber in die Stadt zu gehen. Sie wollte Claire anrufen, um sie zu fragen, ob sie sie begleitete, erinnerte sich dann aber daran, dass ihre Freundin nach Schottland geflogen war, um Fotos für ein Naturmagazin zu machen. Sie schickte ihr eine SMS, in der sie Claire sagte, dass sie sie vermisste und wünschte ihr eine schöne Zeit in Schottland. Als sie die Nachricht abschickte wünschte sie sich, Claire wäre nicht so weit fort. Sie brauchte dringend einen Freund.

Abigail fuhr also alleine in die Stadt, parkte irgendwo und spazierte ziellos durch die Straßen. Vor der Boutique blieb sie stehen. Sie wollte hineingehen und allen erklären, dass die Fotos und Nachrichten auf Facebook nicht von ihr stammten. Aber jedes Mal, wenn sie sich bewegen wollte, hielt eine unsichtbare Hand sie zurück. Sie konnte den Gedanken nicht ertragen, dass ihre ehemaligen Kollegen ihr vielleicht nicht glaubten und sie für etwas verurteilten, was sie nicht getan hatte.

Sie wendete den Kinderwagen und ging in Richtung des Cafés, wo sie sich zuletzt mit ihren Freundinnen getroffen hatte, als sie jemanden ihren Namen rufen hörte. Es war Rachel. Sie begrüßte Abigail mit Küsschen auf beide Wangen, legte ihr beide Hände auf die Schultern und sah sie an. Ein Ausdruck von Sorge kräuselte ihre gezupften Augenbrauen.

»Erzähl mal ganz ehrlich. Wie geht es dir? Du siehst schrecklich aus.«

Abigail wollte sich der Frau entziehen, aber in diesem Moment überkam sie eine tiefe Traurigkeit und sie konnte die Tränen nicht zurückhalten.

»Ganz ruhig, Abby. Ich wollte dich nicht aufregen«, sagte Rachel. »Komm, ich gebe dir eine Tasse Tee aus. Ich nehme den Kinderwagen.«

Im Café war es ruhig, nur ein paar junge Leute arbeiteten an ihren Laptops. Rachel lief los, holte einen Hochstuhl an den Tisch, setzte Izzy hinein und schnallte sie fest, bevor Abigail überhaupt verarbeiten konnte, was passierte.

»Warte kurz, ich hole uns einen Tee«, sagte Rachel, schritt entschlossen an die Theke und kam mit einer Teekanne und zwei Tassen zurück. Sie brach theatralisch einen großen Keks in kleine Stücke und gab sie Izzy, die sofort eines davon in den Mund steckte und Rachel mit großen Augen ansah.

»Was für eine nette Überraschung, euch beide hier zu sehen«, erzählte Rachel. »Auch wenn ich sagen muss, dass du etwas überfordert aussiehst, Abby. Hast du dich nicht gut um deine Aura gekümmert?«

Abigail schüttelte den Kopf. »Ich hatte keine Gelegenheit, darüber nachzudenken.«

»Das solltest du aber unbedingt! Es ist wichtig, dass du auf alle Aspekte deiner Gesundheit achtest. Ich kann deine Aura kurz untersuchen, wenn du möchtest. Du wirst dich gleich viel besser fühlen.«

»Das ist sehr freundlich von dir, aber ich habe nicht wirklich die Zeit dazu. Ich treffe mich gleich mit Claire.« Sie schüttelte sich innerlich über die Lüge.

Rachel rümpfte die Nase. »Das wird dir keine große Hilfe sein. Diese Frau ist nicht gut für dich.«

»Warum sagst du das? Du kennst sie doch noch nicht einmal richtig.«

»Aber ich habe ihre Aura gesehen. Und ich habe gehört, was Zoe über sie sagt.«

»Zoe?«

»Ja. Sie ist nicht gerade Claires größter Fan. Sie hält sie für einen Spaßverderber und ich glaube, ich stimme ihr zu.«

Abigail war verärgert darüber, wie diese Frau ihre Freundin angriff. Claire war vielleicht nicht der aufregendste Gesprächspartner, aber sie war eine gute und vertrauenswürdige Freundin. Sie hatte Zoe dabei geholfen, einen Job zu finden, indem sie ihre Bewerbungsfotos geschossen hatte. Sie waren schon so oft zu dritt unterwegs gewesen und Abigail war nie irgendeine Abneigung oder Spannung zwischen den beiden aufgefallen. Zoe zog Claire regelmäßig wegen ihrer ernsten Art auf und Claire neckte Zoe für ihre Sorglosigkeit. Sie verstanden sich gut. Oder zumindest hatte Abigail das immer geglaubt. Sie fragte sich, was Zoe vielleicht über sie selbst gesagt haben könnte.

Als hätte sie ihre Gedanken gelesen, sagte Rachel, »Zoe hat gesagt, sie hat viel mehr Spaß mit dir, wenn Claire nicht dabei ist. Dann bist du lockerer. Sie hat mir von eurem Ausflug nach Leeds erzählt.«

Abigail erinnerte sich an diesen Ausflug. Sie hatten vorgehabt, für ein Mädels-Wochenende nach Leeds zu fahren und dort ordentlich zu feiern, weil Zoe sich gerade von ihrem Freund getrennt hatte. Im letzten Moment hatte Claire abgesagt, aber da das Hotelzimmer schon bezahlt war, hatten sie sich entschlossen, zu zweit zu fahren. Sie hatten tagsüber die Einkaufsmeile unsicher gemacht und abends Türsteher dazu überredet, sie in die Nachtclubs zu lassen. Dort hatten sie ekelhafte Cocktails getrunken, getanzt und gelacht, bis sie nicht mehr wussten, wo oben und unten war.

Abigail wollte nicht wirklich mit Rachel über Claire reden. Sie schenkte sich einen Tee ein und nippte daran.

»Das war sehr nett von dir. Lass mich dir das Geld dafür geben.«

»Aber nicht doch. Ich glaube daran, dass jede Nettigkeit

zurückkommt. Wenn ich etwas Nettes tue, dann wird das Universum es mir irgendwie zurückzahlen. Aber das sollte auch nicht die Motivation für Freundlichkeit sein. Im Universum kommt alles auf gute und schlechte Energie an. Ich versuche, gute Energie zu verbreiten.«

»Arbeitest du immer noch als Zahnarzthelferin?«

»Nein. Ich habe gekündigt. Es war für mich an der Zeit, ein neues Kapitel aufzuschlagen. Ich mache jetzt eine Ausbildung in Kristalltherapie. Du solltest eine Behandlung machen, es wird dir helfen, dich zu entspannen. Ich kann bei dir vorbeikommen und dich zu Hause behandeln. Ich lerne zwar noch, aber ich bin sicher, es würde dir helfen.«

»Das klingt nett«, erwiderte Abigail und hoffte, Rachel würde ihr Angebot nicht zu bald wahrmachen.

Izzy streckte die Hand nach den Keksen aus, Rachel gehorchte und reichte ihr noch ein Stück.

»Kann sie schon viel sagen?«, fragte sie.

»Nichts Sinnvolles. Wenn sie ihr Spiegelbild sieht, brabbelt sie mit ihm. Ich versuche gerade, ihr echte Wörter beizubringen.«

»Sag ›Hallo, Tante Rachel‹«, sagte Rachel in einer kindischen Stimme.

Abigail erschauderte.

Rachel gab Izzy noch ein Stück von ihrem Keks. »Fühlst du dich schon ein bisschen besser?«, fragte sie Abigail.

»Ja, danke. Ich habe darüber nachgedacht, einige meiner alten Kolleginnen zu besuchen.«

»Aus der Boutique?«

»Genau, woher weißt du das?«

»Zoe hat mir davon erzählt. Sie hat gesagt, du konntest ihr immer einen guten Rabatt geben und sie hat einige tolle Outfits bekommen. Ich war vor kurzem dort, aber die Klamotten da sind nicht ganz mein Stil. Um ehrlich zu sein, halte ich auch nicht viel von den Angestellten. Sie haben mich komplett ignoriert und lieber untereinander getratscht. Eine ihrer Bekannten hat wohl ein Nacktfoto in irgendeinem sozialen Netzwerk gepostet. Wie dumm, sowas zu machen. Ich glaube, das war eine dieser Frauen, die gerne schockieren oder alles tun, um an Aufmerksamkeit zu kommen. Ich habe kein Verständnis für solche Leute und ich halte mich von den sozialen Medien fern. Dort gibt es zu viele selbstverliebte Menschen, die ständig über alles meckern oder damit angeben, was sie alles Tolles besitzen und wo sie den nächsten Urlaub verbringen werden.

Ich habe eine Studie gelesen, die einen Zusammenhang zwischen solchen Seiten und Depressionen festgestellt hat. Man loggt sich ein, sieht die Fotos von dem perfekten Leben der anderen Leute und fühlt sich mit dem eigenen noch schlechter. Ich habe so schon genug Probleme, da brauche ich sowas nicht, nein danke. Wen interessiert es schon, ob man auf den Seychellen war oder gerade einen Cappuccino trinkt oder beim Yoga war oder Tofu zu Mittag hatte?

Ein wenig hat mir die Frau allerdings leidgetan, über die sie da gesprochen haben. Sie haben ziemlich geschmacklose Kommentare abgegeben. Armes Ding. Ich bin sicher, sie bereut es unheimlich. Wie auch immer, als sie so getratscht haben, habe ich mich im Laden umgesehen, die Preise für viel zu hoch gehalten und bin gegangen, ohne dass sie mich überhaupt bemerkt haben. Ich hätte genauso gut unsichtbar sein können.«

Abigail spürte die Hitze in ihre Wangen steigen. Sie war sich sicher, dass sie knallrot angelaufen war und senkte den Blick, als wäre sie sehr interessiert an ihrer Teetasse. Rachel schien nicht zu bemerken, wie unwohl sie sich fühlte und redete weiter über Klamotten. Abigail war endlos erleichtert, als ihr Handy vibrierte. Es war eine Nachricht von Claire, die ihr schrieb, wie das Wetter ihr die Arbeit schwermachte. Aber Abigail nahm die Gelegenheit wahr und nutzte sie als Vorwand, um sich zu verabschieden.

»Sorry, ich muss los. Ich hab ganz vergessen, dass ich noch etwas für Jackson von der Reinigung abholen muss. Er hat mich gebeten, ihm seine Uniform zum Flughafen zu bringen. Er braucht sie heute Abend.«

Es war eine fantasielose Lüge und Abigail war sich sicher, dass Rachel ihr nicht einen Moment glaubte.

»Wie schade. Zu blöd, dass er sie nicht selber auf dem Weg zur Arbeit abholen konnte. Wo fliegt er denn hin?«

»Keine Ahnung. Er sagt mir nicht alles über jeden seiner Aufträge. Für ihn ist es ja auch nur Arbeit, egal wohin er fliegt. Meistens kann er sich nicht mal an seinem Zielort umsehen, sondern verbringt die Zeit bis zum Rückflug in der Besatzungslounge am Flughafen. Nur hin und wieder bleibt er länger und schaut sich die Stadt an. Letzte Woche war er auf Korsika, da hat er mir Wein und Gebäck mitgebracht, eine Spezialität der Gegend und einen kleinen Esel für Izzy.«

Sie redete Unsinn und das wusste sie. Sie wollte nur so schnell wie möglich weg von dieser Frau, die sie so aufmerksam anstarrte und wahrscheinlich ihre Gedanken lesen konnte.

»Also, ich muss los. Komm, Izzy.« Sie hob Izzy aus dem Hochstuhl und setzte sie in ihren Buggy. Izzy sah sich aufmerksam um, während die beiden Frauen sich voneinander verabschiedeten.

»Melde dich, wenn du Interesse an einer Sitzung für Kristalltherapie hast«, sagte Rachel und stand auf. Sie drückte Abigail mit ihren sehnigen Armen an sich und umhüllte sie mit dem strengen Geruch von Patschuliöl.

»Mache ich. Bis dann.«

»Ich freue mich darauf. Tschüss, Izzy. Sag ›Tschüss, Tante Rachel‹.«

Izzy sah sie mit ihren großen, blauen Augen an und lächelte.

Abigail schob sie nach draußen und atmete tief durch. Sie wollte mit Izzy einen Spaziergang außerhalb der Stadt machen, um nicht noch einmal mit Rachel zusammenzustoßen. Ihr Herz wurde schwer, als sie an dem Geschäft vorbeikam, wo sie so lange glücklich gearbeitet hatte. Menschen konnten so wankelmütig sein. Sie hätte nie gedacht, dass ihre alten Arbeitskolleginnen so schlecht über sie sprachen, aber offenbar hatten sie das ja getan. Sie entsperrte ihr Handy, suchte nach ihrer Facebook-Seite und seufzte erleichtert. Ihr Account war geschlossen worden und nicht mehr länger sichtbar. Wenigstens konnte sie dafür niemand mehr verurteilen. Ihre Finger schwebten über den Tasten. Sie war versucht, noch einmal den Anhang der E-Mail zu öffnen. Während sie hin und her gerissen war und nicht wusste, ob sie die Mail öffnen oder löschen sollte, klingelte das Telefon. Es war eine unterdrückte Nummer und als sie abhob, grüßte sie die bekannte, mechanische Stimme.

»Guten Abend, Abigail. Ich hoffe, dir hat mein Geschenk gefallen. Nette Bilder von deinem Mann und seiner neuen Flamme, oder? Sie hatten ja keine Ahnung, dass ich sie beobachte.«

»Das war kein Geschenk und du bist verrückt.«

»Doch, es ist ein Geschenk, Abigail. Das Geschenk der Wahrheit. Lügen schaden nur. Lügen tun weh. Die Wahrheit befreit. Du solltest es hin und wieder versuchen. Genauer gesagt, solltest du es versuchen, bevor es zu spät ist. Na los, Abigail. Das ist deine letzte Chance die Wahrheit zu sagen.«

33

Die Farnborough Hill Schule strahlte eine gewisse Erhabenheit aus. Robyn konnte nicht umhin, von der Lage und Größe der Einrichtung beeindruckt zu sein. Aber sie war nicht hier, um sich das Gebäude anzusehen, sondern um Antworten zu finden.

Die Direktorin, Josephine Blakemore, war erst seit Kurzem an der Schule. Sie hatte eine respekteinflößende Ausstrahlung, obwohl sie recht zierlich und ruhig war. Sie sprach mit einem leichten, schottischen Dialekt.

»Also, Detective Inspector Carter, nach unserem Telefonat habe ich meine Sekretärin gebeten, die Aufzeichnungen für Sie zu durchsuchen. Wie schon gesagt, bin ich noch nicht lange an dieser Schule. Überraschenderweise ist sie über eine Alice gestolpert, die hier in den Achtzigern den Unterricht besucht hat. Sie wäre jetzt also etwa vierzig.«

»Damit wäre sie zu alt. Ich suche nach jemandem Anfang zwanzig. Gibt es vielleicht unter den Mitarbeitern jemanden mit dem Namen Forman, der hier in den letzten sieben Jahren gearbeitet hat?«

»Nicht soweit ich weiß. Aber ich sehe gerne für Sie nach.«

Josephine Blakemore ließ Robyn einen Augenblick allein. Sie sah aus dem Fenster und ließ den Blick über den großen Sportplatz schweifen. Im Moment war er verlassen, aber sie konnte sich vorstellen, wie dort während der Spiele Jubel und Stimmengewirr in der Luft lagen. Sie fragte sich, ob Amélie sich eher für Hockey oder Basketball interessierte.

Als die Direktorin zurückkam, trug sie eine Brille auf dem Kopf. Sie stellte sich neben den Tisch, aufrecht und die Hände hinter dem Rücken verschränkt. »Wir haben in dieser Zeit vierundzwanzig Personen eingestellt. Die meisten davon männliches Personal für die Instandhaltung – und natürlich Lehrer. Aber niemand von ihnen hatte den Nachnamen Forman.«

»Ich habe noch eine letzte Frage: War jemand mit dem Namen Paul Matthews hier bei Ihnen?«

Josephine Blakemore setzte ihre Brille auf und nahm ihr Smartphone in die Hand. »Ich habe alle meine Termine hier drauf«, erklärte sie. »Ohne dieses Ding wäre ich verloren. Da steht es. Ich wusste doch, dass der Name mir bekannt vorkommt. Paul Matthews hat einen Termin für den 28. Juli vereinbart, aber er ist nie aufgetaucht.«

Robyn kaute auf ihrer Unterlippe. Paul war nicht gekommen, weil er zu diesem Zeitpunkt bereits tot war.

Die Frau legte ihr Handy auf den Tisch. »Es tut mir leid, dass ich keine größere Hilfe sein kann.«

Robyn erkannte das als ihr Stichwort zu gehen. Sie bedankte sich noch und verließ die Schule mit einem Gefühl der Enttäuschung.

─────

Auf dem Boden ihrer Sky Suite lagen überall DIN-A4-Blätter verstreut. Robyn saß im Schneidersitz auf dem Sofa und versuchte, darauf zu kommen, was Lucas und sein Vater entdeckt hatten, was sie nach Farnborough geführt hatte. Nach wem hatten sie gesucht? Paul hatte in seiner E-Mail an Lucas von »ihr« gesprochen. Und dass es irgendetwas »beenden« könnte, wenn sie sie finden würden. Robyn ging ihre bisherigen Ergebnisse noch einmal durch. Es hatte alles angefangen, als Lucas nach Jahren der Funkstille wieder Kontakt zu seinem Vater aufgenommen hatte, um ihn um Geld zu bitten. Danach hatte er ihm geschrieben, dass irgendetwas schiefgegangen sei und er müsste dringend mit ihm sprechen. Robyn kaute nachdenklich auf ihrem Stift herum.

Sie hatte sich auch ihre Notizen über Paul noch einmal durchgelesen. Paul, der nie Zeit für seinen Sohn gehabt hatte, hatte ihm trotzdem dreißigtausend Pfund überwiesen, als dieser ihn darum gebeten hatte? Das roch gewaltig nach Erpressung. Warum sollte Lucas sonst so schnell so viel Geld brauchen?

Paul hatte sich über Farnborough informiert und mehrere Orte notiert, die er aufsuchen wollte. Darunter die Farnborough Hill Schule, TAG Aviation und das Fitnessstudio, in dem Zoe gearbeitet hatte. Seine Haushälterin hatte ja auch davon gesprochen, dass er »nach jemandem sehen« wollte. Alle Spuren führten nach Farnborough.

Ihre Nackenmuskeln begannen, sich zu verkrampfen. Sie streckte den Kopf von Seite zu Seite und hielt die Dehnung, bis die Spannung nachließ. Wenn Paul und Lucas nach Alice oder Christina Forman gesucht hatten, warum hatte Lucas dann im Studio nach Zoe Cooper gefragt?

Sie knabberte an ihrem Club Sandwich und grübelte. Das Zimmertelefon klingelte und unterbrach sie in ihren Gedanken. Es war Christophe, der Barkeeper aus der Sky Bar.

»Tut mir leid, Sie zu stören, Detective Inspector Carter«, sagte er. »Sie haben gestern nach Jackson Thorne gefragt. Ich wollte Ihnen sagen, dass er gerade in der Bar ist, falls Sie mit ihm sprechen wollen. Er ist vor etwa zehn Minuten angekommen.«

»Großartig! Danke, Christophe«, sagte Robyn. »Bin schon unterwegs.« Sie griff sich ihre Tasche und machte sich auf den Weg ins Erdgeschoss. In der Bar war viel los. Mehrere Männer in Abendgarderobe standen zu kleinen Gruppen versammelt herum und es dauerte eine Weile, bis sie Jackson ausfindig gemacht hatte. Er stand am hinteren Ende des Raumes bei einem anderen Mann. Beide trugen Uniform. Jackson Thorne war zweifellos ein bemerkenswerter Mann. Er war fast zwei Meter groß, hatte breite Schultern und war muskulös. Ihn umgab eine Aura des stillen Selbstvertrauens. Robyn zwängte sich durch die Menge und stellte sich zu den beiden Piloten. Sie hielt ihnen eine Hand hin und stellte sich vor. Jackson hob eine Augenbraue, als sie erwähnte, dass sie Detective Inspector war. Sie erklärte die Situation knapp.

»Ich versuche, einen Mann zu finden. Ich habe mir sagen lassen, dass er versucht hat, Kontakt zu Ihnen aufzunehmen. Sein Name ist Lucas Matthews. Ich habe auch ein Foto von ihm dabei, würden Sie es sich einmal ansehen?«

Jackson sah sie nachdenklich an. »Ich weiß, wer das ist. Er hat vor etwa einer Woche versucht, mich zu erreichen. Er wollte keine Nachricht hinterlassen, aber er hat immer wieder bei BizzyAir angerufen. Meine Rezeptionistin hat seine Nummer aufgeschrieben, obwohl er wohl sehr unhöflich ihr gegenüber war. Ich habe ihn zurückgerufen und ihm eine Nachricht hinterlassen. Ich habe ihm gesagt, er solle aufhören, bei BizzyAir anzurufen, wenn er sich nicht benehmen könnte. Danach hat er sich nicht mehr gemeldet. Das war vor sechs Tagen.«

»Sie würden ihn auf einem Foto also nicht erkennen?«

»Ich habe ihn nie getroffen, aber zeigen Sie trotzdem einmal.«

Sie gab ihm das Bild, Jackson betrachtete es eingehend, dann gab er es ihr zurück.

»Tut mir leid, nie gesehen.«

»Moment mal«, sagte da sein Kollege, der sich bis jetzt im Hintergrund gehalten hatte. »Ich glaube, ich habe ihn gesehen.«

Der Mann war kleiner und schmaler als Jackson und als er das Foto nahm und ansah, nickte er. »Ich habe ihn gesehen. Wir haben vor kurzem eine Gruppe Mechaniker nach Schottland geflogen. Als wir zurückgekommen sind, war er hier. Das musst du noch wissen, Jackson. Wir sind auf einen schnellen Drink hergekommen, weil Travis – der Typ, der die Reise organisiert hat – darauf bestanden hat. Das war in der Nacht, als Gavin ...« Er beendete den Satz nicht mehr. Ein dunkler Schatten legte sich über Jacksons Gesichtsausdruck. »Nein, ich kann mich nicht erinnern, ihn je gesehen zu haben«, erwiderte er. »Sorry, Detective, aber ich habe ihn weder getroffen noch gesprochen.«

»Vielleicht irre ich mich auch, aber ich dachte, ich hätte ihn hier im Hotel gesehen«, murmelte Jacksons Kollege und gab ihr das Foto zurück. »Sie könnten es an der Rezeption versuchen. Vielleicht hat er hier übernachtet.«

Robyn wusste, was gerade passiert war. Die beiden Männer hatten eine stumme Übereinkunft getroffen und keiner wollte mit ihr sprechen. Sie kritzelte ihre Kontaktdetails auf zwei von Ross' Visitenkarten und reichte jedem von ihnen eine davon.

»Sollten Sie ihn doch noch sehen, melden Sie sich bitte. Es ist wirklich wichtig, dass ich ihn finde. Seine Frau kommt um vor Sorge«, erklärte sie.

Dann ließ sie die beiden allein, wohl wissend, dass sie sich jetzt in einem angespannten Flüsterton hinter ihr unterhielten. Sie konnte noch den Namen »Gavin« aufschnappen und die Worte »Sei still«. Sie wartete vor der Bar und wenig später kamen die beiden durch die Tür. Jackson hatte sich eindeutig verdächtig verhalten. Hatte er Lucas getroffen und sie angelogen? Er hatte die ganze Zeit eiserneren Blickkontakt mit ihr gehalten, während er von den Anrufen gesprochen hatte. Kein einziges Mal war sein Blick nach rechts geschnellt, so wie es vielen Lügnern unterbewusst passierte. Dennoch war sie sich sicher, dass er etwas vor ihr verbarg.

Sie betrat die Bar noch einmal und winkte Christophe zu sich. »Danke für die Nachricht über Jackson. Der Kollege, der bei ihm war ...«

»Stu?«

»Ja, Stu. Er hat einen gewissen Gavin erwähnt.«

»Damit muss er Gavin Singer gemeint haben. Anfang vierzig, glaube ich – verheiratet, zwei Kinder. Er ist Pilot bei BizzyAir Business Aviation. Er und Jackson kennen sich seit Jahren. Jackson war sein Trauzeuge.«

Sie zeigte ihm das Foto von Lucas. »Ich gehe nicht davon aus, dass Sie diesen Mann gesehen haben?«

»Eine Flasche Peroni Bier. Ich vergesse nie eine Bestellung. Das gehört sich so für einen guten Kellner.«

»Er war hier?«

»Mindestens einmal. Er stand an der Ecke der Bar, dort drüben.« Er deutete auf das hintere Ende der Bar. »Er wollte kein Glas, hat was davon gefaselt, dass Flaschen sicherer seien. Ich hab nicht viel auf ihn geachtet, weil ich genug mit einer großen Gruppe zu tun hatte, die gerade von einer Konferenz kam. An diesem Abend war Zoe sturzbetrunken. Ich hab sie noch nie so gesehen. Sie trinkt eigentlich nicht so viel und gönnt sich nur hin und wieder ein Glas Wein, wenn sie etwas zu feiern hat. Damals hatte sie wohl ein ganzes Fass! Jackson war auch hier, zusammen mit Stu und Gavin. Sie sind sich alle mal über den Weg gelaufen, aber ich habe nicht wirklich verfolgt, was passiert. Aber an diesen Typen erinnere ich mich.« Er tippte das Foto an. »Er hat sie angestarrt, allerdings zieht Zoe immer alle Blicke auf sich, egal wohin sie geht. Wie gesagt, ich hatte viel zu tun, also weiß ich nicht, wann er gegangen ist. Er hat bar bezahlt, also dachte ich, er wäre kein Gast im Hotel.«

Das war alles, was Christophe ihr an Informationen geben konnte. Aber jetzt wusste sie, dass Zoe, Jackson, Stu und Gavin alle zur selben Zeit in der Bar gewesen waren, wie Lucas. Christophe war sicher, dass das ganze sieben Tage her war.

»Fall sie jemals einen Informanten brauchen, melde ich mich gerne freiwillig«, sagte er grinsend. »Ich bin sehr aufmerksam.«

Danach versuchte Robyn es in den Hotelrestaurants und an der Rezeption, aber niemand sonst hatte Lucas gesehen. Bevor sie wieder nach oben ging, zeigte sie das Foto dem Concierge und hatte Glück.

»Ich erinnere mich«, sagte der strohblonde Mann, der einen perfekt glattgebügelten, braunen Anzug trug. »Er kam die Treppe zusammen mit einer Frau heruntergestolpert. Er war so betrunken, dass sie ihn stützen musste. Ich habe gefragt, ob ich ihnen ein Taxi rufen soll, aber sie haben nicht geantwortet. Sie haben mich wortlos stehen lassen. Unhöflich, sowas«, beschwerte er sich. »Ich mache auch nur meinen Job, aber manche Leute behandeln uns, als wären wir gar nicht da.«

Robyn hatte Verständnis mit ihm.

»Eine Sache noch«, sagte er, nachdem er kurz überlegt hatte. »Mir ist aufgefallen, dass die Frau grüne Haare hatte.«

Robyn ging nach draußen und rief Mitz Patel an. »Ich brauche alle Informationen, die du über Zoe Cooper herausfinden kannst. Ich glaube, sie könnte etwas mit unserem vermissten Lucas Matthews zu tun haben.«

Es war kurz still, bevor Mitz antwortete. »Er wird nicht mehr vermisst. Mulholland wollte gerade von mir, dass ich dich anrufe. Er ist bei der Blinkley Manor Schule aufgetaucht. Es gibt nur ein Problem. Er ist tot. Mulholland will mit dir sprechen.«

———

Chief Inspector Louisa Mulholland sprach in ihrem üblichen, sachlich effizienten Ton. »DI Carter, Ihre vermisste Person ist aufgetaucht. Die Polizei von Derbyshire hat uns benachrichtigt, dass die Leiche von Lucas Matthews diesen Nachmittag im Gebüsch neben dem Sportplatz der Blinkley Manor Privatschule aufgefunden wurde. Allem Anschein nach wurde er ermordet. Um mehr zu sagen, ist es noch zu früh.«

Robyn fluchte in Gedanken. Louisa Mulholland fuhr fort. »Ich habe mit deren DCI gesprochen und wir übertragen Ihnen die Verantwortung für die Ermittlungen, da Sie schon in den Fall involviert sind. DI Tom Shearer übernimmt die Spurensicherung, Sie werden also mit ihm zusammenarbeiten müssen.«

Robyn zog eine Grimasse. Tom Shearer gehörte nicht gerade zu ihren Lieblingskollegen. Seine überhebliche, nachlässige Art regte sie auf.

»Ich überlasse es Ihnen, DI Shearer auf den neuesten Stand zu bringen. Er erwartet Sie am Tatort. Ich habe ihm gesagt, dass Sie im Süd-Osten unterwegs sind, Sie könnt sich also gleich dort treffen. Da werden Sie wohl gleich ins kalte Wasser geworfen, was?

Kaum fünf Minuten zurück im Dienst und schon haben Sie einen Mord aufzuklären. Willkommen zurück in der echten Welt, Robyn. Wollen Sie die nächsten Angehörigen informieren?«

»Ja, ich werde mich mit Mary Matthews treffen oder jemanden hinschicken. Die Ärmste tut mir wirklich leid. Sie hat gerade erst realisiert, dass ihr Mann Geheimnisse vor ihr verbirgt und jetzt ist er tot.«

»In diesem Job ist nicht viel Platz für Mitgefühl, Robyn, das wissen Sie.«

Die Straßen waren frei, aber es dauerte trotzdem über zwei Stunden, bis sie endlich in die Einfahrt der Blinkley Manor Privatschule einbog. Auf dem Parkplatz standen mehrere Fahrzeuge herum. Sie erkannte sofort Shearers schwarzen Porsche, der verlassen an der Spitze einer Reihe von Autos stand, als wäre er übereilt aus der Tür gesprungen, bevor er überhaupt zum Stillstand gekommen war. Gelbes Absperrband in einiger Entfernung markierte den Ort, an dem die Leiche gefunden worden war.

Robyn parkte neben einem Streifenwagen und ging zum Tatort. Der Boden war feucht vom frühen Abendtau. Als PC Patel sie ankommen sah, nickte er ihr zum Gruß kurz zu.

»Ich habe schon mit Nick Pearson-Firth gesprochen und seine Aussage aufgenommen. Er war derjenige, der die Leiche gefunden hat. Ich hatte aber noch keine Gelegenheit, irgendjemanden sonst zu befragen. Mr. Pearson-Firth sagte, die meisten Angestellten wären über den Sommer nicht im Haus. Er selbst war auch nur hier, weil er heute und morgen einige Bewerbungsgespräche führen wollte, um Mr. Matthews' Stelle zu besetzen. Ich werde mal an einigen Türen klopfen und sehen, ob jemand über die vergangenen Tage etwas Verdächtiges bemerkt hat.«

»Das mag ich so an Ihnen, Sie befolgen meine Anweisungen schon bevor ich sie überhaupt aussprechen muss«, erwiderte Robyn. »Gut, dann an die Arbeit! Wir treffen uns hier wieder, wenn Sie fertig sind. Und fragen Sie Nick Pearson-Firth noch einmal, ob seine Frau und Tochter zufällig in der Nähe sind und ob er in den letzten Tagen etwas von Lucas Matthews gehört hat.«

Mitz Patel entfernte sich in Richtung des Gebäudes. In diesem Moment trat eine Gestalt aus dem Gebüsch, die sie sofort als Sam Gooch erkannte, den forensischen Fotografen. Sam war schon Anfang sechzig, aber immer noch auf Trab.

»Detective Inspector Carter! Ich habe gehört, dass Sie wieder dabei sind. Weiß Gott, warum. Wenn ich eine Chance hätte, diesen Job aufzugeben, ich würde alles hinter mir lassen, auf eine einsame Insel auswandern und in einer kleinen Hütte weit weg von all dem Wahnsinn leben.« Sam beschwerte sich immer in dieser Art über das Land und seine Arbeit. Aber es war sehr unwahrscheinlich, dass er tatsächlich auswandern würde. Er hatte fünf Enkelkinder, die er über alles liebte.

»Ich habe alles, was ich brauche, ich verschwinde. Viel Erfolg!«

Robyn sah ihm nach, während er zu seinem Auto ging und fröstelte in der kühlen Abendluft. Sie war auf diese Temperaturen nicht vorbereitet und verfluchte sich dafür. Normalerweise hatte sie immer flache Stiefel und einen Mantel in ihrem Wagen griffbereit. Aber heute war sie stattdessen unangemessen förmlich angezogen: Mit Rock und Bluse, dazu Lederschuhe, deren Absätze im weichen Boden einsanken. Für ihren Besuch bei der Direktorin der Mädchenschule und im Hotel war ihr diese Aufmachung angemessen vorgekommen. Aber sie wünschte sich, sie hätte sich die Zeit genommen, sich umzuziehen.

Sie duckte sich unter dem Absperrband hindurch und ein abstoßender Gestank schlug ihr entgegen. Eine große Person trat aus dem Schatten und betrachtete Robyn mit einem amüsierten Ausdruck. Shearers graublaue Augen blieben eine Weile an ihren Beinen hängen, dann zuckte ein Grinsen über sein Gesicht.

»Also, Robyn, ich habe schon gehört, dass Sie es nicht lange ohne ordentliche Ermittlungsarbeit ausgehalten haben. Das Privat-Detektiv-Spielen war wohl zu harmlos für Sie. Für den alten Ross dürfte es dafür genau das richtige sein. Der Gute verträgt heutzutage keine große Aufregung mehr. Sich mit Betrugsvorwürfen oder alten Frauen herumschlagen, die ihre Katzen verloren haben, das ist genau das richtige für ihn.«

Robyn richtete sich zu ihrer vollen Größe auf. »Guten Abend, Tom. Ross geht es gut und es war sehr interessant, mit ihm zu arbeiten«, antwortete sie, obwohl seine bissigen Kommentare sie bereits verärgerten. »Ich werde ihm Ihre Grüße ausrichten, wenn ich ihn das nächste Mal sehe.« Sie wusste, dass sie auf seine Sticheleien nicht eingehen durfte. Tom war zu allen so unfreundlich. Aber er war auch ein fähiger und sorgfältiger Ermittler.

»Machen Sie das. Obwohl er uns alle inzwischen wahrscheinlich längst vergessen hat, bei der neuen, aufregenden Karriere, die er jetzt verfolgt. Er ist bestimmt viel zu beschäftigt, um noch einen Gedanken an uns arme Trottel zu verschwenden.« Er sah sie unberührt an, als wollte er sie zu einem Wortgefecht herausfordern, aber sie biss sich auf die Zunge und machte sich an die Arbeit.

»Was haben wir?«, fragte sie, als sie sich näherte. Der Geruch wurde stärker – eine unangenehm süßliche Note, die darauf hindeutete, dass Lucas Matthews schon fleißig verrottete. Im Schatten der Bäume war es noch kühler und sie wünschte sich einmal mehr, sie hätte an ihren Mantel gedacht. Shearer erwiderte ihren Blick noch kurz, dann gab er den stummen Machtkampf auf und wandte sich dem Mann zu, der hinter ihm auf dem Boden lag. Er deutete mit seiner Taschenlampe auf die Leiche.

»Lucas Matthews. Wurde um halb vier heute Nachmittag von Nick Pearson-Firth gefunden, als dieser mit seinem Hund draußen war. Er hat die Polizei gerufen.«

Robyn näherte sich der Leiche. Es war nicht ihre erste Begegnung mit dem Tod, aber der widerwärtige, süßliche Geruch vom Methan und Hydrogensulfid, die von dem aufgeblähten Körper aufstiegen, drehte ihr den Magen um. Das Clubsandwich, das sie sich im Hotel gegönnt hatte, kam ihr wieder hoch, aber sie schluckte und atmete langsam durch den Mund. Die Leiche, die dort auf dem Boden lag, hatte nur noch sehr wenig mit dem Mann zu tun, den sie auf den Fotos in seinem Zuhause gesehen hatte. Sein Gesicht war aufgequollen und blutiger Schaum sickerte ihm aus Nase und Mund. Sein Glasauge starrte sie unpassend glänzend an, während in seiner anderen Augenhöhle nur noch unkenntliche Fleischfetzen übrig waren. Insekten und andere Aasfresser hatten sich am Rest bedient.

Robyn atmete flach und konzentrierte sich ganz darauf, die Übelkeit zu unterdrücken, die sie zu überwältigen drohte. Dann betrachtete sie den Leichnam genauer. Was sie erst für das zersetzte Auge gehalten hatte, regte sich. Eine fette Made hob den Kopf aus der Augenhöhle und wiegte sich wie eine Schlange vor dem Schlangenbeschwörer. Sie unterdrückte den Drang, sich angewidert zu schütteln. Shearer wartete bestimmt nur darauf, dass sie Schwäche zeigte.

Lucas Matthews' Gesicht war grün verfärbt, was bei diesem Verwesungsgrad nicht unüblich war. Wenn das verwesende Gewebe Gase und andere Substanzen abgab, konnte die Haut sich oft so verändern. Sein Mund stand offen und die Zunge ragte heraus. Ein Stück Fleisch hing von seinen Lippen, als stammte es von seiner Henkersmahlzeit.

Shearer fuhr in nüchternem Ton fort. »Seinem Zustand nach zu urteilen, würde ich sagen, er ist schon eine ganze Weile tot. Im Freien schreitet die Verwesung etwas schneller voran, wie Sie bestimmt wissen. Und er lag nicht nur an einem Ort voller Insekten und anderer Tiere, sondern das Wetter diese Woche war auch noch sehr warm. Wie Sie sehen können, ist der Abdomen aufgebläht und an Mund und Nase sind Spuren von Flüssigkeitsaustritt aus der Lunge zu erkennen. Die Zunge ragt aus dem Mund und die Zersetzung des Gewebes passt zu einem Körper, der seit etwa acht Tagen tot ist.«

Robyn beugte sich zum Kopf der Leiche herunter und machte sich gefasst, auf mehr Maden zu treffen. »Da ist noch etwas anderes in seinem Mund«, sagte sie. »Ein anderes Gewebe.«

»Dazu komme ich gleich«, antwortete Shearer. »Es gibt keine offensichtlichen Wunden, die als Todesursache infrage kommen. Ich kann keine Abwehrverletzungen erkennen, Schlag- oder Schnittwunden, oder Fremdgewebe unter seinen Fingernägeln. Die Leichenflecken deuten darauf hin, dass er rückwärts gefallen ist. Seine Kleidung wurde zerrissen und ich konnte kleine, rote

Punkte auf seiner Haut in der Nähe des Herzens ausmachen. Sie sehen aus wie Brandwunden, aber die Haut hat sich schon zu sehr verfärbt, ich kann also nicht genau sagen, was es ist. Wir werden auf den Autopsiebericht warten müssen.«

Er leuchtete mit seiner Taschenlampe auf Lucas' Oberkörper. Die obersten Knöpfe seines Hemdes waren geöffnet und entblößten eine haarlose Brust. Die Male, von denen Shearer gesprochen hatte, waren etwa erbsengroß. Shearer leuchtete mit seiner Taschenlampe an der Leiche entlang. Lucas' Hose hing ihm zusammen mit der Unterwäsche zwischen den Fußknöcheln. Seine Beine waren blassgrün verfärbt.

»Da sind noch mehr solche Male in seiner Leistengegend. Auf den ersten Blick würde ich sagen, sie könnten von einem Taser oder etwas Ähnlichem verursacht worden sein.«

Er machte eine Pause, während Robyn den ausgestreckten Körper betrachtete. Lucas' Genitalien waren entfernt worden. Sie holte flach Luft. Der Geruch war durchdringend. Sie würde sich bald von der Leiche entfernen müssen. Shearer wirkte schockiert vom Anblick der Verstümmelung.

»Der Angreifer hat sich darauf konzentriert, seine Schamregion zu verletzten«, stellte sie fest.

Shearer nickte zustimmend. »Der Täter hat ein scharfkantiges Werkzeug genommen und ihm Penis und Hoden abgetrennt. Armer Kerl. Ich will mir gar nicht vorstellen, wie es sich anfühlt, die Kronjuwelen derartig abgehackt zu bekommen. Der Mörder hat seine Männlichkeit genommen und ihm das *Pièce de Résistance* in den Mund gestopft.« Das Licht der Taschenlampe flackerte über den Leichnam, während Shearer seinen vermuteten Tathergang damit nachzeichnete. Dann drehte er sich zu ihr um und wartete auf ihre Reaktion. Robyn schüttelte den Kopf bei dem makabren Anblick. »Klingt nach etwas, was eine ehemalige Geliebte tun könnte oder eine enttäuschte Ehefrau, oder jemand, der einfach enorm wütend auf ihn war. Es erinnert mich ein wenig an den Fall von Wayne Bobbitt vor ein paar Jahren«, sagte sie.

Shearer nickte. »Bis darauf, dass Mrs. Bobbitt ihrem Mann nicht dessen John Thomas in den Hals gerammt hat und er außerdem überlebt hat, um seine Geschichte zu erzählen. Lucas ist mausetot.«

»Könnte eine derartige Verstümmelung ausgereicht haben, um ihn zu töten?«

»Vielleicht der Schock, der damit einhergeht. Ich weiß es nicht.«

»Es sieht nicht danach aus, als hätte er sich gewehrt. Es scheint, als wäre er hergekommen, hätte seine Hose runtergezogen und wäre umgebracht worden.«

»Korrekt. Es gibt keine Hinweise darauf, dass seine Leiche hergeschleppt wurde. Keine Waffe, kein Taser, Viehtreiber oder ähnliches am Tatort. Obwohl vielleicht noch etwas auftaucht, wenn wir morgen bei Tageslicht wiederkommen. Es gibt weder Fingerabdrücke noch Handschuhspuren an seinem Körper.« Er schüttelte ratlos den Kopf.

Robyn überlegte. »Die Verstümmelung war vorsätzlich, nicht im Affekt. Der Mörder hat ihn aus einem bestimmten Grund hierhergebracht, oder hier her eingeladen. Es muss ihm wichtig gewesen sein.«

»Das rauszufinden ist Ihre Aufgabe, Robyn. Ich kann Ihnen höchstens mit meinen bescheidenen Erkenntnissen zur Seite stehen.«

»Jemand muss ihn sehr gehasst haben«, sagte Robyn und stand wieder auf.

»Es war eine grausame, aber berechnende Tat«, stimmte Shearer zu. »Es war kein spontaner Überfall aus einer Laune heraus. Graben Sie ein wenig in seiner Vergangenheit, dann finden Sie sicher heraus, wer das getan hat.« Er beugte sich herunter, um Lucas' Leiche mit einem Tuch abzudecken. »Scheußlich. Wirklich scheußlich«, sagte er, dann richtete er sich wieder auf und sah sie an. »Wollen Sie sich mit mir noch einmal in der Gegend umsehen?«

Es war keine Einladung, sondern eine Herausforderung. Es

war sehr unwahrscheinlich, dass DI Shearer etwas übersehen hatte. Robyn schüttelte den Kopf.

»Nein. Ich warte auf den Bericht des Gerichtsmediziners und versuche bis dahin, mehr über Lucas Matthews herauszufinden. Ich bin ihm schon die ganze Woche auf der Spur. Ich werde Patel bitten, seiner Frau die Nachricht von seinem Tod zu überbringen. Er kann gut mit Menschen.«

»Ah, Constable Mitz Patel«, erwiderte er. »Sehr einfühlsam und höflich. Lebt bei Mommy und Daddyund ist grade aus der Windel. Wo finden Sie nur diese ganzen Kinder?«

Robyn spürte wieder den Ärger aufsteigen. Shearers Stimmungsschwankungen waren plötzlich und anstrengend.

»Die Jugend heutzutage bringt es einfach nicht mehr«, murmelte er. »Die spielen diese gewalttätigen Videospiele, aber wenn man ihnen ein echtes Mordopfer vorsetzt, werden sie grün im Gesicht und übergeben sich.«

Sie verspürte den Drang, ihren Kollegen zu verteidigen. »PC Patel spielt keine gewalttätigen Videospiele, soweit ich weiß, und er würde sich auch nicht übergeben.«

Shearer schnaubte. »Ha! Da irren Sie sich, Robyn. Er hat vorhin hinter einen Busch gekotzt, bevor Sie gekommen sind.«

Sie holte schon Luft, um erneut zu widersprechen, als sein Ausdruck sich erneut veränderte. »Ich mach nur Witze«, sagte er. »Ich ziehe Sie nur auf, Carter. Sie sollten das alles ein wenig lockerer sehen. Auch wenn es schwierig werden könnte, in diesen Klamotten irgendetwas aufzulockern.«

Sie zupfte unwillkürlich an ihrem Rock herum, was ein strahlendes Lächeln auf sein Gesicht zauberte. »Schön zu sehen, dass Sie nicht einmal gezuckt haben.« Er deutete mit einer Kopfbewegung auf Lucas.

»Ich habe Schlimmeres gesehen«, antwortete sie und ignorierte seinen starren Blick.

Er betrachtete sie noch kurz, bevor er weitersprach. »Passen Sie auf, eine seltsame Sache ist da noch. Ich meine, es ist schon seltsam genug, dass ihm jemand seinen Penis und Hoden in den

Mund gestopft hat. Aber viel bizarrer finde ich den Stoffhasen, den er unter den Arm geklemmt hatte.« Er hielt einen transparenten Asservatenbeutel hoch, in dem das Stofftier war. Es war übersäht mit braunen Flecken, zweifellos Blut. Sie nahm es ihm ab und betrachtete es nachdenklich.

»Sieht neu aus.«

»Dachte ich mir auch. Es sind keine Etiketten dran, aber es kann nicht viele Läden in der Nähe geben, die solche Hasen verkaufen.«

»Ich werde Patel darauf ansetzen. Er kann sich in den naheliegenden Spielzeugläden umsehen.«

»Ja, das ist eine viel angemessenere Beschäftigung für ihn. Es wird ihm guttun, nach pelzigem Spielzeug zu suchen. Zumindest wird ihm davon nicht schlecht.«

»Sie sollten wirklich Ihre freche Art zügeln, Tom. Sie handeln sich damit noch irgendwann Ärger ein.«

»Das habe ich längst, meine Liebe, zu mehreren Gelegenheiten«, sagte er. »Wenn Sie mich jetzt entschuldigen, ich muss hier klar Schiff machen und Lucas in die Leichenhallte schicken. Ich will Sie nicht länger aufhalten. Sie müssen immerhin einen Mörder finden.« Mit diesen Worten ließ er sie allein und spazierte mit einem fröhlichen Pfeifen auf den Lippen in Richtung des Krankenwagens auf der anderen Seite der Auffahrt.

34

DAMALS

Zwei Jahre spiele ich nun schon den Drogenkurier und ich habe es endgültig satt. Würde Dirk mir nicht jedes Mal so drohende Blicke zuwerfen, wenn ich ihn frage, ob ich endlich damit aufhören kann, würde ich ihm schon sagen, wo er seine dämlichen Drogen hinstecken kann. Das einzig Gute daran, dass ich seine Pakete ausliefere, ist, dass meine Mutter seitdem keine blauen Flecke oder andere mysteriöse Verletzungen mehr nach Hause bringt. Und ich bekomme fünfzig Mäuse für jedes Paket.

Ich nutze das Geld weise. Ich konnte damit das College und noch einen Abendkurs bezahlen. Wenn ich also endlich Dirks Klauen entkomme, kann ich einer Karriere nachgehen, oder zumindest ein einigermaßen normales Leben führen. Dieses Leben in der Unterwelt macht mich krank und alt. Ich bin gerade einmal achtzehn, aber in meinen Augen liegt der lebensmüde Ausdruck einer greisen Frau.

Den Leuten, mit denen ich zu tun habe, sollte man lieber aus dem Weg gehen. Ich bleibe unter dem Radar und halte mich von Ärger fern, indem ich mich mehr wie ein Mann kleide, als wie eine Frau. Alle denken, ich wäre lesbisch, weil ich alle Annäherungsversuche und Andeutungen von den Typen ignoriere, bei denen ich die Lieferungen abhole. Dirks Leute denken dasselbe. Ich korrigiere sie nicht. Ich trage meistens Armeehosen und Knöpfjacken mit Stiefeln und schneide meine Haare immer sehr kurz. Meine magere Figur erregt auch keine ungewollte Aufmerksamkeit.

Es ist nicht so, dass ich Männer nicht mag. Das tue ich. Ich will nur nichts mit der Art von Männern zu tun haben, die in den Clubs abhängen und Drogen an Kinder verteilen, die dann daran sterben oder süchtig werden. Außerdem hatte ich eine Weile lang Liam und brauchte sonst niemanden.

Liam Waters hat denselben Abendkurs besucht wie ich. Er war schüchtern und freundlich, mit roten Haaren und Augen so blau wie Kornblumen. Eines Abends hat er gleichzeitig mit mir den Kursraum verlassen. Und ich bin mir nicht sicher, wie genau es dazu gekommen ist, aber wir sind zusammen in einem Café gelandet, wo wir über unser Leben geplaudert haben. Natürlich habe ich über meines gelogen. Ich habe eine ganze Familie erfunden: drei Brüder und einen Hund namens Billy. Er hat mir alles über seine Eltern erzählt, die einen Bauernhof in Südirland haben. Es klang idyllisch und je näher wir uns kamen, umso öfter habe ich mir vorgestellt, wie ich mit ihm nach Irland ziehen würde und ihm dabei helfe, neugeborene Lämmer großzuziehen, oder einen unserer drei Schäferhunde auf die Weide mitnehme.

Ich habe bei unserem dritten Date mit ihm geschlafen. Er war liebevoll, zärtlich und großzügig. Er hat mich nicht dazu gedrängt, mit ihm ins Bett zu steigen. Ich wollte es. Ich wollte wissen, wie es sich anfühlt, mit jemandem Liebe zu machen, den man auch liebt. Es war wunderschön.

Aber wie alles Gute in meinem Leben, kam auch diese Sache zu einem bitteren Ende. Dirk hat von Liam erfahren und im Vollrausch von mir verlangt, dass ich meine Beziehung mit ihm sofort beende, damit ich mich nicht über seine Drogengeschäfte verplappere. Ich habe ihm zwar versichert, dass ich nie etwas davon erzählen würde, aber er hat mich trotzdem vor ein Ultimatum gestellt: Entweder sollte ich mit Liam schlussmachen, oder Dirks Schläger würden ihm die Beine brechen.

Ich kann nicht einmal darüber sprechen, ohne einen Kloß im Hals zu bekommen und ohne dass mir mein Herz in die Hose rutscht. Ich habe Liam gesagt, dass es mit uns aus ist und ich mit einem anderen zusammen bin. Er hat mir geglaubt. Natürlich hat er das. Ich bin eine gute Lügnerin. Er hat den Abendkurs aufgegeben und ist nach Hause gegangen, um seine Wunden zu lecken. Anscheinend war er ebenso verliebt in mich, wie ich in ihn.

Jetzt ist in meinem Herzen kein Platz mehr für Liebe und ich habe nur noch eine letzte Emotion übrig, die mich antreibt: Hass. Es ist die Emotion, die mir stets geholfen hat, einen Ausweg aus meinen verkappten Situationen zu finden. Ich muss mir irgendwie Dirk vom Hals schaffen. Und ich glaube, ich weiß auch schon, wie.

Ich habe auf meinem Smartphone Gift recherchiert. Man kann so ziemlich alles online kaufen, was man braucht, also überlege ich, mir einige Tabletten zuzulegen, die den Job erledigen könnten. Sie heißen Tetramisol und ich könnte sie in Dirks Kokainvorrat mischen. Es ist auch ein weißes Pulver, er würde also nichts vermuten, bis er erste Symptome zeigt. Das Medikament wirkt sich auf die Atemmuskulatur aus und kann Krampfanfälle verursachen. Die Vorstellung gefällt mir. Ich würde gerne sehen, wie Dirk sich auf dem Boden windet, aber andererseits tötet Tetramisol nicht schnell genug. Bald wird mir außerdem bewusst, dass es schwierig für mich werden könnte, an das Mittel zu kommen, ohne Aufmerksamkeit zu erregen. Also schlüpfe ich aus meinem Zimmer, die Kapuze von meinem grauen Hoodie tief ins Gesicht gezogen, damit niemand weiß, ob ich ein Mädchen oder Junge bin. Ich gehe in den örtlichen Supermarkt, wo es alles zu kaufen gibt: von Badesalz über Küchengeräte bis hin zu Autopolitur. Dort gibt es auch eine große Gartenabteilung und es dauert nicht lange, bis ich die ersten Gifte finde.

Ein älteres Pärchen stellt sich neben mich und diskutiert darüber, welche Rasensaat sie kaufen sollen. Ich versuche, unsichtbar zu werden und starre die Blumensamen an. Dort stehen mehrere Schachteln mit bunten Blumenmischungen. Oder Tüten mit großen, orangenen Blüten, die ich noch nie gesehen habe, gemischt mit strahlenblauen Kornblumen und leuchtend rotem Mohn. Unser Garten ist eine Katastrophe. Er besteht ausschließlich aus Terrasse und Unkraut. Mom hat nie mehr damit angestellt, als einen Stuhl rauszustellen und sich zu sonnen. Manchmal gehen Dirk und seine Kumpels zum Rauchen raus. Dem Geruch nach zu schließen, ziehen sie nicht an gewöhnlichen Zigaretten. Manchmal frage ich mich, wie es dort wohl aussehen würde, wenn wir einen echten Rasen hätten, eingerahmt von Blumenbeeten. Ich wünschte, ich könnte auf dem Land leben. Aber im Moment wohne ich in einem Kriegsgebiet.

Eines Tages werde ich einen Garten haben und Samen wie diese kaufen. Oder echte Blumen, die schon im Topf wachsen. Es wäre wunderschön, inmitten ihrer bunten Blüten zu sitzen, den süßen Duft einzuatmen und den Bienen zuzuhören, die ihren Nektar sammeln, während sie ihre Köpfe im Wind wiegen, als würden sie mit jedem meiner Gedanken oder Worte übereinstimmen. Dann könnte ich alle meine Sorgen vergessen.

Das Pärchen neben mir wirkt farblos in ihren beigen und graublauen Klamotten. Ihre Gesichter wirken auch ausgewaschen, als hätte das Leben ihnen alle Kraft ausgesaugt. Der Mann hat einen Bierbauch. Bestimmt verdrückt er sich an den meisten Abenden in die örtliche Kneipe. Die Frau ist klein und dick. Sie sieht nicht aus, als würde sie je einen Finger im Garten krumm machen. Ihre Stimme klingt schrill und weinerlich und ihre Lippen sind dünn. Sie jammern über den Maulwurf, der ihren Garten umgräbt. Sie verlangt, dass ihr Mann endlich einen anständigen Rasen anlegt, aber er sieht keinen Zweck darin, weil der Maulwurf sowieso wieder alles aufwühlt. Sie sind so sehr in ihre Unterhaltung vertieft, dass sie nicht bemerken, wie ich die Schachtel in meiner Plastiktasche verschwinden lasse und gehe, ohne aufgehalten zu werden. Rattengift für Dirk. Das passt perfekt.

Als ich nach Hause komme, ist er vor dem Fernseher eingeschlafen. Er wohnt schon seit sieben Monaten in unserem Haus. Ich glaube, mittlerweile hat sogar meine Mutter genug von ihm und seinen ekelhaften Angewohnheiten. Sie ist im Schlafzimmer, wahrscheinlich zur Besinnungslosigkeit betrunken. Sie sind letzte Nacht erst sehr spät aus dem Club gekommen. Ich mache mir Sorgen, dass sie vielleicht auch Gefallen an den härteren Drogen findet, seit sie ständig davon umgeben ist. Und Dirks Freunde dröhnen sich alle mit irgendwas zu und verbringen dann zu viel Zeit in unserem Haus. Im Moment genügt ihr Alkohol und der gelegentliche Joint, um der Realität ihres Lebens zu entfliehen. Ich lausche an der Schlafzimmertür. Sie schnarcht leise. Es wird lange dauern, bis sie wieder wach wird. Zeit, meinen Plan in die Tat umzusetzen.

Zuerst durchsuche ich den Toilettenkasten. Dirk bewahrt dort seinen persönlichen Geheimvorrat auf. Es ist ein praktisches Versteck für den Fall, dass wir irgendwann Ziel einer Razzia werden und er es schnell runterspülen muss. Ich habe gehört, wie er meiner Mutter gesagt hat, sie soll die Finger davonlassen, weil er sie sonst umbringt. Hin und wieder schließt er sich hier für einen Schuss ein. Er hat keine Ahnung, dass ich weiß, was er tut, oder dass ich seinen Vorrat entdeckt habe. Er hat nicht wirklich viel Ahnung von irgendwas.

Ich nehme den Beutel mit in mein Zimmer und leere ihn auf eine Zeitschrift auf meiner Kommode aus. Es ist erstklassiges Zeug. Ich ziehe Gummihandschuhe an, die ich von einer Tankstelle in der Stadt mitgenommen habe. Sie sind eigentlich dafür da, um die Hände vom Diesel sauber zu halten. Aber sie sind auch sehr nützlich für diejenigen von uns, die jemanden, den wir verachten, mit Rattengift umbringen wollen, ohne uns selbst zu schaden. Ich ziehe zur Sicherheit noch ein zweites Paar Handschuhe über und messe die Menge an Gift ab, von der ich glaube, dass sie ausreicht. Dann füge ich noch eine Prise hinzu – zur Sicherheit.

Nachdem ich überzeugt bin, dass ich genug für eine tödliche Dosis habe, schütte ich das Pulver zurück in die Tüte, verschließe sie und bringe sie dorthin zurück, wo ich sie gefunden habe: In den Zip-Beutel im Toilettenkasten. Wenn ich Glück habe, nimmt er es vielleicht schon heute Nacht. Es ist Freitag und er wird mit Sicherheit eine Linie im Nachtclub ziehen, wo er am Wochenende herumlungert.

Wenn alles nach Plan verläuft, kommt er am Morgen einfach nicht mehr nach Hause und ich bin endlich frei und kann ein neues Leben anfangen. Mein Vater ist begeistert. Er verabscheut Dirk so sehr wie ich und er hat diesen Tag schon länger mit mir geplant. Er sagt, ich sollte Mom mitnehmen, wenn ich gehe, aber ich erkläre ihm, dass das nicht geht. Es ist an der Zeit für mich, zu einer völlig neuen Person zu werden, oder ich werde nie in der Lage sein, den großen Plan durchzuführen. Er stimmt mir zu und Mr. Riesenohr auf meinem Bett applaudiert lautlos mit seinen pelzigen Pfoten.

35

Abigail bog auf die Sycamore Road ab, ganz in der Nähe des Spielplatzes am King George V Sportplatz. Wie üblich war im Park auch heute viel los. Eine junge Frau, die einen großen Hund an der Leine führte, schenkte ihr ein freundliches Lächeln, als sie ausstieg.

Trotz der angenehmen Nachmittagssonne und den Stimmen der sorglos spielenden Kinder konnte Abigail sich nicht beruhigen. Sie musste sich der Wahrheit stellen. Sie hatte genug von ihren Geheimnissen. Sie trug genug für ein ganzes Leben mit sich herum, sie hatte nicht die Kraft, sie noch länger für sich zu behalten.

Bei der nächsten Bank hielt sie an und setzte sich. Izzy war damit beschäftigt, herumlaufende Kinder beim Fangenspielen zu beobachten. Abigail starrte abwesend und selbstvergessen in die Leere. Die Zeit verstrich und sie saß nur da. Eine kühle Brise kam auf und die Schatten wurden länger. Sie wickelte die mittlerweile eingeschlafene Izzy in eine Decke ein und betrachtete sie nachdenklich. Izzys Gesicht sah friedlich und zufrieden aus, aber Abigail spürte nur eine tiefe Traurigkeit, die ihr schwer auf dem Herzen lastete. Das wunderbare Leben, das sie sich erarbeitet hatte, neigte sich einem grausamen Ende.

Ohne wirklich darüber nachzudenken, was sie tat, schob sie den Kinderwagen zurück zum Auto und setzte Izzy in ihren Kindersitz. Ein resigniertes Seufzen entfuhr ihr. Die Beweise sprachen für sich. Aber sie wollte es von ihm persönlich hören. Sie musste mit Jackson sprechen.

———

Abigail war über eine Stunde unterwegs. Die Dämmerung brach bereits an und die ersten Abendsterne leuchteten in einem pink und orangegefärbten Himmel über dem Ententeich auf. Izzy schlief immer noch tief und fest, während sie neben der Steineule parkte. Jacksons Maserati war noch nicht zurück. Sie war nicht überrascht. Er hatte ihr eine Nachricht geschrieben, dass er seinen Abflug wegen einem verspäteten Passagier verpasst hatte und nicht vor zehn Uhr abends zurück sein würde.

Ihr Handy vibrierte erneut, als sie eine Nachricht von einer unterdrückten Nummer erhielt. Sie las die Nachricht, während sie aus dem Auto stieg:

Das passiert Leuten mit zu vielen Geheimnissen.

Das konnte nur ihr Stalker geschrieben haben. Sie zögerte einen Moment, bevor sie die Babytrage aus dem Range Rover hob und sich zur Haustür umwandte, dann erstarrte sie schlagartig. Etwas hing an der Tür. Zuerst dachte sie, es wäre eine große Einkaufstasche, aber eine Pfütze auf dem Treppenabsatz vor der Tür deutete auf etwas Unheimlicheres hin. Sie stellte die Babytrage zurück auf den Autositz und näherte sich der Tür. Zuerst fiel ihr die rote Farbe der Pfütze auf, dann hob sie zögerlich den Blick. Ihr gefror das Blut in den Adern und ein unterdrückter Aufschrei kam ihr über die Lippen.

An der Eingangstür hing Toffee. Seine leeren Augen starrten sie an, ein fünfzehn Zentimeter langer Nagel durchbohrte seinen Hals.

36

Die Wärme des Tages war verflogen und Jeanette wickelte sich einen Cardigan um die Schultern, als sie, Ross und Robyn zusammen auf ihrer Veranda saßen. Eine Lichterkette spendete sanftes Licht und mehrere Kerzen verströmten einen zarten Zitronenduft.

Robyn streckte die Beine unter dem Tisch aus und lauschte dem Froschkonzert, das langsam im nahegelegenen Teich anhob. Am Tatort bei der Blinkley Manor Schule hatte sie sich gerade noch daran erinnert, dass sie eigentlich bei Ross und Jeanette zum Abendessen erwartet wurde. Sie hatte angerufen, die Situation erklärt und nachdem sie PC Patel letzte Anweisungen gegeben hatte, war sie vom Tatort direkt zu ihrem Haus gefahren. Ihre Entschuldigungen und Reue hatten ihr letztendlich noch eine Einladung zu einem Kaffee eingehandelt.

»Wie geht es jetzt weiter, Robyn?«, fragte Jeanette, gab einen kleinen Löffel Zucker in ihren Kaffee und rührte sorgfältig um. Sie sprachen über den Fall von Lucas Matthews.

»Ich werde noch einmal mit Zoe Cooper sprechen müssen, um herauszufinden, was genau in der Nacht passiert ist, als sie und Lucas zusammen das Aviator Hotel verlassen haben. Ich glaube, ich werde auch versuchen, Stu Grant alleine zu erwischen. Jackson hat mir definitiv etwas verheimlicht.«

»Das ist aufregend, nicht?«, sagte Jeanette und legte eine Hand auf das Knie von Ross, der neben ihr saß. »Und viel interessanter als deine jüngsten Fälle als Privatermittler. Obwohl ich doch lachen musste, als Ross mir von Bob erzählt hat. Kaum zu glauben, dass er nicht dahintergekommen ist, was da läuft.«

Ross zuckte die Achseln. »Das habe ich jedenfalls nicht kommen sehen. Ich führe ein sehr behütetes Leben, meine Liebe«, ergänzte er und lächelte seine Frau an. »Ich bin nicht welterfahren genug.«

Jeanette grinste. »Du hast nur die Zeichen übersehen, das ist alles. Wie auch immer, letztendlich warst du ja erfolgreich. Dein Fall ist etwas schwieriger, Robyn. Es ist ein Fall wie aus einem Krimi.«

»Es ist auf jeden Fall ein Rätsel, so viel steht fest«, sagte Robyn.

»Wie kommst du auf dem Revier zurecht?«, fragte Ross.

»Besser als ich befürchtet habe. Ein paar Dinge haben sich geändert, aber Mitz Patel ist immer noch derselbe. Wir haben eine neue Polizeibeamtin, Anna Shamash. Sie ist ein wenig ruhig, hat aber großes Potential. Mulholland jongliert viele Bälle gleichzeitig und der Rest ist mit der großen Drogenoperation beschäftigt. Alles streng geheim. Ich fühle mich aber noch ein wenig seltsam. Ein bisschen so, als würde ich nicht ganz dazugehören.«

»Das wird schon. Tu einfach so, als wärst du zeitweise versetzt worden. Du weißt doch, wie es läuft. Manchen von denen ist wahrscheinlich nicht mal aufgefallen, dass du überhaupt weg warst. David Marker, zum Beispiel. Er hat immer den Kopf in den Wolken.«

Robyn lächelte. »Du hast wahrscheinlich recht. Das wird schon.«

Sie saßen für eine Weile in kameradschaftlicher Stille zusammen.

»Robyn, hast du Brigitte in letzter Zeit besucht?«, fragte Jeanette.

Robyn hatte damit gerechnet, dass das Thema irgendwann aufkommen würde. Jeanette wusste alles über Brigitte und Amélies Geburtstag. Aber sie war auf dieses freundschaftliche Verhör vorbereitet.

»Ich habe sie besucht, bevor ich nach Farnborough gefahren bin. Amélie liebt ihr Fitbit. Sie sind in Frankreich und besuchen Brigittes Mutter.«

Jeanette nippte an ihrem Kaffee. »Eine liebenswerte Frau. Wie geht es Amélie?«

»Besser. Brigitte sagt, sie weint nicht mehr so häufig.«

»Schön. Sie hat es nicht gut aufgenommen, oder?«

Jeanette sprach von Davies plötzlichem Tod. Er hatte seinen Auftrag fast erledigt gehabt und sie hatten mit Amélie geskypt, nur zwei Tage bevor es passiert war. Sie hatten ihr versprochen, mit ihr in den Urlaub zu fahren, sobald sie zurückkamen. Amélie, mit ihrem strahlenden Lächeln, hatte sie ganz aufgeregt zu den Kamelen und der Wüste ausgefragt und in den Augen ihres Vaters hatte ein helles Leuchten gelegen, während er mit seiner Tochter gechattet hatte. Robyn sah es immer noch vor sich: Sie und Davies, zusammen vor dem Laptop gekuschelt, winkend und Luftküsse werfend. Amélie hatte die Welt nicht mehr verstanden, als Robyn ohne ihren Vater zurückgekehrt war. Sie hatte lange gebraucht, um die neue Realität zu akzeptieren. Aber für Robyn nahmen die Albträume kein Ende.

»Und du, Robyn?«, fragte Jeanette einfühlsam. »Geht es dir gut?«

»Ich komme klar.«

»Ich will dir nicht zu nahetreten, aber ich finde, du siehst ausgemergelt aus. Ich mache mir Sorgen um dich und ich glaube, du solltest mit jemandem darüber sprechen. Dir professionelle Hilfe suchen.«

Die Worte sprudelten nur so aus Robyn heraus, als wollten die dem plötzlichen Zorn gerecht werden, einem Zorn, den sie normalerweise unterdrückte: »Ich will mit niemandem sprechen. Es geht mir gut. Ich brauche keine Hilfe und ich brauche mit Sicherheit keinen Seelenklempner, der irgendwelche Kindheitserinnerungen ausgräbt oder dämliche Assoziationsspiele mit mir treibt, nur um mir zu sagen, dass ich Reue und Ärger und Verdrängung und diesen ganzen Mist über Davies Tod empfinde.«

Jeanette senkte den Blick, Ross drückte ihre Hand.

»Lass es nicht an Jeanette aus«, sagte er mit leiser, ruhiger Stimme. »Sie meint es nur gut.«

Robyn seufzte. »Es tut mir leid, Jeanette. Ich hätte nicht so ausrasten sollen. Das sieht mir nicht ähnlich. Aber ich bekomme es einfach nicht aus dem Kopf. Ich hätte nie darauf bestehen dürfen, ihn in Marokko zu besuchen. Ich habe ihn abgelenkt. Ich hätte es wirklich besser wissen müssen.«

»Das haben wir doch alles schon besprochen«, sagte Ross. »Es war nicht deine Schuld. Davies war ein sorgfältiger, vorsichtiger, professioneller Mann. Er war voll und ganz auf den Auftrag konzentriert und hat einfach nicht mit einem solchen Hinterhalt gerechnet. Du musst wirklich aufhören, dir diese Vorwürfe zu machen. Es frisst dich noch auf – buchstäblich.« Er deutete mit einer Kopfbewegung auf ihren mageren Körper. »Wir sind deine Freunde. Wir wissen, wie schwer es für dich ist, aber es ist an der Zeit, dass du darüber hinwegkommst. Du musst das endlich hinter dir lassen.«

»Brigitte hat etwas ganz Ähnliches gesagt. Sie hat sogar gefragt, ob ich mich mit anderen Männern treffe. Nicht mit den gleichen Worten, aber letztendlich mit derselben Bedeutung. Dass es Zeit ist, neu anzufangen. Ich wünschte, es wäre so einfach. Es tut mir leid, Jeanette.«

»Ich weiß. Schon gut«, erwiderte Jeanette. »Aber höre auf deine Freunde. Wir wollen wirklich nur das Allerbeste für dich.«

Die Unterhaltung wurde von Robyns Handy unterbrochen. Sie hob entschuldigend die Augenbrauen, als sie abhob und sich ein wenig von Ross und Jeanette entfernte, die sich über irgendetwas anderes unterhielten.

»Es gab einen weiteren Mord, Boss«, sagte Mitz Patel. »Mary Matthews.«

»Lucas' Ehefrau? Wo?«

»In ihrem Haus. Ich wollte ihr gerade die Nachricht vom Tod ihres Mannes überbringen, da habe ich sie gefunden.«

»Ich bin schon unterwegs. Sag PC Marker, dass er dazukommen soll. Und er soll Anna mitbringen.«

Sie ging zu ihren Freunden zurück. »Es tut mir so leid, aber ich muss mich schon wieder verabschieden. Noch ein Mord, Mary Matthews. Das wird immer verrückter.«

Ross nickte ernst. »Das ist ein regelrechtes Blutbad. In solchen Momenten bin ich ganz froh, dass ich damit nichts mehr zu tun habe.«

»Ich auch«, sagte Jeanette und nahm seine Hand. »Pass auf dich auf, Robyn. Lass dich da nicht zu sehr mit hineinziehen. Dieser Job kann einem glatt das Leben aussaugen, wenn man nicht aufpasst.«

Mit diesen warnenden Worten immer noch in den Ohren machte Robyn sich auf den Weg zur Mulwood Avenue. Sie fragte sich, wie viele Menschen noch getötet würden, bevor es ihr gelang, den Mörder zu finden.

37

DAMALS

Es war nur eine Frage der Zeit, bis ich ihn finde. Seit ich herausgefunden habe, wo er arbeitet, musste ich eine halbe Ewigkeit auf den richtigen Moment warten. Es hat mich mehr als zwei Jahre gekostet, ihn aufzuspüren, aber das war es wert.

Von meinem Versteck aus kann ich ihn gut beobachten. Ich sehe seine blanke Kehrseite, während er einen unzüchtigen Akt an einem Mädchen vollführt, das nicht älter sein kann als zwölf. Sie ist eine seiner Schülerinnen. Ich habe sie dabei beobachtet, wie sie ihr Haus verlassen haben. Sie trägt eine Schuluniform und hat ein Flötenetui dabei. Ich bin ihnen hier her in den Wald gefolgt. Es ist nicht ihr erstes Mal mit ihm. Sie ist freiwillig gekommen. Sie ist völlig vernarrt in ihn. Natürlich ist sie das. Er ist ihr Musiklehrer und gibt ihr das Gefühl, wichtig und erwachsen zu sein. Dabei ist sie nur ein kleines, naives Mädchen, das sich von den Lügen ihres Lehrers einlullen lässt.

Ich mache mehrere Fotos von ihm – sein Mund steht offen, als er zum Höhepunkt kommt – und von dem Mädchen mit den dunklen Zöpfen und den großen, braunen Augen, das keine Ahnung hat, mit was für einem Monster sie zusammen ist.

Ich unterdrücke die Verachtung und den Drang, ihn aus

seinem Auto zu zerren und seinen Kopf auf den Asphalt zu schmettern. Ich muss es geschickter anstellen.

»Denk an den großen Plan«, erinnert mein Vater.

»Das tue ich immer«, antworte ich.

Zehn Minuten später macht er sich wieder auf den Weg. Er fährt mit dem Mädchen zu McDonalds, dann bringt er sie nach Hause. Sie winkt ihm, während sie in die Sicherheit ihrer Familie zurückkehrt, die nicht die leiseste Vorstellung hat, dass sie nicht wirklich beim Musikunterricht war. Dann fährt er weiter zu seinem eigenen Zuhause, wo seine Frau auf ihn wartet. Er widert mich an, so wie er es schon vor so vielen Jahren getan hat. Die Katze lässt das Mausen nicht und Lucas Matthews ist so verdorben wie immer.

Ich beobachte ihn dabei, wie er zu seinem großen Haus abbiegt und das Tor hinter sich schließt. Er denkt vielleicht, er wäre sicher, aber das ist er nicht. Ich schicke eines der Fotos an seine E-Mail-Adresse, zusammen mit der Nachricht:

Ich will fünfzehntausend Pfund oder ich zerstöre dein Leben.

Die Adresse, über die er mir antworten kann, gehört zu einem Account, den ich lösche, sobald ich seine Rückmeldung habe. Sie ist sowieso nur vierundzwanzig Stunden aktiv, aber ich bin sicher, bis dahin wird er mir antworten.

Natürlich geht es mir nicht wirklich um das Geld. Ich werde es meiner Mutter schicken, damit sie sich eine neue Wohnung leisten kann. Nachdem Dirk sich mit seiner letzten Line Kokain, gemischt mit dem tödlichen Rattengift, ins Jenseits befördert hat, wirkt sie ein wenig ziellos. Ich mache mir Sorgen, dass sie wieder unlautere Jobs annimmt, um über die Runden zu kommen. Im Moment arbeitet sie in einem Kasino und kann gerade so die Miete bezahlen. Aber bei ihr kann man nie sicher sein. Manchmal wirft sie ihr Geld auch für einen Besuch im Schönheitssalon raus oder für das Sonnenstudio oder für teure Schuhe. Sie tut alles, um einen neuen Freund zu finden, aber nachdem sie mit Dirk zusammen war, sind nicht mehr viele Männer scharf darauf, mit ihr auszugehen.

Um ehrlich zu sein, sieht sie ziemlich lausig aus. Sie versucht es zu sehr. Sie hat ihre Haare weißblond gebleicht und ihre Oberteile hängen immer zu tief, sodass jeder ihre Oberweite sehen kann, die aber auch nicht mehr so attraktiv aussieht wie früher. Als ich letzte Nacht an ihrem Haus vorbeigekommen bin, hat sie gerade ein Taxifahrer nach Hause gebracht. Sie war sturzbetrunken und wollte ihn mit Sex bezahlen. Aber er war ein anständiger Mann und hat mir geholfen, sie zur Tür zu tragen.

»Ich habe Frau und Kind«, hat er gesagt. »Ich würde auch nicht wollen, dass jemand meine Frau ausnutzt, nur weil sie betrunken ist.«

Ich fühlte eine Welle der Dankbarkeit und habe ihn aus der Teedose bezahlt, in der unser Essensgeld steckt.

Wenn sie irgendwann genug Geld hat, will sie wegziehen. Sie sagt, sie will an die Küste – Devon oder Cornwall. Sie hat genug vom Stadtleben. Sie will an die frische Luft, einen kleinen Hund kaufen und mit ihm am Strand spazieren gehen. Ich hoffe, sie nimmt das Geld und mietet sich dort irgendwo ein. Ich werde sie öfter besuchen, wenn sie an der Küste wohnt. Falls alles klappt. Ich werde eine größere Summe von Lucas fordern. Das ist das mindeste, was er für sie tun kann. Ich brauche sein Geld nicht. Was ich wirklich will, ist sein Kopf auf einem Silbertablett. Und wenn die Zeit gekommen ist, werde ich ihn bekommen.

38

Jackson fuhr sich mit der Hand durch die Haare, drehte sich um und lief zum fünften Mal im Raum auf und ab. Abigail saß schniefend auf dem Sofa, ihre Augen waren gerötet, ihr Gesicht kreidebleich.

»Wir müssen die Polizei rufen«, sagte er. »Das muss angezeigt werden.«

Sie hob den Blick und sah ihn an. »Nein«, sagte sie, so leise, dass er es fast nicht hören konnte. »Es ist meine Schuld, dass das passiert ist.«

Er ließ sich neben sie fallen. »Wie? Wie kann es deine Schuld sein, dass unsere Katze ermordet wurde?«

»Jemand hat es auf uns abgesehen.«

»Was?«

»Irgend so ein Irrer will unser Leben zerstören. Es hat vor ein paar Wochen angefangen. Jemand hat einen Drohbrief in den Briefkasten geworfen. Die Wörter waren aus der Zeitung ausgeschnitten. Es ging um Geheimnisse«, sagte sie, weil sie nicht den genauen Wortlaut wiedergeben wollte. »Das alles dreht sich nur um Geheimnisse. Kurz bevor ich Toffee gefunden habe, habe ich eine Nachricht bekommen, in der stand ›Das passiert Leuten mit zu vielen Geheimnissen‹.«

Jackson sah sie mit großen Augen an. »Geheimnisse? Das ist doch verrückt. Jemand, der glaubt du würdest irgendwelche Geheimnisse haben, hat Toffee getötet? Zeig mir die Nachricht.«

Ihre Hände begannen zu zittern. »Ich kann nicht. Sie ist verschwunden.«

»Was soll das heißen, verschwunden?«

»Sie ist verschwunden, kurz nachdem ich sie gelesen habe.«

»Du hast sie gelöscht?«

»Nein, sie war einfach weg.«

Jackson runzelte die Stirn. »Das kann nicht sein. Bist du vielleicht aus Versehen auf eine Taste gekommen? Du hast sie vielleicht unabsichtlich gelöscht.«

»Es ist nicht die einzige Nachricht, die einfach verschwunden ist«, fuhr sie fort. »Die Nachricht, in der stand, dass du Geheimnisse vor mir hast, ist auch verschwunden.«

Jackson rieb sich die Stirn, als hätte er plötzlich Kopfschmerzen bekommen. Seine Augen wirkten müde und er zog angestrengt die Augenbrauen zusammen. »Du hast Nachrichten von einem Stalker bekommen, die dann verschwunden sind«, fasste er langsam zusammen, um die Informationen zu verarbeiten.

Abigail begann, sich zu ärgern. Sie konnte sehen, dass Jackson ihr ihre Version der Ereignisse nicht abkaufte. Sie fuhr mit mehr Nachdruck fort. »Und ich bekomme ständig Anrufe von jemandem, der sagt, er oder sie will mich zerstören und jeden, der mir wichtig ist.«

»Abby, das ist wirklich ernst.«

Sie ignorierte ihn und sagte: »Dann sind diese Dinge passiert. Mein Facebook-Account wurde gehackt. Ich bin sicher, dafür war auch der Stalker verantwortlich. Der Bastard hat ekelhafte Kommentare und Nachrichten an meine Freunde geschickt und das Bild gepostet, das bei uns im Schlafzimmer hängt. Nur jemand, der im Haus war, kann dieses Bild abfotografiert haben.«

Sie machte eine Pause, um ihre Worte wirken zu lassen.

»Dann kamen mehr Anrufe. Dieser Perverse nutzt irgendeinen Stimmenverzerrer, also weiß ich nicht wer es ist. Es macht mich wahnsinnig.«

Sie atmete tief durch, konnte Jackson dann aber nicht ins Gesicht sehen. Sie musste ihm auch sagen, dass sie von seiner Affäre wusste. Und bald darauf musste sie ihm ihre eigenen Geheimnisse anvertrauen. Sie hatte Angst vor seiner Reaktion. Es könnte das Ende ihrer Beziehung bedeuten. Aber sie wollte unbedingt erklären, was passiert war, die Worte kamen ihr immer zusammenhangsloser über die Lippen, sie war völlig unkonzentriert.

»Und was ist mit den Geräuschen, die ich über das Babyfon gehört habe? Irgendjemand war im Haus, da bin ich mir ganz sicher. Zu dem Zeitpunkt war ich es noch nicht, ich dachte, ich hätte es mir eingebildet. Aber jetzt bin ich ganz sicher, dass jemand in Izzys Zimmer war. Dieser Wahnsinnige spioniert uns aus und weiß über alles Bescheid, was wir tun. Deswegen habe ich die Schlösser austauschen lassen. Ich weiß, dass du mir damals nicht geglaubt hast. Ich habe es wohl nicht richtig rübergebracht.«

Jackson brauchte einen Moment, um zu verstehen, was sie sagte. »Das klingt gefährlich. Schau dir an, was dieser Verrückte unserer Katze angetan hat. Das ist die Arbeit von jemandem, der bösartig, grausam und unmenschlich ist. Er könnte mit uns dasselbe vorhaben. Hol die Notiz, die er dir geschickt hat, das ist ein Beweisstück. Wir werden die Polizei rufen, ihnen sagen was passiert ist und für einige Tage wegfahren, bis sie ihn gefunden haben.«

»Sie ist weg«, sagte sie. »Der Stalker ist eingebrochen und hat sie gestohlen.«

Jackson schüttelte ungläubig den Kopf. »Aber wie? Wir haben eine Alarmanlage. Sie wurde nie ausgelöst und nur wir beide kennen den Code. Moment ... Du hast den Code erst vor ein paar Tagen geändert, kurz bevor du die Schlösser ausgetauscht hast. Du hast gesagt, du hättest irgendwo gelesen, dass man das hin und wieder tun sollte. Warum hast du mir da nicht gleich die Wahrheit gesagt?«

»Ich dachte, ich würde selbst damit fertig werden. Ich hatte gehofft, wenn die Schlösser einmal ausgetauscht sind, wäre alles vorbei und ich wäre diesen Mistkerl losgeworden. Ich habe ihm sogar mit der Polizei gedroht.«

»Du hättest mit mir reden sollen, Abby. Warum hast du nichts gesagt? Wir hätten die Polizei rufen können, du hättest es wirklich nicht für dich behalten sollen.«

»Ich hatte nur solche Angst und ich dachte es wäre vielleicht nur ein grausamer Scherz. Ich wollte es beenden, aber die Person hat immer wieder angerufen und ... diese Dinge gesagt.«

»Was für Dinge?«

»Dinge über dich. Dass du Geheimnisse vor mir hast, Jackson. Und dann wurden mir die Beweise dafür zugeschickt.«

Jackson griff sich an die Stirn und seufzte tief. In ihrer Aufregung verwechselte sie diese Geste mit einem Ausdruck der Ungläubigkeit.

»Jemand ist eingebrochen. Irgendein Irrer hat mich ausspioniert. Er hat alles beobachtet, was ich tue.« Sie sah Jackson an, konnte seinen Gesichtsausdruck nicht deuten. »Du glaubst mir nicht, oder?«

Er sank noch mehr in sich zusammen und legte eine Hand auf ihr Knie. Aber sie schlug seine Berührung weg, als eine Welle von Wut ihre Selbstzweifel und Anspannung überwältigte.

»Ich glaube dir, aber welche Beweise hast du, Abby?«, fragte er leise. »Wir brauchen irgendetwas, das wir der Polizei vorlegen können. Ich kann nicht dort hingehen und sagen, meine Frau hat Angst, weil jemand ihr Nachrichten schickt, die es nicht mehr gibt und weil ihr Facebook-Account gehackt wurde. Darum kümmert sich Facebook selber. Ich kann ihnen auch nicht sagen, dass du einen Drohbrief bekommen hast, der dann aus einem Haus mit einem erstklassigen Sicherheitssystem gestohlen wurde. Die werden nichts davon glauben. Auch nicht, dass du meinst, jemanden im Kinderzimmer gesehen zu haben. Das muss dir doch klar sein. Im schlimmsten Fall glauben sie noch, du denkst dir alles nur aus. Diese Person hat dich nicht angegriffen oder dir Gewalt angedroht. Sie macht dich nur verrückt. Und wir können nicht einmal sicher sein, dass dieselbe Person Toffee getötet hat. Die Nachrichten, die plötzlich verschwinden, könnten unabhängig davon geschickt worden sein. Ich versuche nur, es mir irgendwie logisch zu erklären, Abby. Ich will dir glauben, aber ich weiß nicht, ob wir die Zeit der Polizei damit verschwenden sollten. Das schlimmste Verbrechen, das hier passiert ist, ist der Tod von Toffee. Und ich bin mir nicht einmal sicher, ob sie uns damit helfen könnten. Wir haben einfach keine Beweise, dass uns jemand bedroht.«

Sie zögerte einen Moment, inzwischen kochte sie vor Wut darüber, dass Jackson es so darstellte, als wäre sie verrückt geworden. Toffee war tot. Jemand hatte ihn kaltblütig umgebracht und Jackson behandelte sie wie einen dummen Dorftrottel. Sie verschränkte die Arme vor der Brust. »Ich habe Beweise«, sagte sie und wurde unwillkürlich lauter, als sie den Zorn nicht mehr unterdrücken konnte. »Ich habe eine E-Mail mit angehängten Fotos. Dieser Spinner, der mich ständig anruft, hat gesagt, du hättest eine Affäre. Ich habe ihm erst nicht geglaubt. Aber jetzt habe ich Beweise.« Sie versuchte nicht mehr, sich zurückzuhalten. Sie ließ dem Ärger und der Frustration freien Lauf. Sie wollte nicht mehr länger Normalität vorspielen und konnte die Wut nicht mehr beherrschen, die ihren ganzen Körper ausfüllte. »Und versuch nicht, es zu leugnen. Ich weiß alles, du verlogener, fremdgehender Bastard.«

Jackson starrte sie fassungslos an. »Wir haben doch schon darüber gesprochen. Wie zur Hölle kommst du darauf, dass ich eine Affäre haben könnte?«, entgegnete er ungestüm.

Sie fauchte. »Jemand weiß alles, was du tust. Er hat dich auch beobachtet, du kannst die Unschuldsmiene fallen lassen!« Ihre Augen leuchteten auf, als sie ihm die Worte wie Pfeile entgegenschoss. »Dein schäbiges Verhalten wurde beobachtet, Jackson. Man hat dich beobachtet und darauf gewartet, dass du es noch einmal tust. Du wurdest beim Sex fotografiert und ich habe die Bilder bekommen. Ich konnte es kaum ertragen, sie anzusehen.

Mir wurde ganz schlecht dabei. Wie konntest du nur? Wie konntest du mit einer meiner besten Freundinnen schlafen? Alles passt zusammen, denn wenn du angeblich nach Spanien geflogen bist, weil James mal wieder krank war, war Zoe auch auf irgendeiner erfundenen Konferenz. Ich hasse sie dafür. Ich hasse euch beide.« Sie hob beide Hände, als es ihr in diesem Moment wie Schuppen von den Augen fiel. »Natürlich! Das hat die Nachricht gemeint! ›Das passiert Leuten mit zu vielen Geheimnissen.‹ Es geht um dich! Die Nachricht bezieht sich auf dich und deine Geheimnisse! Es ging immer nur um dich und deine verdammte Affäre. Du bist schuld, dass Toffee tot ist!«

Jackson sah sie lange wortlos an. »Du irrst dich. Jemand hat dich völlig verwirrt. Das ist doch lächerlich, ich würde dir sowas nie antun, mein Engel«, verteidigte er sich. »Ich kann nicht glauben, dass du mir das zutrauen würdest. Zeig mir diese Bilder. Es muss eine logische Erklärung für alles geben.«

»Nenn mich bloß nicht Engel, du Betrüger!« Sie wühlte aufgebracht in ihrer Tasche, die neben dem Sofa auf dem Boden lag, bis sie ihr Handy erwischte. Sie drückte einige Tasten und einige weitere. Dann fiel ein Ausdruck der Verwirrung über ihr Gesicht.

»Ich kann die Mail nicht finden. Sie ist verschwunden und auch alle Bilder, die ich runtergeladen habe. Aber sie waren da!«

Sie durchquerte das Zimmer zu ihrem Computer und fuhr ihn hoch, ihre Hände schwebten zitternd über der Tastatur. Sie gab ihr Passwort ein und öffnete ihr E-Mail-Postfach. Sie durchsuchte alle Mails und überprüfte auch die Ordner mit Spam und gelöschten Nachrichten.

»Sie ist nicht da«, sagte sie noch einmal. »Sie wurde gelöscht. Aber wie kann das sein? Es muss auch dieser verfluchte Psychopath gewesen sein. Er hat sich irgendwie Zugang zu meinen Mails verschafft und sie gelöscht. Aber ich habe die Bilder gesehen.« Sie verstummte und traute sich kaum, Jackson anzusehen. Er stand auf und warf ihr einen skeptischen Blick zu.

»Hör dir doch einmal selbst zu, Abigail. Das klingt alles vollkommen lächerlich, wie der Plot einer schlechten Seifenoper.«

»Sei nicht so verflucht herablassend«, winselte sie. »Halt die Klappe und hör mir endlich zu, anstatt alles gleich abzuschmettern!«

Jackson starrte sie gereizt an. »Ich höre dir zu, sobald du anfängst, Sinn zu ergeben. Und wenn diese E-Mail wieder auftaucht, kannst du mir ja die Bilder zeigen. Vorausgesetzt, sie existieren wirklich. Aber für mich klingt es eher so, als wären sie genau wie der unsichtbare Fremde im Haus. Oder die Nachrichten, die plötzlich verwunden sind. Oder der Drohbrief, der gestohlen wurde.«

»Natürlich existieren sie.«

»Hast du Beweise für irgendwas, was du sagst, Abigail? Hast du irgendwas? Weil es für mich danach aussieht, als wärst du nur eine hysterische Frau, die sich irgendwelche unhaltbaren Anschuldigungen ausdenkt. Ich kann ja verstehen, dass die Sache mit Toffee dich erschreckt hat, aber alles andere, was du sagst, grenzt an blanken Wahnsinn.«

»Ich bitte dich! Ich werde bestimmt nicht einfach so aufgeben. Ich habe Beweise und ich denke mir das alles nicht aus. Ich werde es mir nicht gefallen lassen, dass du mich für verrückt erklärst.«

Als sie durch ihre Anrufliste scrollte, wurde Abigail schlecht. Die Verbindungsprotokolle waren auch gelöscht worden. Jetzt hatte sie wirklich keine Beweise mehr, dass sie jemals von einer anonymen Nummer angerufen worden war. Verärgert warf sie ihr Handy auf den Boden.

»Die Anrufliste ist auch verschwunden. Und bevor du irgendwas sagst, ich denke mir das nicht aus. Alles, was ich dir gesagt habe, ist passiert! Ich weiß, dass irgendein Irrer in unser Zuhause eingebrochen ist, deswegen habe ich die Schlösser ausgewechselt. Und ich habe Anrufe von dieser Person erhalten. Die ganze Zeit dachte ich, es wäre meine Schuld, dass mir das passiert, aber in Wirklichkeit ist es deine. Ich weiß von deiner ekelhaften Affäre mit Zoe. Auf den Fotos hat man euch beide gesehen!« Ihr versagte die Stimme bei diesen Worten.

Jackson fuhr sie an. »Zum letzten Mal: Ich habe keine und

hatte auch nie eine Affäre mit irgendjemandem, erst recht nicht mit Zoe! Ich dachte, du würdest mich besser kennen. Ruf sie an. Frag sie. Frag oder beschuldige sie und schau, wie sie reagiert. Was für ein lächerliches Affentheater. Ich dachte, es ginge um Toffee und deinen Stalker. Ich dachte, du wolltest über die Drohanrufe sprechen und darüber, dass du belästigt wirst. Und jetzt drehst du plötzlich alles um und wirfst mir vor, mit anderen Frauen rumzumachen. Was ist nur los mit dir? Denkst du dir das aus, um mir mehr Aufmerksamkeit abzuringen? Oder bist du dir so unsicher über unsere Beziehung, dass du mit solchem Unsinn um dich werfen musst? Um Himmels Willen, Abigail!« Er wirbelte herum und ging zur Tür.

»Jackson, wo gehst du hin?«, fragte sie.

»Ich werde jetzt unsere Katze beerdigen und dann gehe ich irgendwo hin, bevor ich etwas sage, was ich später bereue. Wenn du ein bisschen runtergekommen bist, reden wir weiter. Du bist völlig durcheinander. Ich weiß überhaupt nicht mehr, was eigentlich los ist, Abby. Seit Izzy auf der Welt ist, hast du mich immer weiter weggedrängt. Und jetzt auch noch das. Ich weiß nicht, welcher kranke Bastard Toffee umgebracht hat, aber ich weiß, dass du nicht du selbst bist. Vielleicht solltest du wirklich zu einem Arzt gehen. Du bist ja total gestresst.«

»Natürlich bin ich gestresst!«, schrie sie. »Ich habe über die letzten Tage lauter Anrufe über deine Affäre bekommen. Ich wollte es ja erst nicht glauben, aber ich habe die Beweise mit meinen eigenen Augen gesehen! Du und Zoe Cooper! Wie sollte ich da nicht gestresst sein! Was war in der Nacht, als du in Spanien warst? Wie sollte irgendjemand davon wissen, wenn er oder sie dich nicht beobachtet hätte? Man hat mir gesagt, dass du die Nacht im Hotel Gran Melia Don Pepe verbracht hast. Mit deiner Freundin. Das könnte ich unmöglich wissen, wenn man es mir nicht gesagt hätte.«

»Unfassbar. Ich habe die Nacht nicht in irgendeinem Hotel verbracht, sondern am Flughafen, genau wie ich es dir gesagt habe. Erinnerst du dich? Wenn du irgendeine Bestätigung dafür brauchst, kannst du ja Gavin anrufen. Du hast seine Handynummer«, sagte er und deutete auf ihr Telefon. »Ruf ihn an und frag ihn. Er wird dir sagen, dass wir beide am Flughafen übernachtet haben. Ich habe noch nicht einmal von diesem verflixten Hotel gehört. Such doch danach, wahrscheinlich existiert es nicht einmal. Vielleicht hättest du genau das früher machen sollen, dann hättest du mir geglaubt und gemerkt, dass dein dämlicher Stalker Unsinn erzählt. Und wenn du schon dabei bist, ruf gleich bei Zoe an und lass dir von ihr den Kopf geraderücken. Mir reicht es, ich will davon nichts mehr hören.«

Abigail vergrub das Gesicht in den Händen. »Ich verstehe das nicht.«

Jacksons Stimme war kalt. »Ich auch nicht. Aber wenn du diese mysteriösen, belastenden Fotos findest, zeig sie mir. Ich hätte gerne die Gelegenheit, meine Unschuld zu beweisen.«

Er schloss die Tür leise und ließ Abigail allein. Sie saß zusammengerollt auf dem Sofa, die Knie angezogen und mit den Armen umschlungen. Ihr Herz raste. Um ein Haar hätte sie alles ausgeplaudert – Geheimnisse, die sie zu lange für sich behalten hatte. Sie hatte alles kaputt gemacht. Sie hätte nicht so zornig über die Fotos werden dürfen. Sie war blind vor Wut und nicht mehr in der Lage gewesen, rational zu argumentieren. Und jetzt hatte sie die Gelegenheit verspielt, ihm zu erklären, warum all das in Wirklichkeit nur ihre Schuld war. Aber die Ereignisse der letzten Tage hatten sich ineinander verheddert wie verknotete Klamotten in der Waschmaschine und sie konnte nicht mehr klar denken. Der Brief war gestohlen worden. Die Textnachrichten und Anrufliste waren aus ihrem Handy gelöscht worden und die Bilder von Jackson und Zoe verschwunden. Und das Schlimmste von allem, der süße, liebevolle Toffee war tot. Sie konnte mit all dem nicht umgehen.

Sie ließ sich auf die Seite fallen und für einen Moment ertrank alles andere in ihrem eigenen, verzweifelten Schluchzen. Bis ein bekanntes Geräusch zu ihr durchdrang und sie die geflüsterten Worte hörte.

»Lebwohl, Mommy.«

Sie schrie auf und jagte die Treppe hinauf, bis sie im Kinderzimmer neben Izzys Krippe auf die Knie fiel. Ihr Baby schlief tief und fest, ihr Stofftier an ihrer Seite. Über dem Bett drehte sich das Mobile mit den bunten Flugzeugen, leise Musik begleitete die kreisenden Bewegungen. War wirklich jemand im Kinderzimmer gewesen? Abigail lehnte sich erschöpft gegen das Kinderbett und schniefte leise. Sie fragte sich, ob sie vielleicht wirklich langsam den Verstand verlor.

39

DAMALS

Es ist unglaublich einfach, Lucas sein Geld abzuknöpfen. Er ist gleich zu seinem Daddy gelaufen, der ihm gegeben hat, was er brauchte. Ich habe alles perfekt inszeniert. Als Übergabeort habe ich das Blithfield Reservoir gewählt, das ganz zufällig ganz in der Nähe von Paul Matthews' Haus liegt.

Ich lasse mein Auto in Abbots Bromley stehen, in einer schattigen Seitenstraße, weit ab vom Parkplatz des Reservoirs. Niemand wird mich damit in Verbindung bringen. Ich schultere meinen Rucksack und wähle eine Route, die bei Wanderern beliebt ist. Sie führt nördlich über Uttoxeter. Ich folge nicht der Straße zum Blithfield Reservoir, sondern nehme die zweite Abzweigung, die mich nach einem Kilometer an einem Schild vorbeiführt, auf dem »Blithfield Wanderwege und Bildungszentrum« steht. Ich wähle die zweitlängste Route um das Reservoir. Es ist dieselbe Route, die Lucas ebenfalls nehmen muss. Die Tatsache entlockt mir ein Grinsen. Es gefällt mir, ihn ein wenig ins Schwitzen zu bringen.

Zu dieser Jahreszeit besuchen viele Leute das Reservoir, aber offiziell öffnen die Wanderwege erst um acht Uhr morgens. Ich kann meinen Plan also in die Tat umsetzen, ohne beobachtet zu werden.

Die Anweisungen in meiner Mail waren eindeutig. Eine meiner Bedingungen war, dass er seinen Job kündigt – ich finde, jemand wie er sollte sich nicht in der Nähe von Kindern aufhalten. Er hat Glück, dass ich ihn nicht der Polizei gemeldet habe. Ich habe kurz darüber nachgedacht. Aber ich habe noch wichtigere Dinge mit ihm vor und das hätte mir einen Strich durch die Rechnung gemacht.

Ich habe Lucas aufgetragen, zum zweiten von zwei Hochsitzen für Vogelbeobachter zu gehen. Sie liegen an der sogenannten Roten Route in der Broompit Plantage, wo auch noch Überbleibsel der alten Mergelgruben zu sehen sind, die noch aus der Bauzeit des Staudamms stammen. Ich bin die Route mehrfach abgelaufen, um sicherzugehen, dass sie die richtige Wahl ist. Lucas soll einen Umschlag mit benutzten Fünfzig-Pfund-Noten unter einer Bank im Hochsitz liegen lassen und gehen. So einfach ist das. Eine Stunde vor der Übergabezeit verstecke ich mich im Wald und warte. Ich will sichergehen, dass er oder sein nichtsnutziger Vater nicht versuchen, mir eine Falle zu stellen. Im Wald ist es still, bis auf das gelegentliche Klopfen eines Kleibers oder Buntspechts. Ich sitze gut getarnt unter einem Baum und beobachte das Futterhäuschen, bei dem mehrere Meisen landen, von den Samen naschen und wieder abfliegen. Ich erhasche sogar einen Blick auf ein Reh, das mich nicht einmal wahrzunehmen scheint. Es gibt mir das Gefühl, wichtig und akzeptiert zu sein. Ich fühle mich hier im Wald seltsam zu Hause. Der Frieden umhüllt meine Seele und wärmt mein Herz. Ich könnte hier leben. Für immer. Der Gedanke wird immer attraktiver und ich stelle mir vor, wie ich in einem kleinen, hölzernen Häuschen, weit weg von allen anderen Menschen wohne.

Niemand sonst ist im Wald unterwegs und pünktlich um halb acht entdecke ich die Silhouette von Lucas, der seine Karte überprüft, sich verstohlen umsieht und in dem Hochsitz verschwindet. Nachdem er gegangen ist, warte ich noch gut zwanzig Minuten, dann gehe ich ebenfalls in den Hochsitz, greife unter die Bank und hole einen Umschlag hervor, auf dem »Zoe« steht. Ich stecke ihn grinsend in meinen Rucksack, dann verschwinde ich wieder im Wald.

40

Robyn bog auf die Einfahrt zum Haus in der Mulwood Avenue ab. Das Tor stand offen und das BMW-Cabrio parkte vor dem Haus, wie auch bei ihrem ersten Besuch bei Mary Matthews. Ihre Kollegen warteten neben dem Auto von Mitz auf sie. Anna Shamash war kreidebleich, ihr Gesicht eine ausdruckslose Maske.

»Kommen Sie damit klar?«, fragte sie ihre junge Kollegin. Anna nickte. »Nehmen Sie das«, fuhr Robyn fort und warf ihr einen Kaugummi zu. »Konzentrieren Sie sich auf Ihren Atem und denken Sie immer daran, dass es nur ein Körper ist. Nicht mehr und nicht weniger. Tun Sie einfach so, als wäre er aus Gummi oder irgendwas anderem. Am besten vergessen Sie gleich, dass es einmal ein lebendiger Mensch war. Wenn Ihnen irgendwann schlecht wird, gehen Sie ruhig raus. Wir alle haben das einmal durchgemacht. Die erste Leiche ist immer die schlimmste. Danach wird es leichter.«

Sie klopfte an, um ihre Kollegen im Haus auf sich aufmerksam zu machen, dann trat sie ein.

»Hier drin«, sagte PC David Marker. Er stand neben der Wohnzimmertür, wo Robyn die Frau vor nur wenigen Tagen befragt hatte. Sie folgte ihm in den Raum und ihre Kollegen folgten ihr. Sie sah sich um. Die spanischen Fächer hingen noch immer an der Wand, sämtliche Oberflächen standen voll mit Souvenirs und Dekorationen. Das Sofa war frei, ein Sitzkissen aufgestellt, das andere lag auf dem Boden. Auf dem Couchtisch standen eine Teekanne, eine Tasse und ein Teller. Zwischen dem Sofa und dem Tisch lag die Leiche von Mary Matthews, die Augen weit aufgerissen, das Gesicht angstverzerrt. Robyn hörte ein Geräusch hinter sich. Anna lief nach draußen.

»Was haben wir hier?«

»Nicht viel. Sieht aus wie ein Herzinfarkt oder irgendein Krampfanfall. Vielleicht ein Schlaganfall. Todeszeitpunkt war vor ungefähr vierundzwanzig Stunden, die Leichenstarre hat sich noch nicht ganz gelöst. Keine Hinweise auf Fremdeinwirkung. In ihrer Tasse ist noch ein Rest kalter Tee und ein paar Krümel auf dem Teller. Nichts Verdächtiges. Obwohl ihr Gesicht ungewöhnlich rosig ist.«

»Das dachte ich mir auch. Nur ein Teller und eine Tasse?«

»Sie scheint allein gewesen zu sein.«

»Das ist eine große Kanne für einen allein. Wenn man allein ist, macht man doch eher eine einzelne Tasse. Und sie hat das teure Porzellan genommen.« Robyn hob die Tasse mit ihren behandschuhten Fingern auf und begutachtete den Boden. Es war eine der Tassen, aus denen sie ebenfalls getrunken hatte. »Villeroy & Boch. Man nimmt doch nicht ausgerechnet die besten Teller und Tassen für einen Vormittagssnack. Irgendwas stimmt hier nicht. Das ist die Art von Aufwand, die man eher betreiben würde, wenn man einen Gast hat – einen besonderen Gast, oder jemanden, den man beeindrucken möchte. Und ein Kuchen? Würden Sie sich ein Stück Kuchen nehmen und es alleine im Wohnzimmer essen, vom guten Porzellan?«

Mitz schüttelte den Kopf. »Ich habe sowieso nur Tassen und die sind aus einem Billigladen. Meine Grandma hat allerdings ein teures Teeservice, das sie immer für Besucher genommen hat. Meine Mom sieht es nicht so eng. Sie nimmt einfach, was immer sie als erstes erwischt. Ich glaube, das ist eine Sache, die ältere

Leute machen. Oder besonders schicke. Die haben dann auch besonders schickes Geschirr.«

Robyn stimmte ihm zu. »Seht nach, ob noch etwas von dem Kuchen übrig ist, den sie gegessen hat. Liegt irgendwo eine leere Verpackung oder ein Kuchenblech herum? Wenn sie ihn selbst gebacken hat, muss irgendwo noch eine Form stehen. Mitz, sehen Sie in der Speisekammer nach.«

Anna kam zurück und ihr Gesicht hatte ein wenig an Farbe zurückgewonnen. Robyn nickte ihr wohlwollend zu. »Helfen Sie Mitz dabei, eine Kuchenform oder Tupperdose oder irgendwas aufzutreiben, in dem sie einen Kuchen aufbewahrt haben könnte. Sucht im Mülleimer nach einer Verpackung oder Kuchenschachtel. Irgendwas stimmt hier ganz und gar nicht.«

Robyn ließ den Blick durch den Raum wandern. Die Gitarre, die in einer Ecke des Zimmers gestanden hatte, lag auf dem Boden, ihr Hals war zerbrochen. Sie konnte sich nicht vorstellen, dass Mary Matthews sie kaputtgemacht hatte, ganz gleich wie wütend sie auf Lucas war. Sie bedeutete ihr zu viel.

»Untersuchen Sie die Gitarre auf Fingerabdrücke, David«, sagte sie. »Und wo ist der Hund? Hier sollte irgendwo ein kleiner Terrier sein.«

»Das ist eine teure Gitarre. Eine Alhambra Klassik. Mein Junge lernt gerade Gitarre. Seine ist nicht so teuer wie diese.«

»Wo ist der Hund, David?«, wiederholte Robyn.

»Oh, er ist bei einem Nachbarn«, antwortete PC Marker. Robyn unterdrückte einen genervten Laut. David Marker konnte manchmal anstrengend sein. Sie massierte sich nachdenklich die Ohren. Auf den ersten Blick konnte es so aussehen, als wäre Mary Matthews einem Herzinfarkt oder etwas Ähnlichem zum Opfer gefallen, ihr Gesicht war schmerzverzerrt. Aber sie musste sich wohl noch bis zur Autopsie gedulden, um Genaueres zu erfahren. Es könnte alles nur ein grausamer Zufall sein, aber Robyn glaubte nicht an Zufälle.

Anna Shamash trat in die Tür. »Ich weiß nicht, ob es etwas zu bedeuten hat«, sagte sie, »aber ich hab das hier auf dem Boden gefunden.« Sie hielt einen Gummihasen hoch.

»Ich verstehe, warum Ihnen das aufgefallen ist. Aber der Hase, den wir bei der Blinkley Manor Schule gefunden haben, war ein Stofftier. Das ist nur ein Hundespielzeug.«

»Ich habe auch einen Hund und ich würde ihm nie so ein schreckliches Ding kaufen«, entgegnete Anna. Sie schwenkte das Spielzeug, das ein bemaltes Gesicht mit großen, blauen Augen hatte, die ihm einen überraschten Gesichtsausdruck verliehen. »So ein Spielzeug würde man einem Baby geben, aber keinem Hund. Um genau zu sein, hätte man es in den Fünfzigern einem Baby gegeben. Es ist so kitschig.« Sie rümpfte die Nase. »Ich glaube, Sie sollten sich die Unterseite ansehen.«

Sie reichte Robyn den Gummihasen, der schrill quietschte, als sie ihn ihr abnahm. Sie zog eine Grimasse bei dem Geräusch und betrachtete die Unterseite zwischen den Füßen des Hasen. In Großbuchstaben waren dort die Worte eingeritzt »RIP MARY«. Es durchfuhr Robyn wie ein Blitz. Endlich hatten sie eine heiße Spur. Sie deutete auf den Teller auf dem Tisch.

»Ich will eine Laboruntersuchung von diesen Krümeln. Findet raus, was sie gegessen hat. Untersucht den Tee auch. Mitz, sprechen Sie mit den Nachbarn, um herauszufinden, wer sie gestern Vormittag besucht hat. Ich will die Nummernschilder aller Autos in der Gegend wissen, alles was ihr herausfinden könnt. David, die Jungs sollen hier klar Schiff machen. Wir brauchen den Autopsiebericht so schnell wie möglich. Gute Arbeit, Anna. Sie können mit mir zum Revier zurückfahren. Finden Sie alles über diesen Hasen raus, was Sie können. Ich will wissen, wo er gekauft wurde. Ich muss mit Mulholland sprechen.«

———

Es fühlte sich an, als wären erst wenige Tage vergangen, seit Robyn in DCI Mulhollands Büro gestolpert war, um ihre Kündigung einzureichen. Detective Chief Inspector Louisa Mulholland hatte sich kaum verändert. Die Falten auf ihrer Stirn waren ein wenig tiefer geworden, aber abgesehen davon hatte sie noch immer denselben dunkelblondgefärbten Bobschnitt, dieselbe runde Brille mit dem dunkelblauen Rahmen, hinter der sich ihre aufmerksamen, olivgrünen Augen versteckten und dasselbe warmherzige Lächeln.

»Wenn Sie irgendwas brauchen, dann fragen Sie einfach. Ich hab es Ihnen schon am Telefon gesagt, wir sind nicht besonders gut aufgestellt, was unsere Ressourcen angeht, aber ich habe Ihnen ja bereits die Unterstützung von Patel und Shamash zugesagt. Und ich habe auch nach wie vor kein Problem damit, wenn Sie Ross Cunningham mit einbeziehen. In wenigen Tagen sollten wir auch mit Operation Goofy abschließen können, dann kann ich Ihnen mehr Manpower zuteilen, wenn Sie die brauchen.« DCI Mulholland legte das Kinn auf ihren verschränkten Fingern ab. »Ich würde es begrüßen, wenn die Sache schnellstmöglich erledigt ist. Zwei Morde in meinem Revier sind schon zwei zu viel. Sie sind Lucas Matthews schon länger auf der Spur. Konnten Sie irgendwelche Verdächtigen ausmachen?«

Robyn sammelte ihre Gedanken. Mulholland erwartete effiziente und klare Antworten von ihren Kollegen.

»Wir überprüfen seine Arbeitskollegen und Personen, die ihn als Tutor angestellt haben. Aber ich glaube, die Morde an ihm und seiner Frau hängen eng zusammen, möglicherweise führen sie zu jemandem in Farnborough. Ich habe Grund zur Annahme, dass er dort nach einer Person gesucht hat, die sich als unser Täter herausstellen könnte. Ich bitte um Erlaubnis, nach Hampshire zurückzukehren, um die Ermittlungen vor Ort fortzuführen, anstatt hier Zeit zu verschwenden. Ich werde Patel und Shamash alle weiteren Aufgaben übertragen, die hier noch anfallen und selbst nach Farnborough aufbrechen.«

»Wenn Sie glauben, dass Sie dadurch den Mörder finden, dann nur zu. Ich werde mit der Polizei von Hampshire sprechen und sie wissen lassen, dass Sie in ihrem Revier ermitteln. Ich würde Sie dennoch gern daran erinnern, dass Sie sich an die

Regeln halten sollten. Wir wissen beide, wie impulsiv Sie sein können. In diesem Fall sollten Sie lieber auf der konventionellen Seite bleiben. Ich will nicht noch einmal etwas von Ihrem Bauchgefühl hören. Haben wir uns verstanden? Sie haben schon einmal die Zeit von PC Patel verschwendet, als Sie ihn auf gut Glück losgeschickt haben, weil Sie dachten, Geraldine Marsh wäre ermordet worden. Sie sind eine gute Ermittlerin, aber Sie müssen einsehen, dass Sie nicht immer recht haben können.«

»Ich muss aber sagen, dass mir mein Bauchgefühl schon bei der Lösung mehrerer Fälle geholfen hat.«

»Ich hinterfrage nicht Ihre Fähigkeiten, Robyn. Ich bitte Sie lediglich darum, Ihre plötzlichen Richtungswechsel und Ausschweifungen auf ein Minimum zu reduzieren. Ich würde gerne eine zu große Aufregung vermeiden. Und DCI Corrance von Hampshire ist ein hochangesehener Polizeibeamter, der viel Wert auf Vorschriften legt.«

»Verstanden.«

»Halten Sie mich auf dem Laufenden.«

Mulholland nahm einen Bericht in die Hand und blätterte ihn durch. Es war das Zeichen für Robyn, dass das Gespräch beendet war. Mulholland sah nicht einmal auf, als sie ging. So war sie eben. Sie war mit den Gedanken schon längst bei irgendeinem anderen Fall. Robyn fragte sich, ob sie auch irgendwann so werden würde. Allzeit auf die Arbeit fokussiert, nur um sich von den schmerzhaften Gedanken abzulenken. Als sie in ihr Büro kam, saß Anna schon an ihrem Schreibtisch und starrte auf den Computerbildschirm.

»Wie kommen Sie voran?«

»Die Reste von Mary Matthews' Tee und dem Kuchen wurden ins Labor geschickt. Ich warte noch auf den Bericht des Gerichtsmediziners für beide Opfer. Ich habe ihn aber gebeten, sich zu beeilen. PC Patel hat die Aussagen aus der Blinkley Manor Schule zusammengeschrieben, sie liegen auf Ihrem Tisch. Niemand hat irgendwas Seltsames beobachtet. Ich warte noch darauf, ob jemand bei oder in der Nähe von Mary Matthews' Haus gesehen wurde und ich habe sämtliche Websites abgeklappert, um den Quietschehasen zu finden. Die meisten Hundespielzeuge sind Knochen oder Bälle. Keine Hasen. Außerdem sieht er mit seinem bemalten Gesicht alt aus.« Sie navigierte gekonnt durch die Websites, dann rief sie plötzlich: »Ich habe ihn! Ich dachte doch, dass er ungewöhnlich aussieht. Es ist ein Vintage-Spielzeug aus den Sechzigern, ursprünglich in Italien hergestellt. Ich bin nicht sicher, wie sehr uns das im Moment weiterbringt.«

»Das macht es uns auf jeden Fall schwerer, es zurückzuverfolgen«, sagte Robyn. »Jemand könnte es vor kurzem gekauft haben oder es ist seit Jahrzehnten in Familienbesitz.« Sie blätterte durch die Akte Lucas Matthews, die auf Mitz Patels Tisch lag. Sie blieb bei dem Tatortfoto von Lucas Matthews hängen, der auf dem Rücken lag und ebenfalls einen Spielzeughasen unter dem Arm geklemmt hatte. Dieser Hase war ein niedliches, flauschiges Stofftier mit langen Ohren, wie man es einem Baby oder Kleinkind geben würde. Es war so in seinen Arm gelegt, dass es ihm scheinbar ins Gesicht sah. Sie legte die Akte weg und begutachtete die Asservatentüte mit dem Stoffhasen.

»Ich habe auch angefangen nach örtlichen Spielzeugläden zu suchen, die solche Stoffhasen verkaufen«, sagte Anna Shamash. »Bei Toys R' Us gibt es Hasen, aber die sind aus Patchwork und nicht aus Kunstfell. Online gibt es jede Menge Stoffhasen«, fügte sie hinzu, während sie eine Liste durchscrollte. »Der hier ist süß«, sagte sie und deutete auf einen flauschigen Stoffhasen mit langen, flauschigen Ohren und einem schüchternen Ausdruck in den großen Augen. »Vielleicht kaufe ich den für den Geburtstag von meiner Nichte.«

»Wir sind hier nicht beim Shoppingkanal, PC Shamash«, erwiderte Robyn mit einem flüchtigen Lächeln auf den Lippen. »Ich fahre wieder nach Farnborough und versuche weiterzumachen, wo ich letztes Mal aufgehört habe. Ich will diese Zoe Cooper befragen. Ihr Name taucht immer wieder auf und sie wurde gesehen, wie sie das Aviator Hotel vor ein paar Tagen mit Lucas zusammen verlassen hat. Der Zeitpunkt passt auf seine Todeszeit. Sie behauptet zwar, ihn nicht zu kennen, aber irgendwas stimmt da nicht. Wenn Sie mich brauchen, können Sie mich übers Handy erreichen. Wissen wir schon, was Nick Pearson-Firth in der Woche gemacht hat?«

»Er hat die meiste Zeit bei seiner Familie in ihrem Haus in Devon verbracht. Vor zwei Tagen ist er zurückgekommen, um Bewerbungsgespräche zu führen. Nachdem er drei Bewerber für Lucas Matthews' freigewordene Stelle gesprochen hat, ist er mit seinem Hund rausgegangen. Der Hund ist in den Wald davongelaufen und nicht zurückgekommen, als Mr. Pearson-Firth nach ihm gerufen hat, also ist er ihm gefolgt. Der Hund hat am Leichnam herumgeschnüffelt. Er hat ihn weggezogen und die Polizei gerufen. Er sagt, er hat genug Fernsehserien gesehen, um zu wissen, dass er den Tatort nicht durcheinanderbringen sollte.«

Robyn nickte. »Wenn Mitz zurückkommt, sagen Sie ihm er soll mit Lucas Matthews' Arbeitskollegen sprechen und herausfinden, ob irgendjemand von ihnen einen Groll gegen ihn gehegt hat. Lucas hat auch Privatunterricht gegeben, fragt also auch bei diesen Familien nach. Und geben Sie mir Bescheid, sobald Sie wissen, wo diese Hasen gekauft worden sind. Bei Lucas Matthews wurde auch kein Handy gefunden. Der Mörder könnte es mitgenommen haben. Finden Sie heraus, ob es seit seinem Tod benutzt wurde, oder wie man es aufspüren kann. Und sagen Sie mir, wo Lucas Matthews in Farnborough übernachtet hat. Er war nicht im Aviator Hotel.«

»Sonst noch was, Boss?«

»Finden Sie so viel wie möglich über Natasha Matthews heraus, inklusive ihrer Adresse. Jemand sollte ihr sagen, dass ihr Bruder und ihr Vater tot sind. Viel mehr fällt mir im Moment auch nicht ein, aber damit sollten Sie für eine Weile beschäftigt sein.«

Robyn ließ die junge Frau mit ihrem Computer allein. Sie wusste einfach, dass die Antworten auf alle ihre Fragen irgendwo in Farnborough versteckt lagen.

41

DAMALS

Ich habe genug von ihm. Es war an der Zeit, Paul umzubringen.
Nachdem ich Lucas um weitere fünfzehntausend Pfund erleichtert habe, hat Dad festgestellt, dass die Matthews-Familie mir weit
mehr schuldig ist als nur Geld. Er war außer sich vor Wut, weil sie
gedacht haben, sie könnten mich so leicht zufriedenstellen und ich
würde mich zurückziehen, ohne ihnen noch einmal Probleme zu
machen.

»Leute wie die glauben, sie würden mit allem davonkommen«,
murmelte er. Und er hatte recht. Ich habe die Nacht bei meiner
Mom verbracht. Jemand musste die Wohnung aufräumen und sie
hat auch schon wieder vergessen, den Müll rauszubringen. Im
Eimer stank es bestialisch und als ich ihn in die Mülltonne im
Vorgarten ausgeleert habe, sind mir Schmeißfliegen entgegenge-
kommen und aufgebracht um meinen Kopf geschwirrt. Mom
macht mir Sorgen. Sie verbringt immer mehr Zeit im örtlichen Pub
und sie hat sich schon wieder einen neuen Kerl angelacht: Frank.
Frank ist ein spindeldürrer, schleimiger, wieselgesichtiger Typ, der
in einem Wettbüro arbeitet. Ich habe keine Ahnung, was Mom an
ihm findet, außer dass er einen alten Jaguar X8 fährt. Sie hatte
schon immer eine Vorliebe für solche angeberischen Autos.

Als er die Tür zu Moms Haus öffnet, trägt er Shorts und eine

Weste, was seine schmächtigen Arme und Beine zur Schau stellt. Ich frage, wer er ist und er schnaubt verächtlich.

»Ich bin der neue *Beau* deiner Mom«, sagt er, als wollte er clever klingen. Mom ruft nach mir und ich ignoriere Frank, der nach irgendeinem ekelhaften Aftershave stinkt, von dem ich fast würgen muss. Mom freut sich, mich zu sehen, aber ich kann ihr jetzt nicht mehr das Geld geben, solange Frank mit im Zimmer ist. Ich lasse mich also zu einer Tasse Tee überreden, bevor ich unter einem Vorwand wieder gehe.

Frank ist ein Problem. Ich will mich um meine Mutter kümmern, nicht um ihn. Ich habe mir so viel Mühe gegeben, um sie mit dem nötigen Geld zu versorgen, das sie braucht, um irgendwo anders hinzuziehen, wo wir für immer bleiben können. Frank ist nicht Teil dieses Plans. Es sollte ein Ort sein, wo sie sich nicht mehr prostituieren muss, um zu überleben. Dad ist noch wütender über Frank als ich und wir lästern während der ganzen Autofahrt über ihn. Ich fahre ohne Halt nach Abbots Bromley. Ich sehne mich nach der Friedlichkeit und Ruhe, die ich so genossen habe, während ich darauf gewartet habe, dass Lucas das Geld im Hochsitz deponiert. Nach zweieinhalb Stunden parke ich beim Reservoir und atme tief durch.

Es ist später Nachmittag und die meisten Wanderer sind schon wieder gegangen. Es stehen nur drei andere Fahrzeuge auf dem Parkplatz. Ich nehme die Route, die durch den Wald und über die Wiese führt. Ich möchte eine Weile am Wasser entlanggehen, bevor ich Paul umbringe. Ich beobachte einige Schwäne, Seeschwalben, Wattvögel und Gänse, die hier am Reservoir leben. Danach will ich in den Wald abbiegen und die Vögel an den Futterhäuschen beobachten. Das ist genau das, was ich brauche, um Frank aus meinem Kopf zu bekommen.

Sobald ich aber in den Wald abbiege, sehe ich schon eine Silhouette, die den Weg entlang gejoggt kommt. Mein Herz schlägt schneller. Es ist Paul Matthews. Er ist früher unterwegs, als ich erwartet habe. Ich muss mich beeilen. Ich habe noch eine Wäscheleine in meiner Tasche. Dad erinnert mich daran, dass ich Moms Wäscheständer damit reparieren wollte. Ich ziehe sie raus und binde sie um einen Baum. Das andere Ende knote ich an einem Baumstumpf fest. Ich habe gerade noch genug Zeit, um die Gummihandschuhe anzuziehen, die ich immer bei mir habe. Man kann ja nie wissen, wann man so ein Paar braucht. Paul joggt unbeirrt weiter. Ich bin sicher, dass er mich nicht gesehen hat. Alles ist vorbereitet. Ich mache einen Schritt vom Pfad weg in den Wald und sehe mich um. Ich entdecke einen Ast, den der Sturm von einem Baum gebrochen hat. Ich hebe ihn auf und warte im Halbschatten.

Als Paul Matthews völlig gedankenversunken an mir vorbeiläuft, bleibt er mit einem Schuh an der Wäscheleine hängen. Er verliert den Halt, streckt die Arme nach einem Baumstamm aus, um sich abzufangen, aber stattdessen schlägt er sich den Kopf daran an. Er stürzt und verletzt sich die Handflächen beim Versuch, sich zu retten. Er stolpert zu Boden, verdreht sich dabei das Fußgelenk und wirkt benommen, als er sich wieder auf die Beine kämpft. Er ruft nach Hilfe, aber niemand kommt. Außer mir.

Er sieht nicht, dass ich einen Ast hinter dem Rücken verstecke. Ganz der Schauspieler versucht er, mir auch noch weiszumachen, er würde sich um mich sorgen. Er nennt mich bei meinem ersten Namen und sagt, er will reden. Aber die Zeit zu Reden ist vorbei. Dieser spezielle Dampfer ist längst abgefahren. Der Zorn, der seit sechzehn Jahren in mir brodelt, bricht aus mir heraus und ich schlage so fest mit dem Ast zu, wie ich nur kann. Ich treffe ihn an der Schläfe.

Er sackt zusammen. Ich trete ihn vorsichtig mit meinem Stiefel. Er gibt keinen Laut von sich. Sein Körper ist leblos. Ich habe ihn getötet. Ich bringe ihn in Position und räume hinter mir auf, die ganze Zeit über fröhlich pfeifend. Witzig, wie glücklich es einen macht, jemanden umzubringen, den man so sehr hasst.

Ich gehe sicher, dass mich auch niemand beobachtet hat, aber es ist keine Menschenseele zu sehen. Ich lasse den Ast irgendwo im Unterholz fallen und mache mich auf den Rückweg zum Parkplatz. Alle anderen Autos sind inzwischen fort.

Auf einmal fühle ich mich wie neugeboren. Als hätte ich einen neuen Lebenssinn. Dad flüstert mir etwas ins Ohr und ich stimme ihm zu. Der nächste auf meiner Liste wird Lucas sein.

42

»Willkommen zurück im Aviator Hotel, Detective Inspector Carter. Ich habe gehört, Sie wollen diesmal nicht übernachten?«

»Ich bin mir noch nicht sicher. Das wird sich noch herausstellen«, erwiderte Robyn höflich lächelnd. »Ich habe mich hier mit jemandem verabredet. Ich habe ein Konferenzzimmer gebucht, damit ich weiterarbeiten kann, während ich warte.«

»Sicher. Es ist alles vorbereitet. Dritter Stock«, erklärte die adrett gekleidete junge Frau hinter dem Tresen.

Robyn fuhr mit dem Aufzug in das genannte Stockwerk und im Konferenzraum angekommen warf sie einfach alle ihre Unterlagen auf den Tisch und ging sie noch einmal durch. Es gab irgendeine Verbindung zwischen dieser Stadt und Lucas' Tod. Dessen war sie sich sicher. Auf der Fahrt hier her hatte sie sich an all die Orte erinnert, die Paul Matthews in dem Farnborough-Dokument auf seinem Laptop notiert hatte. Der Besuch in der Farnborough Hill Schule hatte sie verwirrt, aber gerade, als sie aus ihrem Auto ausstieg, wurde ihr bewusst, dass sie der Direktorin die falsche Frage gestellt hatte. Sie rief bei der Schule an und sprach mit der Archivarin, die ihren Verdacht bestätigte. Zoe Cooper hatte die Schule für ein Jahr besucht. Sie rief ihren Cousin an.

»Wir waren auf dem falschen Dampfer«, erklärte sie Ross.

»Wir haben nach Alice gefragt, wenn wir eigentlich nach Zoe Cooper hätten suchen sollten. Zoe ist für ihr letztes Jahr auf diese Schule gegangen. Sie hat alle Prüfungen für die Mittlere Reife bestanden, ist aber nicht für die Oberstufe geblieben.«

»Interessant.«

»Viel interessanter ist allerdings, dass Lucas Matthews an der Schule nach Zoe gefragt hat. Er war am 28. Juli dort. Das war der Tag, an dem Paul den Termin mit der Direktorin ausgemacht hat. Lucas hat aber nicht mit der Direktorin gesprochen, sondern direkt mit der Archivarin.«

»Zoe ist also darin verwickelt?«

»Sieht schwer danach aus.«

»Soll ich versuchen, mehr über sie herauszufinden?«

»Musst du nicht. Ich habe schon Anna und Mitz darauf angesetzt.«

»Das ist gut. Mitz Patel hat sowieso nichts Besseres mit seiner Zeit vor – außer er hat plötzlich doch die Liebe für sich entdeckt.«

»Immer noch jung, Single und verfügbar. Ich glaube, er will erst seine Karriere vorantreiben, bevor er sich mit jemandem einlässt.«

»Weiser Mann.«

»Ich habe gerade bei Zoe angerufen, aber es ging nur die Mailbox ran. Ich war bei dem Fitnessstudio, in dem sie arbeitet und dort hat man mir gesagt, dass sie den ganzen Nachmittag über Kurse gibt. Ich werde sie später fragen, warum man sie dabei beobachtet hat, wie sie zusammen mit Lucas Matthews das Hotel verließ, kurz bevor er ermordet wurde. Ich würde sie lieber noch nicht mit aufs Revier nehmen, obwohl sie bisher unsere einzige Verdächtige zu sein scheint. Der verantwortliche DCI hier ist wohl eine harte Nuss, was die Vorschriften angeht. Ich will sie zu diesem Zeitpunkt noch nicht in ein offizielles Verhör zerren. Ich habe nur einen Zeugen, der eine Frau mit grünen Haaren gesehen haben will. Ich brauche mehr als das, bevor ich sie festnehmen kann.«

»Mach, was du für richtig hältst. Der DCI im Revier von

Hampshire muss nicht wissen, wie genau du arbeitest und Louisa Mulholland auch nicht.«

»Dann mache ich es auf meine Art. Ich werde in der Mittagspause auch mit Stu Grant sprechen. Ich habe bei BizzyAir Business Aviation angerufen und er will auf dem Weg zur Arbeit im Hotel vorbeikommen. Auch ihn wollte ich nicht aufs Revier zitieren. Ich glaube, im Hotel ist er entspannter. Er könnte wertvolle Informationen für mich haben, aber ich muss ihn unter vier Augen sprechen.«

»Du wirst doch nicht etwa die Daumenschrauben rausholen, oder?«

Robyn kicherte. »Wer weiß. Vielleicht doch.«

»Ich bin auf dem Weg zu Jane Clifford. Ich werde ihr unterwegs nur noch einen Strauß Blumen besorgen, um sie aufzumuntern. Ihr Zimmer war so trostlos, als ich sie zuletzt besucht habe.«

So war Ross, er hatte ein großes Herz. Er konnte auf andere zwar manchmal wie ein rechter Brummbär wirken, aber er kümmerte sich um die Menschen. Während seiner Polizeiarbeit hatte es aber zu viele erschütterte Opfer und Angehörige gegeben und seine Fürsorge hatte überhandgenommen. Sie hatte letztendlich dazu beigetragen, dass der Stress seine Gesundheit beeinträchtigt hatte. Wenigstens konnte er sich bei seinem jetzigen Job die Fälle selbst aussuchen und hoffentlich fand er darin Erfüllung, ohne seine Gesundheit aufs Spiel setzen zu müssen.

———

Zwei Stunden später rieb Robyn sich die brennenden Augen. Die Kommentare in ihrer ordentlichen Handschrift, die mit Pfeilen und roten Linien verbunden waren, offenbarten den ganzen Umfang ihrer Ermittlungen. Sie streckte die Arme über ihrem Kopf aus und gähnte, dann stand sie auf und rollte die Schultern, um die Verspannungen zu lösen. Sie hatte aufgeschrieben, dass Paul Matthews am 25. Juli in der Nähe seines Hauses tot aufgefunden worden war. Fünf Tage nachdem er seine letzte Mail an

Lucas geschickt hatte. Die Todesursache wurde als Unfall eingestuft. Lucas hatte das Ende des Schuljahres abgewartet und war dann zufällig am selben Tag verschwunden. Lucas hatte also entweder Paul Matthews getötet und war dann nach Farnborough gegangen, um eine namenlose Frau aufzuspüren – oder er hatte keine Ahnung davon, dass sein Vater bereits tot war, weil er untergetaucht war, um die Frau zu finden. Er hatte seiner Ehegattin gegenüber nichts verraten und behauptet, er würde nach Thailand fahren.

Er hatte jeden Kontakt zu Mary Matthews abgebrochen, was seltsam war. Völlig egal, welche Geheimnisse er vor seiner Frau verbarg, er hätte sie jederzeit anrufen können. Und wenn er es nur tat, um seinen Vorwand des Urlaubs zu bekräftigen. Lucas hatte die Farnborough Hill Schule besucht, das Keep Fit Fitnessstudio und das Aviator Hotel, alles am 28. Juli. Und drei Tage zuvor hatte er versucht, auf seiner Suche nach Zoe Cooper mit Jackson Thorne Kontakt aufzunehmen, war sogar ausfallend geworden, als er keinen Erfolg gehabt hatte.

Alles deutete darauf hin, dass er verzweifelt gewesen sein musste. Und dennoch, als er Zoe am 28. Juli endlich in der Aviator Sky Bar gefunden hatte, hatte er sie nicht angesprochen. Dieses Detail störte Robyn. Auch wenn die Männer, mit denen er sich zuvor unterhalten hatte, ihn verärgert hatten – sein Wunsch, sie zu sehen, musste stärker gewesen sein als das. Er hatte eine weite Reise hinter sich gebracht, vieles aufgegeben, um sie zu finden – und zum Schluss doch nicht mit ihr gesprochen. Das ergab keinen Sinn. Und dann war da noch die Vermutung, er wäre am selben Abend gesehen worden, wie er mit Zoe zusammen das Hotel verließ. Hatte sie denn sonst niemand zusammen gesehen?

Irgendjemand hatte Lucas tot sehen wollen – war der Grund, weil er Zoe nachgestellt hatte? War sie vielleicht seine Mörderin? Wer auch immer ihm die Genitalien abgetrennt und in seinem Mund zurückgelassen hatte, musste ihn verabscheut haben. Und es musste jemand sein, der auch die notwendige Kraft besaß, um einen Mann wie ihn zu überwältigen und ihm etwas Derartiges anzutun. Der Stoffhase bei seiner Leiche ließ Robyn ebenfalls keine Ruhe. Seit im Haus der Matthews auch ein Spielzeughase gefunden worden war, war sie mehr denn je überzeugt davon, dass es etwas Wichtiges zu bedeuten hatte, aber sie kam einfach nicht dahinter.

Sie hatte einfach nicht genug Hinweise, um Lucas' und möglicherweise Marys Mord aufzuklären. Sie schloss hochkonzentriert die Augen, aber nichts wollte so recht zusammenpassen und sie wusste nicht, wo sie als nächstes suchen sollte. Es waren einfach zu viele Fragen offen und zu viele Puzzleteile ergaben keinen Sinn – wie etwa die Tatsache, dass Paul herausgefunden hatte, dass sie nach Zoe Cooper suchen mussten und dass sie in Farnborough lebte. Wie in aller Welt war er zu diesem Schluss gekommen? Woher hatte er diesen Namen? Stand er in irgendeiner Verbindung zu Alice oder Christina Forman?

Farnborough lag mehrere Meilen von Staffordshire entfernt und hatte keine Verbindung zu seinem Leben. Warum hatte er also diese Stadt ausgesucht? Eine flüchtige Idee kam ihr in den Sinn, war aber ebenso schnell wieder verschwunden. Dann war da wieder etwas, ein nagendes Gefühl, dass sie etwas Wichtiges übersah. Sie war kurz davor, aufzugeben und zum Abendessen zu gehen, als ihr Handy vibrierte. Es war Mitz.

»Ich habe Christina Forman gefunden.«

»Sie Held. Wo ist sie?«

»In einem Garten der Erinnerung in der Nähe von Oxford. In einem Ort namens Bicester.«

»Sie ist tot? Das ist ein Problem. Ich hatte die Hoffnung, sie würde in Farnborough oder in der Nähe leben.«

»Sie ist am sechzehnten Juni gestorben.«

»Das ist vor über acht Wochen.«

»Das stimmt. Sie wurde von ihrem Lover erwürgt. Ich hab die Details hier, soll ich sie Ihnen zuschicken?«

»Ja, bitte tun Sie das. Danke, Mitz.«

Dann rief sie ihren Cousin an und teilte ihm die Neuigkeiten über Christina mit.

»Können wir uns später an dem Gedenkgarten treffen? Ich tappe hier noch völlig im Dunkeln. Ich habe das Gefühl, ich wäre kurz davor, den Fall zu lösen, aber vielleicht brauche ich ein wenig Ablenkung, um die Dinge zu sortieren. Ich schicke dir die Adresse per Mail. Ich brauche vermutlich etwa eine Stunde dort hin. Ich rufe noch mal an, wenn ich losfahre.«

»Sicher, wir sehen uns dort.«

»Und Ross?«

»Ja?«

»Danke. Du bist großartig.«

»Ich weiß. Ich bin ein dicker, liebenswürdiger Brocken.«

———

Stu Grant klopfte an, bevor er eintrat. Er legte seinen Hut auf den Tisch und setzte sich auf einen Stuhl ihr gegenüber.

»Danke, dass Sie gekommen sind. Ich hoffe wirklich, Sie können mir weiterhelfen«, sagte Robyn. »Ich habe Schwierigkeiten, Lucas Matthews' Verhalten in der Woche, die er hier war, nachzuvollziehen. Und ich habe mich gefragt, ob Ihnen aufgefallen wäre, dass er sich zu irgendeinem Zeitpunkt mit Zoe Cooper unterhalten hätte, als sie alle in der Bar waren.«

Sie verstummte und wartete auf Stus Reaktion, aber er sah sie nur leicht überrascht an.

»Zoe? Nein. Sie war die ganze Zeit bei uns. Ist ihm irgendwas zugestoßen? Sie würden mir doch nicht diese Fragen stellen, wenn nicht irgendwas passiert wäre.«

»Ich bin nicht hier, um den Fall mit ihnen zu besprechen, Sir. Ich versuche nur, herauszufinden, was er bei seinem Aufenthalt hier getan hat.«

Stus Mundwinkel sanken ab und er nickte ernst. »Also, ich kann Ihnen nicht wirklich mehr sagen, als Sie schon wissen. Ich dachte, ich hätte ihn in der Sky Bar gesehen. Er hat aus einer Flasche getrunken. Das ist alles.«

»Ich würde auch gerne mehr über Zoe Cooper wissen. Ich

muss wissen, was an diesem Abend passiert ist, um den Ablauf der Ereignisse zu sortieren.«

Stu schüttelte den Kopf. »Ich weiß nicht, wie das helfen soll.«

»Es ist wichtig. Ich glaube, Lucas Matthews war auf der Suche nach Zoe und er könnte sie an diesem Abend in der Sky Bar aufgespürt haben, als Sie, Gavin und Jackson dort mit ihr zusammen waren.«

»Hören Sie, ich bin nicht sicher, ob ich Ihnen das sagen sollte. Es ist ein bisschen persönlich.« Er kaute auf seiner Unterlippe, während er mit seinem Gewissen kämpfte. »Also gut. Wir waren nur auf einen schnellen Drink mit einem Kunden dort. Zoe kam wenig später. Sie ist ein nettes Mädchen, sehr lebendig. Aber an diesem Abend hatte sie wohl einen über den Durst getrunken. Sie war ... wie soll ich sagen ... ungehemmt freundlich. Alle Kollegen bei BizzyAir kennen Zoe. Sie hat letztes Jahr ein Boot Camp für uns organisiert. Hat uns ganz schön rangenommen, kann ich Ihnen sagen. Sie hat uns so stark gedrillt, dass ich schon dachte, ich falle gleich tot um. Sie lebt für ihre Fitness. Sie ist früher oft nach der Arbeit in die Sky Bar gekommen, als sie im Keep Fit Studio gearbeitet hat. Sie kennt viele der Angestellten gut. Seit sie in London arbeitet, kommt sie seltener her. Wie gesagt, sie ist eine wirklich nette Frau, ich kann mir nicht vorstellen, dass sie in irgendwelche unlauteren Dinge verwickelt wäre. Ich weiß nicht, was ich Ihnen sonst noch sagen kann. Sie ist eine gute Freundin von Jacksons Frau. Vielleicht sollten Sie mit ihr sprechen. Aber seien Sie diskret. Was an diesem Abend passiert ist ... es ist heikel.«

Er wandte den Blick ab.

»Wollen Sie sagen, Zoe hätte sich indiskret verhalten? Dass sie mit einem Ihrer Kollegen angebändelt hätte?«

Stu nickte. »Ich war überrascht, sie so zu sehen. Sie ist regelrecht über ihn hergefallen, das sah ihr gar nicht ähnlich. Er ist ein verheirateter Mann. Er liebt seine Frau. Wenn sie davon erfährt, hängt sie ihn an den Eiern auf, soviel ist sicher. Sie ist nicht gerade für ihr Verständnis bekannt. Aber ich sollte darüber nichts mehr sagen. Es würde anderen Leuten schaden, wenn ich es tue. Ich glaube nicht, dass Zoe irgendwas mit ihren Ermittlungen zu tun hat und wenn sie dieser Spur nachgehen, werden Sie nichts erreichen außer Leute zu verletzten, die mir wichtig sind.«

»Keine Sorge. Ich kann sehr diskret sein. Ich bin auch nicht hier, um irgendjemanden zu verurteilen. Ich versuche nur, Lucas Matthews' Plänen auf die Spur zu kommen. Das Problem ist nur, dass Ihre Aussage anderen widerspricht, die ich aufgenommen habe. Stimmt es, dass Zoe das Hotel zusammen mit Lucas Matthews verlassen hat? Sie wurden zusammen gesehen. Laut meinen Informationen musste sie ihn stützen, weil er so betrunken war.«

Stu schnaubte höhnisch. »Dann sind Ihre Informationen völlig falsch. Sie war so betrunken, dass sie kaum selbst aufrecht stehen konnte. Und außerdem ist sie mit einem meiner Kollegen gegangen. Bitte befragten Sie ihn nicht, es könnte wirklich seine Ehe zerstören. Es war eine einmalige Sache. Es muss wirklich niemand davon wissen.«

»Ich verstehe. Danke.«

Stu wirkte erleichtert. »Ich fürchte, das ist wirklich alles, was ich Ihnen sagen kann.« Er sah auf die Uhr. »Wenn Sie mich jetzt entschuldigen würden, ich muss gehen. Viel Glück mit Ihrer Ermittlung. Bitte denken Sie daran, was ich gesagt habe. Ich will wirklich nicht, dass meine Freunde darunter leiden müssen, dass Sie ihre Nase überall reinstecken.«

»Wie schon gesagt, ich kann sehr diskret sein. Ich werde schon Jackson Thornes Ehe nicht zerstören.«

Er zögerte einen Moment, bevor er sagte: »Nicht Jackson, DI Carter. Dazu wäre er nicht fähig. Zoe hatte einen One-Night-Stand mit Gavin Singer. Und seine Frau ist ein Spitzenanwalt, es wäre also besser, wenn das unter uns bleibt.«

Robyn sah Stu nach, wie er die Treppe hinunterging. Als ihr Handy vibrierte, erkannte sie die Nummer nicht.

»Ja?«

»Jackson Thorne. Sind Sie noch in der Gegend? Ich muss Sie sprechen. Dringend.«

Wie konnte es nur so weit kommen? Ich habe sie erst letzte Woche gesehen, als dieser unerträgliche Frank bei ihr war.

Ich bin mit einem Sack voll Geld zurückgekommen, um es ihr endlich zu geben und ihr zu sagen, dass sie ein neues Leben anfangen soll. Sie hat dreißigtausend Pfund, mit denen sie die Anzahlung für ein Haus oder eine Wohnung am Meer decken kann. Und mit meinem Gehalt kann ich die Raten für den restlichen Kredit bezahlen. Sie wird sich nie wieder Sorgen machen müssen, verprügelt, missbraucht oder anderweitig schlecht behandelt zu werden. Ich mache all die schlimmen Zeiten wieder gut. Ich bringe ihr Leben auf den richtigen Weg, ich entschuldige mich auf die einzige Weise, die ich kenne.

Aber dafür ist es jetzt zu spät.

Ich schlage mit der Faust gegen die Schlafzimmerwand. Es tut höllisch weh, aber es ist mir egal. Heiße Tränen der Wut steigen mir in die Augen. Ich weine nie. Und ich werde auch jetzt nicht weinen. Aber so sehr ich mich auch bemühe, mich zu beherrschen, die Tränen laufen mir trotzdem über das Gesicht. Wut und Trauer vermischen sich und das kleine Mädchen, das sich tief in meinem Inneren versteckt, wünscht sich nichts sehnlicher, als zu ihrem regungslosen Körper hinzulaufen und von ihr in den Arm genommen zu werden.

Sie liegt auf dem Bett, die Augen weit geöffnet, mit Handschellen an den Bettpfosten gefesselt, und trägt ein grellrotes Bondage-Outfit aus Kunstleder, von dem mir schlecht wird. Wie konnte sie sich nur zu so etwas herablassen? Sie musste doch wenigstens ein bisschen ihrer Würde behalten haben, oder?

Mein Vater bringt ebenfalls kein Wort über die Lippen. Er ist so schockiert wie ich und schließlich höre ich ein leises, unterdrücktes Schluchzen, das nur von ihm stammen kann. Es bricht ihm das Herz. Er hat sie immer geliebt, trotz allem, was passiert ist. Und jetzt ist es zu spät für uns, um ihr die einzigen zwei Dinge zu geben, die sie immer wollte: Sicherheit und Liebe.

Ich ertrage es nicht mehr, sie anzusehen. Und obwohl ich sie von den Handschellen befreien und so festhalten will, dass ich sie wieder zum Leben erwecke – ich weiß, dass ich das nicht darf. Ich muss sie hierlassen, damit die Polizei sie findet. Sie werden sofort erkennen, was passiert ist und Frank ausfindig machen. Er allein kann hierfür verantwortlich sein. Sogar von hier aus kann ich die dunklen Spuren an ihrem Hals sehen. Er hat sie erwürgt. Am liebsten würde ich ihn selbst aufsuchen und ihm seinen Schädel einschlagen, aber mein Vater sagt mir, dass ich diesmal einfach gehen soll. Frank wird auch so bekommen, was er verdient.

Ich widerstehe dem Drang, ihr einen Abschiedskuss zu geben. Es wird nicht leicht sein, dieses Bild aus meinen Erinnerungen zu löschen. Ich will sie als die edle Dame in dem wunderschönen Prinzessinnenkleid und mit den glänzenden, goldenen Locken in Erinnerung behalten. Nicht als diese Frau, knochendürr und verbraucht. Ich spüre, wie sich mir die Brust zuschnürt, als würde eine unsichtbare Python mir langsam das Leben ausquetschen, dann erfüllt plötzlich ein schreckliches, wildes Heulen den Raum. Ich glaube erst, es kommt von meinem Vater, aber ich irre mich. Es kommt von mir.

Ich habe sie enttäuscht. Dieser Teil meines perfekten Plans ist endgültig fehlgeschlagen, aber ich werde sichergehen, dass der Rest gelingt. Jemand wird hierfür büßen müssen. Und dieser jemand wird Abigail sein.

Jackson Thorne saß ihr gegenüber, seine Finger klopften leise auf den Tisch, sein gesamter Körper strahle eine nervöse Energie aus.

»Danke, dass ich kommen durfte.«

»Kein Problem. Ich bin nur überrascht, dass Sie angerufen haben.« Robyn lehnte sich in ihrem ledernen Raketensessel zurück und betrachtete ihn geduldig.

»Ich wusste einfach nicht, mit wem ich noch reden kann. Ich wollte nicht zur Polizei gehen. Meine Frau, Abigail, glaubt, dass es jemand auf uns abgesehen hat. Unsere Katze wurde gestern Abend getötet und an unsere Tür genagelt. Abigail behauptet, jemand würde sie immer wieder anrufen und ihr nachstellen, aber die Anrufliste und Textnachrichten wurden alle von ihrem Handy gelöscht. Sie macht alle möglichen wilden Anschuldigungen und kann nichts davon beweisen. Ich mache mir Sorgen um sie, aber ich habe auch Angst, dass jemand unsere Katze umgebracht haben könnte – wegen mir.«

»Sprechen Sie weiter«, sagte Robyn. »Erzählen Sie mir, von Ihrem Verdacht und ich versuche Ihnen zu helfen.«

»Es ist dieser Lucas, nachdem Sie gesucht haben. Er war eine ganze Woche hinter mir her und hat mich immer wieder bedrängt, aber ich habe mich nie zurückgemeldet. Was, wenn er das getan hat, weil ich ihn ignoriert habe?«

»Warum hat er Sie bedrängt?«

»Er wollte sich unbedingt mit mir treffen. Aber ich habe seine Anrufe ignoriert. Ich dachte, er wäre ein Vertreter. Die sagen nicht immer, dass sie von einer Firma kommen und dann redet man mit ihnen, weil man denkt sie wären ein normaler Kunde. Und dann versuchen sie, einem alles Mögliche zu verkaufen. Ich war überarbeitet und wollte mich nicht auch noch mit einem Vertreter herumschlagen müssen.« Er verstummte, legte die Hände auf den Tisch und sah Robyn an.

»Also gut, ich sage Ihnen, was wirklich passiert ist. Nach seiner fünften oder sechsten Nachricht habe ich Lucas Matthews angerufen, um ihn endlich loszuwerden. Er hat abgehoben und ich habe mit ihm gesprochen«, sagte er und atmete tief durch. »Er wollte, dass ich Abigail eine Nachricht von ihm gebe. Er wollte mir am Telefon nicht sagen, was für eine Nachricht das war, nur, dass es sehr wichtig wäre und ich sie ihr geben müsste, weil sie nie auf ihn hören würde. Ich wollte wissen warum, aber er hat nur immer wiederholt, dass er persönlich mit mir sprechen müsste. Ich dachte, er wäre nur irgendein Irrer. Ich habe ihm gesagt, ich würde meiner Frau gar nichts von ihm ausrichten und er solle aufhören, mich anzurufen. Ich war ziemlich aufgebracht. Ich habe alles für einen schlechten Scherz gehalten. Und danach hat er sich auch nie mehr gemeldet.«

»Er wollte, dass Sie Abigail eine Nachricht zukommen lassen?«

»Genau. Nach dem Telefonat habe ich nicht mehr daran gedacht. Ich fand ihn beunruhigend und wollte es Abby gegenüber nicht erwähnen, damit sie sich nicht unnötig Sorgen macht. Sie kennt ihn ja nicht mal. Wenn doch, dann wäre sein Name doch im Laufe unserer Ehe in irgendeiner Unterhaltung zwischen uns gefallen. Wir verbergen nichts voreinander. Ich weiß alles über ihr Leben vor unserem Kennenlernen und sie hat nie einen Lucas Matthews erwähnt.« Er seufzte tief. »Als ich gestern im Bett war und mich ein wenig beruhigt hatte, habe ich mir plötzlich Sorgen gemacht, er könnte Abby nachstellen, weil ich seine Anrufe nicht beantwortet habe. Und dass er Toffee umgebracht hat. Ich weiß. Das klingt lächerlich, wenn ich es wirklich ausspreche. Aber ich weiß nicht mehr weiter.«

Robyn beobachtete seine Mimik, während er sprach. Sie suchte nach verräterischen Zeichen dafür, dass er log, aber er wirkte aufrichtig. Er versuchte nicht, ihrem Blick auszuweichen und die Sorgenfalten gruben sich tief in seine Stirn, als er nach Erklärungen suchte, warum irgendjemand so etwas Schreckliches tun sollte. Sie fragte sich, ob Abigail ebenso ehrlich wirken würde, wenn sie sich mit ihr unterhielt. Sie würde es vorerst für sich behalten, dass Lucas tot war. Sie wollte zuerst wissen, was Abigail dazu zu sagen hatte.

»Ich kann mir nicht vorstellen, was es ihm bringen sollte, Ihre Katze umzubringen. Welche andere Erklärung könnte es geben?«

»Ich kann mir keinen anderen Grund vorstellen, Detective. Ich bin die halbe Nacht wachgelegen, weil ich versucht habe, aus dieser ganzen Sache schlau zu werden. Der einzige Hinweis, den ich habe, ist eine Textnachricht, die Abigail erhalten hat, bevor sie Toffee gefunden hat. Darin stand etwas wie ›Das passiert Leuten mit zu vielen Geheimnissen‹. Und ich habe ein Geheimnis, DI Carter, das ich sogar vor meiner Frau verberge.«

»Das da wäre?«

»Gavin Singer, ein Kollege von mir, hatte eine Affäre – oder einen One-Night-Stand – oder wie auch immer Sie es nennen wollen – mit Abigails Freundin Zoe. Gavin will um jeden Preis verhindern, dass seine Frau davon erfährt und der beste Weg ist, einfach nicht darüber zu sprechen. Ich konnte Abby nichts davon sagen, vor allem da sie doch mit Zoe befreundet ist. Sie legt sehr viel Wert auf Treue in der Ehe und es würde sie sehr verletzten, wenn Zoe mit einem verheirateten Mann rummacht. Und Sie wissen ja, wie Frauen sind. Sie würde sich bestimmt verplappern oder ihrer anderen Freundin Claire etwas verraten, die sagt es einer anderen Freundin und wenig später erfährt Gavins Frau davon und das wäre eine Katastrophe. Ich hoffe wirklich, das alles ist nicht der Grund, warum Abigail jetzt von so einem Verrückten verfolgt wird.«

»Dann müsste es jemand sein, der nicht nur von der Affäre weiß, sondern auch von Ihrer Übereinkunft, darüber zu schweigen. Wenn derjenige Sie und Ihre Frau deswegen belästigt, müsste er dasselbe mit Stu machen – und ganz bestimmt mit Gavin und Zoe. Warum sollten Sie als einzige darunter leiden? Ich vermute, die anderen haben keine Stalker oder mysteriösen Anrufer, oder haben zumindest nichts davon erzählt. Sie sind doch gute Freunde. Ich vermute, das alles hat nichts mit Gavin und Zoe – oder Lucas Matthews zu tun. Haben Sie sich vielleicht irgendwelche Feinde gemacht, von denen Sie wissen? Nachbarn? Leute, denen Sie Kundschaft abgeworben haben, oder enttäuschte Klienten, oder irgendjemand, der von Ihnen enttäuscht sein könnte?«

»Mir fällt beim besten Willen niemand ein. Das Geschäft läuft gut und soweit ich weiß, sind bisher alle Kunden zufrieden mit unserem Service gewesen. Es wurde noch keine Beschwerde gegen uns eingereicht. Dasselbe gilt für das Personal. Wir kommen alle gut miteinander aus. Ich kenne die meisten Kollegen bei BizzyAir schon sehr lange.«

»Also könnte es jemand aus Abigails Bekanntenkreis sein? Haben Sie mit ihr über ihre Sorgen gesprochen? Sie glaubt, jemand würde sie beobachten?«

»Sie hat nicht wirklich von Sorgen gesprochen. Sie ist in regelrechte Schimpftiraden ausgebrochen. Es ist alles gestern Abend passiert, nachdem wir Toffee gefunden haben. Abigail hat ihn entdeckt. Sie hat mich vollkommen panisch angerufen. Zum Glück bin ich gerade gelandet und war am Flughafen. Wir hatten Rückenwind und sind früher angekommen, als erwartet. Ich habe Stu die Kunden und das Ausladen überlassen und bin sofort nach Hause gefahren. Es war wirklich schrecklich, ihn so an die Tür genagelt zu sehen. Wir hatten einen riesen Streit und ich habe im Gästezimmer geschlafen. Sie war noch nicht wach, als ich heute Morgen gegangen bin. Ich hatte Ihre Nummer noch von unserem letzten Gespräch und habe mich gefragt, ob Sie vielleicht helfen können. Auch wenn ich nicht sicher bin, ob Sie als Detective für sowas zuständig sind.«

Er hob die Augenbrauen und sah Robyn an. Er war blass und seine dunklen Augenringe zeugten von der schlaflosen Nacht.

»Ich bin mit der Situation nicht sehr gut umgegangen. Ich dachte, sie wäre hysterisch. Die letzten Monate seit Izzys Geburt waren nicht immer leicht. Abby war wie ausgewechselt. Verstehen Sie mich nicht falsch, sie ist eine großartige Mutter. Aber sie hat sich sehr verändert. Sie ist zurückgezogen und verschlossen geworden. Besonders in der letzten Zeit.« Er rieb sich das stoppelige Kinn. »Ich will mich nicht über Abby beschweren, aber an manchen Tagen ist sie zu sehr in ihrer eigenen Welt mit Izzy gefangen, sodass sie alles andere um sich herum kaum noch wahrnimmt.«

»Ich glaube, wir sollten ihre Vorwürfe ernstnehmen und uns genauer damit befassen. Was halten Sie davon, wenn ich bei Ihnen vorbeikomme und mich mit Abigail unterhalte?«

»Ich könnte Sie sofort mitnehmen, wenn das in Ordnung ist.«

»Ich würde lieber selbst fahren. Ich muss danach gleich noch zu einer Befragung.«

Während Robyn zu ihrem Wagen ging, überlegte sie, wie sie am besten mit Abigail umgehen sollte. Schlimm genug, dass sie ihre Katze verloren hatte. Aber Robyn wollte nicht nur wissen, warum Lucas versucht hatte, Kontakt mit Abigail aufzunehmen, sie hatte auch einen zweiten Grund, warum sie die Frau unbedingt befragen wollte: Abigail kannte Zoe.

45
JETZT

Diese vermaledeite Katze. Ich wollte sie eigentlich in die Tasche stecken, die ich mitgebracht habe, und sie dann bei mir zu Hause verstecken, bis Abigail krank vor Sorge ist. Sie liebt ihren Kater über alles und ich habe mich schon darauf gefreut, den sorgenvollen Ausdruck auf ihrem Gesicht zu sehen, wenn er nicht mehr wiederkommt. Aber stattdessen hat das dämliche Biest versucht abzuhauen und als ich es erwischt habe, hat es mich angefaucht und sogar gekratzt. Von wegen zahme Katze. Andererseits haben Katzen einen sechsten Sinn. Vielleicht hat sie das Böse in mir gespürt.

Ich streiche eine entzündungshemmende Salbe auf den tiefen Kratzer an meinem Handgelenk. Ich habe kein Interesse daran, dass sich die Wunde infiziert. Es brennt höllisch, aber der Schmerz macht mir nichts aus. Es ist kein Vergleich zu manchen Schnitten, die ich mir über die Jahre selbst zugefügt habe. Tieren Leid zuzufügen gibt mir nichts. Aber als das Mistvieh mich mit ausgefahrenen Krallen angegriffen hat, habe ich mich instinktiv verteidigt. Ich habe es auf den Kopf geschlagen, um es ruhigzustellen. Ich wusste nicht, dass so wenig ausreicht, um eine Katze zu töten. Anscheinend hat sich das ganze Training in meinem provisorischen Fitnessstudio ausgezahlt. Es hat mir eine Kraft verliehen, von der ich nicht wusste, dass sie in mir steckt.

In Gedanken gehe ich »Abigails Liste der Qualen« durch, um mich ein wenig aufzumuntern.

Habe ich sie nervös gemacht? Ja.

Habe ich einen Keil zwischen sie und ihre Freunde getrieben? Ja.

Habe ich ihre Beziehung auf eine Zerreißprobe gestellt? Ja.

Habe ich ihr jeden Rückhalt genommen, bis sie sich nur noch wünscht, zu sterben? Nicht ganz, aber auch das wird sich bald ändern.

Während ich so den leblosen Körper von Abigails Katze betrachte, beschließe ich, ihn hier zu lassen, damit sie ihn findet. Dann erkennt sie vielleicht auch endlich, dass ich es ernst meine. Bisher scheint sie noch ihre Zweifel zu haben, ob ich wirklich so weit gehen würde.

Außerdem habe ich genug davon, mir immer anhören zu müssen, wie perfekt ihr Leben mit Izzy und Jackson doch ist. Ich musste ihr lange genug zuhören, es bereitet mir Kopfschmerzen. Abby hat alles. Gut, im Moment auch nicht. Die eigene Katze an die Haustür genagelt aufzufinden sollte ausreichen, um ihr den Tag zu verderben.

Mein Vater findet diesen Kommentar urkomisch und lacht so laut, dass seine Stimme den gesamten Raum ausfüllt.

46

Abigail starrte auf ihr Handy, die Stirn vor Verwirrung in Falten gelegt. Die Klinik hatte angerufen. Der Arzt wollte mit ihr über die Ergebnisse der Blutuntersuchung sprechen, die er angeordnet hatte, als sie so krank gewesen war. Sie sollte später am Tag dort vorbeikommen.

Seit ihrem Streit am vergangenen Abend hatte sie nicht mehr mit Jackson gesprochen. Sie war absichtlich mit Izzy im Arm im Bett geblieben, bis er die Nachricht bekommen und zur Arbeit gefahren war. Sie konnte sich jetzt nicht mit der ganzen Sache zwischen Zoe und Jackson auseinandersetzen. Sie war fast die ganze Nacht wachgelegen und hatte sich gefragt, ob Zoe in der Lage wäre, Toffee zu töten. Sie war zu dem Ergebnis gekommen, dass Eifersucht Menschen zu den seltsamsten Dingen bewegen konnte. Sie hatte den Film *Eine verhängnisvolle Affäre* gesehen. Es war vielleicht möglich, dass Jackson Zoe abgewiesen hatte und aus Rache hatte sie Toffee umgebracht. Aber andererseits sagte ihr ihre Vernunft, dass Zoe keinem lebendigen Geschöpf etwas zuleide tun könnte – bis sie sich an eine bestimmte Unterhaltung erinnerte, die sie mit ihr geführt hatte. Sie waren in einem Nachtclub gewesen, aber Zoe war so erschöpft gewesen, dass sie den ganzen Abend gegähnt und sich geweigert hatte, mit ihr zu tanzen. Der Nachbarshund hatte sie um den Schlaf gebracht, indem er drei Nächte lang durchgebellt hatte.

»Nerviger Köter«, hatte sie gesagt, »ich war so kurz davor, runterzugehen und ihm den Kopf mit einer Schaufel einzuschlagen.«

Während Izzy zufrieden in ihrem Laufstall spielte, rief Abigail die einzige Person an, von der sie Verständnis erwarten konnte.

»Was ist passiert?«, fragte Claire. Mit tränenverschleierter Stimme erzählte Abigail, was Toffee zugestoßen war. Claire war außer sich vor Trauer und Wut.

»Wer würde nur sowas tun?«, sagte sie. »Nicht Toffee. Er ist so eine süße, liebe Katze.«

Abigail spürte, wie ihr wieder die warmen Tränen über das Gesicht liefen.

»Oh, Abby, das tut mir ja so leid. Geht es dir gut? Hast du mit der Polizei gesprochen? Schottland ist zwar weit entfernt, aber ich kann zu dir kommen. Ich setze mich in mein Auto und fahre sofort zu dir, wenn du willst. Ich könnte morgen da sein. Du brauchst jetzt jemanden, der für dich da ist.«

»Schon gut. Wegen mir musst du nicht zurückkommen. Du darfst diesen Job nicht aufs Spiel setzen, du musst den Vertrag mit der Zeitschrift einhalten. Das war dir so wichtig. Wegen dieser Sache darfst du das nicht einfach aufgeben. Und ruf auch nicht die Polizei. Ich glaube, ich weiß, wer dafür verantwortlich ist.«

Claire am anderen Ende der Leitung verstummte einen Moment.

»Ich glaube, es war Zoe«, sagte Abigail. »Vermutlich ist ihre Eifersucht mit ihr durchgegangen.« Sie konnte alles nicht mehr länger für sich behalten und erzählte Claire alles über die Fotos und darüber, wie Jackson alles abstritt.

Claire stieß ein wütendes Knurren aus. »Diese Kuh! Sie zerstört dein Leben. Was ist nur in sie gefahren? Glaubt sie vielleicht, nur, weil sie sich an jeden verfügbaren Kerl ran wirft, kann sie einfach so die Ehe ihrer Freundin ruinieren? Und wenn nicht alles nach ihrer Nase läuft, greift sie gleich zu solchen Mitteln?

Das ist ungeheuerlich. Sobald ich zurück bin, werde ich bei ihr vorbeifahren und ihr mal ordentlich die Meinung sagen. Und dann werde ich sie für das, was sie Toffee angetan hat, anzeigen. Sie darf doch damit nicht davonkommen!«

»Claire, lass es gut sein. Das ist mein Problem und ich werde es in Ordnung bringen. Lass mich das machen, bitte. Ich muss auch endlich mit Jackson sprechen. Ich muss herausfinden, was wirklich zwischen ihm und Zoe gelaufen ist. Das schulde ich ihm.«

»Ich finde, du bist zu gutmütig. Ich hätte wahrscheinlich längst alle seine Uniformen zerfetzt und wäre dann mit der Schere auf ihn losgegangen, sobald er nach Hause kommt. Ich glaube, deswegen ist es besser, dass ich allein lebe. Ich würde eine schreckliche Freundin abgeben. Aber dann tu, was du nicht lassen kannst. Denk nur immer daran, dass ich für dich da bin, wenn du mich brauchst.«

»Ich werde Jackson gleich darauf ansprechen, wenn er heimkommt. Warte, ich glaube, ich höre sein Auto. Ich rufe dich zurück.«

———

Jacksons Maserati bog gerade in die Einfahrt, als sie auflegte. Als er das Haus betrat, war er aber nicht allein, sondern wurde von einer großen, athletischen Frau in ihren frühen Dreißigern begleitet.

»Abby, das ist Detective Inspector Robyn Carter. Ich habe sie angerufen. Ich habe über das nachgedacht, was du gesagt hast, und wir müssen herausfinden, wer für diese schreckliche Sache gestern Abend verantwortlich ist.« Er konnte es nicht direkt aussprechen. Izzy quietschte vor Freude, als sie ihren Vater sah, und streckte die Hände nach ihm aus. Sie wackelte an den Rand des Laufstalls, um ihn zu erreichen und von ihm hochgehoben zu werden.

»Hey, kleines Monster«, sagte er und hob sie auf. Das Baby musterte Robyn mit großen Augen, dann schenkte es ihr ein strahlendes Lächeln.

»Sie ist so eine Angeberin«, sagte Jackson, während Izzy

versuchte, Robyns Aufmerksamkeit zu erlangen, indem sie sich zu ihr herüberlehnte und sie breit angrinste. Robyn lächelte zurück.

»Na komm, Izzy, wo ist Rover?« Jackson nahm ihren Stoffhund aus dem Laufstall, drückte ihn Izzy in die Hand und setzte sie auf seine Knie.

Abigail beobachtete die Szene leicht abwesend. »Es tut mir leid, Ihre Zeit verschwendet zu haben, Detective, aber wir benötigen Ihre Hilfe nicht«, sagte sie knapp angebunden. »Ich bin ziemlich sicher, dass ich weiß, wer dafür verantwortlich ist.«

»Bist du?«, wunderte sich Jackson.

»Du weißt es auch. Es war Zoe Cooper.«

»Zoe? Unmöglich.«

»Ich glaube, eine verschmähte Frau ist zu vielem in der Lage«, gab Abigail scharf zurück.

»Worauf willst du hinaus?«, erwiderte er mit erhobener Stimme.

»Du und Zoe. Es ist ganz einfach. Du gehst mit Zoe fremd und Zoe will dich für sich haben. Deswegen macht sie mir das Leben zur Hölle, indem sie mich mit Drohanrufen in den Wahnsinn treibt, mir sagt, dass du untreu bist und mich an unserer Beziehung zweifeln lässt. Und als das alles nicht reicht, bringt sie unsere Katze um, um mir Angst einzujagen.«

»Das ist doch verrückt. Erstens habe ich keine Affäre mit Zoe, das habe ich schon gestern Abend versucht, dir zu erklären. Wie kommst du nur auf so einen Unsinn! Und nur fürs Protokoll: Es hängt mir langsam wirklich zum Hals raus, dass du mir immer wieder vorwirfst, ich hätte Sex mit irgendwelchen Leuten. Können wir uns bitte auf unsere echten Probleme konzentrieren, anstatt auf diesen Blödsinn?«

Abigail wandte sich an Robyn und sprach mit einer eisigen Ruhe, obwohl sie innerlich kochte: »Eine anonyme Person hat mir Fotos von ihm und Zoe geschickt«, erklärte sie Robyn, die alles nur wortlos beobachtete. »Sie waren an eine E-Mail angehängt. Es waren drei Bilder. Auf dem ersten hat sie Jackson geküsst, die anderen beiden waren von ihm ...«

»Irgendjemand erlaubt sich da einen schlechten Scherz mit dir, Abigail. Ich habe Zoe nie angefasst. Sprich mit ihr. Sie wird dir die Wahrheit sagen. Das auf den Fotos bin nicht ich. Ich kann es gar nicht sein. Und ich will darüber auch nicht mehr sprechen. Ich habe DI Carter hergebracht, um das alles aufzuklären. Ich habe mir Sorgen gemacht, dass an deinen Behauptungen, jemand würde dir nachstellen und dich beobachten, etwas dran ist.«

»Aber wenn es nicht du bist, wer ist dann das auf den Bildern?«

»Lass es doch einfach gut sein. Es könnte jeder sein, ich bin es jedenfalls nicht. Sei doch vernünftig. Zoe hat ständig wechselnde Partner, das weißt du. Sie lacht sich ständig irgendeinen Neuen an.«

Robyn mischte sich ein: »Ich glaube, Sie sollten Ihrem Mann vertrauen, Abigail. Ich darf Sie doch Abigail nennen? Der Verstand kann einem manchmal Streiche spielen und Dinge in etwas hineininterpretieren, die nicht real sind. Ohne die Bilder vorliegen zu haben, ist es schwer zu sagen, wer wirklich darauf zu sehen ist. Wem wollen Sie eher glauben? Jemandem, der nicht einmal die Courage besitzt, Ihnen seine Identität zu verraten, und eindeutig nur darauf aus ist, Ärger zu machen – oder Ihrem Mann, den sie schon so lange kennen. Hören Sie ihm zu und sprechen Sie mit Ihrer Freundin Zoe, bevor all das aus dem Ruder gerät.«

Diese Worte entwaffneten Abigail schlagartig. Robyn hatte recht. Sie ließ sich auf einen Stuhl fallen. »Okay«, murmelte sie.

Jackson stand auf. »Izzy braucht eine neue Windel. Ich kümmere mich darum. Sprich du mit DI Carter. Erzähl ihr davon, was du mir über diesen anonymen Anrufer gesagt hast.«

Nachdem er den Raum verlassen hatte, rieb Abigail sich die Augen. »Es tut mir leid, dass Sie in diese Sache hineingezogen wurden.«

»Kein Problem. Ich wollte gerne helfen. Ich möchte Ihnen mein Beileid wegen Ihrer Katze aussprechen.«

»Danke.« Abigail verstummte es fiel ihr schwer, Robyn zu vertrauen.

»Ist das Ihre Schwester?«, fragte Robyn, als sie ein Foto entdeckte, auf dem Abigail mit einer Frau im selben Alter zu sehen war. Die Frau hatte ein Nasenpiercing und die dunklen, kurzen Haare zu Stacheln hochgegelt. Sie saß auf einem Bett und hatte einen Arm um Abigail gelegt, die ein neugeborenes Baby in den Armen hielt. Das Bild hing direkt neben einem Hochzeitsfoto von Abigail und Jackson.

»Das ist Claire, meine Freundin. Das war einen Tag nach Izzys Geburt. Claire war fast so aufgeregt über Izzy wie wir. Sie ist es immer noch. Sie liebt sie über alles. Jackson hat das Foto geschossen. Es ist ein schönes Bild von Claire. Sie lächelt nicht sehr häufig.

»Es ist wichtig, so gute Freunde zu haben.«

»Ja. Sie ist wirklich eine gute Freundin. In letzter Zeit sehe ich sie nicht mehr oft. Sie hat viel zu tun, ihre Fotografien verkaufen sich gut. Wir telefonieren häufig oder schreiben uns. Ich wünschte, sie wäre jetzt hier. Sie könnte mir helfen zu verstehen, was mir passiert, aber sie ist für einen Auftrag in Schottland. Ich habe vorhin mit ihr gesprochen und sie wollte sofort zurückkommen, um mir beizustehen. Ich kann wirklich froh sein, sie zu haben. Sie ist meine einzige echte Freundin. Sie und Jackson.«

»Ich wünsche mir auch oft, eine beste Freundin zu haben. Meine Arbeit macht es mir da etwas schwer. Ich muss häufig bis spätabends arbeiten und wenn ich erst mal zu Hause bin heißt es von der Dusche ins Bett – oder ich gönne mir noch einen Becher Eiscreme und einen Liebesfilm. Ich verbringe meine Freizeit meistens im Fitnessstudio. Dort kann ich vergessen, dass ich allein bin. Man vergisst viele Dinge, wenn alle Muskeln so sehr wehtun, dass man kaum noch laufen kann.«

Abigail rang sich zu einem schwachen Lächeln durch.

Robyn wartete kurz ab, dann fügte sie hinzu: »Ihr Mann macht sich ernsthafte Sorgen um Sie. Wissen Sie das?«

Abigail nickte.

»Ich bin sicher, es ist nicht so schlimm, wie Sie glauben.«

»Ich weiß einfach nicht mehr, wem ich noch trauen kann. Wer tut mir das an?«

»Für den Anfang könnten Sie mir vertrauen. Obwohl ich hier nicht in meinem Revier bin. Sie müssen wirklich die örtliche Polizei alarmieren. Jackson hat erwähnt, dass Sie glauben, jemand würde Sie beobachten und immer wieder anrufen. Hat dieser Anrufer Sie auch bedroht?«

»Er hat nur gesagt, dass er mein Leben zerstören würde. Er versucht, mich mit einem Stimmenverzerrer zu verunsichern. Er scheint jederzeit zu wissen, was ich gerade tue, deswegen weiß ich, dass er mich beobachtet. Wahrscheinlich werden wir gerade beide beobachtet.«

Sie sah sich ängstlich im Raum um.

»Es hat alles angefangen, als ich einen Brief ohne Absender bekommen habe, in dem irgendetwas von Geheimnissen stand. Danach habe ich eine Textnachricht bekommen, die behauptet hat, Jackson würde mir etwas verheimlichen. Bis zum ersten Anruf dachte ich noch, alles wäre nur ein schlechter Scherz. Aber dann hat mich jemand angerufen, der wusste, dass ich im Café in der Stadt war und was ich anhatte. Als ich wieder zu Hause war, kam der nächste Anruf. Die Person wusste, dass es mir schlecht ging. Das konnte aber nur jemand wissen, der mir nachspioniert. Mein Facebook-Account wurde gehackt und meine Freunde haben grässliche Nachrichten bekommen. Ich habe den Code für den Einbrecheralarm geändert und die Schlösser auswechseln lassen. Zu diesem Zeitpunkt hätte ich Jackson schon alles beichten müssen, aber ich dachte, ich würde damit klarkommen. Ich dachte nicht, dass es so ernst werden würde. Ich habe mehr Anrufe erhalten, die behauptet haben, Jackson würde mir fremdgehen. Und zuletzt kam die Mail mit den Fotos. Jetzt weiß ich nicht, wie ich Jackson noch vertrauen kann, und er hält mich für absolut neurotisch. Ich will ihm nicht sagen, dass ich auch noch Stimmen höre, sonst denkt er noch, ich wäre endgültig verrückt geworden.«

»Stimmen?«

»Ach, es ist nichts. Mein Verstand spielt mir Streiche, das ist alles. Ich bilde mir immer wieder ein, jemand wäre in Izzys Zimmer. Aber wenn ich dort ankomme, ist niemand da. Ich lese einfach zu viel in alltägliche Geräusche hinein. Ich bin auch so müde. Ich habe mich noch nie so erschöpft gefühlt. Wer auch immer mir das antut, er zerstört tatsächlich mein Leben.« Sie korrigierte sich selbst: »Zoe könnte diejenige sein, die mein Leben zerstört.«

Abigail war verzweifelt und brauchte dringend ein wenig Gewissheit. Robyn hingegen wollte in erster Linie mehr über Zoe erfahren.

»Wenn Sie mich fragen, ich glaube, Ihr Mann sagt die Wahrheit. Ich glaube nicht, dass er eine Affäre mit Ihrer Freundin Zoe hat.«

»Wie können Sie sich da so sicher sein? Sie kennen ihn doch nicht einmal.«

»In meinem Beruf habe ich es immer wieder mit gewissenlosen Lügnern zu tun. Ihr Mann gehört nicht dazu. Fotos können bearbeitet und verändert werden. Sind es wirklich eindeutig Bilder von ihm? Konnten Sie sein Gesicht sehen oder irgendwelche Körpermerkmale, die ihn zweifellos als Ihren Mann auszeichnen? Heutzutage kann man mit Leichtigkeit das Gesicht von jemandem auf einen anderen Körper setzen und überzeugende Bilder fälschen. Ziehen Sie keine voreiligen Schlüsse. Jackson hat mir erzählt, wie erschöpft Sie in der letzten Zeit sind. Müdigkeit kann sich auch auf die logische Denkfähigkeit auswirken. Jemand nutzt Ihren geschwächten Zustand aus, um Sie zu manipulieren. Irgendwer macht sich die außerordentliche Mühe, Ihnen Fotos zuzusenden und sie dann zu löschen, bevor Sie sie Jackson zeigen und ihn darauf ansprechen können. Wenn es echte Fotos wären, warum sollte man sie löschen?« Robyn war zwar nicht hundertprozentig von dem überzeugt, was sie selbst über die Anrufe und Fotos sagte, aber im Moment war es wichtiger, dass sie das Vertrauen der Frau gewann.

Abigail vergrub das Gesicht in den Händen und stieß ein langes, gequältes Seufzen aus. »Sie haben recht. Natürlich haben

Sie recht. Dieser verdammte Stalker hat mich so um den Finger gewickelt, dass ich ihm alles geglaubt habe. Es ist mir nie in den Sinn gekommen, dass die Fotos vielleicht gefälscht sein könnten.« Sie rutschte unruhig auf ihrem Stuhl herum. »Ich habe so ein Chaos angerichtet«, ächzte sie. »Und der arme Toffee!«

»Der Tod Ihrer Katze muss nicht zwangsläufig damit zusammenhängen. Es könnte eine zufällige Tat gewesen sein, von jemandem der Katzen hasst.« Robyn schenkte ihr ein verständnisvolles Lächeln. »Im besten Fall sind die Anrufe wirklich nur ein schlechter Scherz von jemandem, der eifersüchtig auf Sie ist. Aber da Ihre Katze getötet wurde, sollten Sie die Sache besser anzeigen. Sie können nicht vorsichtig genug sein. Ich würde vorschlagen, dass Sie es bei der Polizei von Hampshire versuchen. Erzählen Sie, was passiert ist und lassen Sie die den Rest übernehmen. Ich will Sie nicht unnötig beunruhigen, aber wenn jemand mutwillig Toffee getötet hat, dann müssen Sie alles tun, um Ihre eigene Sicherheit zu gewährleisten.«

»Aber es wird klingen, als hätte ich mir alles nur ausgedacht. Die Anrufliste und die Nachrichten sind von meinem Handy verschwunden. Ich kann nichts beweisen. Jackson hat gestern Abend dasselbe gesagt, kurz bevor ich so wütend geworden bin, dass ich ihm nicht mehr zuhören wollte.«

»Sie würden sich wundern, was die Techniker alles aus Ihrem Handy herausholen können. Die können gelöschte Dateien wiederherstellen und Ihre Nachrichten und Anrufe zurückverfolgen. Melden Sie sich bei der Polizei, über das Internet oder Telefon. Erklären Sie denen, dass Sie mit mir gesprochen haben und machen Sie einen Termin mit einem Beamten aus, entweder im Revier oder bei Ihnen zu Hause. Sie sollten aber auf jeden Fall die Polizei benachrichtigen. Ich möchte Sie nicht erschrecken, aber es gibt genug Grund zur Sorge und jemand sollte sich die Sache offiziell ansehen.«

Abigail überlegte einen Moment. »Sie sind also nicht aus der Gegend? Warum hat Jackson ausgerechnet Sie um Hilfe gebeten?«

»Ich habe in Farnborough zu einem Fall ermittelt und Jackson befragt. Er konnte mir nicht weiterhelfen, aber ich habe ihm meine Visitenkarte dagelassen. Als Ihnen das zugestoßen ist, hat er mich angerufen.«

»Sie sind immer noch in Farnborough. Heißt das, Sie haben Ihren Fall noch nicht gelöst?«

»Noch nicht. Ich suche nach einem vermissten Mann.«

Jackson kam zurück und brachte eine überglückliche Izzy mit, die zu Robyn krabbelte, sich neben ihre Füße setzte und zufrieden auf einem Stück Zwieback herumkaute.

Robyn nutzte den Moment, um zu fragen: »Vielleicht können Sie mir helfen. Kennen Sie – oder haben Sie je von einem Mann namens Lucas Matthews gehört?«

Jackson warf Robyn einen flüchtigen Blick zu, aber sie ignorierte ihn und konzentrierte sich ganz auf Abigails Reaktion. Sie putzte sich die Nase mit einem Taschentuch, bevor sie den Kopf schüttelte und antwortete: »Nein, ich habe nie von ihm gehört.«

»Würden Sie einen Blick auf ein Foto von ihm werfen? Er war aus irgendeinem Grund sehr an Zoe interessiert. Es könnte sein, dass Sie ihn in der Gegend gesehen haben.«

Abigail erblasste, als Robyn das Bild hervorholte und ihr reichte. Sie sah es sich kurz an und gab es ihr wieder zurück. »Nein, tut mir leid. Ich habe ihn noch nie gesehen.«

»Sehen Sie es sich noch einmal an. Er könnte im Café gewesen sein, als Sie mit Zoe dort waren. Oder auf der Straße, als Sie zusammen einkaufen gegangen sind. Kommt er Ihnen wirklich nicht bekannt vor? Zoe dachte, sie hätte ihn irgendwo gesehen, konnte sich aber nicht mehr erinnern, wo genau. Sind Sie sicher, dass Sie ihn nie bemerkt haben?«

»Nein, ich habe ihn sicher nicht gesehen.« Abigail gab das Foto zurück und schnäuzte sich erneut.

Robyn steckte das Bild wieder in den Ordner in ihrer Tasche. »Na gut, ich wollte nur sichergehen. Gut, wenn Sie sonst keine Fragen mehr haben, was Sie tun müssen, werde ich wieder gehen.«

Abigail bückte sich nach Izzy und kuschelte sie eng an sich. »Danke für Ihre Hilfe«, sagte sie und wandte sich schnell ab, als

Jackson Robyn hinausbrachte. Die Tür fiel hinter Robyn zu und sie schlenderte zu ihrem Auto, während sie die Informationen verarbeitete, die sie gerade gesammelt hatte. Jackson hatte die Wahrheit über seine nicht vorhandene Affäre gesagt. Seine Frau hingegen hatte sie zu dem Foto belogen, das sie sich gerade angesehen hatte. Robyn hatte beobachtet, wie ihre Augen größer geworden waren, als sie den Namen Lucas Matthews gehört hatte. Und sie hatte ihren Versuch durchschaut, Zeit zu schinden, indem sie sich mehrfach die Nase putzte. Abigail hatte auch unterbewusst das Taschentuch zerknüllt, während sie sich das Foto angesehen hatte. Robyn war überzeugt, dass Abigail Thorne Lucas Matthews kannte.

Abigail stand am Wohnzimmerfenster und sah Robyn hinterher. Jackson kam zurück und wartete, bis sie sich zu ihm umdrehte. Sie stand eine Weile nur reglos da, bevor sie sprach: »Ich will im Moment nicht mehr darüber reden.«

An ihrem Ton konnte er hören, dass es sinnlos wäre, sie zu bedrängen.

»Okay, aber wir müssen uns darum kümmern. Ich werde die Polizei anrufen, wie DI Carter gesagt hat. Ich finde es wichtig, das zu tun.«

»Wie du meinst. Aber lass uns vorher noch einmal darüber reden.« Sie ging zur Tür, mit Izzy auf dem Arm. »Ich muss an die frische Luft. Wir unterhalten uns heute Abend. Gib mir ein bisschen Zeit, meine Gedanken zu sortieren.«

»Er wird alles gut werden«, rief Jackson ihr hinterher.

»Ich weiß«, erwiderte sie, griff mit der freien Hand nach ihrer Tasche und ging mit Izzy nach oben.

47

Robyn hielt neben dem Wagen von Ross an. Er trug eine Jeans und ein graues T-Shirt und lehnte gelassen neben der Tür. Sie starrte gedankenverloren auf den Eingang des Gartens der Erinnerung. Dort lag Christina Forman. Frau von Josh Clifford, Verlobte von Paul Matthews und Mutter von Alice.

»Ich habe grade noch mit Mitz telefoniert«, sagte Robyn. »Er hat mit dem Kollegen der Spurensicherung gesprochen, der für den Fall von Christina Forman verantwortlich war, und sich alle Fakten geben lassen. Die Ärmste wurde während einer S&M-Session von ihrem Freund Frank Parsons erwürgt. Parsons ist für ein paar Tage verschwunden, wurde dann aber in seiner Stammkneipe in Bicester gefunden. Er hat gleich nach seiner Festnahme alles gestanden und gesagt, es sei ein Unfall gewesen. Die Polizei hatte eine andere Vermutung. Es gab einen anonymen Anruf von einem besorgten Anwohner, der gesehen haben will, wie die beiden in einen Streit geraten sind. Frank soll sie geschlagen und dann ins Haus gezerrt haben. Er hat natürlich alles abgestritten, aber wenn man Christinas Zustand bedenkt, kann es gut sein, dass Frank sie ermordet hat. Mitz sagte aber auch, dass es nicht genug Beweise gibt und Frank wahrscheinlich nur für fahrlässige Tötung verurteilt wird. Der Fall läuft noch mindestens einen Monat.«

»Ein ziemlich lausiges Ende für ein Leben«, sagte Ross.

»Stimmt. Sie hatte auch davor nicht gerade die beste Zeit. Parsons hat ausgesagt, sie wäre schon seit Jahren auf den Strich gegangen. Sie hat viele verschiedene Pseudonyme benutzt, aber als er sie kennengelernt hat, sei sie wieder zu Christina Forman zurückgekehrt. Sie hat ihm gesagt, sie vermisse Christina.«

Robyns Blick verlor sich in der Ferne. »Ich frage mich, ob Alice weiß, dass ihre Mutter tot ist.«

»Vielleicht, vielleicht nicht. Ich hoffe, Alice konnte ihr Leben auf die richtige Bahn bringen. Vielleicht hat sie irgendeinen reichen Typen geheiratet und sie leben jetzt glücklich und zufrieden zusammen.«

»Sowas gibt es nur im Mädchen, Ross. Aber wir haben endlich eine heiße Spur.«

»Ich dachte mir schon, dass du munterer als üblich aussiehst.«

»Mitz meinte, die Beamten am Tatort hätten überall S&M und Bondage-Utensilien gefunden und Christina soll im Ganzkörper-Lederoutfit mit Handschellen ans Bett gefesselt gewesen sein. Sie haben außerdem einen Stoffhasen neben ihr auf dem Bett gefunden. Ursprünglich haben sie vermutet, dass alles zu dem Spiel gehört hat, bis Parsons die Beherrschung verloren und sie erwürgt hat. Oder dass es ein Geschenk gewesen war. Er will mir später Fotos vom Tatort schicken.« Robyn schenkte Ross ein stolzes Lächeln. »Erst Lucas, der im Tod einen Hasen im Arm hält, dann der Gummihase, den wir in Marys Haus gefunden haben, und jetzt hat Christina einen im Bett. Das muss alles zusammenhängen.«

»Nicht schlecht! Du hast dir eine Pause verdient. Ich hoffe, es hängt wirklich zusammen und ist nicht nur ein seltsamer Zufall. Wollen wir uns jetzt Christinas Ruhestätte ansehen?«

»Ich denke schon. Ich finde, das gehört sich.«

Sie betraten den Garten der Erinnerung und schlenderten an den Gedenkstätten für geliebte Menschen vorbei. Keiner von ihnen sagte ein Wort. Sie hatten beide wichtige Menschen in ihrem Leben verloren und es brachte nur unangenehme Erinnerungen zurück. Vor einer kleinen Gedenktafel blieben sie stehen.

In liebevoller Erinnerung an Christina Justine Forman – ein wunderschöner Schmetterling, der jetzt auf seinen seidenfeinen Flügeln über einen ewigen, strahlenden Himmel gleitet.

Robyn fragte sich, ob Alice für die Gravur im Stein verantwortlich war.

»Traurig, nicht wahr?«, sagte Ross.

»Das ist der Tod immer«, antwortete sie. »Jeder Tod ist eine Tragödie, besonders für die Hinterbliebenen.«

Ross legte ihr einen Arm um die Schultern und für einen Moment lehnte sie sich an seiner Seite an. Sie genoss die tröstende Geste.

»Okay, Kleine«, sagte er in einem schlechten, amerikanischen Akzent. »Dann finde endlich diese Alice oder wen auch immer du suchst und schließ den Fall ab.«

»Ich bin kurz davor, Ross. Ich kann es schon fast spüren. Ich habe alle Puzzleteile, jetzt muss ich sie nur noch zusammensetzen.«

»Wenn irgendjemand dieses Rätsel lösen kann, dann bist du es. Melde dich, wenn du irgendwas von mir brauchst. Jeanette wird sich freuen, wenn ich früher zu Hause bin. Sie will mit mir tanzen gehen.«

»Jazz-, Gesellschafts- oder Stepptanz?«, fragte Robyn amüsiert. Sie konnte sich kaum vorstellen, dass Ross versuchte, zu tanzen.

»Salsa«, antwortete er und rümpfte die Nase. »Willst du mich nicht doch fragen, dir zu helfen? Schau nur, wo du mich da reingezogen hast!«

Robyn kicherte. »Denk daran, mir ein Bild von dir im Tanzoutfit zu schicken«, rief sie ihm nach, als er sich schon auf den Rückweg zu seinem Auto machte. Er zeigte ihr den Finger und ging einfach weiter.

48

»Werfen Sie mir vor, eine Droge genommen zu haben, die mich krankmacht – so krank, dass ich mich kaum noch bewegen konnte – und damit auch noch mein Baby vergiftet zu haben?«

Der Arzt sah von seinem Computerbildschirm auf, setzte die Brille ab und lehnte sich zurück. »Ich behaupte nichts dergleichen. Ich sage nur, dass Spuren von Brechwurzel in Ihrem Blut gefunden wurden. Lassen Sie mich erklären, was das ist und wie ernst es gewesen wäre, wenn Sie nur eine geringfügig höhere Dosis eingenommen hätten. Brechwurzel ist eine tropische Pflanze, die Erbrechen auslöst. Die Wirkung ist enorm stark und kann auch schweren Durchfall verursachen.«

Abigail konnte ihm kaum zuhören. Jemand hatte sie vergiftet und jetzt konnte sie sich auch gut vorstellen, wer. Dieser verdammte Lucas Matthews. Warum hatte sie zuvor nie an ihn gedacht? Erst nachdem die Polizistin ihn erwähnt hatte, war ihr klargeworden, dass er für die Anrufe und alles andere verantwortlich sein musste. Lucas Matthews war ein absoluter Bastard. Ausgerechnet er musste wissen, wie wichtig Izzy ihr war. Er jagte ihr absichtlich Angst ein und jetzt musste sie erfahren, dass er beinahe ihr Baby umgebracht hätte. Sie erinnerte sich an den Tag im Café zurück. Rachel hatte ihnen die Getränke gebracht und für sie einen Kaffee mit Sirup bestellt. Damals hatte sie sich gewundert, warum Rachel sich dafür entschieden hatte, es aber nicht weiter hinterfragt. Der Sirup war so süß gewesen, dass Abigail kaum etwas von ihrem Kaffee geschmeckt hatte. Der perfekte Weg, um die Brechwurzel zu verschleiern. In ihrem Kopf überschlugen sich die Möglichkeiten. Rachel und Lucas mussten alles gemeinsam geplant haben.

»Haben Sie Brechwurzel genommen, Mrs. Thorne?«, fragte der Arzt, erkennbar besorgt, dass sie sich selbst Schaden zufügen könnte. Er vermutete offenbar, dass sie das Zeug geschluckt haben könnte, um sich krank zu machen. Wenn sie zugab, es getan zu haben, würde er sie wahrscheinlich zurechtweisen. Aber wenn sie ihm verriet, dass sie jemand vergiftet hatte, wie würde er reagieren? Würde er die Polizei rufen?

Sie spürte einen Kloß im Hals. Sie wollte einfach nur aus der Praxis verschwinden und nach Lucas suchen. Er hatte ihr versprochen, sie in Ruhe zu lassen und jetzt war er doch zurück, um sie zu quälen. Diesmal würde sie es nicht zulassen.

»Nein«, sagte sie.

Der Arzt sagte verständnisvoll: »Es ist nicht ungewöhnlich, dass Frauen sie zur Gewichtsabnahme benutzen. Und sie ist über das Internet erhältlich. Sie haben über die letzten Monate viel Gewicht verloren«, fuhr er fort. »Über sechs Kilo, um genau zu sein.«

»Ich habe keine Bulimie«, sagte sie. »Ich weiß, worauf Sie hinauswollen, aber ich würde so etwas nie tun. Ich hatte viel Stress in der letzten Zeit, das ist alles.« Sie spürte, wie ihr die Tränen in die Augen steigen. »Bitte behalten Sie das für sich, aber ich glaube, jemand hat mir absichtlich Brechwurzel in den Kaffee gemischt. Aber Sie dürfen niemandem etwas davon erzählen. Sie müssen sich an die ärztliche Schweigepflicht halten.«

Dr. Toman schüttelte den Kopf. »Abigail, es tut mir leid, aber wenn Sie behaupten, jemand hat Ihnen absichtlich ein vergiftetes

Getränk gegeben, dann ist es meine Pflicht, das anzuzeigen. Und wenn Sie vermuten, Izzy könnte dem ebenfalls zum Opfer gefallen sein, dann läuten sämtliche Alarmglocken.«

Jetzt wünschte sie sich, sie hätte nichts gesagt. Sie brauchte nur etwas Zeit, um Lucas Matthews ausfindig zu machen und die ganze Sache richtigzustellen. Aber dafür musste sie ihren Arzt abwimmeln.

»Ich weiß nicht, wer mir etwas in den Kaffee getan haben könnte. Ich war mit drei Freundinnen in einem Café in der Stadt und als ich wieder zu Hause war, wurde mir plötzlich ganz schlecht. Ich war sonst nirgendwo und außer mir und Izzy war auch niemand krank. Meinen Freundinnen ging es allen gut. Ich bezweifle stark, dass irgendein Angestellter des Cafés sich an meinem Getränk zu schaffen gemacht haben könnte, also vermute ich, dass es eine meiner Freundinnen war. Was soll ich jetzt tun?«

»Überlassen Sie es mir. Ich fürchte, Sie werden aber vor der Polizei aussagen müssen. Erzählen Sie denen alles, was Sie wissen. Es wird schon gut werden. Sie und Izzy sind ja wieder gesund, oder?«

Sie nickte zustimmend.

»Gehen Sie nach Hause, Abigail«, sagte er. »Sagen Sie Jackson, was Sie mir gesagt haben, und überlassen Sie den Rest der Obrigkeit.«

Sie verließ die Praxis kochend vor Wut. Lucas Matthews war einen Schritt zu weit gegangen. Und wenn Rachel Lucas kannte und in seine Pläne, ihr Leben zu zerstören, verwickelt war, dann musste Abigail auch mit ihr sprechen. Die Polizei sollten ihren Job machen, aber Abigail wollte Rachel dennoch persönlich konfrontieren. Je länger sie darüber nachdachte, umso deutlicher wurde alles. Rachel, die Izzy im Café den Teddy in die Hand drückte, der womöglich noch mit Spuren von Brechwurzel verunreinigt war, nachdem sie eine Dosis in den Kaffee gegeben hatte – oder vielleicht hatte sie sogar absichtlich den Teddy damit eingerieben. Izzy hatte den Teddy sofort in den Mund genommen, wie sie es mit den meisten Dingen tat, die man ihr in die Hand gab. Kein Wunder, dass die arme kleine Maus so krank gewesen war. Abigail erschauderte bei dem Gedanken daran, was alles hätte passieren können. Die Vorstellung, Izzy hätte Schlimmeres zustoßen können, ließ ihre Mutterinstinkte hochkochen. Was fiel Rachel ein, das Leben ihres Kindes in Gefahr zu bringen und im selben Moment vorzugeben, sie würde sich um Izzy kümmern, mit all den Geschenken, die sie ihr machte? Sie musste einen kranken, verdorbenen Verstand haben.

Abigail rief sich immer mehr Details ins Gedächtnis. Wie hatte sie bisher nur all die Hinweise übersehen können? Rachel hatte doch sogar Blumen vorbeigebracht, nur um einen Vorwand zu haben, sich im Haus umzusehen. Dabei musste sie auch das Bild im Schlafzimmer abfotografiert haben. Sie hatte also wohl doch ein Smartphone dabeigehabt. Dann hatte Rachel sie im Café beschäftigt, während Toffee getötet worden war. Abigail war sich sicher, dass sogar die Geschichte über ihre Arbeitskollegen, die in der Boutique über sie gelästert haben sollten, nur erfunden war. Sie hatte sich eindeutig mit Lucas verbündet, um ihr Leben ins Chaos zu stürzen.

Aber wie kam es dazu? Welches Interesse hatte Rachel, die Vergangenheit aufzuwühlen und Abby ihr mühsam erarbeitetes Leben zur Hölle zu machen? War sie am Ende in Lucas verliebt? Abigails Blut brodelte und ihre Wut auf Rachel und Lucas wuchs ins unermessliche. Warum konnte er sie auch nicht einfach in Ruhe lassen! Das war das mindeste, was sie verdiente. Aber er war hier und machte ihr das Leben so schwer, wie er es schon früher getan hatte. Dieser Bastard. Sie würde schon herausfinden, wo er sich versteckte. Und ihre Suche sollte mit einem Besuch bei Rachel Croft anfangen.

Abigail schnallte ihre Tochter in dem Kindersitz auf der Rückbank, warf ihre Handtasche auf den Beifahrersitz und schrieb eine Nachricht an Rachel. Sie fasste sich kurz und sagte nur, dass sie sich um sechzehn Uhr mit ihr auf dem Sportplatz von George V treffen wollte. In Ihrer Antwort sagte Rachel, dass sie sich schon freute, aber noch für eine Kristallbehandlung bei einem Kunden war und erst kommen konnte, wenn sie damit fertig war. Sie könnte es bis siebzehn Uhr schaffen, wenn das in Ordnung war. Abigail stimmte knapp zu, startete den Motor und machte sich auf den Weg. Sie konnte es kaum erwarten, Rachel gegenüberzutreten.

———

Ihr Handy klingelte, bevor sie weit kommen konnte.

»Was haben wir denn da?«, sagte die ihr wohlbekannte, computerverzerrte Stimme. »Machst du einen Ausflug?«

»Lucas, du Arsch, warum tust du das? Du und Paul habt mir versprochen, dass ihr mich in Ruhe leben lasst und mich nicht mehr kontaktiert. Und jetzt belästigst du mich doch? Du hast mir einen ganz schönen Schrecken eingejagt, aber das ist vorbei. Ich lasse mir das nicht mehr gefallen.«

Sie hörte ein kurzes Auflachen.

»Armer Paul. Er ist tot, weißt du? Macht dich das nicht traurig?«

»Das wusste ich nicht. Wie sollte ich auch? Ich hatte seit Jahren keinen Kontakt mehr zu ihm. Soll ich dir vielleicht mein Beileid aussprechen? Keine Chance. Für mich ist er schon vor sehr langer Zeit gestorben. Warum stellst du mir nach, Lucas?«

»Was glaubst du wohl, Abigail?«

»Das ist lächerlich. Und du kannst aufhören, deine Stimme zu verzerren. Damit kannst du mir keine Angst machen. Sag mir, was du von mir willst und lass diese dämlichen Spiele.«

Am anderen Ende der Leitung war es erst still, dann ein Kichern.

»Und ich weiß auch, dass du Rachel mit hineingezogen hast. Wie sonst konntest du mir Brechwurzel in den Kaffee tun, oder das Foto von mir auf Facebook posten? Ich bin nicht blöd.«

»Meine Güte! Bist du da ganz allein draufgekommen? Wirklich clever.«

»Benimm dich nicht wie so ein hochmütiges Schwein. Ich wollte eigentlich gerade mit Rachel sprechen, aber vielleicht fahre ich auch gleich zur Polizei und zeige dich direkt an. Ich hoffe, du musst für lange Zeit hinter Gitter. Du kannst nicht einfach Babys vergiften und glauben, dass du damit davonkommst.«

Wieder wurde es still und Abigail fragte sich, ob Lucas einfach aufgelegt hatte. Dann hörte sie ein Knistern und er antwortete: »Gut. Du hast gewonnen. Ich höre mit dem ganzen Unsinn auf und lasse dich und deine Familie in Ruhe. Aber zuerst müssen wir uns unterhalten. Es ist wirklich wichtig.«

»Ich glaube dir nicht. Was könnte so wichtig sein, dass du persönlich mit mir sprechen musst?«

»Ich muss dich sehen. Ich verspreche dir auch, dass ich danach verschwinde. Bleib auf der Hauptstraße und fahr auf den Parkplatz vom Meads Einkaufszentrum. Wir treffen uns in der Gegend vor dem Keep Fit Studio, da parken weniger Leute.«

»Woher weißt du, wo ich bin? Verfolgst du etwa mein Auto? Was fällt dir eigentlich ein! Ich hasse dich, Lucas, das geht endgültig zu weit. Ich werde dich der Polizei melden und dafür sorgen, dass du dir bald wünschst, du wärst nie wieder in mein Leben getreten.«

»Verstanden. Meads. In zehn Minuten.«

Die Verbindung brach ab und Abigail war hin und her gerissen. Sie wusste nicht, ob sie gleich zur Polizei fahren oder sich erst mit Lucas treffen sollte und schlug verärgert auf das Lenkrad. Sie würde sich seine Erklärung anhören. Danach konnte sie ihn immer noch anzeigen, zusammen mit seinem Handlanger Rachel.

———

Abigail parkte neben einem blauen Van und wartete angespannt. Auf dieser Seite war der Parkplatz fast leer, denn er lag weit entfernt von dem großen Supermarkt am anderen Ende der Straße. Ein Mini hielt in der Nähe und ein Pärchen stieg aus. Eine Frau in einem abgetragenen Mantel schleppte mehrere Einkaufstüten zur Bushaltestelle. Abigail fragte sich gerade, ob sie nur wieder auf eines von Lucas' Psychospielchen hereingefallen war, als sie einen dunkelhaarigen Mann in einer lockeren, grauen Jacke und blauen Hose entdeckte. Er blieb vor einem der Geschäfte stehen und sah aus, als würde er den Parkplatz nach jemandem absuchen. Sie war nicht sicher, ob er es war. Er war zumindest im richtigen Alter. Bevor sie nach ihm rufen konnte, kam er auch schon auf sie zu. Es war Lucas. Sie spürte wieder die Wut hochkochen. Der elende Hurensohn strahlte eine entspannte Beiläufigkeit aus, für die sie ihn am liebsten anschreien wollte.

Er näherte sich der Beifahrerseite und klopfte an das Fenster, als ob er sie auffordern wollte, die Tür zu öffnen. Aber sie hatte nicht vor, ihn ins Auto zu lassen. Stattdessen fuhr sie das Fenster herunter und lehnte sich zu ihm herüber, um mit ihm zu sprechen – dann erstarrte sie vor Schreck. Das war nicht Lucas. Aber wie hatte sie auch glauben können, er würde sich wirklich mit ihr treffen? Dieser Mann war viel älter und sein Gesicht unrasiert. Seine Augen waren grün und nicht schwarz wie Ebenholz. Bevor sie sich fangen konnte, griff er durch das Fenster, packte ihre Handtasche und rannte davon. Abigail stieß einen empörten Aufschrei aus und ohne darüber nachzudenken was sie tat, sprang sie aus dem Auto und jagte dem Mann hinterher. In der Tasche waren ihr Geldbeutel mit allen Kreditkarten und ihr Handy! Sie würde nicht zulassen, dass irgendein Kleinkrimineller sie ihr klaute.

Sie rannte so schnell sie konnte, holte ihn bald ein und hatte ihn fast erwischt, als er in eine Seitengasse abtauchte, die zum Shoppingcenter führte. Er warf ihre Tasche in die Luft und als sie auf dem Boden landete, verteilte sich der Inhalt über die Straße. Abigail hielt an, kniete sich daneben und sammelte ihren Geldbeutel Lippenstift und Handy auf. Alles schien noch intakt zu sein. Als sie aufsah, war der Mann verschwunden und außer ihr war niemand mehr in der Gasse zu sehen. Ihr Handy klingelte und ihr wurde eiskalt, als sie abhob. Sie hielt es sich wortlos ans Ohr und hörte ein leises Flüstern: »Lebwohl, Mommy.«

Sie wirbelte herum und rannte zurück zum Auto. Sie wusste

sofort, was sie erwartete, wenn sie ankam, aber dennoch trieb die schwindende Hoffnung sie weiter an und rief sie so schnell sie konnte zu ihrem Wagen zurück. Die Hintertür stand weit offen. Sie schnappte verängstigt nach Luft, aber es war zu spät. Sie konnte schon von weitem sehen, wovor sie sich am meisten gefürchtet hatte. Der Rücksitz war leer. Izzy war verschwunden.

49

Es war kurz vor Mitternacht, als Robyn bei Ross anrief. Er war nicht allzu erfreut darüber, dass sie ihn aus dem Schlaf geklingelt hatte.

»Es ist mitten in der Nacht«, raunte er. »Ich hoffe, es ist wichtig.«

»Es geht um die Hasen. Den einen in Christinas Bett und die anderen – der am Tatort, wo Lucas Matthews gefunden wurde, und das Hundespielzeug.«

»Wundervoll. Du hast mich aus einem Traum geweckt, in dem ich einen riesigen Hamburger gegessen habe, um über Spielzeughasen zu sprechen.«

Robyn ignorierte seinen Frust. »Ich glaube, es könnte einen vierten Hasen geben. Was, wenn jemand Paul Matthews ermordet und einen Spielzeughasen am Tatort versteckt hat? Was sagst du dazu?«

»Du fragst mich, ob Paul Matthews ermordet wurde und nicht aus Versehen gestolpert ist und sich den Kopf aufgeschlagen hat – obwohl Profis zu diesem Ergebnis gekommen sind? Und ob ein erfahrener Beamter der Spurensicherung etwas so Offensichtliches wie einen Spielzeughasen übersehen hat? Ich würde sagen, das ist mehr als unwahrscheinlich und gute Nacht.«

»Nein, warte. Leg nicht auf. Es ist möglich. Der Mörder könnte Paul eine Falle gestellt haben. Wahrscheinlich hat er gezielt versucht, es nach einem Unfall aussehen zu lassen. Überleg doch mal, Ross. Paul, Lucas und Mary, werden alle innerhalb weniger Wochen tot aufgefunden. Findest du das nicht seltsam? Was, wenn am Tatort wirklich ein Hinweis übersehen wurde.«

»Das ist sehr weit hergeholt, Robyn. Ich glaube, du leidest unter Schlafmangel und wenn ich die Spurensicherung an dem Tatort gemacht hätte und du würdest mir solche Vorwürfe machen, wäre ich alles andere als erfreut. Vielleicht würde ich dich sogar melden.«

»Du hast wohl recht. Ich sollte nicht einem Kollegen vorwerfen, dass er seinen Job nicht richtigmacht. Danke, Ross. Schlaf gut.«

»Wie jetzt? Das war's schon?«

»Ja. Leg dich wieder hin. Ich wollte diesen Gedanken nur lieber inoffiziell loswerden.«

»Gut so. Du hättest viele Leute vor den Kopf stoßen können.«

»Da stimme ich dir zu. Du hast vollkommen recht. Danke. Nacht.«

Einen Moment sagte keiner der beiden etwas, aber es legte auch niemand auf. Dann sagte Ross: »Ich verstehe schon.«

»Was verstehst du?«

»Du willst, dass ich die Gegend nach einem dämlichen Stoffhasen absuche, nicht wahr?«

»Nein, das würde ich nie von dir verlangen. Es ist ja auch nur eine Vermutung. Und außerdem ist es mein Fall, ich werde einen anderen Weg finden. Oder vielleicht mache ich es auch selbst. Wenn ich gleich losfahre, könnte ich es in ein paar Stunden erledigt haben und wäre rechtzeitig zurück, um Zoe Cooper zu befragen. Mulholland muss ja nichts davon wissen. Sie hat mich wieder gewarnt, nicht aus einer Laune heraus solche Abstecher zu machen. Aber das ist kein Problem, ich finde schon einen Weg, wie ich alles unter einen Hut bringe.«

Ross seufzte. »Ich gebe auf, ich mach schon.«

»Du machst was?«

»Ich gehe die Route ab, die Paul Matthews an seinem Todestag gelaufen ist und halte Ausschau nach Spielzeughasen. Aber ich möchte betonen, dass ich es für eine äußerst dumme Idee halte und nicht sehr froh darüber bin. Es ist eine lange Route, oder? Ich werde meine Laufschuhe ausgraben müssen. Hast du diese Idee mit Jeanette zusammen ausgeheckt?«

»Nein, aber ein bisschen frische Luft wird dir guttun.«

Er murmelte einige unverständliche Wortfetzen als Antwort.

»Du siehst also für mich nach?«

»Ja, mach ich. Gönnst du mir vor meinem großen Abenteuer aber noch ein wenig Schönheitsschlaf?«

»Gute Nacht, Ross. Und danke. Du bist der Beste.«

»Weiß ich doch. Jetzt geh schlafen und hör auf, unschuldige Bürger zu belästigen.«

———

Robyn lehnte sich in ihrem Sessel zurück. Sie konnte nicht schlafen. Der Fall fing an, ihr die Nerven zu rauben. Zoes Name war zu oft gefallen, als dass sie es noch ignorieren konnte. Außerdem war Zoe möglicherweise die letzte Person, die Lucas Matthews lebend gesehen hatte – sofern man dem Concierge glauben konnte, der gesehen haben wollte, wie sie zusammen das Hotel verlassen hatten. Dennoch hatte Zoe behauptet, Lucas nicht zu kennen und war sich auch nicht sicher, wann oder wo sie ihn gesehen hatte. Sie war entweder eine gewiefte Lügnerin oder sie sagte die Wahrheit. Robyn würde es schon bald herausfinden. Ihr lange überfälliges Gespräch mit Zoe Cooper war ihr erster Termin am folgenden Morgen.

50
JETZT

Wenn man weiß, wie man ein Handy verfolgen kann, kann man alle verfolgen. Hat man es einmal begriffen, ist es ein absolutes Kinderspiel. Alles was ich tun musste, war die IMEI-Nummer herauszufinden. Dann habe ich Abigails Handy genommen, »*#06« eingetippt und konnte jede Spyware installieren, die ich nur wollte. So kann ich jede ihrer Bewegungen verfolgen und sehe jede Nachricht, die sie verschickt oder bekommt.

Es war so einfach, an ihr Handy zu kommen. Sie hat es immer in ihrer Handtasche oder lässt es auf dem Tisch in der Küche liegen oder wo immer sie gerade ist. Ich hatte unzählige Gelegenheiten, es ihr unbemerkt für kurze Zeit abzunehmen, die IMEI-Nummer herauszubekommen und meine Hacker-Software herunterzuladen. Jetzt kann ich nicht nur alle ihre Anrufe und Nachrichten sehen, sondern sie sogar löschen, wann immer es mir passt. Und um dem Ganzen die Krone aufzusetzen, habe ich mir noch einen GPS-Tracker im Internet besorgt und in Abigails teurem Range Rover versteckt. Ich weiß immer, wo sie gerade ist.

Im Moment fährt sie von der Arztpraxis in der Stadt weg. Oh je, vermutlich hat der Doktor die Brechwurzel entdeckt, die ich in ihren Kaffee gemischt habe. Ich hatte die Hoffnung, sie würde Zoe verdächtigen, immerhin habe ich mir solche Mühe gegeben, ihr alles in die Schuhe zu schieben. Aber wie es aussieht, hat die arme, verwirrte Abigail die Hinweise, die ich ihr gegeben habe, missverstanden und will sich jetzt mit Rachel treffen. Hoffentlich zieht sie diesen nervigen New Age Hippie nicht noch mit rein und plappert alles aus, was bisher passiert ist. Ich würde dieser Frau fast noch zutrauen, mich zu durchschauen.

Immerhin weiß Abigail schon, wie es sich anfühlt, als Lügner hingestellt zu werden und ihre Freunde zu verlieren. Die Sache mit Facebook hat besser funktioniert, als ich gehofft habe. Scheinbar haben nicht viele Leute Verständnis für Angeber. Noch viel weniger, wenn sie so unverschämt sind. Ich habe ihre Welt ins Wanken gebracht und sie verliert langsam die Nerven. Es hat Spaß gemacht zu beobachten, wie sie langsam zerbricht. Sie war sowieso schon erschöpft, weil sie sich nächtelang um ihr Baby gekümmert hat, das hat mir einen guten Vorsprung verschafft. Danach hat es dann nicht mehr viel gebraucht, um sie fertigzumachen. Ein paar Anrufe, die ihren Mann des Fremdgehens beschuldigen, haben ausgereicht, um sie zu erschüttern und den Plan zu einem Selbstläufer zu machen. Aber noch war ich nicht vollständig erfolgreich.

Ich habe wirklich versucht, ihre Beziehung mit Jackson zu zerstören, aber das hat sich als eine härtere Nuss herausgestellt, als ich dachte. Die Bilder von Zoe bei ihrer wilden, berauschten Nacht mit dem alten Sack Gavin waren ziemlich überzeugend. Viel besser als jede Fotomontage. Ich habe überlegt, ob ich Photoshop bemühen soll, aber nichts schlägt echte Bilder. Das ist das große Problem der Fotoindustrie heutzutage. Jeder kann mit der richtigen Software ein wundervolles Bild produzieren. Es schadet den echten Fotografen.

Ich musste das ganze ekelerregende Video ansehen, um die Standbilder zu finden, die ich brauchte. Der alte Gavin hatte den Spaß seines Lebens, aber die arme Zoe musste die ganze Arbeit machen. Wie auch immer, sie sollte froh über das Training sein. Es ist mir gelungen, zwei Bilder aus dem Video zu bekommen, die zweideutig genug waren, um Abigail davon zu überzeugen, dass Zoe Sex mit Jackson hatte – obwohl ich Gavins Kopf abschneiden musste. Natürlich hatte ich auch das unbezahlbare Bild von Zoe, die Jackson küsst. Ich war sicher, dass es ausreichen würde, um Abigail davon zu überzeugen, dass ihr Mann fremdgeht. Trotzdem ist sie immer noch mit ihm zusammen. Ich dachte mir, ich könnte den Spalt zwischen ihnen noch tiefer treiben, wenn ich die Beweise vernichte. Aber Jackson muss vollkommen blind vor Liebe sein. Anders kann ich mir nicht erklären, dass es nicht funktioniert hat.

Aber das lasse ich hinter mir. Ich habe genug davon, nur mit Abigail zu spielen. Es ist Zeit für das Endspiel.

51

Zoe stand in der Nähe vom Bahnhof bei einem Café. Sie hielt einen Pappbecher in der Hand und trug eine gemusterte Lycra Leggins und ein bauchfreies Oberteil. Als sie Robyn aus ihrem Auto aussteigen sah, winkte sie ihr zu.

»Wir haben zwanzig Minuten«, sagte sie. »Ich muss einen Zug erwischen, sonst komme ich zu spät zu meinem Kurs.«

»Es wird nicht lange dauern. Danke, dass Sie gekommen sind.«

Robyn betrachtete ihre hohen Wangenknochen, großen, grauen Augen und elfenhafte Erscheinung. Bei ihrem Anblick hatte sie das Gefühl, irgendetwas vergessen zu haben, aber sie konnte beim besten Willen nicht sagen, was. Sie hatte lange darüber nachgedacht, wie sie Zoe am besten konfrontieren sollte und hatte beschlossen, dass ein freundliches Gespräch zielführender war als ein Verhör.

»Es geht um den Abend, als Sie sich im Aviator Hotel mit Jackson und seinen Freunden getroffen haben.«

Zoes Gesichtszüge entgleisten. »Wie viel wissen Sie darüber?«

»Vielleicht sollten Sie mir das sagen. Ich habe eine Aussage, dass Sie zusammen mit Lucas Matthews das Hotel verlassen haben – und noch eine andere Version der Geschehnisse.«

»Lucas Matthews. Das ist der Mann, über den Sie mir im

Fitnessstudio Fragen gestellt haben, nicht wahr? Ich sagte ja schon, dass ich nie von ihm gehört habe. Ich kenne ihn wirklich nicht und habe definitiv nicht das Hotel mit ihm verlassen. Ich war vielleicht betrunken, aber daran würde ich mich noch erinnern.«

Robyn nickte. »Ich habe mit einer solchen Antwort gerechnet. Mir wurde ihr wahrer Aufenthaltsort für diese Nacht bestätigt.«

»Also wissen Sie, dass ich die Nacht mit einem verheirateten Mann verbracht habe«, sagte Zoe und senkte den Blick auf ihren Becher.

»Sie müssen sich darüber keine Gedanken machen. Ich glaube, alle Beteiligten werden es für sich behalten.«

Zoe seufzte erleichtert. »Diese Sache macht mich total fertig. Ich würde nie im Leben mit dem Mann einer Freundin rummachen – oder mit irgendeinem Ehemann. Ich halte mich normalerweise an Singlemänner. Außerdem treffe ich mich seit kurzem mit einem Typen von der Arbeit – Adam – und ich will nicht, dass er davon erfährt. Ich hoffe, diesmal klappt es mit uns beiden. Diese Nacht war schrecklich. Ich vertrage absolut keinen Alkohol und normalerweise trinke ich lieber gar nichts. Ich mache manchmal eine Ausnahme, wenn es etwas zu feiern gibt, aber auch dann bleibe ich gewöhnlich bei einem Glas Wein oder einem Prosecco. Ich achte sehr darauf, wie viel ich trinke. Immerhin muss ich für meinen Job in Form bleiben. Und außerdem mag ich es auch nicht, betrunken zu sein. In dem Cocktail, den ich hatte, muss weit mehr Alkohol drin gewesen sein, als ich dachte. Er ist mir sofort zu Kopf gestiegen und ich habe alle Hemmungen verloren.«

»Warum haben Sie an diesem Abend getrunken?«

»Eine Freundin hat mich eingeladen, sie in der Propaganda zu treffen. Sie hat einen großen Auftrag ergattert und wollte feiern. Die Propaganda ist eine der belebtesten Bars in Fleet und am Wochenende legt dort sogar ein DJ auf. Es gibt dort auch bequeme Ledersofas. Wir hatten beide einen Cocktail. Ich hatte einen Martini-Espresso und sie einen Martini-Porno. Keine Ahnung, was da drin war. Sie hat sie ausgesucht, weil sie gut schmecken. Danach sind wir weitergezogen, weil es ein Dienstag war und am

Dienstag halten sie in der Bar immer Salsakurse ab. Wir wollten nicht unbedingt dort sein, wenn es laut wird, also hat sie vorgeschlagen, ins Aviator und die Sky Bar zu gehen. Dort gibt es auch gute Cocktails. Wir haben ein Taxi gerufen und bis es da war, habe ich mich schon ziemlich beschwipst gefühlt. Während der Fahrt wurde es dann noch schlimmer. Ich erinnere mich, dass ich viel gekichert habe, aber ich weiß nicht mehr warum. Ich habe mir vor lauter Lachen fast in die Hose gemacht. Ich glaube, der Taxifahrer war ganz froh, als wir ausgestiegen sind.« Sie zuckte hilflos mit den Schultern. »Wir sind in der Sky Bar angekommen und von da an wird alles ein bisschen verschwommen. Ich weiß noch, dass ich Jackson, Stu und Gavin begrüßt habe. Wir kennen uns alle seit Ewigkeiten und ich liebe sie über alles. Über die Jahre habe ich mit allen von ihnen schon trainiert. Alles was danach passiert ist, weiß ich nur noch bruchstückhaft. Ich kann Ihnen nicht sagen, wie ich am Schluss mit Gavin im Bett gelandet bin. Ich glaube, keiner von uns wollte wirklich, dass es passiert. Er wollte mich nur die Treppe hinunterbegleiten und nach Hause bringen. Und er war so freundlich und hilfsbereit. Ich glaube, ich war es, die ihn zuerst gegen die Wand gedrückt und geküsst hat. Er hat dann nur noch mitgemacht. Den Rest wissen Sie ja schon.«

Robyn nickte.

»Ich wünschte, ich hätte es nicht getan. Ich habe eine gute Freundschaft ruiniert. Es wird mir schwerfallen, mich in seiner Gegenwart ganz normal zu verhalten, wenn sie mich irgendwann zum Grillen einladen oder wir uns auch nur auf der Straße begegnen. Zum Glück arbeite ich jetzt in London. Ich denke sogar schon darüber nach, hier wegzuziehen und mich irgendwo näher an der Arbeit einzumieten – vor allem wenn das mit Adam und mir klappt. Das Pendeln jeden Tag geht mir auf die Nerven.«

»Was ist mir ihrer Freundin? Wie war noch ihr Name? Ist sie nicht mit Ihnen in der Sky Bar geblieben?«

»Claire. Claire Lewis. Sie wohnt ganz in der Nähe. Sie ist Fotografin. Sie war in Feierlaune, weil sie einen Auftrag für ein großes Magazin an Land gezogen hat, bei dem sie Naturaufnahmen in Schottland machen muss. Sie war unendlich aufgeregt. Sie ist gerade dort. Sie hat mir gestern eine SMS geschickt. Claire ist abgedampft, kurz nachdem wir das Hotel erreicht haben. Ihr Nachbar hat angerufen, weil die Alarmanlage in ihrem Haus losgegangen war. Sie hatte Angst, dass es vielleicht ein Einbrecher gewesen sein könnte. Ich wollte sie begleiten, aber sie hat mich nicht gelassen. Und da ich eh schon im Hotel war, dachte ich, könnte ich genauso gut in die Bar gehen und Christophe einen Besuch abstatten. Also bin ich geblieben. Ich glaube, ich habe es nicht ganz bis zu Christophe geschafft«, bemerkte sie. »Claire hat am nächsten Tag angerufen und gesagt, es sei ein falscher Alarm gewesen. Sie war ziemlich angepisst. Sie wäre viel lieber die Nacht mit mir ausgegangen. Ich habe ihr nicht von Gavin erzählt.«

»Stu hat mir erzählt, dass er Lucas Matthews an diesem Abend ebenfalls in der Bar gesehen hat.«

Zoe legte den Kopf schräg, dann erschien ein Lächeln auf ihrem Gesicht. »Das ist es! Da habe ich ihn gesehen. Ich wusste doch, dass mir sein Gesicht bekannt vorkommt. Er stand in der Nähe der Bar mit einer Flasche Bier in der Hand. Er ist mir aufgefallen, weil er so ernst aussah und allein war. Niemand steht so lange alleine an der Bar. Normalerweise warten die Leute dort auf ihre Freunde. Aber er sah nicht so aus, als würde er auf jemanden warten. Er hat uns alle angestarrt, als wäre er das fünfte Rad am Wagen. Jetzt weiß ich es wieder.«

»Hat er Sie angesprochen?«

»Nein. Ich bin in der Nähe der Jungs geblieben. Ich war nicht wirklich in der Lage, den Raum ohne Hilfe zu durchqueren. Und außerdem war ich zu sehr damit beschäftigt, mich Gavin an den Hals zu werfen.«

»Haben Sie Lucas danach noch irgendwo anders im Hotel gesehen? Vielleicht als Sie auf der Toilette waren?«

»Nein. Ich habe die Bar erst wieder verlassen, als ich mit Gavin nach Hause gefahren bin. Die anderen können das bestätigen.«

»Und Sie sind sicher nicht mit ihm die Treppe hinuntergegangen oder haben ihn unten beim Eingang getroffen?«

»Ganz sicher nicht. Ich bin mit Gavin mitgegangen. Er ist zu mir gefahren. Wenn Sie ihn danach fragen, wird er dasselbe sagen. Aber lassen Sie es nicht seine Frau erfahren. Sie ist eine verdammt gute Anwältin. Sie wird ihn auf alles verklagen, was er besitzt und verhindern, dass er seine Kinder je wiedersieht. Er macht sich solche Sorgen, dass sie es herausfindet. Wir hätten nicht miteinander schlafen sollen. Wir bereuen es beide. Gavin hat Jackson und Stu gebeten, es für sich zu behalten. Er sagt er glaubt ihnen, dass sie es auch tun.«

»Können Sie mir sagen, was Sie am darauffolgenden Tag getan haben?«

»Verdächtigen Sie mich?«

»Nein. Ich will nur wissen, wo alle Personen in dieser Nacht waren, die Lucas Matthews gesehen haben.«

»Ich war bis zum nächsten Vormittag mit Gavin zusammen. Ich hatte einen grässlichen Kater, also bin ich ins Fitnessstudio gegangen, um alles rauszulassen. Für mich ist das der beste Weg, mit solchen Dingen fertigzuwerden. Ich habe ein paar Stunden trainiert und bin dann für Stacey am Empfang eingesprungen, während sie sich um Tonis Kurse gekümmert hat. Toni wiederum wollte ihre Grandma besuchen, weil es der nicht gut ging. Ich hatte die Hoffnung, Martin zu sehen, aber er hatte an dem Tag frei. So gegen sechs Uhr abends war Stacey mit den Kursen fertig und wir haben bei Wetherspoons was gegessen. Das ist direkt um die Ecke vom Studio. Und danach bin ich nach Hause gegangen und habe mit Adam geskypt. Am nächsten Tag bin ich früher zur Arbeit gefahren und bin die Woche über in London bei Adam geblieben, bis ich gestern Abend zurückgekommen bin, um frische Klamotten einzupacken und den Briefkasten auszuleeren. Ich dachte, es wäre eine gute Idee, eine Weile wegzubleiben. Ich wollte Gavin und seiner Frau nicht begegnen. Farnborough ist klein.«

»Ich werde Sie noch ein letztes Mal fragen, obwohl Sie mir

eigentlich schon geantwortet haben: Haben Sie Lucas Matthews je außerhalb des Aviator Hotels getroffen oder gesehen?«

»Hand aufs Herz: Ich habe nie von diesem Mann gehört, bis zu dem Moment, als Sie nach ihm gefragt haben. Ich hab nie mit ihm gesprochen oder ihn getroffen. Ich habe nicht die leiseste Ahnung, wer er ist.«

»Was ist mit Mary Matthews?«

»Nein«, antwortete Zoe stirnrunzelnd. »Von ihr habe ich auch noch nie gehört. Eine Verwandte?«

»Seine Frau.«

»Die Ärmste. Ich wette, sie macht sich unendliche Sorgen um ihn.«

»Okay, vielen Dank, Zoe. Ich weiß Ihre Hilfe zu schätzen.«

»War das alles?«

»Für den Moment.« Eine knisternde Ansage unterbrach sie.

»Das ist mein Zug. Rufen Sie mich jederzeit an, wenn Sie noch Fragen haben.«

»Mache ich.«

Robyn sah Zoe hinterher, die in den Bahnhof und über die Brücke auf die andere Seite lief und gerade rechtzeitig am Bahnsteig ankam, als ihr Zug anhielt. Sie strömte mit anderen Pendlern in den Zug, ihr grünes Haar leuchtete zwischen dem Meer aus Grau-, Braun- und Blondtönen hervor, die sich in den Wagon drängten. Ein Pfiff ertönte und der Zug fuhr wieder ab. Robyn schloss die Augen. Dieses nagende Gefühl war wieder zurück. Es war dasselbe Gefühl, das sie auch gehabt hatte, als sie Zoe ins Gesicht gesehen hatte. Was hatte es zu bedeuten? Was übersah sie?

Sie blieb eine Weile nachdenklich in ihrem Auto sitzen. Sie war der Lösung so nah und konnte sie doch nicht erreichen. Sie ging erneut alles durch, was sie bisher erfahren hatte: Lucas Matthews hatte nach Zoe Cooper gesucht. Aber an diesem Abend in der Bar hatte er sie nicht angesprochen.

Ihr Handy leuchtete auf. Detective Inspector Shearer erstatte ihr Bericht. Er war kurz angebunden: »Der Autopsiebericht ist da.

Ich schicke Ihnen eine Kopie per Mail. Aber ich dachte, es könnte Sie interessieren, dass Lucas Matthews mit einem Taser angegriffen wurde. Der Mörder hat ihn damit nicht nur im Schritt erwischt, sondern ihn auch in der Nähe seines Herzens angewendet, was einen Herzinfarkt zur Folge gehabt haben könnte. Die Details stehen im Bericht. Da steht auch, dass er, der Madenaktivität nach zu urteilen, seit etwa fünf Tagen tot war, bevor er gefunden wurde. Das passt zu den Augenzeugen, die ihn zuletzt im Aviator Hotel in Farnborough gesehen haben wollen.«

»Danke. Also hat unser Mörder ihn betäubt, woraufhin er an einem Herzinfarkt gestorben ist?«

»Sieht danach aus. Ich will mich ja nicht selbst beweihräuchern, aber ich hatte vollkommen recht mit diesen roten Malen. Das waren Brandmale von einem Taser.«

»Gut, danke, dass Sie mich gleich angerufen haben, Tom.«

»Ich bin davon ausgegangen, dass Sie PC Weichei den ganzen Papierkram erledigen lassen, deswegen kam es mir leichter vor, Sie persönlich anzurufen.«

»Ich bin zu beschäftigt, um mir einen Konter auf diesen Kommentar auszudenken. Er ist ein guter Mitarbeiter, alles klar?«

»Natürlich ist er das. Aber er sollte sich mal ein Paar Eier wachsen lassen. Es ist eine raue Welt da draußen, DI Carter, wir beide wissen das. Sind Sie Ihrem Mörder wenigstens nähergekommen?«

»So nah, dass ich fast sagen kann, welches Deodorant er benutzt.«

Shearer kicherte. »Der Bericht ist unterwegs. Wir hören uns, Robyn.«

Sie rief Mitz an, um ihn nach dem neuesten Stand zu fragen und war froh, als er enthusiastisch klang.

»Wir haben endlich den Hasen aufgespürt! Es ist ein ›Really Big Bashful Bunny‹ in Cremeweiß. Man kann ihn im Internet oder großen Spielwarenläden kaufen.«

»Wo wir grade beim Thema sind – haben Sie die Fotos von Christina Forman bekommen?«

»Hab ich. Und ich habe mir den Hasen auf den Bildern genau angesehen, aber es ist ein ganz anderer als der aus Blinkley. Er ist viel älter. Man kann sehen, dass ihm an manchen Stellen schon das Fell fehlt. Ich konnte nichts dazu finden, es muss also ein Spielzeug sein, das nicht mehr verkauft wird.«

Im Hintergrund war eine Stimme zu hören.

»Ich gebe Sie an Anna weiter«, sagte Mitz.

»Hi, Boss. Der Autopsiebericht von Mary Matthews kam heute in einer Mail. Sie ist an einer Zyanidvergiftung gestorben. Ich will Ihnen nicht den ganzen Bericht vorlesen, aber darin steht, dass die Hypostase so blutrot war, wegen einem Überschuss an Oxyhämoglobin und der Anwesenheit von Cyanmethämoglobin.«

Robyn hob überrascht die Augenbrauen. Sie wusste, dass Zyanid die Fähigkeit zum Sauerstofftransport der roten Blutkörperchen beeinflusste. Mary Matthews war qualvoll erstickt, während sie Sauerstoff einatmete, den sie nicht nutzen konnte.

»Das hilft mir sehr«, sagte Robyn. »Wir suchen jetzt also definitiv nach einem Mörder, der Lucas und Mary Matthews auf dem Gewissen hat. Habt ihr immer noch keine Informationen zu ungewöhnlichen Fahrzeugbewegungen vor dem Haus?«

»Nichts. Die Nachbarn bleiben unter sich und scheinen nicht wirklich mitzukriegen, was vor sich geht. Außerdem hatte sie diese Mauer, die die Sicht auf das Grundstück versperrt.«

»Wie mich das nervt. Ich brauche einen Durchbruch.« Robyn sammelte ihre Gedanken, dann fuhr sie fort: »Ich bin ziemlich sicher, dass die Unfälle von Paul Matthews und Geraldine Marsh irgendwie mit dem Ganzen zusammenhängen und ich will sie mir noch einmal ansehen, wenn das möglich ist. Ich zermartere mir hier den Kopf auf der Suche nach einem Verdächtigen. Ich habe Zoe Cooper befragt und bin mir ziemlich sicher, dass sie nichts mit den Morden zu tun hat. Sie bestreitet nicht nur, an dem Abend mit Lucas das Hotel verlassen zu haben – an demselben Abend, an dem er zum letzten Mal lebend gesehen wurde – sie hat auch ein wasserdichtes Alibi, kein Motiv und war den Rest der Woche nicht einmal in der Stadt. Ich würde sie ausschließen, außer ihr konntet noch irgendwelche dunklen Geheimnisse von ihr zu Tage fördern.«

»Nichts, das uns helfen würde. Zoe Charlotte Cooper, unverheiratet, fünfundzwanzig Jahre alt. Sie wohnt in Farnborough zur Miete und ist in Farnborough Hill zur Schule gegangen, wo sie vor allem in Sport gute Noten hatte. Am College hat sie dann Fitnesstrainer gelernt. Sie hat mehrere sportliche Qualifikationen, keine Vorstrafen und wärmste Empfehlungsschreiben von ihren ehemaligen Arbeitgebern. Ihr Konto ist gedeckt und ihre Bonität gut, keine finanziellen Probleme. Ich hab noch mehr Informationen, aber alles passt zu einer hart arbeitenden Frau, die sich nicht einmal einen Strafzettel eingehandelt hat. Ihre Eltern leben beide in Cardiff und sie hat eine ältere Schwester, die nach Australien ausgewandert ist.«

»Sie kann unmöglich unsere Verdächtige sein. Aber ich frage mich, warum Paul und Lucas sie so dringend finden wollten.«

Mitz schaltete sich jetzt per Freisprechanlage zu: »Ich bin nicht sicher, ob es hilft, aber ich hatte sowohl Schwierigkeiten, Informationen zu Natasha Matthews, als auch Abigail Thorne zu finden. Ich konzentriere mich gerade auf Abigail Thorne. Es gibt nichts über ihre Vergangenheit vor Farnborough: Keine Familie, keine Schulakte, nichts.«

Robyn setzte sich auf. »Reden Sie weiter, das klingt interessant.«

»Sie ist ein wenig merkwürdig, so viel ist sicher. Es ist fast, als würde ihre Kindheit und Jugend gar nicht existieren. Ich habe einen Pass für Abigail Susannah Bridges gefunden, am 25. November 1986 in Leeds geboren. Dann taucht sie erst wieder im Mai 2010 auf, als sie als Bedienung bei einer Luftschau in Farnborough gearbeitet hat. Danach hat sie eine Anstellung in einer Boutique im Ort bekommen und teure Markenkleidung und Brautmode verkauft. 2015 hat sie dann Mutterschaftsurlaub beantragt. Nach der Geburt von Isobel Willow Thorne ist sie aber nicht zu ihrer Stelle zurückgekehrt. Sie hat Jackson Scott Thorne im Mai 2011 geheiratet. Es war eine kleine Feier in privatem Rahmen in

Farnborough. Viel mehr als das konnte ich nicht herausfinden und nichts, was weiter in der Vergangenheit liegt. Das dürfte es zu Abigail Thorne gewesen sein.«

»Graben Sie weiter. Und machen Sie den Technikern Feuer unterm Hintern. Ich will wissen, was sie noch auf Paul Matthews' Laptop finden können. Ich fahre noch einmal zu seinem Haus. Ich bin sicher, ich habe dort etwas übersehen. Wenn ihr fertig seid, trefft mich dort.«

Sie legte auf. Es war ein herber Rückschlag, dass der Hase von Christinas Totenbett ein anderer gewesen war als der von Lucas Matthews' Fundort. Vielleicht hatte sie in dieser Sache doch auf das falsche Pferd gesetzt. Robyn wusste, dass sie diesen Fall lösen konnte. Sie hatte im vergangenen Jahr vieles verloren. Sie musste sich beweisen, dass noch genug von ihr übrig war.

52

Alles verläuft nach Plan. Es ist mir gelungen, Zoe zu überreden, mich in der Bar Propaganda zu treffen. Es ist wie immer viel los und ich gebe mich überglücklich über einen neuen Vertrag, den ich angeblich mit einer Zeitschrift geschlossen habe. Zoe gibt mir Küsschen auf beide Wangen und quietscht vor Begeisterung. Wir tanzen herum wie aufgeregte Schulmädchen und ich sage, die Drinks gehen auf mich. Ich bestelle einen großen Martini-Espresso für sie und mische ein wenig Rohypnol hinein. Die Pillen habe ich von einem Online-Shop, der nicht einmal ein Rezept dafür sehen wollte. Davon wird sie sehr schnell sehr betrunken werden und sich außerdem ganz warm und liebevoll fühlen. Und genau so will ich sie haben. Zoe übertreibt es gerne einmal, wenn sie betrunken ist und ich vertraue darauf, dass sie es heute Abend wieder tun wird.

Ich habe nicht nur Abigails Handy nachverfolgt, sondern auch das von Jackson. Er steht ihr in nichts nach, wenn es darum geht, persönliche Gegenstände überall herumliegen zu lassen. Das liegt am Geld. Wenn sie nicht so unverschämt reich wären, würden sie vielleicht mehr auf ihre Sachen aufpassen. Als ich sie besucht habe, habe ich es auf dem Armaturenbrett seines extravaganten

Sportwagens gesehen. Die Türen waren nicht einmal abgesperrt. Er sollte wirklich besser aufpassen. Wenn ich wollte, hätte ich auch einfach sein Auto kurzschließen und damit davonfahren können. Zugegeben, ich weiß nicht wirklich, wie man das macht. Aber sein Handy auszuleihen und, versteckt hinter dem Haus, die Spyware zu installieren, war einfach genug. Ich hatte ein wenig Angst, dass er aus irgendeinem Grund zu seinem Auto geht, aber ich habe mir eine passende Ausrede zurechtgelegt und ich bin ziemlich gut darin, Dinge zu klauen. Ich hätte ihm das Handy also auch jederzeit in die Tasche stecken können, wenn es nötig gewesen wäre. Ich habe das Handy zurückgelegt und bin gegangen. Niemand hat irgendwas geahnt.

Die Spyware habe ich ganz legal im Internet gekauft. Anscheinend gibt es viele eifersüchtige Ehefrauen, die diese Methode nutzen, um ihren Männern nachzuspionieren. Ich nutze sie, um zu wissen, dass Jackson in einer halben Stunde in der Sky Bar sein wird. Das gibt mir genug Zeit, Zoe auf ihren Auftritt vorzubereiten. Sie wird ein wichtiges Bauernopfer in meinem ganz persönlichen Schachspiel sein.

Wir stehen schon vor dem Hotel, als ich so tue, als würde mein Nachbar anrufen:

»Oh nein! Ich komme sofort. Nein, ruf nicht die Polizei«, jammere ich. »Nicht nach dem letzten Mal. Die glauben noch, ich verschwende nur ihre Zeit.«

Zoe macht sich Sorgen um mich, ich bin den Tränen nah.

»Ach, Zoe, meine Alarmanlage ist wieder losgegangen. Ich muss nach Hause, bevor noch jemand die Polizei ruft.«

»Oh nein, ich komme mit dir«, lallt sie. »Du kannst den Einbrecher doch nicht alleine stellen.«

»Da ist doch längst niemand mehr. Nein, bleib du ruhig hier und feiere ein wenig für mich. Ich rufe dich an.«

Sie wirkt verwirrt, aber das ist nur nachvollziehbar bei der Menge an Alkohol und Drogen in ihrem Blut.

»Christophe, Jackson und die anderen sind hier«, sage ich, um sie zu ermutigen.

»Sind sie?«, erwidert sie fröhlich und nach einem Kuss auf die Wange und einer Umarmung sagt sie mir, ich solle auf mich aufpassen und torkelt in die Lobby. Ich warte kurz, dann folge ich ihr die Treppe hinauf. An der Geräuschkulisse ist zu erkennen, dass die Sky Bar gut besucht ist. Ich bleibe neben der geöffneten Tür stehen, die Kamera auf meinem Handy ist schon geöffnet. Ich vertraue auf Zoe. Mit ihren dämlichen grünen Haaren ist sie leicht zu beobachten und wenig später stellen sich meine Instinkte als richtig heraus, denn sie schwankt auf die Gruppe von Piloten zu. Sie wirft jedem von ihnen die Arme um den Hals und küsst sie auf den Mund, wie sie es oft zu den seltenen Gelegenheiten tut, wenn sie so betrunken ist. Ich nehme mein Handy und mache so viele Bilder wie möglich. Ein oder zwei gute werden schon dabei sein. Zoe ist der perfekte Sündenbock. Ich habe mich oft ihrer Identität bedient. Zoe ist ein ausgezeichneter Deckname. Ich habe zwei E-Mail-Accounts unter ihrem Namen und mehrere andere, einen davon bei Amazon. Es ergibt nur Sinn, ihren Namen zu nutzen, wenn ich gewisse Dinge einkaufen will. Ich habe auch ein Postfach, das auf ihren Namen läuft, wo ich die Sendungen abhole. Ich habe mich schon so an ihren Namen gewöhnt, dass ich ihn manchmal aus Versehen benutze. Vor kurzem habe ich ihn für einen Fotowettbewerb genommen. Es wäre fast ein Problem gewesen, weil ich gewonnen habe. Aber der Gewinn – eine erstklassige Nikon Kamera – wurde an »Zoes« Postfach geschickt, deswegen war es ok. Ich will gerade meinen Platz an der Tür verlassen, als ich ihn sehe – Lucas Matthews. Mein Herz beginnt zu rasen. Was hat er hier im Aviator Hotel verloren? Hat er herausgefunden, wo ich wohne? Ich versuche, mich zu beruhigen, atme langsam und tief, wie ich es immer mache, wenn ich mich zu sehr aufrege. Ich bemerke, dass er ebenfalls Zoe beobachtet, mit einem verwirrten Gesichtsausdruck.

Dad kichert. »Das ist die Gelegenheit, auf die du schon so lange gewartet hast«, sagt er.

Er hat recht. Ich habe meine Requisitenkiste dabei, für den Fall, dass ich mich für Zoe ausgeben muss. Aber jetzt habe ich eine bessere Verwendung dafür. Ich beobachte Lucas. Er beobachtet Zoe. Sie ist gerade volltrunken Gavin in die Arme gestolpert. Gavin stützt sie, während er sie gleichzeitig freundschaftlich und lustvoll angrinst. Zoe hat diese Wirkung auf Männer. Sie wollen sich alle um sie kümmern, obwohl sie es nicht nötig hat. Sie ist eine emanzipierte Frau. Sie genießt ihr Leben, wie es ist. Ich glaube, das ist es, was ich so an ihr mag. Und der Grund, warum ich mich fast ein wenig schuldig fühle, weil ich gleich ihr Leben völlig durcheinanderbringen werde. Aber was muss, das muss. Lucas kann sich nicht von ihr lösen. Vielleicht hat er herausgefunden, wer ihn die ganze Zeit erpresst und es kann nicht mehr lange dauern, bis er Zoe darauf anspricht. Ich muss schnell handeln, bevor er alles ruiniert.

Ich sitze auf einem Stuhl, verdeckt von einer Gruppe Männern in Anzügen. Lucas' Blick streift mich hin und wieder, aber er erkennt mich nicht. Ich habe eine Idee. Dad flüstert mir ermutigende Worte zu. Ich gehe auf Lucas zu, lehne mich über die Bar, um einen Gin Tonic zu bestellen und stoße dabei aus Versehen seine Bierflasche von der Bar. Bevor er etwas tun kann, wedle ich verzweifelt mit den Händen und entschuldige mich laut in einem authentischen, osteuropäischen Akzent. Dann bestehe ich darauf, ihm noch ein Bier auszugeben.

»Bitte! Entschuldigung! Ich hole mehr Bier«, sage ich und wische die Flüssigkeit mit einem Taschentuch auf. »Entschuldigung, Barkeeper. Ich mache Unordnung.«

Lucas verliert schnell das Interesse an mir und nimmt mein Angebot schulterzuckend an. Er sieht wieder zu Zoe, die sich mittlerweile an Gavins Arm klammert, als würde ihr Leben davon abhängen, und sich an seine Schulter lehnt. Es würde mich kaum überraschen, wenn die beiden zusammen im Bett landen und ich muss lächeln. Ich habe schon vor einer ganzen Weile eine versteckte Kamera in Zoes Schlafzimmer eingerichtet. Sie hat einen Bewegungssensor, der die Aufnahme aktiviert, und eine 64GB SD-Karte. Darauf haben mehrere Wochen Videomaterial Platz. Sie ähnelt ganz der Kamera, die ich in Abigails Anwesen versteckt habe. Sie sind sehr beliebt, wenn es darum geht, verletzliche Personen im Auge zu behalten, wie alte Menschen oder kleine Kinder. Deswegen nennt man sie auch oft Nannycams oder Grannycams. Mit ein wenig Glück nehme ich damit bald etwas nicht Jugendfreies auf, das ich für meinen Plan nutzen kann.

Der Barkeeper gibt mir ein neues Peroni und niemand beobachtet mich, als ich etwas von dem Rohypnol hineingebe, mit dem ich auch Zoes Cocktail aufgepeppt habe. Ich entschuldige mich erneut und stelle Lucas die Flasche hin. Erst nachdem ich sicher bin, dass er auch daraus trinkt, ziehe ich mich auf die Toilette zurück, wo ich in meine Verkleidung schlüpfe.

Meine Geduld zahlt sich aus und Lucas verlässt die Bar. Er hat Zoe nicht angesprochen. Wahrscheinlich haben ihn die Männer eingeschüchtert, von denen sie umringt war. Sein Blick ist unkonzentriert und er schwankt leicht. Ich warte, bis er die Treppe erreicht, dann stelle ich mich neben ihn.

»Mr. Matthews«, sage ich. »Ich glaube, Sie haben nach mir gesucht?«

»Zoe Cooper?«, fragt er, überrascht blinzelnd. Mit einem Auge starrt er mich an.

»Richtig. Wir müssen reden.«

»Du siehst anders aus.«

»Das ist nur das dämmrige Licht hier drin«, sage ich, während ich ihn die Treppe hinunterbegleite und aus dem Gebäude führe. Der Concierge hinter dem Empfang fragt, ob wir ein Taxi brauchen, aber er soll mein Gesicht nicht sehen, deswegen gehe ich weiter, ohne zu antworten. Ich packe Lucas am Arm und bringe ihn zu meinem Auto. Draußen ist es ruhig. Das Gebäude in Form eines Propellers wird dem Luftfahrtmotto wirklich gerecht. Ich betrachte es tatsächlich ein wenig beeindruckt, während ich auf dem Parkplatz abwarte, ob uns jemand beobachtet haben könnte. Hin und wieder höre ich ein Motorengeräusch, wenn in der Nähe ein Auto vorbeifährt. Ich genieße die frische Abendluft, die die Hitze des Tages verdrängt hat. Ich bin sicher, niemand kann uns sehen. Ich habe weit genug vom Hotel entfernt geparkt, dass man mein Auto von keinem der Fenster aus sehen kann. Lucas steht jetzt völlig unter dem Einfluss der Droge und lässt sich – ganz wie ein gehorsames Kind – einfach von mir in den Kofferraum meines Autos stoßen. Ich schließe die Klappe und fahre los. Ich weiß schon ganz genau, was ich mit ihm anstellen werde.

53

»Ich kann verstehen, dass das sehr stressig für Sie sein muss, Mrs. Thorne, aber Sie müssen versuchen, sich an so viel wie möglich zu erinnern. Können Sie den Mann beschreiben, der Ihre Handtasche gestohlen hat?«

Abigail sah den Sergeant an, ihr Gesicht war vom vielen Weinen ganz geschwollen. Er hatte ein fürsorgliches Gesicht mit warmen, braunen Augen. Er hatte sie in ein Zimmer am hinteren Ende des Reviers begleitet und ihr eine Tasse Tee mit viel Zucker gemacht, während sie nur dagesessen und geweint hatte. Sie fühlte sich wie in einem dichten Nebel. Alles fühlte sich unwirklich an. Sie war sich sicher, dass sie jeden Moment aufwachen würde. Izzy würde in ihrer Krippe liegen und auf sie warten. Das passierte nicht wirklich.

Sie erinnerte sich, wie sie geschrien hatte, als sie den leeren Kindersitz entdeckt hatte. Sie war auf dem Parkplatz herumgerannt, ihr war das Blut in den Adern gefroren und sie hatte immer wieder ihren Namen gerufen und darum gefleht, dass man sie ihr wiedergab. Einige Passanten waren stehengeblieben und hatten sie beobachtet, aber niemand hatte versucht zu helfen, niemand hatte verstanden, in welcher entsetzlichen Lage sie steckte. Nach außen musste sie wie eine Wahnsinnige ausgesehen haben. Irgendwann war eine ältere Frau gekommen. Sie hatte eine braune Uniform getragen, wie die Angestellten im Supermarkt. Sie war auf Abigail zugegangen und es war ihr gelungen, ihr eine Erklärung abzuringen.

»Mein Baby! Sie wurde entführt!«, hatte Abigail atemlos gerufen und sich abgewandt, um zu einer jungen Frau mit einem Kinderwagen zu laufen. Aber das Baby, das da in eine gelbe Decke eingewickelt lag, war nicht Izzy gewesen. Abigail war laut schluchzend auf die Knie gefallen und ihr Herz war in tausend Teile zersprungen.

Irgendjemand hatte die Polizei gerufen. Ein Beamter war dortgeblieben, um die Leute in der Gegen zu befragen und nach dem Baby zu suchen. Die anderen wollten sie mit auf das Revier nehmen. Aber sie hatte sich geweigert, den Parkplatz zu verlassen, für den Fall, dass alles nur ein schreckliches Missverständnis gewesen war und jemand mit Izzy zurückkam. Aber es war kein Missverständnis. Letztendlich war es derselben Polizistin, die jetzt neben ihr saß, gelungen, sie auf das Revier zu fahren, das ganz in der Nähe des Einkaufszentrums lag. Sie hatte versucht, Jackson anzurufen. Er war auf den Kanalinseln, machte sich aber schon auf den Rückweg. Abigail konnte nicht mehr klar denken. Sie brauchte Jackson. Aber noch viel dringender wollte sie ihr Baby zurück.

»Er war etwa ein Meter achtzig, hatte dunkelbraune oder schwarze Haare«, sie brach ab, als die Tränen zurückkamen und ihr über das Gesicht liefen. Die Polizistin neben ihr hielt ermutigend ihre Hand. »Ich erinnere mich nicht, wie er ausgesehen hat. Er hatte eine blaue Hose und eine graue Bomberjacke an. Er hatte dichte Augenbrauen und grüne Augen. Daran habe ich erkannt, dass es nicht Lucas ist.«

»Wollten Sie sich mit Lucas treffen?«

Sie nickte. »Er hat mich angerufen, wir wollten uns beim Einkaufszentrum treffen.«

»Ist dieser Lucas ein Freund?«

»Nein«, sagte Abigail. »Er ist mein Bruder.«

54
JETZT

Menschen sind so leichtgläubig. Abigail ist keine Ausnahme. Sie hat mir die perfekte Gelegenheit gegeben, Izzy zu entführen. Sie hat tatsächlich geglaubt, ich wäre Lucas. Wie sehr sie sich doch geirrt hat.

Ich bin inzwischen wirklich gut geworden. Ich hatte nur zehn Minuten, um alles vorzubereiten. Ich war schon bei Meads, als ich sie angerufen habe. Der Obdachlose hat auch keine Fragen gestellt, als ich ihm fünfzig Pfund dafür geboten habe, zu einem großen, weißen Range Rover Evoque zu gehen und die Handtasche vom Beifahrersitz zu stehlen. Abigail sollte es besser wissen. Man wird doch ständig davor gewarnt, nicht irgendeinem Fremden das Fenster herunterzulassen, wenn die Handtasche auf dem Beifahrersitz liegt. Tz, tz, tz, Abigail. Ich habe dem Mann gesagt, er soll die Tasche nicht behalten, sonst würde ich ihn der Polizei melden. Er sollte sie in einer Gasse fallenlassen und sich dann im Supermarkt verstecken. Ich habe gesagt, es wäre ein Streich. Es war ihm egal, was ich sage. Für fünfzig Pfund hat er gerne mitgemacht, ich glaube, er hätte so ziemlich alles dafür getan.

Ich hatte nicht viel Zeit, mich zu verkleiden. Aber ein alter Mantel von der Wohlfahrt und ein Kopftuch haben gereicht. Ich habe ein paar Einkaufstüten mit Altpapier aus dem Container am Ende des Parkplatzes vollgestopft, damit es so aussieht, als würde ich gerade vom Einkaufen kommen, und bin über den Parkplatz gestapft. Sie hat mich kaum beachtet. Auf offener Flur versteckt es sich oft am besten. Ich habe alle ihre Handlungen vorhergesehen. Ich dachte mir schon, dass sie so außer sich wegen Lucas war, dass sie nicht nachdenken würde, wenn der Mann ihre Handtasche stiehlt. Ich kenne sie gut genug, immerhin sind wir seit ein paar Jahren beste Freundinnen. Ich habe es darauf angelegt, dass sie Izzy für einen Augenblick allein lässt. Wenn sie dem Mann nicht nachgelaufen wäre, hätte ich mir eben etwas anderes einfallen lassen. Ich habe mich hinter einem großen Kombi versteckt, sodass sie mich nicht sehen konnte, als sie dem Mann nachjagte. Es hat nur wenige Sekunden gedauert, Izzys Kindersitz abzuschnallen und mitzunehmen. Ich bin gemütlich in die entgegengesetzte Richtung geschlendert. Mein Auto stand auf der anderen Seite des Supermarktes. Wenn man gerade ein Kind entführt, sollte man besser keine unnötige Aufmerksamkeit erregen, deswegen habe ich mich verhalten, als wäre Izzy mein eigenes Kind. Ich habe sie zusammen mit den Tüten in einen Einkaufswagen gesetzt. Die Leute nehmen keine Notiz von einer Frau und ihrem Kind, wenn die Mutter die ganze Zeit mit ihrem Nachwuchs brabbelt und alles andere ignoriert. Ich war nur eine Mutter von vielen, die an diesem Tag mit ihrem Kind einkaufen war.

Oh, Abigail. Welche Emotionen wirst du jetzt durchmachen? Verdrängung? Panik? Sorge? Wahres Unglück? Gut. Du hast jede einzelne davon verdient.

55

Die Fahrt zurück zu Paul Matthews' Haus schien kein Ende zu nehmen. Robyn fühlte sich schon ganz steif vom langen Sitzen. Sie stieß die Autotür erleichtert auf und atmete in der frischen Luft tief durch. Der Wagen von Ross stand schon in der Einfahrt. Zweifellos durchkämmte er gerade den Wald nach einem Spielzeughasen.

Sie stieg aus und streckte die Arme hoch über den Kopf. Ihr Rücken knackte. Ein Anzeichen, dass die Zeit auch für sie nicht stehenblieb und sie langsam älter wurde. Sie dehnte ihren Nacken, während sie die Aussicht genoss. Eine Herde von jungen, schwarzweiß gefleckten Kühen graste auf einer Weide und in der Ferne pflügte ein roter Traktor, den Anhänger voller Heu, über ein Feld.

»Du schuldest mir ein Essen und einen Schokoriegel«, sagte Ross, der mit hochrotem Gesicht den Hügel heraufkam. Er trug seine Jacke über dem Arm und hatte Schweißflecken unter den Achseln.

»Ich gebe dir einen leckeren Quinoa-Mungbohnen-Salat in der Salatbar in der Stadt aus. Wie klingt das?«

Ross schnaubte verächtlich. »Ich konnte nichts finden. Ich habe in den Bäumen gesucht und an jedem Ort, den der Detective vielleicht übersehen haben könnte, aber da war kein Hase. Sorry.«

Robyn fluchte. Sie war so überzeugt gewesen, einen Hasen im Wald zu finden. Sie war aus der Form. Vielleicht sollte sie die Polizeiarbeit endgültig aufgeben und Ross in Vollzeit unterstützen. Sie starrte auf den Wald und kaute auf ihrer Lippe, bevor sie fortfuhr.

»Ich werde mir noch einmal das Haus ansehen.«

»Hast du einen Durchsuchungsbefehl oder muss ich wieder so tun, als wollte ich es kaufen?«

»Diesmal ist alles ganz offiziell. Mitz Patel holt gerade den Schlüssel vom Makler. Mit Vollmacht und allem Drum und Dran. Mulholland ist aber ein wenig genervt von mir. Sie will endlich einen Mörder sehen, aber ich habe noch niemanden gefunden, den ich anzeigen kann. Ich dachte wirklich, mit den Hasen hätte ich eine heiße Spur, mit der ich beweisen könnte, dass Pauls Tod kein Unfall war – dass wir es mit einem Serienmörder zu tun haben.«

»Jeder macht mal Fehler«, sagte Ross, als er ihren Gesichtsausdruck bemerkte.

»Ich weiß. Aber ich war so sicher. Ich war überzeugt, dass es eine Verbindung zwischen den Morden an Christina, Lucas, Mary und Paul gibt. Das bin ich immer noch. Ich bekomme es einfach nicht aus dem Kopf.«

Ross lehnte sich gegen das Auto. »Hör zu, ich bin völlig hinüber. Ich überlasse den Rest dir. Ich muss unter die Dusche.«

»Es tut mir wirklich leid, dass ich deine Zeit verschwendet habe, Ross. Ich lade dich noch zum Essen ein.«

»Schon gut. Es war ein netter Spaziergang. Es ist schön hier und Jeanette wird stolz auf mich sein. Es hat mir gutgetan. Ruf an, wenn du noch irgendwas von mir brauchst. Aber«, fügte er hinzu, »keine stundenlange Waldwanderung in nächster Zeit.« Er stieg in sein Auto und winkte ihr, während er am gerade eintreffenden PC Patel vorbei- und davonfuhr.

PC Patel strahlte über das ganze Gesicht, während er und Anna sich dem Haus näherten. »Wir haben den Schlüssel. Aber leider ist das Haus nicht mehr zu verkaufen. Es gibt wohl Ärger mit dem Testament.« Er übergab Robyn den Schlüssel, sie öffnete die Tür und sie betraten gemeinsam die beeindruckende Eingangs-halle des Hauses.

Anna gab einen bewundernden Laut von sich, während sie sich umsah. »Nette Hütte.«

»Absolut. Meinen Eltern würde es hier gefallen«, stimmte Mitz zu und deutete auf die Treppe am Ende des Flures. »Diese Stufen allerdings wären ein Albtraum für meine Grandma. Die sind verdammt steil und sie ist nicht mehr so gut zu Fuß.«

»Deine Grandma wohnt auch bei euch?«, fragte Anna.

»Ja, im Nebengebäude. Es war mal eine Garage, aber mein Dad hat sie umgebaut, als mein Grandpa gestoben ist, damit sie bei uns wohnen kann. Sie hat ihr eigenes Bad und Wohnzimmer. Sie bleibt meistens für sich, aber manchmal kommt sie zum Fernsehen zu uns. Sie ist toll, meine Grandma. Macht die besten Zwiebel-Bhajis der Welt.«

Robyn schenkte ihm ein Lächeln. »Du bist ein echter Famili-enmensch, nicht wahr?«

»Ja, ich liebe meine Eltern. Sie haben sich immer gut um mich gekümmert. Ich würde gern irgendwann ein Haus in derselben Straße kaufen, dann könnte ich sie jeden Tag besuchen. Das wäre aber gar nicht nötig, wenn wir alle in einem Haus wie diesem hier wohnen würden. Das wäre der Wahnsinn.«

»Ich bin nicht sicher, wonach ich suche, seht euch einfach um, wo ihr wollt. Ich gehe in die Küche. Ich habe das Gefühl, dass ich dort etwas übersehen habe, als ich zuletzt hier war.«

Anna starrte gerade beeindruckt in den Wintergarten, als Robyn die beiden allein ließ und in die Küche ging, wo sie sich mit Geraldine Marsh unterhalten hatte. Seit ihrem letzten Besuch hatte sich im Raum nichts geändert. Die DVDs waren immer noch auf dem Boden neben dem DVD Player gestapelt und die Zeit-schriften lagen sortiert auf der Kücheninsel. Sie ging zu der Sitz-ecke und sah sich um, betrachtete den schwarzen Ledersessel und die willkürliche Zusammenstellung der Einrichtung. Einsamkeit lag in der Luft. Der Raum war groß, aber er fühlte sich leer an, ohne die Wärme, das Lachen und die Liebe, die ein Haus wie dieses erfüllen sollten. Sie stellte sich vor, dass PC Patel mit seiner Familie hier leben würde. Es wäre ein ganz anderer Ort. Sie betrachtete die Sammlung an DVDs. Darunter waren einige Filme über Tiere in der Arktis und in Afrika und mehrere Dokumentationen über Vögel, aber nichts davon half ihr so wirklich weiter.

PC Patel schlenderte in die Küche. »Anna ist oben. Haben Sie schon irgendwas gefunden?«

»Ich stecke fest. Was sehen Sie, Mitz? Ich suche nach irgendetwas, das mir sagen könnte, warum Paul Matthews nach Farnborough fahren wollte.«

»Gibt es irgendwelche Briefe, Karten oder andere Unterlagen von jemandem, der dort lebt? Wir legen unsere Post normalerweise in einer Ablage in der Küche ab, wenn sich noch jemand darum kümmern soll. Sie wissen schon, Rechnungen, solche Dinge. Vielleicht hat er einen Brief von jemandem bekommen, der dort lebt.«

»Nichts zu sehen«, erwiderte Robyn, während sie sich im Raum umsah. »Keine Briefablage.«

»Er scheint sehr naturbesessen gewesen zu sein. Ich habe noch nie so viele Dokus zu diesem Thema auf einem Haufen gesehen. Pinguine, Elefanten, Tiefseetiere, Vögel. Er mochte Vögel.« Fasste Mitz zusammen, während er die DVD-Sammlung betrachtete. »Keine Kinofilme. Das ist ungewöhnlich. Er meinte es wohl ernst – es sei denn er hatte noch ein Abo für einen Kinokanal.«

Robyn ging zur Rücheninsel. »Sprechen Sie weiter. Und sehen Sie sich weiter um. Was sehen Sie, Mitz?«

»Er hat auch eine Menge Zeitschriften. Haben die auch alle mit Tieren zu tun? Er liest offenbar ziemlich viel. Und er wirft seine Zeitschriften nicht weg. Wenn ich eine fertiggelesen habe, kommt sie gleich ins Altpapier. Und sie sind alle zu gleichmäßigen Stapeln sortiert. Der Rest des Hauses sieht eher unordentlich aus, aber wenn es um seine Zeitschriften geht, ist er sehr penibel. Es muss aber doch irgendwelche Rechnungen oder Briefe im Haus geben. Niemand bekommt keine Post«, fuhr er fort und ging in Richtung der Waschküche.

»Sie haben recht. Seine Zeitschriften sind makellos. Warum liegt also eine davon offen da?«, fragte sie.

»Er hat sie gelesen, bevor er rausgegangen ist?«

»Möglich.« Robyn hob die Zeitschrift auf und betrachtete die aufgeschlagene Seite. Darauf waren die Gewinner eines Fotowettbewerbs abgebildet. Das Bild einer wunderschönen, cremebraunen Rohrweihe hatte den ersten Platz gemacht. Plötzlich spürte Robyn, wie sich ihr die Haare im Nacken aufstellten. Das war der Hinweis, nach dem sie die ganze Zeit gesucht hatte. Unter dem Foto war ein Portrait des Gewinners zu sehen. Dort stand zwar der Name Zoe Cooper aus Farnborough, aber Robyn erkannte die Frau mit dem ernsten Gesicht. Das war nicht Zoe. Sie hatte dieses Gesicht schon einmal auf einem von Abigails Fotos gesehen. Das war Claire Lewis.

Sie tippte auf das Foto. »Bingo! Paul Matthews hat dieses Bild gesehen und die Frau darauf wiedererkannt. Das ist die Verbindung, nach der wir gesucht haben. Paul Matthews hat ihr Gesicht erkannt, aber nicht ihren Namen und von diesem Artikel ausgehend dachte er, sie wäre Zoe Cooper. Wir haben also endlich einen Verdächtigen«, stellte sie triumphierend fest.

»Also, wer ist das auf dem Foto?«, fragte Mitz, der gerade mit einer Handvoll Briefe zurückkkam.

»Claire Lewis, eine von Zoes Freundinnen und außerdem die beste Freundin von Abigail Thorne. Ich habe ein Foto von ihr in Abigails Haus gesehen. Deswegen habe ich sie erkannt.«

Mitz gab ihr die Briefe, die er mitgebracht hatte. »Ein so teures Haus wie dieses hat keinen Briefschlitz in der Tür. Dafür gibt es einen großen, hölzernen Briefkasten an der Außenwand«, sagte er. »Ich glaube, jemand hat die Post hereingeholt und ungeöffnet in der Waschküche abgelegt. Vielleicht hat es Paul Matthews selbst gemacht, bevor er zum Laufen gegangen ist. Viel Post gibt es allerdings nicht, obwohl da ein Brief dabei ist, der Sie interessieren könnte. Der Poststempel stammt aus Farnborough und wurde nur einen Tag, bevor Paul gestorben ist, abgestempelt.«

Robyn legte die Zeitschrift beiseite. Sie spürte das Adrenalin in ihren Adern pulsieren. »Haben Sie Handschuhe dabei?«

Er zog einige Gummihandschuhe aus der Tasche und reichte ihr ein Paar.

»Allzeit bereit. Sie werden es noch weit bringen, PC Patel.«

»Das hoffe ich doch. Ich muss immerhin genug verdienen, um mir eine eigene Wohnung leisten zu können.«

Robyn nahm Mitz den Brief ab und öffnete ihn mit einem Finger. Darin war eine Grußkarte auf der ein Hase zu sehen war, der auf ein paar Grashalmen herumkaute. Sie faltete die Karte auf und las die handgeschriebene Nachricht in Großbuchstaben:

Lauf, Hase, lauf, heute ist dein letztes Rennen.
Der Igel gewinnt immer.
RIP Paul Matthews.
Alice

Sie gab Mitz die Karte und rief nach Anna, die sofort die Treppe heruntergestolpert kam.

»Ganz schön gruselig da oben. Die Zimmer sind alle so traurig und altbacken. Und die Treppe ist wirklich tödlich. Ich bin ausgerutscht und wäre fast auf dem Hintern gelandet. Ich bin nicht überrascht, dass Geraldine Marsh den Halt verloren hat. Was habt ihr gefunden?«

»Eine erstklassige Spur, dank Mitz. Lassen Sie diese Karte auf Fingerabdrücke untersuchen. Wir müssen Claire Lewis so bald wie möglich befragen. Rufen Sie in der Polizeistation von Hampshire an und bringen Sie sie auf den neuesten Stand. Claire ist angeblich in Schottland, aber sie soll bald zurückkommen. Finden Sie ihren Aufenthaltsort mithilfe ihrer Handynummer und ihrem Anbieter heraus. Und wenn Sie die Gegend wissen, versuchen Sie es in Ferienwohnungen, Hotels und Gasthäusern mit Fremdenzimmern in der Nähe und finden Sie heraus, ob sie dort irgendwo etwas gebucht hat. Ich fahre nach Farnborough zurück. Ich will Claire Lewis und Abigail Thorne so schnell wie möglich auf das Revier schaffen. Ich würde mich gerne mit den beiden unterhalten.«

Robyn warf sich mit neuem Enthusiasmus in ihr Auto. Alles drehte sich um Alice. Alice war wieder in Paul Matthews' Leben zurückgekehrt. Und wenn Pauls Verdacht sich bestätigte, dann waren Alice Forman und Claire Lewis ein und dieselbe Person. Jetzt musste Robyn nur noch herausfinden, was die junge Frau dazu gebracht hatte, Paul Matthews zu ermorden und ob sie ebenfalls Lucas Matthews umgebracht hatte.

Der Stoffhase, der bei Lucas Matthews gefunden wurde, das Hundespielzeug in der Mulwood Avenue und die Karte, die sie gerade in Pauls Haus gefunden hatten, waren alle von Bedeutung und verknüpften die Todesfälle miteinander. Jetzt war sie sich sicher, dass Paul Matthews ebenfalls ermordet worden war. Die Karte war ein gutes Beweisstück, aber Robyn brauchte mehr als eine finstere Drohung, um ihre Vorgesetzten zu überzeugen. Ein heißes Kribbeln lief Robyn über den Rücken und sie war sicher, dass sie mit ihrer Vermutung richtiglag. Alice hatte Paul, Lucas und Mary umgebracht. Aber nur mit einer Vermutung würde sie bei DCI Mulholland nicht weit kommen. Sie musste hundertprozentig sicher sein und harte Beweise vorlegen können.

Sie ging in Gedanken noch einmal durch, was sie bisher herausgefunden hatte. Paul Matthews hatte geglaubt, das Foto in der Zeitschrift zeigte Alice Forman, die sich jetzt als jemand namens Zoe Cooper ausgab. Sie war neugierig, wie er sie auf dem Bild erkannt hatte, da sie davon ausgehen musste, dass er Alice seit Jahren nicht gesehen hatte. Aber diese Frage konnte warten. Das Foto zeigte Claire Lewis, nicht Zoe Cooper. Das bedeutete, dass Claire Zoes Namen als Alias benutzt haben musste. Aber auch das warf wieder eine neue Frage auf. Warum sollte Claire ihr eigenes Foto, aber Zoes Namen benutzen? Zuletzt war da die Frage, warum Paul Matthews nach der Frau auf dem Bild gesucht hatte. Robyn konnte sich nur einen möglichen Grund denken.

Weil er gedacht hatte, die Frau auf dem Bild würde Lucas erpressen.

Robyn spielte ungeduldig mit ihren Fingern. Grübelte angestrengt über die Informationen nach, die sie gesammelt hatte. Dann legte sich irgendwo ein Schalter um und sie wusste es. Was, wenn Claire Lewis Lucas unter Zoes Namen erpresst hatte? Robyn hatte das Gefühl, die Antworten wie Bausteine vor sich zu sehen. Jeder davon beinhaltete einen Buchstaben, der erst Sinn ergab, wenn sie ihn an den richtigen Platz gesetzt hatte. Sie dachte an Davies. Er war ein Experte in Rätseln und Codes gewesen. Er wäre viel schneller auf die Lösung gekommen als sie.

Doch dann ergab plötzlich alles Sinn. Claire Lewis war Alice, aber aus irgendeinem Grund hatte sie Zoes Namen für den Fotowettbewerb benutzt. Paul hatte sie auf dem Foto erkannt und vermutet, sie würde jetzt den Decknamen Zoe Cooper benutzen. Er hatte sich auf die Suche nach ihr gemacht und Lucas das Foto von Claire gegeben. Beide Männer suchten nach Alice, von der sie annahmen, dass sie sich jetzt Zoe Cooper nannte. Aber als Lucas Zoe endlich gefunden hatte, war es eine andere Frau als die auf dem Bild. Deswegen hatte er sie in der Sky Bar auch nicht angesprochen.

Das war eine gute Erklärung, jetzt musste sie nur noch beweisen, dass sie auch zutraf. Ihr Handy klingelte und PC Patel war dran.

»Ich habe eine Adresse für Claire Lewis. Die Polizei von Hampshire ist dort, aber sie ist nicht zu Hause. Sie haben es in ihrem Fotostudio und über ihr Handy versucht, aber niemanden erreicht.«

Robyn seufzte. »Ich hoffe, sie ist nicht untergetaucht. Ich will einen Durchsuchungsbefehl für ihre Wohnung. Überprüft alle ihre Freunde und Orte, wo sie sich häufig aufhält, vielleicht haben wir Glück. Setzen Sie sich außerdem mit den Organisatoren des Fotowettbewerbs in Verbindung. Ich will wissen, wo sie den Preis hingeschickt haben, den Zoe Cooper gewonnen hat. Vielleicht hat sie eine Zweitadresse und versteckt sich dort.« Sie gab ihm das Impressum der Zeitung durch, die sie mitgenommen hatte.

»Alles klar«, antwortete PC Patel. »Ich habe aber schlechte Neuigkeiten zu Abigail Thorne. Sie war den ganzen Nachmittag auf dem Revier von Hampshire. Sie wurde gerade erst nach Hause gebracht. Wie es aussieht, wurde ihr Baby entführt.«

Robyn konnte förmlich dabei zusehen, wie sich die Bausteine erneut verschoben.

56

Abigail atmete tief durch. In dem warmen Abendwind lag ein Hauch von Meer. Sanfte Wellen schwappten an das Ufer und brachen leise sprudelnd, bevor sie sich über dem nassen Sand ausbreiteten. Die Sonne brannte ihr auf das Gesicht und Schweißtropfen rannen ihr den Nacken hinunter. Jackson saß im Sand, Izzy zwischen seinen Beinen, und baute eine Sandburg. Izzy war zu jung, um zu verstehen, was er tat, aber ihre Augen von derselben Farbe wie das azurblaue Meer leuchteten vor Freude. Sie klopfte mit einer Plastikschaufel auf den frischen Sandhaufen und kicherte. Abigail konnte spüren, wie die Hitze der Sonne ihren ganzen Körper durchdrang und ihr Herz mit einer Wärme erfüllte, die sie nie zuvor erfahren hatte. Sie liebte ihre Tochter über alles. Izzy war die Erfüllung ihres Lebens. Sie schloss die Augen und genoss den perfekten Moment.

Dann rief Jackson plötzlich ihren Namen. Seine Stimme klang aufgeregt und nervös. Sie suchte am Strand nach ihm, aber das Bild löste sich auf. Jetzt schwebte sein Gesicht vor ihrem, Beklemmung lag in seinem Blick und tiefe Sorgenfalten gruben sich in seine Haut. Seine Augen waren eingefallen und gerötet.

Sie fühlte sich ganz benebelt, als sie versuchte, sich im Bett aufzurichten. Der Doktor hatte ihr ein Sedativum gegeben, das ihren Verstand verwirrte und ihre Glieder betäubte. Warum war er gekommen? Sie konnte sich nicht mehr erinnern.

Dann fiel es ihr mit einem Schlag wieder ein. Izzy war fort. Izzy war entführt worden und Abigail hatte einen vollständigen Nervenzusammenbruch erlitten.

»Geht es dir gut?«, fragte Jackson, während er ihre Hand hielt.

»Izzy?«, fragte sie in der verzweifelten Hoffnung, dass alles nur ein schrecklicher Albtraum gewesen war.

Jackson schüttelte den Kopf. »Noch keine Neuigkeiten. Die Polizei überprüft gerade die Überwachungskameras, ob dort etwas zu sehen ist.«

Sein Gesicht war aschfahl und er sah zehn Jahre älter aus.

»Es tut mir so leid, ich habe sie nur für einen Augenblick allein gelassen. Ich dachte nicht, ...« Ihr versagte die Stimme. Es war ganz egal, wie oft sie sich entschuldigte. Es war alles ihre Schuld. Sie hätte Izzy nie alleine im Auto lassen sollen. Sie hätte viel früher die Wahrheit sagen sollen, dann wäre es gar nicht erst so weit gekommen.

»Es war eine Polizistin hier, die sich um dich gekümmert hat, aber ich habe ihr gesagt, sie kann gehen. Sie schicken später noch jemanden vorbei, der uns auf den neuesten Stand bringt und uns sagt, was wir jetzt tun sollen.« Er brach ab und schluckte schwer. »Sie werden dir viele Fragen stellen. Schaffst du das?«

Sie nickte. »Ich weiß nicht, was ich ihnen noch erzählen soll. Ich habe ihnen schon gesagt, wer Izzy entführt hat. Es war Lucas Matthews. Er hat mich angerufen und wollte mich treffen, aber dann hat er mir eine Falle gestellt. Er und seine verräterische Freundin Rachel. Er hat mich auf den Parkplatz gelockt und dann jemanden angestiftet, mir meine Handtasche zu klauen. Ich habe nicht nachgedacht, Jackson. Ich bin dem Mann nachgelaufen und als ich zum Auto zurückkam, hatte Lucas sie schon mitgenommen. Ich hätte nie zustimmen sollen, ihn zu treffen.«

Jackson drückte ihre Hand. »Nein, Abigail, es war nicht Lucas Matthews.«

»Doch, er war es! Er hat mich angerufen, nachdem ich die

Arztpraxis verlassen habe. Du kennst ihn nicht. Er ist böse. Er ist derjenige, der mich gestalkt hat, von dem die Anrufe und E-Mails kamen. Er hat alles arrangiert. Er hat alles sorgfältig geplant, damit er Izzy entführen kann. Er arbeitet mit Rachel Croft zusammen. Ich habe der Polizei das alles schon gesagt. Ich habe ihnen von dem Drohbrief erzählt, von den Anrufen und dass ich gehackt wurde. Und wie es alles auf Lucas und seine Komplizin zurückfällt. Rachel steckte die ganze Zeit mit drin! So haben sie mir die Brechwurzel in den Kaffee gemischt. So sind sie an das Foto gekommen, das über unserem Bett hängt und konnten es auf Facebook posten.« Sie schüttelte fassungslos den Kopf, während sie sprach. Die Worte kamen ihr wie ein Wasserfall über die Lippen, immer schneller, bis ihr erneut die Tränen in die Augen stiegen und sie kaum noch Luft bekam.

»Abby«, wiederholte Jackson, »es war nicht Lucas Matthews. Er kann es nicht gewesen sein. Lucas ist tot. Die Polizei hat es mir vorhin gesagt. Sie haben versucht, ihn zu kontaktieren und herausgefunden, dass er vor fast einer Woche gestorben ist. Er war es nicht.«

Abigail spürte, wie sich ihr die Brust zusammenschnürte. Das Atmen fiel ihr immer schwerer, sie rang angestrengt nach Luft. Jackson nahm sie in den Arm und hielt sie fest, bis sie sich ein wenig beruhigte.

»Rachel?«, presste sie hervor.

»Die Polizei geht deinem Verdacht nach. Sie haben ein Team zu ihrem Haus geschickt. Mehr konnten sie mir nicht sagen, aber sie tun alles, um Izzy so schnell wie möglich zu finden.«

Abigails Verstand setzte völlig aus. Ihr psychischer Schmerz, Sorge und Angst überwältigten sie. Sie zog die Beine an, umschlang die Knie mit den Armen und wippte langsam vor und zurück. Irgendwann hielt sie unvermittelt an, schniefte und sah Jackson ins Gesicht.

»Aber wenn Lucas tot ist, wer hat dann unser Baby entführt?«

Er zuckte hilflos mit den Schultern. »Ich wünschte, ich wüsste es, Abby. Ich wünschte, ich wüsste es.«

Der Anruf kam, als Robyn sich Hartley Wintney näherte.

»Wir haben Lucas Matthews' Handy aufgespürt«, verkündete PC Patel triumphierend. »Er hat im Premier Inn in Farnborough übernachtet. Ich habe alle Hotels in der Nähe angerufen und gefragt, ob jemand plötzlich verschwunden ist, ohne auszuchecken. Es stellte sich heraus, dass Lucas Matthews nicht wie erwartet ausgecheckt hat und eine Reisetasche mit Kleidung im Zimmer zurückgelassen hat. Das Hotel hat seine Kreditkarte für seinen Aufenthalt belastet, seine Habseligkeiten eingesammelt und im Fundbüro aufbewahrt. Wollen Sie sie selber abholen oder soll ich jemanden von Hampshire hinschicken?«

»Ich gehe selbst, sobald ich Abigail Thorne befragt habe.«

»Alles klar. Sein Netzanbieter hat uns auch seine Anrufliste geschickt. Seit letztem Montag ist nichts mehr passiert und davor hat er mehrere Nummern in Farnborough angerufen. Ich gehe dem nach.«

»Sehr gut! Wir kommen immer näher, Mitz. Ich bin sicher, dass wir seinen Mörder fast haben. Was Neues von Claire Lewis?«

»Noch nicht, aber ich bin dran. Ihr Handy ist wohl ausgeschaltet und nicht zu orten. Ich habe versucht, etwas über ihre Vergangenheit herauszufinden. Laut ihrem Facebook-Profil ist sie

1990 geboren. Als Geburtstag hat sie den zwölften September angegeben, aber das muss nicht stimmen. Man kann auf dieser Profilseite so ziemlich alles angeben, was man will. Sie hat keine Schulen angegeben, aber auf ihrer LinkedIn-Seite steht, dass sie einen Fachhochschulabschluss für Fotografie hat. Auf ihrer Webseite sind einige ihrer Fotos zu sehen und als Kontakt ist eine E-Mail-Adresse angegeben. Sie nutzt ihre Social-Media-Accounts, um ihre Arbeit zu bewerben, und ihre Facebook-Freunde scheinen hauptsächlich frühere Kunden oder örtliche Geschäftsleute in Farnborough zu sein. Sie teilt nicht viele persönliche Dinge und ihre einzigen echten Freunde scheinen Zoe Cooper und Abigail Thorne zu sein. Es gibt einige Fotos, auf denen sie zusammen zu sehen sind. Ich habe noch nichts gefunden, was uns wirklich weiterhelfen würde, aber ich suche weiter.«

»So ein Mist. Gut, Mitz, lassen Sie es mich wissen, wenn Sie sie aufgespürt haben.«

»Anna hat eine gelöschte Datei auf Paul Matthews' Laptop wiederherstellen können. Sie heißt ›Abigail‹, aber viel ist darin nicht zu sehen. Ihre Adresse, ein paar Infos über das Haus von einem Wohnungsportal und ihre Hochzeitsfotos, die in einer lokalen Zeitung erschienen sind. Er hat ein paar Bilder von BizzyAir Business Aviation, deren Jets und eines von Jackson mit seinem Geschäftspartner. In der Zeitung war auch ein Foto von Abigail bei irgendeiner Veranstaltung. Er hat auch eine Anzeige aus den *Farnborough News* heruntergeladen, in der es um die Geburt von Isobel Willow Thorne ging.«

Robyn kaute nachdenklich auf ihrer Unterlippe. Mitz fuhr fort. »In der Schule musste ich mal eine Fotocollage über meine Familie machen und zu jeder Person etwas aufschreiben. Daran hat es mich irgendwie erinnert. Eine Art elektronisches Sammelalbum.«

»Ich habe es fast, Mitz ...« Ihr kam ein plötzlicher Gedanke. »Sie hatten doch den Pass von Abigail. Was war ihr Mädchenname?«

»Bridges«, antwortete Mitz.

»Natürlich!«, sagte Robyn. »Bridges. Das ergibt Sinn.«

»Worauf wollen Sie hinaus?«

»Die erste Frau von Paul Matthews, Mitz. Sie hieß Linda Bridges.«

»Ah, verstehe! Ich schätze, deswegen bin ich noch PC und Sie DI, Ma'am.«

»Suchen Sie weiter nach Claire Lewis und um Himmels Willen, nennen Sie mich nicht Ma'am. Ich bin sicher, Anna ist so schon beeindruckt genug.«

Robyn bog in die Einfahrt ab. Jackson öffnete die Tür, noch bevor sie aus dem Auto aussteigen konnte. Er kam auf sie zu.

»Haben Sie irgendwelche Neuigkeiten? Abigail ist krank vor Sorge.«

Robyn ignorierte seine Frage. Sie sah ihm in die Augen und begann in einem ernsten Ton. »Das alles tut mir wirklich leid. Ich muss mit ihr sprechen. Ich weiß, mein Timing ist nicht das beste, aber es kann nicht länger warten.«

Jackson legte den Kopf schräg, als er verstand, was ihr Besuch zu bedeuten hatte. »Es geht also nicht um Izzy. Sie sind nicht hier, um unsere Tochter zu finden?«

»Ich bin hier, um Ihre Frau zum Tod von Lucas Matthews zu befragen. Ich glaube, sie könnte Beweise zurückhalten. Ich kann verstehen, dass es eine schwere Zeit für Sie ist, aber ich muss meinen Job machen.« Robyn versuchte, an seine Vernunft zu appellieren. Der Mann war ganz offenbar aufgelöst.

»Aber sie ist nicht in der Verfassung, über Lucas Matthews zu sprechen. Manchmal erzählt sie regelrechten Unsinn. Sie ist so durcheinander, dass sie sogar dachte, dieser Mann hätte Izzy entführt. Der Detective, der mich dazu befragt hat, hat mir aber gesagt, dass Lucas tot ist. Abigail ist zu durcheinander. Sie kann Ihnen nicht helfen.«

Jackson verschränkte die Arme vor der Brust und versperrte ihr den Weg. Eine schwache Stimme hinter ihm erforderte seine Aufmerksamkeit.

»Jackson, lass sie rein. Es ist an der Zeit, dass ich endlich die

Wahrheit sage.« Abigail stand mit hängenden Schultern und einem erschöpften Blick in der Tür. Sie drehte sich um, ging zurück ins Haus und Jackson und Robyn folgten ihr. Abigail setzte sich im Wohnzimmer auf das Sofa, zog die Beine an und umklammerte den Stoffhund, den Robyn zuletzt in Izzys Händen gesehen hatte. Sie wirkte müde, ihre Wangen waren blass und ihre Augen rot und geschwollen. Ein Teil von Robyn wollte zu ihr gehen und ihr mit einer Umarmung Trost spenden. Es war der Teil, der ebenfalls wusste wie es sich anfühlte, ein Kind zu verlieren.

»Es tut mir leid«, begann sie. »Aber wir sind für solche Situationen ausgebildet. Das verantwortliche Team wird alles tun, um Izzy zu finden.«

Abigail unterdrückte ein Schluchzen. »Ich weiß nicht, wer uns das antun würde. Ich dachte zuerst, es wäre Zoe. Dann dachte ich, Lucas hätte sich mit Rachel Croft zusammengeschlossen. Alles schien Sinn zu ergeben. Aber jetzt ... Ich weiß gar nichts mehr. Die Polizei sagt, es war eine zufällige Entführung. Vielleicht jemand, der spontan die Chance ergriffen hat, als ich sie kurz allein gelassen habe. Ich verstehe nicht, warum jemand sowas tun sollte. Ich hoffe so sehr, dass es ihr gut geht. Ich würde es nicht überleben, wenn ihr etwas zustößt.«

Jackson ging zum Fenster und sah nach draußen, als könnte jederzeit jemand kommen, der ihm Neuigkeiten brachte.

»Es tut mir leid, dass ich Sie in so einer schwierigen Situation befragen muss. Aber ich muss es wissen«, sagte Robyn.« Lucas Matthews wurde in Staffordshire tot aufgefunden.« Sie wartete ab, um Abigail Zeit zu geben, die Informationen zu verarbeiten. Damit sie verstand, wie wichtig ihre nächste Frage war. »Als ich Sie zu ihm befragt habe, haben Sie abgestritten, ihn zu kennen. Sie sagten, Sie hätten nie von ihm gehört. Wollen Sie ihre Aussage abändern?«

Abigail schniefte die Tränen davon. »Ich wollte nicht, dass sich an meinem Leben etwas ändert«, gab sie zu. »Ich war so glücklich. Ich hatte Jackson, Izzy, meine Freunde – alles, was ich je wollte. Lucas hat mein Leben zerstört, als ich noch jünger war und ich wollte seinen Namen nie wieder hören, oder ihn je wiedersehen. Er ist nicht ...« Sie korrigierte sich selbst: »Er war nicht normal. Er war grausam und hasserfüllt auf eine Weise, die Sie nicht verstehen würden. Eine Person, die man lieber nicht kennen will. Er war der Grund, warum ich von zu Hause weggegangen bin. Ich musste von dort weg. Ich konnte seine herablassende und gruselige Art nicht mehr ertragen. Ich habe ihn aus meinen Erinnerungen gelöscht. Und bis vor kurzem war alles gut. Ich habe nie wieder an ihn gedacht. Und jetzt ...« Sie machte eine kurze Pause. »Entschuldigung, ich hätte es Ihnen sagen sollen. Ich wünschte, ich hätte etwas gesagt. Vielleicht wäre Izzy dann noch hier. Lucas Matthews war mein Bruder.«

»Ich verstehe«, antwortete Robyn. »Was ist passiert, dass Sie Ihr Zuhause verlassen haben? Es muss etwas Ernstes gewesen sein.«

»Es ist eine lange Geschichte. Ich bezweifle, dass es irgendwas mit Ihrer Ermittlung zu tun hat. Außerdem muss ich erst Jackson die ganze Geschichte erzählen, bevor ich mit Ihnen darüber spreche. Das ist das mindeste, was ich ihm schulde. Ich werde Ihnen sagen, was ich ihm schon gesagt habe. Ich bin von zu Hause ausgezogen, als ich sechzehn war. Ich hatte wegen Lucas einen großen Streit mit meinem Vater und bin gegangen. Mein Vater hat mir Geld gegeben, um ein neues Leben anzufangen und das habe ich getan. Ich bin ins Ausland gegangen und habe meinen Nachnamen von Matthews zu Bridges geändert. Das ist der Mädchenname meiner Mutter. Ich wurde zu Abigail Bridges. Mit einem neuen Namen, einer neuen Persönlichkeit und einem neuen Leben. Lucas und Paul waren mir das schuldig und was mich betraf, waren sie für mich gestorben. Ich habe lange im Ausland gearbeitet, bis die Firma mich entlassen hat und ich nach Großbritannien zurückgekehrt bin. Ich habe einen Job als Bedienung bei der Flugschau in Farnborough bekommen. Er war gut bezahlt, aber befristet. Nachdem die Flugschau vorbei war, wollte ich eigentlich nicht bleiben. Ich wollte zurück ins Ausland, aber dann traf ich Jackson.«

Jackson stand immer noch regungslos am Fenster, als würde er auf die plötzliche Rückkehr seiner Tochter warten. Robyn hatte nicht das Gefühl, dass er irgendetwas von ihrer Unterhaltung mitbekam.

»Ich habe nie wieder von den beiden gehört oder sie gesehen, bis Sie mich nach Lucas gefragt haben, als Sie auf der Suche nach Zoe waren. An demselben Tag habe ich erfahren, dass mich jemand mit Brechwurzel vergiftet hat. Ich habe eins und eins zusammengezählt und dachte, Lucas müsste hinter allem stecken, zusammen mit einem Komplizen. Das konnte eigentlich nur Rachel sein. Ich wollte mich mit ihr treffen und dann wollte ich die beiden der Polizei melden. Aber bevor es so weit kommen konnte, habe ich einen Anruf bekommen – es war dieselbe Person, die mich die ganze Zeit belästigt hat. Ich war sicher, es wäre Lucas. Wir wollten uns auf dem Parkplatz des Meads Einkaufszentrums treffen – und dann habe ich einen großen Fehler gemacht. Ich bin einem Dieb nachgelaufen und habe mein Baby unbeaufsichtigt im Wagen gelassen. Ich bin nur wenige Sekunden später zurückgekommen, aber da war sie schon verschwunden.« Abigail stotterte die letzten Worte mühsam dahin. Ihre Entschlossenheit verließ sie und sie fing an zu weinen. Robyn fühlte mit ihr. Sie machte etwas Schreckliches durch, aber alles hing irgendwie zusammen. Sie musste nur alle Puzzleteile richtig zusammensetzen. Abigail wischte sich über die Augen und umklammerte den Stoffhund fester.

»Ich verstehe, dass es schwer für Sie ist, aber bitte geben Sie mir das Gespräch wieder.«

Immer wieder unterbrochen von Schluchzern und Schniefen wiederholte Abigail, was sie mit dem unbekannten Anrufer gesprochen hatte und welche Umstände letztendlich zu Izzys Verschwinden geführt hatten.

»Diese Person hat Ihnen gesagt, dass Ihr Vater tot ist?«

Abigail vergrub das Gesicht in dem Kuscheltier und nickte. »Es war mir egal. Ich war so wütend auf Lucas, weil er mich so gequält hat. Und jetzt ist Lucas ebenfalls tot und es ist mir ebenso egal. Ich will nur Izzy zurück.«

»Wir werden sie finden«, sagte Robyn in der Hoffnung, keine leeren Versprechungen zu machen. Sie brauchten das Material von den Überwachungskameras, um mögliche Zeugen zu befragen und den Täter ausfindig zu machen.

»Eine letzte Frage. Kannte Claire Ihren Vater oder Lucas?«

Abigail legte den Kopf schräg. »Claire? Nein, sie hat sie nie getroffen. Warum fragen Sie jetzt nach Claire?«

»Ich versuche nur nachzuvollziehen, wie jemand von Ihrer Verwandtschaft zu Lucas erfahren haben könnte. Beste Freunde teilen oft solche Geheimnisse. Und manchmal verplappert man sich dann oder jemand hört die Unterhaltung mit.«

»Niemand wusste von Lucas oder meinem Vater. Ich spreche darüber mit niemandem – nicht mit Claire, ja nicht einmal mit Jackson. Nachdem ich zu Abigail Bridges wurde, habe ich all das hinter mir gelassen.«

»Claire hat Sie auch nie nach Ihrer Kindheit gefragt oder über Dinge gesprochen, die Sie beide mochten, als Sie noch jünger waren?«

Abigail überlegte einen Moment. »Ich kann mich nicht erinnern, dass wir viel darüber gesprochen haben. Höchsten über Bands die wir mochten oder über die Schule und wie wir manche Lehrer nicht ausstehen konnten. Ihre Eltern waren in der Armee und sie mussten häufig umziehen. Sie haben sich scheiden lassen, als sie noch jung war und sie hat danach bei ihrer Mutter gelebt. Nach der Scheidung hat sie ihren Vater kaum noch gesehen, weil er in einem anderen Teil des Landes gewohnt hat. Das fand sie schade. Ihre Mutter wollte auch nicht, dass sie ihn besucht, das hat die Sache schwerer gemacht. Als sie alt genug war, um für sich selbst zu entscheiden, war ihr Dad bereits verstorben. Er wurde in Afghanistan getötet.« Sie presste das Stofftier an sich, wodurch sie sich selbst an die Gegenwart und an Izzy erinnerte. »Ich verstehe nicht, wie Ihnen das helfen soll. Und vor allem bringt es mir mein

Baby nicht zurück. Sollten Sie sich nicht lieber darum kümmern, anstatt mich über meine Freunde auszufragen?«

Robyn betrachtete sie mitfühlend. »Ich kann Ihnen versichern, dass Izzy unsere oberste Priorität ist. Aber manchmal führen diese Informationen zu außenstehenden Personen und helfen uns, den Täter aufzuspüren. Sie haben mir sehr geholfen, vielen Dank.«

Abigail schniefte erneut. »Ich habe noch nie über die Ereignisse gesprochen, die mich dazu gebracht haben, meine Familie zu verlassen«, erklärte sie, den Blick auf den Stoffhund in ihrer Hand gesenkt. »Sie sind zu grausam, um darüber zu sprechen. Ich habe sie tief in meinem Inneren vergraben und jetzt kommt alles wieder an die Oberfläche und ich muss über diese schreckliche Sache reden. Jackson wird mich danach mit anderen Augen sehen. Mein Leben liegt in Trümmern, Detective Carter. Und wenn Izzy nicht gefunden wird, was bleibt dann noch übrig, für das es sich lohnt weiterzumachen?«

Jackson trat unruhig auf der Stelle, dann kam er ans Sofa zurück. Abigail presste die Lippen fest aufeinander, um nicht wieder in Tränen auszubrechen.

»Haben Sie jemanden, mit dem Sie darüber sprechen können? Familie, Freunde? Weiß Claire, dass Izzy vermisst wird? Sie sollte für Sie hier sein.« Robyn fühlte sich etwas schuldig, weil sie Abigails zerbrechliche, emotionale Situation ausnutzte, um mehr über Claire zu erfahren. Aber sie brauchte Antworten und sie wurde das Gefühl nicht los, dass Claire etwas mit den jüngsten Ereignissen zu tun hatte.

»Sie ist in Schottland auf einem Fotoshoot für eine Zeitschrift. *Nature World.* Ich habe versucht, sie anzurufen, aber ich habe nur die Mailbox erreicht. Ich habe ihr eine Nachricht hinterlassen.«

Robyn stand auf. »Danke, Abigail. Die Polizei wird alles tun, um Izzy zu finden. Das wissen Sie, oder?«

Sie fühlte sich entmutigt, als sie das Haus verließ. Sie wusste jetzt, warum Paul Matthews eine Datei zu Abigail gehabt hatte. Was auch immer passiert war, er wollte wissen, wie es ihr ging, und wenn auch nur aus der Ferne. Zu schade, dass er seine Enkeltochter nie kennengelernt hatte. Es war zwar nicht ihr Fall, aber sie wollte helfen, die kleine Izzy zu finden. Sie würde auf das Revier fahren und nach dem Stand der Dinge fragen. DCI Corrance würde vielleicht nicht allzu glücklich über ihren Besuch sein, aber das war ihr egal. Robyn würde auch niemandem zu nahe treten. Ein Baby wurde vermisst und sie wollte helfen, es zu finden. Aber zuerst musste sie Lucas' Habseligkeiten abholen.

58

Die braune Reisetasche war erstaunlich leicht. Lucas hatte wohl nicht geplant, lange zu bleiben. Robyn stellte sie auf dem Vordersitz ihres Polos ab und öffnete sie. Zuerst konnte sie nicht mehr als einige ungewaschene Klamotten erkennen, die einen unangenehmen Geruch verströmten. Sie streifte sich ein Paar Einweghandschuhe über und grub sich durch den Tascheninhalt, bis sie ein Handy samt Ladegerät zu Tage förderte.

Sie wollte gerade PC Patel anrufen, um ihm die gute Nachricht zu überbringen, als ein weißes Aufblitzen sie ablenkte. Am Boden der Tasche, unter einigen schmutzigen Unterhosen, entdeckte sie zwei Briefumschläge. Sie zog sie heraus. Der erste war an Mary Matthews adressiert, der zweite an Abigail Thorne.

Robyn spürte einen wohlbekannten Adrenalinrausch, als sie den Brief an Abigail öffnete und las.

Liebe Abigail,
ich habe gegenüber deinem Mann weder meine Identität
offenbart noch irgendetwas gesagt, was deine gefährden
könnte. Ich habe ihn lediglich gebeten, dir diesen Brief zu
überreichen, in der Hoffnung, dass du ihn liest, wenn er ihn

*dir gibt. Offensichtlich kann ich ihn dir nicht persönlich
geben, da ich dir vor vielen Jahren versprochen habe, mich
von dir fernzuhalten. Aber es ist sehr wichtig, dass du ihn
bis zum Ende liest.*

*Ich muss dich vor Alice warnen. Sie scheint irgendeine Art
Rachefeldzug auszuüben. Sie hat mich erpresst, war dann
aber nicht zufrieden mit dem Geld, das ich ihr gegeben
habe. Sie hat mir angedroht, meine Ehe und mein Leben zu
zerstören.*

*Ich habe Paul um Hilfe gebeten. Er war nicht begeistert, hat
aber getan was er konnte. Er hat dein Leben aus der Ferne
beobachtet und deine Adresse herausgefunden. Er hat mir
gesagt, ich sollte mit deinem Mann auf seiner Arbeit in
Kontakt treten, anstatt dich einfach mit einem Besuch zu
überraschen. Paul hat durch Zufall herausgefunden, wo
Alice sich aufhält, indem er sie auf einem Foto in einem
Magazin erkannt hat. Und da sie nun ganz bei dir in der
Nähe wohnt, haben wir uns entschlossen, unser Versprechen zu brechen, um dich zu warnen. Es kann sein, dass sie
dich ebenfalls erpressen will – oder Schlimmeres. Sie nennt
sich jetzt Zoe Cooper.*

*Ich bemühe mich, sie aufzuspüren, um ihrem Spiel ein
Ende zu setzen. Aber du musst wachsam sein, falls sie deine
wahre Identität herausfindet und sich auch an dir
vergreifen will.*

*Ich hoffe, du hast jetzt ein besseres Leben. Ich verspreche,
dir dieses nicht zu verderben.*

Viel Glück

Lucas

In dem Umschlag, der an Mary Matthews adressiert war,
befand sich ein weiterer Brief. Robyn las ihn ebenfalls durch.

Liebste Mary,

wenn du diese Zeilen liest, ist mir etwas zugestoßen und du wirst einige Dinge über mich erfahren haben, die dich verstören könnten. Ich habe eine schreckliche Krankheit, die ich nie heilen konnte.

Meine Vorliebe für junge Mädchen hat mich in der Vergangenheit in Schwierigkeiten gebracht und womöglich zu meinem Tod geführt.

Seit kurzem werde ich erpresst, es gab einen Vorfall mit einem jungen Mädchen. Ich wurde gezwungen, meine Anstellung an der Schule aufzugeben und musste eine hohe Summe Geld bezahlen.

Du musst mir glauben, wenn ich sage, dass ich meine Sucht besiegen will. Ich will wirklich aufhören. Ich wollte dir so gerne ein normaler Ehemann sein. Du bist das Beste, was mir je passiert ist, und nur aus diesem Grund habe ich dir all diese Dinge verschwiegen.

Diese Person, die mich erpresst, stammt aus meiner Vergangenheit. Ich habe sie angegriffen und mich ihr aufgezwungen, als sie noch ein Kind war. Ich war betrunken und habe mit einem Freund Drogen genommen. Sie hat sich gewehrt und auf mich eingestochen. So habe ich mein Auge verloren.

Ich dachte, es wäre alles vorbei, aber ich habe mich wohl geirrt und sie hat nicht nur hohe Geldsummen von mir verlangt, sondern mir zuletzt auch angedroht, dir etwas anzutun.

Ich bin nicht nach Thailand geflogen, wie du geglaubt hast. Ich wollte dich nicht in diese Sache hineinziehen. Ich habe versucht, sie zu finden, bevor sie ihre Drohungen wahrmacht.

Wenn du diesen Brief liest, gib seinen Inhalt sofort an die Polizei weiter und bitte um Zeugenschutz, bis sie die Frau gefunden haben, die sich Zoe Cooper nennt. Ihr wahrer Name ist Alice Forman. Lass sie nicht in deine Nähe.

Mary, es tut mir wirklich unendlich leid, dich so verletzt zu haben. Du weißt, dass ich dich liebe.
Kuss, Lucas

In dem Umschlag war außerdem ein Drohbrief mit Buchstaben, die aus einer Zeitung ausgeschnitten waren.

KEIN GELD IST GENUG.
DU WIRST MIT DEINEM LEBEN BEZAHLEN.
VIELLEICHT STATTE ICH DEINER FRAU EINEN
BESUCH AB UND TÖTE AUCH SIE.
SIEHST DU, LUCAS? SO FÜHLT SICH WAHRE
ANGST AN.
ALICE

Robyn wählte Ross' Nummer.

»Könntest du Mrs. Clifford noch einen Besuch abstatten?«, fragte sie, als er abnahm.

»Dir auch Hallo«, entgegnete er.

»Nerv mich nicht, Ross, es ist dringend.« Sie las ihm die Briefe vor. »Ich gehe davon aus, dass Mrs. Clifford Fotos von Alice besitzt. Kannst du mir Kopien davon per Mail schicken? Ich muss sie mir ansehen. Paul und Lucas waren hinter Zoe Cooper her, aber sie ist nicht Alice. Ich habe Probleme damit, mir zu erklären, warum Paul sie auf dem Foto von Claire erkannt hat, während es Abigail nicht gelungen ist, obwohl sie sich regelmäßig sehen. Wenn Claire wirklich Alice Forman ist, muss Abigail sie doch verdächtigt haben. Ich will sehen, ob ich irgendwelche Ähnlichkeiten finden kann, oder irgendwelche Beweise, die zweifellos darlegen, dass Claire Lewis in Wirklichkeit Alice Forman ist. Mulholland reißt mir den Kopf ab, wenn ich mit irgendwelchen vagen Ideen zu ihr komme. Ich konnte es zwar vor ihr verheimlichen, aber ich habe mich schon wegen der Hasengeschichte geirrt. Ich will nicht noch einen solchen Fehler machen.«

»Ich habe Jane sowieso versprochen, sie wieder zu besuchen. Ich werde in dem Wohnheim anrufen und später vorbeifahren.«

»Danke, Ross, du bist unersetzlich.«

»Kein Grund, mir zu schmeicheln, ich habe doch schon gesagt, ich fahre hin.«

Ihr Handy vibrierte. »Da kommt noch ein Anruf rein. Danke nochmal.« Sie nahm den neuen Anruf an und hob überrascht die Augenbrauen.

»Hallo Detective Inspector Carter? Hier spricht Claire Lewis. Sie haben mir eine Nachricht hinterlassen. Worum geht es?«

»Vielen Dank, dass Sie zurückrufen, Miss Lewis. Ich muss mit Ihnen über Lucas Matthews sprechen.«

»Ich glaube nicht, dass ich ihn kenne.«

»Ich würde mich trotzdem gerne mit Ihnen unterhalten. Es ist wichtig.«

Robyn konnte hören, wie sie zögerte. »Ich bin gerade für einen Auftrag in Schottland, aber ich komme am Samstag zurück. Können wir dann ein Treffen arrangieren? Ich muss noch ein paar Locations besuchen. Ich arbeite an einer Fotoserie über die Schönheit Schottlands. Ich habe schon den ganzen Norden des Landes bis in den Trossachs Nationalpark bereist. Ich bin gerade in der Nähe von Iverness bei Cromarty. Es ist eine gute Gegend, um Delphine zu beobachten. Die großen Tümmler von Moray Firth sind sehr berühmt. Ich habe schon die Kamera aufgebaut und hoffe, sie heute vor die Linse zu bekommen. Es ist ein guter Tag zum Fotografieren – gute Sicht.«

Robyn wollte früher mit ihr sprechen. Sie versuchte es auf einem anderen Weg. »Haben Sie von Abigail Thorne gehört?«

»Noch nicht, aber sie hat wohl versucht, mich zu erreichen. Ich wollte sie anrufen, nachdem ich mit Ihnen gesprochen habe. Aber ich dachte, Sie wären wichtiger, immerhin sind Sie von der Polizei.«

»Es tut mir leid, aber ich muss Ihnen mitteilen, dass ihre Tochter entführt wurde.«

Claire holte scharf Luft. »Nein«, sagte sie nach einem Moment der Stille. »Nein, nicht Izzy. Oh mein Gott. Oh, arme Abby! Nein, sie wird am Boden zerstört sein! Izzy wurde entführt? Wann? Wo?«

»Erst vor wenigen Stunden. Sie wurde auf dem Parkplatz aus dem Auto gekidnappt.«

»Was? Das ist unmöglich. Wie konnte das nur passieren? Abigail lässt Izzy nie aus den Augen! Haben Sie schon irgendwelche Spuren? Wird nach ihr gesucht?« Sie stieß einen langen Seufzer aus, bevor sie fortfuhr. »Ich muss sofort zurückkommen und bei der Suche helfen! Es tut mir leid, Detective Inspector Carter, aber ich muss auflegen. Ich will mit Abby sprechen und dann muss ich so schnell wie möglich nach Farnborough zurückkommen.«

»Miss Lewis, sobald Sie zurück sind, rufen Sie mich bitte an. Ich würde mich wirklich gerne näher mit Ihnen unterhalten.«

»Natürlich, auch wenn ich nicht weiß, wie ich Ihnen helfen kann. Ich melde mich, sobald ich in der Nähe von Farnborough bin. Oder soll ich direkt auf die Polizeistation kommen?«

»Rufen Sie mich an, dann vereinbaren wir ein Treffen.«

»Aber sicher.« Sie klang aufgeregt. »Sie wissen noch nichts von Izzy?«

»Noch nicht, tut mir leid.«

»Okay, es ist wohl noch zu früh. Ich rufe wieder an.«

Robyn starrte aus dem Autofenster und presste die Lippen hochkonzentriert zusammen. Über das Telefon war schwer zu sagen, ob jemand log, und Claire hatte wie erwartet reagiert, als sie erfahren hatte, dass die Tochter ihrer besten Freundin entführt worden war. Robyn konnte spüren, wie der Frust sich in ihre Gedanken fraß. Sie war keinen Schritt weiter in diesem Fall. Sie war überzeugt gewesen, dass Claire in Wirklichkeit Alice war. Aber wenn Claire wirklich in Schottland war, wer hätte dann Izzy entführt? Sie rief PC Patel an, um mehr über Claire Lewis' Aufenthaltsort zu erfahren. Claire hatte behauptet, in Cromarty zu sein. Aber Robyn wollte sichergehen.

Sie würden Claires Handynummer bei ihrem Mobilfunkanbieter überprüfen lassen. Dort würde man ihre Position bis zum nahegelegensten Sendemast zurückverfolgen können. Robyn hatte das Gefühl, dass Claires Anruf ihr zu gelegen kam. Sie hoffte, dass ihr Gefühl sie nicht wieder täuschte. Sie konnte es sich nicht erlauben, sich zu irren. Sie suchte nach einem Mörder und Kidnapper. Und das Leben eines Kindes stand auf dem Spiel.

59

Izzy schaut mich vollkommen unbeeindruckt von den Vorgängen an, als ob ihre Entführung nur eine weitere, interessante Erfahrung wäre. Ich werde das arme Kind nicht mit Whisky oder irgendwas ruhigstellen. Ich habe sie schon einmal krankgemacht und das war absolut unbeabsichtigt gewesen. Ich muss noch Spuren von Brechwurzel an meinen Fingern gehabt haben, als ich sie an dem Tag im Café gefüttert habe. Ich habe mich schrecklich gefühlt, als ich gehört habe, dass es ihr schlecht geht. Das war nicht meine Absicht gewesen. Zum Glück hat sie es unbeschadet überstanden. Nein, ich will dem Kind nicht wehtun. Noch nicht. Ich werde sie selbstverständlich töten müssen. Es gibt keinen anderen Weg. Wie sonst kann ich Abigail ihr Leben vollständig zur Hölle machen?

Abigail. Der Name passt besser zu ihr als Natasha. Natasha hatte immer ein weißes Gesicht und dunklen Eyeliner. Sie hatte immer nur Trübsal geblasen, die Leute angemurmelt und sich in ihrem Zimmer versteckt. Abigail ist ein leichterer, fröhlicherer Name. Obwohl Abigail sich gerade weder leicht noch fröhlich fühlt. Ich hole die Kiste mit Spielzeug aus meinem Kofferraum, die ich für Izzy zusammengesammelt habe. Ich habe gelesen, dass Babys Anregung brauchen, weil sie sich sonst schnell langweilen. Deswegen weinen sie. Ich hoffe, das Spielzeug wird sie eine Weile beschäftigen, bis sie müde wird und einschläft. Ich stelle die Kiste in den Fußraum unter dem Beifahrersitz und schalte eine CD für Babys an. Sie ist voller merkwürdiger Musik, aber sie soll angeblich die Hirnwellen von Kindern beruhigen. Und wenn alles andere scheitert, habe ich einen Schnuller für sie und Ohrenstöpsel für mich, dann muss ich mir wenigstens ihr Geschrei nicht anhören.

Ich schnalle Izzys Tragekorb auf den Beifahrersitz, sodass sie mit dem Rücken zur Windschutzscheibe sitzt und mich sehen kann. Sie lächelt mich mit einem breiten, fröhlichen Grinsen an. Sie vermisst Abby nicht einmal. Ich pruste ihr auf den Bauch, kitzle ihre Füße und lächle zurück. »Wir machen einen Ausflug, Izzy. Sei ein braves Mädchen, während ich fahre. Dann muss ich einige Dinge mit deiner Mutter klären.«

Ich verlasse den Parkplatz des Einkaufszentrums und fahre in Richtung Autobahn, als mir eine Idee kommt. Abigail vermutet aus irgendeinem Grund, Rachel Croft würde mit Lucas unter einer Decke stecken. Das werde ich zu meinem Vorteil nutzen. Es gibt mir die Chance, sauber davonzukommen. Izzy brabbelt sinnlose Geräusche vor sich hin und ich strahle sie an.

»Ich bringe dich dorthin, wo ich früher gewohnt habe«, sage ich. Ich werde mich erst um Rachel kümmern und dann zum Gutshaus fahren. Ich freue mich darauf, den Ort wiederzusehen. Diesmal wird es sich anders anfühlen.

60

»Ich schicke dir die Fotos jetzt«, sagte Ross. »Ich bin unsicher, wie sie helfen sollen. Sie sind alle von einem kleinen Mädchen, es ist unmöglich zu erahnen, wie sie als Erwachsene aussehen würde.«

»Schick sie mir trotzdem. Vielleicht finde ich was.«

»Es gibt auch ein paar von ihrer Mutter. Willst du die auch?«

»Ja, ich sehe sie mir an. Ich habe außerdem einen Job für dich, bei dem du deine Fähigkeiten spielen lassen kannst. Ich brauche jemanden, der Abigails Haus absucht. Wenn sie wirklich beobachtet wird und Anrufe von jemandem bekommt, der alles über sie weiß, dann ist es mit Sicherheit verwanzt. Kannst du herkommen und für mich nachsehen? Ich würde jemanden vom Revier fragen, aber ich weiß, dass niemand sich besser mit versteckten Kameras und was es noch auf dem Markt gibt, auskennt. Außerdem soll ich mich hier wohl auf Zehenspitzen bewegen und nicht zu viel von den Kollegen verlangen.«

»Klingt als würde Mulholland dich diesmal an der kurzen Leine halten.«

»Genauso fühle ich mich auch.«

»Kein Problem, bin schon unterwegs.«

Robyn betrat die Polizeistation von Aldershot in der Wellington Street und stellte sich vor. Der Sergeant, der gerade

Dienst hatte, brachte sie in einen Raum, wo ein Mann in seinen Fünfzigern auf sie wartete. Er trug informelle Kleidung, hatte ein mageres Gesicht mit einem Schatten ergrauter Stoppeln am Kinn und stand über einen jungen Beamten gebeugt, der gerade auf einen Fernseher starrte. Der Mann sah auf und bot ihr eine schmale Hand an.

»Guten Abend, Sie müssen DCI Corrance sein«, sagte Robyn. »Ich bin DI Carter. Sie müssen mich erwartet haben.«

»Ah, ja. Sie sind aus Staffordshire. Ich habe gehört, da gibt es viele Felder und Dörfer mit anständigen Pubs und Orten, wo man hingehen kann. Nicht wie hier unten. Ich habe heute Morgen eine Stunde gebraucht, nur um zur Arbeit zu kommen.«

»Es ist weniger verkehrsreich, Sir«, sagte sie.

Er nickte wohlwollend. »Ich habe gehört, Sie haben einen Fall, der mit einem von unseren in Verbindung stehen könnte?«

»Ja, Sir. Ein vermisster Mann, tot aufgefunden, namens Lucas Matthews. Es hat sich herausgestellt, dass er der Bruder von Abigail Thorne ist, deren Kind, Isobel Thorne, heute Morgen vom Parkplatz des Meads Einkaufszentrums in Farnborough entführt wurde.«

»Ja, Mrs. Thorne glaubte ebenfalls, dass er hinter der Entführung steckte. Aber ganz offensichtlich war er es nicht. Wir haben alle verfügbaren Leute mit dem Fall beauftragt«, sagte er und kniff die Augen zusammen. »Wir werden den Täter finden.«

»Ich versuche herauszufinden, ob es eine Verbindung zwischen den Fällen gibt. Ich will mich aber nicht in Ihre Angelegenheiten einmischen.«

»Wir arbeiten hier als Team zusammen. Wir haben keinen Platz für Alleingänge.« Er warf ihr einen ernsten Blick zu. »Ich habe Gerüchte gehört, dass Sie eine Einzelkämpferin sind, Carter. Ich erwarte, dass Sie Ihre Informationen mit uns teilen. Wir setzen alles daran, die Sache aufzuklären und Baby Thorne sicher und wohlbehalten nach Hause zu bringen.«

Sie wartete eine Sekunde, bevor sie antwortete. »Verstanden.

Erlauben Sie mir, das Überwachungsmaterial vom Parkplatz zu sichten?«

Der Mann tippte dem uniformierten Polizisten auf die Schulter. »PC Brendan Warrington ist Ihr Mann. Er starrt seit über einer Stunde auf diesen Bildschirm und kann keinen Verdächtigen in der Nähe des weißen Range Rover Evoque ausmachen. Es gibt Aufzeichnungen von dem Fahrzeug, wie es einparkt und dann kommt der Kerl ins Bild, der die Handtasche gestohlen hat, bei ...«, er warf einen Blick auf den Bildschirm, »... dreizehn Uhr vierzig. Man kann sehen, wie er den Parkplatz überquert, dann verlieren wir ihn. Mrs. Thorne läuft nur wenig später in Richtung der Geschäfte. Wir haben alle Kameras vom Meads überprüft, aber es ist niemand zu sehen, der ein Baby oder Kleinkind herumträgt. Ich bezweifle, dass Sie irgendetwas finden werden, was wir übersehen haben, aber bitte sehr.«

Sein sarkastischer Unterton ging nicht an Robyn vorüber, aber sie ignorierte ihn. »Haben Sie nachgesehen, was vor dreizehn Uhr vierzig auf den Überwachungsbändern zu sehen ist?«, fragte Robyn.

»Ja, Ma'am«, antwortete PC Warrington.

DCI Corrance schnaubte verächtlich, dann ging er. »Ich lasse Sie mit Warrington allein.«

PC Warrington blätterte durch seine Notizen, bevor er sprach. »Ignorieren Sie den Boss. Er ist schlecht drauf. Heute wäre sein freier Tag gewesen. Ja, wir sind eine Stunde weiter zurückgegangen, um sicher zu gehen, dass niemand Verdächtiges sich in der Gegend aufhält. Der Abschnitt des Parkplatzes wird nicht häufig genutzt. Die meisten Leute parken näher am Supermarkt. Ein Pärchen hat einen schwarzen Nissan Micra dort stehenlassen, zehn Minuten bevor Abigail Thorne auf dem Stellplatz neben einem blauen Van geparkt hat. Wir haben die Bänder durchsucht, um zu sehen, wann der Besitzer des blauen Vans angekommen ist. Es war siebzig Minuten früher. Eine Frau mit zwei Kindern zwischen zehn und zwölf Jahren ist ausgestiegen. Zwei Frauen mittleren Alters sind in Richtung des Keep Fit Studios gegangen, bevor der Range Rover ankam. Abgesehen davon sieht man nur eine alte Frau mit Einkaufstüten, die den Parkplatz um dreizehn fünfunddreißig überquert. Es ist nichts von Bedeutung und niemand sonst auf den Überwachungsbändern zu sehen.«

»Können Sie zurückspulen und mir die Personen zeigen, von denen Sie gesprochen haben?«

»Sicher. Ich hoffe, Sie haben Popcorn und Cola dabei. Es ist ein ziemlich langweiliger Film«, scherzte er.

Robyn lächelte. Er mochte sich leichtherzig zeigen, aber die Falten auf seiner Stirn und Nikotinflecken an seinen Fingern erzählten eine andere Geschichte.

Die Überwachungsaufnahmen wurden zurückgespult und in erhöhter Geschwindigkeit abgespielt. Es gab nichts Bemerkenswertes an den Leuten, die kamen und gingen.

»Wir suchen immer noch nach dem Dieb, der Mrs. Thornes Handtasche gestohlen hat, aber bisher ohne Erfolg. Die Kollegen haben Passanten befragt. Doch er hat sich in Luft aufgelöst. Wir haben die Besitzer der Autos auf dem Parkplatz ausfindig gemacht und gefragt, ob sie zur Zeit der Entführung irgendetwas beobachtet haben, aber auch das lief ins Leere. Wir konnten die ältere Dame nicht befragen, sie ist zur Bushaltestelle gegangen.«

Robyn beobachtete die Frau dabei, wie sie über den Bildschirm wanderte. Die schweren Einkaufstüten zogen ihre Schultern herunter. Sie trug einen Mantel, der ihr ein wenig zu groß war, und ein buntes Kopftuch. Robyn kaute auf ihrer Unterlippe. Sie musterte die Frau, die ihrem Weg folgte und keine Notiz von dem Auto oder dem Drama nahm, das darin stattfand. Ihr Ziel war die Bushaltestelle.

»Könnten Sie ein wenig zurückspulen und pausieren?«, fragte sie. PC Warrington gehorchte und Robyn studierte angestrengt den Bildschirm. Das Bild war zu unscharf, um irgendetwas zu erkennen. Sie schüttelte den Kopf.

»Ich kann nichts Ungewöhnliches sehen. Ist es in Ordnung, wenn ich mich hier für eine Weile einrichte?«, fragte sie.

»Sicher doch, nur zu.«

»Danke. Es ist anstrengend, wenn man in einem solchen Fall keine Fortschritte macht. Man hat das Gefühl, die Zeit läuft einem davon.«

»Es ist hart. Und das Schlimmste ist, dass es um ein kleines Kind geht. Ein hilfloses Baby. Ich hasse Fälle wie diesen. Ich habe selber zwei Töchter. Ich kann mir nicht vorstellen, wie es sich anfühlen muss, so durch die Hölle zu gehen. Die Eltern müssen außer sich sein. Ich muss für eine Weile an den Empfang. Rufen Sie, wenn Sie was brauchen.«

Mit einem traurigen Kopfschütteln ließ er sie allein. Robyn nahm ihren Laptop und lud alle Fotos von Alice herunter, die Ross ihr geschickt hatte. Darauf war, wie er gesagt hatte, hauptsächlich ein kleines Mädchen mit blonden Haaren und blauen Augen zu sehen. In manchen hatte sie die Hände schüchtern hinter dem Rücken, in anderen saß sie auf einem großen Sessel und grinste glücklich. Robyn erkannte ihren Vater, Josh, ein gutaussehender Mann mit hellem Haar und einem freundlichen Lächeln. Sie betrachtete das erste Foto, auf dem er zu sehen war, wie er ein Puzzle mit seiner Tochter zusammensetzte. Sie saßen beide vornübergebeugt da, mit demselben konzentrierten Gesichtsausdruck.

Das nächste Bild zeigte die beiden im Zoo vor dem Affengehege, wo sie posierten und Grimassen zogen. Es gab eines von Alice, wie sie auf seinen Knien saß und einen Arm um seinen Hals schlang. Aus den Bildern ging eindeutig hervor, wie nah sich die beiden standen. Da war Alice auf ihrem ersten Fahrrad, Josh sah ihr stolz hinterher, während sie davonfuhr. Dann gab es welche mit Alice und älteren Personen – Jane Clifford und ihrem Mann – wie sie an der Küste Süßigkeiten naschten. Von Christina gab es nicht viele. Da Jane Clifford ihre Schwiegertochter nicht gut leiden konnte, war das aber keine Überraschung. Robyn ging unruhig im Büro auf und ab. Alice wirkte so zufrieden. Welchen Grund konnte sie haben, Rache an den Matthews' zu üben? Sie musste Abigail danach fragen. Sie wandte sich noch einmal den Fotos zu und klickte sich durch ein paar mehr, bis sie bei einem Bild anhielt, das Josh zeigte, der die Arme um eine blonde Frau geschlungen hatte. Christina trug eine enge, weiße Jeans und formte wie ein professionelles Model auf dem Laufsteg einen Kussmund für die Kamera. Alice stand vor ihnen, Schleifen in ihrem langen, geflochtenen Haar. Sie trug ein gelbes Kleid mit einem weiten Rock und hielt eine Puppe in den Händen. Plötzlich schien die Zeit stillzustehen. Das war keine Puppe. Robyn vergrößerte das Bild. Es war ein Stoffhase. Und er sah identisch aus wie der Hase, der neben Christinas Leiche gefunden wurde. Der Hase hatte Alice gehört.

Die Verstorbenen waren alle durch diese Hasen verbunden.

Robyn untersuchte alle Bilder sorgfältig, aber so sehr sie sich auch bemühte, sie konnte keine Ähnlichkeit zwischen dem hübschen Kind und dem Foto erkennen, das sie von Claire Lewis hatte. Ihre Haare hatten eine andere Farbe und sogar die Augen. Robyn betrachtete die Nasenformen der beiden, aber wieder konnte sie keine Ähnlichkeiten erkennen. Die Stubsnase des jungen Mädchens konnte sich leicht in die gepiercte Nase der erwachsenen Claire verwandelt haben oder auch nicht. Sie seufzte frustriert und schaltete ihren Laptop aus, dann wandte sie sich ihren Notizen zu. Eine Stunde verging, dann öffnete sich die Tür und das freundliche Gesicht von Ross betrat den Raum.

»Ich liege gut in der Zeit. Aber ich könnte jetzt einen Tee und Kekse vertragen. Ich musste das Mittagsessen ausfallen lassen, weil ich nach Fotos suchen und stundenlang herumfahren musste, weil irgendein anspruchsvoller DI ständig irgendwelche Ahnungen hat.«

»Bin ich froh, dich zu sehen! Ich drehe mich im Kreis. Kaum habe ich das Gefühl, dass Claire Lewis irgendwie in den Fall verwickelt sein könnte, erfahre ich, dass sie die ganze Woche in Schottland war und wohl kaum Lucas Matthews ermordet haben kann. Ich dachte auch, sie könnte etwas mit der Entführung von Isobel Thorne zu tun haben, aber sie ist nicht hier, also kann sie das Kind auch nicht gekidnappt haben. Und zu allem Überfluss kann ich auch keine Ähnlichkeiten zwischen ihr und Alice erkennen. Aber irgendetwas fühlt sich nicht richtig an. Ich habe meinem

Team aufgetragen, ihren Aufenthaltsort in Schottland ausfindig zu machen und bis es so weit ist, bin ich offen für alles.«

Sie schaltete ihren Laptop an und deutete auf die Fotos auf dem Display. »Ich glaube aber, ich habe einen Treffer zu Christinas Hasen. Anscheinend hat er einmal Alice gehört – nicht, dass uns das irgendwie weiterhelfen würde.« Sie lehnte sich in ihrem Stuhl zurück und verschränkte die Hände hinter dem Kopf. »Ich frage mich, ob ich es noch draufhabe, Ross. Was, wenn ich meinen Instinkt verloren habe? Ich bin mir nicht sicher, ob ich bei diesem Job bleiben sollte. Früher konnte ich mich ganz auf meinen Bauch verlassen und hatte recht damit. Vielleicht hat mich der Verlust von Davies verändert.«

Ross stand hinter ihr und starrte auf die Bilder auf dem Bildschirm. Er antwortete nicht sofort.

»Du hast einen großartigen Instinkt. Gib dich niemals selbst auf. Niemand der dich gut kennt, hat dich je aufgegeben, also tu du es auch nicht.«

Sie drehte sich zu ihm herum, erwiderte seinen Blick und richtete sich auf. »Danke. Komm, wir fahren zum Haus der Thornes. Mal sehen, ob du irgendwelche Tracker oder Kameras aufspüren kannst. Wenn du etwas über die neuste Überwachungstechnik nicht weißt, dann weiß es niemand.«

61

JETZT

Izzy ist erstaunlich. Ich habe gar nicht viel Spielzeug für sie gebraucht. Sie hat die meiste Zeit damit verbracht, an ihren lachsrosa Söckchen herumzuzupfen und fröhlich zu plappern. Ich habe ihr ein Spielzeug gegeben, mit kleinen Rasseln und Perlen und anderen Dingen daran. Sie war hin und weg und hat eine halbe Ewigkeit damit gespielt. Jedes Mal, wenn ich sie angesehen oder mit ihr gesprochen habe, hat sie mir einen bewundernden Blick zugeworfen, als wäre sie mein eigenes Baby und hat mir ein fröhliches Grinsen geschenkt.

Irgendwann ist sie eingeschlafen. Ihre langen, dunklen Wimpern lagen sanft geschwungen auf ihrer blassen Haut und sie schlief friedlich. In ihren Armen hielt sie den nagelneuen Mr. Riesenohr, den ich ihr gegeben habe. Mr. Riesenohr der Dritte wirkte auch zufrieden.

»Du hast es fast geschafft«, sagt mein Vater. Ich sehe zu Mr. Riesenohr, seine großen, weichen Ohren fallen über seine wissenden Augen.

»Es hat so lange gedauert, aber ich habe getan, was du von mir verlangt hast, Dad. Ich habe mein Aussehen verändert. Ich habe mich in eine andere Person verwandelt und meinen Hass und meine Gerissenheit verschleiert.« Er nickt wohlwollend. »Und ich habe abgewartet, ganz wie du es mir gesagt hast«, sage ich. »Ich war geduldig und clever.«

»Oh ja«, erwidert er. »Du warst sehr clever, meine liebe Tochter. Ich bin so stolz auf dich.«

62

»Hi, Boss. Ich kann nicht lange sprechen, Mulholland sitzt mir im Nacken. Aber ich habe etwas über Natasha Matthews herausgefunden, das Sie interessieren könnte. Ich habe die nationale Datenbank durchsucht und eine Natasha Matthews von 1999 gefunden. Ihr Name steht in einem Klinikregister im Süden des Landes.« Anna Shamash sprach mit gesenkter Stimme.

»Warum ist das interessant?«

»Es war eine Abtreibungsklinik.«

»Sie dürfte damals höchstens zwölf Jahre alt gewesen sein. War sie da überhaupt schon in der Pubertät?«, erwiderte Robyn schockiert. »Sind Sie sicher, dass sie es ist?«

»Bin ich. Ich konnte keine weiteren Informationen über die Datenbank finden.« Annas Stimme wurde sogar noch leiser. »Ich muss los. Das ganze Revier steht in den Startlöchern für den großen Einsatz heute Nacht. Alle sind ziemlich angespannt. Ich schicke Ihnen den Link.«

»Viel Glück. Und danke für die Informationen.« Robyn dachte darüber nach, was sie gerade erfahren hatte. Es kam ihr eher unwahrscheinlich vor, dass Natasha, die sich jetzt Abigail nannte, in so jungem Alter schwanger gewesen war. Robyn spürte ein vertrautes Kribbeln, das sie immer überkam, wenn sie kurz davor war, einen Fall zu lösen. Ihr Handy vibrierte, als die Mail eintraf.

»Du hast wieder diesen Gesichtsausdruck«, sagte Ross, der mit einem Schokoriegel in der Hand auf dem Beifahrersitz saß.

»Welchen Ausdruck?«

»Den, der sagt, dass du nur Zentimeter davon entfernt bist, auf die Lösung zu kommen.«

»Nein. Ich hab's noch nicht ganz raus. Ich denke immer wieder es wäre so weit, aber dann entwischt es mir wieder. Dieser Fall stellt meine Instinkte enorm auf die Probe und ich habe mich schon mehrere Male geirrt.«

Sie parkte neben der Steineule. Robyn las sich schnell die E-Mail durch, bevor sie ausstieg. Die Haustür wurde geöffnet. Jackson Thorne wirkte noch ausgezehrter als beim letzten Mal.

»Ich habe einen Kollegen mitgebracht, der sich Ihr Haus ansehen wird. Ich glaube, an Abigails Vorwürfen könnte etwas dran sein. Ross hier ist ein Experte, wenn es um Überwachungs-technik geht. Wenn Ihr Haus verwanzt ist, wird er es herausfinden.«

»Tun Sie, was Sie tun müssen.« Er drehte sich um und ging nach oben.

»Er ist am Boden zerstört«, sagte Abigail vom Wohnzimmer aus. »Er musste mehr ertragen, als er verdient hat. Er hat nicht nur Izzy verloren, sondern musste auch erfahren, dass er seine Frau nie wirklich gekannt hat.«

Abigail umklammerte immer noch den Stoffhund, aber sie weinte nicht mehr. Sie wirkte ruhiger. »Ich hätte es ihm vor Jahren sagen sollen. Es geheim zu halten, hat nur mehr Schaden angerich-tet. Wir hätten alles zusammen durchstehen können, wenn ich nur mutig genug gewesen wäre, es ihm zu sagen.« Dann änderte sich ihre Haltung plötzlich, als sie Ross bemerkte. »Warum sind Sie hier? Haben Sie etwas von Izzy gehört?«

»Ross ist hier, um nach versteckten Kameras und ähnlichem zu suchen. Und um Ihren Verdacht zu bestätigen, dass Sie beobachtet werden. Wir können sie vielleicht zu der Person zurückverfolgen, die Izzy entführt hat.«

»Wie können Sie sie finden?«

»Es gibt da mehrere Wege«, erklärte Ross, während er schon die Tasche auspackte, die er bei sich trug. »Eine einfache Methode ist, genau hinzuhören, denn manchmal kann man das leise Klickgeräusch hören, das die Kameras machen, wenn sie aktiviert werden. Man kann auch alle elektronischen Geräte ausschalten.« Er ging auf die Knie, während er weitersprach. »Und wenn in der Nacht dann vollständige Dunkelheit im Raum herrscht, kann man eine Taschenlampe benutzen, um versteckte Kameralinsen zu finden. Man muss nur die Augen nach Lichtreflexen oder einem Funkeln offenhalten, wo keines sein sollte. Heute nehme ich das hier«, verkündete er und holte ein kleines, schwarzes Gerät hervor. »Es ist ein spezieller Detektor für versteckte Kameras. Etwa wie eine Taschenlampe, aber er findet die Spiegelungen für mich.« Er begann mit seiner Untersuchung, indem er sich das Gerät vor die Augen hielt und den Raum langsam und methodisch absuchte.

»Hier ist nichts. Ich gehe in die Küche.«

Nachdem er das Zimmer verlassen hatte, ließ Abigail sich auf einen Stuhl fallen. »Ich kann nicht fassen, dass ich zugelassen habe, dass es so weit kommt. Ich hätte es verhindern können. Ich hätte nur Jackson alles erzählen müssen und nichts von dem hier wäre passiert.«

»Abigail, sprechen Sie davon, was mit Alice passiert ist? Ich weiß, dass Lucas sie angegriffen hat und sie ihm das Auge ausgestochen hat.«

»Alice? Sie fragen nach Alice? Er ist nicht bestürzt wegen Alice.« Ihr Gesicht verzog sich kurz vor Zorn, dann wurde es ebenso plötzlich ganz schlaff. Sie schüttelte traurig den Kopf.

»Ich weiß auch von der Abtreibung, die Sie hatten, Abigail.«

Abigail sank immer mehr in sich zusammen. Sie kaute auf ihrer Unterlippe. Dann sprach sie es endlich aus. »Niemand hat mir geglaubt. Aber es ist nicht, was Sie denken. Immerhin ist es meine Schuld, was damals mit Alice passiert ist. Setzen Sie sich, ich werde Ihnen alles erzählen.«

———

Eine Stunde später breitete Ross seinen Fund auf dem Küchentisch vor Abigail und Jackson aus. Er hatte eine Kamera im Feuermelder der Küche gefunden. Er deutete auf die weiße Box.

»Die sind weit verbreitet. Man kann sie ganz einfach online kaufen. Das ist ein ziemlich modernes Modell mit einer versteckten Wi-Fi-Kamera, die Videomaterial aufnehmen und verschicken kann. Man kann von überall auf der Welt darauf zugreifen.«

Abigail starrte auf das harmlos aussehende Gerät. »Der sieht genauso aus wie alle anderen Rauchmelder, die wir im Haus haben.«

»Sie sind ziemlich überzeugend. Viele Leute kaufen sie, um ihre Wohnung im Blick zu haben, wenn sie im Ausland sind. Um sicherzugehen, dass alles in Ordnung ist. Aber, wie mit so vielen Dingen heutzutage, gibt es auch Leute, die sie aus zwielichtigeren Gründen kaufen. Ich habe keine Ahnung, wie lange diese Person Sie schon beobachtet, aber Sie hätten sie selbst nicht finden können, wenn Sie nicht den Rauchmelder getestet hätten. Ich habe ansonsten keine Attrappen mehr im Haus gefunden. Und ich konnte auch keine weitere Überwachungstechnik ausfindig machen. Mit den Babymonitoren ist das allerdings eine andere Geschichte.« Er hob ein Babyfon auf, schraubte den Boden ab und schüttelte ein kleines Gerät heraus, das er zwischen Daumen und Zeigefinger hochhielt. »Das ist ein Empfänger.«

Abigail schnappte nach Luft. »Das Flüstern! Es kam aus dem Babyfon selbst? Ich dachte, ich würde verrückt werden und Stimmen hören. Ich dachte schon, sie kämen aus meinem Kopf.«

»Vermutlich eher hiervon. Jemand hat Psychospiele mit Ihnen getrieben, Mrs. Thorne.«

»Siehst du, Jackson, ich habe mir nichts davon ausgedacht«,

sagte sie verzweifelt. »Ich hätte darauf bestehen sollen, dass sich früher jemand das Haus ansieht. Wenn nur ...« Die Worte hingen in der Luft.

Robyn brach die Stille, bevor sie zu drückend wurde. »Wir werden das alles mitnehmen und versuchen, den Käufer zurückzuverfolgen. Es ist weithergeholt, aber vielleicht haben wir Glück. Das Team geht auf dem Revier jeder möglichen Spur nach. Was ist aus der Kollegin geworden, die wir hergeschickt haben?«

Jackson sah auf und legte die Stirn in Falten. »Wir haben sie weggeschickt. Wir mussten persönliche Dinge besprechen. Und außerdem will ich keine Fremden mehr im Haus haben. Wir kommen allein klar. Wir wurden auch gebeten, eine Ansprache im Fernsehen zu halten, wenn sie nicht bald gefunden wird. Das macht es irgendwie erst so richtig real. Wir müssen einen Irren darum anflehen, uns unser Baby zurückzubringen. Ich weiß nicht, ob ich das kann. Ich will denjenigen umbringen, der sie hat, und nicht mit ihm verhandeln.«

»Ich tue es«, sagte Abigail. »Ich sollte es tun.«

»Sie haben noch Zeit, diese Möglichkeit abzuwägen. Sie müssen stark bleiben und zusammenhalten«, sagte Robyn und fragte sich, ob das Paar – wie sie so weit entfernt voneinander an beiden Enden des Tisches standen und sich kaum gegenseitig in die Augen sehen konnte – diese ganze Tortur überstehen würde.

63

Auf dem Polizeirevier war es ruhig, aber ein kleines Team hielt noch die Stellung. Robyn und Ross hatten einige Zeit mit dem Versuch verbracht, herauszufinden, wo die versteckten Kameras gekauft worden waren. Es gab viele Websites, auf denen mit derartigen Geräten gehandelt wurde und gegen Mitternacht gab Robyn es auf.

»Noch eine Sackgasse.«

»Wenigstens wissen wir, dass Abigail recht hatte. Jemand hat sie ausspioniert – wahrscheinlich dieselbe Person, die Izzy entführt hat.« Ross drehte die Feuermelder-Attrappe um, die er gefunden hatte. »Man kann diese Dinger heutzutage überall im Internet finden. Kaum zu glauben, dass so viel davon verfügbar ist. Und viele davon sehen täuschend echt aus. Vielleicht sollte ich meinen eigenen Vorrat auf den neuesten Stand bringen.«

»Hast du Fortschritte gemacht, was den Tracker von ihrem Auto angeht?«

»Es ist eines der kleinsten Geräte auf dem Markt und es ist kinderleicht einzurichten. Es hat einen eingebauten Magneten, mit dem man es binnen Sekunden und ohne Werkzeug an einem Fahrzeug befestigen kann. Es ist ein GPS-Tracker und der Kunde kann das Fahrzeug über Smartphone, PC oder Tablet nachverfolgen. Die schlechte Nachricht ist, dass man die auch auf allen möglichen Seiten kaufen kann, inklusive eBay und Amazon. Sie kommen mit einer Prepaid-Karte, es wird also nicht möglich sein, den Käufer zu ermitteln.«

»Es ist zwecklos«, sagte Robyn. »Ich weiß nicht, was ich mir erhofft habe, aber ich hätte mehr erwartet. Also kurz gesagt, der Täter könnte Abigail über eine App oder ein Gerät beobachten und ihre Bewegungen nachverfolgen, aber solange wir sein Handy oder den Computer nicht in die Finger bekommen, können wir nicht sicher sein, was wirklich Sache ist.«

»So ziemlich«, bestätigte Ross.

Gerade als sie Feierabend machen wollte, klingelte ihr Telefon. Mitz Patel klang verschlafen.

»Ich bin gerade von der verdeckten Operation zurückgekommen, ich konnte nicht früher anrufen. Anna und ich haben versucht, Claire Lewis aufzuspüren. Kein Erfolg damit, ihr Handy zu lokalisieren, aber wir können immerhin ein Ergebnis vorweisen. Wir haben alle Unterkünfte in der Gegend angerufen, um zu sehen, ob sie sich irgendwo eingebucht hat. PC Fowler hat eine Nachricht hinterlassen, dass ein Mr. Jack Bond aus Cromarty bestätigt hat, dass Claire Lewis eine seiner Hütten gemietet hat – Squirrel Lodge – und am Dienstagabend angekommen ist. Der Besitzer hat ihr Auto gestern Abend vor der Hütte stehen sehen.«

Robyn konnte die Enttäuschung in ihrer Stimme kaum unterdrücken. »Das ist nicht ganz, was ich hören wollte. Haben Sie Bonds Nummer? Ich möchte dem nachgehen, um zu bestätigen, dass sie es ist.«

PC Patel gab ihr die Nummer durch.

»Danke, Mitz.«

»Kein Problem. Ich war sowieso zu aufgeregt, um nach Hause zu gehen.«

Sie beendeten das Gespräch. Robyn sah zu ihrem Cousin, der immer noch die Überwachungsgeräte betrachtete.

»Hau dich aufs Ohr. Gib diese Dinger auf dem Weg nach

draußen vorne beim Empfang ab. Vielleicht haben die Leute hier ja mehr Glück.« Robyn gähnte.

Ross warf ihr einen ernsten Blick zu. »Übertreib es nicht. Du solltest auch schlafen gehen. Du musst immer noch Claire Lewis befragen. Vielleicht bringt das was ans Licht. Wann wollte sie zurück sein?«

»Als ich mit ihr gesprochen habe, war sie in der Nähe von Inverness, wo sie die Delphine von Moray Firth beobachtet hat. Von dort braucht sie mindestens neuneinhalb Stunden, um hierherzukommen, also hoffentlich kommt sie irgendwann morgen an. Vorausgesetzt sie hält nicht an, um zu schlafen. Ich werde sie in der Früh anrufen und fragen, wo sie ist. Sie steht Abigail und Zoe sehr nah, sie könnte etwas wissen, das uns weiterhilft.« Sie rieb sich die Augen und versank in Gedanken. »Abigail hat nicht viele Freunde, oder? Sie hat eigentlich nur Zoe und Claire. Man würde doch denken, dass sie mehr Leute kennt – junge Mütter zum Beispiel. Es gibt unzählige Mütter- und Kleinkindergruppen. Sie hat etwas von einem einsamen Wolf.«

Ross sah sie nachdenklich an. »Delphine. Schön. Hat Claire sie die ganze Woche lang fotografiert?«

»Sie ist durch den ganzen Norden von Schottland und den Trossachs Nationalpark gereist. Ich vermute, sie hat alle möglichen wilden Tiere fotografiert.«

»Vielleicht fahre ich mit Jeanette für einen Urlaub nach Schottland. Sie mag Delphine. Sie würde sich freuen, sie in freier Wildbahn zu beobachten. Vielleicht könnten wir alle zusammenfahren. Du könntest Amélie einladen.«

Robyn schenkte ihm ein schwaches Lächeln. »Das ist eine schöne Idee, aber ich glaube, die hat eine eigene Familie, mit der sie solche Dinge unternimmt.«

»Man kann nie genug Familie haben«, entgegnete Ross. »Ich bin fertig. Morgen ist ein neuer Tag.«

Nachdem er gegangen war, dachte Robyn über seine Worte nach. Morgen war ein neuer Tag. Vermutlich ein angstreicher Tag für die Thornes. Sie musste herausfinden, wer für die Morde an

Lucas und Paul Matthews verantwortlich war. Denn egal in wie vielen Sackgassen sie sich verirrte, sie war immer noch davon überzeugt, dass die Morde und das Verschwinden von Izzy zusammenhingen.

Von dem ausgehend, was Abigail ihr zuvor erzählt hatte, hatte Alice gute Gründe, die Matthews' zu hassen. Aber Abigail ebenso. Tatsächlich hätte Abigail noch mehr Gründe gehabt. Dennoch war Robyn überzeugt, dass Alice hinter allem steckte. Aber wenn Alice nicht Zoe Cooper oder Claire Lewis war – wer in aller Welt war sie?

Am nächsten Morgen surrte die Station nur so vor Geschäftigkeit. Der Mann, der versucht hatte, Abigails Handtasche zu stehlen, war gesichtet worden, und eine Einheit war unterwegs, um ihn festzunehmen.

»Das macht Hoffnung«, sagte PC Warrington, während er sich mit einem Stapel Flugblätter mit Abbild des vermissten Babys in der Hand an ihr vorbeischob. »Wir teilen die hier aus und die Nachrichten machen eine Fallrekonstruktion. Wir haben auch die Thornes eingeladen, um eine Ansprache zu machen und um Isobels Rückkehr zu bitten.«

Robyn konnte sich vorstellen, wie traumatisch es sein musste, vor einer Filmcrew zu sitzen und einen Fremden anzuflehen, das eigene Kind zurückzugeben. Arme Abigail. Es musste eine schreckliche Tortur sein. Es bestand zwar eine geringe Wahrscheinlichkeit, dass derjenige, der Izzy hatte, die Ansprache sah und sie zurückgab, aber viel wahrscheinlicher war es, dass Jackson und Abigail Thorne ihren Herzschmerz und ihre Not vor tausenden Menschen im landesweiten Fernsehen offenlegten, nur um sich Misstrauen und weiteren böswilligen Anrufen auszusetzen.

Robyn ließ sich auf einen Stuhl fallen und schloss die Augen. Davies hätte längst herausgefunden, was Sache war. Er war einer der klügsten Männer, die sie je getroffen hatte. Sein Verstand war scharf und lief ständig auf Hochtouren. Wann immer sie bei einem Kreuzworträtsel nicht weitergekommen war, hatte sie ihn gefragt, und er wusste sofort die Antwort. Er war brillant, wenn es um kryptische Hinweise ging. Seit seinem Tod hatte sie nie wieder ein Kreuzworträtsel in die Hand genommen.

Sie durchforstete in Gedanken alle Gespräche, die sie in letzter Zeit geführt hatte, auf der Suche nach dem einen Fragment, das ihr weiterhalf. Izzys Verschwinden war Teil irgendeines größeren Plans. Alice versuchte, Abigail das Leben zur Hölle zu machen und es war ihr bisher gelungen, ihre Ehe zu gefährden, sie von ihren Freunden zu entfremden und ihr enormen Stress zu bereiten. Izzys Entführung war ein weiterer Teil davon. Alice hatte zugelassen, dass ihr Groll gegenüber den Matthews' immer mehr wuchs und jetzt war alles außer Kontrolle geraten. Es war unmöglich zu sagen, was sie als nächstes tun würde.

Robyn wälzte alle Fakten um. Irgendjemand war Alice. Es war nicht Zoe, denn sie hatte ein Alibi für die Nacht, in der Lucas beim Verlassen des Hotels beobachtet worden war. Sie war die ganze Woche in London gewesen. Sie konnte Lucas Matthews nicht ermordet haben.

Soweit sie wusste, hatte Claire kein Alibi für den Abend, an dem Lucas zuletzt lebend gesehen worden war. Sie war nach Hause gegangen, um einen Einbrecheralarm zu überprüfen und dann ins Bett gegangen. Jedoch hätte Claire unmöglich Izzy von dem Parkplatz in Farnborough entführen können, wenn sie durch Schottland zog und Tiere fotografierte. Sie konnte nicht an zwei Orten gleichzeitig sein. Robyn nahm ihr Handy in die Hand und rief Jack Bond an, den Besitzer der Squirrel Lodge. Er hob sofort ab und seine Stimme dröhnte bei der Antwort auf ihre Frage.

»Aye, sie hat letzten Monat gebucht. Zum Glück war Squirrel Lodge gerade frei. Alle unsere Hütten sind nächste Woche belegt, es war also gut, dass sie nicht dann angerufen hat.«

»Haben Sie Miss Lewis getroffen?«

»Ich habe ihr die Schlüssel für das Haus gegeben, als sie angekommen ist. Ich habe ihr angeboten, ihr zu erklären, wie alles funktioniert, aber sie war müde von der Fahrt und wollte sich schlafen legen. Seitdem habe ich sie nicht mehr gesehen. Ihr Auto war gestern noch dort, wie ich es der Polizei schon gesagt habe.«

»Steht das Auto jetzt noch bei der Lodge?«

»Ich bin nicht sicher. Ich müsste hinfahren. Ich wohne zwanzig Minuten weit entfernt.«

»Würden Sie für mich nachsehen?«

Er zögerte, bevor er antwortete. Sie konnte sich seinen verwunderten Blick vorstellen. »Okay, wenn es sein muss.«

»Ich wäre Ihnen sehr dankbar, Mr. Bond.« Robyn legte auf und jonglierte das Problem, drehte es von einer Seite auf die andere, bis ihr eine mögliche Lösung für alles kam. Sie musste sich mit der Tatsache abfinden, dass Claire zum Zeitpunkt von Izzys Entführung in Schottland gewesen war. Sie konnte das Baby nicht entführt haben. Sie schloss die Augen. Vielleicht gab es eine Möglichkeit. Wenn Claire einen Komplizen hatte, dann würde es das alles durchführbar machen. Sie musste gar nicht an zwei Orten gleichzeitig sein. Sie konnte jemanden dazu gebracht haben, Izzy zu entführen, während sie hunderte Kilometer entfernt in Schottland war.

Robyn lehnte sich zurück, zufrieden mit ihrer Schlussfolgerung. Sie stellte sich vor, wie Davies ihr still applaudierte. Abigail hatte geglaubt, Lucas und Rachel Croft würden irgendwie unter einer Decke stecken. Rachel arbeitete zwar nicht mit Lucas zusammen, aber vielleicht mit jemand anderem, vielleicht sogar mit Claire, jetzt am anderen Ende des Landes, und bot ihr das perfekte Alibi. Robyn ging zum Empfang, wo PC Warrington gerade mit jemandem telefonierte. Er sah auf und verdeckte das Mikrofon mit einer Hand.

»Kann ich Ihnen helfen?«, fragte er.

»Sie habe mit Rachel Croft über Isobel Thorne gesprochen. Abigail war sicher, dass Rachel etwas mit der Entführung zu tun hatte.«

»Die Kollegen waren bei ihrem Haus, nachdem Abigail

Thorne uns von ihrem Verdacht erzählt hat, die Frau könnte mit Lucas Matthews zusammenarbeiten. Sie war nicht da. Nachdem wir gehört haben, dass Matthews tot war, haben wir die Spur nicht weiterverfolgt. Es schien unnötig.«

»Ich würde sie gerne befragen. Sie könnte etwas wissen.«

Brendan Warrington zuckte die Achseln. »Okay, soll ich dem Boss Bescheid geben?«

»Schon gut, ich sage es ihm.« Sie ging zum Büro des DCI und klopfte an.

Corrance starrte mit gekräuselten Lippen auf seinen Computer.

»An manchen Tagen hasse ich meinen Job«, raunte er. »Seit wir uns in dem Einkaufszentrum umgehört haben, bekommen wir ständig Anrufe von Leuten, die angeblich das Kind gesehen haben. Es kam sogar einer aus Spanien und jemand hat ein Foto von einem dreijährigen Kind geschickt. Es ist unmöglich, all diesen Aussagen nachzugehen. Es wird noch schlimmer werden, wenn die Thornes die Fernsehansprache halten. Es werden die verrücktesten Anrufe reinkommen. Irgendjemand hat es online gepostet und das Hashtag #LittleGirlLost trendet auf Twitter. Hunderte von Leuten posten Fotos von Babys und Kindern, keines davon ist relevant für den Fall.« Er deutete auf den jüngsten Tweet, der behauptete, Abigail wäre eine Rabenmutter und hätte ihr Baby absichtlich zurückgelassen. »Warum tun Menschen so etwas? Wir spielen hier doch kein Spiel.«

»Da bin ich überfragt, Sir. Die sozialen Medien haben ihre Daseinsberechtigung, aber manchmal werden sie leider missbraucht. Ich würde gerne Rachel Croft befragen. Ihr Name fiel früher und ich will sehen, ob sie etwas weiß.«

»Tun Sie sich keinen Zwang an«, erwiderte er. »Ich glaube nicht, dass es viel bringen wird, aber machen Sie ruhig.«

Robyn bedankte sich. Er murmelte etwas und wandte sich wieder seinem Computerbildschirm zu. Robyn verstand, dass sie ihren Aufenthalt überstrapaziert hatte und ließ ihn allein.

64

Rachels Zuhause war eine Zwei-Zimmer-Wohnung im ersten Stock gleich an der Reading Road im Herzen Farnboroughs. Sie gehörte zu einem unspektakulären Backsteinbau mit einem Gemeinschaftsgarten. Robyn parkte auf dem dazugehörigen Stellplatz, stieg die Treppe hinauf und hämmerte an Rachels Tür. Sie bekam keine Antwort, ganz so, wie sie auch keine Antwort auf ihren Anruf bekommen hatte, den sie während der Fahrt gemacht hatte. Genau wie Claire Lewis war auch Rachel Croft nicht zu erreichen. Robyn klopfte erneut an, noch lauter. Nichts.

»Sie wird unterwegs sein. Ihr Auto ist nicht hier. Es müsste ein dunkelroter Toyota Yaris Hybrid sein«, sagte Ross.

Robyn trat frustriert gegen die Tür und drehte sich zu Ross um, der schon auf dem Weg die Treppe hinunter war. Dann hielt sie inne. Sie konnte ein dumpfes Geräusch von der anderen Seite der Tür hören. Und dann wieder – und wieder.

»Ross, da ist jemand drin.« Sie klopfte erneut an und bekam ein weiteres leises Geräusch als Antwort. Es war definitiv jemand in der Wohnung.

»Vielleicht ein Radio?«, vermutete Ross.

»Das glaube ich nicht. Wir müssen uns Zutritt verschaffen.«

»Wir haben keinen Durchsuchungsbefehl und ich muss dich

wohl nicht daran erinnern, dass es illegal ist, eine Wohnung ohne die Erlaubnis des Besitzers zu betreten, oder?«

»Nein, aber ich habe den begründeten Verdacht, dass sich jemand in Gefahr befindet.« Sie rief in Richtung der Tür. »Wir kommen rein, ist das in Ordnung?« Ein weiteres dumpfes Geräusch kam als Antwort.

»Ich nehme das als ein Ja«, sagte sie, ging in Kick-Box-Stellung und trat mit dem rechten Bein gegen die Tür. Ihr Absatz traf die Tür zielgenau in der Nähe des Rahmens, der mit einem lauten Knacken nachgab.

»Erinnere mich daran, mich nie auf einen Kampf mit dir einzulassen«, sagte Ross. »Soll ich ihr den Rest geben?«

»Nur zu«, antwortete sie und wich zurück, damit Ross sich mit voller Wucht gegen die geschwächte Tür werfen und sie aufbrechen konnte. Sie betraten die Küche und eilten in Richtung des Geräusches, das aus einem Schlafzimmer kam. Rachel lag hinter der Tür auf dem Boden, Hände und Füße mit Kabelbindern gefesselt und den Mund mit Isolierband zugeklebt. Sie war erschöpft und kaum bei Bewusstsein, Blut lief ihr über das Gesicht. Robyn nahm ein Messer aus der Küche, durchschnitt die Fesseln und befreite Rachels Hände.

»Das wird jetzt unangenehm, aber nur für eine Minute«, erklärte sie, als sie sie darauf vorbereitete, das Klebeband von Rachels Gesicht zu ziehen. »Sind Sie bereit?«

Die Frau nickte und als Robyn es in einer schnellen Bewegung wegriss, stieß sie ein Geräusch aus – zum Teil ein Aufheulen, zum Teil ein Quietschen wie von einem verängstigten Ferkel. Rachels Lippen waren trocken und rissig. Sie stöhnte heiser und rieb ihre schmerzenden Handgelenke. Ihre Hände zitterten von dem Schock. Sie krächzte nur. »Vielen Dank.«

Ross schenkte ein Glas Wasser ein und reichte es ihr. Sie trank es gierig aus. Sie hoben sie auf das Bett und befreiten ihre Füße. Ross kontrollierte ihre Kopfwunde. Sie blutete noch und musste behandelt werden.

»Ich rufe einen Krankenwagen«, flüsterte er.

Robyn nickte ihm zustimmend zu, dann erklärte sie Rachel, wer sie waren. »Lassen Sie sich Zeit. Wenn Sie sich bereit fühlen, erzählen Sie mir, was passiert ist.«

Rachel rieb noch ein wenig an ihren gefühllosen Handgelenken und Knöcheln, dann versuchte sie aufzustehen. Robyn stützte sie.

»Ich muss mich bewegen«, krächzte Rachel. Robyn führte die bebende Frau in die Küche und setzte sie an den modernen, runden Eichentisch mit Metallbeinen, der wohl künstlerisch aussehen sollte, stattdessen aber billig wirkte. In der Küche gab es wenig zu sehen bis auf die üblichen Güter des täglichen Bedarfs. Sie wirkte leer und Robyn vermutete, dass Rachel die finanziellen Mittel fehlten, um sich ein wenig heimischer einzurichten. Sie füllte den Wasserkocher auf und bereitete eine Tasse vom Tassenständer mit Tee aus einem grellen Behälter vor. Ross durchsuchte das Schlafzimmer, wodurch Robyn Zeit mit Rachel hatte. Dem umgeworfenen Stuhl und Nachttisch und der auf dem Boden liegenden Bettdecke war anzusehen, dass Rachel sich mit großer Mühe vom Bett auf den Boden bewegt hatte und dann nah genug an die Tür gerobbt war, um dagegen zu treten, um auf sich aufmerksam zu machen. Sie musste erschöpft von der Anstrengung sein.

Mit Robyn in der Küche und einer Tasse Tee in der Hand gewann Rachel die Kontrolle über ihre Emotionen wieder. »Ich war gerade damit fertig, eine Nachbarin zu behandeln. Ich lerne, wie Kristalltherapie und -heilung geht. Sie ist eines meiner Versuchskaninchen. Ich habe meine Kristalle zusammengepackt und wollte mich gerade mit Abigail Thorne treffen. Sie ist eine Freundin. Ich wollte sie um fünf beim Sportplatz treffen und war spät dran. Ich habe ein Geschenk für sie – ein Tigerauge.« Sie deutete auf eine Halskette, die aus einer billigen Metallkette bestand, an der ein wunderschöner Edelstein mit goldgelben Linien hing. »Es soll ihr helfen, ihre Ängste und Sorgen zu überwinden. Sie war so unglücklich, als wir uns zuletzt unterhalten haben. Obwohl sie nicht gesagt hat, was sie bedrückt, war deutlich zu sehen, dass sie etwas belastet.« Rachel schweifte ab. Robyn vermutete, dass sie davon ablenken wollte, was ihr passiert war. Sie hörte geduldig zu.

»In der Vergangenheit haben die Leute Tigerauge als Glücksbringer gegen Flüche oder Böse Zaubersprüche getragen«, fuhr sie fort. »Ich dachte, es würde Abby helfen. Ich kann spüren, dass dunkle Menschen und Kräfte sie aussaugen. Sie braucht Unterstützung.« Rachel legte sich eine Hand an den Kopf und zog sie schnell wieder zurück, dann betrachtete sie die klebrigen Flecken von trocknendem Blut.

»Schon gut. Ich glaube nicht, dass es sehr schlimm ist, aber Sie müssen untersucht werden. Ross hat schon den Notarzt gerufen.«

Rachel sah sie benommen an. »Nein danke, ich glaube ich bin okay. Ich muss mich gestoßen haben, als ich hingefallen bin. Ich werde später zum Arzt gehen.«

»Sie stehen unter Schock und jemand muss Sie untersuchen. Ihre Hände und Füße müssen auch behandelt werden.«

Rachel sah auf ihre geschundenen Fußgelenke, aber der Schmerz konnte noch nicht so recht zu ihr durchdringen.

Robyn fragte noch einmal. »Erzählen Sie mir, was passiert ist. Wir müssen herausfinden, wer Ihnen das angetan hat.«

»Ich wollte mich gerade mit Abby treffen, als jemand an meiner Tür geklopft hat. Ich habe sie geöffnet und ein maskierter Wahnsinniger hat mich überfallen. Ich hatte nicht einmal Zeit, zu schreien. Ich wurde in diesen Raum gestoßen und in den Bauch geschlagen. Es hat mir komplett den Atem genommen. Ich habe mich unter Schmerzen zusammengekrümmt. Ich erinnere mich, gefragt zu haben, warum man mir das antut, aber da wurde ich wieder geschlagen und bin zu Boden gegangen. Die Person hat gelacht. Sie hat mich wirklich ausgelacht. Ich hatte solche Angst. Ich habe geglaubt, sie würde mich umbringen. Ich habe mich ruhig verhalten und versucht, sie nicht zu verärgern. Ich dachte, es hätte funktioniert, während sie durch die Küche gestapft ist und ganz leise vor sich hingemurmelt hat. Ich konnte nicht verstehen, was sie sagte, aber es war die Stimme einer Frau. Das hat mich überrascht. Es klang, als würde sie mit jemandem sprechen. Ich bin sicher sie hat irgendwann ›Dad‹ gesagt. Ich habe angestrengt gelauscht, um zu hören, ob eine zweite Person da war, aber es hat nicht den Anschein gemacht. Dann ist es mir gekommen, wer diese Person war. Ich wollte sie ansprechen, aber sie hat mir mit irgendetwas Schwerem auf den Kopf geschlagen und ich wurde ohnmächtig. Als ich zu mir kam, lag ich auf dem Bett. Ich konnte mich nicht bewegen, wegen der Fesseln. Sie haben ziemlich eingeschnitten, sobald ich mich bewegt habe. Sie hat mir Klebeband über den Mund geklebt, wie Sie ja gesehen haben. Ich wusste nicht, was ich tun sollte, also habe ich meine Beruhigungsübungen gemacht. Und sobald ich ein wenig Kraft gesammelt hatte, habe ich versucht, mit den Füßen gegen den Nachttisch und die Tür zu treten. Aber niemand hat mich gehört.« Sie leckte sich über die Lippen und runzelte hochkonzentriert die Stirn.

»Ich glaube, jemand kam an die Tür, vielleicht gestern Nachmittag. Ich habe ein Klopfen gehört und versucht um Hilfe zu rufen, aber es war hoffnungslos. Ich habe den Tisch getreten und er fiel um, aber die Person ging. Ich bin auf den Boden gefallen und habe gegen den Frisiertisch getreten, aber nichts ist passiert. Niemand kam zurück. Ich wurde müde und mir war ganz schlecht. Ich hatte die Hoffnung, die Nachbarn unter mir würden die Geräusche hören und nachsehen. Ich habe versucht, ruhig zu bleiben und habe immer wieder mein Mantra aufgesagt. Ich bin so schwach geworden und mehrmals eingenickt. Und als ich aufgewacht bin, war es stockfinster, also habe ich es nochmal versucht. Aber ohne Erfolg. Ich habe schon geglaubt, niemand würde mich je finden. Ich hatte gehofft, Abigail würde sich fragen, warum ich nicht zu dem Treffen gekommen bin und nachsehen, ob alles in Ordnung ist.« Sie begann wieder zu zittern. Der Schock über die Ereignisse drang langsam zu ihr durch. Robyn hoffte, dass der Notarzt bald ankam. Die Frau sah grau und krank aus. Die ganze Nacht hindurch gefesselt zu sein, hatte sie geschwächt. Sie nahm einen Schluck vom Tee, ihre rissigen, wunden Lippen ließen sie zusammenzucken.

»Als Sie angeklopft haben, wollte ich etwas machen, damit Sie mich hören. Ich habe die Tür getreten und getreten. Danke, dass Sie mich gerettet haben. Ich weiß nicht, wie lange ich hier alleine war.« Sie erschauderte bei dem Gedanken.

»Ich weiß, Sie hatten noch keine Gelegenheit, sich umzusehen. Aber glauben Sie, dass irgendetwas gestohlen wurde?«, fragte Robyn.

Rachel lachte auf. »Hier gibt es nichts von Wert. Ich miete die Wohnung nur, die Möbel waren schon drin, so wie jetzt. Sie hat schon bessere Tage gesehen. Ich besitze nur ein paar Klamotten, Bücher, meinen iPod, der dort auf dem Tisch liegt, und einige persönliche Gegenstände, für die sich niemand interessieren würde. Hier gibt es nichts zu stehlen. Ich habe nicht einmal einen Fernseher.« Sie sah sich in der Küche um und schüttelte den Kopf. »Ich sehe nichts, was nicht an seinem Platz wäre. Ich habe gerade mal fünf Pfund in meinem Geldbeutel. Ich bezweifle, dass man mich deswegen ausrauben würde. Ich warte noch auf die Scheidungsvereinbarung und dann bin ich hier weg. Es ist jämmerlich. Es ist, als wäre ich wieder eine verschuldete Studentin.«

Sie stellte sich auf ihre wackeligen Beine und hielt sich am Tisch fest. Dann ging sie vorsichtig zum Küchenfenster. Sie sah nach draußen und atmete mit geschlossenen Augen tief durch. »Mein Auto ist weg. Sie hat mein Auto geklaut. Die dumme Schlampe.« Sie drehte sich langsam um. »Ich weiß ganz sicher, wer mich angegriffen hat. Es gab einige Hinweise, aber für mich waren es die Schuhe. Ich habe die Schuhe erkannt. Ich habe sie erst vor kurzem gesehen. Es waren Ted Baker Turnschuhe mit violettem Blumendruck. Ungewöhnlich und teuer. Das letzte Mal, dass ich ein solches Paar Schuhe gesehen habe, war im Café in der Stadt. Claire Lewis hat so ein Paar. Mein Angreifer war meine sogenannte Freundin. Sie ist verantwortlich für alles.«

»Wir gehen davon aus, dass Claire Lewis in Schottland ist. Sie kann es nicht gewesen sein.«

Rachel schüttelte heftig den Kopf. »Es war definitiv Claire Lewis. Ich weiß, dass sie es war. Ihre Maske ist verrutscht, als sie mich mit diesen Schuhen getreten hat. Ich konnte ihr Gesicht erkennen. Es war zweifellos Claire Lewis.«

Robyn warf einen Blick zu Ross, der sich an die Küchentheke lehnte. Rachel war eine aufmerksame Frau. Sie hatte vielleicht mehr beobachtet, als ihr bewusst war.

»Darf ich Sie darum bitten, zu überlegen, ob Sie irgendetwas übersehen haben könnten? Hat sie etwas gesagt, während Sie noch bei Bewusstsein waren? Waren da irgendwelche anderen, ungewöhnlichen Geräusche?«

Eine Stille trat ein, in der Rachel angespannt den Kopf von Seite zu Seite drehte, dann riss sie plötzlich die Augen auf. »Das ist vielleicht nicht relevant«, sagte sie, »aber ich glaube, ich habe ein Baby schreien gehört, als ich auf dem Boden lag. Ich war vollkommen verängstigt und benommen, aber je mehr ich darüber nachdenke, umso sicherer bin ich mir, dass ich draußen ein Kind gehört habe. Hier im Haus gibt es keine Kinder. Hier leben nur Paare und alte Leute.«

Ross bemerkte den eintreffenden Krankenwagen und entschuldigte sich. Rachel sah Robyn mit ernstem Blick an. »Glauben Sie mir, bitte. Ich bin sicher, dass Claire Lewis mich überfallen hat. Und aus irgendeinem Grund hatte sie ein Kind bei sich.«

»Ich werde nach Ihrem Wagen fahnden lassen und sehen, ob wir ihn aufspüren können. Ich kümmere mich darum, dass Sie es erfahren. Jetzt wird sich der Notarzt um Sie kümmern. Wenn Ihnen noch irgendetwas einfällt, rufen Sie mich an.«

Rachel griff in ein Glas mit Kristallen und drückte Robyn einen davon in die Hand. »Danke, dass Sie mich gerettet haben. Nehmen Sie das. Das ist ein Chrysopras. Er unterstützt die Heilung von emotionalen Wunden, besonders solchen, die vom Verlust eines geliebten Menschen stammen.«

Robyn wusste nicht, was sie sagen sollte. Wie konnte die Frau wissen, dass sie jemanden verloren hatte? Rachel beantwortete ihre unausgesprochene Frage.

»Ich sehe Auren. Ihre ist unförmig und grün. Die Farbe ist mit dem Herzen verbunden, deswegen wusste ich, dass Sie einen Verlust erlitten haben. Vielleicht ein Trauerfall oder eine Trennung. Nehmen Sie den Kristall. Er wird Ihnen helfen.«

Sprachlos nahm Robyn den Kristall an.

»Claires Aura ist voll Verbitterung und Eifersucht. Sie ist keine freundliche Person. Ich hoffe, Sie finden sie, bevor sie etwas wirklich Schreckliches tut.«

65

JETZT

Rachel, der alte Hippie, sah aus als hätte sie gleich einen Herzinfarkt, als sie die Tür geöffnet und mich dort gesehen hat, wie ich mit der Maske auf sie gewartet habe. Ihr Gesicht hat eine komische braunrote Farbe angenommen und sie sah aus, als wollte sie schreien, deswegen habe ich ihr ordentlich in den Solarplexus geboxt und sie ist zu Boden gegangen wie ein Sack Kartoffeln.

Ich habe sie für den Anfang in die Küche geschleppt, weil ich dachte, ich könnte sie an einen Heizkörper oder etwas Ähnliches fesseln, aber dort gab es kaum Möbel oder irgendetwas brauchbares, um sie festzusetzen. Ich frage mich, ob sie auf dieses ganze Feng-Shui steht. Es gab nur einen eigenartigen Tisch mit Metallbeinen und ein paar Hockern. Ich habe einen der Hocker aufgehoben, aber er war federleicht, also auch nicht für meine Zwecke geeignet.

Ich habe es im Rest der Wohnung versucht, aber es war alles genauso unbrauchbar, deswegen habe ich mich am Ende für Seil, Kabelbinder und Isolierband entschieden.

Rachel fing an, leise zu stöhnen, deswegen habe ich sie gefesselt und ihren Mund mit genug Klebeband zugepflastert, um sie ruhigzustellen. Es hat mir ganz besonders viel Freude bereitet, ihren Mund zuzukleben. Sie ist eine außerordentlich nervige

Kreatur und ich verabscheue die Art, wie sie mich manchmal ansieht, als würde sie etwas Widerliches in mir sehen. Als wir uns letztes Mal im Café getroffen haben, habe ich lange mit dem Gedanken gespielt, ihr brühendheißen Kaffee den Hals runterzuschütten, damit ich ihre weinerliche Stimme nicht mehr hören muss. Wenigstens konnte ich sie jetzt für eine Weile zum Schweigen bringen. Lang genug, um abzuhauen.

Ich lache bei der Vorstellung, dass Abby denkt, Rachel würde zusammen mit Lucas hinter allem stecken. Diesmal ist ihre Fantasie wirklich mit ihr durchgegangen. Rachel ist viel zu gutmütig für ein solches Verhalten. Ihr Schlafzimmer stinkt nach dem Öl, das alle New Age Leute so sehr lieben und an einem Spiegel auf dem Frisiertisch hängen Edelsteine. Über ihrem Bett hängt ein seltsamer Gegenstand. Ich glaube, es ist ein Traumfänger. Ich habe davon gehört. Das ist eines der Dinge, die ich nicht haben wollen würde. Ich will keinen meiner Träume einfangen – sie sind viel zu grausam.

Ich lasse Rachel ohne die geringste Ahnung, warum sie überfallen wurde, zurück. Ich habe darüber nachgedacht, es nach einem Raubüberfall aussehen zu lassen, aber es gibt nichts, was ich zerstören oder stehlen kann, also gehe ich mit leeren Händen, abgesehen von dem Schlüssel zu ihrem Auto. Izzy weint in meinem Auto, als ich zurückkomme. Ich muntere sie auf, indem ich mit Rachels Autoschlüssel vor ihrem Gesicht herumklimpere. Jetzt freut sie sich, dass wir das Fahrzeug wechseln.

Ein kribbelndes Gefühl breitet sich in meinem Bauch aus. Ich bin so kurz davor, meine Mission zu vollenden. Mein Vater ist ebenso aufgeregt. Er flüstert ein leises »Bravo«, als wir die Reading Road verlassen und wir summen mit dem Radio mit, während wir uns darauf vorbereiten, Natasha Matthews ein letztes Mal zu treffen.

———

Das Haus ist immer noch so beeindruckend wie damals, als Mom und ich angekommen sind. Ich habe es schon gehasst, bevor ich überhaupt einen Fuß hineingesetzt habe. Mom hat gekichert und war ganz fröhlich und aufgeregt.

»Das ist ein Neuanfang«, hat sie gesagt, als sie die Koffer aus dem Taxi ausgeladen hat. Paul kam herausgelaufen, um uns zu begrüßen, Glückseligkeit strömte aus jeder Pore in seiner Haut.

»Ihr seid früher da, als erwartet«, sagte er, küsste Mom auf die Lippen und hielt sie fest. Dann bemerkte er mich. »Hallo, Alice. Willkommen in deinem neuen Zuhause. Ich bin sicher, es wird dir hier gefallen.«

Ich habe ihn finster angestarrt und konnte hören, wie Mr. Riesenohr unter meinem Arm verächtlich schnaubte. Ich würde diesen Ort niemals mein Zuhause nennen. Es würde nie mein Zuhause sein.

Ich benutze den Schlüssel, den ich seit vielen Jahren habe. Ich habe ihn von Geraldine Marsh gestohlen. Ich bin buchstäblich auf der Straße im Ort mit ihr zusammengestoßen und habe ihn ihr aus der Jackentasche geklaut. Sie hat nichts gemerkt und ich bin sicher, Paul Matthews hat nie daran gezweifelt, dass sie ihn versehentlich verloren hat. Es sind weder die Haushälterin noch irgendwelche Besucher im Haus. Ich habe an alles gedacht. Ich habe den Makler angerufen und behauptet, ich wäre eine Anwältin, Miss Susannah Harrison, und würde Natasha Matthews vertreten, die Paul Matthews' Testament anfechten wollte. Ich habe verlangt, dass er die Immobilie zurückhält, bis die Sache geklärt war.

Ich musste Geraldine nicht anrufen, um ihr zu sagen, dass ihre Dienste nicht mehr gebraucht werden. Ich habe mich um sie gekümmert, als sie mich einmal fast im Haus erwischt hätte. Eine steile Treppe, eine verängstigte alte Frau und ein kräftiger Stoß. Das hat das Problem gelöst. Sie hat mich vielleicht im Moment ihres Todes von unserem Zusammenstoß wiedererkannt, das werde ich aber nie erfahren.

Natürlich hat niemand das Testament angefochten. Ich werde das Haus und seine Erinnerungen vernichten. Ich werde es zusammen mit Natasha niederbrennen, sobald sie ankommt. Ich habe vor zwei Tagen einige Kanister Benzin hierhergebracht und nachdem ich mich mit der Frau unterhalten habe, die meine Stiefschwester werden sollte, werde ich das Gebäude darin tränken.

In der Garderobe im Erdgeschoss setzte ich meine Brille mit dem Fensterglas ab, die Teil meiner Verkleidung der letzten Jahre war, und nehme die Kontaktlinsen raus. Die braunen Augen, die Brille und die ganzen Piercings scheinen sie getäuscht zu haben. Aber ich bin froh, dass ich sie endlich los bin. Sie hat nie Verdacht geschöpft, wer ich wirklich bin. Sie wird es früh genug erfahren.

Ich überprüfe noch einmal den Taser, den ich vom Auto mitgebracht habe und überlege, ihn an ihr einzusetzen. Ich habe ihn für Lucas benutzt. Ich habe ihn ein paar Mal geschockt, bis er mich angefleht hat aufzuhören. Habe ich aber nicht. Ich habe ihm den Taser auf die Brust gesetzt und dort gehalten, während er herumgezappelt hat wie eine tanzende Marionette, das Gesicht schmerzverzerrt, bis er zusammengebrochen ist, als hätte jemand seine Schnüre durchgeschnitten. Sein Herz hat versagt. Schade. Ich hatte gehofft, ihm die Eier abschneiden zu können, während er noch am Leben ist. Aber auch so konnte ich sie dorthin stecken, wo sie hingehörten. Ich musste deinen niederträchtigen Bruder umbringen, Natasha. Es war unausweichlich. Er hat nicht aufgehört, jungen Mädchen das Leben zu zerstören. Er hat auch die missbraucht, die er unterrichtet hat. Er war ein böser Mann, den man schon vor Jahren hätte aufhalten sollen. Ich war damals zu jung, um für mich einzustehen, aber jetzt ... jetzt habe ich die Kontrolle übernommen. Er hat es verdient zu sterben. Ich wünschte, es wäre ein grausamerer Tod gewesen.

Es tut mir auch nicht leid um den »Unfall« deines Vaters. Er hat es verdient. Er hätte mich und meine Mom nicht rauswerfen sollen. Er war so besorgt darüber, dass das dämonische Mädchen, das er in sein Haus gelassen hatte, seinem geliebten Sohn etwas antun könnte, dass er nicht darüber nachgedacht hat, was er tut. Er hätte sich mehr kümmern sollen.

Ich gehe durch das Haus und werfe einen Blick in jeden

Empfangsraum. Paul hat nichts im Haus verändert. Es ist fast genauso, wie in meiner Erinnerung. Es riecht sogar noch genauso. Ich schlendere die Treppe hinauf zu Natashas altem Kinderzimmer. Es sieht genauso aus, wie vor all den vielen Jahren. Ich gehe nicht in Lucas' Zimmer, aber ich bin sicher, auch das ist unverändert. Ein Schrein für zwei undankbare, grausame Kinder. Du hättest mich hierbehalten sollen, Paul. Du hast die falsche Person ausgemustert. Ich sehe davon ab, gegen Lucas' Tür zu spucken.

Paul war auch ziemlich verrückt. Schwer vorzustellen, dass er in all den Jahren nie anders dekoriert oder neue Möbel besorgt hat. Das Einzige, was er getan hat, ist Schlösser an den Türen anzubringen. Wenn er das nur viel früher getan hätte.

Ich gehe wieder nach unten und hole Izzy. Ich habe sie vorhin gefüttert und sie gluckert, als sie mich zurückkommen sieht. Es ist seltsam, aber in diesem Moment fühlt es sich fast an, als wäre sie meine Tochter. Ich hebe sie hoch und sie gurrt vor Freude. Sie will bestimmt mein altes Zimmer sehen. Und Mr. Riesenohr möchte ihr gerne eine Geschichte vorlesen. Es ist noch genug Zeit dafür übrig, bevor ich das Haus dem Erdboden gleichmache.

Robyn wählte Claires Nummer. Claire nahm nach dem dritten Klingeln ab.

»Hallo, Detective Inspector Carter«, sagte sie höflich.

»Claire, wo sind Sie?«

»Ich bin auf dem Rückweg aus Schottland, wie ich Ihnen schon sagte«, antwortete sie.

»Ich weiß, dass Sie das nicht sind. Wir haben mit dem Besitzer der Squirrel Lodge gesprochen. Er hat bestätigt, dass eine Frau namens Janet Foxton dort übernachtet. Sie hat gesagt, Sie hätten ihr einen kostenlosen Urlaub in der Hütte angeboten. Und dann die Sache mit Rachel Croft. Sie hat Sie gesehen. Sie hat uns erzählt, dass Sie sie überfallen haben, und sie hat Izzy weinen gehört. Das Spiel ist aus, Claire.«

Stille trat ein und Robyn spürte wie ihr Herz laut pochte.

»Haben Sie Izzy in diesem Moment bei sich?«, fragte sie ruhig.

»Seien Sie nicht lächerlich. Natürlich habe ich sie nicht. Ich bin kurz vor Newcastle. Ich sollte rechtzeitig zum Tee bei Ihnen sein. Ich komme auf jeden Fall vorbei, bevor ich zu Abby fahre.«

»Claire, Sie können aufhören, sich zu verstellen. Wir kennen das Nummernschild von dem Auto, das Sie fahren, und können Sie mithilfe der automatischen Nummernschilderkennung nachverfolgen. Sie haben keinen der Kontrollpunkte auf der A9 oder A1 nach Newcastle upon Tyne passiert, Sie sind also nicht, wo Sie vorgeben zu sein. Es sind schon Streifen auf der Suche nach Ihnen. Wir wissen, dass Sie Rachels Wagen fahren, und ich kann Ihnen versichern, dass es nicht lange dauern wird, bis wir Ihren wahren Aufenthaltsort finden und ein Team aussenden, um Sie festzunehmen. Bitte kommen Sie her, bevor es so weit kommt. Bringen Sie das Kind mit. Sie wollen sie doch nicht diesem Stress aussetzen. Sie ist nur ein Baby. Geben Sie sie zurück, Claire. Sie braucht ihre Mutter.«

Claire schnaubte. »Ich habe Izzy nicht. Nur zu, verfolgen Sie mein Auto. Ich habe nichts zu verbergen. Ich bin nicht die Schuldige hier, Detective. Vielleicht sollten Sie herausfinden, was genau Abigail verheimlicht.«

»Was meinen Sie, Claire?«

Die Verbindung brach ab. Robyn wählte noch einmal, aber sie wurde nicht mehr durchgestellt. Claire hatte das Handy ausgeschaltet und womöglich die Batterie entfernt.

»Habt ihr einen Standort?«, fragte sie PC Warrington.

Er schüttelte den Kopf. »Sie hat aufgelegt, bevor wir sie festnageln konnten. Sorry.«

Robyn schlug mit der flachen Hand auf den Tisch. Ross stand mit überkreuzten Armen und ungerührtem Gesicht bei der Tür. Die anderen drei Anwesenden im Raum hatten die Köpfe gesenkt. DCI Corrance war zunehmend frustriert von dem langsamen Fortschritt. Er stand urplötzlich auf und begann, unruhig im Raum auf und ab zu gehen und Anweisungen geben. Die Spannung zwischen ihm und Robyn war deutlich spürbar. Robyn ballte eine Hand zur Faust und klopfte sich damit leicht gegen den Kopf. Ihr lief die Zeit davon.

»Was jetzt? Noch irgendwelche schlauen Ideen, Carter?«, fragte DCI Corrance.

»Ich denke nach, Sir«, sagte sie und versuchte, einen professionellen Ton zu bewahren, obwohl sie ihn am liebsten anschreien wollte.

Jemand klopfte an die Tür. Der Sergeant vom Empfang erschien.

»Entschuldigung, Boss. Wir haben den Obdachlosen Thomas Keeper gefunden. Man hat ihm offenbar fünfzig Pfund gezahlt, um eine Handtasche zu stehlen, damit davonzulaufen und sie dann fallenzulassen. Wir haben ihm ein Foto von Claire Lewis gezeigt und er hat sie als die Frau identifiziert, die ihm das Geld gegeben hat.«

»Großartig, damit wären wir also alle vollständig überzeugt, dass Claire Lewis Isobel Thorne entführt hat. Aber wir haben keine Ahnung, wo sie ist. Wunderbar.«

In einer Ecke des Raumes legte eine Frau in den Dreißigern das Telefon aus der Hand und räusperte sich leise. »Wir haben neue Schwierigkeiten«, sagte sie und sah Robyn entschuldigend an. »Ich habe gerade die Nachricht erhalten, dass das Fahrzeug vor fünfzig Minuten einen Kontrollpunkt auf der M40 passiert hat. Es steht jetzt an der Tankstelle in Baconsfield.«

»Was? Warum haben wir diese Information nicht früher erhalten?« sagte Corrance und lief vor Wut rot an. »Ist sie immer noch an der Tankstelle?«

»Es wurde sofort eine Streife ausgeschickt und die Tankstelle durchsucht, aber es gab keine Spur von ihr oder dem Kind. Wir glauben, sie hat das Gebiet wieder verlassen.«

»Wie ist sie von dort weggekommen? Per Anhalter? Mit dem Auto einer Freundin? Besorgt das Video der Überwachungskameras. Sie muss darauf zu sehen sein. Sie kann sich nicht vor allen Kameras verstecken. Seht auch nach, ob das Baby bei ihr ist. Carter, übernehmen Sie.«

Ein stummer Seufzer der Erleichterung ging durch den Raum, als Corrance hinausstürmte.

Robyn schüttelte ungläubig den Kopf. Es lief alles unglaublich schief.

Ross durchquerte den Raum. »Ganz ruhig, Robyn. Du nimmst es persönlich«, sagte er leise.

»Sie spielt mit mir. Sie schikaniert mich und ich hasse das. Wie kann sie nur! Ich mache mir Sorgen, was sie Izzy angetan haben könnte. Ich kann sie damit nicht davonkommen lassen.« Sie starrte ins Leere. Davies wüsste ganz genau, wie er herausfinden kann, wo diese elendige Frau hinwollte. Wie sehr sie sich wünschte, sie könnte ihn um Hilfe bitten.

Ihr Handy vibrierte. Sie schnappte es sich von ihrem Tisch und bellte hinein: »Carter«

»Detective Carter? Hier ist Jackson Thorne. Ich bin mit meiner Weisheit am Ende. Abigail ist weg. Sie ist verschwunden, als ich kurz unterwegs war, und ich kann sie nicht erreichen. Ich glaube, sie will nach Izzy suchen oder hatte Kontakt zum Kidnapper. Ich kann sie nicht erreichen!«

»Wir sind sofort da.«

Sie packte ihre Tasche und gab Ross ein Signal. »Komm. Wir werden gebraucht. Es ist dringend. Ich hoffe nur, wir kommen nicht zu spät.«

»Oh je, Izzy. Ich glaube, ich habe Detective Inspector Carter verärgert. Egal. Sie wird es überleben.«

Zu blöd, dass sie herausgefunden hat, dass ich nicht in Schottland bin. Ich habe alles so gut geplant. Ich habe die Hütte unter meinem Namen gebucht und für die Woche bezahlt. Es gibt viele Gruppen auf Facebook, in denen die Leute nach Gratisreisen und Prämien suchen. Ich habe den Urlaub den Gruppenmitgliedern angeboten und gesagt, ich könnte nicht fahren, weil ich krank sei. Janet Foxton war begeistert. Man hätte meinen können, sie hätte in der Lotterie gewonnen, als ich ihr gesagt habe, sie könnte kostenlos ein paar Tage in einer hübschen Hütte in Schottland verbringen. Die einzige Bedingung war, dass sie dem Besitzer sagte, sie wäre Claire Lewis, um der Buchung nicht zu widersprechen. Ich bin ein Genie. Wer sonst hätte daran gedacht, Rachels Auto an einer Tankstelle loszuwerden und gegen ein anderes auszutauschen? Ich habe es so arrangiert, dass ich den vier Jahre alten Kia, den ich online gekauft habe, von der Tankstelle in Baconsfield abholen konnte. Der Typ, der ihn verkauft hat, hat ihn nur zu gerne dorthin gefahren und mir übergeben. Immerhin habe ich ihn dafür auch großzügig bezahlt. Ich habe Rachels Auto schön abseits geparkt und mich mit Darryl Bolt wie verabredet in dem

Café getroffen. Innerhalb von zehn Minuten hatte ich die Papiere und den Schlüssel für den Kia in der Hand. Ich weiß alles über nummernschilderkennende Überwachungskameras. Wir sind ein Land, in dem man immer beobachtet wird. Meine Verkleidung als rothaariger Hippie sollte die Kameras für eine Weile überlisten. Ich habe die Idee von Rachel. Ich habe einen langen, ausgewaschenen Rock angezogen und eine Bauernbluse, die ich aus Rachels Kleiderschrank geklaut habe, als sie ohnmächtig war. Außerdem habe ich ein Kopftuch mit Blumenmuster um Izzys Kopf gewickelt. Sie sah super süß aus. Wie auch immer. Die Polizei wird nicht in der Lage sein herauszufinden, in welchem Auto ich jetzt fahre, und das verschafft mir einen Vorteil.

Detective Inspector Carter klingt ziemlich verstimmt. Sie weiß ganz genau, dass ich Natashas Tochter bei mir habe, aber ich werde es ihr nicht leichtmachen. Ich habe genau auf die Uhr gesehen, um nicht länger als eine Minute zu telefonieren, dann habe ich das Signal unterbrochen. Ich war sicher, dass sie versuchen würden, meinen Anruf zurückzuverfolgen. Wer hat das noch nie bei einem Detektivdrama beobachtet?

Izzy und ich haben die Vögel beim Reservoir beobachtet. Sie war ganz aufgeregt, als sie sie an der Futterstelle bei dem Hochsitz gesehen hat. Ich glaube, sie mag die Natur auch. Wie schade, dass sie nicht lange genug leben wird, um sie angemessen zu genießen. Es ist Zeit, Natasha eine Falle zu stellen. Ich kann nicht mehr länger auf die Kamera in ihrem Haus zugreifen, also gehe ich davon aus, dass sie entdeckt wurde. Ich kann nicht sehen, ob sie zu Hause oder bei Jackson ist. Ich muss hoffen, dass ich sie alleine erwische und rufe sie an. Ich nutze meinen Stimmenverzerrer, um mit ihr zu sprechen. Ich müsste ihn zwar eigentlich nicht mehr benutzen, aber es gefällt mir. Es gibt allem einen unheimlichen Beigeschmack. Natasha nimmt sofort ab.

»Izzy wird leben oder sterben, das hängt ganz von dir ab. Sprich mit niemandem und triff mich in drei Stunden. Allein.«

Sie schluchzt. »Bitte, tu ihr nicht weh. Sie ist so klein. Es ist nicht ihre Schuld. Bitte.«

»Drei Stunden, Natasha. Die Zeit läuft.«

»Wo?«

»Was glaubst du wohl? Wo alles angefangen hat, Natasha. Wo alles angefangen hat.«

Sie schluchzt ein wenig weiter, aber ich lege einfach auf, obwohl ich sie liebend gerne heulen und flehen hören würde.

Ich sehe zu Izzy. Sie sitzt neben Mr. Riesenohr dem Dritten und spielt mit einem großen, gelben Plastikring. Sie ist so süß und unschuldig. Am besten belasse ich es dabei. »Mommy kommt. Ist das nicht wunderbar? Du, ich und Mommy.«

Sie schaut mich an und grinst.

»Ich weiß nicht, wann sie gegangen ist, oder wo sie hinwill. Ich habe es über ihr Handy versucht und ihr drei Nachrichten hinterlassen.«

»Wann haben Sie zuletzt mit ihr gesprochen?«

»Nachdem Sie gegangen sind. Wir hatten wieder einen Streit. Sie sagte, wenn ich die Rauchmelder überprüft hätte, ob sie alle funktionieren, hätten wir gemerkt, dass einer eine Attrappe ist. Ich bin wütend geworden. Ich arbeite so viel ich kann. Wenn ich nach Hause komme, bin ich müde und habe kaum Zeit um abzuschalten. Es ist nicht so, dass ich nach Hause komme, mir ein Fußballspiel ansehen und den langweiligen Büroalltag vergessen kann. Ich habe Flugpläne zu bearbeiten und das Geschäft lässt mich nie los. Ich habe keine Zeit für den Haushalt oder auf Testknöpfe von Rauchmeldern zu drücken.« Er spuckte die letzten Worte regelrecht aus. Der Stress der Situation verlangte ihm viel ab. »Ich habe sie angeschrien und bin für einen Spaziergang nach draußen gegangen. Ich bin nur zum Ententeich gegangen und dort eine Weile sitzengeblieben, bis ich mich beruhigt hatte. Ich habe nicht vorgehabt, lange zu bleiben, aber heute wurde viel gesagt und ich musste alles erst einmal verdauen.« Er rieb sich das Kinn. »Ich bin zu dem Schluss gekommen, dass ich unvernünftig war und bin zurückgegangen, um die Sache zu klären. Wir müssen doch zusammenarbeiten. Wir waren immer ein Team. Ich will nicht, dass alles wegen der Anspannung und wütender Worte auseinanderbricht.«

Er sah sich im Raum um, als ob Abigail und Izzy auf magische Weise wiederauftauchen würden.

»Es ist ein Albtraum«, sagte er schließlich. »Ein Albtraum.«

»Abigail ist in der Zeit gegangen, als Sie am Ententeich waren und sie ist nicht an Ihnen vorbeigekommen?«

»Ich habe niemanden gesehen.«

»Ross, ruf auf dem Revier an und sag ihnen, sie sollen Abigails Wagen nachverfolgen. Jackson, bleiben Sie hier, falls sie zurückkommt. Sie könnte auch rausgegangen sein, weil sie wütend war.«

Jackson schüttelte den Kopf. »Sie hätte das Haus nicht verlassen. Sie war so entschlossen hierzubleiben, falls jemand Izzy zurückbringt.«

»Dann wurde sie entweder gegen ihren Willen mitgenommen oder sie hat vom Entführer gehört. Komm, Ross, wir müssen uns beeilen.«

»Ihr Auto wurde gesichtet, wie es auf der M3 Richtung Norden zur M15 fährt«, sagte Ross mit seinem Handy in der Hand, als er in das Auto stieg. Robyn presste die Lippen aufeinander, während sie in Richtung der Autobahn fuhr. Ross wartete, bis sie etwas sagte.

»Ich fahre mit dieser Idee ein wenig abseits der Piste«, sagte sie nach einer Weile. »Bist du dabei oder nicht?«

»Bin dabei. Her damit.«

»Abigail könnte zu Paul Matthews’ altem Haus fahren.«

»Das wäre möglich, aber sie könnte auch irgendwo anders im Land sein.«

»Ich weiß, aber Alice Forman steckt hinter allem. Und sie hegt starken Groll wegen allem, was in diesem Haus passiert ist. Ich glaube, sie ist dort oder in der Nähe davon, und sie hat Abigail gesagt, sie soll sie dort treffen.«

»Okay, das klingt logisch. Warum rufst du nicht Mitz Patel an, damit er nachsieht? Oder Mulholland? Du musst nicht selbst hinfahren.«

Robyn schüttelte den Kopf. »Mulholland war nicht sehr glücklich darüber, dass ich der örtlichen Polizei in Farnborough auf die Nerven gefallen bin, und wird mich nur anweisen, es mit deren DCI abzuklären. Er wird mir nicht zustimmen. Du hast ihn gesehen. Neben ihm sieht ein T-Rex noch freundlich aus und ich glaube kaum, dass er meine Ideen teilt. Außerdem wird er seine eigenen Leute schicken wollen und das halte ich für keine gute Idee. Alice ist gerissen und unberechenbar. Wenn sie die Polizei kommen sieht, könnte das etwas in ihr auslösen. Genauso könnte ich natürlich Mitz fragen, ob er sich das Haus ansieht, aber wenn Alice ihn entdeckt, könnte sie Izzy umbringen – das heißt, wenn sie es nicht schon getan hat. Ich will sie nicht erschrecken oder verärgern. Sie will sich offenbar mir Abigail als Teil ihres Plans treffen und das gibt uns die Möglichkeit einzuschreiten, wenn wir uns beeilen. Wir müssen außerdem Alice erreichen, bevor Abigail dort ankommt. Weiß der Himmel, was mit ihr passiert, wenn wir es nicht schaffen.«

»Warum fragst du nicht Jackson, ob er uns hinfliegt? Er ist Pilot.«

»Es wird genauso lange dauern, zum Flughafen zu fahren, ein Flugzeug aufzutanken und flugbereit zu machen und einen Flugplan auszuarbeiten. Dann muss man auch noch einen geeigneten Landeplatz am Ziel finden. Fahren geht schneller.«

»Aber du hast darüber nachgedacht, nicht wahr?«

»Ich habe es in Erwägung gezogen«, antwortete Robyn und drückte das Gaspedal durch. »Gut festhalten – das könnte eine schnelle Fahrt werden. Ich rufe Mulholland unterwegs an und sage ihr, dass ich ein paar Geschwindigkeitsbegrenzungen überschreiten könnte.«

»Schau, Izzy, da ist Mommy, wie sie ihr funkelndes, weißes Auto in die Einfahrt fährt. Sie denkt, sie kann dich retten, aber das kann sie nicht. Ich werde sie glauben lassen, dass sie es kann, aber ich fürchte, ich bin ein nichtsnutziger Lügner. Und wenn ich sie erst einmal dazu gebracht habe, ins Obergeschoss zu kommen, werde ich das Haus in Brand stecken. Schau die vielen Benzinkanister an, die ich an der Wand aufgereiht habe. Es wird schrecklich stinken, wenn ich sie ausschütte, aber keine Sorge. Ich werde dich zuerst mit einem Kissen ersticken, damit du nichts mitbekommst.«

Ich hebe Izzy hoch, damit sie aus dem kleinen Oberlicht herausschauen kann, aber sie entdeckt das Auto nicht, das gerade in die Einfahrt einbiegt. Also, Natasha, du bist hier. Zeit für ein nettes Gespräch unter Schwestern.

Ich lasse Izzy in ihrem neuen, improvisierten Laufstall allein. Sie ist sicher da drin. Ich sage Mr. Riesenohr dem Dritten, dass er das Kommando hat und gehe hinunter. Ich habe vergessen, wie abgelegen das Kinderzimmer ist. Sie wollten mich wirklich nicht als Teil ihrer Familie haben. Ich war auf dem Dachboden weggesperrt.

Abigail hämmert gegen die Tür, als ich endlich unten ankomme. Ich stehe in der Vorhalle und starre sie an. Ihr Gesicht ist wie ein Gemälde. Ihr Mascara ist verlaufen und sie sieht aus, wie ein schlecht geschminkter Goth. Wie ironisch. Mir ist nach Lachen zumute, aber ich behalte meinen üblichen, eisigen Ausdruck bei, während sie mich anfleht, die Tür zu öffnen und sie reinzulassen.

Letztendlich lasse ich sie rein, aber zuvor stelle ich sicher, dass sie das große Messer in meiner Hand sieht. Das bringt sie zum Schweigen. Sie schluckt und weint stumm, aber sie wartet im Eingang, während ich spreche.

»Hallo, Natasha«, sage ich. Nicht gerade eine ausgeklügelte Begrüßung, aber angemessen. »Ich habe dich lange erwartet.«

»Claire«, sagt sie. »Du siehst anders aus.«

»Du weißt sehr gut, dass ich nicht wirklich Claire bin. Claire war ein niemand, der dich dazu gebracht hat zu glauben, sie würde sich um dich sorgen und wäre deine Freundin, während du in deinem großartigen Leben herumgetanzt bist. Du hast sie nur angerufen, wenn du Lust dazu hattest, wenn du mit irgendetwas angeben wolltest, so eingenommen von deinem Bilderbuchleben mit dem gutaussehenden, sorglosen, wohlhabenden Jackson Thorne. Du hast dich nie wirklich für die sonderbare Claire interessiert. Wenn du es getan hättest, wäre dir vielleicht aufgefallen, dass sie nicht wirklich arbeitet und kein eigenes Leben hat. Sie hat dir vielleicht erzählt, sie würde für diese Zeitschrift arbeiten oder auf jenen Fotoshoot gehen, aber in Wirklichkeit saß sie nur zu Hause und hat sich überlegt, wie sie das Leben von Abigail Thorne in Trümmer legen kann. Wenn du dich um Claire gekümmert hättest, wäre dir das aufgefallen. Du hättest die Magazine gekauft und ihre Fotos bewundert und wärst öfter vorbeigekommen, um sie zu besuchen. Wenn du dich für Claire interessiert hättest, wärst du öfter mit ihr ausgegangen. Claire hatte nie einen Freund oder auch nur Freundinnen außer die mannstolle Zoe, die ihre Zeit lieber in einem Fitnessstudio verbringt, und die verwöhnte Abigail Thorne, die sich um niemanden außer sich selbst kümmert. Aber wie du weißt, bin ich nicht Claire. Ich bin Alice. Noch jemand, um den du dich nie gekümmert hast.«

»Das ist nicht wahr. Claire, ich liebe dich. Du bist meine beste Freundin. Ich rufe dich doch oft an. Und wir gehen oft zusammen aus.«

»Du hast mich nur angerufen, wenn es dir gepasst hat.«

»Nein. Das ist einfach nicht wahr. Ich dachte wirklich, du wärest so beschäftigt mit deiner Fotografie. Ich wollte dich nicht davon abhalten.«

»Unsinn. Du hast nur angerufen, wenn du mit irgendetwas prahlen wolltest oder gelangweilt warst.«

»Jetzt bist du unfair.«

»Unfair? Du hast mir nicht zu sagen, was unfair ist und was nicht. Es war unfair, dass deine Familie uns rausgeworfen hat. Es war unfair, dass unser Leben danach unerträglich geworden ist und das fehlende Geld meine Mutter dazu getrieben hat, sich zu prostituieren. Es war unfair, dass ich gezwungen wurde, Verbrechen zu begehen, um zu überleben und es war unfair, dass meine Mom von einem ekelhaften Dreckssack ermordet wurde.« Ich packe Natasha am Arm und presse ihr das Messer an die Kehle. »Ich würde mich sehr darüber freuen, das benutzen zu dürfen. Gib mir also besser keinen Anlass dazu«, zische ich, während ich sie zur Treppe und die Stufen hinaufführe.

»Alice«, flüstert sie. »Es tut mir so leid. Ich hatte Angst und ich war mein Leben lang so einsam wie du.«

Ihre Worte lassen mich innerhalten. Sie klingt ernst. Für einen Moment bin ich aus der Bahn geworfen. Ich beschließe, sie in ihrem alten Schlafzimmer zu lassen, bis ich meine Mordlust wiederfinde, und mich so lange mit Dad zu unterhalten. Er wird mich wieder anstacheln.

Ich schließe Natasha ein und ignoriere ihre Rufe, während ich in mein Zimmer gehe. Als ich eintrete, richtet Izzy ihren aufmerksamen Blick auf mich und streckt ihre pummeligen Arme aus, damit ich sie hochhebe. Sie vertraut mir. Ein Funken von Wärme erfüllt meine Brust. Es ist ein fremdartiges Gefühl und es dauert eine Weile, bis ich verstehe, was es ist. Ich höre meinen Vater flüstern.

»Es ist Liebe«, sagt er.

Ich spiele mit Izzy und füttere sie mit püriertem Gemüse. Sie gluckst und brabbelt und bringt mich zum Lachen, als sie Spuckeblasen macht. Ist meine Mutter so bei mir gesessen, um mit mir zu spielen, bevor alles den Bach runtergegangen ist? Ich bin sicher, sie hat es getan.

Meine Gedanken werden von irgendetwas unterbrochen, aber ich kann nicht sagen, was anders ist. Dann realisiere ich, dass Natasha, die die ganze Zeit herumgeschrien hat, endlich den Mund hält. Was hat sie verstummen lassen? Ich lege ein Ohr an die Tür und lausche. Ich höre leise Stimmen und die fünfte Stufe auf der Treppe zum Dachgeschoss knarzt leise. Jemand kommt herauf. Ich setze Izzy auf das Bett und warte. Ich werde nicht kampflos aufgeben und ich muss Natashas Welt zerstören. Es tut mir leid, Izzy, aber du musst für die Sünden deiner Mutter zahlen.

70

»Ich lasse das Auto hier. Du bleibst besser da und hältst Ausschau. Wenn du irgendjemanden siehst, der Claire Lewis ähnelt oder Abigail entdeckst, lass es mich wissen. Ich lasse mein Handy auf Vibrationsalarm. Ruf Mitz an und sag ihm, er soll dich hier treffen. Ich könnte Verstärkung gebrauchen. Aber lass ihn nicht näherkommen, bevor du von mir hörst. Verstanden?«

»Ja, Boss«, sagte Ross grinsend. »Im Ernst, ich hoffe dein Gefühl stimmt. Ich drücke die Daumen.«

»Danke.«

Robyn legte die letzten hundert Meter zum Haus sprintend zurück. Sie rannte so schnell sie konnte die heckengesäumte Straße entlang und den Weg zum Haus hinauf. Sie hoffte, dass ihre Instinkte recht behielten. Wenn sie sich diesmal irrte, würde sie wahrscheinlich keine Chance mehr haben, Abigail und Izzy zu retten.

Die Hecke war geschnitten worden, seit sie zuletzt hier gewesen war und großblättrige Maispflanzen bedeckten das Feld, das an das Haus angrenzte. Plötzliche Flügelschläge eines Schwarms Spatzen, die aus ihrem Versteck in der Hecke aufstoben, erschreckten sie. Sie bremste ein wenig ab, um mögliche Personen im Haus nicht zu alarmieren.

Sie blieb im Schatten der Hecke, während sie sich dem Haus näherte, das bedrohlich vor ihr aufragte. Sie mied den Kiesweg und blieb auf dem Grasstreifen an der Steinmauer, während sie sich vorlehnte, um die Einfahrt zu beobachten. Abigails Auto stand vor dem Haus und ein silbergrauer Kia parkte in der offenstehenden Garage. Sie schickte Ross eine Nachricht mit dem Nummernschild des Kias und sagte ihm, dass Abigail im Haus war. Dann huschte sie an der Eingangstür vorbei und schlüpfte auf den Weg hinter dem Haus, um zu überprüfen, ob irgendjemand im Inneren war.

Robyn ging in die Knie, versteckt zwischen den großen Plastikmülltonnen und einem selbstgebauten Holzschuppen, in dem Holz von unterschiedlicher Länge trocknete. Sie suchte das Gebäude nach einem Weg ab, wie sie sich Zutritt dazu verschaffen konnte, dann bemerkte sie, dass das Fenster in der Waschküche ein wenig offenstand. Robyn schätzte, dass sie gerade genug Platz haben könnte, um hindurchzukommen, aber es würde eng werden. Sie schob sich an der Wand entlang und suchte im Inneren nach Aktivität. Sie konnte niemanden in der Küche oder der Waschküche sehen, also zog sie sich auf das Fensterbrett hoch und balancierte dort auf ihren Zehenspitzen, während sie die Verriegelung des Fensters öffnete und ihren Kopf hindurchsteckte. Sie musste sich hin und her winden, um Schultern und Oberkörper durch die schmale Öffnung zu zwängen, aber ihre Beharrlichkeit zahlte sich aus. Sie überlegte gerade, wie sie am besten landete, ohne zu Boden zu stürzen, als das Geräusch von Schreien sie zum Handeln zwang. Sie ließ sich auf die Waschmaschine fallen, rollte sich ab und landete sicher auf ihren Füßen. Die Tür der Waschmaschine stand offen und die blitzblank geschrubbte Arbeitsfläche roch leicht nach Bleiche. Die Schreie kamen aus dem Obergeschoss. Robyn lief durch die Küche und jagte die Treppe hinauf, indem sie zwei Stufen auf einmal nahm, dann blieb sie vor einem Schlafzimmer stehen. Jemand hämmerte gegen die Tür und schrie. Es war Abigail.

Robyn klopfte sanft dagegen und mit dem Gesicht ganz nah an

der Tür sagte sie leise: »Abigail, hier ist Robyn Carter. Ich hole Sie raus.«

Das Hämmern hörte auf. »Detective Carter?«

»Ich bin es.«

»Sie hat Izzy. Holen Sie Izzy.«

»Warten Sie kurz«, flüsterte sie durch die Tür. »Ich muss etwas holen, um die Tür zu öffnen.«

Es kam eine dumpfe Antwort, aber Robyn hörte nicht mehr hin. Die Zeit lief ihr davon, aber sie konnte sich denken, wo Claire war, also stieg sie die Treppe so vorsichtig und leise hinunter wie sie konnte und ging in die Küche. Geraldine Marsh war beim Putzen und Aufräumen immer peinlich genau gewesen. Hoffentlich war das, was Robyn suchte, immer noch am selben Ort. Der kleine, blaue Phillips-Schraubenzieher lag in einer kleinen Holzschale auf einem Regal über dem Spülbecken. Dann durchsuchte sie die Schubladen noch nach einem passenden Messer.

Mit dem Schraubenzieher in der Hand kehrte sie zur Tür zurück. Sie schob das Messer unter den Rahmen, wo der Türknauf auf die Tür traf und löste ihn ab, um an die Schrauben zu kommen, die alles zusammenhielten. Dann entfernte sie diese schnell. Der Türknauf fiel auseinander und sie rüttelte am Schloss, bis sich die Tür öffnete.

Eine totenblasse Abigail erschien mit zitternden Händen. Sie wirkte verstört, ihr Gesicht war rot und geschwollen, aber wilder Zorn glühte in ihren Augen. Sie schob sich an Robyn vorbei und ging zur Treppe. »Wo ist sie? Sie ist in ihrem alten Zimmer, nicht wahr?«

Robyn hielt sie fest. »Warten Sie. Wir wollen nicht, dass sie Izzy etwas antut. Überlassen Sie das mir. Lassen Sie mich versuchen, sie aus dem Zimmer zu bekommen.«

Sie starrten sich gegenseitig an, eine Vene pulsierte an Abigails Hals, während sie mit sich rang. Am Ende gab sie nach.

»Keine Sorge. Sie wird Izzy nichts antun, solange sie sich nicht bedroht fühlt.«

»Woher wollen Sie das wissen?«, sagte Abigail.

»Sie müssen mir hierbei vertrauen. Ich habe lange darüber nachgedacht, was Alice motiviert. Ich glaube, sie hat Izzy nur benutzt, um Sie hierherzulocken. Izzy hat keine Rolle in dem, was hier in dieser Nacht vor all den Jahren passiert ist. Sie hat Sie aus einem bestimmten Grund hierhergebracht. Sie sind diejenige, die sie die ganze Zeit wollte. Sie wollte sich seit langer Zeit an Ihnen rächen, sogar schon bevor sie Ihnen in Farnborough begegnet ist. Sie haben mir vorher eine Geschichte erzählt, als ich Sie gefragt habe. Erzählen Sie es mir noch einmal. Erzählen Sie mir genau, was in dieser Nacht passiert ist.«

Abigail schluckte die Tränen herunter. »Es ist so lange her, aber ich habe immer noch Albträume davon. Ich habe auf sie aufgepasst. Sie war erst acht Jahre alt. Sie war so süß, große, blaue Augen und wunderschönes, goldenes Haar. Sie war wie eine hübsche Puppe. Ich war ein wenig neidisch auf sie. Da war ich, hässlich und immer hinter meinem dunklen Make-Up versteckt, während ich mir nur gewünscht habe, diesem Haus zu entkommen – und dann kam Alice mit ihrer Mutter Christina. Sie haben unser Leben aufgemischt und am Anfang dachte ich, alles wäre in Ordnung. In dieser Nacht hatte ich die Verantwortung. Lucas war mit seinen schrecklichen Freunden unterwegs. Dad ist mit Christina zu einer Preisverleihung gefahren. Es war eine große Sache. Er hatte gehofft zu gewinnen. Christina war die neue Liebe seines Lebens und sogar noch schöner als Alice. Er war verrückt nach ihr. Ich habe ihn nicht mehr so glücklich gesehen, seit Mom ...« Sie verstummte und wischte sich Tränen weg. »Ich habe ferngesehen und nicht gehört, dass Lucas nach Hause kam. Er ist durch die Hintertür gekommen und hat sich nach oben geschlichen. Es waren erst die schrecklichen Schreie, durch die ich realisiert habe, dass etwas nicht stimmt. Und als ich in ihr Zimmer kam, lag Lucas zusammengekrümmt auf dem Boden und ein Stift steckte in seinem Auge. Ich wusste nicht, was ich tun sollte. Ich habe mir selbst die Schuld gegeben. Ich hätte wissen müssen, dass so etwas passiert. Ich kannte Lucas. Ich hätte es verhindern können.

Alice hat meinem Dad und ihrer Mutter erzählt, dass Lucas sie überfallen hat, aber er hat es abgestritten. Er hat sich eine Geschichte ausgedacht, dass er sie weinen gehört hätte und sie haben ihm geglaubt. Ich kannte die Wahrheit. Ich hatte ihn gesehen, wie er sich halbnackt auf dem Boden gewälzt hat. Ich wollte Dad so dringend sagen, was wirklich passiert ist, aber ich wusste, dass er mir nicht glauben würde. Ich war schon einmal in einer ganz ähnlichen Situation. Damals hat Mom mir auch nicht geglaubt, als ich ihr gesagt habe, dass Lucas ...« Ihre Augen flehten Robyn an. Sie konnte für einen Moment nicht weitersprechen, aber nachdem sie einmal schwer geschluckt hatte, fuhr sie fort. »Lucas hat mir die Schuld für die Krankheit und den Tod unserer Mutter gegeben. Er sagte, ich habe sie mit meinen Lügen so sehr enttäuscht, dass sie krank wurde. Ich habe ihm geglaubt. Immerhin war ich so jung und sie ist durchgedreht, als ich ihn beschuldigt habe ...« Wieder konnte sie den Satz nicht beenden. Robyn drückte ihre Hand. »Ich weiß«, sagte sie. »Ich weiß, was er getan hat. Sie müssen diese Erinnerung nicht noch einmal durchleben. Machen wir dem ein Ende.« Sie stand auf und bedeutete Abigail, ihr zu folgen. »Sie müssen mir vertrauen. Kommen Sie mit, aber überlassen Sie mir das Sprechen. Sie müssen still bleiben, egal was passiert.« Robyn hoffte, dass sie die Situation diesmal richtig gedeutet hatte. Leben standen auf dem Spiel und sie konnte es sich nicht leisten, sich zu irren. Alles hing an ihren Instinkten. Sie sprach ein stummes Stoßgebet.

Sie stiegen gemeinsam die Treppe zu dem kleinen Zimmer unter dem Dach hinauf. Robyn sagte laut, »Alice, wir müssen reden. Ich habe Ihnen etwas sehr Wichtiges über Natasha zu sagen.«

Aus dem Zimmer war kein Geräusch zu hören.

»Alice, ich weiß, dass Sie da drin sind. Öffnen Sie die Tür. Es ist wichtig. Ich weiß, dass Sie eine Menge durchgemacht haben, um hierherzukommen, aber Sie müssen etwas wissen, bevor sie auch nur einen Schritt weitergehen.«

»Ich werde nicht rauskommen. Sie werden mich festnehmen und das war's dann. Wenn Sie versuchen reinzukommen, werde ich das Kind erwürgen. Also verschwinden Sie.«

Einen Moment war es still, dann stieß Izzy einen Schrei aus. Abigail drängte sich vor, aber Robyn schüttelte den Kopf und hob einen Finger an die Lippen.

»Alice, um Himmels Willen. Öffnen Sie die Tür. Izzy ist nur ein kleines Baby. Sie sind keine Kindermörderin. Lassen Sie mich rein. Lassen Sie mich Izzy zu ihrer Mutter bringen, damit sie sich um sie kümmern kann und wir uns ausführlich unterhalten können. Ich verstehe Sie. Ich weiß, was Sie durchgemacht haben. Ich habe den Friedhof besucht und die wunderschönen Worte gelesen, die Sie für Ihre Mutter hinterlassen haben. Sie war ein wunderschöner Schmetterling, nicht wahr? Es muss so schwer für Sie gewesen sein, als sie Sie ausgeschlossen hat. Sie haben sie so sehr geliebt.«

Immer noch keine Antwort. Robyn biss sich auf die Lippe und fragte sich, ob sie mit ihren Instinkten zu den Hasen auch recht hatte.

»Sie haben sie gesehen, nicht wahr? Sie haben Ihre arme Mutter erdrosselt in ihrem Schlafzimmer gefunden. Sie haben die Polizei gerufen und etwas zurückgelassen, das Ihnen wichtig war, als Zeichen Ihrer Liebe. Sie haben ihren Stoffhasen zurückgelassen.«

Robyn hielt den Atem an. Sie hoffte inständig, dass sie die Situation nicht missverstanden hatte, denn es könnte einem Kind das Leben kosten.

Endlich hörte sie Alice. »Izzy braucht Natasha nicht. Ich habe mich wirklich gut um sie gekümmert. Sie mag mich sehr.« Izzys Weinen wurde lauter. Robyn versuchte es erneut. »Alice, Sie können Izzy nicht wehtun. Sie sind nicht herzlos. Hören Sie. Sie weint, weil sie ihre Mutter vermisst. Sie ist nur ein kleines Mädchen, das sich nach der Liebe ihrer Mutter sehnt. Sie muss bei Natasha sein. Natasha ist ihre Mutter. Natasha will sie beschützen und sich um sie kümmern und sie lieben.«

Aus dem Zimmer war ein wütender Aufschrei zu hören.

»Was weiß Natasha schon über den Schutz anderer? Fragen Sie sie! Fragen Sie sie, was passiert ist, als sie mich beschützen sollte.«

»Es gibt da etwas, was Sie nicht darüber wissen und es wird ändern, wie Sie darüber denken. Bitte lassen Sie mich rein. Ich verspreche, mich nicht von der Tür wegzubewegen. Wirklich. Wenn Sie mir danach nicht glauben, werde ich gehen und Sie können tun, was auch immer Sie geplant haben. Hören Sie mir zu, Alice. Das sind Sie sich selbst schuldig. Nach allem, was Sie durchgemacht haben, verdienen Sie die Wahrheit. Wollen Sie nicht die Wahrheit hören, Alice?«

Sie wartete. Izzy weinte weiter. Nach einer gefühlten Ewigkeit konnte Robyn ein Klickgeräusch hören und die Tür wurde geöffnet. Robyn huschte in den Raum. Das Kinderzimmer war in Pinktönen gestrichen, eine Daunendecke mit Tiermuster lag auf dem Bett und Tierfiguren standen auf dem Frisiertisch und starrten sie an. Im Zimmer roch es modrig und klamm. Staubmäuse lauerten unter dem Bett. Das war ein Raum, den Geraldine Marsh nie betreten hatte.

Izzy saß auf dem Bett. Ihre Wangen waren gerötet vom Weinen, aber sie verstummte, als sie eine neue Person den Raum betreten sah. Sie starrte Robyn an. In einer Hand hielt sie den Fuß eines pelzigen Spielzeughasen. Alice stand vor Robyn und hielt ein Messer hoch. »Na los«, zischte sie. »Das ist es hoffentlich wert.«

Robyn entspannte sich, als sie in ihre Rolle schlüpfte. »Hi, Alice. Ich bin Robyn. Ich bin nicht als Detective oder Polizistin hier. Ich bin nur eine Freundin. Ich werde Sie nicht anfassen oder Ihnen etwas antun«, sagte sie und hob beschwichtigend die Hände.

»Ich weiß, wer Sie sind.«

Robyn fuhr fort. »Izzy wirkt zufrieden. Wie ich sehe, hat sie einen neuen Freund.«

Izzy zog den Hasen von einer Seite auf die andere, die Tränen schon völlig vergessen. Robyn lächelte sie an. »Sie mag ihn. Ist das ein Geschenk von Ihnen?«

Alice senkte das Messer und drehte sich zu Izzy um. »Ja, das ist Mr. Riesenohr der Dritte.«

»Er sieht aus wie ein guter Zuhörer«, sagte Robyn leichtherzig. »Ich habe einen Teddybär namens Grummi. Ich habe ihm alle meine Geheimnisse erzählt, als ich jünger war. Ich habe ihn immer noch. Er lebt jetzt in meinem Bett. Er sieht ein wenig mitgenommen aus. Sein Fell ist dünn geworden und er hat ein Ohr verloren. Aber ich würde mich nie von ihm trennen. Er war mein Freund, wenn ich jemanden zum Zuhören gebraucht habe.«

»Ganz wie Mr. Riesenohr. Er ist der beste Zuhörer«, sagte Alice mit weicher Stimme. Die Hand mit dem Messer hing an ihrer Seite herunter.

»Wollen Sie sich zu Izzy setzen, falls sie aus dem Bett fällt?«

»Nein, sie kommt klar. Ich stehe lieber«, erwiderte Alice und nahm wieder ihre vorherige, defensive Haltung ein. Robyn wandte das Gesicht Alice zu und sah ihr in die brillenlosen Augen. Sie sah anders aus. Ihre Augen hatten die Farbe von blauem Eis und waren ebenso kalt.

»Es ist alles in diesem Zimmer passiert, nicht wahr?«

Alice richtete sich zu ihrer vollständigen Größe auf. Sie war mehrere Zentimeter größer als Robyn. Ihre Arme waren muskulös, ihr war anzusehen, dass sie regelmäßig trainierte. Sie atmete ungeduldig durch.

»Reden Sie schon. Ich weiß, was Sie tun. Sie versuchen, meine Freundin zu sein. Ich habe keine Freunde. Ich hatte noch nie irgendwelche Freunde, dank der Matthews.« Sie sprach den Nachnamen voller Verachtung aus.

»Abigail ist Ihre Freundin.«

Alice lachte. »Nein. Sie ist definitiv nicht meine Freundin. Sie wissen das. Sie sind nicht dumm. Sie war ein Teil von allem. Sie hat weder ihrem Vater noch meiner Mutter erzählt, dass ihr abstoßender, geisteskranker Bruder versucht hat, mich zu vergewaltigen. Ich war acht Jahre alt!«, schrie sie. »Ich war ein Kind. Niemand, wirklich niemand hat mir zugehört. Sie haben diesem verlogenen Mistkerl geglaubt und sie hat ihnen nicht die Wahrheit gesagt. Meine Mutter hat mich mein Leben lang dafür gehasst, dass ich ihre Beziehung mit Paul zerstört habe. Sie hat geglaubt, ich würde die Geschichte erfinden, weil ich so eifersüchtig war, dass sie sich nach dem Tod meines Vaters wieder verliebt hat. Können Sie sich vorstellen, was das mit einem kleinen Mädchen macht? Ich wollte immer nur geliebt werden und plötzlich hat meine Mutter mich verstoßen. Können Sie sich vorstellen, wie schmerzhaft das war?«

»Nein, kann ich nicht. Aber Natasha kann es. Sie waren nicht das einzige Opfer, Alice. Ich darf Sie doch Alice nennen, oder? Natasha versteht genau, was Sie durchgemacht haben. Sie waren nicht das erste kleine Mädchen, das Lucas vergewaltigen wollte. Er hatte bereits Übung.« Sie ließ der Nachricht Zeit, um anzukommen und fuhr dann fort. »Alice, Lucas hat seine Schwester vergewaltigt. Aber im Gegensatz zu Ihnen ist es Natasha nicht gelungen, ihn aufzuhalten. Und er hat es auch nicht nur einmal getan. Er hat es mehrfach getan und ihr gedroht, damit sie nichts sagte. Sie war absolut verängstigt, genau wie Sie.«

Alices Gesichtszüge entgleisten. »Nein, das kann nicht sein«, murmelte sie.

»Noch schlimmer, Natasha wurde schwanger. Im Alter von nur zwölf Jahren wurde sie schwanger von ihrem eigenen Bruder und niemand wollte ihr glauben, dass er verantwortlich war. Natasha hat versucht, ihre Mutter von der Wahrheit zu überzeugen, aber sie wollte nichts davon hören. Ihre Eltern waren überzeugt, dass ihre Tochter lügen würde, um ihre heimlichen Eskapaden zu verschleiern. Natasha wurde zur Abtreibung geschickt. Ihre Mutter wurde wenig später krank. Lucas hat Natasha mit Psychospielen gequält und ihr die Schuld daran gegeben, bis sie wirklich dachte, sie wäre verantwortlich für den Tod ihrer Mutter. Und dann zog sich ihr Vater zurück und sie hatte niemanden mehr zum Reden. Natasha war so einsam, dass sie sogar überlegt hat, sich das Leben zu nehmen.«

Alice schüttelte heftig den Kopf, während sie versuchte, das

Ausmaß von dem zu verstehen, was sie gerade erfahren hatte. Das Messer fiel zu Boden, vergessen vor lauter schwerem Bedauern. Emotionen drangen an die Oberfläche, die seit Jahren unterdrückt worden waren. Sie stolperte rückwärts und ließ sich auf die Bettkante fallen.

Robyn näherte sich dem Messer und brachte es mit einem sanften Tritt außerhalb Alices Reichweite. Sie entdeckte die Benzinkanister, die an einer Wand aufgereiht waren, steckte eine Hand in ihre Jackentasche und schickte Ross eine vorbereitete Nachricht. Sie redete weiter, ihre Stimme sanft und freundlich.

»Abigail wusste, was in der Nacht passiert ist, als Lucas Sie angegriffen hat. Und sie musste mit diesem Wissen leben, zusammen mit den schrecklichen Erlebnissen, die sie selbst durchgemacht hat. Sie hat ebenso viel gelitten wie Sie. Ihr Leben war am Ende. Sie hat ihr Zuhause verlassen, sobald sie die Möglichkeit dazu hatte und hat, wie Sie, versucht, ihrer Vergangenheit zu entfliehen.«

»Arme Natasha«, flüsterte Alice.

»Also machen Sie ihr das Leben nicht noch schwerer. Sie hat schon einmal ein Kind verloren und die emotionalen Schmerzen durchlebt, die damit einhergehen. Und sie hat ihre Mutter verloren. Sie ist Ihnen in vielerlei Hinsicht sehr ähnlich, Alice. Sie ist wirklich wie Ihre Schwester. Sie war jahrelang so alleine, bis sie Jackson und Sie getroffen hat. Tun Sie Izzy nichts. Natasha wird sich um sie kümmern, sie lieben und beschützen, ihr ganzes Leben lang. Sie wird nicht zulassen, dass ihr irgendetwas zustößt. Sie hat bereits mehr gelitten, als sie es verdient hat. Das verstehen Sie doch, nicht wahr, Alice?«

»Ich wollte Izzy nichts antun. Sie ist perfekt. Sie lächelt mich an und ist so glücklich. Ich wollte sie töten, um Natasha leiden zu lassen, aber ich kann es nicht. Ich liebe Izzy.«

»Warum geben Sie sie mir nicht und wir gehen nach unten und reden mit Natasha? Sie will sich wirklich mit Ihnen vertragen und sie dürfen nicht vergessen, dass sie sich Sorgen um Sie macht. Sie war wirklich Ihre Freundin, als Sie Claire und Abigail waren.«

Robyn schob sich langsam auf das Bett und das Kind zu. Izzy gluckerte fröhlich, schüttelte ihren Stoffhasen ein paar Mal, dann warf sie ihn auf den Boden. Er landete mit einem verdrehten Bein und dem Gesicht nach unten. Alice verlor plötzlich die Beherrschung.

»Nein, das ist böse, Izzy. Du darfst Mr. Riesenohr nicht so herumwerfen!«, sagte sie mit einem wilden Ausdruck in den Augen. Sie lehnte sich herunter, um den Hasen aufzuheben und Robyn kam noch näher, um sie in den Schwitzkasten zu nehmen, aber die Frau war zu schnell. Sie sprang auf und mit dem Hassen in der Hand wich sie ihr aus.

Sie wackelte tadelnd mit dem Finger und sagte in einem spöttischen Ton: »Nichts da. Sie werden mich nirgendwohin bringen. Ich bleibe hier und ich werde das Kind umbringen.«

Ohne Vorwarnung platzte Abigail in das Zimmer, mit rudernden Armen stürzte sie auf das Bett zu. Izzy plapperte fröhlich, als sie ihre Mutter sah. Abigail packte sie und wog sie in den Armen, während sie leise mit ihr sprach und dem Kind ihre gesamte Aufmerksamkeit widmete. Izzy lächelte und wand sich vor Freude.

»Es ist vorbei, Alice«, sagte Robyn. »Die Polizei wird bald hier sein. Mein Kollege hat sie informiert. Sie werden für Kindesentführung und die Morde an Paul, Lucas und Mary Matthews angeklagt.«

Alice sah auf. »Sie war ein Idiot, sich in ihn zu verlieben.«

»Und Sie wollten es Paul und Lucas für den Schmerz heimzahlen, den sie Ihnen verursacht haben. Aber warum haben Sie Geraldine getötet?«

Alice starrte auf den Hasen und streichelte eines seiner Ohren zärtlich. Sie zuckte mit den Schultern. »Ich war in meinem Zimmer, um es für Izzy vorzubereiten. Die alte Frau kam rein. Ich habe nicht mit ihr gerechnet. Sie hat in Pauls Zimmer herumgeschnüffelt und ich dachte, sie würde nach oben kommen. Dann hat sie mich niesen gehört und ich wusste, dass sie die Polizei rufen würde. Ich konnte nicht zulassen, dass sie meine Pläne durchkreuzt. Es war der einzige Ausweg.«

»Wir haben genügend Beweise, um Sie zu verurteilen, Alice. Sie haben keine andere Wahl. Jemand wird Ihnen zuhören. Jemand wird versuchen, Ihnen zu helfen, aber Sie werden hinter Gitter kommen. Kommen Sie mit mir und lassen Sie Natasha mit Izzy hier.«

»Ich musste sie umbringen. Sie verstehen das doch. Ich war ein Kind. Niemand hat mir geglaubt. Er hat versprochen, sich um mich zu kümmern, aber er hat es nicht getan. Er hat mich auch allein gelassen.«

»Alice«, sagte Abigail ganz leise. »Es tut mir so leid. Ich habe meinem Vater die Wahrheit über diese Nacht gesagt. Ich habe mich so davor gefürchtet, dass er mir nicht glauben würde und ich hatte Angst davor, was Lucas mir antun würde, wenn er erfährt, dass ich mit meinem Vater gesprochen habe. Aber ich habe Paul trotzdem genau erzählt, was passiert ist. Er hat es nicht gut aufgenommen. Anstatt Lucas verantwortlich zu machen, hat er dich und Christina rausgeworfen. Aber es war nicht, weil er dich gehasst hat. Er hat dich beschützt. Er konnte Lucas nicht kontrollieren. Er musste dich von ihm wegbringen, damit nichts Schlimmeres passierte. Dad hat danach nicht mehr mit mir darüber gesprochen. Er hat sich zurückgezogen und uns zurück ins Internat geschickt. Ich habe dich nicht alleingelassen, Alice. Es ist nur nicht so gelaufen, wie erhofft.«

Alice starrte sie einen Moment lang an. Sie schluckte schwer und ihre Augen wurden feucht. Sie hielt sich den Hasen vors Gesicht. Ein Moment der schmerzlichen Stille trat ein, in dem sie ihren Tränen erlaubte, in dem Fell zu versickern, dann nickte sie.

»Ja«, flüsterte sie, wie auf einen stummen Befehl. »Du hast recht, Daddy. Ich muss endlich zu dir kommen.«

Wie aus dem Nichts lief sie zur Tür, schob sich an Robyn vorbei und eilte die Treppen bis zur Galerie hinunter. Wortlos warf sie sich über das Geländer und schlug mit einem dumpfen Geräusch auf dem Marmorboden auf.

Robyn eilte ins Erdgeschoss, aber es war zu spät. Alices Kopf war zu einem unmöglichen Winkel verdreht, ihre Augen starrten blind auf den Hasen, den sie immer noch fest umklammert hielt.

71

Die Männer, die in dem Audi fuhren, bogen auf den Rastplatz ein und schalteten den Motor aus. Sie warteten darauf, dass ein dritter Mann aus seinem schwarzen Mercedes ausstieg und davor stehen blieb, die Arme ausgebreitet, um zu zeigen, dass er unbewaffnet war.

Die Männer stiegen aus, der zweite beobachtete die ganze Zeit mit einem bedrohlichen Gesichtsausdruck die Umgebung und hielt die Schultern wie ein Mann, der das Kämpfen gewohnt war. Der erste klemmte sich ein großes, braunes Paket unter den Arm und schlenderte gelassen auf den Mercedes zu.

Robyn hatte den Wagen verfolgt und wusste genau, wo der Audi parkte. Ihr eigenes Auto stand weiter entfernt an einem Feldrand. Robyn kletterte über das Tor auf das Feld des Farmers mit den sorgfältig zusammengerollten Heuballen. Sie gab PC Anna Shamash ein Zeichen, dass sie dicht hinter ihr folgen sollte. Brombeersträucher griffen nach ihren Jeans und ihren Armen, aber sie steuerte zielsicher an ihnen vorbei, bis sie eine Stelle gegenüber des Rastplatzes erreichte, an der das Gestrüpp weniger dicht war. Die Männer hatten vielleicht gedacht, in dieser ländlichen Gegend würden sie unentdeckt bleiben, aber sie hatten sich geirrt. Robyn kam rechtzeitig an, um die Übergabe zu beobachten. Als das Paket dem Besitzer des Mercedes übergeben wurde, hörte sie eine Stimme aus ihrem Funkgerät.

»Los, los, los!«

Sie und Anna standen gleichzeitig auf. Ihnen gegenüber tauchten mehrere Köpfe aus dem Gebüsch auf und die Polizisten stürmten in Richtung der Übergabe. Es gab ein plötzliches Durcheinander von Bewegung und Stimmen. Der erste Gauner schlug nach dem Mann aus, der das Paket angenommen hatte, dann schwang er die Faust nach einem Beamten und verpasste ihm einen Kinnhaken, was den Polizisten in die Knie zwang. Der Mercedesfahrer, ein verdeckter Ermittler, packte seinen Arm und ein Handgemenge brach los. Zwei Polizisten griffen ein und bald lag der Angreifer in Handschellen auf dem Boden und wartete auf seine Belehrung. Der zweite Bandit schlug um sich, beförderte PC David Marker zu Boden und jagte verfolgt von einem jungen Polizisten über die Straße in Robyns Richtung.

Sie sprang auf ihn zu, aber Anna überholte sie, die Augen streng auf ihr Ziel gerichtet. Er kam gerade einmal bis zum Bordstein, bevor der Polizist an seine Beine sprang und ihn zu Boden warf wie ein professioneller Rugbyspieler. Anna schloss sich ihm an und hielt den Mann am Boden, während er ihnen beiden Beleidigungen zurief und sich wie ein wilder Bulle aufbäumte. Es gelang ihm jedoch nicht, auch nur einen der beiden abzuschütteln. Schlussendlich wurde der Mann mit weiteren Helfern auf die Beine gezerrt und weggebracht.

Robyn klatschte in die Hände. »Gut gemacht«, rief sie zu Mitz Patel, dem seine Kollegen auf die Schultern klopften, weil er den Drogendealer niedergestreckt hatte. »Gute Arbeit, Anna.«

Anna hob eine Hand zum Dank und schloss sich dem Team an, das die Männer in die gerade anfahrenden Autos setzte, die sie zurück auf das Revier bringen würden.

Robyns Handy vibrierte in ihrer Tasche und sie entfernte sich ein wenig vom Gestrüpp, bevor sie abhob.

»Ich hab gerade meine Brotzeitbox aufgemacht und musste

feststellen, dass ich Tofusalat zum Mittagessen gekriegt habe. Willst du mir Gesellschaft leisten?«, murrte Ross.

»Was für ein Angebot, aber ich könnte nie einen hungrigen Mann um sein Essen bringen. Jeanette verwöhnt dich ganz schön. Was gibt es zum Nachtisch?«

»So ein Obst-Ding mit Samen drin. Wenn sie mich weiter mit Samen füttert, fange ich noch an, in der Früh zu zwitschern.«

»Ich könnte einen Witz über tweeten machen, aber den würdest du nicht verstehen.«

»Stimmt wohl. Ich verhungere noch.«

»Stell dich nicht so an. Du siehst schon viel besser aus. Die Diät zahlt sich aus. Jetzt hör auf zu jammern. Warum rufst du an?«

»Alice Forman wird morgen um drei neben dem Grab ihres Vaters beerdigt. Ich dachte, du willst das vielleicht wissen. Ich habe mit ihrer Großmutter Jane gesprochen. Sie ist betrübt wegen der Vorfälle und bereut, nicht selbst nach Alice gesucht zu haben oder darauf bestanden zu haben, sie zu sehen, nachdem Christina mit ihr verschwunden war. Ich habe ihr gesagt, sie hätte nicht wissen können, dass Alice so eine zwiegespaltene Frau werden würde. Jeanette und ich haben sie am Sonntag zum Mittagessen eingeladen. Sie tut mir leid, wie sie da alleine in dem Heim sitzt. Wir werden versuchen, sie davon zu überzeugen, dass nichts von alle dem ihr Fehler ist. Aber man denkt sich immer ›was wäre wenn‹, oder? Christina zu überreden, dass Alice weiter zu Besuch kommen durfte, hätte den Lauf der Dinge verändern können, aber wir werden es nie sicher wissen. Familie, stimmt's?«

»Es hat ein trauriges Ende genommen, aber wenigstens geht es Abigail gut. Sie und Jackson werden schon darüber hinwegkommen. Sie wirken wie ein solides Paar.«

»Eine Sache verstehe ich aber nicht«, fuhr er fort. »Ich verstehe die Sache mit Abigail und Claire, aber wie konnte Paul Matthews das Foto von Claire in dem Magazin erkennen? Sogar Abigail hat nicht erkannt, dass Claire eigentlich Alice war, wie konnte es also Paul Matthews gelingen?«

»Dieses besondere Problem hat mich auch lange geärgert. Ich

musste das Foto aus dem Magazin erst vergrößern und eingehend studieren, bevor ich gesehen habe, was er gesehen hat. Auf dem Bild trägt Claire ein teures Armband mit Edelsteinen. Es hat nicht ganz zum Rest von Claires Outfit aus Jeans und einer weiten Jacke gepasst. Ich habe recherchiert und herausgefunden, dass es ein teures Einzelstück ist, das ein Juwelier in London angefertigt hat. Es wurde 1996 in Auftrag gegeben und zwar von einem Mr. Paul Matthews, der es seiner Verlobten Christina Forman geschenkt hat. Dasselbe Armband ist auf dem Foto von dem Paar auf der Preisverleihung zu sehen. Ich vermute, Claire hat es ihrer Mutter abgenommen oder sie hat es ihr geschenkt. So oder so war es ein zentraler Hinweis. Paul hat es erkannt und kombiniert, dass das Alice auf dem Foto sein musste.«

»Ich bin so beeindruckt, ich werde dir meinen ganzen Tofusalat spenden. Nein, ehrlich, gut gemacht. Das ist beeindruckend. Zurück im Dienst. Keine pikanten Fälle mehr für mich, außer du brauchst auch in Zukunft zufällig Hilfe von außen. Ich habe einen Auftrag, einen Typen zu überprüfen, der sich für einen Job in einem Pflegeheim beworben hat. Und es gibt noch ein paar Versicherungsfälle, denen ich nachgehen muss.«

»Du bist zu großzügig, aber ich muss den Salat ablehnen. Ich bin momentan auf einer Kohlehydrate-Diät. Ich muss mich auf das Rennen in einigen Wochen vorbereiten. Ich melde mich später.«

»Bring ordentliches Essen mit, wenn du nächstes Mal vorbeikommst. Ich sehe schon selber aus wie ein Stück Tofu.«

»Keine Chance. Ich will die liebe Jeanette nicht verärgern. Du musst dir dein eigenes Futter besorgen. Und denk daran, ich habe meine eigenen versteckten Kameras auf dich gerichtet.«

Ross schnaubte und legte auf.

Robyn lächelte und ging zu ihrem Polo zurück. Sie tätschelte das kleine Päckchen neben sich auf dem Beifahrersitz, in dem eine Ausgabe des nagelneuen Harry Potter Buches lag. *Harry Potter und das verwunschene Kind.* Brigitte und Amelie wollten am nächsten Tag nach Frankreich fliegen und sie wollte Amélie ihr Geschenk geben, bevor sie abreisten.

Robyn hatte zwar Davies verloren, aber sie war immer noch ein Teil der Familie, so klein sie auch war. Obwohl sie keine Blutsverwandte war, hatte sie dennoch eine wichtige Rolle zu spielen. Sie würde an Davies Stelle für seine Tochter da sein. Eines Tages würde das Mädchen sie vielleicht brauchen. Und dann würde Robyn bereit sein. Sie würde auf sie aufpassen. Dafür war eine Familie schließlich da.

EIN BRIEF VON CAROL WYER

Liebe Leserinnen und Leser,

ich hoffe, ihr hattet Spaß beim Lesen von *Das verschwundene Mädchen*. Es war so aufregend, über DI Robyn Carter zu schreiben, die in diesem Jahr eine wichtige Rolle in meinem Leben gespielt hat. Wenn euch das Buch gefallen hat und ihr gerne mehr über meine Veröffentlichungen und andere handverlesene Publikationen erfahren möchtet, die nur für euch zusammengestellt wurden, meldet euch über den untenstehenden Link für unseren Newsletter an. Eure E-Mail-Adresse wird nicht weitergegeben und ihr könnt euch jederzeit wieder abmelden.

www.bookouture.com/bookouture-deutschland-sign-up

Seit ich eine Reihe von Kurzgeschichten veröffentlicht habe, die sich auf die dunklere Seite der Liebe konzentrieren, hat es mich in den Fingern gejuckt, Thriller zu schreiben. Das kommt aus einer Kindheit, die ich mit einer literarischen Diät von Agatha Christie und Dennis Wheatly verbracht habe (eine sonderbare Mischung, ich weiß). Wann immer ich jetzt zum Lesen komme, greife ich immer nach einem Thriller.

Nachdem ich viele Komödien geschrieben habe, viele davon mit Plots und Wendungen, die den Leser überraschen sollen, dachte ich, es wäre an der Zeit, dem Drang nachzugeben und an der Reihe von Detective Inspector Robyn Carter zu arbeiten.

Ich hatte schon immer eine Faszination für Psychologie und was Menschen antreibt. Vor vielen Jahren hatte ich eine Freundin, deren ganzes Leben sich als erfunden herausgestellt hat. Sogar nachdem sie von einer anderen adleräugigen Freundin ertappt wurde, hat sie alles abgestritten und ist über Nacht verschwunden. Wir haben sie nie wiedergesehen.

Alice ist ein Charakter, den ich mir sehr zu Herzen genommen habe. Ihre Lebensumstände und ein Mangel an Liebe haben sie zu einer verwirrten, verletzten Frau gemacht. Ich glaube, am Ende konnte sie noch einmal zeigen, was aus ihr geworden wäre, wenn sie ein anderes Leben gehabt hätte.

Robyn ist eine andere verletzte Seele, aber sie flüchtet sich in ihre Arbeit und hat ihre Freunde. Das Leben wird für sie nicht mehr dasselbe sein, nachdem sie Davies verloren hat, aber es wird viele Fälle geben, die sie lösen kann, und sie hat ein Netzwerk an Verbündeten, die ihr beistehen. Ich hoffe sehr, dass euch *Das verschwundene Mädchen* gefallen hat, und dass ihr DI Robyn Carter auch bei ihrem nächsten Fall begleiten werdet.

Darf ich euch um einen Gefallen bitten? Wenn euch dieses Buch gefallen hat, würdet ihr bitte eine Review für mich schreiben? Sie muss nicht sehr lang sein, aber es würde mir viel bedeuten.

Vielen Dank!

Carol

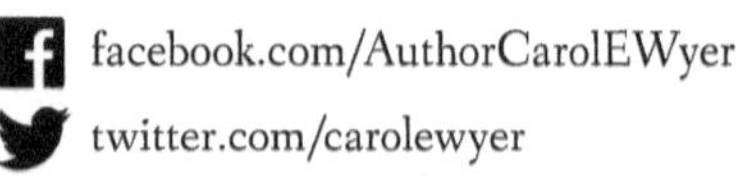

DANKSAGUNG

Es war so unglaublich spannend, *Das verschwundene Mädchen* zu schreiben, aber es wäre nie möglich gewesen ohne meine Lektorin Lydia Vassar-Smith, die meine Hand während der Entstehung gehalten hat. Ich muss auch Danny Tynen und Kim Nash danken, die mir zur Rettung gekommen sind und mir geholfen haben, das Leben eines Detective Inspectors in der Polizei zu verstehen. Sie haben viele Fragen geklärt und haben meinem Sturm an Facebook-Nachrichten standgehalten, wenn ich unsicher war.

Danke auch an Pauline Yong, eine tolle Frau, die großartig für ihre Fünfzig aussieht, und die zum Teil die Inspiration für Robyn Carter war. Sie hat mich mit all ihren aufreibenden Trainings-Routinen versorgt.

Und zuletzt möchte ich Angie Marsons, Robert Bryndza und Caroline Mitchell danken, die mich ermutigt haben, die Welt aus Glitzer und Hundewelpen zu verlassen und ihnen auf der ›dunkeln Seite‹ Gesellschaft zu leisten. Die Bookouture-Autoren sind eine wunderbare, unterstützende Truppe. Danke, dass ihr mich dieses Jahr bei Verstand gehalten habt.